KNAUR

Im Knaur Taschenbuch Verlag sind bereits folgende Bücher der Autorin erschienen:

Wo die Sehnsucht das Herz berührt
Sommerglück
Wo Träume im Wind verwehen
Die geheime Stunde
Wolken über dem Meer
Zeit der Rosenblüte
Wenn du mir vertraust
Eine Frage des Herzens

Über die Autorin:
Luanne Rice hat in den USA zahlreiche Romane veröffentlicht und ist dort eine Bestsellerautorin. In Deutschland erschienen von ihr »Wo das Meer den Himmel umarmt«, »Wo die Sterne zu Hause sind«, »Wolken über dem Meer«, »Wenn du mir nur vertraust« etc. Sie stammt aus Connecticut und lebt heute mit ihrem Mann in New York City.

Luanne Rice

Wolken über dem Meer

Wege im Sand

Zwei Romane in einem Band

Aus dem Amerikanischen
von Ursula Bischoff

KNAUR

Wolken über dem Meer:
Die amerikanische Originalausgabe erschien 2005 unter dem Titel
»Summer's Child« bei Bantam Books, New York.
Dieser Titel erschien bereits unter der Bandnummer 63486.
Wege im Sand:
Die amerikanische Originalausgabe erschien 2004 unter dem Titel
»Beach Girls« bei Bantam Books, New York.
Dieser Titel erschien bereits unter den Bandnummern 63341 und 50305.

Besuchen Sie uns im Internet:
www.knaur.de

FSC
www.fsc.org
MIX
Papier aus verantwortungsvollen Quellen
FSC® C083411

Einmalige Sonderausgabe Juni 2014
Knaur Taschenbuch
Wolken über dem Meer:
Deutsche Erstausgabe Juni 2008, Knaur Taschenbuch

Wege im Sand:
Deutsche Erstausgabe April 2007 Knaur Taschenbuch

Redaktion: Sandra Witte
Umschlaggestaltung: ZERO Werbeagentur, München
Umschlagabbildung: © Donnelly-Austin Photography
Satz: Adobe InDesign im Verlag
Druck und Bindung: CPI books GmbH, Leck
ISBN 978-3-426-51686-7

2 4 5 3 1

Wolken über dem Meer

Für Amelia Onorato

Prolog

Damals war es die Sensationsmeldung, die landesweit für Schlagzeilen sorgte. Jede Zeitung brachte sie auf der Titelseite. Ihr Gesicht war genauso bekannt wie das des Gouverneurs – und wesentlich beliebter. Der Elan in ihren blauen Augen, das einnehmende Lächeln, die Ausstrahlung – ja, genau das war es: Sie strahlte unverkennbar Lebensfreude aus, umgeben von einer Aura der Herzensgüte. Sie sah aus wie jedermanns Lieblingsschwester, die beste Freundin, das Mädchen von nebenan, alles in einem.

Die Tatsache, dass sie schwanger war, als sie verschwand, verlieh der Geschichte einen zusätzlichen Gruseleffekt. Doch wenn man ihr Foto betrachtete, spürte man das Glück, das sie empfunden haben musste – so hautnah, als wäre man bei ihr. Man stellte sich vor, wie sehr sie sich auf das Kind freute, und wusste, dass sie eine gute Mutter sein würde. Manche Menschen verbargen ihre Gefühle, verschlossen sie tief in ihrem Inneren, so dass niemand sie zu entdecken vermochte – nicht so Mara. Sie hatte nie etwas zu verbergen gehabt. Man brauchte nur ihr Bild zu betrachten und wusste Bescheid – dieses Lächeln und das Leuchten in ihren Augen schlossen jeden Zweifel aus.

Sie war wie ein offenes Buch, lächelte mit der gleichen Hingabe und Präsenz in die Kamera, die sie in alle Bereiche ihres Lebens einbrachte. *Ich liebe dich – das spürst du doch, oder? Nimm das Bild, um diesen Moment festzuhalten, klebe es ins Babybuch als Beweis, wie sehr wir uns darauf freuten, dass unser Kind unterwegs war …* Stammten diese Worte wirklich von Mara, oder waren sie die Ausgeburt einer überbordenden Phantasie?

So offen zu sein erforderte eine gewisse Unschuld. Die Hoffnung – nein, mehr als Hoffnung: die Überzeugung, dass die Welt ein sicherer Ort und die Menschen gut waren. Und nicht zu vergessen den Glauben, dass das Leben ein Geschenk war und der Lauf des Schicksals ausschließlich von einer positiven Macht bestimmt wurde. Natürlich geschahen schlimme Dinge – Übergriffe, Gewalt, Verbrechen –, bedauerlicherweise, ja. Aber sie ließen sich stets erklären und folglich irgendwann verstehen, so dass sie nicht wieder vorkommen mussten. Die Leute, die sie begangen hatten, waren in der Lage, Hilfe in Anspruch zu nehmen, sich grundlegend zu ändern.

Das waren die Prinzipien, an die Mara glaubte. Oder vielmehr geglaubt hatte, bevor ihr Bild auf der Titelseite sämtlicher Tageszeitungen in Connecticut erschien. Sie war ein Einzelkind; ihre Eltern waren früh verstorben. Vielleicht hatte das ganze Land sie deshalb gleichsam adoptiert, nach ihr gesucht, um sie getrauert, als wäre sie die eigene Tochter, Schwester oder Freundin.

Der Jahrestag ihres Verschwindens entfachte immer wieder aufs Neue eine Flut von Berichten. Fernsehsender brachten Wiederholungen alter Videoaufnahmen, Endlosschleifen, in denen sie lächelte, winkend mit ihrer gelben Gießkanne und dazu passenden butterblumengelben Gummistiefeln im Garten stand. Die Zeitungen druckten ihre Geschichte an jedem 21. Juni ab, dem längsten Tag des Jahres, an dem sich ihr Verschwinden jährte, um daran zu erinnern, was die ganze Nation vor langer Zeit in den Bann geschlagen hatte …

Am ersten Abend des Sommers ging die strahlend schöne,

genau einen Meter fünfzig große, hochschwangere Mara Jameson in den Garten, um die Pflanzen zu gießen. Ob sie per Anhalter das Weite suchte und ihre Identität wechselte, einem brutalen Frauenmörder in die Hände fiel oder zu diesem Zeitpunkt bereits von ihrem eigenen Ehemann umgebracht worden war, wurde nie aufgeklärt. Ihre Leiche wurde nie gefunden; sie tauchte nie wieder auf. Und das Kind wurde allem Anschein nach nie geboren – zumindest war Mara Jameson auf keiner Geburtsurkunde als Mutter eingetragen. Der einzige Anhaltspunkt waren die gelben Gummistiefel, die fein säuberlich neben dem tröpfelnden Gartenschlauch hinterlassen worden waren.

Die Artikel waren schaurig und düster, aber auch eine Spur wehmutsvoll. Sie zogen einen Schlussstrich unter ein Leben, das nicht vollendet worden war – umgeben von einem Schleier des Geheimnisses, den man nicht zu lüften vermochte. Was könnte sie bewogen haben, den Wasserschlauch aus der Hand zu legen und auf Nimmerwiedersehen zu verschwinden? Wer konnte dieses Lächeln jemals vergessen?

Dieses Lächeln, das ihr Gesicht nie mehr erhellen würde …

Kapitel 1

Der Ruhestand hatte seine Vorteile. Zum einen war es gut, sich zur Abwechslung einmal nach den Gezeitentabellen statt nach den Schichten und Dienstplänen des Dezernats zu richten. Patrick Murphy hatte die kleine Gezeitentabelle des *Hartford Courant* an den Kartentisch geheftet, aber er zog sie nur noch selten zu Rate. Er hätte schwören mögen, dass sich sein Körper in Einklang mit Ebbe und Flut in der Silver Bay befand – er holte ihn zu den verrücktesten Zeiten aus dem Bett, mitten in der Nacht, wenn Niedrigwasser herrschte und der Gezeitenstrom nicht so stark war, die beste Zeit, um an den Riffen und Sandbänken rund um das Stone-Mill-Kraftwerk zu angeln.

Die Streifenfische an der Küste von Connecticut hatten keine Chance. Schon seit zwei Jahren, sieben Monaten, drei Wochen und vierzehn Tagen zogen sie den Kürzeren, seit er mit dreiundvierzig in den Ruhestand gegangen war. So war das nun mal im Leben. Im *wirklichen* Leben, sagte er sich. Er hatte zwar das Haus verloren, aber er besaß noch sein Boot und seinen Truck. Dafür schufteten die meisten Leute ein Leben lang: um sich im Alter an einen idyllischen Strand zurückziehen und tagaus, tagein angeln zu können.

Er dachte an Sandra und an das, was ihr gefehlt hatte. Sie hatten Träume auf ihrer Liste gehabt, die sie nach seinem Ausscheiden aus der Connecticut State Police gemeinsam verwirklichen wollten: Strandspaziergänge, jedes neue Restaurant in der Umgebung ausprobieren, ins Kino gehen, die Spielcasinos unsicher machen, mit dem Boot Ausflüge nach Block Island und Martha's Vineyard unternehmen. Sie waren schließlich noch jung – konnten es richtig krachen lassen.

Es krachen lassen, dachte er – statt der guten Zeiten, von denen er geträumt hatte, kam ihm bei dieser Phrase nur noch seine Scheidung in den Sinn. Sie war schrecklich gewesen, hinterließ verheerende Schäden durch die mörderischen Geschütze, die ihre beiden Anwälte auffuhren, um aus dem Paar, das sie einst waren, einen Scherbenhaufen zu machen.

Das Angeln half. Genau wie Baseball. Die Yankees hatten ihre Pechsträhne überwunden und gewannen ein Spiel nach dem anderen. An vielen Abenden führte sich Patrick beides zu Gemüte und schlug zwei Fliegen mit einer Klappe: Er angelte und ließ sich mitreißen, wenn John Sterling und Charlie Steiner ein Spiel moderierten. Er konnte die Yanks anfeuern, ihren Siegeszug fortzusetzen, und gleichzeitig überprüfen, ob die Streifenfische anbissen, während sein Boot mit der Strömung nach Osten trieb.

Es gab noch ein paar Dinge, die ihm keine Ruhe ließen. Träume, die mit dunklen Tentakeln nach ihm griffen, von Straftätern, die sich immer noch auf freiem Fuß befanden, obwohl er sich im Wachzustand die größte Mühe gegeben hatte, sie hinter Schloss und Riegel zu bringen. Eine spurlos verschwundene Frau, Horrorvisionen, Attacken und Ängste verfolgten ihn, die einen Menschen bis ins Mark erschütterten und dem altertümlichen Begriff der Nachtmahr neue Bedeutung verliehen. Wenn Patrick mit klopfendem Herzen aus diesen Alpträumen aufschreckte, dachte er unwillkürlich daran, wie groß das Grauen für sie gewesen sein mochte.

Ob sie nun ermordet worden war, seit Jahren tot und irgendwo verscharrt, oder ob irgendwelche Vorkommnisse sie dazu gebracht hatten, das Haus und den Rosengarten ihrer Großmutter in einer Nacht-und-Nebel-Aktion zu verlassen, um an einem so entlegenen Ort ein neues Leben zu beginnen, dass niemand sie je wieder zu Gesicht bekam: Sie hatte mit Sicherheit panische Angst gehabt.

Das war es, was ihm nicht mehr aus dem Kopf ging.

Nur, was hatte Mara Jameson in Panik versetzt? Noch heute entzündete sich seine Phantasie an dieser Frage und ging mit ihm durch. Der Vorgang war neun Jahre alt, lag zuoberst auf dem Stapel ungelöster Fälle. Der Papierkram, der damit verbunden war, hatte ihn wie ein Albatros auf Schritt und Tritt begleitet. Der Fall hatte sich als Sisyphusarbeit entpuppt, als Felsblock, den er immer wieder den Berg hinaufwälzen musste – sogar dann noch, als abzusehen war, dass seine Ehe daran zerbrechen würde, und die düstere Prognose sich schließlich bewahrheitete, sogar heute noch, nach seinem Ausscheiden aus dem Polizeidienst.

Maras Foto. Es stand auf seinem Schreibtisch. Früher hatte er es auf dem Nachttisch neben seinem Bett aufgestellt – es sollte ihn stets daran erinnern, welche Aufgabe unmittelbar nach dem Aufstehen auf ihn wartete. Die Suche nach der schönen jungen Frau mit den strahlenden Augen und dem herzzerreißenden Lächeln. Inzwischen brauchte er das Bild nicht mehr. Ihre Gesichtszüge hatten sich in seine Seele eingebrannt. Er kannte ihr Mienenspiel in- und auswendig, so wie andere Männer die Ehefrau, Freundin oder Geliebte kannten …

Sie würde immer bei ihm sein, dachte er, als er um halb sechs Uhr morgens aus der Koje stieg. Er konnte sich nur verschwommen an den Traum erinnern – es ging um Blutspritzer auf dem Küchenfußboden, spinnwebenartige neonblaue Muster, von der Spurensicherung mittels Luminol sichtbar gemacht, Rinnsale und Tropfen … Blut, mit dem in Patricks Traum der Name des Mörders geschrieben worden war. Doch es war eine andere Sprache, die Patrick nicht zu entziffern vermochte, und abgesehen davon: Wer konnte beweisen, dass sie umgebracht worden war, wenn ihre Leiche unauffindbar blieb?

Er rieb sich die Augen und setzte Kaffee auf, dann schlüpfte er in Shorts und Sweatshirt. Die Morgenluft war kühl; eine Schlechtwetterfront war gestern Abend durchgezogen, heftige Sturmböen hatten die Sparren durchgerüttelt und Flora dazu bewogen, sich unter dem Bett zu verkriechen. Der schwarze Labrador rieb sich nun an seinen Beinen, die sanften blauen Augen blitzten erwartungsvoll; er spürte offenbar, dass eine Bootsfahrt bevorstand.

An Deck atmete Patrick tief die salzhaltige Luft ein. Der Morgenstern flimmerte am östlichen Firmament, wo die im Aufgehen begriffene Sonne den dunklen Horizont mit einem orangefarbenen Feuerschein überzog. Sein zweiunddreißig Fuß langes Fischerboot, die *Probable Cause,* schaukelte in der Dünung. Nach der Scheidung war er mit Sack und Pack auf das Boot gezogen. Sandra hatte das Haus in der Mill Lane behalten. Alles war in bester Ordnung, außer, dass die Nass- und Trockenliegeplätze der Hafenanlage als Eigentum verkauft werden sollten. Wenn das so weiterging, würde ganz Neu-England schon bald eine einzige große Stadthaussiedlung mit dazugehörigen eigenen Liegeplätzen sein … Dann würde er die Anker lichten und sich einen neuen Hafen suchen müssen.

Als er Schritte auf dem Kies vernahm, spähte er zur Mole hinüber. Ein Schatten überquerte den Sandparkplatz und näherte sich; Flora knurrte. Patrick tätschelte ihr den Kopf, dann ging er nach unten, um zwei Becher Kaffee zu holen.

An Deck zurückgekehrt sah er, dass Flora mit dem Schwanz wedelte, den Blick unverwandt auf den Mann gerichtet, der am Kai stand. Angelo Nazarena.

»Sag nicht, dass du den Kaffee gerochen hast«, begrüßte Patrick ihn.

»Von wegen. Ich bin in aller Herrgottsfrühe raus aus den Federn und habe einen Blick in die Zeitung geworfen. Ich dachte mir, vielleicht kannst du ein wenig Gesellschaft gebrauchen, damit du dich nicht betrinkst oder irgendwelche Dummheiten anstellst. Morgen ist der längste Tag des Jahres, und die Flut der Artikel hat bereits eingesetzt …« Er hielt den *Hartford Courant* in einer Hand und nahm mit der anderen den blauen Becher entgegen, als er an Bord kam.

»Ich trinke nicht mehr«, sagte Patrick. Er brannte darauf, den Zeitungsbericht zu lesen, doch gleichzeitig graute ihm auch davor. »Das weißt du sehr wohl. Abgesehen davon rede ich nicht mehr mit dir. Du verscherbelst meinen Anlegeplatz.«

»Und sacke Millionen bei dem Geschäft ein«, kicherte Angelo. »Als mein Großvater dieses Stück Land kaufte, hieß es, dass es Schrott sei. Lag auf der falschen Seite der Eisenbahnbrücke, zu nahe am Sumpf, verpestet vom Gestank der Muscheln, der von den offenen Güterwaggons herüberwehte. Aber er war schlau genug, sich auszurechnen, dass Immobilien im Hafenviertel Gold wert sind, und das kommt mir heute zugute. Dein Kaffee ist gut.«

Patrick schwieg. Er starrte Maras Foto auf der Titelseite an. Es war im Rosengarten ihrer Großmutter aufgenommen worden, auf Hubbard's Point, zehn Meilen von hier entfernt, in dem schmucken Cottage mit den silbrig verwitterten Schindeln. Die Kamera hatte das Leuchten in ihren Augen eingefangen, den Schwung, die Lebensfreude, das Geheimnis, das sie stets in sich zu bergen schien. Patrick hatte das gleiche Gefühl wie stets – dass sie ihm, wenn er ihr nur nahe genug käme, ins Ohr flüstern würde, was er so verzweifelt zu wissen begehrte …

»Ständig die alte Leier, diese Zeitungen müssen immer alles aufbauschen«, klagte Angelo kopfschüttelnd. »Dabei ist die Ärmste schon seit neun Jahren wie vom Erdboden verschluckt. Fischfutter, das weiß doch jeder.«

»Da kommt mal wieder dein sizilianisches Erbe zum Vorschein.«

»Sie ist verschwunden, Patrick. Tot.« Angelos Stimme hatte mit einem Mal einen barschen Unterton. Patrick und er waren zusammen zur Schule gegangen, waren in St. Agnes Messdiener und Trauzeuge bei der Hochzeit des anderen gewesen. Patsy und er hatten ihn mit Sandra bekannt gemacht.

»Der Ehemann war's, oder?«, fuhr Angelo fort.

»Dachte ich auch, ziemlich lange.«

»Wie hieß er gleich wieder … Er hatte doch einen anderen Familiennamen als Mara …«

»Edward Hunter. Mara war eine erfolgreiche Geschäftsfrau. Sie behielt ihren Namen nach der Heirat bei.«

Patrick sah Edward Hunter wieder vor sich: Das attraktive Gesicht eines Schwerenöters, das stets abrufbereite Lächeln des Aktienhändlers – so einnehmend wie Maras, aber durchtrieben und ohne Herz, Seele, Tiefe, Integrität, ohne die Unverfälschtheit und den Funken, der übersprang … Als Angehöriger der Bundespolizei hatte Patrick Tausende von Malen ein Lächeln wie Edwards gesehen. Das Lächeln von Männern, die wegen Geschwindigkeitsüberschreitung gestoppt wurden, auf dem Heimweg von einem

Ort, an dem sie eigentlich nichts zu suchen hatten; das Lächeln von Männern, deren Gewalttätigkeit in den eigenen vier Wänden ans Licht zu kommen drohte, wenn die Ehefrauen oder Nachbarn die Polizei riefen – lächelnde Männer, die aller Welt weismachen wollten, dass sie trotzdem einen guten Kern besaßen, und Patrick daran erinnerten, dass man ein Lächeln auch aufsetzen konnte, um sich damit einzuschleimen.

»Alle dachten, er war's – nicht nur du«, räumte Angelo ein. »Aber der Mistkerl hat die Leiche spurlos verschwinden lassen. Folglich lässt sich auch keine Anklage erheben, und deshalb ist es für dich an der Zeit …«

»Wir hätten versuchen können, ihn auf die gleiche Weise festzunageln wie Richard Crafts.« Dieser berüchtigte Mörder aus Connecticut wurde trotz fehlender Leiche für den Mord an seiner Frau verurteilt, weil man Haare und Knochenfragmente in einem von ihm gemieteten Häcksler entdeckte. »Aber wir hatten nicht genug gegen Hunter in der Hand. Es hätte nicht einmal für einen Indizienprozess wie diesen gereicht.«

»Wie ich bereits sagte, es ist an der Zeit, die Vergangenheit ein für alle Mal ruhen zu lassen.«

»Alles klar, danke«, erwiderte Patrick mit einer Miene, die besagte, *warum ist mir das eigentlich nicht selbst eingefallen,* wobei sein irisches Temperament beim Anblick seines Freundes Angelo wieder durchzuschlagen drohte – der Freund, der ihm die Morgenzeitung mit Maras Gesicht auf der Titelseite unter die Nase gehalten hatte und darüber nachdachte, ihm seinen Liegeplatz unter dem Allerwertesten weg zu verkaufen. Flora hatte gerade ihre Laufrunde auf dem noch menschenleeren Parkplatz beendet und sprang wieder an Bord.

»Was ich meine, ist …« Angelo suchte nach Worten, um die Kluft zu überbrücken, die er verursacht hatte.

»Du meinst, es ist an der Zeit, einen Schlussstrich zu ziehen und ein neues Kapitel aufzuschlagen.« Patrick bedachte seinen langjährigen Freund mit einem Alte-Kumpel-Lächeln – eine Miene, die besagte, dass solche Wegbegleiter einen besser kannten als man sich selbst, dass man ihren Standpunkt nachvollziehen konnte und sie von Anfang an recht hatten –, obwohl man in Wirklichkeit nur eines wollte: dass sie den Mund hielten und aufhörten, ihre Nase in Angelegenheiten zu stecken, die sie nichts angingen.

»Ja, genau das meine ich, ehrlich gesagt.« Angelo grinste erleichtert, selbst als Patrick die Zeitung zusammenfaltete und wie beiläufig durch die Luke warf – scheinbar, um sie zu entsorgen, aber in Wirklichkeit, um einen bestimmten Ausschnitt bis in alle Ewigkeit aufzubewahren.

Wie er alle Fotos von Mara aufbewahrt hatte.

Weil das eine Möglichkeit ist, die Erinnerung an sie lebendig zu halten, dachte er, während er den Motor startete und Angelo die Leinen losmachte, um zu den Fischgründen hinauszufahren. Eine der beiden Möglichkeiten …

Alle Welt nahm an, damals wie heute, dass Mara Jameson und ihr ungeborenes Kind vor neun Jahren den Tod gefunden hatten. Patrick dachte an seine vom katholischen Glauben geprägte Kindheit und die Zeilen aus dem Nizänischen Glaubensbekenntnis: *Ich glaube … an den einen Gott, der alles geschaffen hat, Himmel und Erde, die sichtbare und die unsichtbare Welt.* Es war fast unmöglich, an Dinge zu glauben, die man nicht sehen konnte. Und die Welt hatte Mara Jameson seit mehr als neun Jahren nicht mehr zu Gesicht bekommen.

Er fuhr rückwärts aus der Schlippe, setzte das Bugstrahlruder ein, um in den Kanal zu manövrieren. Das Boot stampfte durch das tiefer werdende Wasser, schweigend beobachtet von einer Kolonie grauer Reiher in den Schatten entlang der grünen morastigen Küste. Die Strahlen der aufgehenden Sonne drangen durch die verkrüppelten Eichen und Weißkiefern. Goldene Sprenkel glitzerten auf dem Wasser, das sich vor ihnen ausdehnte.

Die Toten blieben nie für immer verborgen. Die Erde entledigte sich ihrer, so oder so. Sie waren gnadenlos in ihrem Bedürfnis, gefunden zu werden. Das Tibetische Totenbuch beschrieb die rastlosen Geister der Verstorbenen, die von unerträglicher Hitze, Hunger, Durst, Erschöpfung und Angst gepeinigt wurden. Ihr Reich kam ihm vertraut vor; im Verlauf seiner Karriere, in der er mit der Aufklärung von Kapitalverbrechen befasst war, gelangte er zu der Überzeugung, dass die Toten irgendwie die Neigung besaßen, die Lebenden so lange heimzusuchen, bis man ihre Leichen fand.

Mara war noch nicht gefunden worden.

Nach all der Arbeit, die er in diesen Fall investiert hatte, hätte er es seiner Meinung nach spüren müssen – tief in seinem Inneren, wenn sie tot gewesen wäre. Mara Jameson war ihm unter die Haut gegangen, hatte einen festen Platz in seinen Gedanken, seinem Herzen eingenommen. Sie begleitete ihn Tag für Tag, und er wusste, er würde sich nicht eher von ihr lösen können, bis er herausgefunden hatte, was mit ihr geschehen war. Wo sie steckte …

Die Vögel, die vor ihm herflogen, waren damit beschäftigt, den Weg eines Blaufischschwarms zu markieren, unmittelbar vor der roten Klappboje. Angelo sorgte dafür, dass die Angeln einsatzbereit waren. Flora stand an Patricks Seite; ihr Körper presste sich gegen sein Bein, als er Gas gab und auf den Fischschwarm zuhielt, wobei er vergeblich versuchte, den Gedanken zu entfliehen, die ihn auf Schritt und Tritt verfolgten.

Er wusste, er würde ihr nach seiner Rückkehr einen Brief schreiben, wie jedes Jahr.

Aha, es ging also wieder los. Wie jedes Jahr um diese Zeit. Sobald sich die letzten Spuren der langen, für Neu-England typischen Kälteperiode aus der Luft verflüchtigt hatten, war es so weit. Mit der gleichen Regelmäßigkeit, wie die Vögel von ihrer Winterreise zurückkehrten, die Rosen erblühten, die Gärten in sämtlichen Farben prangten und die Sommersonnenwende mit dem längsten Tag des Jahres nahte …

Maeve Jameson stand in ihrem Garten und beschnitt die Rosenbüsche. Sie trug einen breitkrempigen Strohhut, eine Hemdbluse aus weißem Leinen und Gartenhandschuhe in leuchtendem Pink. Trotz des bedeckten Himmels hatte sie einen Sonnenschutz mit hohem Lichtschutzfaktor aufgetragen. In ihrer Kindheit hatte man nichts über die Hautschäden gewusst, die durch die Sonneneinwirkung entstanden – damals hieß es, die Sonne besäße große Heilkraft und je mehr man abbekam, desto besser.

Doch letztes Jahr hatte man bei ihr ein kleines Melanom in der Wange entfernen müssen, und seither war sie entschlossen, alles in ihrer Macht Stehende zu tun, um dem Hautkrebs Paroli zu bieten, auf ihre Gesundheit zu achten und am Leben zu bleiben, bis sie die ganze Wahrheit kannte.

Sie war stets darauf bedacht gewesen, ihre Enkelin mit Sonnenschutzmittel einzureiben. Mara hatte eine Haut wie Porzellan – typisch irisch, hell, mit Sommersprossen. Ihre Eltern – Maras Eltern – waren bei einem aufsehenerregenden Fährunglück ums Leben gekommen, während einer Reise in den Westen Irlands, zu der Heimatstadt von Maras Mutter.

Maeve hatte es übernommen, ihr einziges Kind, ihre Enkeltochter, großzuziehen. Jedes Mal, wenn sie Mara betrachtete, sah sie ihren Sohn Billy vor sich; sie liebte Mara unsäglich, mehr als die Sterne am Firmament, mehr als alles in der Welt. Sie war ein direktes Bindeglied zu ihrem heißgeliebten Sohn, und deshalb rieb sie Mara gewissenhaft mit Sonnenlotion ein, bevor sie ihr erlaubte, an den Strand zu gehen.

»Du hast die Seele deines Vaters in deinen blauen Augen«, hatte Maeve oft dabei gesagt.

»Und meiner Mutter?«

»Ja, Annas auch.« Sie hatte ihre irische Schwiegertochter geliebt, als wäre sie ihr eigenes Kind. Aber es ließ sich nicht leugnen, dass Mara ganz nach Billy kam – in Maeves Augen. So war es nun einmal, sie konnte nichts dagegen tun.

Nun stand sie also in ihrem Rosengarten und knipste die verwelkten Blüten von den Rosenbüschen. Sie versuchte, sich darauf zu konzentrieren, die dreiblättrigen Triebe zu finden, wurde aber von den beiden Reportern abgelenkt, die an der Straße vor dem Anwesen Stellung bezogen hatten. Mit ihren Kameras im Anschlag, schossen sie ein Foto nach dem anderen. Morgen, am Jahrestag von Maras Verschwinden, würden die Zeitungen ohne Zweifel mit Schlagzeilen aufwarten, wie ›Großmutter wartet immer noch nach all den Jahren‹, ›Rosen zum Gedenken an Mara‹ oder ähnlichen Latrinenparolen.

Die Pressefritzen von den Lokalzeitungen hatten sich bemüßigt gefühlt, die Geschichte häppchenweise zu servieren – mundgerecht und leicht verdaulich für die Leser, wie eine Karikaturenserie. Obwohl niemand die Wahrheit kannte – außer Mara. Edward hatte seine Rolle in dem Drama gespielt, und Maeve kannte einige Aspekte, aber Mara war als Einzige mit dem ganzen Ausmaß der Tragödie vertraut.

Sie war die einzige Leidtragende gewesen.

Der Ermittlungsbeamte der Staatspolizei hatte das eine oder andere in Erfahrung gebracht. Patrick Murphy, ebenfalls Ire, obwohl nicht von dem typisch irischen Schlag, mit dem Maeve im South End von Hartford aufgewachsen war. Das waren rauhe Burschen gewesen, hart wie Stahl mit einem schwarz-weißen Weltbild, denen man besser nicht in die Quere kam. Eine Sache war entweder so oder so, und damit basta. Nicht bei Patrick.

Er war anders. Maeve war fünfzig Jahre lang Lehrerin gewesen, und wäre Patrick einer ihrer Schüler gewesen, hätte sie ihm niemals geraten, in den Polizeidienst einzutreten. Er hatte seine Ermittlungen gewissenhaft durchgeführt, keine Frage – wenn es jemand geschafft hätte, Mara aufzuspüren, dann er. Aber er besaß Eigenschaften, die sie an Johnny Moore erinnerten, einen irischen Dichter, den sie gekannt hatte.

Das war ihr schon an dem Tag aufgefallen, als er zum ersten Mal ihr Haus betreten und ihre Hand ergriffen hatte, als sie in den Schaukelstühlen auf der Veranda saßen und er ihr von dem Blut auf Maras Küchenfußboden erzählte. Maeves Herz war erstarrt. Sie hatte wirklich gespürt, wie es eiskalt wurde und sich verkrampfte, wie der Muskel schrumpfte und das Blut aus Gesicht und Händen wich, so dass ihr Kopf auf die Brust sank.

Als sie wieder einen klaren Gedanken fassen konnte, nur eine Sekunde oder zwei später, kniete Patrick mit Tränen in den Augen vor ihr, weil er dachte, was sie so oft befürchtet hatte – dass Mara und ihr ungeborenes Kind tot waren, beide umgebracht von Edward.

Wenn Maeve an die Tränen in Patrick Murphys blauen Augen dachte, spürte sie, wie sich ihr Herz abermals verkrampfte, während sie die miteinander verwachsenen Rosenbüsche beschnitt. Sie wusste, dass er bald auftauchen würde – irgendwann in der nächsten Woche, um sich nach ihrem Befinden zu erkundigen.

Maeve hielt die grüne Gartenschere mit dem Plastikgriff in ihren rosa behandschuhten Händen und stutzte die Rosenbüsche. Sie schnitt sie weit zurück, bis zu der Stelle, wo neues Leben in Form von kleinen grünen Blättern aus den Zweigen spross. Trotz ihrer Arthritis, die sich wieder einmal bemerkbar machte.

Sie spürte fast, wie die Fotografen darauf brannten, sie zu bitten, die gelben Gummistiefel und die Gießkanne zu holen, um in ihrem Garten die gleiche Kulisse wie an dem Tag vor neun Jahren aufzubauen.

»Hallo, Maeve.«

Als sie den Blick hob, sah sie ihre Nachbarin und lebenslange Freundin Clara Littlefield durch den Garten kommen, der die beiden Häuser an den Seiten verband. Sie trug einen Weidenkorb, prall gefüllt mit Stangenweißbrot, Weintrauben, Brie, Räucherwurst und einer Flasche Wein.

»Hallo, Clara.« Die Strohhüte der beiden Freundinnen stießen aneinander, als sie sich mit einem Wangenkuss begrüßten.

»Die Rosen sind herrlich dieses Jahr«, schwärmte Clara.

»Danke … Schau dir Maras Strandrosen an – sie sind wirklich eine Pracht, findest du nicht?«

»Und wie.« Die beiden Frauen bewunderten die üppigen, mit rosafarbenen Blüten übersäten Büsche, die das kleine Mädchen in dem Jahr gepflanzt hatte, als seine Eltern ertranken. Vor langer Zeit angelegt, um das Andenken ihrer Eltern in Ehren zu halten, waren sie nun alles, was Maeve von Mara selbst geblieben war. Ihre Augen füllten sich mit Tränen, und sie spürte, wie Claras Arm sie umfing.

»Du hast ein Picknick für uns mitgebracht?«, lenkte sie ab.

»Natürlich. Ich kann mich doch nicht bei dir einladen, ohne eine kleine Stärkung mitzubringen. Das war schon vor sechzig Jahren so, wenn wir zusammen übernachtet und abwechselnd für unser leibliches Wohl gesorgt haben.«

»Das Übernachten haben wir beibehalten, ungeachtet des Alters.« Maeve lächelte.

Clara lachte und umarmte sie erneut, so dass Maeve beinahe den Anlass für das heutige Übernachten, das heutige Picknick vergaß. Während der vergangenen acht Jahre hatte sich ihre Freundin jedes Mal im Juni bei ihr einquartiert, zum Vorabend des Tages, an dem Mara den grünen Gartenschlauch und die gelbe Gießkanne aus der Hand gelegt, die gelben Stiefel ausgezogen und den Garten ihrer Großmutter für immer verlassen hatte.

Für immer war eine lange Zeit.

Aber sie war ein wenig leichter zu ertragen, wenn man eine Herzensfreundin hatte, die einem zur Seite stand, dachte Maeve und nahm Claras Hand, als sie in die Küche gingen, um sich über den Picknickkorb herzumachen.

Kapitel 2

Die beiden Mädchen hatten den Bus verpasst, so dass sie nach der Schule zu Fuß nach Hause gingen und auf der Schotterstraße hoch über dem Golf von St. Lawrence mit einem Kieselstein Fußball spielten. Sie kickten abwechselnd. Zuerst versetzte Jessica dem Stein mit ihrem Laufschuh einen kräftigen Tritt, dann war Rose an der Reihe. Zwischendrin setzten sie ihren Weg fort und unterhielten sich angeregt.

»Lieblingsfarbe?«, fragte Rose.

»Blau. Lieblingstier?«

»Katze. Lieblingsbuch?«

»Der König von Narnia.«

»Meins auch.« Rose lachte, als sie den Stein hoch in die Luft schleuderte, so dass er einen weiten Bogen beschrieb und in der Mitte der Straße landete. »Hast du das gesehen?«

»Schon gut, du bekommst die Goldmedaille. Also, zurück zu *Fragezeit.*«

»Das haben wir schon so oft gespielt. Wir kennen doch die Antworten auf alle Fragen.«

»Nicht auf alle«, erwiderte Jessica geheimnisvoll. »Wir sind erst seit April Freundinnen, seit wir hierhergezogen sind. Ich wette, du hast keine Ahnung, woher ich komme.«

»Aus Boston.«

»Das erzählen wir den Leuten.« Jessica setzte eine scheinbar besorgte Miene auf. »Aber es gibt Geheimnisse, die nicht einmal meine beste Freundin kennt – *es sei denn, sie macht sich die Mühe, mich danach zu fragen …*«

Rose kicherte. Jessica und sie waren fast neun, und es war spannend, sich auszumalen, dass ihre neue Freundin dunkle Geheimnisse in ihrem tiefsten Inneren verbarg – und man nur fragen musste, um mehr darüber zu erfahren. Sie ging schweigend weiter, in Gedanken vertieft. Linker Hand breitete sich der Golf von St. Lawrence unendlich weit aus. Das Wasser war spiegelglatt und dunkelblau, mit einem hauchzarten Schleier, der wie ein Seidenschal auf der Oberfläche lag. Rose wusste, wenn sie diesen Schleier sah, stand der Sommer vor der Tür. Sie suchte mit ihren Blicken die Bucht ab, hielt nach Nanny Ausschau, denn mit dem Sommer kam Nanny.

Jessicas nächster Stein landete versehentlich im Unkraut, so dass es einen neuen auszuwählen galt. Rose kletterte vorsichtig ein Stück die Böschung hinab, um den alten Stein zu suchen. Aus irgendeinem unerfindlichen Grund hatte sie den Wunsch, ihn zu behalten, deshalb steckte sie ihn in die Tasche, sobald sie ihn gefunden hatte. Als sie hochsah, war Jessica bereits hinter der Biegung verschwunden. Rose hüpfte ein paar Schritte hinterher. Ihr Herz flatterte wie ein gefangener Vogel, und sie begann zu laufen.

»Willst du das Geheimnis nicht wissen?« Jessica dribbelte mit dem Stein, als hätte sie einen Fußball auf dem Bolzplatz vor sich.

»Doch, natürlich.«

»Dann frag mich doch. Na los – ich gebe dir einen Hinweis. Du musst mich nach meinem richtigen Namen fragen.«

»Den kenne ich doch – Jessica Taylor.«

»Vielleicht, vielleicht aber auch nicht. Könnte ja sein, dass Taylor der Name meines Stiefvaters ist oder ein angenommener Name, der auf James Taylor zurückgeht. Wir finden seine Musik toll.«

»Meine Mutter und ich auch.«

»Mein richtiger Vater hat ihn einmal in einem Konzert gesehen. In Tanglewood.«

»Dein richtiger Vater?« Rose hätte gerne weitere Fragen gestellt, aber Jessicas angespannte Miene gebot ihr Einhalt. Ihre Augen waren verengt und ihre Lippen aufeinandergepresst. Die Veränderung trat von einer Sekunde auf die andere ein und war genauso schnell wieder verschwunden, aber Rose hatte sie bemerkt. Bei den Worten ›wirklicher Vater‹ hatte sich eine Kluft zwischen ihnen aufgetan. Rose spürte sie in ihrem Herzen, als flatterte dort ein weiterer Vogel im Käfig.

»Die Luft ist hier oben mit Sicherheit sauber.« Jessica wechselte das Thema, als sie ihren Weg fortsetzten. »Das ist auch der Grund, warum wir nach Cape Hawk gezogen sind, weit weg von der Luftverschmutzung und den ganzen Schadstoffen. Zumindest erzählt das meine Mutter jedem, der es hören will. Aber vielleicht …?«

»Vielleicht was?«

»Vielleicht ist der wahre Grund für unseren Umzug ein weiteres, angsteinflößendes Geheimnis.« Sie zog Rose an einem ihrer Zöpfe und deutete auf das Herrenhaus oben auf dem Hügel. Rotwildspuren führten durch das dichte Unterholz in den Kiefernwald, der das imposante Gebäude aus Naturstein umgab, in dem der Meeresforscher lebte. »Komm, wir schleichen uns hinauf und spähen Captain Hook aus.«

»Ich finde, das ist keine gute Idee.« Rose spürte abermals das sonderbare Flattern. »Vor allem, weil er mit uns befreundet ist und meine Mutter ihren Laden direkt neben seinem Büro hat.«

»Ja, aber das ist unten am Kai und weit weg. Sie hat vermutlich keinen blassen Schimmer, was in seinem großen gespenstischen Haus vor sich geht. Was wäre, wenn er in Wirklichkeit ein verrückter Wissenschaftler ist und wir sie vor ihm retten müssen? Oder ein richtiger Pirat, mit einem Namen, der Captain Hook alle Ehre macht?«

»Er heißt Dr. Neill.« Rose wusste, dass die Kinder ihn Captain Hook nannten, aber sie tat das nie. Sie hatte längst begriffen, dass Menschen auf jede nur erdenkliche Weise verschieden waren. Es gefiel ihr, dass Dr. Neill und sie einiges gemein hatten, und es stimmte sie traurig, wenn sich die Kinder über ihn lustig machten. Er war groß und wortkarg, hatte dunkle Haare, tiefliegende Augen und einen schmalen Mund, der nie lächelte. Außer, wenn er mit ihr und ihrer Mutter beisammen war.

»Ich finde es unheimlich, dass sich der schöne Laden deiner Mutter direkt neben seinem Büro befindet. Ein einarmiger Mann, der sein Leben mit der Jagd auf *Haie* verbringt …« Sie erschauerte. »Obwohl die restliche Familie ganz nett ist, mit ihren Walbeobachtungsbooten.«

»Auf einem dieser Boote findet meine Geburtstagsparty statt, Walbeobachtung eingeschlossen.«

»Ich weiß. Ich kann es kaum noch erwarten. Weil es auch mein Geburtstag ist.«

»Nein! Das ist ein Scherz, oder?«

»Vielleicht … vielleicht aber auch nicht.«

Rose stellte sich eine der Anschlagtafeln in ihrem Klassenzimmer vor, geschmückt mit bunten Kästchen, in denen die Geburtstage sämtlicher Mitschüler verzeichnet waren. Jessicas war im August.

»Das ist wohl ein Scherz! Du bist am 4. August geboren – steht ja auf dem Schwarzen Brett.«

Jessica lächelte. »Jetzt hast du mich erwischt. Also gut,

dann feiert nur eine von uns beiden am Sonntag Geburtstag. Und du bist die Glückliche!«

»Ich hoffe, dass Nanny bis dahin zurück ist. Sie war an meinem Geburtstag immer hier.«

»Wer ist Nanny?«

»Du wirst sie schon noch kennenlernen.«

»Werden wir wirklich Wale zu Gesicht bekommen?«

»Bestimmt. Sie kommen jeden Sommer. Das ist ihr Zuhause, genauso wie unseres.«

»Ist Neills Familie deshalb so reich? Weil ihnen die vielen Walbeobachtungsboote gehören?«

»Wahrscheinlich.« Roses Finger fühlten sich mit einem Mal taub an. Ihre Lippen kribbelten wie verrückt. Die Straße stieg langsam an, bis die Ostkurve kam. Sie hatten den Gipfel der Anhöhe fast erreicht. Sobald sie oben angelangt waren, ging es nur noch bergab.

»Mein Stiefvater sagt, Wale sind nichts weiter als zu groß geratene Fische, und Leute, die Geld dafür ausgeben, um sie zu beobachten, haben nicht mehr alle Tassen im Schrank. Einer seiner Vorfahren war Walfänger und ist damit stinkreich geworden.«

»Wale sind keine Fische, sondern Säugetiere.« Rose musste sich auf jeden einzelnen Schritt konzentrieren. »Sie atmen Luft, genau wie wir.«

Hohe Felsenklippen umschlossen die kleine Stadt – ausgehend von dem großen weißen Hotel erstreckten sie sich bis zur Landzunge, die in die schützende, zum Golf von St. Lawrence führende Bucht hineinragte. Der eisige Lyndhurst River floss an den Felswänden hinab, kerbte einen gezackten Pfad in die Steilhänge und bildete einen Fjord. Rose hatte in der Schule gelernt, dass dieser ganze Bereich während der Eiszeit entstanden war, dass die Felsen von einem Gletscher stammten und der Fluss, der in die Bucht mündete, zahlreiche Fische anlockte, so dass sich dieses Gewässer auch bei Walen und Robben großer Beliebtheit erfreute.

»Komm«, sagte Jessica plötzlich, ergriff Roses Hand und zog sie zu einer Rotwildspur, die zu Dr. Neills Haus hinaufführte. Rose hob den Blick. Die stämmig wirkenden Nova-Scotia-Kiefern schienen das Steinhaus emporzuheben und hoch über ihr Geäst dem Himmel entgegenzustrecken – Sonnenlicht wurde von dem weitläufigen Schindeldach zurückgeworfen. Singvögel, gerade erst von ihrer langen Reise nach dem Süden zurückgekehrt, zwitscherten in den Bäumen. Doch trotz Sonnenschein, Vogelgezwitscher und der Hoffnung, Dr. Neill wiederzusehen, war der Pfad, der zu seinem Haus hinaufführte, einfach zu steil.

»Kommst du?«, drängte Jessica.

Rose beugte sich nach vorne, die Hände auf den Knien, und ruhte sich einen Moment aus. »Lass uns lieber zum Laden meiner Mutter gehen. Sie hat bestimmt einen kleinen Imbiss für uns, und vielleicht bringt sie uns ja bei, die Anfangsbuchstaben unserer Namen zu sticken.«

»Angsthase!« Aber Rose merkte, dass Jessica eigentlich erleichtert aussah, weil sie nicht die dunkle, unheimliche Anhöhe hinaufgehen mussten. Rose zuckte mit den Schultern, als wäre sie ganz ihrer Meinung. Sie blieb auf ihre Knie gestützt stehen, um ihre Kräfte zu schonen.

»Dann los. Wir sind Fußballerinnen. Ich spiele dir einen Pass zu; mal sehen, wie deine Ballführung ist.«

Jessica kickte den Kieselstein erwartungsvoll in ihre Richtung, damit Rose ihn wie eben noch vor sich herschießen würde. Rose machte Anstalten zu dribbeln, aber der Heimweg war weit, und das Flattergefühl in ihrem Herzen wurde zunehmend schlimmer. Sie schaute auf ihre Hände hinab und merkte, dass Jessica ihrem Blick folgte. Ihre Finger waren blau, und Jessica erschrak zu Tode.

»Rose!«

»Ich friere nur. Das ist alles.«

»Aber es ist heiß hier draußen!«

Einer Panik nahe, kickte Rose scheinbar versehentlich den Kieselstein in die Büsche. Jessica schrie ungläubig auf, dann begann sie, den Hügel hinunterzulaufen, in Richtung Hafen.

»Komm, beeil dich!«, rief sie.

Rose hätte sich gerne eine Weile hingesetzt, aber sie konnte es nicht ertragen, dass Jessica sie so sah. Jessica war ihre neue Freundin und wusste nicht, was mit ihr los war ... *Jetzt geht es nur noch bergab*, spornte sie sich an. *Das schaffe ich* ... Sie spähte in die kleine Hafenstadt hinunter und richtete den Blick fest auf den Laden ihrer Mutter. Dann holte sie tief Luft und setzte sich in Bewegung.

Cape Hawk gehörte nicht zur Kategorie der malerischen Fischerorte, in denen sich die imposanten, einst von Seekapitänen bewohnten Häuser reihten. Die Gehsteige aus Pflastersteinen waren nicht von anmutigen Ulmen überschattet. Und auch die Kais hatten sich nicht als Magnet für lange schneeweiße Yachten mit ihren gut betuchten Eignern oder Seglern erwiesen. Die Stadt konnte lediglich mit einem schmucken Hotel und einem Campingplatz als Herberge für Reisende aufwarten. Die ansehnlichsten Häuser befanden sich im Besitz einer einzigen Familie, derselben, die auch das Hotel und sämtliche Walbeobachtungsboote ihr Eigen nannte.

Dieser kleine entlegene Vorposten von Nova Scotias

Treibnetzfischer-Flotte hatte nur vier Straßen: die Church Street, die School Street, die Water Street und die Front Street. Frostschäden rissen die Gehsteige immer wieder auf, und der Meereswind wehte so beständig und erbarmungslos, dass nur die widerstandsfähigsten Kiefern und verkrüppelten Eichen dem fortwährenden Angriff standzuhalten vermochten. Keiner der Seekapitäne war bei dem harten Leben in diesen Gewässern reich genug geworden, um Häuser zu bauen, die einer Anmerkung wert gewesen wären – mit einer Ausnahme: Es gab einen Mann, der gleich drei Häuser errichten ließ, für sich selbst und seine beiden Kinder. Dieser Mann war Tecumseh Neill.

Das eine Haus unten am Kai war 1842 erbaut worden, nach Captain Neills dritter Reise auf seinem Schiff *Pinnacle,* rund um Cape Horn. Einer Legende zufolge, deren die Stadt sich rühmte, hatte er während seiner letzten Lebensjahre nur noch einen einzigen Wal verfolgt, doch drei Fahrten zuvor hatte er mit großem Erfolg Wale gefangen und ihr Öl in New Bedford und Halifax verkauft, bevor er sein Haus auf Cape Hawk errichten ließ.

Mit seinen strahlend weißen Schindeln, den schwarzen Fensterläden und der roten Eingangstür besaß dieses ›Stadthaus‹ drei Stockwerke und darüber hinaus ein Dachgeschoss mit einem zusätzlichen Zimmer, das auf den Golf von St. Lawrence hinausging. Das Gebäude hatte sich, genau wie die beiden anderen von ihm erbauten, stets in Familienbesitz befunden und wurde von einer Generation zur nächsten weitergereicht. Zwei Jahrhunderte lang war es von seinen Nachkommen in Beschlag genommen worden, doch diese Generation hatte es aufgeteilt und vermietet – die beiden oberen Etagen beherbergten nach wie vor Wohnräume, während das Erdgeschoss zur Hälfte in gewerbliche Nutzfläche umgewandelt worden war. Das Haus stach durch eine ausladende Granittreppe, eine breite Veranda mit weißem Geländer an der Frontseite und eine rote Eingangstür ins Auge.

Sobald Besucher über die Türschwelle traten, befanden sie sich in der kleinen, allen Bewohnern zugänglichen Eingangshalle. Hier hing noch der ursprüngliche Kandelaber aus der Zeit des Captain Neill über der Treppe. Lily Malone, die Mieterin einer der beiden Geschäftsräume im Erdgeschoss, hatte versucht, diese zentrale Eingangshalle durch von ihr und anderen Frauen aus dem Ort in Handarbeit gefertigte Wandteppiche in Petit-Point-Stickerei einladender zu gestalten. Außerdem hingen einige Kinderzeichnungen ihrer Tochter Rose an den Wänden.

Lily Malone saß im hinteren Teil ihres Ladens und packte die letzten kleinen Aufmerksamkeiten für die Gäste der Geburtstagsparty ein. Unter ihrem Arbeitstisch waren sechzehn rosafarbene Papiertüten aufgereiht, verborgen vor den Blicken für den Fall, dass eine der Empfängerinnen hereingeplatzt käme. Bis jetzt hatte sie fünf Kundinnen gehabt, drei davon Nanouks – Angehörige von Lilys Frauenclub, in dem man gemeinsam stickte, Spaß hatte und sich gegenseitig den Rücken stärkte. Sie hatte außerdem zwei Lieferungen Näh- und Stickgarn erhalten, einschließlich der begehrten französisch-persischen Woll-Seide-Mischung, ein absolutes Muss für Liebhaber, in wunderbar satten Farbnuancen, die von ›Morgenklee‹ bis ›Hochplateau bei Sonnenuntergang‹ reichten.

Ihr Handarbeitsladen, das *In Stitches,* hatte zwei große Schaufenster, die auf den Kai, die Walbeobachtungsboote und den Hafen von Cape Hawk hinausgingen. Sie hatte sich auf Nadelarbeiten spezialisiert, und die Garne für Kreuz- und Petit-Point-Stickereien, die sie führte, standen der bunten Vielfalt eines Gartens in nichts nach: Da gab es Baumwolle, Seide, Woll-Seiden-Gemische, französische Wolle, persische Wolle und Metallic-Fasern. Die Farbpalette war vielfältig und märchenhaft – sie hatte allein zweiundzwanzig Rosaschattierungen im Sortiment: Muschelrosa, Sandrosa, Bonbonrosa, Abendrosa, Geranienrosa, Altrosa, Williamsbirnen-Rosa und viele mehr.

Auf der symbolischen Ebene behagte ihr der Gedanke, Dinge zusammenzufügen, Stich für Stich ein kleines Kunstwerk zu schaffen. Auf der praktischen Ebene verdiente sie damit ihr täglich Brot. Dieser wundervolle Ort, an dem sie sich wohl fühlte, war entlegen und befand sich sozusagen in der Mitte von nirgendwo. Die Frauen aus der ganzen Umgebung pilgerten in ihren Laden. Manche gaben Geld aus, das sie gar nicht hatten. Lily räumte ihnen beim Kauf von Gitterleinen und Garn Kredit ein; die Schulden kassierte sie mit Zins und Zinseszins in Form von kostenlosem Kinderhüten und hausgemachten Aufläufen.

Das Hotel kurbelte das Geschäft ebenfalls an – zumindest in den Sommermonaten. Lily blickte zum Fenster hinaus, den Hügel empor. Das ausladende, dreistöckige, weiße Gebäude glänzte in der Sonne wie die Zinnen einer Festung im Hohen Norden. Das Dach war leuchtend rot, von einer verzierten Kuppel mit dem eingravierten Namenszug CAPE HAWK INN gekrönt. Zwei weitläufige Flügel umschlossen tadellos gepflegte Gartenanlagen mit Rosen, Zinnien, Ringelblumen, Rittersporn und Stockrosen. Camille Neill hatte einen grünen Daumen – das musste man ihr lassen.

In ebendiesem Moment rumpelte der Schulbus den Kai entlang. Lily schob die Spitzengardine zur Seite und sah, wie die letzten Kinder ausstiegen. Sie verspürte einen vagen, beinahe unmerklichen Anflug von Erleichterung: Der Bus war das Zeichen, dass Rose wohlbehalten nach Hause gekommen war. Natürlich war das albern, das wusste sie. Rose war fast neun, aufgeweckt und selbstbewusst, und sie erinnerte ihre Mutter stets aufs Neue daran, dass sie sehr gut alleine auf sich aufpassen konnte.

Plötzlich ging die Tür auf, und zwei Frauen traten ein. Es waren Stammkundinnen, Nanouks. Marlena wohnte im Ort, während Cindy aus dem vierzig Meilen entfernten Bristol kam. Lily winkte ihnen zu und lächelte.

»Hallo, Cindy, hallo, Marlena. Wie geht's?«

»Prima, Lily«, sagte Cindy. »Ich habe gerade das letzte Sitzkissen für meine Esszimmerstühle fertig gestickt und brenne darauf, endlich etwas Neues anzufangen.«

»Wie lange hast du daran gearbeitet – drei Jahre?«, erkundigte sich Marlena.

»Hast du ein Kissen mitgebracht? Ich würde es mir gerne anschauen«, meinte Lily. Sie spitzte die Ohren, um das Läuten des Telefons nicht zu überhören – Rose und sie riefen sich nach Schulschluss immer kurz an. Cindy kramte in ihrer Umhängetasche und holte zwei quadratische Kissenhüllen heraus – elegante Bargello-Muster, feine geflammte Stiche in den Herbstfarben Rot und Gold.

»Die passen perfekt zu ihrem Esszimmer«, ließ sich Marlena vernehmen.

»Sie sind wunderschön geworden«, lobte Lily, während sie die perfekten Stiche in Augenschein nahm. »Ich weiß noch, wie du mit deinem ersten Projekt in unserem Club angefangen hast. Und du hast sechs Kissenhüllen gemacht?«

»Acht«, berichtigte Cindy stolz.

Lily legte die Quadrate auf ihrem Arbeitstisch aus. Sie waren leicht verzogen, wie alle handgearbeiteten Stickereien. Das Gitterleinen war fein, zehnmaschig; die Kanten, früher weiß, hatten nach monatelangem Kontakt mit den Fingern einen leichten Grauschimmer angenommen. Ungeachtet dessen, wie sorgfältig man sich die Hände auch wusch, das körpereigene Hautfett übertrug sich auf die Arbeit und zog Schmutzpartikel an, die sich im Garn verfingen.

»Ich weiß, ich muss die Kissenhüllen dringend waschen und spannen«, sagte Cindy. »Was für ein Mittel würdest du mir empfehlen?«

»Sattelseife.« Lily stellte ein kleines Glas auf den Tresen. »Ein sanftes Reinigungsmittel, das wahre Wunder wirkt und obendrein preiswert ist. Ich unterbiete mit meinen Preisen den Laden für Tierfutterbedarf.«

Die Frauen kicherten, und Lily blickte rasch zum Telefon hinüber – es hatte immer noch nicht geläutet. Sie erklärte, wie man der Arbeit den letzten Schliff gab: Zuerst wurde das Leinen gewaschen, dann mehrmals in einem Handtuch aufgerollt und kräftig gedrückt, um überschüssiges Wasser zu entfernen, und zum Schluss wurde es mit Hilfe eines Stahlwinkels wieder in seine ursprüngliche Form gebracht und mit rostfreien Stecknadeln auf dem Bügelbrett befestigt.

Cindy bezahlte die Sattelseife, während Marlena in Lilys Gitterleinen mit den von Hand aufgemalten Motiven stöberte. Lily griff nach dem Telefonhörer; sie wollte Rose kurz anrufen, nur um sicherzugehen, dass alles in Ordnung war. Doch dann beugte sich Marlena vor.

»Herrlich.« Sie hielt eine Stickvorlage von einem Haus am Meer in der Hand, mit Blumenkästen vor den Fenstern, in denen Petunien und Efeu überquollen und mit einem Segelboot in der Ferne. »Hast du noch mehr aus dieser Serie?«

»Die sind bereits ausverkauft.«

»Du machst ein Bombengeschäft, wie mir scheint«, sagte Cindy. »Ein verdienter Erfolg. Du führst den einzigen richtigen Handarbeitsladen im Umkreis von fünfzig Meilen rund um diese gottverlassene Einöde und hast nebenher noch den Club ins Leben gerufen … Ich schwöre euch, ich hätte meinen Mann schon dreimal verlassen, wenn ich nicht die Nanouks zum Reden hätte.«

»Und bei mir war es genau umgekehrt – mich haben die Gespräche mit euch allen darüber hinweggetröstet, dass mein Mann mir den Laufpass gegeben hat.« Marlena legte die letzte ›Home Sweet Home‹-Stickvorlage auf die Ladentheke.

»Was ist, seid ihr bei der Bootstour mit dabei?« Lily lachte, als sie den Betrag für die Einkäufe kassierte.

»Zu Roses Geburtstag? Und angesichts der vielen Dinge, die wir sonst noch zu feiern haben? Darauf kannst du Gift nehmen!«

»Das würden wir uns auf keinen Fall entgehen lassen«, beteuerte Cindy.

»Dann sehen wir uns am Samstag. Am Kai. Wir haben die *Tecumseh II* gechartert – das beste Boot der Flotte.«

»Für die Nanouks ist das Beste gerade gut genug. Also, bis dann!«

Kaum waren sie zur Tür hinaus, griff Lily auch schon nach dem Hörer und wählte. Der Anrufbeantworter meldete sich. *Hallo, wir sind im Moment nicht zu Hause …* Sie wartete den Piepton ab und sagte hastig: »Rose, wo steckst du? Geh bitte ran, ja?«

Schritte knarrten auf der Veranda. Lily schob den weißen Spitzenvorhang zur Seite und dachte, es sei Dr. Liam Neill, der Ozeanograph, der sein Büro am anderen Ende der Eingangshalle hatte. Er war ein direkter Nachfahre des Seekapitäns Tecumseh Neill, des ursprünglichen Hausbesitzers. Statt Fische zu fangen oder Wale zu beobachten wie der Rest der Familie, hatte er sein Leben der Erforschung von Fischen und anderem Meeresgetier gewidmet, besonders der Erforschung von Haien. Ein düsterer, verschlossener Mensch, der mehr Zeit mit Haien als mit Menschen verbrachte – da erübrigte sich wohl jedes weitere Wort.

Aber es war nur der Fahrer von FedEx, der ein Paket in Liams Büro ablieferte.

Lily legte den Hörer auf. Sie setzte sich hin und nahm ihre eigene Stickarbeit wieder auf – eine Gewohnheit, die ihre beruhigende Wirkung nie verfehlte. Vielleicht hatte Rose das Telefon nicht gehört. Sie war womöglich draußen und fütterte die Enten. Oder sie war bei einer Freundin und hatte vergessen, ihr Bescheid zu sagen. Es gab viele einleuchtende Erklärungen …

Als die Ladentür geöffnet wurde, fuhr sie herum. Es war Jessica. Sie war im gleichen Alter wie Rose, doch um einiges größer; sie stand in blaukarierten Hosen und gelbem T-Shirt außer Atem auf der Schwelle und winkte Lily herbei.

»Was gibt es denn, Jessica?« Lily war aufgesprungen. »Ist etwas passiert?«

»Rose – irgendetwas stimmt nicht mit Rose, sie kann nicht gehen, ihre Finger sind ganz blau, und sie musste sich hinsetzen!«

»Wo ist sie?«

»Draußen auf dem Platz, neben dem Fischerdenkmal.« Jessica brach in Tränen aus, aber Lily hatte keine Zeit, sie zu beruhigen; sie war bereits aus dem Laden gerannt, so schnell ihre Beine sie trugen.

Rose saß auf der Mauer, lehnte sich gegen die Statue. Es kostete sie unendliche Mühe, den Kopf hochzuhalten, deshalb ließ sie ihre Stirn auf die Knie sinken. Ihr Brustkorb war wie zugeschnürt, und bei jedem Atemzug brannte ihre Lunge, als würde sie die Luft durch einen Strohhalm einziehen. Noch bevor Jessicas Schritte verhallt waren, hörte sie, wie jemand zu ihr lief, und an den schweren großen Stiefeln auf dem Boden erkannte sie, dass es nicht ihre Mutter sein konnte.

Es war der Meeresforscher, Dr. Neill; auf seinen Stiefeln glitzerten Fischschuppen. Im Sonnenlicht glichen sie zerbrochenen Glasscherben, feurig funkelnd und schillernd wie ein Regenbogen. Er kauerte sich neben sie, und sie spürte seine Hand auf ihrem Scheitel. »Keine Angst, deine Mutter ist schon unterwegs. Entspann dich einfach und versuch, tief durchzuatmen; schaffst du das?«

Rose nickte, öffnete den Mund und holte tief Luft. Sie wusste, der Anfall würde vorübergehen und alles würde gut werden; das war immer so, aber diese Zustände machten ihr Angst. Ihre Gedanken eilten voraus, zum nächsten Schritt in der bekannten Abfolge. Sie stellte sich die Ärzte vor, Boston, die Notaufnahme der Klinik. Das stand ihr nun wieder bevor, das war sicher. Sie war nicht einmal neun, doch sie hatte das schon so oft durchgemacht, dass sie beinahe ihr eigenes Krankenblatt schreiben konnte.

Dr. Neill berührte ihre Stirn. Sie schloss die Augen. Seine Hand war kühl. Nun glitt sie zu ihrem Handgelenk, fühlte ihren Puls. Vielleicht beängstigte ihn das, was er spürte. Sie wusste, dass viele Leute so reagierten. Sie sah ihn an. Er jagte auch manchen Leuten Angst ein. Das hatten sie also gemeinsam. Er lächelte nicht, aber mit solchen Dingen war ja auch nicht zu spaßen.

Einmal hatte eine Lehrerin ihr einen heftigen Stoß versetzt, damit sie sich hinlegte, obwohl es besser gewesen wäre, wenn sie ihre zusammengekauerte Stellung beibehalten und abgewartet hätte. Ein anderes Mal war die Mutter eines Mädchens in Panik geraten und mit ihr schnurstracks die weite Strecke bis Telford ins Krankenhaus gefahren, obwohl Rose ihr immer wieder zu erklären versucht hatte, dass dies nicht nötig sei. Der Ozeanograph tat nichts dergleichen. Er wirkte sehr besonnen, als wüsste er, dass sich manche Probleme nicht so leicht beheben ließen.

Er hockte vor ihr auf den Fersen und hielt ihre Hand.

Es gelang ihr, Ruhe zu bewahren. Sie sahen sich an, während sie ein- und ausatmete. Sie bemühte sich, nicht zu blinzeln, wollte nur in seine tiefblauen Augen blicken. Haie schwammen in Gewässern, die so dunkel waren wie seine Augen, aber sie fürchtete sich nicht. Er blinzelte einmal, zweimal, ohne zu lächeln.

»Geh nicht weg«, bat sie.

»Nie im Leben.«

»Ich möchte, dass meine Mommy kommt.«

»Sie ist schon unterwegs; sie wird gleich hier sein …«

»Ich möchte, dass Nanny kommt.«

»Das wünschen wir uns alle. Sie ist auch schon unterwegs. Sie hat mir heute Morgen Bescheid gegeben, dass sie sich auf dem Weg hierher befindet.«

»Wegen meines Geburtstags?«

Dr. Neill zuckte zusammen, und seine Augen blitzten bei der Erwähnung ihres Geburtstags. Obwohl die Boote sich im Besitz seiner Familie befanden und ausschließlich Mädchen zur Party eingeladen waren, hätte sie ihn gerne dabeigehabt. Sie wusste, dass er sich normalerweise nicht ans Ruder eines Walbeobachtungsbootes stellte, aber vielleicht konnte er in ihrem Fall eine Ausnahme machen. Sie hätte ihn gerne darum gebeten, aber sie war zu schwach.

»Ja, Rose. Wegen deines Geburtstags. Lass deinen Kopf lieber unten. Braves Mädchen. Und tief durchatmen.«

Es gab so viel, was sie ihm sagen wollte; sie hätte ihn gerne zu ihrer Geburtstagsparty eingeladen, ihn gefragt, ob es weh getan hatte, den Arm zu verlieren, hätte ihm gerne gesagt, wie leid es ihr tat, dass er sich damals im Krankenhaus mehreren Operationen unterziehen musste, genau wie sie. Aber sie schaffte es nicht …

Jetzt kam ihre Mutter – Rose konnte ihre Anwesenheit spüren, bevor sie sie hörte oder sah. Ihre Mutter rannte quer über den Platz und stand plötzlich unmittelbar vor ihr – Rose wusste es, bevor sie auch nur einen Ton von sich gab. Der Ozeanograph hielt weiter ihre Hand. Als er sie losließ, drückte er sie leicht. Rose erwiderte den Druck.

»Ich bin bei dir, Rose«, sagte ihre Mutter.

Rose spürte ihre Arme um ihre Schultern und war sich sicher, dass alles gut werden würde.

»Wir sind zu Fuß nach Hause gegangen«, sagte sie. Ihre Mutter nahm sie behutsam in die Arme, darum bemüht, keinen Druck auf Herz oder Lunge auszuüben. Rose konzentrierte sich darauf, zu atmen, Sauerstoff zu bekommen. Sie betrachtete Dr. Neills Armprothese, seine Hand – als kleiner Junge hatte er an dieser Stelle einen Haken gehabt, und die Kinder in der Stadt hatten ihn hinter seinem Rücken Captain Hook genannt. Der gemeine Spitzname haftete bis heute an ihm. Rose blickte auf ihre eigenen Hände hinab. Die leicht keulenförmigen Fingerspitzen waren immer noch blau, aber weniger als vor ein paar Minuten. Sie bekam inzwischen besser Luft und machte Anstalten, sich aufzurichten.

»Bleib lieber noch einen Moment so sitzen«, schlug Dr. Neill vor.

»Danke, dass du ihr geholfen hast«, sagte Roses Mutter.

»Keine Ursache. Ich bin froh, dass ich zur Stelle war.«

»Du wusstest, was zu tun ist …«

Er antwortete nicht. Rose hob den Blick und sah, dass

er ihre Mutter anschaute – ihre Augen trafen sich für eine Sekunde, und ihre Mutter errötete. Vielleicht, weil sie dachte, ihre Bemerkung sei töricht gewesen. Natürlich wusste er, was zu tun war; er kannte Rose schließlich seit ihrer Geburt. Als Rose aufstand, flimmerten winzige Sterne vor ihren Augen.

»Es geht mir besser«, erklärte sie, ohne den grellen Lichtblitzen Beachtung zu schenken.

»Warte noch einen Moment«, sagte ihre Mutter, aber Rose schüttelte ungestüm den Kopf.

»Es geht mir gut – wir *müssen* heute nicht nach Boston fahren. Wir können bis zum festgesetzten Termin warten.«

»Du hast den Bus verpasst?«, fragte ihre Mutter, die Bemerkung über Boston ignorierend.

Rose musste nicht einmal nicken. Ihre Mutter kannte sie durch und durch. »Du hättest mich anrufen können.«

Rose schloss die Augen und dachte an Jessica. Ihre neue Freundin wusste längst nicht alles über sie: Sie hatte beispielsweise keine Ahnung, dass Rose bei keinem sportlichen Ausscheidungskampf, keiner Mannschaftsbesprechung, keinem Fußballspiel in der Schule mitmachen konnte. Sie hatte keine Ahnung, dass Rose immer bis zur Haustür gefahren wurde – im Gegensatz zu den anderen Kindern, die der Schulbus an der nächsten Kreuzung oder Zwischenstation absetzte.

»Du bist den ganzen Weg zu Fuß gegangen? Von der Schule bis hierher?«

»Ja.« Rose bekam wieder Luft. Dr. Neill hatte direkt neben ihr gestanden, doch mit einem Mal wich er zurück, als wollte er sie nicht noch mehr in Verlegenheit bringen, indem er zuhörte, wie sie von ihrer Mutter ausgeschimpft wurde. Rose hob den Blick, aber er hatte ihnen bereits den Rücken zugekehrt. »Mom.«

»Schon gut, Rose.«

»Meine Party findet trotzdem statt, oder?«

»Roses Geburtstag«, sagte Dr. Neill. »Wenn man einen Tag im Kalender rot anstreichen sollte, dann diesen.«

»Nochmals vielen Dank, Liam«, murmelte ihre Mutter mit seltsam strahlenden Augen.

»Keine Ursache. Pass gut auf dich auf, Rose.«

»Du auch.« Sie sah ihm nach. Weiße Wolken zogen durch den blauen Sommerhimmel, und Seemöwen kreisten über dem Kai. Als sie nach unten blickte, sah sie Fischschuppen in sämtlichen Regenbogenfarben schillernd auf dem Boden liegen. Vorsichtig steckte sie ein paar in ihre Tasche, zu dem ersten Stein, mit dem Jessica und sie Fußball gespielt hatten. Er hatte gesagt, ihr Geburtstag sei etwas Besonderes, ein Tag, den man rot im Kalender anstreichen sollte.

»Ein wortkarger Mann«, sagte ihre Mutter in dem Tonfall, der Bemerkungen über Menschen vorbehalten war, die sie nicht besonders mochte oder verstand.

Rose lehnte ihre Schulter fest gegen den steinernen Fischer. Während ihre Mutter dem Meeresforscher nachsah, hob Rose den Blick zum Gesicht der Statue. Der Fischer trug einen breitkrempigen Südwester auf dem Kopf, hielt eine Laterne in die Höhe und schien aufs Meer hinauszuspähen. Im Sockel waren die Namen aller Fischer des Ortes eingraviert, die auf hoher See verschollen waren – das Monument war zu ihrem Gedenken errichtet worden.

Der steinerne Fischer wachte über alle Menschen, die vermisst wurden, ungeachtet dessen, wo sie sich gerade befanden. Er war aus Granit, genau wie die blauen Felsenklippen, die hoch über der Stadt aufragten. Rose betrachtete ihre blauen Fingerspitzen. Was wäre, wenn sie überall blau anlaufen würde, kalt wie der Stein? Wie würde ihre Mutter darauf reagieren?

»Gleich ist Feierabend. Ich werde heute pünktlich schließen«, sagte ihre Mutter.

Rose nickte. Sie sah, wie der Meeresforscher zu seinem Büro hinüberschlenderte. Er wechselte ein paar Worte mit Jessica, die auf der Treppe stand. Dann ging er hinein. Rose hatte ein flaues Gefühl im Magen, als Jessica zu ihr herüberkam. Ihre Freundschaft hatte sich soeben verändert; egal, was passierte, sobald jemand sie in diesem Zustand sah, war nichts mehr wie früher.

»Alles in Ordnung mit dir?«, fragte Jessica.

»Es geht mir gut. War nichts Schlimmes.«

»Du hast ausgesehen wie ein Gespenst – schneeweiß.«

»Es geht mir besser.«

»Soll ich dich nach Hause fahren, Jessica?«, fragte Roses Mutter.

Jessica zögerte, schien angestrengt nachzudenken. Rose spürte, wie sie errötete – war ihre Freundschaft schon zu Ende, bevor sie richtig begonnen hatte? Fand Jessica es peinlich, mit ihr zusammen gesehen zu werden? Oder hatte es mit Jessicas Geheimnissen zu tun, der Andeutung, dass ihr richtiger Name vielleicht gar nicht Jessica Taylor lautete? Hatten sie sich wirklich nach dem Sänger James Taylor benannt? Vielleicht mochte Jessicas Mutter Liebeslieder, genau wie Rose.

»Eigentlich darf ich zu niemandem ins Auto steigen, ohne meine Mutter vorher zu fragen, aber ich denke, in diesem Fall ist das in Ordnung.«

»Wir rufen deine Mutter an – wie wäre es damit?«, schlug Lily vor.

Und so machten sie es.

Kapitel 3

Während sie Jessica nach Hause fuhr, war Lily mit drei Dingen gleichzeitig beschäftigt. Sie behielt die schmale Straße im Auge, warf immer wieder einen prüfenden Blick auf Rose und versuchte das Ausmaß der Angst einzuschätzen, die das Geschehen bei Jessica hervorgerufen hatte. Sie schaute in den Rückspiegel und lächelte. »Danke, dass du mich geholt hast. Dass du so schnell reagiert hast.«

»Sie schien sich nicht besonders gut zu fühlen«, erwiderte Jessica.

»Das hast du ganz richtig erkannt. Aber jetzt geht es ihr wieder gut.«

»Was ist denn passiert?«

Lily sah Rose an. Das war der Augenblick, vor dem sich Rose stets aufs Neue fürchtete. Da der Ort so klein war, kannten die meisten Bewohner sie seit ihrer Geburt. Sie kannten sie, hatten sie ins Herz geschlossen und, was Rose am meisten missfiel, nahmen fortwährend Rücksicht auf sie. Lily wusste, dass sie Jessica unverzüglich mit einer vagen Antwort abspeisen konnte, um das Thema zu beenden. Oder sie wählte den direkten Weg und sagte die Wahrheit. Im Laufe der Zeit hatte sie indes gelernt, diese Entscheidung Rose zu überlassen. Wenn sie wollte, dass ihre Freundin erfuhr, was ihr fehlte, würde sie es ihr selbst sagen.

»Es ist, als wäre ich verhext«, sagte Rose.

»Verhext?«, wiederholte Jessica verständnislos.

Sie fuhren an einigen Sommerhäusern und der alten Mühle

vorbei. Die Straße wurde von steil aufragenden Klippen und hohen Fichten überschattet. Lily musterte ihre Tochter im Rückspiegel – die welligen braunen Haare, die grünen Augen mit den goldenen Sprenkeln. Sie musste ihr Bedürfnis bezwingen, sich einzumischen und ihrer Tochter bei der Erklärung zu helfen. Sie sah, wie Rose mühsam nach Worten suchte, und wusste, dass sich die Freundschaft zwischen den Mädchen verändern würde, wie unmerklich auch immer, sobald es ausgesprochen wurde.

»Ja, verhext. Von einem bösen Zauberer.«

Lily blickte ihre Tochter verdutzt an.

»Er ist schuld daran, dass deine Hände blau werden?«

»Ja. Und dass ich mich manchmal schwindelig und schwach fühle. Er hat es auf mein Herz abgesehen.«

»Rose …«, begann Lily.

»Wirklich?« Jessica klang beunruhigt. »Verhext er mich jetzt auch? Es ist Captain Hook, oder? Ich habe gesehen, wie er vor dir stand, kurz bevor du dich hinsetzen musstest!«

»Nein, er doch nicht. Er ist klasse. Der böse Zauberer lebt weit weg von hier, auf der anderen Seite des Fjords, in einer Höhle auf der allerhöchsten Felsenklippe, umgeben von wild wuchernden alten Kiefern. Manchmal verwandelt er sich in einen Fischadler. Dann hört man ihn frühmorgens krächzen, wenn er über die Bucht gleitet, auf der Suche nach kleinen Leckerbissen.«

»Rose Malone«, sagte Lily mahnend. Ihre Tochter sah sie trotzig an. Sie wusste, dass ihre Mutter darauf verzichten würde, sie im Beisein ihrer Freundin rundheraus einer Lüge zu bezichtigen; andererseits würde sie auch nicht zulassen, dass Jessica, die gerade erst in diesen entlegenen, ein wenig unheimlichen Teil Kanadas gezogen war, zu der Schlussfolgerung gelangte, hier gäbe es einen bösen Zauberer, der kleine Mädchen verhexte. Die Straße schraubte sich hinter der kleinen Ortschaft immer weiter die Rinne des Gletschers hinauf, bis zu einem Plateau, das Ausblick auf die weitläufige blaue Bucht bot.

»Hier wohne ich«, sagte Jessica, als sie zu einem kleinen weißen Haus gelangten.

»Jessica, in Wirklichkeit gibt es natürlich keinen bösen Zauberer«, erklärte Lily.

»Doch, gibt es wohl«, widersprach Rose. »Und er durchbohrt die Herzen der Menschen mit einem Eissplitter, so dass niemand sie liebt. Die Liebe wohnt nämlich im Herzen.«

»Rose, alle lieben dich.« Lily musste wider Willen lächeln. »Die Geschichte stimmt hinten und vorne nicht, du solltest dir etwas Besseres ausdenken.«

»Also gut. Er hat mein Herz verhext, so dass alle möglichen verrückten Dinge passieren. Ihm habe ich mein krankes Herz zu verdanken.«

»Meine Großmutter hat auch ein krankes Herz.« Jessica runzelte die Stirn. »Aber dafür bist du noch viel zu jung.«

»Das können sogar Säuglinge bekommen. Wie bei mir, gleich nach der Geburt.«

»Kriege ich das auch?« Jessicas Stirnrunzeln vertiefte sich.

Nun blieb Lily keine andere Wahl, als einzuschreiten. »Nein«, erwiderte sie bestimmt. »Roses Herzkrankheit ist angeboren, du kannst dich nicht anstecken oder so. Sie hat die besten Behandlungen bekommen, die man sich nur vorstellen kann, und es geht ihr prima.«

»Ich darf nur nicht von der Schule aus zu Fuß nach Hause laufen«, erklärte Rose. »Oder andere anstrengende Dinge tun, bis ich die letzte Operation hatte. Sie findet noch in diesem Sommer statt, und danach geht es mir richtig gut. Dann kann ich rennen und alles.«

In diesem Moment wurde die Haustür geöffnet, und eine Frau trat auf die Veranda hinaus. Sie blieb stehen und beobachtete, wie Jessica sich verabschiedete. Lily winkte. Die Frau schien zu zögern – war offenbar unschlüssig, ob sie herüberkommen und die Fremde begrüßen sollte. Lily sah, wie sie sich für die Begegnung wappnete – sich buchstäblich stählte, bevor sie auf das Auto zuging.

Jessica öffnete die Tür, um auszusteigen. Lily spürte, mit welcher Besorgnis Rose dem Abschied von ihrer Freundin entgegensah. Sie wusste, dass dies der Augenblick der Entscheidung war. Wie würde Jessica reagieren, nach allem, was sie erlebt hatte? Lily wünschte, sie wäre imstande, ihre Tochter zu trösten, ihr zu versichern, dass es keine Rolle spielte, dass Jessica sie mochte, so oder so.

»Hallo, vielen Dank, dass Sie Jess nach Hause gefahren haben«, sagte die Frau.

»Gern geschehen. Übrigens, ich bin Lily Malone – Roses Mutter.«

»Marisa Taylor – Jessicas Mutter.«

Die Frauen lächelten, wohl wissend, dass sich hinter der knappen Erklärung eine ganze Lebensgeschichte verbarg. Marisas Augen blitzten mutwillig auf, und Lily hatte das Gefühl, dass sie ein weiteres potenzielles Mitglied im Club der Nanouks vor sich haben könnte. Jessica stand dicht neben ihrer Mutter und blickte Rose durch das Autofenster an.

»Wie man sieht, gärtnern Sie gerne. Ihre Blumenkästen sind herrlich.« Sie deutete auf die bunte Pracht an den Fenstern: Geranien, Petunien, blaues Eisenkraut und ganze Kaskaden von Efeuranken hoben sich in Rosa, Weiß und Blau vor dem weiß getünchten Cottage ab. Einige alte, dickstämmige rote Rosen, sorgfältig gestutzt und an einem Rankspalier neben der Tür hochgebunden, begannen gerade zu blühen, die Knospen waren wie kleine rote Feuerzungen in der Nachmittagssonne.

»Danke. Ja, gärtnern macht mir Spaß«, erwiderte Marisa.

»Ihre Rosen gefallen mir«, ließ sich Rose vom Rücksitz vernehmen.

»Es sind meine Lieblingsblumen. Schon immer, seit meiner Kindheit. Deshalb gefällt mir auch dein Name so gut.«

»Danke.« Rose lächelte.

»Ich dachte, hier gäbe es andere Wachstums- und Blütezeiten als diejenigen, an die ich gewöhnt bin. Aber ich habe festgestellt, dass meine Blumen so üppig blühen, als befänden wir uns in Neu-England oder noch weiter südlich.«

»Sie werden bemerken, dass wir hier früher dran sind als die anderen Regionen in Nova Scotia«, klärte Lily sie auf. »Die Annapolis-Strömung verläuft direkt vor der Küste und sorgt für ein wesentlich wärmeres Klima. Deshalb beginnen Ihre Rosen bereits zu blühen. In diesem Punkt sind wir Ingonish und sogar Halifax um mindestens drei Wochen voraus.«

»Aha, daher«, meinte Marisa. Dann bückte sie sich, blickte durchs Fenster und fügte hinzu: »Als Jessica anrief, um Bescheid zu sagen, dass sie nach Hause gefahren wird, erwähnte sie kurz, dass Rose etwas passiert sei. Alles in Ordnung mit ihr?«

»Rose hat ein schwaches Herz – wie Großmutter«, erklärte Jessica. Ihre Stimme klang zittrig, als hätte sie lange versucht, sich mit aller Gewalt im Zaum zu halten, und plötzlich brach sie in Tränen aus.

»Nein, ganz so ist es nicht«, sagte Lily. »Rose leidet unter einem angeborenen Herzdefekt, mehreren, genauer gesagt. Aber sie hat die besten Ärzte, die es gibt, und im Juli, gleich nach ihrem Geburtstag, wird sie operiert, um einen alten

VDS-Patch gegen einen neuen auszutauschen.« Marisa nickte, als wüsste sie, wovon die Rede war. »Wir können davon ausgehen, dass es der letzte operative Eingriff sein wird. Warte nur ab – danach wird sie sich sogar an Wettrennen beteiligen können …«

»Und gewinnen«, beteuerte Rose.

Jessica schauderte und weinte noch heftiger. Marisa schloss sie in die Arme, und Lily musste hilflos zusehen. Sie konnte geradezu spüren, wie Roses Freundschaft hier und jetzt zerrann.

»Was ist mit deiner Großmutter passiert?«, erkundigte sich Rose.

»Sie … sie …«

»Sie hatte einen Herzanfall«, sprang Marisa in die Bresche.

»Ich kriege keinen«, versicherte Rose.

Lily und Marisa blickten sich abermals an. Die Atmosphäre war erfüllt von Erinnerungen an Mütter und Großmütter, die abwesend, aber dennoch irgendwie zugegen waren. Lily dachte an ihre eigene Mutter, die ihr Kraft verlieh – sie spürte ihre Anwesenheit unaufhörlich. Die hohen Kiefern über ihren Köpfen rauschten im lauen Sommerwind.

»Du weißt, dass wir auf dich zählen.« Lily blinzelte ihrer Tochter zu. »Ich hoffe, dass ihr beide kommt, um mit uns Roses Geburtstag zu feiern und ihr die Daumen für die bevorstehende Operation zu drücken.«

»Die Party findet auf einem Boot statt, und wir fahren raus, um Wale zu beobachten!«, sagte Rose. »Alle meine Freundinnen sind dabei, auch die Nanouks.«

»Die was?«, fragte Marisa.

»Die Nanouks aus dem Frostigen Norden«, erläuterte Lily. »Sobald Sie den ersten Winter in diesen Breiten verbracht haben, werden Sie verstehen, was damit gemeint ist.

Wir treffen uns regelmäßig, um zu sticken, zu schlemmen und zu lästern.«

»Klingt himmlisch.«

»Sie kommen also mit auf die Bootsfahrt?«

»Wir sind dabei. Einverstanden, Jess?«

Jessica weinte immer noch leise vor sich hin. Sie musste viel verkraften für eine Neunjährige, unerbittliche Wahrheiten über das, was das Schicksal bisweilen bereithielt – wie im Fall ihres Vaters und ihrer neuen Freundin. Lily versetzte der Gedanke einen Stich. Sie hatte Rose zeitlebens vor solchen unerbittlichen Wahrheiten schützen wollen.

»Ohne dich wäre es nicht dasselbe«, sagte Rose. »Bitte versprich mir, dass du kommst, Jessica. Bitte! Ich schwöre, ich bin fast normal.«

Fast normal. Die Worte zerrissen Lily das Herz.

»Wir kommen«, beeilte sich Marisa zu sagen, die Lily angesehen hatte, was sie empfand.

Jessica nickte, zaghaft lächelnd. Sie fragte ihre Mutter, ob Rose und Lily kurz auf einen kleinen Imbiss hereinkommen könnten, aber Marisa tat, als hätte sie nichts gehört. Sie winkte ihnen zum Abschied zu und lotste Jessica zum Haus. Als sie losfuhren, verrenkte sich Rose auf ihrem Sitz den Hals, um ihre neue Freundin und Marisa so lange wie möglich im Blick zu behalten, bis Lily unterhalb der Granitklippen um eine Kurve bog und die lange steile Küstenstraße hinunter nach Hause fuhr.

Marisa schloss die Haustür hinter sich; ihre Handfläche war feucht und rutschte auf dem Messingtürknopf ab. Sie wischte sich die Hände an ihrer Jeans trocken und ging in die Küche, um Jessica einen kleinen Imbiss vorzusetzen. »Können die beiden kurz hereinkommen?«, hatte Jess wissen wollen. Lily hatte es gehört und gesehen, wie sie die Frage ignorierte. Marisas Blick war zum Himmel gerichtet, auf den Raubvogel, der hoch über ihnen dahinflog – ein Fischadler, der einen Fisch in seinen Fängen hielt. Sie hatte krampfhaft Lilys Blick gemieden. Den Blick von Mutter zu Mutter – die Sprache des Lebens, die keiner Worte bedurfte. Lily hatte ihre Reaktion bemerkt, und mit Sicherheit wunderte sie sich nun.

»Mom, gehen wir wirklich zu der Party?«, fragte Jessica.

»Natürlich kannst du gehen.« Marisa hörte wieder ihre eigene Stimme im Gespräch mit Lily: ihr spontanes, begeistertes *Wir sind dabei.* Damit ihr Bedauern echt wirkte, wenn sie einen Rückzieher machte.

»Damit ich so tun kann, als wäre es meine Party?«

»Schatz …«

»Ich darf meiner besten Freundin nicht einmal erzählen, dass wir am selben Tag Geburtstag haben!«

»Jess, du weißt, warum. Familiennamen, Geburtstage und Sozialversicherungsnummern werden von manchen Leuten benutzt, um jemanden aufzuspüren.«

»Du meinst Ted. Warum sagst du nicht einfach, wie es ist, statt so zu tun, als sei alles in Ordnung? Wir verstecken uns vor *ihm,* nicht vor *manchen Leuten.*«

Marisa holte tief Luft. Jessica hatte den Umzug und alles, was damit zusammenhing, gut verkraftet. Zuerst war sie dermaßen darüber erleichtert gewesen, wegzukommen, dass ihr alles recht gewesen wäre. Sie hatte ihre neue Identität angenommen als wäre es ein Spiel. Mit Unterstützung von Susan Cuccio, Mitarbeiterin im Zentrum, hatten sie neue Namen, Geburtstage und Familiengeschichten ersonnen. Jessica war überaus hilfreich gewesen, was die Familiengeschichte betraf; sie hatte dazu beigetragen, reale und geliebte Erinnerungen – an ihre Großmutter, ihre erste Katze, die gemeinsame Liebe zur Musik – mit den fiktiven Aspekten zu verknüpfen.

Doch das änderte sich nun, vor allem, weil ihr Geburtstag nahte. Marisa war ihr keine Hilfe gewesen: Sie hatte gegen eine aufkeimende Depression ankämpfen müssen – es fiel ihr schwer, den eingeschlagenen Kurs beizubehalten, morgens aufzustehen und alles zu erledigen, was sie erledigen musste. Sie war in ihrem Entschluss wankend geworden, fragte sich, ob sie mit ihrer Flucht in den hohen Norden die richtige Entscheidung getroffen hatte. Kein Wunder, dass Jessica aus dem Tritt geraten und verwirrt war.

»Du erlaubst mir, zu Roses Party gehen, aber zu Paulas damals durfte ich nicht.«

»Das war etwas anderes.«

»Weil *er* nicht hier ist?«

»Schatz …«

»Denkst du, dass er uns irgendwann findet?«

»Über Ted wollen wir uns jetzt nicht den Kopf zerbrechen. Wir haben genug damit zu tun, uns um unsere eigenen Angelegenheiten zu kümmern. Also, was soll's denn sein – Erdnussbutter und Gelee oder Hafermehlkekse?«

»Kekse und Milch. Es gefällt mir hier nicht besonders, Mom. Wenn man von Rose absieht. Ihretwegen ist diese kalte, steinige Gegend fast erträglich. Rose ist die allerbeste Freundin, die ich je hatte. Mom, wird sie wirklich wieder ganz gesund?«

Marisa ging zum Kühlschrank und öffnete die Tür, damit Jessica nicht merkte, wie ihre Hände zitterten. Verschleierungstaktik nannte man das … wenn man dem eigenen Kind gegenüber nicht ganz offen war und es im Dunkeln ließ.

»Mom, sag schon!«

Marisa dachte daran, was Lily gesagt hatte – dass Rose

an verschiedenen Herzdefekten litt. Das bedeutete, mehrere Fehlbildungen. VSD-Patch, also brauchte die Herzkammerscheidewand einen Flicken. Die Aorta auch? War die Hauptschlagader ebenfalls in Mitleidenschaft gezogen? Sie besaß immer noch ihre Lehrbücher aus der Schwesternschule – aber wo? Sobald sie fündig geworden war, konnte sie vielleicht mehr darüber in Erfahrung bringen, was Rose fehlte. Kinderkardiologie war nicht ihr Fachgebiet, sie hatte nie auf einer solchen Station gearbeitet, aber zumindest konnte sie Jessica helfen, die Vorgänge besser zu verstehen.

»Ich wünsche mir, dass sie gesund wird.« Jessica hob den Blick, als Marisa Milch und Kekse auf den Tisch stellte.

»Ich weiß.«

»Wir könnten unsere heimlichen Ersparnisse hernehmen, um die Operation zu bezahlen und ihr das Leben zu retten. Wir haben das Geld doch noch, oder? Vielleicht kennst du ja auch einen Arzt, der es umsonst machen würde.«

Marisa griff nach der Fernbedienung und schaltete das Fernsehgerät ein. Sie hatten Satellitenfernsehen – hier oben, meilenweit entfernt von jeglicher Zivilisation, war das die einzige Zerstreuung in der kleinen Ortschaft. Hunderte von Kanälen mit endlosen Wahlmöglichkeiten. Ein Mensch konnte alt und grau werden, bis er alle durchprobiert hatte. Sie fand einen Spielfilm mit Adam Sandler, der Jessica interessieren könnte, und stellte die Suche ein.

»Mom?«

»Jess, wie kommst du auf solche Ideen? Roses Mutter kümmert sich um alles.«

»Gut. Schön. Aber du hast sie nicht gesehen, unten am Kai. Sie war ganz blau angelaufen und bekam keine Luft mehr, und ich wusste nicht, was ich tun sollte, und dieser grässliche Mann mit der künstlichen Hand, der einem Angst einjagen kann, musste ihr helfen!«

»Aber du hast doch genau das Richtige getan – du bist losgelaufen und hast ihre Mutter geholt. Du hast Ruhe bewahrt.«

»Schon.« Jessica kaute nachdenklich an ihrem Keks. Dann hielt sie inne und hob den Blick. »So wie damals, als Ted meinen Hund verletzt hat.«

Auf dem Bildschirm machte Adam Sandler seine ausgelassenen Späße. Überall auf der Welt sahen sich Menschen den Film an und lachten. Aber nicht diese beiden, Mutter und Tochter. Marisa starrte Jessica an und nahm zur Kenntnis, dass sie ›verletzt‹ gesagt hatte, obwohl Ted Tally umgebracht und nicht nur verletzt hatte.

»Es macht mir nichts aus, dass wir uns verstecken müssen. Hauptsache, er findet uns nicht, und du nimmst ihn nicht wieder bei uns auf. Das weißt du, oder?«

»Ja, das weiß ich«, sagte Marisa.

Jessica akzeptierte die Antwort mit einem Kopfnicken, als brave Tochter, die sie war. Sie wandte ihre Aufmerksamkeit dem Bildschirm zu; Marisa verspürte den Anflug eines schlechten Gewissens, weil sie Jessica praktisch vor einem Adam-Sandler-Film geparkt hatte, um sie von ihren Fragen abzulenken. Sie ging zum Fenster, blickte hinaus, und plötzlich fiel ihr wieder ein, wo die Lehrbücher waren: Sie waren in Kartons verpackt im Lager, zusammen mit fast allen anderen Sachen.

Durch das Geäst der Bäume sah sie am Fuße des Berges das blaue, glitzernde Wasser der weitläufigen Bucht, umschlossen von zerklüfteten Klippen und Felsbänken aus Granit. Das große weiße Hotel mit dem langgestreckten roten Dach ragte majestätisch über der kleinen Stadt auf – weiter unten waren Lilys Laden und die Walbeobachtungsboote zu erkennen. Sie wusste, dass sie Jessica erlauben würde, an der Bootsfahrt zu Roses Geburtstag teilzunehmen, aber sie selbst musste absagen. Ein Frauenclub könnte zu gefährlich sein. Sie blinzelte, weil die helle Frühsommersonne sie blendete und ihre Augen brannten. Sie war sich sicher, dass dieses Haus in Boston als Immobilie mit einem ›unbezahlbaren Ausblick‹ gehandelt würde. Für Marisa bedeutete es nur, dass es weit, weit weg von zu Hause war.

Weil ihr die damit verbundenen Empfindungen nicht behagten, klinkte sie sich ins Internet ein, eine Möglichkeit, sich ihrem Zuhause näher zu fühlen. E-Mails, die von ihr bevorzugten Message Boards, wo sich Interessierte über bestimmte Themen austauschen konnten, und ein geheimer Chatroom – das alles war besser als Cocktails am Nachmittag, um den Schmerz zu betäuben und die Stimmung zu heben. Nähe und freundschaftliche Kontakte ohne das Risiko, erkannt zu werden. Doch heute umging sie ihre Favoriten und klickte die Website der Johns-Hopkins-Schwesternschule an, die sie besucht hatte. Sie gab ihren Benutzernamen und ihr Passwort ein, ging unverzüglich zur Rubrik ›Kardiologische Pflege‹ über und begann zu lesen.

Kapitel 4

»Haie, Überfischung und Artenvielfalt«, sagte Gerard Lafarge an Deck der *Mar IV,* als sich das Schiff den Rammpfählen näherte.

»Ja, was ist damit?«, gab Liam Neill zurück, der auf dem Kai entlangging.

»Wir haben offenbar ein echtes Genie in unserer Mitte.«

»Irgendetwas sagt mir, dass diese Bemerkung alles andere als nett gemeint ist.« Liam grinste und benutzte seine gesunde rechte Hand, um die Bugleine aufzufangen, die Gerard ihm zuwarf, und legte sie um die Klampe auf dem Kai; dann ging er nach achtern, um das Gleiche mit der Heckleine zu tun.

»Im Ernst.« Gerard sprang von seinem Fischerboot hinunter, um die Springleine festzumachen. Nach tagelangem Aufenthalt auf dem Meer war er schmutzig und unrasiert. Das Schiff schaukelte in der sanften Dünung des Hafens. Es roch stark nach Fisch, und Seemöwen stürzten sich in hellen Scharen herab, schrille Schreie ausstoßend. »Glauben Sie etwa, dass solche Artikel gut für uns wären? Wir verdienen unseren Lebensunterhalt mit den Aktivitäten, die Sie beschreiben! Ein Mako bringt eine Menge Geld auf dem Markt. Schmeckt wie Schwertfisch, nur zarter und ohne Quecksilber. Sie bringen unsere ganze Zunft in Verruf.«

»Erstens bin ich beeindruckt, dass Sie überhaupt einen Blick darauf geworfen haben. Ich wusste gar nicht, dass Sie ozeanographische Fachzeitschriften lesen.« Er hätte auch sagen können, *dass Sie überhaupt lesen*.

»Eines können Sie mir glauben, diese Ausgabe macht bei uns Männern die Runde. Sagen wir, Sie haben damit unsere Aufmerksamkeit geweckt.«

»Und zweitens gehören Makos nicht zu den bedrohten Arten, so dass Sie sich innerhalb des gesetzlichen Rahmens bewegen. Es geht vielmehr darum, an die Zukunft zu denken. Schon jetzt sind die Gewässer überfischt und die Arten dezimiert, was bleibt da noch für Ihre Kinder?«

»Glauben Sie, ich würde zulassen, dass meine Kinder Fischer werden? Nur über meine Leiche! Ich will nicht, dass sie sich ihr Leben lang abrackern, um am Ende vielleicht noch in einem dieser Winterstürme abzusaufen! Ich habe vor, meine Schäfchen beizeiten ins Trockene zu bringen, alles aus dem Meer herauszuholen, was geht, um die Gören auf eine Universität wie McGill oder Harvard zu schicken, damit sie sich keine nassen Füße holen, sondern an Land bleiben und Marguerite und mich im Alter unterstützen können.«

»Machen Sie deshalb Jagd auf Delfine?«

Das Geplänkel fand abrupt ein Ende, der Ausdruck auf Gerards gräulichem Gesicht wurde eiskalt. Sein Blick glitt zum Deck seines Trawlers, wo die Mannschaft gerade damit begann, den Fang auf Eis zu legen. Liam starrte die abgehackte Rückenflosse an, die auf einem Haufen Fischabfälle lag.

»Was wissen Sie denn schon, Neill«, brach es aus Gerard heraus. »Nehmen Sie sich ein Beispiel am Rest Ihrer Familie, die einem ehrenhaften Tagwerk auf dem Wasser nachgeht, während Sie sich anmaßen, über uns alle zu Gericht zu sitzen. Ich habe gehört, was Sie zu Ihrem Cousin gesagt haben. Sie wollen ihn daran hindern, mit den Booten Touristen zum

Walbeobachten rauszufahren, genau wie Sie mir Knüppel zwischen die Beine werfen wollen.«

»Davon kann keine Rede sein.« Liam setzte seinen Weg am Kai fort, wo er seinem Cousin Jude Neill in die Arme lief. Jude hatte sein Zodiac-Flachbodenboot mit dem Schlauch abgespritzt, eines der kleineren Walbeobachtungsboote in der familieneigenen Flotte. Er hielt inne, hatte den Schlagabtausch zwischen Liam und Gerard offensichtlich mitbekommen.

»Aber du würdest gerne«, warf Jude lächelnd ein.

»Würdest gerne was?«, fragte Liam.

»Den Walbeobachtungstouren einen Riegel vorschieben.«

»Willst du dich jetzt auch noch mit mir anlegen?«

»Jemand muss dich ja in Schach halten.«

Die Cousins maßen sich mit funkelnden Blicken, dann grinsten beide. Jude trat einen Schritt beiseite, damit Liam an Bord gehen konnte. Wasser aus dem Schlauch spritzte auf seine Stiefel. Es war ein sonniger Tag, doch in der Ferne zog in Windeseile eine dunkle Nebelwand herauf.

»Heute was gesichtet?«

»Fünf Finnwale, mehrere Zwergwale und jede Menge Delfine. Die Gäste waren glücklich.«

»Dieser hirnlose Lafarge hatte die Rückenflosse eines Delfins an Deck seines Trawlers. Hat nicht einmal versucht, sie zu verbergen, als ich vorbeiging.«

»Ich bin sicher, dass er es nicht darauf angelegt hat, einen zu erwischen. Er betreibt Langleinenfischerei, da kann man sich nicht aussuchen, was einem ins Netz geht. Was sollte er denn machen, das Fleisch verrotten lassen?«

»Die Langleinenfischerei lassen.«

»Waffenstillstand, einverstanden, Cousin? Ich bin auf deiner Seite, was diesen Punkt betrifft. Touristen lieben Delfine – sie sind ein Gewinn für unser Familienunternehmen. Du rennst also offene Türen ein. Aber bitte verschone mich damit, mich über das Artenschutzgesetz für Meeressäuger zu belehren und mir vorzuschreiben, dass ich gebührenden Abstand zu den possierlichen Luftatmern halten soll. Ich sitze zwischen zwei Stühlen: Einerseits muss ich mir von dir und den Patrouillenbooten der Küstenwache die Hölle heißmachen lassen, und andererseits soll ich es meinen Kunden recht machen. Die wollen individuelle Aufnahmen aus unmittelbarer Nähe von den Walen machen und verweisen auf Konkurrenten mit weniger Skrupeln, bei denen sie die Viecher buchstäblich streicheln können.«

»Nun …«

»Erinnerst du dich, dass wir auch so nahe wie möglich an sie herankommen wollten, als wir drei, Connor, du und ich, mit dem Boot rausgefahren sind? Connor machte es ungeheuren Spaß, die Hand über das Blasloch zu halten …«

»Er sagte immer, er könne die warme Luft spüren.«

»Niemand schaffte es, so nahe an sie heranzukommen wie Connor.«

»Stimmt. Niemand.« Das blaue Wasser der Bucht glitzerte, und als Liam mit zusammengekniffenen Augen in die Sonne spähte, meinte er den Rücken eines weißen Wales zu erkennen, eines Beluga, der ungefähr fünfzig Meter entfernt an die Oberfläche kam. Plötzlich erinnerte er sich wieder an die Zeit, als er zwölf, Jude elf und Connor neun Jahre alt gewesen war. Drei Jungen, die den ganzen Sommer vor sich hatten …

»Der Bursche beherrschte ihre Sprache. Die Sprache der Wale, das ist eine Tatsache. Und als ich …«

Liam unterbrach ihn. »Kein Mensch ist in der Lage, mit Walen auf verbaler Ebene zu kommunizieren. Hör mal, ich bin aus einem bestimmten Grund hier, es geht um eine Charterfahrt.«

»Was – du willst ein Walbeobachtungsboot chartern? *Das* ist ja mal was ganz Neues.« Jude versuchte, seine verletzten Gefühle hinter einer sarkastischen Bemerkung zu verstecken. Liam nahm es unwidersprochen hin; er wollte weg vom Kai, zurück in sein dunkles Büro, weg von jeglicher Art von Jagd auf den weißen Wal.

»Ich doch nicht! Es geht um eine Charterfahrt anlässlich eines Geburtstages – Rose Malones Geburtstagsparty.«

»Ah ja. Jetzt am Samstag. Lily hat das große Boot für den Vormittag bestellt. Von neun bis elf. Was ist damit?«

»Wer ist der Skipper?«

»Der Skipper? Keine Ahnung. Mal sehen – sechzehn kichernde, kreischende Mädchen und ihre Mütter? Ich schätze, derjenige, der das kurze Streichholz zieht. Warum?«

»Tu mir bitte einen Gefallen. Mach du den Skipper.«

Jude starrte ihn an – eine Augenbraue pathetisch hochgezogen, um sie dann wieder zu senken. Er schien auf die Pointe des Witzes zu warten. Als sie ausblieb, sagte er: »Ich arbeite samstags nie. Das ist die einzige Vergünstigung, die ich mir als Eigner der Flotte und Nummer eins der Nahrungskette herausnehme.«

»Ich bitte dich um einen Gefallen, Jude. Es ist wichtig.«

»Warum?«

»Weil du der Beste bist, weil du mit keiner Wimper zuckst, was auch passiert, und weil du weißt, was im Notfall zu tun ist. Rose muss sich in Kürze einer Herzoperation unterziehen. Ich glaube nicht, dass es ein Problem geben wird …«

»Ihre Mutter hat mir bereits versichert, dass kein Grund zur Besorgnis besteht.«

»Gut. Aber trotzdem.«

Jude blinzelte. »Was soll das überhaupt? Ist Rose Malone vielleicht das Kind einer deiner heimlichen Liebschaften? War da was mit Lily? Hast du es vielleicht mit Miss Unnahbar vor zehn Jahren getrieben und entwickelst plötzlich Beschützerinstinkte?«

Liam schüttelte lächelnd den Kopf. Sollte Jude doch denken, was er wollte, Hauptsache, er konnte ihm die Vorstellung schmackhafter machen, selbst am Ruder des Bootes zu stehen. Die Leute hatten sich stets über Lily Malone und seine langjährige Beziehung zu ihr den Kopf zerbrochen.

»Also, was ist?«

»Was ist mit der Haftung? Sollte das Mädchen an Bord Probleme bekommen …«

»Wird sie nicht, da bin ich mir sicher. Bei der bevorstehenden Operation handelt es sich um eine reine Routineangelegenheit, die den allgemeinen Gesundheitszustand verbessern soll. Abgesehen davon, wenn du das große Boot nimmst, gibt es keinen schnelleren Weg, sie notfalls zum nächsten Hubschrauber-Landeplatz zu schaffen.«

»Prima. Du machst mich nervös. Vielleicht sollte ich die ganze Sache abblasen.«

»Das wirst du schön bleiben lassen. Kommt nicht in Frage, dass du Rose den Geburtstag verdirbst.«

»Du bist eine Nervensäge, weißt du das? Und so was nennt sich Cousin …«

Damit wusste Liam, dass Jude bei Roses Geburtstagsparty am Steuer des Walbeobachtungsbootes stehen würde. Sich mit einem Winken verabschiedend, ging er über den langen Kai in Richtung Marktplatz, wo sich die Statue des Fischers befand – vorbei an der Stelle, an der er vorhin mit Rose gestanden hatte. Er spürte, wie ihm ein Schauer über den Rücken lief.

Die Luft wurde allmählich wärmer, verlockte zum Schwimmen. Doch die Gewässer im hohen Norden waren immer noch kalt nach den gewaltigen Schneemengen des Winters, die zu schmelzen begannen und die Flüsse füllten, die in den Golf strömten. Doch an einem frühsommerlichen Tag wie diesem schweiften Liams Gedanken leicht in die Vergangenheit ab. Als er zwölf, Jude elf und Connor neun Jahre alt war. Er lief Gefahr, sich vorzustellen, sie wären noch zusammen. Unzertrennlich, wie damals, als er noch beide Arme gehabt hatte, vor Connors Unfall.

Aber er hatte sich angewöhnt, solche Gedanken im Keim zu ersticken – Sommertag hin oder her –, und ging an dem steinernen Fischer vorüber, ohne ihn eines Blickes zu würdigen; dann erklomm er die Stufen zu seinem Büro, wo er die Tür hinter sich zuknallte.

Lily Malone saß zu Hause auf der Veranda und stickte, während Rose im Garten kniete. Sie trug ihre Lesebrille, die sie neuerdings brauchte – mit pinkfarbener Fassung, um der Notwendigkeit einen heiteren statt trübseligen Anstrich zu verleihen. Sie spähte hin und wieder über den Brillenrand, um ihre Tochter im Auge zu behalten, während sie gleichzeitig versuchte, das Projekt unbemerkt fertig zu stellen. Jedes Jahr hatte sie ihrer Tochter ein Stickbild zum Geburtstag geschenkt, und es gehörte mit zum Spaß, dass sie es versteckte und Rose vorgab, überrascht zu sein.

»Mom, schau doch«, rief Rose. »Die Trichterwinden kommen. Und hier – die ersten Zinnien. Zumindest glaube ich, dass es welche sind. Sie haben winzig kleine Blätter.«

»Schau doch auf deiner Pflanzkarte nach«, schlug Lily vor.

Rose rappelte sich hoch und ging zum Schuppen, in dem die Gartengeräte verwahrt wurden. Sie bewegte sich im Zeitlupentempo. Lily sah, wie sich ihre Brust hob und senkte, und zählte die Atemzüge. Sie warf einen prüfenden Blick auf die Gesichtsfarbe, die blass, aber nicht bleich war – auch ihre Lippen waren keine Spur blau. Ihr Gleichgewicht schien stabil zu sein – es war kein Anzeichen von Schwindel zu erkennen. Im Lauf der Jahre hatte Lily die Fähigkeit entwickelt, sich in Sekundenschnelle ein Bild von Roses Gesundheitszustand zu machen, zu jeder Tages- und Nachtzeit. Ihr Urteil war nicht unfehlbar, aber wenn sie ihr Augenmerk auf die kleinen Dinge, die Begleiterscheinungen richtete, lag sie mit ihrer Einschätzung meistens ziemlich richtig.

»Mom, es sind *wirklich* Zinnien und Trichterwinden!« Rose tauchte aus dem Schuppen auf, die Pflanzkarte in der Hand, die sie im letzten Monat gezeichnet hatten, als sie die harte Erde im Garten umgegraben, mit Blumenerde vermischt und die kleinen Sämlinge eingesetzt hatten.

»Prima, Rose!«

»Ich möchte später einmal Horti – wie heißt das gleich wieder?«

»Hortikulturist.« Lily lächelte.

»Hortikulturist werden«, wiederholte Rose. »Gartenbau-Wissenschaftlerin. Doktor für Trichterwinden!«

Lily hob den Blick. Immer wieder kam Rose auf das The ma Medizin zurück – damit war sie vertraut. Ärzte, Krankenhäuser, Untersuchungen, Therapien, Operationen … Lily versuchte den Wunsch zu unterdrücken, ihre Tochter möge ungetrübte Erfahrungen im Garten genießen – ohne an Ärzte zu denken.

»Trichterwinden werden groß.« Rose kniete sich abermals auf den Boden, wischte Erde von den zarten Stengeln und empfindlichen grünen Blättern. »Dann ranken sie sich am Spalier hoch, bis zum Himmel.«

»Mit leuchtend blauen Blüten.«

»Ich bin froh, dass die ersten Knospen schon da sind.«

»Schon?«

Rose nickte. »Damit ich mir keine Sorgen um sie machen muss, wenn wir weg sind. Wenn ich sie nicht mit eigenen Augen gesehen hätte, dann hätte ich vielleicht befürchtet, die Saat sei nicht aufgegangen. Ich freue mich, dass ich mir jetzt vorstellen kann, wie sie wachsen und gedeihen, während ich in der Klinik bin.«

»Sie wachsen wie verrückt.« Lily lächelte und bemühte sich, nicht zu zeigen, wie kämpferisch ihr in diesem Augenblick zumute war. »Sie wachsen den ganzen Sommer ohne Unterlass, bis in den September hinein. Und entfalten ihre Blütenpracht.«

»Bin ich vor September wieder zu Hause?«

»Bestimmt, Schatz. Du wirst nicht länger als eine Woche oder zwei in der Klinik bleiben müssen. Nach unserer Rückkehr wirst du noch genug vom Sommer übrig haben.«

»Ist das die letzte Operation?«

»Ja.« Lily war fest entschlossen, Rose niemals zu belügen, was die medizinische Behandlung betraf. Nicht, dass sie nicht alles getan hätte, um sie zu schützen, sie vor der harten Realität einer Herzpatientin abzuschirmen, sondern weil Rose ohnehin Bescheid wusste … Sie merkte jedes Mal, wenn ihre Mutter schwindelte, und sorgte sich dann nur umso mehr. Doch in diesem Fall war Lily so gut wie sicher – die Ärzte hatten ihr glaubhaft versichert, dass es mit dem Austausch des alten Flickens ein für alle Mal getan sein würde.

Rose kauerte sich nieder, die Hände in der Erde, und zupfte Unkraut. Sie wusste instinktiv, welche Pflanzen bleiben und welche entfernt werden sollten. Sie besaß einen grünen Daumen, die angeborene Fähigkeit, ein Blumenbeet zu hegen und zu pflegen, genau wie ihre Vorfahren. Lily erinnerte sich an ihre eigene Kindheit, an die Tage im Garten und an die Worte ihrer Mutter, die gesagt hatte, Gartenarbeit sei wie ein Gebet: Beides erforderte, schweigend und aufmerksam der Natur Wertschätzung entgegenzubringen. Dieses Gärtner-Gen hatte Rose geerbt, in ausgeprägter Form.

»Wieso wollte uns Jessicas Mutter eigentlich nicht im Haus haben?«, fragte Rose.

»Vielleicht hatte sie zu tun.«

»Jessie sagt, dass es in ihrer Familie ein Geheimnis gibt.«

»So etwas kommt in allen Familien vor.« Lily stickte langsamer.

»In Dr. Neills auch?«

»Mmmh.« Ein Rätsel war beispielsweise die Frage, warum er nie geheiratet hatte. Lily hatte mitbekommen, dass er hin und wieder mit einer Frau ausgegangen war – einer Ichthyologin aus Halifax, einer geschiedenen Frau aus Sydney. Aber Liam war ungebunden geblieben.

»Ich finde ihn nett.«

»Hmm.«

»Du nicht, oder?«

»Er ist mein Vermieter. Er ist ganz in Ordnung.«

»Aber du verhältst dich nicht so, als ob du ihn magst. Dabei ist er unser Freund.«

»Ich werde mir mehr Mühe geben«, versprach sie, wobei ihr Herz plötzlich schneller schlug.

»Ich würde ihn gerne zu meiner Geburtstagsparty einladen.«

Lily blickte wortlos über den Rand ihrer fuchsienfarbenen Lesebrille. Rose erwiderte ihren Blick mit ernster Miene – eine Herausforderung lag in den grünen Augen.

»Es ist *meine* Party.«

»Ich weiß, aber die Nanouks sind auch eingeladen. Und du kennst ja unsere Keine-Männer-Regel. Das wurde in unserer Satzung festgelegt und von allen unterschrieben – von dir auch, erinnerst du dich? Bei unseren Clubtreffen sind nur Frauen zugelassen.«

»Können wir keine Ausnahme machen? Eine Geburtstagsparty-Ausnahme?«

Lily presste die Lippen zusammen. Es fiel ihr schwer, Rose etwas abzuschlagen. Ihre Tochter war das aufrichtigste Kind der Welt, das nie auf die Idee gekommen wäre, andere zu manipulieren – wenn sie einen Wunsch hatte, äußerte sie ihn ohne Umschweife. Unausgesprochen blieben nur Empfindungen, die in Zusammenhang mit der bevorstehenden Operation standen. Jede Bitte von Rose betrachtete sie mit einem quälenden Hintergedanken: Was war, wenn sie nein sagte und es die letzte Bitte ihres Kindes wäre? Sie schüttelte den Kopf, führte sich vor Augen, dass sie kein Weltuntergangs-Prophet, sondern Mutter war.

»Nein, Rose. Das wäre nicht fair gegenüber den anderen Nanouks. Wir könnten ihm ein Stück von deinem Geburtstagskuchen aufheben. In Ordnung?«

»Nicht in Ordnung.« Rose grub eine Zeitlang weiter. Dann ließ sie ihren Unkrauthaufen im Gras liegen und eilte die Verandastufen hinauf. Lily schirmte ihre Stickerei ab, damit Rose sie nicht sah, doch das hätte sie sich sparen können. Ihre Tochter stürmte schnurstracks an ihr vorbei ins Haus und knallte die Fliegengittertür hinter sich zu.

Lily holte tief Luft. Sie dachte an ihre Keine-Lügen-Strategie und fragte sich, ob Rose ahnte, dass sie diese soeben in den Wind geschossen hatte. Denn der Grund für ihre Unwilligkeit, Liam zur Party einzuladen, hatte nichts –

oder zumindest sehr wenig – mit der Bootsfahrt und den Nanouks zu tun.

Gar nichts, genauer gesagt. Lily versuchte, ihre Hände ruhig zu halten und weiterzusticken. Die breite Nadel glitt durch die weißen Gitterquadrate, hinein und hinaus, eins nach dem anderen, während sie sich bemühte, jeden Gedanken auszuschalten. Es gab einiges, woran sie nicht denken wollte: an die Operation ihrer Tochter in der nächsten Woche, an die Frage, ob das Stickbild rechtzeitig fertig sein würde, und an Liam Neill. Ein warmer Wind wehte, und die Sonne brannte auf Roses Rosengarten hinab. Lily bewegte unermüdlich die Nadel und versuchte, das Bild fertig zu stellen.

Rose lief in ihr Zimmer. Auf der Rückseite des einstöckigen Hauses gelegen, ging ihr Fenster auf den Garten, die mit Heidekraut bewachsene Hügellandschaft und die äußere Biegung der Bucht hinaus. Als sie auf der Türschwelle stand, holte sie tief Luft. Dann setzte sie einen Fuß vor den anderen. Sie benutzte ihre Füße, um zu gehen, doch in Gedanken flog sie dahin, getragen von unsichtbaren Schwingen, hart und durchsichtig und unzerstörbar wie die Flügel der Zikade, die sie letzten Sommer im Garten gefunden hatte. Während sie ihr Zimmer im Kreis durchschritt, berührte sie alle möglichen Dinge – den Bettpfosten aus Ahorn, den Schreibtisch, von ihrer Mutter mit Fischen, Muscheln, Walen und Delfinen bemalt, die Bücher in ihrem Regal, die Sammlung geschnitzter Wale. An dieser Stelle verweilte sie und vergewisserte sich, dass ihre Fingerspitzen jeden einzelnen streiften – Wale aus Holz, Seifenstein oder Knochen.

Sie spürte die Macht der Wale. Es waren Säugetiere, genau wie sie. Sie atmeten Luft und zogen ihre Jungen groß.

Nun verwandelten sich Roses Schwingen in Flossen. Sie tauchte ins Meer ein, schwamm mit den Walen, war ganz in ihrem Element. Sie spürte, wie das Wasser über ihren Körper strömte, als sie hinunterschwamm, tiefer und tiefer … Sie berührte alles in ihrem Zimmer, die vielen kostbaren Gegenstände, die sie an ihr Leben, an ihre Mutter erinnerten.

Als sie die Wand neben ihrem Bett erreicht hatte, waren ihre Augen voller Tränen. Sie blinzelte sie weg und betrachtete die acht gerahmten Geburtstags-Stickbilder. Ihre Mutter hatte sie gemacht, für jedes Lebensjahr eines.

Auf dem ersten war ein ländliches Cottage zu sehen; es hatte eine schwarze Eingangstür, rosafarbene Fensterläden mit vier ausgeschnittenen Herzen und einen Garten voller Lilien und Rosen.

Auf dem zweiten war ein weißer Babykorb zu erkennen, der von einem rot-gelben Heißluftballon über eine grüne Landschaft getragen wurde.

Auf dem dritten stand ein blauer Kombi zwischen schneebeladenen Kiefern; in den dunklen Zweigen verbargen sich vier Eulen mit goldenen Augen.

Das vierte zeigte ein Karussell, mit Walen statt Pferden bestückt.

Auf dem fünften war ein fliegender Fisch und unter Wasser schwimmende Vögel zu sehen.

Auf dem sechsten war die Fichte im Garten hinter ihrem Haus bei Dunkelheit abgebildet, weihnachtlich geschmückt, mit Herzen statt Weihnachtskugeln und echten Sternen statt Lichterketten.

Auf dem siebten war das gleiche Cottage wie auf dem ersten Stickbild zu sehen, geschrumpft auf die Größe eines Puppenhauses, mit einer blauen statt einer schwarzen Tür und einem Heißluftballon, der es hoch in die Lüfte hob und aufs Meer hinaustrug.

Auf dem achten befand sich eine Gruppe von Mädchen und Frauen, die Mützen und dicke Mäntel trugen und ihre Hände an einem Feuer unweit der verschneiten Felsenküste wärmten, während ein weißer Wal im Vordergrund seine Possen trieb. Da waren sie selbst und ihre Mutter, Cindy, Marlena, Nanny und sämtliche Nanouks des Frostigen Nordens. Rose erkannte alle Frauen, bis auf zwei, die sich an der Seite befanden … Ihre Mutter hatte ihr erzählt, das seien ihre Großmutter und ihre Urgroßmutter.

Das neunte … Ihre Mutter war gerade dabei, es zu sticken. Rose schloss die Augen, äußerte lautlos einen Wunsch … Sie begriff, dass ihre Mutter sie schrecklich liebhatte. Obwohl noch nicht ganz neun, spürte sie, wie groß diese Liebe war – so groß, dass es bisweilen schmerzte. Da sie ein schwaches Herz hatte, spürte sie bestimmte Dinge oft deutlicher als jemand, der gesund war. Dann prickelte ihre Haut, als hätte ein kühler Wind eingesetzt, und sie war erfüllt von den Träumen und Worten anderer Menschen, als wenn deren Herzen direkt zu ihrem gesprochen hätten.

Nicht immer, aber manchmal. Bei Nanny beispielsweise. Rose war von jeher in der Lage gewesen, Nannys Gedanken zu lesen. Sie spürte die Freude und Neugierde, die Macht und Stärke des weißen Wals. Und bei ihrer Mutter. Rose wusste immer, wann sie glücklich oder traurig, erschöpft oder besorgt war – besorgt um Rose. Wie jetzt, während sie auf die Operation warten und die Reise nach Boston planen mussten – das war so ungefähr das Einzige, woran ihre Mutter im Augenblick denken konnte, obwohl sie das Geburtstagsbild zu Ende sticken und die Party vorbereiten musste. Aber Rose dachte an keines von beiden, ja nicht einmal an

Jessica, ihre Herzensfreundin, die aus dem gleichen Holz geschnitzt war wie sie.

Sie dachte an Dr. Neill. Ihre Gedanken kreisten ständig um ihn. Sonderbar. Wenn es ihr schlechtging und sie ihn brauchte, war er jedes Mal zur Stelle gewesen. Er hatte sich am steinernen Fischer auf den Boden gekniet, ihre Hand gehalten und sie wissen lassen, dass sie nicht allein war. Hätte sie einen Vater gehabt, hätte er genauso gehandelt. Er wäre bei ihr geblieben und hätte sie in die Arme genommen. Er hätte sie mit seiner Liebe und Fürsorge umhüllt.

Dr. Neill war riesengroß. Er hatte einen Augenblick lang seinen Arm um sie gelegt, als sie die meiste Angst gehabt und gemeint hatte, keine Luft mehr zu bekommen. Rose schloss die Augen, und ihr schwanden fast die Sinne. Sie wünschte sich einen Vater, der sie umarmte und liebte. Ihre Freundinnen hatten alle einen Vater – sogar Jessica, deren Vater ein Stiefvater war; aber das spielte keine Rolle.

Rose spürte ihren Herzschlag durch das grüne T-Shirt. Sie wünschte sich verzweifelt, dass ihr Herz wieder gesund würde. Sie hatte eine Mutter, die sie liebte. Alles, was ihr fehlte, war ein Vater. Alle Geburtstags-Stickbilder, alle Partys und alle Operationen der Welt konnten diesen Platz nicht ausfüllen.

Warum sträubte sich ihre Mutter so sehr dagegen, dass Dr. Neill zu ihrer Party kam? Selbst wenn sie ihn nicht mochte – aber Rose war nicht auf den Kopf gefallen, tief in ihrem Inneren wusste sie, dass ihre Mutter ihn *sehr wohl* mochte –, sollte sie ihr erlauben, einzuladen, wen sie wollte. Auch wenn die anderen Kinder sich vor seinem künstlichen Arm fürchteten und ihn Captain Hook nannten – Rose liebte ihn. Sie wusste, wenn sie sich einen Vater aussuchen dürfte, müsste er genau wie Dr. Neill sein.

Er würde Wale, Delfine und sogar Haie mögen. Er würde nicht aufgeben, nur weil ein Teil seines Körpers nicht richtig funktionierte. Und er würde sich ungeachtet dessen, womit er gerade beschäftigt war, immer die Zeit nehmen, einem kleinen Mädchen zu helfen, das mit schmerzendem Herzen auf dem Sockel des steinernen Fischers saß.

Er würde, er würde …

Kapitel 5

Der Schreibtisch von Secret Agent war sein Fluggerät. Wenn er auf seinem Aeron-Stuhl saß und auf die Tastatur seines Dell-Laptops einhämmerte, konnte er sich genauso gut überall in den USA befinden. Er konnte sich ins drahtlose Netzwerk einklinken und auf einem Kreuzfahrtschiff in der Karibik, auf dem Atlantik oder im Indischen Ozean herumkurven, wo auch immer. Oder sich in Frankreich aufhalten, in Paris. Oder Akron, Ohio; Hartford, Connecticut; Phoenix, Arizona; Walla Walla, Washington. Nicht zu vergessen Vancouver oder Toronto. Oder der Südpol. In Wirklichkeit befand er sich im North End von Boston, über einem Café, das den ganzen Tag nach Espresso roch.

Das Apartment war klein, aber das musste niemand erfahren. Es hätte genauso gut eine feudale Penthouse-Wohnung an der Park Avenue in Manhattan, eine Ranch in Montana oder ein Strandhaus an der Küste von Jersey sein können, mit dem Atlantik vor dem einen und der Barnegat Bay vor dem anderen Fenster – oder ein Anwesen in der Nähe von South Beach, nicht weit von der Stelle entfernt, an der dieser Psychopath den Modemacher Gianni Versace vor ein paar Jahren umgebracht hatte. Oder das Haus nebenan, mit dem braven Familienvater, der sich schinden musste, um die Brötchen zu verdienen und es allen recht zu machen.

Er war hungrig. Bevor er loslegte, holte er sich ein Root Beer und machte sich zwei Rindfleisch-Burritos in der Mikrowelle warm. Stellte den Teller auf den Schreibtisch und schaltete den Computer ein, machte alles startklar. Hatte einen Mordshunger – verschlang den ersten Burrito mit drei Bissen. Wartete darauf, dass der Computer zu klicken aufhörte und er sich einloggen konnte. Wohin zog es ihn heute? Wo sollte das Fluggerät heute Abend landen? An einem Freitagabend …

Seine bevorzugten Homepages: Er scrollte die Liste herunter und überflog sie. Sex, Spiele, Sport, Geschäfte. Doch in Gedanken war er immer auf der Suche: Er fahndete nach einer bestimmten Frau und kannte die Internetseiten, die sie interessierten. Es war ein Vollzeit-Job, dieser Versuch, sie aufzuspüren. Abgesehen davon, hatte er noch ein weiteres Eisen im Feuer: Er konnte die Zeit genauso gut nutzen, um ein bisschen Geld zu verdienen, während er nach seiner Süßen Ausschau hielt – diesem Miststück, das mit ihm verheiratet gewesen war. Heute konzentrierte er sich auf die Rubrik ›Geschäfte‹. Auf seinem Konto herrschte Ebbe. Eine der ergiebigsten und gewinnträchtigsten Internetadressen war seit einiger Zeit SpiritTown.com. Es war ein Forum für die Anhänger der Rockband Spirit.

Die Band war hinlänglich musikalisch und beliebt genug, um noch zwanzig Jahre nach Erscheinen ihres ersten Albums ganze Stadien und Arenen zu füllen. Man konnte sich den Online-Fangemeinden jederzeit anschließen, um in dieser Friede-Freude-Eierkuchen-Atmosphäre Geld für einen guten Zweck lockerzumachen. Geld für die Rettung des Regenwaldes, für die Freilassung von Strafgefangenen, die einem Justizirrtum zum Opfer gefallen waren, für die Rechte von Frauen, Friedensbewegungen, das ganze liberale Herz-Schmerz-Gesäusel. Seine Frau hatte Spirit geliebt. Die kleine Miss Rettet-die-Welt.

Secret Agent tummelte sich oft auf den Message Boards

von SpiritTown. Die Mitglieder dieses Forums pflegten ihre Namen von den Titeln der Spirit-Musikstücke herzuleiten – auf den ersten Blick als solche erkennbar und ein Kinderspiel für ihn, den Hebel anzusetzen. Die Namen boten gewissermaßen eine Gewähr dafür, dass sie das Geld herausrückten, um das er bat – PeaceBabe, One Thin Dime, Wish23, Love-or-die, Lonesome Daughter … Seine Frau hatte sich hier gelegentlich als ›Aurora‹ eingeloggt, aber er konnte sich des Gefühls nicht erwehren, dass sie ihren Benutzernamen nach der Trennung geändert hatte. Er hatte Aurora schon lange nicht mehr in diesen virtuellen Gefilden gesehen …

Er warf einen Blick auf die aktuelle Themenliste – rund die Hälfte aller Programmteile waren Diskussionen über die Musik, die Texte und die Auftritte der Spirits, dazu kamen Bootlegs – nicht autorisierte Mitschnitte von Live-Konzerten. Der Rest bezog sich auf politische Anschauungen und Veranstaltungen, die für Spirit-Fans von Interesse waren. Pech gehabt – er grinste stillvergnügt in sich hinein, als er sich anschickte, seine Nachricht einzutippen. Diese Leute bettelten geradezu darum, an der Nase herumgeführt zu werden – kümmerten sich um alles und jeden. Egal, ob ›Früherkennung von Brustkrebs‹, ›Der Hunger in der Welt‹ oder ›Hilfe für bedürftige Kinder‹.

Er hatte sich vor sechs Monaten als Mitglied registrieren lassen und sich während dieser Zeit sechstausend Mal zu Wort gemeldet. Er hatte sich als glühender Spirit-Fan (Lüge), als Sammler der CDs der Band (Lüge), als linkslastiger Demokrat (absolut gelogen) und als geschiedener Vater von zwei Töchtern ausgegeben (teilweise richtig). Sein Benutzername, Secret Agent, war einem der größten Hits der Spirits »Spy on You« entlehnt: »I look through your window, I come through your door/I know why you're hiding, I know what it's for/You're afraid of the world, afraid of its pain/I'm your Secret Agent, I'll make you brave again …«*

Er verschlang seinen zweiten Burrito und schickte sich an, ein bisschen Geld zu verdienen. Er klickte den Neue-Themen-Button an und gab als Überschrift ›Hurrikan-Opfer‹ ein. Sein Benutzername, Secret Agent, tauchte auf. Dann schrieb er in den Nachrichtenbereich: »Hallo, alle miteinander – habt ihr von dem furchtbaren Unwetter gehört, dem ersten Hurrikan in diesem Jahr? Hat schwere Verwüstungen im Süden von Florida angerichtet. Die Familie meiner Schwester hat ihr ganzes Hab und Gut verloren. Buchstäblich alles. Das Hausdach flog davon. Und Jake, mein Neffe, wurde von den Glassplittern der Fensterscheibe getroffen – es ist ein Alptraum.«

Er schickte die Mitteilung ab. Der Hinweis, »Ihre Nachricht wurde gesendet«, erschien auf dem Bildschirm. Er klickte auf den Rückkehr-zum-Forum-Button, dann lehnte er sich zurück und wartete auf Antworten.

Secret Agent war immer noch hungrig. Er ging in die Küche, schob drei weitere Burritos in die Mikrowelle. Er rechnete sich aus, dass der Rubel rollen würde, noch bevor er an seinen Schreibtisch zurückgekehrt war. Es war Abendbrotzeit, die bevorzugte Zeit aller notorischen Verlierer, um sich einzuloggen und sich mit Freunden auszutauschen – zurück von der Arbeit, alleinstehend oder nicht in Stimmung für ein Gespräch mit dem Göttergatten oder der liebenden Gemahlin.

---

* Ich blicke durch dein Fenster, ich komme durch deine Tür/Ich weiß, wo du dich verbirgst, ich weiß, warum/Du fürchtest die Welt, fürchtest ihren Schmerz/Ich bin dein geheimer Mittler, verleihe dir neuen Mut …

Die Mikrowelle klingelte, und er aß im Stehen an der Frühstückstheke. Auf diese Weise hatte er die Kühlschranktür im Blick: Bilder von seiner Frau und Grace bedeckten die gesamte Fläche. Schnappschüsse von den beiden, manche sogar mit ihm zusammen – wenn auch nur selten, er ließ sich nicht gerne fotografieren. Er wischte sich das Burrito-Fett von den Lippen und beugte sich vor, um seine Frau zu küssen. Diese Nähe brachte ihn zur Weißglut – er spürte, wie Zorn in ihm aufwallte. Wie konnte sie es wagen, ihn zu verlassen – wie konnte sie nur!

Er spülte den Teller ab, öffnete ein weiteres Root Beer und regte sich langsam wieder ab. Wenigstens musste er nicht mehr ständig darauf achten, die Cookies zu löschen – die temporären Internet-Dateien, die im Computer gespeichert wurden. Seine Frau, neugierig wie sie nun mal war, hatte damit eine Möglichkeit entdeckt, ihn zu bespitzeln. Sie hatte die Dateien abgerufen, herumgeschnüffelt und gesehen, was er so in seiner Arbeits- und Freizeit online getrieben hatte …
An seinen Schreibtisch zurückgekehrt, hatte er das, was er brauchte: fünf rasche Reaktionen auf die ›Hurrikan-Opfer‹. Secret Agent scrollte sie herunter, überflog den Text:

»Secret – das ist ja ätzend!«

»Hey, Mann – alles in Ordnung mit deinem Neffen?«

»Das Dach ist davongeflogen? Im Ernst?«

»Wo wird die Familie unterkommen? Habe von dem Hurrikan gelesen – echt grausig. Massenweise Leute evakuiert und der Rest saß in der Falle. Ist dein Neffe schwer verletzt?«

Und dann – Bingo:

»Secret Agent – wofür hat man Freunde? Wir sollten einen Hilfsfonds im Forum einrichten. Ich weiß, dass alle ihr Scherflein beitragen möchten. Du hast ja ein PayRight-Onlinekonto, wie ich weiß – weil du mir letzte Woche Geld für besagte Stiefel geschickt hast. Wir überweisen die Spendenbeträge an dich, und du gibst sie deiner Schwester.«

Secret Agent konnte nicht umhin, zu lächeln: Was für ein warmherziger Menschenschlag. Seine Frau hatte einen ausgezeichneten Geschmack, was Bands und Message Boards betraf. Sie wäre stolz auf ihre Online-Freunde, die sich der Herausforderung gewachsen zeigten. Vermutlich wäre sie genauso stolz auf ihren Mann – bei dem Gedanken, dass ihm die Hurrikan-Opfer so sehr am Herzen lagen.

»Danke, Mann«, schrieb er zurück. »Meine Schwester kann es echt gut gebrauchen. Ihr seid spitze ... Ich muss nur dafür sorgen, dass sie die Hilfe auch annimmt (sie würde kein Almosen wollen). Aber ich werde sie schon überzeugen – sie muss schließlich an die Arztrechnungen meines Neffen und all das denken ...«

Noch während er tippte, trafen weitere Antworten ein.

»Die Schwester von Secret Agent ist auch unsere Schwester!«

»Deine Schwester hat einen großartigen Bruder, weißt du das? Ich mache den Anfang und schicke dir hundert Dollar. Wünschte, es wäre mehr ...«

Ich auch, dachte Secret Agent. Er überflog die Namen der Mitglieder, die auf dem Message Board auftauchten. Hielt Ausschau nach Aurora ... Wo steckst du? Wo bist du untergetaucht? Bildest du dir ein, du könntest dich für immer vor mir verstecken?

Das wäre sein größter Fischzug: Wenn sie ihm online ins Netz ginge, die Beute, die ihm gehörte.

Es war Freitagabend, und Liam machte Überstunden. Er wusste, dass er zu viel Zeit im Büro verbrachte. Es war fast neun und der Himmel noch hell – ein typischer Sommer für die nördlichen Breitengrade. Sein Kopf riet ihm, weiterzuarbeiten, aber sein Körper sagte etwas anderes. Er war nicht nur hungrig und müde, sondern verspürte auch eine alte Sehnsucht, die er längst tot geglaubt hatte.

Es gab Berge von Daten, die er durchackern musste; die Haie in den umliegenden Gewässern waren seit einer Woche überaus aktiv. Liam loggte sich bei ›Predator Report‹ ein, auf einer Website, die ursprünglich für Berichte über Sichtungen oder Angriffe von Haien in Küstennähe gedacht war. Normalerweise ging es dabei um Robben, Blaufisch- und Heringsschwärme, gelegentlich auch einmal um einen Delfin oder Wal. Doch gestern kam die Meldung eines Wellenreiters, dass beim Surfen in der Brandung östlich von Halifax ein großer weißer Hai sein Brett angegriffen hatte.

Liam las die Mitteilung – natürlich war das Brett gelb. Die Hai-Experten bezeichneten die gelben Surfbretter als ›Leckerbissen‹. Die Haie erspähten sie von unten und verwechselten die längliche Form und helle Farbe mit ihrer Lieblingsnahrung – Robben. Anhand der blutigen Bissspur, die einen Radius von fünfunddreißig Zentimetern aufwies, konnte Liam darauf schließen, dass es sich um einen noch nicht ausgewachsenen großen weißen Hai handeln musste. Er las die Mitteilung:

»Ich habe nichts bemerkt, bevor der Hai angriff. Er ging direkt auf mich los und rammte mein Brett mit solcher Wucht, dass ich in hohem Bogen durch die Luft flog. Als ich von oben herabblickte, sah ich den Kopf des Hais außerhalb des Wassers, mit meinem Brett zwischen den Zähnen. Ich landete auf seinem Rücken, krachte gegen die Schwanzflosse, die mindestens einen halben Meter hoch war. Ich rollte herunter, und er drehte sich um und stieß mich an – direkt in die Armbeuge. Bei dem Aufprall erhielt mein Surfanzug einen

Riss, und ich dachte, mein letztes Stündlein hätte geschlagen – doch der Hai tauchte einfach ab und verschwand in den Wellen.«

Die Worte besaßen ihre eigene Kraft: Liam hatte das Gefühl, dabei gewesen zu sein, als der Hai die Oberfläche des Wassers durchbrach, zu sehen, wie sich die mächtige Rückenflosse aus dem Meer erhob. Er schloss die Augen; er erinnerte sich an das erste und schlimmste Mal, als er Zeuge einer solchen Urgewalt geworden war, an die Flosse, die dem schwarzen Segel auf einem Teufelsboot glich. Mit geschlossenen Augen sah er, wie sich das Wasser in seiner Vorstellung blutrot färbte … Als er sie wieder öffnete, war sein Blick auf den Hafen von Cape Hawk gerichtet, wo sich die Dunkelheit endlich über dem Wasser herabsenkte, sich auf der spiegelglatten Oberfläche ausbreitete und das Blut vertrieb.

Liam machte sich Notizen, schrieb den Namen des Mannes und seine Adresse auf. Er blickte kurz auf seine Uhr – vielleicht sollte er ihn anrufen und seinen Bericht gleich abschließen. Aber es war Freitagabend, zehn nach neun, deshalb beschloss er, es zu lassen. Nicht nur aus Höflichkeit, sondern, weil er es satthatte, als arbeitswütig zu gelten, als Besessener, der nichts als Haie, Haiattacken und die Opfer solcher Angriffe im Kopf hatte, ob sie überlebt hatten oder nicht.

Er schaltete den Computer aus, stand auf und streckte sich. Dann löschte er die Lichter, schloss die Tür seines Büros ab und trat in die imposante alte Eingangshalle von Tecumseh Neill hinaus. Der Kandelaber, ein Original, verbreitete sein sanftes, einladendes Licht. Es überflutete die Wandbehänge – überwiegend von Lily gefertigt, aber auch die Kinderzeichnungen von Rose. Liam stand reglos in der Halle, betrachtete die Stickbilder. Die Eingangshalle, der

Mittelpunkt des Gebäudes, war in seinen Augen der anheimelndste Ort, den er kannte. *Zu Hause ist dort, wo das Herz ist,* hieß es auf Lilys Stickmuster-Tuch. Seltsam, den Arbeitsplatz zu verlassen, um nach Hause zu gehen … Er fühlte sich in dieser Eingangshalle, die bis auf ein paar Wandbehänge leer war, *von ganzem Herzen* zu Hause.

Er trat in das trübe Dämmerlicht hinaus und ging zu seinem Wagen. Klangfetzen, mitreißend und romantisch, wehten vom Gasthof herüber. Er zögerte, doch das Spiel der Band lockte ihn. Die Küche hatte inzwischen geschlossen, aber er wusste, er würde dort in jedem Fall eine Kleinigkeit zu essen bekommen. Abgesehen davon, konnte er noch einmal mit seinem Cousin sprechen und sich vergewissern, dass für morgen, für Roses Geburtstagsparty, alles vorbereitet war …

Er überquerte die menschenleere Straße, folgte der Musik die Steinstufen hinauf zu dem schmalen Fußweg, der sich über die lange, leicht ansteigende Rasenfläche schlängelte. Weiße Adirondack-Gartenstühle, paarweise angeordnet, boten einen Ausblick auf den Hafen. Die Gäste, die darauf Platz genommen hatten, genossen den Sonnenuntergang und das schwindende Licht des Tages, sahen zu, wie die Sterne aufgingen. Eine Eule strich durch die Lüfte, verschwand hinter dem Gasthof in dem Kiefernwald, der Lilys Haus oberhalb von der Stadt abschirmte.

Im Gasthof schien es für ein frühsommerliches Wochenende ziemlich voll zu sein. Ein Plakat warb für Boru, eine keltische Band, die von Prince Edward Island stammte. Liam stand auf der Schwelle und lauschte dem Spiel von Gitarre, Fiedel und Flöte. Seine Tante Camille, trotz ihres Alters noch rüstig, rauschte auf dem Weg zum Abendessen hoheitsvoll an ihm vorbei. Er wich zurück, ihm war nicht nach einem

Verhör dritten Grades durch die Grande Dame der Familie zumute.

»Was hat dich denn hierher verschlagen? Ich kann mich nicht erinnern, wann ich dich zum letzten Mal an einem Freitagabend bei uns gesehen hätte …«

Liam fuhr herum und sah sich Judes Frau Anne gegenüber. Während sich Jude um die Boote und die Walbeobachtungs-Sparte des Familienunternehmens kümmerte, leitete Anne den Gasthof. Sie konnte gleichermaßen gut mit Menschen und Zahlen umgehen, und es gelang ihr, den Betrieb stetig in der Gewinnzone zu halten. Liam wusste, dass die Generation der Eltern und Großeltern stolz auf sie gewesen wäre. Sogar Camille musste ihre Fähigkeiten, wenn auch widerwillig, anerkennen. Camille war seit dem Tod ihres Mannes nicht mehr die Alte – er war auf dem Weg nach Irland ums Leben gekommen, wo er bei einer Werft das erste Boot der Walbeobachtungsflotte in Auftrag geben wollte.

»Gute Band, Anne«, erwiderte Liam.

»Ich habe mir von hier bis Quebec jede nur erdenkliche Band angehört. Gute Musiker gibt es im Überfluss, aber diese Jungs haben etwas Besonderes – sobald sie spielen, möchte ich mich verlieben.«

Liam lachte. »Jude und du seid dieses Jahr – wie lange? – zwanzig Jahre verheiratet?«

»Und was soll daran falsch sein, wenn man sich in den eigenen Mann verliebt?« Sie stupste ihn sanft am Arm. »Wie ich gehört habe, bist du dafür verantwortlich, dass er morgen arbeitet – der erste Samstag seit ich weiß nicht wie viel Jahren, an dem er selber am Ruder steht!«

»Ich dachte nur, es sollte ein wirklich erfahrener Skipper …«

»Die Geburtstags-Bootstour übernehmen? Befürchtest

du, dass die neunjährigen Mädels meutern könnten? Oder die Mütter?«, zog Anne ihn auf.

Liam sah Rose wieder vor sich, wie sie auf dem Marktplatz saß, mit gebeugtem Kopf nach Luft ringend. Sein Herz verkrampfte sich, als er sich daran erinnerte, wie kalt sich ihre Hand angefühlt hatte und wie flehentlich ihr Blick gewesen war. »Es tut ihm ganz gut, die Samstagsschicht zu übernehmen, statt den Chef zu markieren«, gab Liam gleichermaßen scherzhaft zurück. »Das ist nur zu seinem eigenen Besten.«

»Noch besser wäre es, wenn er für das Geburtstagskind Wale aufspürt, und das nicht zu knapp. Sonst bekommt er es nämlich mit mir zu tun.«

»Mit dir?«

Anne nickte. »Ich werde auch an Bord sein. Ich gehöre schließlich zu den Nanouks.«

»Lilys Club, oder?«

»Oh, wir sind nur eine eingeschworene Clique. Wir haben uns durch Lily kennengelernt und einen Stickkreis aus der Taufe gehoben. Wir werden alle an Bord sein, um Roses Geburtstag zu feiern.« Annes Miene wurde ernst. »Wir machen uns Sorgen, es könnte …«

»Anne, nein – wird es nicht.« Liam hörte geradezu den Widerhall der unausgesprochenen Worte: *Es könnte ihr letzter Geburtstag sein.* Mochten sich die Ärzte auch noch so optimistisch geben, auf Laien wirkte Roses Zustand beängstigend.

»Lily hatte in letzter Zeit so viel um die Ohren. Die Party planen, das Geburtstagsbild sticken, Rose mental auf die Operation vorbereiten. Ich bin froh, dass du Jude als Skipper vorgeschlagen hast. Ehrlich gestanden, ich hätte die Buchung rundweg abgelehnt, wenn sie nicht von Lily gekommen wäre. Schließlich geht es ja auch um die Frage der Haftbarkeit, doch das ist nicht das Ausschlaggebende. Es ist nur … Du bist Wissenschaftler, Liam. Kein Doktor, kein Arzt, wie auch immer. Aber Biologe – du musst es wissen – wie stehen die Chancen, dass Rose überlebt? Nicht nur den bevorstehenden Eingriff, sondern dass sie das Teenager- und Erwachsenenalter erreicht?«

»Wie du bereits sagtest, ich bin kein Arzt.« Liam hatte ein flaues Gefühl im Magen. »Aber Lily ist überzeugt davon, dass Rose bald gesund sein wird, und ich glaube ihr.«

»Ich weiß, wie ernst die Situation ist. Lily versucht, nach Möglichkeit die positiven Aspekte zu betonen. Sie hat ganze Arbeit geleistet, um Rose den Rücken zu stärken. Doch allein der Name dieser Krankheit …«

»Fallotsche Tetralogie – Herzfehler mit Kammerseptumdefekt, Vorhofseptumdefekt, Rechtsherzhypertrophie und reitender Aorta.«

»Grauenvoll, diese Bezeichnung, die jagt mir eine Heidenangst ein. Klingt monströs.«

»Ist sie auch, in gewisser Hinsicht. Rose wurde mit vier Herzdefekten geboren. Tetralogie leitet sich aus dem lateinischen *Tetragonum* her – Viereck. Vier.«

»Großer Gott.« Anne erschauerte. »Lily spricht immer so beiläufig darüber. Roses Krankheit scheint inzwischen ein Teil ihres Lebens zu sein. Sie legt Wert darauf, dass Rose, soweit es geht, den gleichen Spaß und die gleichen Möglichkeiten wie jede andere Neunjährige hat.«

»Das finde ich völlig richtig.«

»Ich mache mir Sorgen um sie, Liam. Was wäre, wenn … nun, wenn Rose etwas passieren sollte? Ich muss immer an deine Mutter denken, nach Connors Tod …«

»Das kann man nicht vergleichen«, entgegnete Liam brüsk.

»Nein. Zumindest hatte sie noch deinen Vater und dich. Lily hat niemanden.«

Liam stand reglos da, lauschte dem Spiel der Band. Sein Arm begann zu jucken – nicht der rechte gesunde, sondern der linke, nicht mehr vorhandene. Die Haut prickelte wie Nadelstiche – als wenn allmählich das Gefühl in einen Arm zurückkehren würde, der vom langen Liegen taub geworden war. Die Band stimmte einen sentimentalen Walzer an, und die Gäste an den Tischen standen auf, um zu tanzen.

»Lily …«, begann Anne, doch Liam unterbrach sie. Er wandte das Gesicht seiner angeheirateten Cousine zu, die Augen eisig.

»Lily wird sich nicht der gleichen Situation gegenübersehen wie meine Mutter. Ich musste tatenlos zuschauen, wie Connor starb, aber bei Rose werde ich das zu verhindern wissen.«

»Liam! Das sind zwei Paar Schuhe! Du hättest Connor nicht retten können – niemand wäre dazu in der Lage gewesen. Dieser Hai war ein Monster – und du warst ein kleiner Junge, kaum älter als dein Bruder.«

»Haie sind keine Monster. Sie sind nur Fische. Mein Bruder hätte sich gar nicht erst in diesem Gewässer aufhalten dürfen. Keiner von uns … So, und jetzt muss ich los. Viel Spaß morgen bei der Bootstour. Pass ein bisschen auf Rose auf, ja?«

»Das tun wir alle.« Annes blaue Augen wirkten besorgt.

Liam drehte sich um und schickte sich zum Gehen an. Er durchquerte mit weit ausholenden Schritten die mit Wochenendgästen angefüllte Lobby, die in die kleine Stadt gekommen waren, um die Idylle, den Frieden und den Auftritt der Band zu genießen. Er spürte, dass sie einen großen Bogen um ihn machten. Er war groß und dunkel, strahlte Düsterkeit aus. Seine Prothese zog unwiderruflich Aufmerksamkeit auf sich. Er wich von der Norm ab, war *anders.*

›Hook‹ hatten ihn seine Mitschüler in der Highschool genannt. ›Scar‹ hatten sie hinter seinem Rücken getuschelt, wenn sie ihn im Sportunterricht ohne T-Shirt sahen, wenn sie die gezackten Narben entdeckten. Die plastische Chirurgie war nicht das gewesen, was sie heute war, und der 35 cm große Radius der Bisswunde – sie stammte von einem noch nicht ausgewachsenen, großen weißen Hai, genau wie der Hai in dem Bericht, den er vorhin gelesen hatte, der den Surfer in Halifax angegriffen hatte – sah aus wie ein Krater in seinem Fleisch. Der Biss war so tief gewesen, dass die sägeartigen Zähne drei seiner Rippen geritzt hatten.

Seltsam war, wie er beim Verlassen der Lobby des Cape Hawk Hotels feststellte, dass er sich immer noch *anders* fühlte, wenn auch nicht mehr aus demselben Grund wie früher. Es ging weniger um seinen Arm oder seine Narben. Sie waren ein Teil von ihm geworden. Nein, er fühlte sich anders, weil er einsam war. Obwohl er seine Verwandten um sich hatte, sah er überall nur Paare und Familien mit Kindern, die am Wochenende nach Cape Hawk kamen. Zeit miteinander verbrachten.

Annes Worte, Lily habe niemanden, hatten ihm einen Stich versetzt. Er fühlte, dass sie auch auf ihn zutrafen.

Ein Gefühl, das schlimmer war als alles, was man sich vorstellen konnte.

Kapitel 6

Der Tag war herrlich, wolkenlos und klar, perfekt für eine Bootstour. Rose wachte mit der Sonne auf. Sie lag im Bett und beobachtete, wie die orangefarbenen Strahlen durch das Geäst der Kiefern drangen. Sie weckten alle Vögel des Waldes auf, und plötzlich erfüllte Gezwitscher die Luft. Rose lag reglos da und lauschte, sann darüber nach, ob Nanny die Vögel wohl hören konnte, und wusste, dass sie ihr ein Geburtstagsständchen brachten. Würde Nanny zu ihrer Party erscheinen? Es gab kaum etwas, das ihr wichtiger war. Außer dem Wunsch, Dr. Neill dabeizuhaben …

Als sie sich im Bett aufsetzte, spürte sie ein Ziehen in der Brust. Es raubte ihr den Atem. Sie legte sich wieder hin, nur für ein paar Minuten, mit angezogenen Knien und geschlossenen Augen. Draußen wurden die Vögel lauter, als träfen mit jeder Minute mehr ein. Nach dem langen Winter zogen sie gen Norden. Rose stellte sich vor, wie erschöpft sie sein mussten, wie schnell ihre kleinen Herzen schlugen.

Dr. Neill hatte ihr erzählt, dass Fichtenfinken riesige Strecken zurücklegten, bis Südafrika – Vögel, die nicht größer waren als ein Kiefernzapfen! Und dass Wale und Delfine jedes Jahr ins Karibische Meer wanderten. Wenn es ihnen gelang, solche Herausforderungen zu meistern – so weite Wege zurückzulegen, fliegend oder schwimmend –, war auch sie in der Lage, über sich selbst hinauszuwachsen. Sie musste nur gesund genug bleiben, um die Operation durchzustehen. Nur noch eine Operation und alles würde in Ordnung sein.

Manchmal half ihr das Nachdenken dabei, dass sie sich besser fühlte – genau wie Träume von Vögeln, von Nanny und von ihrem Geburtstag. Ihre beste Freundin Jessica … Sie dachte an Jess, an ihre scherzhafte Bemerkung, dass sie am selben Tag Geburtstag hätten. War das wirklich ein Scherz gewesen? Sie hatte nicht das Gefühl. Sie hätte schwören mögen, dass es stimmte – was im Übrigen wundervoll gewesen wäre. Ganz langsam setzte sie sich abermals auf, schwang die Beine über die Bettkante. Sie musterte ihre Hand, die sich an die Matratze klammerte. Durch die Krankheit waren ihre Fingerspitzen leicht keulenförmig geworden – ein weiteres Merkmal, das sie von anderen unterschied. Heute machte ihr das nichts aus. Ich habe schließlich Geburtstag, dachte sie und stand auf. Der Schwächeanfall war vorüber. Der böse Zauber war vorbei. Barfuß tappte sie durch die Diele, roch frisch gepressten Orangensaft.

»Guten Morgen, mein Schatz«, sagte ihre Mutter. »Alles Gute zum Geburtstag …«

»Danke. Jetzt bin ich neun.« Rose lächelte.

Ihre Mutter erwiderte das Lächeln. Sie versuchte, sich nicht anmerken zu lassen, dass sie nach Symptomen Ausschau hielt, und Rose versuchte, diese, so gut es ging, zu kaschieren. Eigentlich hätte sie erzählen müssen, dass sie vorhin einen hypoxämischen Anfall gehabt hatte und blau angelaufen war, aber sie fürchtete, dass ihre Mutter dann möglicherweise die Party absagen würde.

Deshalb mogelte sie sich durch die Blitzinspektion, trank ihren Orangensaft und aß ihr Müsli, nahm die Vitamine und das Antibiotikum ein – als Vorbereitung auf die Operation, um einer möglichen Herzinfektion vorzubeugen, die den Eingriff verzögert hätte. Ihre Mutter hatte eine CD eingelegt: eines von Roses Lieblingsstücken, ›Aurora‹ von Spirit. Allein das Zuhören machte sie glücklich, und sie wusste, ihre Mutter hatte diese Musik ausgewählt, weil sie ihr so gut gefiel.

»Sollen wir die für die Bootsfahrt aufheben?«, fragte ihre Mutter, mehrere eingewickelte Päckchen in der Hand.

Rose rieb sich die Hände und wippte auf ihrem Stuhl auf und ab. Das Lächeln ihrer Mutter wurde strahlender, als sei sie erfreut über Roses Aufregung. »Müssen wir?«

Ihre Mutter schüttelte den Kopf. »Wir müssen gar nichts, Schatz. Es ist dein Geburtstag – du kannst die Geschenke jetzt gleich aufmachen, wenn du möchtest.«

Gesagt, getan. Ihre Mutter hatte jedes Päckchen anders eingewickelt – in hübschem Papier mit blauem Geschenkband und rosafarbenen Rosen oder Vögeln, die in herzförmiger Anordnung flogen. Rose knüpfte die Schleifen auf, entfernte das Geschenkpapier und entdeckte vier Bücher, ein Teleskop, ein abschließbares Tagebuch und das neue Geburtstags-Stickbild.

»Mama.« Sie rollte das Gitterleinen auseinander. Es war noch nicht gerahmt wie die anderen. Rose spürte das Quadrat in ihren Händen – die feinen Maschen rund um die Kanten, das weiche Garnfeld des Bildes, das aus dem Herzen ihrer Mutter kam –, es zeigte die neueste Phase in Roses Lebensgeschichte, die sie an die Wand ihres Zimmers hängen konnte. »Das ist wunderschön.«

»Gefällt es dir?« Ihre Mutter hatte den Arm um sie gelegt und beugte sich über Roses Schulter.

»Und wie.« Rose betrachtete die Bilder von Cape Hawk: Die weitläufige geschwungene Bucht mit den hohen Klippen und Kiefern im Hintergrund, das imposante weiße Hotel … und im Vordergrund zwei Mädchen, unverkennbar Rose und Jessica – die auf dem Rücken eines weißen Wals ritten. »Meine allerbeste Freundin und ich«, staunte Rose.

»Jeder Mensch braucht einen allerbesten Freund, mein Schatz.«

»Kommt sie heute?«

»Jessica? Ich denke schon, meinte ihre Mutter zumindest. So, und jetzt müssen wir uns beeilen. Das Boot legt um Punkt neun ab, und wir wollen doch nicht, dass es ohne das Geburtstagskind losfährt.«

Rose nickte. Während ihre Mutter in Windeseile den Abwasch erledigte, ging sie durch die Diele in ihr Zimmer, um sich für die Party umzuziehen. Sie legte das Stickbild auf ihr Bett und betrachtete die lächelnden Gesichter – Rose und ihre beiden Freundinnen, die eine alt, die andere neu. Sie schloss die Augen, stand am Fenster und äußerte lautlos einen Wunsch, einen ganz großen Herzenswunsch …

Ihr Geburtstag war immer mit verschiedenen Wünschen verbunden gewesen, meistens waren sie geheim. In den letzten Jahren hatte sie sich gewünscht, ihr Vater möge wie von Zauberhand in ihrem Leben erscheinen, sie lieben, sie haben wollen, Teil ihrer Familie sein. Sie hatte sich eine Großmutter gewünscht, die im Garten auftauchte und bewirkte, dass die Blumen wuchsen. Sie hatte sich ein gesundes Herz gewünscht … nicht nur, damit sie laufen und spielen konnte wie alle anderen, sondern, damit ihre Mutter sich keine Sorgen mehr machen und befürchten musste, sie zu verlieren.

Dieses Jahr wünschte sich Rose nur zwei Dinge. Kleine Dinge, klitzekleine – keine große Sache, verglichen mit den riesigen Anliegen, die sie im Lauf der Jahre gehabt hatte. Zwei kleine, geheime Wünsche …

Um halb neun fuhren Marisa und Jessica an dem Schild FAMILIE NEILL, WALBEOBACHTUNGSTOUREN vorbei und bogen auf den Kiesparkplatz ein. Marisa hatte sich immer noch nicht ganz abgewöhnt, einen Blick in den Rückspiegel zu werfen, um zu sehen, ob ihr jemand folgte. Sie hatte diese Gegend als Zuflucht ausgewählt, weil sie so entlegen war – die Wahrscheinlichkeit, dass Ted hier zufällig aufkreuzte, schien gering. Doch insgeheim gab es noch einen weiteren Grund, hierherzukommen, der ihm einen Schock versetzen würde, falls er es jemals herausfände.

Der Urgroßvater ihres Mannes war ein kanadischer Walfänger gewesen. In einem seiner alten Fotoalben hatte sie ein Bild des Walfangschiffes entdeckt – es lag genau an diesem Kai, im Winter; die schneebedeckten Klippen des Fjords erhoben sich majestätisch hinter den mit Eis überzogenen Sparren. Bei der Betrachtung des Bildes hatte sie den Eindruck gewonnen, dass der Hafen aussah, als befände er sich am Ende der Welt. Idyllisch, von herber Schönheit und geheimnisvoll.

Als sie nun den Wagen parkte, fuhr sie rückwärts in die Parklücke – damit sie sehen konnte, was auf sie zukam. Sie hasste es, wenn sich jemand von hinten anschlich.

Sie hatte einen Mann verlassen, der so brutal war, dass er nicht einmal davor zurückscheute, den kleinen Hund ihrer Tochter umzubringen – nur weil er nachts bellte. Sie hatte sich gezwungen gesehen, ihr Kind zu entwurzeln, bei Nacht und Nebel das Weite zu suchen und Geburtstage für sie beide zu erfinden, um ihn von ihrer Spur abzulenken. Sie hatte gelernt, auf der Hut zu sein, immer und überall.

Sie öffnete ihre Handtasche und holte eine kleine Schachtel heraus.

»Schatz, ich weiß, dass wir vereinbart hatten, uns strikt

an unsere Geschichte zu halten, aber ich konnte der Versuchung nicht widerstehen, dir etwas zu schenken. Herzlichen Glückwunsch zum Geburtstag …«

»Mommy! Ist das für mich? Darf ich es aufmachen?«, rief Jessica.

»Ja. Heute ist dein richtiger Geburtstag. Und ich dachte, wir könnten Roses Party benutzen, um ihn heimlich zu feiern.«

Jessica löste das Band, riss das Papier auf und öffnete die kleine Samtschachtel. Ihr Blick wog sämtliche Probleme auf, mit denen sie beide konfrontiert worden waren: Ihre Augen spiegelten unverfälschtes, vollkommenes Glück.

»Das ist ja Grannys Ring!«

»Genau. Sie hat ihn schon getragen, als sie noch Schwesternschülerin war …«

»Und als Krankenschwester in der Navy, auf einer Kinderstation und in der Privatpflege, richtig?«

»Richtig. Du kennst ja die Geschichten. Sie war mit Leib und Seele dabei, wenn es galt, Menschen zu helfen, was mich dazu bewog, ebenfalls Krankenschwester zu werden. Vielleicht trittst du eines Tages auch in ihre Fußstapfen.«

»Damit ich Rose helfen kann?«

Marisa nickte. Sie war gestern Abend lange wach geblieben und hatte alles verschlungen, was sie über die Pflege im Bereich Kinderkardiologie fand. Sie kannte Roses Diagnose nicht, aber die Symptome und die bevorstehende Operation sagten ihr, dass der Zustand des Mädchens ernst war. Vielleicht verlieh der Ring von Marisas Mutter Jessica das Gefühl, die schwere Erkrankung ihrer Freundin sei bis zu einem gewissen Grad unter Kontrolle.

»Mommy, werden wir seekrank auf dem Boot?«

»Nein, deshalb habe ich dir dieses Armband besorgt.«

Marisa streifte das elastische Armband über Jessicas schmales Handgelenk. »Die kleine Perle drückt gegen den Puls und verhindert, dass dir von der Bewegung des Bootes übel wird.«

»Was ist mit dir? Trägst du auch eins?«

Marisa antwortete nicht, konzentrierte sich darauf, das Armband in die richtige Lage zu bringen.

»Mom, du kommst doch mit, oder?«

»Schatz, ich muss zu Hause noch einiges tun.«

»Was denn? Schlafen?« Die Worte rutschten Jessica heraus und ließen sich nicht mehr zurücknehmen – Marisa sah das Bedauern in ihren Augen.

»Sag das nicht«, erwiderte Marisa, aber Jess hatte recht; seit dem Umzug nach Cape Hawk hatte sie die meiste Zeit damit verbracht, sich die Decke über den Kopf zu ziehen. Das war typisch für eine ausgewachsene Depression: Sie zehrte an den Kräften, stahl jegliche Hoffnung, weckte das Bedürfnis, sich im Dunkeln zu verkriechen. Und wenn sie an die Ursachen ihrer Depression dachte – dieselben Gründe, die sie bewogen hatten, sich selbst und Jess aus dem gewohnten Umfeld zu reißen und an einem meilenweit entfernten Ort Zuflucht zu suchen –, fühlte sie sich so ausgelaugt und hilflos, dass der Schlaf reizvoll erschien.

»Wenn du nicht mitkommst, gehe ich auch nicht.«

»Jess, das ist nicht dasselbe. Rose ist deine Freundin, und sie möchte, dass du bei ihrer Party dabei bist. Du hast ein Geschenk für sie und eine wunderschöne, selbst gemachte Glückwunschkarte. Ihre Mutter ist mit all ihren Freundinnen an Bord, und ich kenne niemanden … Abgesehen davon, muss ich wirklich putzen. Du weißt, ich war in letzter Zeit etwas nachlässig …«

In dem Moment bog ein weiterer Wagen auf den Parkplatz ein, der laut hupte. Es waren Lily und Rose, strahlend und winkend. Rose hüpfte vor Freude auf ihrem Sitz auf und ab. Marisas Herz schlug schneller, und sie spürte, dass sie unwillkürlich lächelte – ein aufrichtiges Lächeln, das aus ihrem tiefsten Inneren kam. Gleichzeitig füllten sich ihre Augen mit Tränen. Sie konnte sich nicht mehr erinnern, wann – mit Ausnahme von Jessica – sich das letzte Mal jemand aufrichtig gefreut hatte, sie zu sehen.

Lily und Rose stiegen aus und kamen herüber. Marisa kurbelte die Scheibe herunter.

»Ihr müsst nicht im Auto warten«, sagte Rose. »Wir können schon an Bord gehen!« Sie lachte Jessica an, die ihre Mutter durch das offene Fenster ansah.

»Bitte!«, flüsterte Jess.

»Ihr kommt doch mit, oder?« Rose richtete ihren Blick nun ebenfalls auf Marisa.

»Natürlich, ihr müsst mitkommen!«, sagte Lily. »Wir haben ein kleines Geschenk für alle Gäste vorbereitet – und auf einem steht euer Name!«

»Mom?«

Marisa spürte, wie das Lächeln – nicht das auf ihrem Gesicht, sondern das in ihrem Inneren – wuchs. Lily blickte sie an, ihre Augen hell und leuchtend. Marisa hatte das seltsame Gefühl, dass Lily verstand, warum sie zögerte. Einen Moment lang fragte sie sich, ob sie ihre Gedanken lesen konnte, ob sie wusste, was mit ihr los war; sie fühlte sich schon seit langem dünnhäutig und leicht durchschaubar.

»Ich kann nicht«, hörte sich Marisa sagen, und plötzlich flossen die Tränen, als hätte jemand den Wasserhahn aufgedreht.

Lily griff in das offene Fenster und legte ihre Hand auf Marisas. Marisa empfand die Berührung wie einen Stromstoß, der unter die Haut ging, und Lilys Blick war eindringlich und verständnisvoll. In dem Moment stieg Jessica aus und entfernte sich ein paar Schritte mit Rose, um einen Blick in die Schaufenster des Souvenirladens zu werfen.

»Ich kann nur raten, was los ist. Aber ich denke, ich weiß, was Sie quält«, sagte Lily.

»Ich kann mit niemandem darüber reden.«

»Trotzdem finde ich, wir sollten uns unterhalten. Nicht jetzt, wegen der Party. Aber bald. Kommen Sie mit aufs Boot, bitte. Wir Frauen sind ganz unter uns. Kommen Sie, Jessica zuliebe. Sie braucht das Gefühl, dass Sie stark sind, Freude am Leben haben.«

»Mir ist nicht nach Gesellschaft zumute …«

Lily lächelte. »Haben Sie sich deshalb diesen Zufluchtsort am Ende der Welt ausgesucht?«

»Wie haben Sie das erraten?«

»Das erzähle ich Ihnen ein anderes Mal … und jetzt muss ich an Bord gehen, Rose zuliebe. Kommen Sie mit?«

Marisas Handflächen waren feucht, aber sie nickte. Seltsam, ihre Jahre als Krankenschwester hatten sie einiges über Dissoziation oder Abspaltung gelehrt – dass viele traumatisierte Menschen rein mechanisch ihren alltäglichen Verrichtungen nachgingen, ohne zu merken, was sie taten. Als sie ihre Handtasche, Jessicas Geschenk für Rose und ihre Autoschlüssel nahm, wurde ihr klar, dass sie seit ihrer Ankunft auf Cape Hawk wie eine Schlafwandlerin durchs Leben gegangen war.

Als sie den Wagen abschloss und spürte, dass Lily ihre Hand drückte, wusste sie, dass sie im Begriff war, aus dieser Starre zu erwachen. Sie war sich nicht sicher, ob ihr das gefiel, aber Lilys Lächeln war so strahlend und real, dass sie dachte, es sei vielleicht doch einen Versuch wert.

Und so gingen zwei Mütter und zwei Töchter gemeinsam über die Laufplanke an Bord der *Tecumseh II*, damit die Geburtstagsparty beginnen konnte.

Um Punkt Viertel vor neun saß Liam in seinem Büro und beobachtete, wie Jude die Gäste an Bord der *Tecumseh II* in Empfang nahm. Der Parkplatz am Kai füllte sich mit Autos, und Mädchen mit ihren Müttern eilten über die Gangway, mit eingewickelten Geschenken, warmen Jacken, Fleece-Pullovern und Feldstechern beladen. Lily und Rose, mitten unter ihnen, gingen gerade mit einer anderen Frau und Jessica, dem kleinen Mädchen, das ihn zu Hilfe geholt hatte, an Bord.

Liam fühlte sich innerlich angespannt. Lag es an der bevorstehenden Geburtstagsparty? Oder hatte er Angst, dass Roses Glück, das ihr ins Gesicht geschrieben stand, trügerisch sein könnte? Er sah immer noch das Bild vor sich, das sie gestern geboten hatte – zusammengekauert neben der Statue, Angst und Erschöpfung in den großen grünen Augen.

Er versuchte, den Blick von dem Boot zu lösen, doch vergebens. Anne hatte sich zu Jude gesellt, redete auf ihn ein, schien ihm um den Bart zu gehen, den Arm um seine Taille gelegt – Liam lächelte beinahe wider Willen; sein Cousin hatte sich hoch und heilig geschworen, an den Wochenenden frei zu nehmen, komme, was da wolle. Anne versuchte wohl, ihm die Arbeit an einem Samstag zu versüßen. Liam sah die Zuneigung zwischen den beiden, was seine innere Anspannung aus irgendeinem unerfindlichen Grund noch verstärkte.

Liam war seit den frühen Morgenstunden damit beschäftigt, die Spuren verschiedener Haie, Wale und Delfine mit Hilfe des Senders zu verfolgen, mit denen die Tiere im Rahmen von C&R-Programmen zur Vermessung oder Ortung versehen worden waren. Er hatte noch eine Fülle von Daten zu erfassen und auszuwerten, doch inzwischen war es fast neun, und er übertrug die aktualisierte Version seines Projekts vom Desktop-Computer auf seinen Laptop. Diese Arbeit konnte er später von zu Hause aus erledigen. Er nahm seine dicke Strickjacke und seinen Seesack, dann sperrte er die Tür hinter sich zu.

Die Mannschaft machte die Leinen los, während Jude im Ruderhaus mit einem lang gezogenen Ton aus dem Horn verkündete, dass die *Tecumseh II* ablegte und die Bootstour begann. Die Geburtstagsgäste hatten sich auf dem Oberdeck eingefunden, die Gesichter dem Meer zugewandt. Alle, mit Ausnahme von Rose. Sie stand achtern und blickte zum Kai zurück – sie lächelte ihm zu.

Liam winkte ihr. Er schlenderte den Pier entlang, vorbei an den Fischerbooten, die nicht bei Morgengrauen mit der Ebbe ausgelaufen waren. Gerard stand an Deck und musterte ihn mit funkelnden Augen, als er vorüberging. Sie ignorierten einander – die Fronten waren abgesteckt, seit er die Delfinflosse zwischen den Fischabfällen auf dem Boden seines Bootes entdeckt hatte.

Liam stieg in sein Zodiac-Flachbodenboot, ließ den Yamaha-150er-Motor an und fuhr rückwärts ins Hafenbecken hinein. Die *Tecumseh II* war ihm ein gutes Stück voraus, aber er folgte in ihrem Kielwasser – ein blassgrüner Schaumstreifen, der eine Schneise in das spiegelglatte blaue Meer schlug, eine Wegmarkierung wie die ausgestreuten Brotkrumen von Hänsel und Gretel. Er hätte den Weg auch mit verbundenen Augen gefunden. Das Boot war unterwegs zu den Futtergründen – dem besten Platz, um Wale zu beobachten.

Liam redete sich ein, dass er sich auf einer Forschungsexkursion befand. Er hatte klare Signale von mindestens sieben auf Wanderschaft befindlichen Meeressäugern empfangen, die irgendwann am heutigen Tag die Gewässer von Cape Hawk erreichen würden. Von einem Walhai und einem großen weißen Hai wurden laufend Daten übertragen, ganz zu schweigen von den Walen und Delfinen, die bereits aus südlichen Gewässern eingetroffen waren. Er hatte sich praktisch selbst überzeugt, dass diese Spritztour zu den Futtergründen nichts – oder nur wenig – mit Rose Malones neuntem Geburtstag zu tun hatte.

Der Tag war wolkenlos und strahlend. Er beschloss, dem Signal von MS122 zu folgen (Meeressäuger 122, ein neunzehn Jahre altes Belugawal-Weibchen, auf dem Weg zu der Stelle, an der es geboren war). MS122 war eine lokale Berühmtheit, die sich großer Beliebtheit erfreute, und der Sommer verdiente erst dann seinen Namen, wenn sie auftauchte. Im Gegensatz zu den anderen Walen kam sie aus dem Norden – sie zog in die entgegengesetzte Richtung, schien den Winter mit Eis, Schnee und Nordlicht zu bevorzugen. Er konnte anhand der Signale ihres Senders erkennen, dass sie irgendwann im Laufe des heutigen Tages auf der Bildfläche erscheinen würde; er war sich jedoch nicht sicher, ob sie es rechtzeitig zu Roses Geburtstagsparty schaffen würde.

Doch *falls* sie auftauchte und *falls* er sie auf seinem Laptop orten konnte, würde er Jude per Funk in die entsprechende Richtung schicken.

Er durchpflügte das Wasser, folgte dem Boot. In der Ferne wurden sieben feine Fontänen sichtbar – eine Gruppe Finnwale, die sich wie immer Krill und Fischrogen einverleibten, Mikroorganismen, aufgewirbelt von den Gebirgsbächen der Fjorde, die ins Meer flossen. Sie schwammen durch den

Auftrieb des Tiefenwassers an der Oberfläche, das durch die Wellenaktivität an der Westküste der Halbinsel verursacht wurde. Als sich die *Tecumseh II* den Walen näherte, ging ein Aufschrei durch die Gäste an Deck – die Mädchen hatten die Wale entdeckt, zeigten darauf, lachten aufgeregt.

Liam holte seinen Laptop heraus, gab das Passwort ein und klickte den Übertragungsbildschirm an. Da war sie ja – MS122. Wenn seine Daten stimmten, müsste sie sich inzwischen in der Bucht befinden – draußen an der Landspitze, auf dem schnellsten Weg zu den Futtergründen. Liam schaltete das Funkgerät ein, rief seinen Cousin.

»T-Two, hier ist dein Meeresbio-Cousin – hörst du mich?«

»Klar und deutlich – alles Roger. Was machst du denn hier draußen?«

»Belugas aufspüren. Steuere mal einhundert Meter West an, dann solltest du eigentlich auf MS122 stoßen, sobald sie auftaucht, um Luft zu holen.«

»Du willst mich wohl auf den Arm nehmen! Du lässt dich herab, uns geldgierigen Walbeobachtern deine wissenschaftlichen, mitten aus dem Leben gegriffenen Daten zur Verfügung zu stellen?«

»Das ist eine Ausnahme, nur damit du Bescheid weißt. Worauf wartest du noch? Du solltest deinen Kurs ändern, jetzt gleich!«

»Dein Wunsch sei mir Befehl – und, hey: Ich sage danke.«

Liam verzichtete auf eine Antwort. Als das große Walbeobachtungsboot nach Westen abdrehte, gab er Gas, preschte über das Kielwasser der *Tecumseh II* und fuhr in einer weitläufigen S-Kurve um die Steuerbordseite herum. Er hielt sich längsseits, führte seinen Cousin zu der Stelle, an der MS122 nach seinem Ermessen auftauchen musste. Mit einem Auge das Wasser vor ihm, mit dem anderen den Laptop im Blick, drosselte er den Motor. Er hörte die Wellen gegen den Rumpf seines Schlauchbootes schwappen und die enttäuschten Stimmen der Mädchen und Mütter. Sie hatten den Walen beim Fressen zugeschaut, die sich jetzt zweihundert Meter hinter ihnen befanden, und verstanden nicht, warum das Boot abgedreht hatte.

Während die Boote über die kabbeligen Wellen holperten, spähte Liam zum Deck hinüber. Rose und ihre Mutter standen mit einigen anderen an der Reling. Lily hatte den Arm um Roses Schultern gelegt. Sie blickte geradeaus und nicht zu den Walen zurück, als sei sie offen für alles, was vor ihr lag. Die Morgensonne ließ ihr schwarzes Haar aufleuchten, so dass es einem glatten, glänzenden Robbenfell glich. Liam fiel es schwer, den Blick abzuwenden, aber er musste den Computerbildschirm im Auge behalten.

Er sah, dass sich die Tiefe von MS122 geändert hatte; der Wal strebte der Oberfläche zu, um Luft zu holen.

»Rose!«, rief Liam.

Sie blickte von Deck zu ihm hinunter, die Augen gegen die Sonne abschirmend. Sie winkte, offensichtlich erfreut, ihn zu sehen. Nun schaute auch Lily hinüber, ohne den Arm von Roses Schulter zu nehmen oder die Augen vor der Sonne zu schützen. Blinzelnd erwiderte sie Liams Blick, was ihm einen Stich ins Herz versetzte.

»Genau voraus!« Er ließ das Steuerrad los und deutete mit seinem gesunden Arm auf die Stelle. Lily stellte keine Fragen, und falls sie Zweifel hatte, ließ sie sich nichts anmerken. Aus irgendeinem Grund verließ sie sich blind auf sein Wort, ohne überhaupt zu wissen, worum es ging, und dieser Umstand rührte Liam zutiefst, ging ihm durch Mark und Bein. Sie lotste Rose zum Bug, weg von den anderen Müttern und Töchtern. Die *Tecumseh II* war eigens für die Beobachtung von Walen ausgerüstet, mit einer Bugkanzel, die sich drei Meter weit über das Wasser erhob. Lily umklammerte die stählerne Reling und führte Rose auf die Kanzel hinaus.

Liam gab Jude das Signal, und er drosselte den Motor. Die beiden Boote warteten, die Maschinen beinahe lautlos im Leerlauf. Liams Herz klopfte vor Anspannung, als er mit den Augen das offene Meer absuchte. Vermutlich tat Jude jetzt das Gleiche. Sie hatten das Walebeobachten im Blut; schon in Roses Alter hatten sie Tag für Tag und Jahr für Jahr ihren Spaß daran gehabt und gewettet, wer als Erster einen Wal entdecken würde. Connor hatte immer gewonnen.

Dieses Mal spürte Liam ihn, bevor er ihn sah. Vielleicht lag es an der geballten Aufmerksamkeit, die von Lily und Rose ausging – sie starrten auf die Wasseroberfläche, jeden Muskel angespannt, die Augen wachsam. Liam spürte ihre Energie – oder war es die urwüchsige Kraft des betagten Walweibchens, das wieder einmal auf rätselhafte Weise den Weg nach Hause gefunden hatte, südlich des gefrorenen Meeres, am nördlichsten Zipfel der Welt?

Was hatte sie während ihrer Reise erlebt? Welchen Haien war sie ausgewichen? Wie viele Eisschollen hatte sie beim Auftauchen mit ihren mächtigen Rückenwirbeln zersplittert, da die Atmung für sie genauso lebenswichtig war wie für Liam? Wie vielen Fischernetzen war sie entgangen? Sie war schon alt, und Liam wünschte sich inständig, ihren unbezähmbaren Lebenswillen und das Bedürfnis zu verstehen, immer wieder in diese Bucht zurückzukehren, in der sie geboren worden war. Sie war hier – er spürte es.

»Nanny!«, schrie Rose plötzlich.

Und sie war es, wirklich und wahrhaftig: Das Weißwal-Weibchen, der St.-Lawrence-Beluga. In der Sonne glänzend, durchbrach sie die Oberfläche, hob den Kopf, als wollte sie ihre Umgebung genauer in Augenschein nehmen. Vier Meter lang, schneeweiß, ohne Rückenfinne, aber mit einem mächtigen Rückenwirbel, der sich über die gesamte Länge des Rückens erstreckte. Ihre Wasserfontäne erreichte eine Höhe von etwa einem Meter – kaum sichtbar, verglichen mit anderen Walarten. Liam hörte, wie sie ein- oder zweimal Luft holte. Er hätte gerne gewusst, ob Lily und Rose es ebenfalls hörten; er wünschte sich, sie befänden sich bei ihm, in seinem Zodiac-Boot, und Rose könnte Nannys unbändige Lebenskraft spüren.

Dann spürte er Lilys Blick. Roses Augen waren immer noch auf den Wal gerichtet, und sie hatte beide Arme ausgestreckt, als wollte sie Nanny umarmen, sich an ihr festhalten und auf ihr reiten. Doch Lily sah ihn an. Ihre Augen waren groß und weit aufgerissen, erfüllt von einem ungläubigen Staunen, wenngleich gepaart mit einem verborgenen Schmerz, dessen Schrecken sie fortwährend begleitete. Es hat mit Rose zu tun, dachte er … mit der Liebe zu ihrer Tochter. Und den vielen Sorgen, mit denen sie leben musste.

»Alles wird gut«, sagte Liam laut, ihren Blick erwidernd.

Lily neigte den Kopf zur Seite. Natürlich konnte sie ihn nicht hören, bei dem Geräuschpegel des gedrosselten Motors und dem Lärm, den Roses aufgeregte Geburtstagsgäste erzeugten. Er sah, wie ihre Lippen das Wort »Was?« formten.

Der Wind blies ihm die Haare in die Augen, und er musste das Steuer loslassen, um sie zurückzustreichen. Er wollte den Blickkontakt zu Lily nicht verlieren. Aus dem Augenwinkel nahm er wahr, wie Nanny noch einmal tief einatmete, bevor sie mit einem unverkennbaren Blasen abtauchte. Nach bis zu zehn Atemzügen an der Oberfläche würde sie ungefähr fünfzehn Minuten unter Wasser bleiben. Lily und Rose hatten sich umgedreht und verließen vorsichtig die Bugkanzel, um sich den anderen an Deck anzuschließen.

Liam hatte sein Ziel erreicht. Die Party konnte ohne ihn weitergehen. Als er Gas gab, um zum Kai zurückzukehren, hörte er laute Stimmen.

»Danke, Dr. Neill, dass du uns zu Nanny gebracht hast!«, rief Rose.

»Herzlichen Glückwunsch zum Geburtstag, Rose!«, rief er zurück.

Lily schwieg, warf ihm abermals einen eindringlichen, fragenden Blick zu. Er wusste, dass ihre Fragen nichts mit ihm zu tun hatten, aber er hätte sie trotzdem gerne beantwortet. Er erwiderte ihren Blick, ein wortloser Austausch, bei dem bestimmte Tatsachen anklangen. Rose hatte nächste Woche eine große Operation vor sich. Und heute war ihr neunter Geburtstag. Lily, kämpferisch wie eine Bärenmutter, würde alles tun, was in ihrer Macht stand, um ihre Tochter zu schützen und sie vor Schaden zu bewahren.

Sie war aus dem gleichen Holz geschnitzt wie er – das wusste er. Er hatte sie zu Nanny geführt, weil es Roses innigster Wunsch war, und er hoffte, dass Nannys Kraft auf sie überging, Besitz von ihr ergriff und ihr Herz stärkte, damit sie noch viele Lebensjahre vor sich hatte. Er war Wissenschaftler – er hatte die McGill University besucht und ein Graduiertenstudium am Meeresbiologischen Institut in Woods Hole, Massachusetts, abgeschlossen. Aber als Spross einer Familie, die seit Generationen in dieser Bucht im hohen Norden ansässig war, kannte er auch die Kraft und die Magie, die von der Natur und von Phänomenen ausging, die sich dem menschlichen Verstand und Wahrnehmungsvermögen entzogen.

In dem Moment legte am Kai ein weiteres Boot ab – es

war Gerard Lafarge, der sich – offenbar neugierig geworden – näherte. Liam gefror das Blut in den Adern. Er spürte, dass von diesem Mann Gefahr ausging; jemand, der fähig war, einen Delfin mit Langleinen zu fangen, hatte mit Sicherheit keine Skrupel, auch andere schutzlose Geschöpfe zu verletzen. Liam achtete darauf, mit seinem Zodiac eine Barriere zwischen Lafarges Boot und Nanny zu bilden, aber mehr noch zwischen Lafarge und Lily und Rose. Er sah, wie Lafarge den Feldstecher nahm und auf den weißen Wal richtete. Dann legte er ihn aus der Hand und blickte zu Lily hinüber – starrte sie lange Zeit an.

Liam wendete sein Boot, fuhr in einem großen Kreis um die *Tecumseh II* herum, ähnlich wie ein männlicher Fischadler prüfend sein Nest umkreiste, bevor er davonflog, um Fische zu fangen. Auf dem Bildschirm seines Laptop blinkte es allenthalben, da zahlreiche Meeressäuger nach der langen Wanderung in ihre heimischen Gewässer zurückkehrten, doch für den Augenblick schenkte er ihnen keine Beachtung, sondern zog mit seinem Boot langsame, weite Kreise, während sein Herz schneller und schneller schlug.

Kapitel 7

Sie waren von überall her gekommen, manche waren hundert Meilen weit gefahren, um gemeinsam Rose Malones neunten Geburtstag zu feiern: Mütter und Töchter, Schwestern, Tanten, Großmütter, alte und neue Freundinnen. Im Laufe der Jahre hatten sie sich an den merkwürdigsten Orten zusammengefunden – begonnen hatte alles im *In Stitches,* Lilys Handarbeitsladen im Hafen, wo der Club aus der Taufe gehoben worden war. Sie hatten sich im Gasthof getroffen, bei den Mitgliedern daheim, im Besucherraum des Krankenhauses und, an einem Sommerabend, in einem verwunschenen Garten. Doch es war das erste Mal, dass sich die Nanouks aus dem Frostigen Norden anlässlich einer Geburtstagsparty auf einem Boot einfanden.

Rose saß in der Mitte des Kreises, Jessica an ihrer Seite. Die anderen Mädchen umringten sie und sahen zu, wie sie ihre Geschenke auspackte, während sich die Frauen im Hintergrund hielten, das muntere Treiben beobachteten und sich angeregt unterhielten. Lily spürte ihren eigenen Herzschlag, stetig und langsam … Sie betrachtete ihre Tochter, die sie abgöttisch liebte, und dachte an jeden Geburtstag, den sie erleben durfte. Die Jahre waren in Windeseile vorübergegangen, schneller als ein Komet.

Es rührte Lily zutiefst, Rose von so viel Liebe umhüllt zu sehen. Jede einzelne der Anwesenden sorgte sich um sie und würde ihr die Daumen drücken, wenn sie nach Boston fuhren. Das Geräusch von Liams Schiffsmotor drang durch das offene Fenster, und Lilys Herz schlug schneller, aber sie nahm sich zusammen und konzentrierte sich auf die Mädchen und Frauen in der Kabine: die Nanouks. Lily musterte den Kreis, mit dem sie, bis auf Marisa, durch und durch vertraut war. Sie kannte die Vorlieben, Freuden, Probleme und Kümmernisse – oder beinahe alle Eigenheiten, die ihre Freundinnen zu den wunderbaren Frauen machten, die sie waren. Diese Feier strafte viele Dinge Lügen; das Leben ging weiter, wie immer, doch in Augenblicken wie diesen galt es, innezuhalten.

Rose öffnete ihre Geschenke – darunter waren Bücher, ein Malkasten mit Wasserfarben, Modellierton, ein silberner Armreifen, ein Portemonnaie, zwei CDs und ein Sweatshirt mit einem Belugawal auf der Vorderseite. Lily spürte, wie glücklich ihre Tochter war. Manchmal schien es, als steckten sie in einer Haut; lag es an Roses langjähriger Krankheit, oder fühlten sich alle Mütter ihren Töchtern so eng verbunden? Wie auch immer, Lily ging die Freude, die Rose ausstrahlte, durch und durch.

In dem Moment knisterte der Lautsprecher, und Judes Stimme erfüllte den Raum: »Geburtstagskind bitte kommen … du und deine Freundinnen werden an Deck gebraucht. Ein kleiner Vortrag über *les baleines* …«

»Das bedeutet ›Wale‹«, übersetzte Rose für Jessica.

Einige der Anwesenden waren Franko-Kanadierinnen, und Lily wusste, dass diese Worte an sie gerichtet waren. Ihr gefiel die ritterliche Art der Neill-Männer, und sie war dankbar, dass ihre Tochter, die ihren Vater nie kennengelernt hatte, diese Erfahrung machen durfte.

Die Mädchen und Frauen eilten an Deck, und Lily warf Marisa einen raschen Blick zu. Lily hatte die Nanouks aus einem ganz persönlichen, verborgenen Bedürfnis heraus ins Leben gerufen, das sie auch bei Marisa entdeckte.

»Eine gelungene Party, Lil.« Anne gesellte sich zu Lily ans Fenster.

»Sie amüsiert sich prächtig.« Lily sah, wie Rose mit ihren Freundinnen lachte, während Jude alle auf Deck um sich scharte.

»Dass Nanny aufgetaucht ist, hat auch nicht gerade geschadet.«

»Direkt vor unserer Nase – wie war das überhaupt möglich? Kommt mir beinahe so vor, als hätten Jude und Liam die Köpfe zusammengesteckt und das Ganze geplant.«

»Jude doch nicht.«

»Dann eben Liam. Er arbeitet ständig an seinem Computer. Jedes Mal, wenn ich an seinem Büro vorbeigehe, blinkt und piepst es …«

»Er verbringt viel zu viel Zeit mit seinen Meerestieren. Und nicht genug mit Menschen.«

»Ich würde gerne Zeit mit ihm verbringen.« Marlena kam mit einem Glas Punsch zu ihnen herüber. »Wenn ich den Männern nicht ein für alle Mal abgeschworen hätte.«

»Jetzt mach aber mal einen Punkt. Das meinst du doch nicht ernst! Nur weil dein Arthur ein Mistkerl war, solltest du nicht alle Männer über einen Kamm scheren.«

»Hey, ich weiß, dass du mit einem tollen Mann verheiratet bist, aber als meine Barbara fünfzehn war, hat sich ihr Vater aus dem Staub gemacht, bei einer neuen Familie Unterschlupf gefunden und uns abgeschrieben. Mag sein, dass ich nicht besonders viel von Männern verstehe, aber einen miesen Kerl erkenne ich auf den ersten Blick …«

Marisa stand ein wenig abseits, als überlegte sie noch, ob sie sich der Gesprächsrunde anschließen sollte. Lily zog sie lächelnd in den Kreis, da sie spürte, dass Marisa diesen Kontakt brauchte, ob es ihr nun bewusst war oder nicht.

»Sie vermisste ihren Vater sehr«, fuhr Marlena fort. »Sie war völlig aufgelöst, bekam Fieber und weinte sich jeden Abend die Augen aus. Ich las ihr Gute-Nacht-Geschichten vor, und immer, wenn ein Vater darin vorkam, war sie untröstlich. Sie träumte von ihrem Vater, wachte mitten in der Nacht weinend auf und konnte nicht mehr einschlafen. Ich musste sie ein paar Tage zu Hause lassen, konnte sie nicht zur Schule schicken, weil sie völlig erschöpft war.«

»Glaubt ihr, dass Kinder buchstäblich krank werden können, weil sie ihren Vater vermissen?«, fragte Cindy.

»Kommt auf die Kinder an«, meinte Jodie.

»Nein, kommt auf die Väter an«, entgegnete Marlena. »Wenn sie kein Interesse haben, am Leben ihrer Kinder teilzunehmen …«

Suzanne lächelte. »Es kann aber nicht sein, dass du deswegen immer noch verbittert bist, oder?«

»Ich gebe mir Mühe. Ich arbeite das Problem auf, wie es so schön heißt.«

»Lass ja nicht zu, dass es dich auffrisst, Schätzchen«, riet Doreen.

Lily hörte aufmerksam zu, vor allem um Marisas willen. Sie hatte vor vielen Jahren zahllose Stunden im Kampf mit ihren eigenen Dämonen verbracht. Die Nanouks hatten ihr geholfen, sie ein für alle Mal auszutreiben.

»Ihn sollte es auffressen!«, sagte Marlena. »Am besten in Form eines Riesenhais. Wenn Dr. Neill einen weißen Wal für Rosie aufspüren kann, ist er vielleicht auch in der Lage, einen netten großen weißen Hai für Arthur zu finden.«

»In Liams Gegenwart solltest du dir jeden Scherz über Haie verkneifen«, gab Anne ruhig zu bedenken. Lily drehte sich bei diesen Worten langsam um und spähte aus dem

Fenster. Das Zodiac fuhr in einem weitläufigen Kreis um das Walbeobachtungsboot herum. Liam, groß und schlank, stand mit gebeugten Schultern am Ruder. Seine Haare waren dunkelbraun und an den Stellen, wo es sich wellte, von Silberfäden durchzogen.

Lily sah aus dem Fenster, hinüber zu Liam. Hinter ihm war ein weiteres Boot aufgetaucht. Sie kniff die Augen zusammen, um etwas erkennen zu können – es gehörte Gerard Lafarge. Irgendetwas missfiel ihr an seiner Art – vielleicht seine Eitelkeit, sein anmaßendes Gehabe. Gerard beobachtete Nanny mit dem Feldstecher, und der Anblick jagte ihr einen Schauer über den Rücken.

»Um Gottes willen, erwähne das Wort Hai bloß nicht vor Liam – nach allem, was ihm und seinem Bruder widerfahren ist«, bekräftigte Lily.

»Jude sollte man tunlichst auch damit verschonen«, meinte Anne. »Mein Mann war damals mit dabei. Die beiden sind nie darüber hinweggekommen, und ich bezweifle, dass sich daran jemals etwas ändern wird.«

»Manche Dinge sind zu schrecklich, um darüber hinwegzukommen«, sagte Marisa.

Alle drehten sich um und sahen sie an. Lily hatte sie mit den anderen bekannt gemacht, als sie an Bord gegangen waren, und sie wusste, dass die Frauen neugierig waren. Doch Marisa machte einen Rückzieher und wandte sich um, als bedauere sie ihre vorschnellen Worte. Lily warf abermals einen Blick zu Gerard hinüber und stellte erleichtert fest, dass er sein Boot wendete und Kurs auf das offene Meer nahm.

»Marisa, warte«, sagte Anne. »Wir würden gerne mehr über dich erfahren.«

»Ja, erzähl uns doch etwas über dich, während die Mädchen an Deck sind«, meinte Cindy. »Was hat dich eigentlich nach Cape Hawk geführt? Ist dein Mann Fischer? Oder Meeresforscher?«

»Ich bin … ähm, geschieden.« Marisa schien sich unbehaglich zu fühlen, wie Lily feststellte, als sie nun ihre ungeteilte Aufmerksamkeit auf sie richtete – nicht peinlich berührt, sondern vielmehr, als gelte es, ein Geheimnis zu wahren und keinerlei Einzelheiten verlauten zu lassen. Lily kannte die Dynamik sehr gut, die dahinter stand.

»Es gibt nur drei Dinge, die einen Menschen in diese Einöde treiben können«, erklärte Alison. »Familienbande, wahnsinnige Liebe zur Natur oder die Flucht aus einer gescheiterten Ehe.«

Alison hatte vermutlich mit einem der Gründe ins Schwarze getroffen, dachte Lily, als Marisa errötete.

»Ich dachte früher genau wie du, dass man über manche Dinge nie hinwegkommt«, erklärte Marlena. »Treulosigkeit, Gewalt und Trotzverhalten. Die großen drei.«

»Ich kann nicht darüber reden«, antwortete Marisa.

»Die Mädchen sind draußen. Sie hören nichts«, beteuerte Anne.

Lily rückte näher an Marisa heran. Sie hätte ihr gerne erklärt – oder ihr zumindest das Gefühl vermittelt –, dass es den Frauen keineswegs um Klatsch und Tratsch ging. Sie hatten es nicht auf die blutrünstigen Einzelheiten aus dem Leben der anderen abgesehen.

»Einige von uns waren früher anderswo zu Hause, weit weg von hier«, sagte Lily. »Inzwischen stehen wir uns so nahe wie Schwestern.«

»Das kenne ich, ich habe eine Freundin, mit der es mir genauso geht.« Marisas Augen begannen zu glitzern. »Ich habe schon lange nicht mehr mit ihr gesprochen …«

»Vermisst du sie?«, fragte Lily.

»Mehr als ihr euch vorstellen könnt.«

»Warum rufst du sie nicht an?«

»Weil er möglicherweise ihr Telefon abhört. Er sagte, er würde uns nie – niemals – gehen lassen.«

»Aber ihr seid ihm entkommen.«

»Ja«, murmelte Marisa. »Trotzdem fühlen wir uns, als säßen wir in der Falle.«

»Weil ihr Angst habt?«

»Genau, aber auch aus anderen Gründen … Wir können uns nicht frei bewegen. Können nicht wir selbst sein …«

»Das geht vorbei«, sagte Lily.

»Ich fühle mich hier manchmal sehr einsam.«

»Jetzt hast du uns«, erklärte Cindy. »Wir kennen uns noch nicht lange, aber wir würden dich gerne in unseren Kreis aufnehmen. Wir freuen uns, dass du da bist, Marisa.«

Marisa versuchte zu lächeln, aber es gelang ihr nicht ganz. Lily, die bemerkte, dass sie überfordert war, nahm ihren Ellenbogen. »Komm, wir holen uns ein Glas Punsch, ja?« Sie lotste Marisa zum Buffet.

Alles schien so ungezwungen – zwei Frauen, die rosafarbenen Punsch in Pappbecher gossen und sich einen kleinen Teller mit Käsewürfeln und Obst nahmen. Judes Stimme war durch das geöffnete Fenster zu hören: Er erklärte den Mädchen, dass Bartenwale ihre Nahrung filterten und jeden Tag vier bis fünf Tonnen Plankton vertilgten, das Gewicht eines ausgewachsenen Elefanten. Die Nanouks unterhielten sich immer noch angeregt, wobei einige mit einer Kreuz- und Petit-Point-Stickerei beschäftigt waren, während sich eine Geschichte an die andere reihte.

»Als du sagtest, dass du dich einsam fühlst, meintest du wegen ihm, habe ich recht?«, fragte Lily.

»Wegen ihm?« Marisa sah erschrocken aus.

»Deinem Mann. Oder vielmehr Exmann – du sagtest ja, dass du geschieden bist. Ist er Jessicas Vater?«

»Stiefvater«, berichtigte Marisa, den Becher mit dem rosafarbenen Punsch auf halbem Weg zum Mund.

»Du hast ihn schließlich verlassen – das erfordert viel Mut. Du fühlst dich einsam wegen der Träume, die sich zerschlagen haben. Wegen der Liebe, an die du geglaubt hast, seine Liebe, bis zum bitteren Ende.«

»Woher weißt du das alles?«, flüsterte Marisa.

»Ich würde eine gute Wahrsagerin abgeben, was solche Dinge betrifft«, erwiderte Lily ruhig. »Mal sehen, was ich noch alles weiß. Du hast ihn geliebt – mehr als du es jemals für möglich gehalten hättest. Er war einfach umwerfend. Er hat dich in dem Glauben an die Liebe auf den ersten Blick bestärkt. Er wurde ein unverzichtbarer Teil deines Lebens. Trotz gewisser Unstimmigkeiten.«

»Unstimmigkeiten«, wiederholte Marisa. Draußen an Deck erklärte Jude gerade, dass die Zunge eines jungen Blauwals genauso viel wog wie ein junger Elefant und sein Herz so schwer war wie ein Kleinwagen.

»Ich spreche von den Lügen. Dass du nie wusstest, was du glauben solltest. Und dass du immer im Unrecht warst und er recht hatte. Und nicht zu vergessen, bestimmte Situationen, die dir Angst machten.«

»Ja. Große Angst …«

»Dir kamen gewisse Zweifel. Du hast dir manchmal keinen Reim auf bestimmte Dinge machen können, aber dir immer wieder eingeredet, dass du dich irrst. Du liebtest ihn schließlich, über alle Maßen. Deinen armen, verletzten Mann …«

»Woher weißt du, dass er verletzt war?«

»Das sind sie alle. Furchtbar verletzt.« Lily hatte einen spöttischen Zug um den Mund, als sie das sagte. »Und immerzu ist jemand anderer schuld daran, dass das Leben so hart mit ihnen umgesprungen ist.«

»Du sagst es.« Marisa begann zum ersten Mal zu lächeln.

»Angefangen bei den Eltern. Solche Männer hatten immer eine völlig verkorkste Kindheit. Wie aus einem Dickens-Roman, einschließlich bitterer Armut und einer barbarischen Bezugsperson, von der sie grün und blau geschlagen wurden …«

»Womit sie ihre Grausamkeit uns gegenüber rechtfertigen.«

»Klar, was sonst.«

»Glaubst du, dass ihre Kindheit wirklich so schlimm war? Oder war auch das eine Lüge?«

Lily nippte vorsichtig an ihrem Punsch. Sie schloss die Augen und dachte daran, wie oft sie sich die gleiche Frage gestellt und wie viele schlaflose Nächte sie damit verbracht hatte, Mond und Sterne zu betrachten und darüber nachzusinnen, warum solche Schicksalsschläge über Menschen hereinbrachen.

»Mir tut jedes Kind leid, das geschlagen oder auf andere Weise verletzt wird«, antwortete sie schließlich. »Aber wenn ein erwachsener Mann das als Entschuldigung für seine Gewalttätigkeit gegenüber uns Frauen benutzt, kann ich nur den Kopf schütteln. Das kaufe ich ihm nicht ab. Deshalb ist die Frage, ob seine Kindheit wirklich so verkorkst war, für mich unerheblich.«

»So habe ich das nie gesehen.«

»Ist das einer der Gründe, warum er dir fehlt? Weil du ihn in die Arme genommen und getröstet hast? Und dich nun fragst, wie er ohne dich auskommen soll?«

Marisa nickte, das Lächeln war verschwunden. »Ich bin Krankenschwester. Er hat mir oft gesagt, ich sei sein rettender Engel.«

»Während er dir das Leben zur Hölle machte?«

»Er hat mich nie geschlagen.«

»Nein, hat meiner auch nicht. Aber es gibt schlimmere Arten, einen Menschen zu zerstören. Ich bin froh, dass du ihm entkommen bist. Es muss schlimm für dich gewesen sein, sonst wärst du nicht hierher ans andere Ende der Welt geflohen. Weit entfernt von deiner Freundin. Ich denke, was du wirklich vermisst, hat nichts mit ihm zu tun.«

»Aber er hat eine große Lücke in meinem Leben hinterlassen.« Marisas Stimme klang so rauh wie die Rinde eines Baumes.

»Es ist die Liebe, die du vermisst. Und den Traum. Den Traum von der Liebe, von der du glaubtest, sie bei ihm gefunden zu haben. Deshalb habe ich die Nanouks aus dem Frostigen Norden gegründet.«

»Der Frostige Norden. Kanada.«

»Denkst du etwa, dass sich der Name auf die Geographie bezieht? Mitnichten. Der Frostige Norden ist hier drinnen –« Sie berührte ihr Herz. »Der Frostige Norden war dort, wo wir gelebt haben, wo wir jemanden jahrelang geliebt haben. Du bist jetzt frei, Marisa. Willkommen im Tauwetter.«

An Deck glaubte Rose, nie in ihrem ganzen Leben so glücklich gewesen zu sein. Ihre Geburtstagsparty war ein Erfolg auf ganzer Linie – ihre Freundinnen amüsierten sich prächtig. Captain Neill hatte ihnen Finnwale, Buckelwale, Minkwale, einen Blauwal und natürlich Nanny gezeigt und erzählt, dass Nanny und andere Belugas bei der Geburt hellbraun waren, sich aber jedes Jahr häuteten, bis sie mit sechs Jahren weiß wurden.

Er lud die Mädchen ins Ruderhaus ein und ließ sie abwechselnd ans Steuer, den Kompass lesen, den Radarschirm beobachten und das Funkgerät einschalten, um anhand von Dr. Neills Berichten zu erfahren, wo sich Nanny und die anderen Wale gerade aufhielten.

»Würdest du gerne jemandem per Funk einen Gruß schicken, Geburtstagskind?«, fragte er.

»Ich?«, erwiderte Jessica wie aus der Pistole geschossen.

Rose lachte über den vermeintlichen Scherz, und Jessica errötete.

»Ich hab nur Spaß gemacht«, sagte Jessica hastig.

»Du bist ja eine richtige Komödiantin«, meinte der Captain. »Meine Frau führt den Gasthof, und wir könnten dich freitagabends gut gebrauchen. Wir halten immer nach Nachwuchskünstlern Ausschau, die talentiert sind und Lust haben, bei uns aufzutreten. Wie heißt du?«

»Jessica Taylor.«

»Aha. Jessica, das Geburtstagskind. Das nicht Geburtstag hat.«

Alle Mädchen lachten, als sei er der Komödiant. Er war groß, hatte eine gesunde Gesichtsfarbe und dunkelbraune Haare, wie sein Cousin Dr. Neill. Er hatte ein von Wind und Wetter gegerbtes Gesicht mit zahlreichen kleine Fältchen und ein breites Lächeln, als habe er seine helle Freude daran, Witze zu machen und die Leute zum Lachen zu bringen. Er lenkte das Boot mit einer Sanftheit über die Wellen an der Öffnung der Bucht, die Rose zu schätzen wusste. Ihr Brustkorb schmerzte. Sie kam sich zerbrechlich vor, wie Glas, das bei einem unsanften Ritt über die Wellen zu zersplittern drohte. Doch die salzige Luft war so frisch und kühl in ihren Lungen, dass ihre Ängste vergingen und bald vergessen waren.

»Wann hast du eigentlich Geburtstag, Jessica?«, fragte Allie. »In Wirklichkeit, meine ich.«

»Heute.« Jessica lachte. »Und morgen. Und übermorgen auch.«

»Komm doch bitte mal her, echtes Geburtstagskind.« Der Captain übertönte das Kichern und tippte Rose auf die Schulter. »Sei so nett und frage meinen Cousin per Funk, wohin die Wale verschwunden sind.«

»Ich weiß aber nicht, wie das geht«, sagte Rose.

»Das macht man so …« Der Captain zeigte es ihr. »Wenn du sprechen willst, hältst du den Knopf gedrückt, wenn du fertig bist, sagst du ›over‹ und hörst zu. Alle Zwölfjährigen sollten wissen, wie man ein Sprechfunkgerät bedient.«

»Ich bin aber erst neun!«

»Du machst Spaß!«

Sie schüttelte den Kopf.

Er verdrehte die Augen und schüttelte nun seinerseits den Kopf, als könnte er es nicht fassen. »Du hast mich ganz schön hinters Licht geführt. Ich hätte schwören mögen, dass du schon zwölf bist. Großes Mädchen.«

Es gefiel ihr, wie er mit dem Arm einen Halbkreis formte, in den sie sich stellen konnte. Außerdem war sie stolz darauf, dass er sie für zwölf gehalten hatte. Sie war erheblich kleiner als ihre Freundinnen – wegen ihrer Herzerkrankung war sie nie so gewachsen, wie es ihrem Alter entsprach. Einige Jungen in ihrer Schule nannten sie ›Zwerg‹, wenn sie an ihnen vorbeiging. Captain Neill hatte ihr gerade das Gefühl gegeben, ganz normal und gleichzeitig etwas Besonderes zu sein. Und nun durfte sie auch noch das Sprechfunkgerät benutzen.

»Dr. Neill.« Sie drückte auf den Knopf. »Over.«

»Rose, bist du das? Over.«

»Ja, ich bin's. Vielen Dank.«

Als sie mit dem Mikrophon in der Hand aus dem Fenster des Ruderhauses blickte, sah sie, wie er mit seinem orangefarbenen Zodiac weite Kreise fuhr.

»Du hast Nanny an deinem Geburtstag gesehen. Wie findest du das? Sie wusste offenbar Bescheid und ist gerade rechtzeitig zurückgekommen.«

»Denkst du, sie hat es wirklich gewusst? Over.«

»Hundertprozentig. Ich glaube, sie hat gespürt, dass wir auf sie gewartet haben. Wale sind sehr intelligent, Rose. Vor allem Nanny. Sie hat schon viel in ihrem Leben gesehen und kennt mit Sicherheit die Menschen, die nach ihr Ausschau halten.«

Die Menschen, die nach ihr Ausschau halten … Rose hörte seine Worte, sah ihn in seinem Zodiac, dann drehte sie sich zu ihrer Mutter in der Hauptkabine um, die sich direkt an das Ruderhaus anschloss. Die Menschen, die nach ihr Ausschau hielten …

»Ich möchte, dass Nanny gut auf sich aufpasst«, sagte Rose mit ganz leiser Stimme, ohne den Knopf zu drücken. »Wegen meiner Mutter.«

»Was hast du gesagt, Rose?«, fragte der Captain. »Du musst lauter sprechen, und vergiss nicht, den kleinen Knopf zu drücken. Genau. Jetzt kannst du ins Mikrophon sprechen.«

»Noch einmal vielen Dank, Dr. Neill«, sagte Rose.

»Frag ihn, wo die Wale jetzt sind«, sagte Captain Neill. »Er ist schließlich der Experte.«

»Wo sind die Wale jetzt?«

»Nur ein paar hundert Meter entfernt, in östlicher Richtung.« Dr. Neill hielt das Mikrophon in seiner gesunden Hand und deutete mit seiner Prothese auf die Stelle. Rose folgte ihr mit dem Blick. Sie entdeckte Wasserfontänen, der feine Sprühnebel schillerte im Sonnenlicht.

Hinter ihr kicherten und tuschelten Britney und Allie; Rose versetzte es einen Stich, als sie hörte, wie eine Stimme vor Lachen quietschend »Captain Hook!« sagte.

Es war, als hätte ihr jemand einen Fausthieb gegen die Brust versetzt.

Sie drehte sich um; Britney war gerade dabei, jemanden nachzuahmen, der einen Haken anstelle eines Armes besaß. Die Hand war am Gelenk scharf abgeknickt, die Finger hatte sie steif wie ein Paddel gestreckt und zusammengepresst. Ihre Blicke trafen sich, doch statt aufzuhören, winkte Britney mit ihrer Klauenhand. Alison bog sich vor Lachen. Rose spürte Captain Neills Augen, die sie und ihre Freundinnen musterten, und sie zog die Schultern vor Scham zusammen. Sie gab ihm das Mikrophon zurück, überzeugt davon, dass er nicht mehr wollte, dass sie es benutzte – weil sich ihre Freundinnen über seinen Cousin lustig machten.

Doch der Captain tätschelte nur ihren Kopf und sagte, sie habe ihre Sache großartig gemacht. Er fügte noch etwas hinzu, wahrscheinlich sollte sie Dr. Neill fragen, wo Nanny steckte, aber sie hatte das Gefühl, als gäbe es in ihrem Körper ein Leck, das zunehmend größer wurde. Wie ein Nadelstich in einem Fahrradschlauch … Die Luft entwich langsam, aber stetig, bis sich das kleine Loch in einen großen Riss verwandelte und sie in einem Schwall herausströmte.

Rose wankte – sie stieß gegen das harte Stahlruder, und dann gegen die Arme des Kapitäns. Sie hörte, wie Dr. Neills

Motor in den Leerlauf überwechselte – es war beruhigend zu wissen, dass er sich jetzt in unmittelbarer Nähe befand. Sie musste sich aber erst einmal umdrehen, musste Britney in die Augen schauen. Jessica stand zwischen ihnen.

»Was ist mit dir, Rose?«, fragte Jessica.

Rose öffnete den Mund. Sie wusste, dass ihr nicht mehr viel Zeit blieb.

»Rose – du hast das Gleiche wie auf dem Heimweg von der Schule, oder?«, fragte Jessica, ohne ihre Antwort abzuwarten. Rose wusste, dass sie loslief, um ihre Mutter zu holen.

»Britney.« Rose blickte in die braunen Augen ihrer Freundin. »Nenn ihn nicht so … bitte! Er ist mein Freund. Ich verdanke es ihm, dass ich Nanny an meinem Geburtstag sehen konnte.«

»Ich weiß, es tut mir leid.« Britney sah erschrocken aus – lag es an der Zurechtweisung oder an der bläulichen Farbe, die ihre Haut annahm? Rose hatte die Reaktion vieler ihrer Freundinnen auf einen hypoxämischen Anfall miterlebt.

Das bekannte Schwindelgefühl schlug wie eine Woge über ihr zusammen, erfasste sie, zog sie unter Wasser. Ihre Gedanken spielten verrückt. Sie erinnerte sich an ihre beiden Wünsche: Einer hatte sich erfüllt. Nanny war wieder da, und sie hatte sie gesehen. Und nun fiel ihr auch der andere Wunsch wieder ein – noch größer und dringlicher. Sie sehnte sich so sehr danach, dass sie glaubte, allein daran sterben zu können. Sie hatte sich nie von dem Gedanken ans Sterben einschüchtern lassen – ihr Herz musste Schwerarbeit leisten, um sie am Leben zu halten, aber sie wusste, dass es dazu vielleicht irgendwann nicht mehr imstande war.

»Ich wünsche mir einen Vater, der …«, murmelte Rose, während ihre Beine nachgaben. »Der, der …«

»Was ist mit dir, Rose?« Captain Neill packte sie, hob sie auf seine Arme.

»Ich wünsche mir einen Vater. Einen richtigen Vater, der mich liebhat …«, konnte Rose gerade noch sagen.

Und dann verlor sie das Bewusstsein.

Kapitel 8

Liam bemerkte zum ersten Mal, dass es ein Problem gab, als die *Tecumseh II* die Maschinen stoppte und sich treiben ließ.

Er hatte sein Boot nach Osten gesteuert, entlang dem felsigen Grat unter Wasser – er konnte das geologische Phänomen auf dem Sonargerät sehen, das einen Auftrieb des Tiefenwassers erzeugte und so die Wale mit einer reichen Nahrungsquelle anzog. Er hatte mehrere Bildschirme gleichzeitig eingeschaltet – Sonargerät, Radargerät und das Tracking-System. Dann entdeckte er MS122, direkt voraus – unmittelbar an der blauen Oberfläche, weiß schimmernd in der Sonne. In dem Moment hatte er sich umgedreht, um sich zu vergewissern, dass Jude den richtigen Kurs ansteuerte.

Aber Jude steuerte nicht. Die *Tecumseh II* dümpelte führerlos vor sich hin. Langsam trieb sie seitwärts, zwar meilenweit vom Festland entfernt, aber dennoch beunruhigend. Liam schaltete umgehend das Sprechfunkgerät ein.

»*Tecumseh II*, bitte melden – Jude, alles klar? Over.«

Der Lautsprecher gab keinen Ton von sich. Hundert Meter entfernt schaukelte das vierundsiebzig Fuß lange Walbeobachtungsboot auf der Dünung. Die Liam zugewandte Breitseite reflektierte das Licht, blendete ihn. Blinzelnd hob er den Feldstecher an die Augen und sah, wie alle an Deck zum Ruderhaus liefen. Ohne eine Antwort abzuwarten, gab er Gas und preschte über das Wasser.

Liams Herz klopfte, je näher er dem Boot kam. Er ahnte, dass etwas passiert sein musste. Aus eigener Erfahrung wusste er, dass die stummen Hilferufe die schlimmsten waren. Roses Geburtstag, dachte er. Dieser besondere Tag in ihrem Leben war sonnig und perfekt für eine Walbeobachtungstour, und überdies war Nanny wieder da. Er schien unter einem guten Stern zu stehen. Zählte das nicht?

Dann dachte er an Connor. An das warme Wasser, ideal zum Schwimmen, besser als je zuvor in jenem Sommer … an die verblüffende Anzahl von Walen, die sich in unmittelbarer Nähe des Hafens tummelte … daran, dass Jude und er am Abend zuvor fünfundzwanzig Sternschnuppen gezählt hatten. Wie konnte an einem solchen Tag etwas schiefgehen? Oder am neunten Geburtstag eines kleinen Mädchens?

Nun war er dicht am Boot, umkreiste es mit seinem Zodiac, versuchte abermals, Funkkontakt aufzunehmen. »Geh ran, Jude, sag, was los ist. Jetzt redet schon, irgendwer. Wer ist bei Lily und Rose? Ist jemand bei ihnen?« Er erhielt keine Antwort und beschloss, nicht länger zu warten. Er fuhr rückwärts in einem Halbkreis zum Heck, blickte nach oben und fragte sich, wie er mit nur einem Arm und ohne Leiter an Bord klettern sollte.

Lily wusste, dass keine Zeit blieb, um sich Vorwürfe zu machen, aber das war das Erste, was sie tat: *Du hättest nicht so lange mit der Operation warten sollen, du hättest dich über die Empfehlungen des Chirurgen hinwegsetzen sollen, du wusstest, dass sie weitere hypoxämische Anfälle hatte, du wusstest, dass ein Ausflug auf einem Walbeobachtungsboot riskant ist …*

Alles war so rasend schnell gegangen.

Jude schrie ihren Namen, und sie wusste auf Anhieb Bescheid. Sie hatte Punsch mit Marisa getrunken – einen perlenden Punsch zur Feier des Tages, Ginger Ale mit Himbeersaft – Roses bevorzugtes Geburtstagsgetränk, dunkelrosa, wie ihre bevorzugten Kletterrosen – dann hörte sie, wie ihr Name gerufen wurde.

Der Ausdruck auf Annes Gesicht: *Oh, mein Gott.*

Judes Stimme – einer Panik nahe, die sie beide erfasste. Lily ließ den Punsch fallen. Der Pappbecher rutschte ihr aus der Hand, als hätten sich Muskeln und Knochen in Wackelpudding verwandelt, unfähig, etwas festzuhalten. Aber ihre Beine funktionierten. Die Kleidung auf der Vorderseite von Roses Geburtstagspunsch durchnässt, rannte sie durch den großen Salon. Die Nanouks machten ihr Platz. Sie erhaschte einen flüchtigen Eindruck von aufgerissenen Mündern. Wie Zuschauer an der Marathonstrecke, die sie bis zur Ziellinie mit ihrem Jubel anfeuerten. Nur war das kein Jubeln.

Rose lag in Judes Armen, an seine Brust gelehnt. Er machte Anstalten, sie auf den Kartentisch zu legen, aber er schien zu zögern, vielleicht aus Angst, das harte Plexiglas könnte drücken oder sie verletzen, so blau angelaufen und zart wie sie war, oder als wüsste er nicht, was er tun, wohin er mit ihr gehen sollte.

»Atmet sie?«, fragte Anne, stellvertretend für Lily, die bereits bei Rose war, beinahe selbst in Judes Arme kroch, an die Seite ihrer Tochter, das Ohr an ihren Mund, an die Lippen gepresst, die blau waren, noch dunkler als die restliche Haut. Lily betete lautlos, auch nur den Hauch einer Atmung zu spüren – einen einzigen feuchtwarmen Atemzug. Die Sinnesrezeptoren ihrer Haut waren auf Roses Leben ausgerichtet – der Flaum auf ihren Wangen vibrierte, war gerüstet, ein Zeichen der Ausatmung zu empfangen.

»Sie atmet nicht«, hörte Lily sich mit hoher, rauher Stimme sagen.

»Was jetzt?«, fragte Jude.

»Du bist der Kapitän, du kennst dich mit Erster Hilfe aus«, sagte Anne. »Beruhige dich, Jude.«

Erste Hilfe?, dachte Lily. Die Worte zerrissen ihr das Herz. Auch das noch, nach allem, was ihr Kind durchgemacht hatte. Erste-Hilfe-Maßnahmen mussten schon im Säuglingsalter bei ihr angewendet werden, noch vor dem Ende der ersten Lebenswoche. Und seither etliche Male. Rose hatte gekämpft und gekämpft …

»Der Puls ist da.« Jude runzelte die Stirn, als er Roses Handgelenk fühlte.

»In Ordnung, das wollten wir hören«, sagte Anne.

Im Hintergrund, aus dem großen Salon, vernahm Lily ein Riesengetöse. Die Mädchen kreischten auf, dann schrie jemand: »Ein Pirat!«

Roses Trauma schien sich wie eine Schockwelle auszubreiten – sie erfasste die Mädchen, und plötzlich schluchzten alle. Lily packte ihre Tochter, riss sie Jude aus den Armen. Wenn er nicht wusste, was zu tun war, musste sie eben selbst Erste Hilfe leisten. Sie hatte bereits mit der Mund-zu-Mund-Beatmung begonnen, versuchte sich zu erinnern, wie man zählte, eins, zwei, eins, nein … Sie schmeckte das Salz ihrer eigenen Tränen, den süßen Punsch auf Roses Lippen, hörte die Mädchen weinen, hörte, wie sie ›Captain Hook‹ schrien.

Lilys Tränen verwandelten sich in ein Schluchzen, als sie den Namen hörte. Liam war da, wie konnte es auch anders sein. Sie spürte seine gesunde Hand auf ihrer Schulter. Jude erklärte, was passiert war, beschrieb hastig und mit lauter Stimme, wie Rose am Ruder gestanden hatte und unvermittelt zusammengebrochen war. Anne gebot ihm zu schweigen, warf ein, dass die Einzelheiten keine Rolle spielten, es galt, sofort zu handeln.

»Fahr los, Jude«, sagte Liam.

»Wohin?«

»Nach Port Blaise!«

»Nein!«, rief Lily. »Das ist zu weit. Das schafft sie nicht. Bring uns zum Kai und ruf einen Krankenwagen, wir fahren zum medizinischen Zentrum – Dr. Mead kennt sie, dort ist sie am besten aufgehoben …«

»Port Blaise hat einen Hubschrauberlandeplatz, Lily. Wir können den Rettungshubschrauber holen, jetzt gleich.«

»Die Küstenwache«, sagte Anne. »Ich benachrichtige sie.«

Lily verlor beinahe das Gleichgewicht, als die *Tecumseh II* lospreschte. Sie war die schnellste in der Flotte der Familie Neill und raste nun wie der geölte Blitz auf ihrer Gleitfläche durch die Bucht.

»Aber das dauert zu lange«, versuchte Lily ihnen klarzumachen. Diese Leute liebten Rose und sie, daran konnte es keinen Zweifel geben. Aber sie hatten nicht neun Jahre lang ein Kind mit Herzdefekten großgezogen. Sie begriffen nicht, dass jede Sekunde zählte – dass keine Zeit blieb, zum Hubschrauberlandeplatz zu fahren, um von dort aus zum medizinischen Zentrum zu fliegen. Rose lag reglos und kalt da. Lily weinte, von Panik erfasst.

Liams Arm löste sie von ihrer Tochter.

»Nein!«, schrie Lily auf.

»Komm«, sagte er rauh. »Anne!«, rief er, Hilfe suchend. Anne war sofort zur Stelle – und mit ihr alle Nanouks, die sie mit vereinten Kräften von Rose wegzogen. Lily wand sich, wollte nicht loslassen. Sie hörte Marlenas Stimme und Cindys und Doreens …

»Komm, Lily«, sagte Marlena. »Sie ist in guten Händen.«

»Wirklich, Lily. Lass die beiden nur machen«, versicherte Anne.

Ihre Worte bewirkten, dass Lily den Blick hob – und sie sah, dass sich Rose wirklich in guten Händen befand …

Marisa war aus der Gruppe vorgetreten. Der Schmerz in ihren Augen war verschwunden. Von der Körper- und Geisteshaltung einer misshandelten Frau, die einem verwundeten Vogel glich, war keine Spur mehr vorhanden. Selbstbewusst und hoch erhobenen Hauptes kniete sie neben Rose, eine Hand behutsam auf deren Brustkorb gelegt, während die andere den linken Arm hinunterglitt und den Puls suchte. Sie nickte.

Neben Marisa holte Liam das Sauerstoffgerät für die Notversorgung aus dem Erste-Hilfe-Kasten und streifte mit seiner gesunden Hand den grünen Riemen über Roses Kopf, so dass die durchsichtige Plastikmaske ihren Mund umschloss.

Von den Nanouks gehalten, glaubte Lily spüren zu können, wie der Sauerstoff in ihren eigenen Mund, ihre Nase, ihren Blutkreislauf strömte. Ihre Lungen füllten sich – die Atemluft war klar und rein, brachte Leben in alle Teile des Körpers zurück, die abzusterben drohten. Sie merkte, wie Marlena ihr den Rücken rieb, Cindy ihre linke Hand hielt und Anne ihre rechte Hand umklammerte. Die Übrigen waren ebenfalls zur Stelle, aufgefächert wie eine Mannschaft, Lilys und Roses Mannschaft, Mütter und Töchter. Während Marisa Rose versorgte, drückte sich Jessica an Lilys rechtes Bein. Die Nanouks umringten sie, sahen schweigend zu. Sie erlebten nicht nur den Geburtstag, sondern auch die Lebensrettungsaktion hautnah mit. Lily schauderte vor Entsetzen, jedoch gepaart mit dem Gefühl eines unbestimmten Glücks, das zu urwüchsig war, um es zu benennen.

»Sie hat schon so viel durchgemacht«, schluchzte sie.

»Das schafft sie auch noch«, erklärte Anne, beinahe streng.

»Was ist, wenn ...«

Niemand antwortete auf die Frage, die Lily nicht zu stellen wagte. Stumm standen sie beieinander, während das Boot schneller und schneller fuhr. Mütter und Töchter, Freundinnen in dieser kalten Klimazone, rückten für Lily und Rose zusammen.

»Möge das Meer dich wiegen, mögen die Engel dich beschützen«, flüsterte Jessica.

»Was war das?«, fragte Allie.

»Ein irisches Gebet, von meinem Vater.«

Marisa kümmerte sich um die kleine Patientin, sanft und nachhaltig zugleich. Wie eine erfahrene Krankenschwester auf der kardiologischen Station brachte sie Rose in die stabile Seitenlage, zog ihr die Knie zur Brust. Sie beugte sich zu ihr hinab, flüsterte ihr ins Ohr, zählte die Herzschläge, während sie den Puls fühlte, den Blick auf ihre Armbanduhr gerichtet.

Nun legte sie das Ohr auf Roses Brustkorb, und als sie aufstand, runzelte sie die Stirn. Sie tastete Roses Seite ab, ließ sich Zeit. Liam hielt die Sauerstoffmaske, korrigierte die Zufuhr. Jude sprach über SSB-Funk mit der Küstenwache, doch als es um medizinische Fragen ging, die er nicht beantworten konnte, gab er das Mikrophon an Marisa weiter, die sagte: »Die Patientin ist neun Jahre alt ... Fallotsche Tetralogie ... Wiederherstellungschirurgie vorgesehen, aber ... ja, Pulmonalklappenstenose ... vergrößerte Leber. Nieren. Die Operation sollte in Boston stattfinden, aber ich glaube nicht ...«

Lily hörte Marisas Worte, aber plötzlich verlor sie den Faden, nahm sie nur noch verschwommen wahr. Weil Liam sich halb zu ihr umgedreht hatte, um sie mit einem breiten Lächeln anzuschauen und zu nicken, auf Rose zu deuten, die ihre Augen aufgeschlagen hatte, hellgrüne Augen, lebendig, die Augen eines Geburtstagskindes. Rose sah sich suchend um, und da Liam wusste, wem der Blick galt, trat er einen Schritt beiseite, die Sauerstoffmaske noch immer an ihren Platz haltend, damit Rose ihre Mutter sehen konnte.

Kapitel 9

Maeve Jameson saß in ihrem Garten auf der antiken schmiedeeisernen Bank, im Schatten der Meereichen. Der Duft der Rosen erfüllte die salzhaltige Luft, und die Wärme des Sommers stieg vom felsigen Boden auf. Ein lauer Wind wehte, raschelte in den Blättern. Ihre Augen waren geschlossen und jeder, der zufällig vorbeiging, hätte den Eindruck gewinnen können, ein Bild des Friedens vor sich zu haben. Doch weit gefehlt.

Die Flut hatte eingesetzt. Die Wellen brandeten höher und höher gegen die Felsen. Sie konnte nicht umhin, sich zu erinnern, wie sich ihre Kleine im Wasser vergnügte, wie eine Robbe schwamm, mit ihren braunen Haaren, glatt und eng am Kopf anliegend. Sie tauchte gerne so tief wie möglich, die Hände voller Muscheln und Seetang, wenn sie wieder hochkam. Maeve hatte auf ebendieser Bank gesessen und ihr zugeschaut, wenn sie stundenlang tauchte und schwamm.

Als sie hörte, wie die Autotür zugeschlagen wurde, holte sie tief Luft. Sie hatte den Besuch erwartet. Er war abzusehen gewesen – wie jedes Jahr. Doch dieses Jahr sah sie ihm mit anderen Gefühlen entgegen. Ihr Herz war schwer, als sei ein weiterer Hoffnungsfunke erloschen.

»Ein herrlicher Morgen, Maeve.« Sie schaffte es kaum, die Augen zu öffnen, um ihn anzuschauen. Als es ihr endlich gelang, lächelte sie. Sie konnte nicht anders. Er wirkte immer noch so jungenhaft, attraktiv und enthusiastisch wie vor Jahren, als er zum ersten Mal als junger Polizist auf ihrer Türschwelle gestanden hatte. Sein Hund, ein schwarzer Labrador, sauste schnurstracks an Maeve vorbei, den Hügel hinab, zum Rand des Wassers.

»Morgen? Es ist drei Uhr nachmittags«, berichtigte sie ihn.

»Wollen Sie sich schon mit mir anlegen, bevor ich auch nur die Chance hatte, durch die Gartenpforte zu treten?«

»Junger Mann, die Gartenpforte wurde schon vor Jahren entfernt. Herein mit Ihnen, betreten Sie ruhig den geheiligten Boden.« Er ging am Wunschbrunnen mit dem geschwungenen schmiedeeisernen Bogen vorbei, auf dem die Worte *Sea Garden* prangten – der Name, den Mara dem Anwesen als kleines Mädchen gegeben hatte. Patrick warf einen verstohlenen Blick auf die Lettern, die wie Spinnenbeine wirkten – nachdem das Eisen all die Jahre der salzigen Luft ausgesetzt gewesen war.

»Geheiligter Boden, aha.« Nun stand er vor ihr.

»*Sea Garden.* Der verwunschene Garten am Meer. Der immer noch auf die Rückkehr der jungen Maid wartet.«

»Maeve …«

»Junger Mann – jetzt werden Sie mir gleich raten, realistisch zu sein, oder? Ich höre es an Ihrem Tonfall. Neun Jahre sind inzwischen vergangen …«

»Sie sollten sich keine falschen Hoffnungen machen, schließlich wissen wir beide …«

»Was denn, mein Lieber? Was wissen wir wirklich? Dass sie hier gelebt hat, dass sie verschwunden ist, dass ihr Kind heute neun Jahre alt wäre – oder gestern, oder morgen – ich kenne das genaue Geburtsdatum nicht.«

»Niemand weiß, ob es überhaupt zur Welt gekommen ist. Höchstwahrscheinlich nicht.«

»Warum besuchen Sie mich dann Jahr für Jahr? Warum stellen Sie weiterhin Fragen, als würden Sie immer noch damit rechnen, sie irgendwann zu finden?«

Patrick errötete, die Sommersprossen wurden rot wie ein Sonnenbrand. Seine blauen Augen funkelten in der Sonne. Vielleicht bedauerte er, dass er ihr von bestimmten Aspekten seiner Ermittlungen, seinen schlaflosen Nächten, seiner Ehe erzählt hatte, die an der Besessenheit gescheitert war, mit der er diesen Fall aufzuklären versuchte. Maeve hatte immer wieder behutsame Anläufe gemacht, ihm die Unsinnigkeit seines Bestrebens vor Augen zu führen, noch im Ruhestand nach einer verschwundenen Frau zu fahnden, die er, wenn er ehrlich war, tief in seinem Herzen für tot hielt.

Maeve fand seine Beweggründe einfach nicht glaubwürdig.

»Was sagt eigentlich Angelo dazu?«, fragte sie.

Er stieß einen leisen Pfiff aus und schüttelte den Kopf, so dass ihm die roten Haare in die Augen fielen. »Das war ein Schlag unter die Gürtellinie, Maeve.«

»Haben Sie mir nicht erzählt, Angelo sei Ihr Freund und bemüht, Sie davon zu überzeugen, dass Sie einem Phantom nachjagen, wenn Sie immer noch nach meiner Enkelin fahnden?«

»Erstens fahnde ich nicht nach ihr. Der Fall ist abgeschlossen, und abgesehen davon befinde ich mich im Ruhestand. Und zweitens ist Angelo ein Arschloch.«

»Tatsächlich? Ich dachte, er sei Ihr Freund.«

Patrick nickte. Er stand direkt vor ihr, und sie setzte sich ein wenig schräg, so dass sein Kopf sie vor der Sonne abschirmte, die ihr in die Augen schien.

»Ist er. Aber wenn es darum geht, einen Fall zu lösen, hat er von Tuten und Blasen keine Ahnung. Flora! Weg von dem verdammten Seetang! Sonst stinkt mein Wagen wie der Strand bei Ebbe.«

Maeve strahlte. Sie hatte keine Ahnung, warum sie es erheiternd fand, Patrick Murphy fluchen zu hören. Normalerweise hielt sie nicht viel von solchen Lästerungen. Vermutlich war sie deshalb bei ihm so nachsichtig, weil sie Ausdruck seiner Leidenschaft waren, mit der er den Traum von Mara am Leben erhielt – auch wenn er ihr das Gegenteil weismachen wollte.

»Hunde lieben meine Klippen. Wo waren wir stehen geblieben – ach ja, bei Angelo.«

»Er hat keinen blassen Schimmer von meinen Fällen.«

»Er ist ja auch nicht im Strafvollzug tätig. Was könnte er schon darüber wissen, genau genommen.«

»Nicht viel. Was ist denn das?«

»Die hier?« Maeve hielt ihre pinkfarbenen Gartenhandschuhe in die Höhe. Aber er schüttelte den Kopf.

»Das da«. Er deutete auf die Gießkanne.

»Oh. Ich habe gerade die Rosen gegossen.«

»Ziemlich antiquiert, die Gießkanne. Gelb. Ungewöhnlich.«

»Hmm.« Maeve zog hastig ihre braune Sonnenbrille herunter, die sie auf den Kopf geschoben hatte. Gerade rechtzeitig, dachte sie. Das Letzte, was sie wollte, war, dass dieser junge Mann sah, wie sich ihre Augen mit Tränen füllten. Sie hustete sicherheitshalber und stieß die gelben Stiefel mit dem Fuß unter die Bank. Flora, ihrem eigenen Zeitgefühl folgend, trennte sich von den Gezeitentümpeln und vom Seetang, um sich tätscheln zu lassen. Und während das geschah, schnüffelte sie an den Stiefeln.

»Und was ist das?« Er sah, wie sein Hund die Gummistiefel abschleckte.

»Es reicht«, sagte sie – zu Patrick, nicht zu Flora.

»Maeve.«

»Bedeutet der Ausdruck ›Die Flamme der Hoffnung bewahren‹ nicht das Geringste für Sie? Und Sie wollen ein sentimentaler Ire sein?«

»Ich bin realistisch.«

»Ah ja, Ihr rauhbeinigen irischen Polizisten könnt natürlich nicht begreifen, wie jemand hoffen kann, dass die seit langem verschwundene Enkelin mitsamt der Urenkelin nach Hause zurückkehrt. Ihr habt alle Hände voll damit zu tun, Gespenstern nachzujagen.«

»An dem Tag, als sie verschwand, trug sie die Stiefel und benutzte die Gießkanne«, sagte er, jeder Hauch von Farbe war aus seinem Gesicht gewichen.

»Richtig.«

»Ich hätte sie Ihnen nicht aus der Asservatenkammer zurückbringen dürfen. Sie sollten sie wegwerfen, Maeve, zu Ihrem eigenen Besten.«

»Niemals.«

»Maeve, wir haben Blutflecken vorne an der Spitze gefunden. Von mir aus behalten Sie die Stiefel bis an Ihr Lebensende, aber ich wüsste gern, warum Mara sie hier zurückgelassen hat.«

»Mara hat sich den Daumen an einer Dorne aufgerissen«, erwiderte Maeve heftig. Sie wagte nicht, an Blut in Zusammenhang mit Mara zu denken – oder an irgendwelche Verletzungen, Nöte oder Schreckensszenarien, die sich die Polizei damals ausgemalt hatte. Sie ertrug die Vorstellung nicht. Sie presste die Lippen zusammen, um Patrick wissen zu lassen, dass das Thema für sie beendet war.

»Gibt es etwas Neues von … Wie hieß dieses Arschgesicht gleich wieder?«, fragte Patrick.

»Mr. Wunderbar.«

»Wie kommt es, dass keiner von uns beiden Lust hat, seinen Namen auszusprechen?«

Maeve bemühte sich, keine Miene zu verziehen. Worte vermochten den abgrundtiefen Hass nicht zum Ausdruck zu bringen, den sie für Edward Hunter empfand; allein bei dem Gedanken an seinen Namen verkrampfte sich ihr Magen, und ihr Gesicht verzog sich. Sie ließ ihre linke Hand unter die Sitzfläche der Bank gleiten, umschloss mit ihren Fingern das Schaftende eines der gelben Stiefel. Es war tröstlich, sich an etwas zu klammern, was Mara getragen hatte. Das gab ihr das Gefühl, ihre Enkelin sei greifbar und lebendig.

»Er schreibt eine Karte oder ruft bei größeren Anlässen an. Weihnachten, an ihrem Geburtstag …«

»Worüber reden Sie mit ihm?«

»Ich spiele ihm etwas vor, mein Lieber. Ich bedanke mich für den Anruf und erkundige mich nach seiner beruflichen Laufbahn, nach seiner ›Familie‹.« Sie musste das Wort – Familie war ein so kostbares Wort – in unsichtbare Anführungszeichen setzen, wenn sie es in Verbindung mit Edward und seinen neuen Opfern benutzte – er hatte Mara für tot erklären lassen, damit er eine seiner Klientinnen aus dem Wertpapierhandel heiraten konnte. »Ich habe gelernt, meinen Feind in Sicherheit zu wiegen. Man kann nie wissen, was er als Nächstes vorhat. Er lebt in …«

»Boston.«

Maeve blinzelte verdutzt. »Nein – in Weston, mit seiner zweiten Frau.«

»Sie hat ihn im letzten Frühjahr verlassen.« Patrick genoss es, ihr diese Neuigkeit überbringen zu können. »Ihr Haus stand zum Verkauf, und sobald es veräußert war, hat sie sich abgesetzt. Hat aber nicht viel von dem Geld gesehen, wie ich hörte. Der Großteil ihres Vermögens ist auf einem Treuhandkonto gelandet, aber sie hat die Verluste in den Wind geschrieben, ihre Tochter genommen und ist gegangen. Wie es aussieht, wird er sich ihre gesamte Barschaft unter den Nagel reißen – beziehungsweise das Geld, das er ihr nicht schon vorher aus der Tasche gezogen hat. Eines haben Edwards Frauen gemein. Sie geben alles auf, nur um von ihm wegzukommen.«

Maeve wusste nichts darauf zu erwidern. Schweigend ließ sie ihre Finger immer wieder um den Stiefelrand gleiten. Ach, wenn Mara doch nur beschlossen hätte, den heutigen Tag … diesen Tag zu wählen, um aus ihrem Versteck aufzutauchen, durch das Gartentor zu kommen, das vor vielen Jahren niedergerissen worden war … wenn sie einfach hereinspazieren würde, ihr Baby auf dem Arm.

Die Wirklichkeit versetzte ihr einen Schock – das Kind wäre längst kein Baby mehr, sondern neun Jahre alt.

»Verlorene Zeit«, sagte Maeve. »Wenn ich an die Jahre ohne sie denke. Ich habe sie großgezogen, wie Sie ja wissen.«

»Ich weiß, Maeve. Nachdem ihre Eltern bei dem Fährunglück ums Leben gekommen waren.«

»In Irland. Ein poetischer Ort und eine poetische Art zu sterben. Redete ich mir damals zumindest ein. Doch wenn ich Mara im Arm hielt, die sich jeden Abend in den Schlaf weinte, wurde mir klar – es gibt keine poetische Todesart.«

»Wie wahr.«

»Entschuldigung. Sie waren ja in der Mordkommission tätig.«

»So ähnlich, im Dezernat für Kapitalverbrechen, genauer gesagt dem Major Crime Squad.«

»Habe ich Ihnen schon erzählt, dass Sie mich an einen

alten Freund erinnern, einen irischen Dichter namens Johnny Moore?«

»Jedes Mal, wenn wir uns sehen. Ich verstehe aber immer noch nicht, warum.«

»Weil Sie Briefe an eine Frau schreiben, die Sie für tot halten. Deshalb. Kommen Sie. Gehen wir ins Haus, ich habe Eistee vorbereitet. Vielleicht kommt Clara auf einen Sprung mit Zuckerplätzchen vorbei, wenn ich ihr Bescheid gebe, dass Sie da sind.«

»Zuckerplätzchen.« Patrick streckte die Hand aus, um Maeve aufzuhelfen. Dabei fiel sein Blick auf die alte Gartenbank. Von demselben Kunstschmied gefertigt, von dem auch der Bogen des Wunschbrunnens stammte, hatte sie der Witterung ein wenig besser getrotzt – sie war aus stärkerem Eisen gemacht, und Maeve hatte sie pfleglicher behandelt und sie jedes Jahr mit Rustoleum, einer Schiffsanstrichfarbe, gestrichen. Sie folgte Patricks Blick, der nachdenklich die Bank betrachtete.

Vier Personen hatten darauf Platz. Die Verstrebungen der Sitzfläche hingen in der Mitte leicht durch; Armlehnen und Füße waren mit viktorianischen Schnörkeln verziert. Aber das eigentliche Kunstwerk war die Rückenlehne. Vier Szenen waren darauf zu sehen – alle mit einem jungen Mann und einem jungen Mädchen, die unter einem Baum saßen.

»Die Vier-Jahreszeiten-Bank«, sagte er. »Frühling, Sommer, Herbst und Winter.«

»Ja.« Maeve nahm die gelben Stiefel, während er die Gießkanne trug, hakte sich bei ihm unter und ging mit ihm über den schmalen Steinweg zur vorderen Eingangstür ihres Hauses. »Mein Vater ließ sie für meine Mutter anfertigen, von demselben Kunstschmied, der auch den Bogen über dem

Wunschbrunnen gemacht hat. Sie symbolisiert den Lauf der Zeit.«

Den Lauf der Zeit – seit Maras Verschwinden, seit Patrick angefangen hatte, nach ihr zu suchen. Die jungen Leute wunderten sich heutzutage stets über Dinge, die Bestand hatten. In diese Kategorie der ›jungen Leute‹ schloss sie Patrick ein – den sie auf fünfundvierzig schätzte. Sie lebten in einer Wegwerf-Gesellschaft, wie sich Maeve und Clara immer sagten. Sie waren beide empört über die Plastikverpackungen, in denen die Waren auf den Markt kamen. Ganz zu schweigen von der Unart der wohlhabenden jungen Leute, die schmucken Cottages in der Gegend aufzukaufen, abzureißen und monströse Bauwerke auf den Grundstücken zu errichten. Sogar hier auf Hubbard's Point war diese Gewohnheit inzwischen gang und gäbe.

»Wollen Sie meine Theorie hören?«, fragte Maeve.

»Natürlich.« Sie öffnete die Eingangstür und ging ihm voraus. Die Küche, im Schatten gelegen, war kühl, und eine frische Meeresbrise wehte durch die geöffneten Fenster.

»In Zukunft, in nicht allzu ferner Zukunft, werden Anwesen wie dieses ein Vermögen wert sein. Mit malerischen kleinen Häusern, die sich in die Landschaft schmiegen. Die reichen Käufer machen alles kaputt – sie fällen die alten Bäume, stampfen die Cottages ein und ziehen ihre protzigen Villen hoch.«

»Sie bilden sich ein, dass sie damit den Wert ihrer Immobilie erhöhen.«

»Ich habe gehört, was mit der Hafenanlage passieren soll. Das tut mir leid. Es handelt sich haargenau um das gleiche Phänomen. Sie werden sehen, eines Tages, wenn die Leute die Nase voll von ihren riesigen Häusern mit Klimaanlage und Luxus-Whirlpool haben, werden sie sich nach einem idyllischen Cottage wie diesem sehnen. Eines, das sich nahtlos in die Küstenlandschaft einfügt. Ich fürchte, wenn das so weitergeht, wird Mara bei ihrer Rückkehr das Cottage nicht mehr wiedererkennen, bei all den hässlichen Bauten, die wie Pilze aus dem Boden schießen.«

»Sie würde es erkennen. Überall.«

»Ja, sie hat das Bild in ihrem Herzen bewahrt.« Maeve öffnete den Kühlschrank und holte einen großen Krug Eistee heraus. Auf der Oberfläche schwamm Minze aus dem eigenen Garten, und sie goss den Tee durch ein Sieb in hohe Kentucky-Derby-Gläser. Dann füllte sie eine Schüssel mit Wasser für Flora, und der Hund trank durstig.

»Erzählen Sie mir von ihr.«

»Sie wissen alles, was es von meiner Enkelin zu wissen gibt. Vermutlich genauso viel wie ich.«

»Niemand weiß so viel wie Sie über Mara. Geben Sie sich einen Ruck – erzählen Sie mir etwas von ihr, was ich noch nicht weiß.«

Maeve runzelte die Stirn. Was konnte oder sollte sie ihm erzählen? Als sie nun die grau-gelbe Küche verließen – vorbei an dem mit einem Ende in der Wand verankerten Holztisch, den Maeve eigenhändig mit bunten Blumen und Figuren bemalt hatte, lange bevor solche Dinge als Dekorationsobjekte in Mode kamen – und um die Ecke in das Wohnzimmer mit seinem weiträumigen Blick auf den Long Island Sund bogen, ging Maeve eine Fülle von Gedanken und Erinnerungen durch den Kopf.

Mara als Baby; als Dreijährige, die schwimmen lernte; mit sechs eine Leseratte war; als Teenager von Jungen umlagert wurde, die sich so oft in sie verliebten, wie der Ostwind wehte; als erfolgreiche Stickbild-Designerin und als junge Frau, verheiratet mit Edward Hunter.

»Was für eine Geschichte soll ich Ihnen erzählen? Aus welcher Phase ihres Lebens?«

»Eine, die mir die Suche erleichtert«, erwiderte er.

»Glauben Sie, das hätte ich nicht längst getan, wenn ich könnte?« Sie lächelte traurig, als er unausgesprochen zugab, dass er sie nicht wirklich für tot hielt. Oder halten wollte …

»Ich weiß, dass ich Ihnen diese Frage jedes Mal stelle. Aber haben Sie irgendein Lebenszeichen von ihr erhalten, irgendeines? Vielleicht ein Anruf, bei dem die Person am anderen Ende der Leitung wortlos aufgelegt hat? Oder eine Postkarte ohne Unterschrift? Oder …«

»Nein.«

»Irgendwelche außergewöhnlichen Vorkommnisse, die Sie stutzig gemacht haben?«

»An der Shell-Tankstelle haben sie mir zu wenig berechnet.«

Patrick verdrehte die Augen. Flora trottete herbei und legte sich ihm hechelnd zu Füßen. »Sonst noch was? Ich dachte eher an etwas, das man auf den ersten Blick für eine Verwechslung halten könnte.«

»Eine Verwechslung?«

»Ja. Vielleicht ist irgendetwas völlig Unerwartetes passiert, und Sie hatten das Gefühl, dass eigentlich jemand anderer gemeint war.«

»Im letzten Herbst.« Maeves Herz klopfte, als seine Worte eine Tür öffneten – eine Chance. »Im Spätherbst, glaube ich, kurz vor den Feiertagen«, fuhr sie verhalten fort, um keinerlei Gefühle preiszugeben.

»Was war da?«

»Ich erhielt einen Anruf von Mystic Aquarium, von der Abteilung, die sich um Fördermitglieder bemüht. Die Dame war sehr liebenswürdig und nett. Sie sagte, sie habe meinen Namen von einer Frau erhalten, die meinte, ich könnte an einer Mitgliedschaft interessiert sein.«

An Patricks Miene erkannte Maeve, dass es sich nicht um die Art von Information handelte, die er sich erhofft hatte. Doch Maeves Herz schlug wie verrückt, als wäre sie elektrisiert oder hätte einen Engel oder Geist gesehen.

»Die Leute wissen, dass Sie am Meer leben«, erwiderte Patrick. »Wahrscheinlich dachten sie, dass Sie sich gerne die Fische anschauen würden, oder was immer sie dort in ihrem geheimnisvollen Aqua-Zoo halten.«

»Möglich. Ich wollte wissen, woher sie meinen Namen hatte, aber die Dame meinte, die Person habe darum gebeten, ungenannt zu bleiben.«

»Wahrscheinlich ein Trick, diese Empfehlung einer Unbekannten, um Ihnen die Mitgliedschaft schmackhaft zu machen.«

»Nein. Es war ein Geschenk. Der Beitritt war bereits bezahlt.«

Nun hatte sie seine Aufmerksamkeit geweckt. Er runzelte die Stirn, dachte nach. »Ein Geschenk?«

»Ich dachte zuerst, von Clara – sie liebt Museen, das Mystic Seaport in Boston und das Aquarium. Aber sie war es nicht. Und dann gelangte ich zu der Schlussfolgerung, dass es von einer ehemaligen Schülerin stammen musste. Ich habe meine Klasse stets dazu angehalten, die Natur zu beobachten.«

»Aha. Und, haben Sie die Mitgliedschaft genossen?«

»Ich war nie dort. Warum soll ich einen Aqua-Zoo besuchen, wenn ich ihn direkt vor meiner Nase habe?« Sie blickte in den blauen Sund hinaus, auf die Wellen, die von Osten herandrängten. Auf die beiden Inseln aus Granitgestein, North und South Brother, eine halbe Meile von der Küste entfernt; sie erinnerte sich, wie Mara unbedingt dorthin schwimmen wollte und Maeve sie zur Sicherheit mit dem Ruderboot begleitet hatte.

»Richtig. Warum sollten Sie?« Patrick klang nachdenklich.

Maeve starrte ihn an.

Sie hörten, wie die Küchentür geöffnet wurde – die Fliegengittertür musste dringend geölt werden. Sie wusste, es war Clara. Sie wohnte gleich nebenan und hatte Patrick vermutlich im Garten entdeckt. Maeve konnte die frisch gebackenen Zuckerplätzchen riechen.

»Ich bin's!«, rief Clara.

»Wir sind hier«, gab Maeve zurück.

»Tun Sie mir einen Gefallen«, sagte Patrick. »Wissen Sie noch, wie die Frau hieß? Die angerufen hat?«

»Ich glaube, ich habe den Namen irgendwo aufgeschrieben.« Maeve rutschte auf dem Sofa beiseite, um Platz für Clara zu machen. Flora stand mit heraushängender Zunge in Habtachtstellung und fixierte den Teller mit den Plätzchen. Patrick stand auf, um Clara zu begrüßen, und Maeve hob ihr Gesicht, um ihre Freundin zu küssen. Natürlich erinnerte sie sich an den Namen der Anruferin; sie wusste genau, wo der Zettel lag, auf dem sie ihn notiert hatte.

»Ich habe Kekse mitgebracht, wie dieses Prachtstück von einem Hund bereits bemerkt hat. Die passen hervorragend zu Maeves Pfefferminztee.«

»Was bin ich für ein Glückspilz«, sagte Patrick. »Benimm dich, Flora.«

»Kommt mir so vor wie eine Party.« Clara steckte Flora heimlich einen Keks zu.

»Eine Geburtstagsparty.« Maeve fühlte sich abermals wie elektrisiert, als sie aufstand, um den Zettel mit dem Namen zu holen – er befand sich bei den Unterlagen, die mit der Bestätigung der Mitgliedschaft gekommen waren, verstaut auf der mittleren Ablage des Bücherregals, zwischen *Islands in the Stream* und *Yeats Collected Poems.*

Zwei ihrer Lieblingsbücher.

Wieder verspürte sie einen Stromstoß, der ihr die Wirbelsäule hinauffuhr. Als würde ein Unwetter heraufziehen.

Kapitel 10

Der Innenraum des Rettungshubschraubers war so beengt, dass Rose ohne ihre Mutter fliegen musste. Als das Boot den Kai von Port Blaise erreichte und der Hubschrauber landete, um sie an Bord zu nehmen, fühlte sich Rose schon viel besser. Sie war keineswegs putzmunter oder auch nur halbwegs in Ordnung, aber nicht mehr bewusstlos und blau angelaufen. Sie war wach, hatte alles mit angehört, und der Gedanke, alleine in die Klinik nach Melbourne zu fliegen, flößte ihr Unbehagen ein.

»Mommy.« Sie hob die Sauerstoffmaske hoch, damit sie sprechen konnte. »Bitte komm mit.«

»Es ist nicht genug Platz, mein Schatz.« Ihre Mutter kauerte sich neben die Trage, auf der Rose bereits festgeschnallt lag, um in den heulenden Hubschrauber verladen zu werden. »Hab keine Angst – ich nehme mir umgehend einen Leihwagen und fahre los. In einer Stunde bin ich in Melbourne. Höchstens in zwei.«

»Aber nicht rasen«, warnte Rose.

»Nein.« Rose war erleichtert, ihre Mutter lächeln zu sehen.

»Wir werden gut auf sie achtgeben«, sagte die Krankenschwester, die im Rettungshubschrauber mitgeflogen war. Sie machten Anstalten, die Trage hochzuheben, aber ihre Mutter ließ ihre Hand nicht los. Jessicas Mutter, die Rose auf dem Boot geholfen hatte, stand unmittelbar neben ihr, winkte ihr zu. Ihre Mutter umklammerte immer noch ihre

Hand. Schließlich trat Dr. Neill vor, legte sanft seine gesunde Hand auf die ihrer Mutter und trennte sie.

»Sie müssen starten. Je früher sie losfliegt, desto eher wirst du sie in Melbourne wiedersehen.« Er blickte Rose an; seine Augen blitzten, was ihr ein Lächeln entlockte, obwohl sie sich ein wenig vor den Rotorblättern des Hubschraubers fürchtete, die einen Höllenlärm machten. Dr. Neill wusste, was sie dachte – dessen war sie absolut sicher.

»Hab keine Angst, Rose«, sagte ihre Mutter abermals. »Die Leute passen gut auf dich auf, und ich bin, so schnell es geht, bei dir.«

Rose setzte ein strahlendes Lächeln auf. Sie achtete darauf, die Position ihrer Lippen beizubehalten, so dass man die Zähne sah, damit sich ihre Mutter an das Lächeln erinnern würde. Dann hielt sie ihren Daumen in die Höhe, wie immer, wenn es in den OP ging. Ihre Mutter erwiderte ihre Geste mit einem gleichermaßen tapferen Lächeln.

»Auf Wiedersehen, Rosie! Wir lieben dich, Rose!«, riefen Jessica, ihre Mutter und alle Nanouks im Chor. Die Sauerstoffmaske war wieder über Roses Gesicht gestülpt, so dass sie auf die Zurufe nicht antworten konnte. Dr. Neill stand unmittelbar neben ihrer Mutter, überragte sie um Haupteslänge, wobei er ihr wie ein Berg vorkam. Stark und verlässlich, ein Fels in der Brandung. Dieses Bild von ihm gefiel ihr, und sie lächelte erneut.

Und dann ging alles Schlag auf Schlag.

Die Rettungsmannschaft vergewisserte sich, dass sie ordnungsgemäß angeschnallt war, die Krankenschwester legte ihr die Blutdruck-Manschette an und begann, sie mit dem Stethoskop abzuhorchen. Der Pilot sprach in sein Funkgerät. Dann benutzte ein Rettungssanitäter ein anderes Funkgerät und benachrichtigte die Klinik. Sie kannte die ganze Prozedur auswendig. Die Bodenmannschaft schlug die Tür des Hubschraubers zu, und als Rose ihre Mutter nicht mehr im Blick hatte, schloss sie die Augen.

Ihre Mutter hatte besorgt ausgesehen, weil sie vermutlich dachte, Rose hätte Angst, alleine zu fliegen. Doch das war ein Trugschluss. Es war ein wunderbarer Geburtstag gewesen, doch nun fühlte sie sich müde und erschöpft.

Die Angst, die ihre Mutter in ihren Augen gesehen hatte, galt in Wirklichkeit ihr selbst – ihrer Mutter. Sie hatte es so schwer. Sie arbeitete unermüdlich in ihrem Laden und tat alles, damit Rose glücklich war und gesund wurde. Als der Hubschrauber abhob – schnurgerade in die Luft, sank ihr das Herz, als wollte es mit der Erde verhaftet bleiben, bei ihrer Mutter, Dr. Neill und den Menschen, die sie liebte – Rose ballte die Fäuste und dachte an ihre Mutter.

Sie wusste, so wie ihr eigenes Herz auf der Erde verweilen wollte, stieg das Herz ihrer Mutter wie der Hubschrauber empor, flog mit Rose auf und davon. Sie spürte es, als hielte sie es in ihren Händen. Sie machte sich Sorgen wegen der Besorgnis ihrer Mutter. Bei dem Gedanken an ihre Krankheit fühlte sie sich nicht elend, weil es ihr schlechtging – sondern wegen ihrer Mutter.

Jessicas Mutter hatte eine gesunde Tochter; warum war ihrer Mutter dieses Glück verwehrt? Rose erinnerte sich daran, wie sie Jessica vor ein paar Tagen mit dem bösen Zauberer geneckt hatte, der in den Bergen hauste. Allein der Gedankte daran bewirkte, dass der Splitter in ihrem Herzen schmerzte. Ein Eissplitter, spitz wie eine Nadel.

Sie dachte an die Märchen, die ihre Mutter ihr vorgelesen hatte. Böse Zauberer verhängten einen Fluch oder einen Bann über die Menschen. Das war in ihrem Fall wahrscheinlich nicht geschehen. Vermutlich hatte sie etwas Schlimmes angestellt. Als Baby oder ganz kleines Mädchen. Ihre Mutter hatte nie ein Wort darüber verloren, aber es musste etwas gewesen sein, was ihren Vater dazu bewogen hatte, sich auf Nimmerwiedersehen von ihnen zu trennen. Seither hatte sie ein gebrochenes Herz und einen bösen Zauberer anstelle eines Vaters.

Die Gedanken wirbelten in ihrem Kopf umher. Sie atmete tief den Sauerstoff ein und blickte unverwandt in die Augen der fremden Krankenschwester. Wenn sie einen hypoxämischen Anfall hatte, war sie oft nicht sicher, was wirklich und was eingebildet war, ob sie träumte oder wachte.

Es gab keinen bösen Zauberer – ihre Mutter hatte sie gescholten, weil sie Jessica damit aufgezogen hatte. Trotzdem, warum konnte sie sich des Gefühls nicht erwehren, dass es in ihrem Leben sehr wohl einen gab? Anstelle eines liebevollen Vaters.

Sie zwang sich, gleichmäßig zu atmen und an ihre Mutter zu denken. Sie wünschte sich brennend, wieder gesund zu werden, damit sie sich keine Sorgen mehr machen musste. Dann könnten sie gemeinsam Dinge unternehmen, die bei anderen völlig normal waren – rennen und spielen, oder Pläne für das nächste Weihnachtsfest schmieden, ohne sich zu fragen, ob sie wieder in die Klinik musste, weil eine weitere Operation unabdingbar war. Bei ihrem jetzigen Gesundheitszustand war alles in der Schwebe.

Wie der Hubschrauber, mit dem sie flog.

Das hier war die Wirklichkeit. Und kein Traum. Sie wurde nicht auf Teufelsflügeln zur Dämonenhöhle des Zauberers auf den Berg getragen. Sie wurde von niemandem entführt. Ihr Vater hatte keine Männer beauftragt, ihren Aufenthaltsort ausfindig zu machen. Nein, ganz und gar nicht. Sie zwang sich, wach zu bleiben und ihre Umgebung bewusst wahrzunehmen. Der gleichmäßige Rhythmus des Hubschraubermotors fühlte sich stark und beruhigend an.

Die Wirklichkeit, die Wirklichkeit, sagte sie sich immer wieder. *Ich bin auf dem Weg in die Klinik, damit ich gesund werde. Aber noch in der Luft.*

Gerade erst hatte sie ihren Geburtstag gefeiert, Nanny gesehen, mit ihren Freundinnen gelacht, und in der nächsten Minute fand sie sich in einem Hubschrauber wieder, mit einer Wildfremden, die ihr Herz abhörte und zu lächeln versuchte, wurde nach Melbourne in die Klinik geflogen.

Hoch oben in der Luft. Sie befand sich in der Luft, doch ihr Herz war auf der Erde geblieben, bei ihrer Mutter. All das war wahr und real.

Lily fühlte sich wie betäubt, bewegte sich wie ein Automat. Anne und Marlena sammelten Roses Geschenke ein, packten die Geburtstagstorte in eine Schachtel – einschließlich der Kerzen, die noch nicht angezündet und ausgeblasen waren – und versprachen, alles zu Lily nach Hause zu bringen. Lily erinnerte sich verschwommen daran, gehört zu haben, dass Anne den Kuchen bis zu Roses Rückkehr in der Tiefkühltruhe des Gasthofs aufbewahren würde.

Sie wusste, dass sie nach Haus fahren und packen sollte. Sie hatte die Erfahrung gemacht, dass der Klinikaufenthalt gewöhnlich länger dauerte als angenommen und dass sie ihre Zahnbürste, das Buch, das sie gerade las, und Kleidung zum Wechseln brauchte. Aber ihr fehlte die Zeit für den langen Heimweg. Sie musste umgehend hier in Port Blaise einen Wagen mieten und in die Klinik fahren.

»Sollen wir mitkommen?«, fragte Marisa.

»Nein, das ist nicht nötig, du hast auf dem Boot schon genug für mich getan. Vielen Dank«, erwiderte Lily.

Sie reichten sich die Hände, blickten sich in die Augen. Lily fand, dass sie lebendiger wirkten – als hätte Marisa durch die Hilfe, die sie Rose angedeihen ließ, wieder Kontakt zu einem tiefen, verborgenen Teil ihres Selbst gefunden, der im Wirrwarr der Flucht lange unbeachtet geblieben war.

»Ich weiß nicht viel über die Klinik in Melbourne«, sagte Marisa. »Ich bin ja erst seit kurzem hier in der Gegend. Aber die Mannschaft des Rettungshubschraubers schien mir wirklich kompetent und achtsam zu sein.«

»Ja, fand ich auch, und die Klinik hat einen guten Ruf. Vor allem auf dem Gebiet der Palliativmedizin. Rose war schon oft dort. Marisa, ich habe gesehen, dass du ihren Bauch abgehört hast. War da etwas?«

»Flüssigkeit«, antwortete Marisa zögernd. »Und Lily: Leber und Nieren fühlten sich vergrößert an.«

Lily nahm die Information auf und speicherte sie unverzüglich in einem Teil ihres Gedächtnisses, der weder mit ihrem Herzen in Berührung kam noch mit ihm kommunizierte – zumindest nicht während der langen Fahrt nach Melbourne. Sie konnte sich nicht erlauben zu weinen, denn dann lief sie Gefahr, im Straßengraben zu landen. Das ging nicht an, Rose brauchte sie.

Marisa umarmte sie plötzlich, und sie registrierte überrascht, wie fest der Griff ihrer neuen Freundin war – als wollte sie nie mehr loslassen.

»Wofür war das?«, fragte Lily.

»Nur so – danke. Weil du mich verstehst.«

»Ich verstehe dich, weil ich selbst in der Situation war«, erwiderte Lily leise. »Die Welt besteht aus zwei Kategorien von Frauen. Frauen, die Männer wie unsere beiden geliebt haben, und die anderen, an denen dieser Kelch vorübergegangen ist. Eine Beziehung zu beenden ist eine Sache, sich von der Ehe mit einem Psychopathen zu erholen steht auf einem anderen Blatt. Wir setzen uns zusammen, sobald ich zurück bin, ja? Ich möchte deine Geschichte hören, und ich erzähle dir meine.«

»Vielen Dank, gerne, und grüße Rose von mir.«

»Mache ich.«

Lily rüstete sich innerlich für die Fahrt – sie würde jemanden von der Küstenwache bitten müssen, sie zu dem Einkaufszentrum ein paar Meilen entfernt zu bringen, wo sie mit neunzigprozentiger Sicherheit eine Leihwagenfirma gesehen zu haben glaubte. Sie klopfte gegen ihre Taschen, um sich zu vergewissern, dass sie ihren Hausschlüssel dabeihatte, und warf immer wieder einen Blick auf ihre Umhängetasche, um sicherzugehen, dass sie diese nicht auf dem Boot vergaß. Sie wusste, dass sie sich in einem ihr vertrauten Schockzustand befand – wie jedes Mal, wenn Rose ins Krankenhaus musste.

Die Nanouks waren ebenfalls von Bord gegangen, versuchten sie zu überreden, ein paar von ihnen zur Begleitung mitzunehmen. Die *Tecumseh II* hatte an dem fremden Kai angelegt; Jude und die Mannschaft standen an Deck, blickten mit ernster Miene zum Himmel empor, wo der Hubschrauber inzwischen nicht größer als ein Punkt war.

»Ich muss mir einen Leihwagen besorgen«, sagte Lily zu Anne.

»Darum kümmert sich Liam bereits. Er kennt den Kommandanten der Küstenwache, weil sie die gleiche technologische Ausrüstung haben oder so; er wird dafür sorgen, dass dich jemand zur Autovermietung fährt. Soll ich mitkommen?«

Lily schüttelte den Kopf. »Es geht schon.« Sie wollte nur noch eines: so schnell wie möglich los. Jede Sekunde, die sie nicht bei Rose sein konnte, war verlorene Zeit.

Die Nanouks umringten sie, die Arme miteinander verschränkt, als wüssten sie, dass keine Zeit blieb, Lily zum Abschied einzeln zu umarmen oder zu küssen. Sie spürte den Schub des Gedränges, mit dem ihre Freundinnen und deren Töchter sie umgaben, als wären sie imstande, sie mit vereinten Kräften auf den Schultern nach Melbourne zu tragen.

»Wir lieben dich, Lil.«

»Wir sind bei euch.«

»Ruf an, Lily.«

»Wir schicken dir alles nach, was du brauchst.«

»Sag sofort Bescheid, wenn du mehr weißt.«

»Mache ich«, versprach sie, trockenen Auges und beherzt, gestärkt durch die Kraft und Liebe der Nanouks. Sie riss sich notgedrungen los und eilte den Kai hinab. Die Station der Küstenwache, weiß mit rotem Dach, untergebracht im Anbau des konischen Backstein-Leuchtturms, schmiegte sich in eine vom Wind verkrüppelte niedrige Kiefernschonung auf dem Gipfel einer kleinen Anhöhe.

Lily war fast außer Atem, als sie die Stufen erklomm. Sie hatte noch einen weiten Weg vor sich – wobei die Fahrt der einfachste Teil war. Sie entdeckte Liam, der mit dem Kommandanten in seiner weißen Uniform sprach. Ein jüngerer Angehöriger der Küstenwache bog gerade in die halbrunde Kiesauffahrt ein, offenbar war er dazu abkommandiert worden, ein Fahrzeug zu beschaffen.

Lily lief los – der Wagen war da; sie musste nur noch einsteigen und sich von dem jungen Mann zur Autovermietung fahren lassen. Stumm eilte sie an Liam vorbei, wohl wissend, dass sie ihm Dank schuldete, aber dazu blieb keine Zeit. Die Hand bereits an der Beifahrertür, sah sie enttäuscht, wie der junge Mann von der Küstenwache den Motor ausschaltete und ausstieg.

»Nein!« Sie spürte, wie Panik in ihr aufwallte. »Bitte – wir müssen *sofort* los. Bitte steigen Sie ein, fahren Sie mich, bitte …«

Die junge Mann blickte sie verständnislos und leicht verlegen an. »Ma'am …«

»Jetzt gleich, oh, bitte – Sie müssen mich fahren, ich bin spät dran, ich muss zu meiner Tochter!«

»Steig ein, Lily.« Liam öffnete die Beifahrertür.

»Oh, danke, Liam«, rief sie völlig aufgelöst. Sie war ihm wirklich zu großem Dank verpflichtet. »Sag ihm, dass er mich sofort zur Autovermietung bringen soll, schnell, ja?«

Liam antwortete nicht. Er schloss die Beifahrertür, nachdem sie eingestiegen war. Dann redete er mit den beiden Männern der Küstenwache, die untätig herumstanden – sich über irgendetwas unterhielten und Zeit vertrödelten. Endlich wurden die Schlüssel übergeben, noch ein paar Abschiedsworte ausgetauscht – großer Gott! Sie hätte am liebsten losgebrüllt.

Als Liam die Fahrertür öffnete, blickte sie ihn fuchsteufelswild an. Tränen traten in ihre Augen – Tränen der Wut, der Entrüstung und Erbitterung – weil sie ohne das Geplänkel der Männer längst bei der Autovermietung gewesen wäre, weil Roses Geburtstag verdorben war und Roses Herz seinen Dienst versagt hatte.

»Herrgott Liam, ich muss los!«

»Ich weiß, Lily.« Er stieg ein, griff mit dem gesunden Arm an seinem Körper vorbei und schloss die Fahrertür. Dann drehte er den Zündschlüssel um und ließ den Motor an.

»*Du* bringst mich zur Leihwagenfirma?«, fragte sie verständnislos.

»Zur Klinik.«

»Aber die ist in Melbourne.« Sie begriff immer noch nicht,

überschlug rasch die Zeit, die sie brauchen würde, um einen Wagen zu mieten, und wunderte sich, warum Liam nicht verstand, dass es eines weiteren Schrittes bedurfte, bis sie zu Rose fahren konnte.

»Ich weiß.«

»Liam …«

»Der Kommandant ist ein Freund von mir. Das hier ist ein Privatwagen – er leiht ihn uns, damit ich dich in die Klinik bringen kann.«

Lily war zu betäubt für lange Diskussionen, doch allmählich ging ihr ein Licht auf, als er auf die Straße zum Leuchtturm fuhr, sobald es ging Gas gab und zum Highway brauste, der nach Süden in Richtung Melbourne führte. Der Wagen war sportlich, mit Vierradantrieb und Dachgepäckträger, der Rücksitz angefüllt mit Bojen, einer von getrocknetem Seetang und Muschelkolonien verkrusteten Angelschnur und einer riesigen Taschenlampe.

»Was macht der Kommandant ohne sein Auto?«, fragte Lily.

»Er benutzt den Dienstwagen, einen Truck.«

»Warum tust du das für mich?«

»Weil du nach Melbourne musst.«

»Ich hätte doch selber fahren können.«

»Du musst so schnell wie möglich nach Melbourne. Und ehrlich gestanden, ich war mir nicht sicher, ob du in deinem Zustand fahren kannst.«

»Das ist nicht dein Problem.«

Liam schwieg, trat das Gaspedal durch. Sie zuckte innerlich zusammen und hoffte, dass sie nicht so undankbar geklungen hatte, wie sie sich fühlte. Die Meilen flogen nur so dahin – die Schnellstraße war auf der einen Seite von Fichten und Eichen und auf der anderen Seite vom offenen Meer gesäumt. Selbst von der Küste aus waren die Wasserfontänen der Wale in der Bucht sichtbar. Lily dachte an Roses Gesicht, an den Ausdruck in ihren grünen Augen, als sie Nanny entdeckt hatte. Sie schloss die Augen ganz fest, um diesen Augenblick des Staunens zu bewahren.

Dann öffnete sie die Augen wieder und sah Liam an.

»Es tut mir leid«, sagte sie.

»Schon gut.« Er blickte angestrengt auf die Straße, als sei ihm nicht das Geringste an einer Unterhaltung gelegen. Seine Augen, von einem dunklen Graublau, wirkten völlig konzentriert. Sonnenlicht drang durch die Zweige, die über der Straße hingen, Lichtblitze, die seine Augen hell, dann dunkel und abermals hell erscheinen ließen.

»Im Ernst. Das hätte ich nicht sagen sollen. Das war gemein.«

»Das kommt mir irgendwie bekannt vor.«

Sie wusste, dass er nicht vom Highway sprach.

»Ja, leider. Und ich habe es seither bereut.«

Er warf ihr einen raschen Blick zu.

»Nicht aus den Gründen, die du vielleicht meinst«, fuhr sie fort. »Sondern weil ich es nicht mag, dir etwas schuldig zu sein. Überhaupt jemanden.«

»Du bist mir nichts schuldig. In keiner Weise.«

Lily blickte auf die Bucht hinaus, als sie die Küstenstraße entlangrasten. Sie wusste, dass er die Wahrheit sagte. Er hatte nie eine Gegenleistung von ihr erwartet – kein einziges Mal. Doch nach allem, was sie durchgemacht hatte, vor Roses Geburt und ihrer Ankunft auf Cape Hawk, war ihr die Fähigkeit abhanden gekommen, jemandem uneingeschränkt zu vertrauen. Früher hatte sie geglaubt, dass die Menschen im Grunde ihres Herzens gut seien, dass sie bereit waren, einander zu helfen. So war sie erzogen worden.

Doch damals, als sie auf Cape Hawk ankam, war dieser Glaube erschüttert, in tausend Scherben zersprungen. Es war Liams Pech, dass er zu den ersten Menschen gehörte, denen sie in diesem kleinen Fischerdorf am Ende der Welt, an der nördlichsten Küste von Nova Scotia, begegnete.

Sie schloss die Augen, ging in sich, dachte an die Zeit vor neun Jahren zurück. Hochschwanger und ungelenk war sie gewesen. Gestrandet in einer entlegenen Ortschaft, die ihr völlig fremd war, in einem Haus, das sie sich möglicherweise gar nicht leisten konnte, und mit einer uralten Schrottkiste, die nach der weiten Fahrt in den Norden dringend eine technische Grundüberholung und vier neue Reifen gebraucht hätte, wobei sie nicht einmal genug Geld für einen Ölwechsel gehabt hatte. Neben Liam im Auto des Kommandanten sitzend, wanderten ihre Hände unwillkürlich zu ihrem Bauch. Sie erinnerte sich daran, wie sie mit Rose schwanger gewesen war, als wäre es erst gestern gewesen.

»Es gibt noch einen Grund.« Sie öffnete die Augen und sah ihn an.

»Einen Grund für was?«

»Für etwas, was ich seither bereue.« Sie hielt inne und überlegte, wie sie ihre Gedanken am besten in Worte kleiden sollte. »Seit unserer ersten Begegnung.«

»Und was wäre das, was du bereust?«

»Dass ich …« Sie wandte den Blick ab, sah zum Fenster hinaus – auf die endlose Weite des blauen Meeres, die dahingleitenden, kreisenden Seevögel und die gelegentlich geriffelten Wellen, die möglicherweise der Rücken eines Wals waren. »Dass ich dich nicht sehr gut behandle. Nicht gut genug jedenfalls.«

»Dein Verhalten ist ganz in Ordnung.«

»Nein, ist es nicht. Das weiß ich.«

Schweigend setzten sie die Fahrt fort. Sie war froh, dass er nicht versuchte, ihr zu widersprechen. Auf eines konnte sie sich bei Liam hundertprozentig verlassen: Er machte niemandem etwas vor. Er beschönigte nichts. Er würde sie niemals anlügen, nur um ihr ein besseres Gefühl zu vermitteln.

Sie musterte ihn erneut. Warum war er heute so wortkarg? *Es reicht nicht aus, dass mein Verhalten in Ordnung ist, du hast etwas Besseres verdient. Du warst absolut wunderbar seit dem Tag, als du in mein Leben getreten bist, in unser Leben. Rose liebt dich.* Sie hätte es ihm gerne gesagt. Aber solche Dinge konnte und würde sie nicht über die Lippen bringen.

Und so sagte sie stattdessen: »Danke, dass du mich fährst, Liam.«

Er antwortete nicht, aber sie sah, dass er lächelte.

Und dass er noch schneller fuhr.

Kapitel 11

Die alte Backsteinklinik lag auf der Kuppe eines Hügels, der einen Ausblick über den Hafen von Melbourne bot. Daneben erhob sich das Kriegerdenkmal, das an die Gefallenen des Ersten Weltkriegs erinnerte, ein einzelner Granitblock aus dem Steinbruch von Queensport. Liam und sein Bruder waren beide in diesem Krankenhaus geboren, genau wie die meisten ihrer Cousinen und Cousins. Liam erinnerte sich, wie sie hergefahren waren, um Connor abzuholen, als sie ihn drei Tage nach der Entbindung mit nach Hause nehmen durften.

Während sie darauf warteten, dass seine Mutter und das Baby reisefertig waren, hatte sein Vater ihn zu dem spiegelnden Teich unter dem hohen Monument mitgenommen und ihm erzählt, dass sein Urgroßvater im Ersten Weltkrieg gekämpft hatte. Liam erinnerte sich noch heute daran, wie er die Hand seines Vaters gehalten und aufmerksam zugehört hatte. Sein Urgroßvater war im Kampf schwer verwundet worden und hatte viele Soldaten sterben sehen.

Bei dem Gedanken an seinen im Krieg verwundeten Urgroßvater war der dreijährige Liam in Tränen ausgebrochen – trotz des Glücks, dass er ein kleines Brüderchen hatte und seine Mutter wieder nach Hause kam.

»Manche Dinge sind es wert, dass man für sie kämpft«, hatte sein Vater gesagt und ihn auf den Arm genommen.

Liam dachte nun daran, als er den Wagen parkte und gemeinsam mit Lily das Gebäude betrat. Er war im Laufe der Zeit häufig hier gewesen. In dieser Klinik hatte die erste Operation an seinem Arm stattgefunden, und hierher war Connors Leiche gebracht worden. Außerdem hatte er hier mehr als ein Mal Rose besucht. Lily und er waren sozusagen Stammgäste im Melbourne General, und deshalb gingen sie an der Anmeldung vorbei, schlugen direkt die Richtung zum dritten Stock der Kinder-Intensivstation ein.

Lily wirkte trotz aller Anspannung beherrscht. Sie drückte den Knopf für den Aufzug – zielstrebig, aber ruhig. Als er kam, stiegen Ärzte und Besucher zu, drängten Lily und Liam an die Rückwand. Sie war nicht größer als 1,52 Meter. Vielleicht eins dreiundfünfzig, mit ihren Laufschuhen. Sie trug Jeans, ein gelbes T-Shirt und ein dunkelblaues Sweatshirt der Cape Hawk Elementary School, das vorne einen Reißverschluss und hinten eine Kapuze hatte. Liam überragte sie um Haupteslänge. Er bemühte sich, nicht ständig auf ihr seidiges dunkles Haar hinabzustarren.

Als sich die Türen öffneten, bahnte sie sich einen Weg durch das Gedränge, Liam unmittelbar hinter ihr. Er registrierte, dass die Leute im Fahrstuhl sie mitleidig ansahen, als sie auf der Kinder-Intensivstation ausstiegen. Lily hatte keinen Blick dafür. Sie eilte schnurstracks zur Lautsprecherbox, die sich neben der geschlossenen Tür zur Intensivstation an der Wand befand, und drückte auf den Summer, um sich anzumelden.

»Ich möchte zu meiner Tochter, Rose Malone«, sagte sie.

»Moment, es kommt gleich jemand«, übertönte eine körperlose Stimme das Knistern.

Das Wartezimmer der Station besaß ein einziges Fenster, das auf das Kriegerdenkmal und den Teich hinausging. Mehrere grüne Stühle standen vor einem Fernsehgerät, wo gerade eine Talkshow lief. Was immer dort auch vor sich gehen mochte, schien erheiternd zu sein, denn das eingespielte Gelächter war ohrenbetäubend. Liam drehte das Gerät leiser.

Lily bezog vor der Tür der Intensivstation Stellung, wartete darauf, dass sie sich öffnete.

»Warum setzt du dich nicht?«, fragte Liam.

»Es geht schon«, sagte sie mit einem Blick über die Schulter. »Glaubst du, dass sie schon oben ist? Bestimmt hat man sie zuerst in die Notaufnahme gebracht. Vielleicht hätten wir dort zuerst nach ihr fragen sollen.«

»Das hätte dir die Schwester vermutlich gesagt, als du dich hier oben angemeldet hast.« Sie sah ihn immer noch an. Ihre Augen hatten eine Farbe, die zwischen Graugrün und Graublau changierte. Sie erinnerte ihn an den Blaureiher, der in seinem Teich lebte. Er beobachtete den Vogel jeden Morgen, von Sonnenaufgang an. Lilys Augen waren so blau, ernst und ruhig wie die des Blaureihers und genauso schön. Da sie außerdem besorgt wirkten, bemühte er sich, ein zuversichtliches Lächeln aufzusetzen.

»Du musst nicht warten«, sagte sie. »Ich weiß, du willst sicher sein, dass alles in Ordnung ist. Aber danach solltest du dem Kommandanten schleunigst den Wagen zurückbringen.«

»Mache ich. Aber jetzt warte ich erst einmal. Um zu sehen, wie es ihr geht.«

»Natürlich. Klar. Warum machen sie die Tür nicht auf?«

»Es ist gerade erst eine Minute vergangen.«

»Eine Minute ist zu lang!«

Es war das erste Anzeichen, dass sie nicht so ruhig war, wie sie aussah.

Liam ging zur Wand und drückte abermals auf den Summer.

»Ja?«, ertönte die Stimme.

»Wir möchten zu Rose Malone.«

»Ja, ich weiß. Es kommt gleich jemand …«

»Hören Sie.« Er sprach mit seiner Haiforscher-Stimme, die er benutzte, um den Leuten Beine zu machen, wenn es galt, in Ottawa und Washington an Verschlusssachen heranzukommen und sich Zugang zu den Zentralrechnern in Harvard oder Woods Hole zu verschaffen. »Nicht gleich, sondern sofort! Die Mutter des Mädchens, das heute seinen neunten Geburtstag feiert und mit dem Rettungshubschrauber eingeliefert wurde, steht draußen. Also ein bisschen *Beeilung* – wenn ich bitten darf.«

Als er sich zu Lily umdrehte, sah er, dass ihr Kinn bebte und ihre blauen Reiheraugen noch besorgter wirkten. Statt sie an sich zu ziehen, wie er es gerne getan hätte, stand er einfach reglos da.

»Sie kommen«, sagte er.

»Danke.«

Zwei Sekunden später wurde die Tür geöffnet. Eine hochgewachsene junge Krankenschwester mit einem Klemmbrett stand vor ihnen. Sie lächelte sanft, völlig ungerührt von Liams Haistimme.

»Mrs. Malone?«

»Ich muss zu Rose.«

»Bitte kommen Sie mit.«

Lily eilte an ihr vorbei durch die Doppeltür, die sich hinter ihnen schloss. Liam stand mit zugeschnürter Kehle in dem grünen Wartezimmer. Er hatte nicht wirklich damit gerechnet, Zutritt zur Intensivstation zu erhalten. Redete er sich zumindest ein.

Er stellte sich ans Fenster und betrachtete das Monument. Es war hoch und schmal, elliptisch geformt, mit tief eingekerbten Rillen, oben in einer Spitze auslaufend. Als Dreijähriger war es ihm wuchtig und abweisend erschienen. So wirkte es noch heute auf ihn. Ein Denkmal für alle, die ihrem Vaterland gedient und dabei den Tod gefunden hatten. Er sah sich selbst und seinen Vater im Schatten des Kriegerdenkmals stehen, spürte wieder die Trauer des Dreijährigen um den Urgroßvater, den er nie kennengelernt hatte.

Zwei Ärzte traten in weißen Kitteln über der grünen OP-Kleidung aus dem Fahrstuhl. Sie drückten auf den Summer und wurden umgehend eingelassen. Liam hatte ein flaues Gefühl im Magen; er fragte sich, ob sie gekommen waren, um Rose zu untersuchen und mit Lily zu sprechen.

Als er sich wieder dem Fenster zuwandte, entdeckte er belaubte Bäume und ein Beet mit Ringelblumen am Fuß des Denkmals. Es war Sommer. Der Schatten des Monuments wurde länger, genau wie der Tag. Er warf einen Blick auf seine Uhr – schon sieben Uhr abends – und dachte an einen anderen Teil der Geschichte seines Urgroßvaters, der die Hinterbliebenen betraf, die Familie. Wie sie gewartet hatte und dass seine Urgroßmutter nicht gewusst hatte, ob ihr Mann jemals nach Hause zurückkehren würde.

Er dachte an Lily, die in der Kinder-Intensivstation darauf wartete, zu erfahren, wie es mit Rose weitergehen sollte. Manchmal war Warten das Schlimmste, was einem Menschen widerfahren konnte.

Die Krankenschwester, ihr Name war Bonnie McBeth, ging Lily voran. Auf der Intensivstation befanden sich Kinder sämtlicher Altersstufen, an alle nur erdenklichen Geräte angeschlossen, aber Lily hatte nur Augen für das kleine Mädchen im zweiten Bett links: Rose.

Ihr Anblick versetzte ihr einen Stich, mitten ins Herz. Noch bevor sie ihr Gesicht sah, wusste sie, dass es Rose war, die in dem Bett lag: die Umrisse ihres Körpers unter der weißen Steppdecke, die seltsame Art, wie sie sich mit der rechten Hand am Schutzgitter festhielt. Auch jetzt umklammerten ihre Finger die Gitterstäbe. Lily trat um den Vorhang herum, der die Patienten voneinander trennte, und beugte sich hinunter, um Rose einen Kuss zu geben.

»Mommy.«

»Hallo, Schatz.«

Der Blick aus den grünen Augen wirkte klar, als sie Lily ansah; sie schien jede Einzelheit aufzunehmen, sich zu vergewissern, dass ihre Mutter wirklich da war. Doch dann flatterten ihre Lider, sie verdrehte die Augen, um nochmals scharf hinzusehen, bevor sie ihr endgültig zufielen. Lily wusste, dass man ihr Morphium verabreicht hatte. Sie umklammerte Roses Hand ein wenig fester.

Die Geräte klickten beruhigend. Sie hing am Tropf. Lily begutachtete Roses Arm, um sich zu vergewissern, dass beim Einführen der Kanüle keine Blutergüsse entstanden waren. Ihre Venen waren teilweise dünn und brüchig, doch da die letzte Infusion eine Weile zurücklag, hatten sie Zeit gehabt, sich zu erholen. Sie konnte weder blaue Flecke noch Anzeichen für eine ungeschickte Handhabung der Infusionsnadel finden. Sie war einmal vor Zorn in die Luft gegangen, war völlig ausgerastet, als eine MTA vier Versuche hintereinander machte, ohne eine Vene bei Rose zu finden.

Während Rose schlief und Lily ihre Hand hielt, hatte sich Bonnie McBeth in der Nähe aufgehalten. Lily warf ihr einen verstohlenen Blick zu. Sie kannte Bonnie vom Sehen, von anderen Besuchen, aber sie war noch nie für Roses Betreuung zuständig gewesen. Der Kardiologe, der Rose behandelte, befand sich in Boston, so dass Melbourne nur für Notfälle gedacht war – von denen es in letzter Zeit zum Glück nicht viele gegeben hatte.

»Es geht ihr gut«, versicherte Bonnie ihr mit leiser Stimme. »Wir haben ihr Morphium gegeben, damit sie sich beruhigt. Bei ihrer Ankunft war sie völlig aufgelöst.«

»Vielen Dank. Sie wurde im Rettungshubschrauber hergebracht.«

»Kein Wunder, dass sie ganz aus dem Häuschen war; das wäre wohl jeder gewesen.« Bonnie lächelte.

Lily nickte, immer noch Roses Hand haltend.

»Würden Sie bitte einen Moment mitkommen, zum Schreibtisch, wo wir ungestört reden können? Ich weiß, es hat den Anschein, als würde sie fest schlafen, aber …«

Lily zögerte, Roses Hand loszulassen. Genauer gesagt, brachte sie es nicht übers Herz. »Das ist nicht nötig«, erwiderte sie, beinahe flüsternd. »Rose ist ihr eigener Herr und sehr reif für ihr Alter. Sie weiß, was los ist. Sie können es mir auch hier sagen.«

Bonnie schien nicht wirklich überrascht. Die Mütter der kleinen Herzpatienten waren hart im Nehmen – aber nicht halb so strapazierfähig wie die Patienten selbst. Dennoch wandte sie sich ab, genau wie Lily, die beharrlich noch Roses Hand hielt.

»In Ihrem Krankenblatt war der Vermerk, dass sie nächste Woche in Boston für eine VSD-Operation vorgesehen ist.«

»Ja, der OP-Termin ist nächste Woche. Das alte Patch wird brüchig.«

»Genau. Wir haben natürlich gleich nach ihrer Ankunft die entsprechenden Untersuchungen durchgeführt. Das Herz ist vergrößert und die Lunge steht unter Druck, deshalb läuft sie blau an. Sie war in der Lage, uns zu erzählen, dass sie in letzter Zeit mehrere hypoxämische Anfälle hatte, und das ist der Grund dafür.«

In diesem Moment gesellten sich zwei Ärzte zu ihnen und begrüßten sie – Paul Colvin, den Lily kannte, und Johnny Cyr, den sie nie zuvor gesehen hatte. Sie erklärten, dass sie gerade Visite machten, und baten Lily, so lange hinter den Vorhang zu gehen.

»Ich würde lieber hierbleiben«, entgegnete sie.

»Das kann ich gut verstehen«, erwiderte Paul Colvin, der ältere von beiden, ein Herzspezialist, der in der Klinik eine kardiologische Abteilung mit einem guten Ruf aufgebaut hatte. »Aber wir müssen Sie trotzdem bitten, etwas Platz zu machen. Nur für ein paar Minuten.« Mit seinen silbernen Haaren und dem unbeugsamen Blick hätte er eine andere Mutter womöglich eingeschüchtert. Lily schüttelte nur den Kopf, unfähig, Roses Hand loszulassen.

»Bitte, Doktor.« Sie hatte keine Lust zu streiten, und es blieb ihr erspart. Er kannte Lily und wusste, mit wem er es zu tun hatte, deshalb fügte er sich lieber ihrem Willen.

Die Ärzte hörten Rose mit dem Stethoskop ab, warfen einen prüfenden Blick auf die Werte, die von den Geräten angezeigt wurden, und überflogen das Krankenblatt. Lily war froh, dass sich die Visite auf zwei Ärzte beschränkte und Melbourne kein Lehrkrankenhaus war. Sie erinnerte sich daran, wie sie in der Bostoner Klinik auf Entscheidungen bezüglich eines chirurgischen Eingriffs gewartet hatte; damals war Rose gerade zehn Monate alt gewesen. Ständig tauchten Medizinstudenten auf, um Rose zu untersuchen – fuhrwerkten an ihr herum, hörten ihr Herz ab, umringten sie in ihrer grünen OP-Kleidung – bis Rose schließlich in Tränen ausbrach. Was wiederum einen hypoxämischen Anfall auslöste.

Lily hatte kurzen Prozess gemacht – obwohl sie damals

noch keinerlei Erfahrung mit den Gepflogenheiten einer Klinik besaß –, beschwerte sich bei dem behandelnden Kardiologen und unterband die Visiten der Studenten. Sie hatte sich wie eine Bärenmutter aufgeführt, die ihr Junges verteidigte, ein Bedürfnis, das im Lauf der Jahre zunehmend stärker geworden war.

Sie sah, dass ihre Tochter aufwachte und die beiden Ärzte, die sich an ihr zu schaffen machten, verständnislos anstarrte. Als sie Roses hilfesuchenden Blick auffing, drückte sie beruhigend ihre Hand. Rose erwiderte den Druck.

Sie hielten zusammen wie Pech und Schwefel. Es waren einfache Dinge, die für sie zählten. Das Wissen, dass sie stets füreinander da waren, einander an der Hand hielten, sich zulächelten; dass Rose, wenn sie das Bewusstsein verlor, beim Aufwachen als Erstes das Gesicht ihrer Mutter sah und Lily ihr das Haar aus der Stirn strich. Bald war Schlafenszeit, und Lily hatte vor, die Nacht in einem Sessel neben Roses Bett zu verbringen.

Als die Ärzte fertig waren, kehrte Bonnie zurück. Sie hielt ein Tablett mit Medikamenten in der Hand. Lily war es lieber, Rose kurz mit der Schwester als mit den beiden Ärzten allein zu lassen. Während Bonnie die Medikamente dosierte, begleitete Lily Dr. Colvin und Dr. Cyr zum Schreibtisch.

»Die hypoxämischen Anfälle häufen sich«, sagte Dr. Colvin mit Blick auf das Patientenblatt. »Der letzte war heute, wie Ihre Tochter sagte.«

»Richtig. Das war ja der Hauptgrund für die Operation, die in Boston anberaumt ist. Um den Flicken für ihren VSD – den Ventrikelseptumdefekt – auszutauschen, der eingesetzt wurde, als sie zehn Monate alt war. Haben Sie sich mit dem Chirurgen in Verbindung gesetzt, der den Eingriff durchführen wird? Dr. Kennedy?«

»Ja, gleich nach der Einlieferung. Er ist über alles im Bilde, doch er arbeitet inzwischen in Baltimore. Er hat aber einen Chirurgen in Boston, den er empfehlen kann, und er bittet Sie, ihn anzurufen, sobald die Untersuchungen abgeschlossen sind.«

»Was haben Sie bisher festgestellt?«

»Sie hat eine Stauungsinsuffizienz und ein Lungenödem mit beträchtlicher Schwellung. Wir haben ihr Captopril und Lasix verabreicht. Ich würde gerne anhand eines Herzkatheters überprüfen, wie gut die Herzfunktion ist.«

Lily nickte – war wie betäubt, im Schock, reagierte rein mechanisch. Wann hatte sie sich an die Hiobsbotschaft gewöhnt, dass Roses Herz unzureichend funktionierte? Die Nachricht traf sie nicht mehr mit solcher Wucht wie früher. Die Ziellinie war in Sicht – die Notoperation in Boston, wo man den Flicken ersetzen und die Defekte beheben konnte, so dass ihr Herz beinahe so gut wie neu sein würde. Wenn es den Ärzten in der Melbourne Klinik gelang, sie zu stabilisieren – und damit war zu rechnen –, konnten sich Lily und Rose an den Zeitplan halten, und die nächste Operation würde die letzte sein.

»Wann wurde der Blaylock-Taussig-Shunt eingesetzt?«, fragte Dr. Cyr.

»Vor zehn Monaten.«

»In Boston«, ergänzte Dr. Colvin.

Lily nickte, wandte sich ab, wollte zurück zu Rose.

»Sie ist eine Kämpferin«, sagte Dr. Cyr.

Lilys Lippen pressten sich bei diesen Worten zusammen, doch sie schwor sich, nicht zu explodieren. Sie kam sich vor wie ein Geysir, dessen innerer Druck unaufhörlich stieg – sie musste einen Weg finden, damit er sich entladen konnte. Informationen über medizinische Verfahren hatten bisweilen diese Wirkung auf sie, als ob sich jede Zelle ihres Körpers daran erinnerte, wie Rose ihr zum ersten Mal einen Abschiedskuss gegeben hatte und in den Operationssaal geschoben wurde. Damals glaubte sie sterben zu müssen, und das war noch heute so, wenn sie daran dachte – oder sich die Herausforderungen vergegenwärtigte, die sie bewältigt hatten und noch bewältigen mussten.

Die Ärzte gaben ihr ein Formular, das sie unterschreiben musste, was sie mit einem so unleserlichen Gekritzel tat, das ihnen zur Ehre gereicht hätte. Bring es rasch hinter dich, und dann nichts wie zurück zu Rose …

»Ist das alles?«, fragte sie.

»Ja«, erwiderte Dr. Colvin.

»Ich möchte Sie bitten, das Morphium abzusetzen«, sagte Lily.

»Sie war bei ihrer Einlieferung ziemlich aufgewühlt. Wir müssen dafür sorgen, dass sie ruhig bleibt«, meinte Dr. Colvin.

»Von Morphium wird ihr übel. Und der Dämmerzustand würde ihr nicht gefallen.«

»Trotzdem, wir sollten jede Aufregung von ihr fernhalten.«

»Ich bin jetzt bei ihr. Ich denke, das reicht zur Beruhigung.«

Die Ärzte nickten, und Dr. Cyr zuckte die Achseln. Offenbar leuchtete ihnen das Argument nicht ein.

Lily war es egal, ob sie es verstanden oder nicht. Hauptsache, Rose und sie wussten, worum es ging.

Kapitel 12

Die Party auf Cape Hawk hatte ein abruptes Ende gefunden. Die Nanouks waren nach dem Beladen ihrer Autos nach Hause gefahren, um das Abendessen für ihre Familien zuzubereiten, und tauschten nun am Telefon oder im Internet Informationen aus. Pläne wurde geschmiedet, um Care-Pakete für Lily und Rose zusammenzustellen – mit Stickgarn, Gitterleinen, Büchern, CDs, DVDs und Fotos von der Geburtstagsparty, vor allem von den zahlreichen Schnappschüssen von Rose und Nanny, die im Hintergrund ihre Kapriolen machte.

Anne Neill hatte wie versprochen Roses Geburtstagstorte in der Tiefkühltruhe des Gasthofs verstaut. Jude und sie saßen gemeinsam beim Abendessen im Speisesaal, inmitten der Hotelgäste, stocherten wortkarg und lustlos in ihrem Essen herum. Jude schien seit dem Vormittag um zehn Jahre gealtert zu sein.

»Wer hätte denn mit so etwas gerechnet, als Liam mich bat, den Skipper zu machen! Annie, hast du schon mal gesehen, dass Rose so schlecht aussah? So blau angelaufen?«

»Nein, mein Lieber. Wirklich nicht.«

»Was sagt Lily?«

»Ich hab noch nicht mit ihr gesprochen. Hat Liam sich gemeldet?«

»Nein, und sein Handy ist ausgeschaltet. Was hat Lily vor der Party gesagt?«

»Nun, ich wusste, dass Rosie in letzter Zeit Probleme

hatte. Aber das war nichts Außergewöhnliches angesichts ihres Zustands, und außerdem sollten sie in Boston durch die Operation ein für alle Mal behoben werden.«

»Steht es schlimmer um sie, als Lily es wahrhaben will? Du weißt, ihre positive Einstellung ist bewundernswert – aber, Annie ... lebt sie in einer Traumwelt, was Rose angeht?«

»Jude, Lily sagte, dass Rose und sie inzwischen an viele Dinge gewöhnt sind, die anderen Menschen Angst machen. Herzpatient zu sein bedeutet vermutlich, nie sicher zu wissen, was einem blüht.«

»Wir sollten heute Abend für sie beten«, schlug Jude vor.

Anne lächelte. Sie wusste, dass er die beiden ohnehin jeden Abend in sein Gebet einschloss, genau wie sie. Ihr Seekapitän-Ehemann aus der Wildnis des maritimen Kanada hatte ein Herz, das so groß war wie der Golf von St. Lawrence.

»Für alle drei«, fuhr Jude fort.

»Drei?«

»Ja, wenn man Liam mitrechnet.«

Anne nickte. Wie konnte man Liam ausschließen? Es war eine unausgesprochene Tatsache, dass er ein fester Bestandteil von Lilys Leben war. Das wussten Jude und Anne wahrscheinlich besser als die beiden selbst. Und Rose dürfte es ebenfalls aufgefallen sein. Da waren zwei Menschen aufeinandergetroffen, die dermaßen auf der Hut waren, dass sie nicht zueinander fanden – ein frustrierendes Ergebnis.

»Glaubst du, dass aus den beiden jemals ein Paar wird?«, meinte Jude. »Oder ist der Gedanke so illusorisch wie die Frage, ob auf Cape Hawk jemals Palmen wachsen?«

»Früher hätte ich den Palmen eine größere Chance eingeräumt.«

»Früher?«

Anne zuckte nur die Schultern. »Man darf die Hoffnung nicht aufgeben.«

»Worauf hoffst du denn, Liebste?« Jude streckte den Arm über den Tisch, auf dem unberührt das Essen stand, und legte seine Hand auf ihre.

»Dass meiner Freundin künftig ein wenig mehr Glück beschieden ist als in ihrem bisherigen Leben«, flüsterte sie. Als die Bedienung kam, um den Tisch abzuräumen, und fragte, ob das Essen denn nicht geschmeckt habe, brachte Anne kein Wort heraus.

Jude antwortete für sie beide; er sagte nein, alles sei bestens, sie wären nur noch satt von der Geburtstagsparty. Anne dachte an die unangetastete Geburtstagstorte und musste prompt nach der gestärkten Serviette greifen, um sich die Augen abzutupfen. Jude ergriff die Gelegenheit, abermals Liams Handynummer zu wählen, aber niemand antwortete.

Anne blickte ihren Mann über den Tisch hinweg an und fragte sich, was in Melbourne vorgehen mochte.

Zwei Tage vergingen ohne eine Nachricht. Am Abend saßen Marisa und Jessica auf der Veranda hinter dem Haus. Cape Hawk lag so weit im Norden, dass es hier in Neu-England noch Stunden nach dem Sonnenuntergang hell blieb. Die Spitzen der Kiefernnadeln sahen aus wie gemaltes Gold, und Grillen zirpten in den Wäldern. Sie saßen auf der obersten Treppenstufe, Seite an Seite. Jessica hatte kein einziges Mal gelächelt und kaum geredet, seit Rose mit dem Rettungshubschrauber abgeholt worden war.

Nach Roses Party war Marisas Widerstand erlahmt, und sie hatte beschlossen, sich selbst und ihrer Tochter gegenüber ehrlich zu sein und Jessicas echten Geburtstag zu feiern – nur sie beide. Was war schon dabei? Sie hatte – sie hatten beide – lange genug Vorsicht walten lassen. Als sie dann am Supermarkt angehalten hatten, hatte sie Jessica in die Buchhandlung nebenan geschickt, damit sie sich Lektüre für den Sommer aussuchte, und Marisa konnte heimlich einen Kuchen kaufen. Während Jessica die aufgehenden Sterne am dunkler werdenden Himmel betrachtete, eilte Marisa in die Küche.

Sie trat mit dem Kuchen, auf dem neun Kerzen brannten, ins Freie. »Zum Geburtstag viel Glück«, sang sie, und am Ende des Liedes lächelte Jessica beinahe.

»Mom, ich dachte, dass wir meinen echten Geburtstag dieses Jahr nicht feiern.«

»Ein bisschen schon, wenn auch verspätet, mein Schatz. Nur zu – blas deine Kerzen aus. Und vergiss nicht, dir dabei etwas zu wünschen!«

Jessica holte tief Luft und pustete. Alle neun Kerzen erloschen auf einen Schlag. Nach dem heutigen Tag war Marisa besonders dankbar für die Gesundheit ihrer Tochter und die kleinen Dinge im Leben wie Kerzen ausblasen. Sie schnitt zwei Stücke Kuchen ab, während ihr Jessica die Teller reichte.

»Weißt du, was ich mir gewünscht habe, Mom?«

»Was denn, Schatz?«

»Dass Rose bald wieder nach Hause darf.«

»Das ist ein guter Wunsch.« Noch während ihr die Worte über die Lippen kamen, stutzte Marisa. Was wäre ein schlechter Wunsch? Sie dachte an Ted, der alles nach seinen eigenen Wertmaßstäben zu beurteilen pflegte. Gute Wünsche, schlechte Wünsche.

»Kommt sie bald nach Hause?«

»Ich weiß es nicht. Wir können nur hoffen und beten.«

Jessica nickte, und gemeinsam machten sie sich über den Kuchen her. Es versetzte Marisa einen Stich, als ihr plötzlich einfiel, dass ihre Mutter die Geburtstagstorte für sie immer selbst gebacken hatte. Mit pinkfarbenen Rosetten aus Buttercreme und ihrem Namen, verziert mit pinkfarbenen Buchstaben, aufgebracht mit einer eigens angefertigten Spritztüte. Was entging Jessica, die ohne ihre Familie und Verwandten aufwuchs sonst noch alles?

Roses Party hatte ihr genau dieses Gefühl vermittelt, eingebunden zu sein in eine große Familie – Lily, Rose und die fremden Frauen, die ihr am Ende des Tages wie Schwestern erschienen waren. Als sie auf Deck standen und Rose in den Rettungshubschrauber verfrachtet wurde, hatte eine der Frauen ihre Hand ergriffen, während alle dastanden und stumm Roses Abflug verfolgten. Sie hatten sich alle an den Händen gehalten, mit Marisa und Doreen auf der einen, und Jessica und Allie auf der anderen Seite.

Seit diesem Moment fühlte sie sich von neuer Energie erfüllt, die sie dazu bewogen hatte, ihrer Tochter den Geburtstagskuchen zu kaufen. Sie drückte Jessicas Schultern und küsste sie auf den Scheitel.

»Es ist teuer, wenn man ins Krankenhaus muss, oder?«, fragte Jessica.

»Ja.« Vor allem, wenn man auf der Flucht ist und keine Krankenversicherung hat, dachte sie. Bestimmt erinnerte sich Jessica daran, wie sie hingefallen war und genäht werden musste, kurz nachdem sie Weston verlassen hatten. Marisa hatte keine andere Wahl gehabt, als die Behandlung bar zu bezahlen – über die Leistungen der Krankenversicherung ließ sich der Aufenthaltsort verschwundener Personen leicht ermitteln.

»Herzoperationen sind viel teurer als Platzwunden nähen, stimmt's?«

»Sehr viel teurer.«

Jessica nickte. Sie aß ihren Kuchen, während die Sonne unterging und dem Wald eine purpurne Färbung verlieh, durchbrochen von Schatten, die der aufgehende Mond warf. Der Ruf eines Nachtvogels drang von den Bäumen herüber, lange kehlige Laut, die der Jagd vorausgingen.

»Mom«, sagte Jessica mit vollem Mund. Sie kaute, schluckte den Bissen herunter und wischte sich den Mund ab. »Ich möchte etwas für Rose tun.«

»Ich bin mir nicht sicher, ob sie Besuch haben darf.« Marisa erinnerte sich an die Kinder-Intensivstation in der Johns-Hopkins-Klinik, wo sie im Rotationsverfahren gearbeitet und viele kranke Kinder zu Gesicht bekommen hatte; vermutlich würde man Jessica nicht zu ihrer Freundin lassen. »Wie wäre es, wenn du ihr eine Genesungskarte bastelst? Ihre Mutter würde sie ihr bestimmt geben.«

»Ich möchte mehr für sie tun.«

»Was denn?«

»Ich möchte Geld für sie sammeln. Damit sie operiert werden kann und ihre Mutter sich nicht so große Sorgen machen oder so viel arbeiten muss. Rose sagt, dass sie andauernd arbeitet.«

»Ach, Jess!«

»Ich möchte, dass die Klinik sie gesund macht. Damit alles gut wird! Mom – warum hat Rose ein krankes Herz? Warum ist sie so blau angelaufen?« Jessica begann zu schluchzen. »Ich will nicht, dass sie stirbt!«

Marisa zog sie auf ihren Schoß, wiegte sie, versuchte, sie zu beschwichtigen. Jessica ließ ihren Tränen freien Lauf, machte ihrem Kummer Luft – wie beim Tod ihres Vaters und als ihr kleiner Hund starb. Marisas eigene Augen füllten sich mit Tränen. Sie dachte an die kranken Kinder, die sie als Krankenschwester betreut hatte, an die Qualen, die sie beim Anblick ihres Leidens empfand. Sie hatte versucht, sich gefühlsmäßig davon zu distanzieren – wie sie es während der Ausbildung gelernt hatte, aber das war ihr nicht ohne die Hilfe von unterstützenden Gruppen und Freunden gelungen. Es war die größte Herausforderung ihres Lebens gewesen, und nun sah sie sich wieder mit der gleichen Situation konfrontiert, drohte daran zu scheitern.

Während sie Jessica in den Armen hielt, wünschte sie sich, sie könnte den Kummer ihrer Tochter lindern, die den Verlust ihres Vaters, Roses Krankheit und den Tod ihres kleinen Hundes verkraften musste, den Ted vor ihren Augen umgebracht hatte. Marisa wusste, dass sie alles darum geben würde, um ihre Tochter vor den schlimmen Erfahrungen des Lebens zu beschützen. Sie dachte daran, wie sie ihre in eine rosafarbene Decke gehüllte Tochter vor neun Jahren in der Säuglingsstation in den Armen gehalten hatte. Sie war so klein gewesen, die Decke so weich. In ihre Erinnerungen an diesen Augenblick mischten sich aber auch kämpferische Gefühle – sie liebte ihr Kind so sehr, dass sie alles getan hätte, um es vor Unheil zu bewahren.

Einmal hatte sie sich gefragt, ob sie jemals imstande wäre, für einen geliebten Menschen zu sterben. Ob sie in ein eiskaltes Gewässer springen würde, um diesen Menschen vor dem Ertrinken zu retten, oder einem wilden Tier entgegentreten würde, auch wenn es ihr eigenes Leben kostete. Als sie ihr Baby in den Armen gehalten hatte, waren alle Zweifel wie weggeblasen. Während sie nun auf den Verandastufen saß, dachte sie an die Liebe, die sie beim Anblick ihrer neugeborenen Tochter überflutet hatte, an das Gelöbnis, sie vor jedem Ungemach und jedem Menschen zu beschützen, der es wagte, ihr ein Leid zuzufügen.

Doch jetzt konnte sie Jessica nicht davor bewahren, hilflos mit ansehen zu müssen, wie ihre Freundin litt.

»Mom?« Jessica trocknete ihre Augen. »Muss Rose sterben?«

»Ihre Mutter tut alles, was in ihrer Macht steht, um das zu verhindern. Sie befindet sich in den besten Händen.«

»Woher weißt du das?«

Marisa schüttelte den Kopf. Sie blickte in die braunen Augen ihrer Tochter, strich ihr behutsam die Haare aus der hohen Stirn und dachte an Jessicas Vater. Sein Tod hatte sie beide hart getroffen, und sie konnte den Gedanken kaum ertragen, dass sich Jessica nun dem gleichen Kummer um Rose gegenübersah. »Wissen kann das niemand.«

»Es passieren so viele schlimme Dinge«, flüsterte Jessica. »Wie damals, als Ted Tally mit einem Fußtritt die Treppe hinuntergeworfen hat, nur weil sie bellte.«

»Aber es passieren auch gute Dinge. Ich möchte, dass du an sie denkst.«

»Ich muss Rose helfen.« Jessica sprang auf, als könnte sie es nicht ertragen, auch nur eine weitere Minute zu verschwenden.

»Schatz – wir können für sie beten. Genesungskarten basteln …«

Jessica schüttelte den Kopf. »Das ist nicht genug. Ich werde Spenden für die Operation sammeln. Ich will nicht, dass sie stirbt, wie Daddy oder Tally. Ich fange sofort damit an.« Sie war außerstande gewesen, ihren kleinen Hund zu retten, aber ihre Freundin würde sie nicht im Stich lassen.

Marisa nickte. Die Fliegengittertür fiel hinter Jessica zu, und sie blieb allein auf der Veranda zurück. Ihre Gedanken überschlugen sich. Vielleicht lag es daran, dass sie den Geburtstag ihrer Tochter, ein großes Ereignis, hier in ihrem

Schlupfwinkel feiern mussten, oder an dem Schock, mit ansehen zu müssen, wie Rose ins Krankenhaus gebracht wurde. Ihre Arbeit auf den psychiatrischen Stationen, denen sie zeitweise zugeteilt worden war, hatte gezeigt, dass alte Traumata immer wieder durch die seltsamsten Situationen ausgelöst werden konnten. Nach dem Zusammenleben mit Ted wusste sie, wie leicht sie in einen Zustand der Betäubung verfiel, sich innerlich abschottete, sich nur noch die Decke über den Kopf ziehen wollte. Das waren eingefahrene Verhaltensmuster.

Doch nun begann sich etwas Neues abzuzeichnen. Sie spürte die Energie durch ihren Körper fließen, unter ihrer Haut. Sie dachte an Paul, Jessicas Vater, und schauderte, fühlte sich lebendig in der kühlen Meeresluft. Der Vogel rief abermals in den Wäldern, kündigte sich der Nacht an. Plötzlich breitete er die weiten Schwingen aus, erhob sich lautlos in die Lüfte, glitt hoch über der Erde dahin. Sie hörte die Flügelschläge und sah die gelben Augen: Es war eine Eule.

Die ganzen Monate hindurch, seit April, als sie mit Jessica geflohen war, hatte sie sich wie eine gejagte Kreatur gefühlt. Ein neuer Name, ein neues Zuhause, ein neues Land. Sie hatte ihre Tochter eingepackt und allem entrissen, was ihnen früher einmal wichtig gewesen war. In wie vielen schlaflosen Nächten hatte sie ein schlechtes Gewissen gehabt, weil sie Jessica so etwas angetan hatte? Jeden Abend, wenn sie ihr Kopfkissen umarmte, hatte sie gebetet, Paul möge ihr verzeihen.

Heute Abend war ihr, als hätte er ihr endlich vergeben. Marisa spürte, wie ihre Kraft zurückkehrte. Die Hände der Nanouks zu halten, ihre Liebe zu Lily zu spüren und zu wissen, dass Lily verstand, was Jessica und sie durchmachten – all das hatte eine grundlegende Veränderung bei ihr bewirkt.

Beim Anblick der Eule mit ihren feurigen goldenen Augen und den tödlichen Fängen empfand sie keine Angst, sondern fühlte sich vielmehr wie elektrisiert und innerlich gestärkt; sie dachte daran, dass Jessica und sie von einem Mann verfolgt wurden, den sie immer noch, wider besseres Wissen, zu verstehen suchte. Ted hatte sich in ihr Leben geschlichen, unter dem Vorwand, ihr bei der Anlage des Geldes zu helfen, das Paul ihnen hinterlassen hatte. Er kannte Paul geschäftlich und vom Golfen, ein Umstand, den er genutzt hatte, um ihr Vertrauen zu gewinnen. Die Freundschaft zu Paul hatte ihm den Weg in Marisas und Jessicas Leben geebnet.

Das Problem war, dass Paul ihn nicht gekannt hatte. Nicht wirklich. Nicht wie sie. Das Leben teilte bisweilen Geschenke aus, die sich als trügerisch erwiesen. Ted hatte den Menschen, die Paul am meisten liebte, unermessliches Leid zugefügt. Sie schloss die Augen, lauschte der Eule und dachte an Mutter-Tochter-Beziehungen, an sich selbst und Jessica, Lily und Rose. Allmählich begann sie klarer zu sehen.

Jessica ging in ihr Zimmer und blickte zu dem Kruzifix empor. Sie schlug das Kreuzzeichen. Dann ging sie zu der kleinen Marienstatue – ihrer Lieblingsstatue, denn sie besaß mehrere. Sie zeigte Maria in einem blauen, wallenden Gewand, mit einer Krone aus goldenen Sternen, barfuß auf einer Schlange stehend. Sie betrachtete die Schlange, die furchterregend wirkte. Das Maul war weit aufgerissen, mit gelben Fangzähnen und einem rosafarbenen Rachen. Doch Maria hatte sie getötet, sie mit ihrem bloßen Fuß zertreten. Jessica prüfte jedes Mal aufs Neue, ob die Schlange wirklich tot war. Dann drückte sie Maria einen Kuss auf das Gesicht.

Anschließend nahm sie *Der König von Narnia* in die Hand. Es war ihr Lieblingsbuch. Sie mochte die Magie, die Geheimnisse, die Mächte des Bösen und vor allem die Mächte des Guten, die darin vorkamen. Vermutlich gefiel es Rose aus den gleichen Gründen, aber wie frischgebackene neunjährige Mädchen so sind, hatten sie nie darüber gesprochen.

Als sie das Buch durchblätterte – es war eine gebundene Ausgabe, die sie vor zwei Jahren von ihrer Mutter zu Weihnachten bekommen hatte –, fand sie ein Bild von Aslan, dem freundlichen weisen Löwen. Jessica blickte mit klopfendem Herzen in seine traurigen, wissenden Augen. Sie berührte sein Bild und dachte an Rose, die Hilfe brauchte. »Daddy«, sagte sie.

In dem Buch ließ Aslan zu, dass er angegriffen und getötet wurde, damit die Kinder und alle Bewohner von Narnia – der magischen, verborgenen Welt auf der anderen Seite der Kleiderschranktür – in Freiheit leben konnten. Als er sich schließlich vom Steintisch erhob, wieder zum Leben erwacht, hatte Jessica stets eine Gänsehaut und Tränen in den Augen – sie konnte es nicht fassen, dass jemand ein solches Opfer brachte, so tapfer und edel handelte.

Vor Ted hatte sie an Tapferkeit und Edelmut geglaubt. Ihr leiblicher Vater war wie Aslan gewesen. Er war tot, und das Letzte, was er zu Jessica sagte, war: »Ich schaue vom Himmel auf euch herab, gebe auf dich und deine Mutter acht. Ich werde nie wirklich weg sein, mein Schatz, sondern stets über dich wachen. Rufe mich, wenn du mich brauchst.« Jessica hatte seine Hand gehalten, solange es ging, bis der Doktor und ihre Mutter sie weggezogen hatten. Anschließend hatte ihre Mutter noch Zeit mit ihm alleine verbracht, und dann war er gestorben.

Ted war gleich darauf in ihr Leben getreten. Nun, fast ein Jahr danach, genauer gesagt – aber die Zeitspanne war ihr kurz vorgekommen. Der Geruch ihres Vaters haftete noch in seinem Kleiderschrank. Sie konnte sich in den dunklen Schrank stellen, den Kopf in seinen Anzügen vergraben, die Augen schließen und sich einbilden, er sei wieder da. Der Geruch nach Schweiß und Zigaretten, nach *ihm,* hüllte sie ein. Oft stand sie reglos da und erinnerte sich an seine Worte: *Ich werde nie wirklich weg sein … Ich gebe auf dich und deine Mutter acht …*

Wenn Jessica seinen Duft einatmete, wusste sie, dass er die Wahrheit gesagt hatte. Er war bei ihr, beschützte sie. Sie hatte die Schranktür angelehnt, um unentdeckt zu bleiben; diese Zeit wollte sie mit ihm alleine verbringen. Sie stand jeden Tag an einer anderen Stelle. Obwohl der Schrank schmal war, kam er ihr weitläufig vor, wie eine Welt für sich – ähnlich dem Kleiderschrank im Buch.

Jessica pflegte in den Taschen ihres Vaters zu stöbern, wobei sie sich immer nur einen Anzug auf einmal vornahm. Als Geschäftsmann hatte er Wert darauf gelegt, stets wie aus dem Ei gepellt zu sein. Deshalb besaß er sieben Anzüge, fünf Sportmäntel und jede Menge bequeme Hosen. Seine Taschen kamen ihr wie Schatzkammern vor. Zuerst, als sie alle durchgeschaut hatte, erschienen ihr die Dinge, die sie darin fand, aufregend und magisch. Ein paar Münzen, eine Visitenkarte, seine angelaufene, silberne Christophorus-Medaille, eine herausgefallene Rolaid-Tablette, die zerrissenen Folienschnipsel einer Zigarettenpackung, die Mass Card seiner verstorbenen Mutter – Erinnerung an die Messe, die für sie gelesen wurde.

Nach geraumer Zeit verblasste ein Teil des ursprünglichen Zaubers. Sie warf einen Blick in die linke Tasche seines Glencheck-Anzugs und wusste, dass sie seine Geldklammer, Streichhölzer und den Terminkalender darin finden würde.

Oder sie griff in die rechte Gesäßtasche seiner grünen Golfhose, wo sich ein grasbefleckter Abschlaghalter und ein gelber Bleistiftstummel zum Notieren der Punkte befand. Wenn sie sich auf die Zehenspitzen stellte und in der Brusttasche seines sommerlich leichten blauen Blazers kramte, stieß sie auf ihr Kindergartenbild und einen Taschenrosenkranz.

Selbst ohne Aufregung und Vorfreude waren die Stunden, die sie zwischen den Anzügen verbrachte, die glücklichsten der damaligen Zeit. Sie nahm den Geruch ihres Vaters wahr und wusste, dass er hier gewesen war, auf dieser Erde. Er war kein Engel oder Geist, der vom Himmel auf sie herabblickte – sondern ein Mensch, der gehen und reden konnte, der ihr Kindergartenfoto aufbewahrt, elegante Anzüge getragen und manchmal vergessen hatte, seine Taschen auszuleeren. Manchmal stand sie in dem Gewühl von Stoffen, erzählte ihm, wie ihr Tag verlaufen war, und hörte ihn antworten.

Einmal öffnete ihre Mutter die Tür des Kleiderschranks, als sie sich gerade darin versteckt hatte. Jessica hielt den Atem an, um nicht entdeckt zu werden. Nicht, weil sie Angst hatte, ihre Mutter könnte wütend werden – sondern weil sie befürchtete, sie könnte traurig werden, wenn sie ihre Tochter zwischen den Anzügen ihres Vaters fand. Doch die Sorge hatte sich als unbegründet erwiesen: Ihre Mutter hatte nur ein paar Minuten vor dem Schrank gestanden, bevor sie die Tür wieder schloss und ging.

Vielleicht hatte ihre Mutter das Gleiche versucht wie sie: die Uhr zurückzudrehen und sich daran zu erinnern, wie glücklich sie früher gewesen waren, zu seinen Lebzeiten, als er die schönen Anzüge getragen hatte. Vielleicht ermöglichte ihr der Anblick seiner Kleider, ihm nahe zu sein, wieder seine Stimme zu hören, genau wie Jessica.

Und dann war Ted aufgetaucht.

Ihr Vater kannte ihn vom Golfplatz. Ted war Wertpapiermakler und hatte einen Teil des Familieneinkommens geschickt angelegt. Ihre Eltern hatten sich oft über Ted unterhalten – »Ohne ihn würden wir das alles nicht schaffen«, hatte ihr Vater immer wieder beteuert, wenn es um die Expansion seines Geschäfts ging. »Ihn hat uns der Himmel geschickt«, hatte ihre Mutter gesagt. Teds Fähigkeiten schienen an ein Wunder zu grenzen. Dank seiner Hilfe hatte sich ihr Vater ein neues Büro für seine Internet-Suchfirma im Zentrum von Boston leisten können – statt weit ab vom Schuss, in Dorchester. Und das Geld hatte dazu beigetragen, ein neues Computersystem anzuschaffen, weitere Mitarbeiter einzustellen und für alle eine Krankenversicherung abzuschließen.

Jessica hatte sich schon Gedanken über Ted gemacht, bevor sie ihm zum ersten Mal begegnet war. Wie funktionierten Wertpapiere? Wieso vertraute eine Familie einem nahezu Unbekannten ihr Geld an, damit er es vermehrte? Dass ihm das tatsächlich gelungen war, schien unglaublich, ein Wunder, ein Segen. Konnte man wirklich sein täglich Brot damit verdienen, die Ersparnisse anderer zu verwalten und ihnen dabei zu helfen, ihr Einkommen zu steigern? Einmal hatte sie ihrem Vater diese Frage gestellt, und er hatte geantwortet: »Er ist ein heller Kopf. Er hat die besten Schulen besucht, um sein Metier zu erlernen, und wählt nur solche Wertpapiere aus, die er für gewinnbringend hält.«

»Aber er ist doch nett, oder?«, hatte sie gefragt, unfähig, Teds Rolle im Leben ihrer Familie genau zu ergründen.

Ihr Vater hatte gelacht. »Ja, er ist ein Genie. Und bei allen beliebt. Er hat viele Freunde und ist Vizepräsident des Rotary-Clubs in seiner Heimatstadt.«

Jessica wusste nicht, was ein Rotary-Club war, aber es klang aufregend. Die Worte ihres Vaters leuchteten ihr ein. Ted musste ein Genie sein. Geld war schwer zu verdienen – ihre Eltern machten sich fortwährend Sorgen, wie sie die Hypothek, die Autorechnungen, den Aufbau der Firma und das College bezahlen sollten, das sie später einmal besuchen würde. Wenn sie Ted ihre Ersparnisse anvertrauten, musste sie ihm ebenfalls vertrauen. Ihr Vater hatte einmal wegen Teds ehrenamtlicher Tätigkeit für notleidende Kinder gesagt, dass er der großherzigste Mensch sei, den man sich nur vorstellen könne.

Als sie nun das traurige Gesicht des Löwen im *König von Narnia* betrachtete, holte Jessica tief Luft. Sie wünschte, Aslan könnte aus dem Buch heraustreten und ihr einen Rat geben. Oder ihr Vater könnte vom Himmel herunterkommen und ihr sagen, was sie tun sollte. Wenn Ted wirklich der großherzigste Mensch war, den man sich nur vorstellen konnte, war sich Jessica nicht sicher, ob sie überhaupt versuchen sollte, Spenden für Rose zu sammeln. Sie wollte um keinen Preis der Welt wie Ted sein.

Das Problem war, dass ihr Vater nicht mehr mit ihr reden konnte. Nicht seit dem Tag, als Ted bei ihnen eingezogen war. Sie war von der Schule nach Hause gekommen und zum Kleiderschrank gegangen – nicht, weil Teds Gegenwart sie störte oder so. Vielleicht ein bisschen – aber hauptsächlich wollte sie mit ihrem Vater Zwiesprache halten, wie immer. Das war im Frühjahr gewesen, und sie hatte beim Baseballspiel einen Flugball gefangen.

Sie hatte den Baseball dabei. Ihre Mutter und Ted waren in der Küche. Sie hätte den beiden ihre Trophäe zeigen können, aber sie lief an ihnen vorbei, die Treppe hinauf, zum Schrank ihres Vaters. Sie öffnete die Tür und –

Alle seine Anzüge waren verschwunden.

Stattdessen hingen Teds Sachen darin. Anzüge, Jacketts, Hosen, Mäntel und sein Bademantel. Noch heute spürte Jessica, wie sich ihre Brust verengte, wenn sie an diesen Augenblick zurückdachte. Sie berührte ihr Herz und setzte sich aufs Bett. Sie blickte in Aslans Gesicht, schluchzte leise vor sich hin. *Maria, Jesus, Gott* … der Anblick von Rose, die blau angelaufen war und mit dem Hubschrauber in die Klinik gebracht wurde, hatte alle Erinnerungen wieder aufgewühlt. An die Menschen, die sie liebte, die sie verließen. Ihr Vater, Rose … Ihr Vater war nie wirklich fortgegangen, bis zu dem Tag, als Ted und ihre Mutter seine Anzüge weggeworfen hatten.

»Sag mir, was ich tun soll«, flüsterte sie nun und kniete sich hin.

Draußen waren die Eulen auf der Jagd. Sie hatte ihre Rufe seit der Schneeschmelze jeden Abend vernommen. Manchmal hatte sie besonders aufmerksam gelauscht – vielleicht würde es ihr ja gelingen, sie zu verstehen. Sie starrte das Bild in ihrem Lieblingsbuch an, spitzte die Ohren, um die Eulen zu hören; es sah so aus, als würde sie beten, aber in Wirklichkeit sprach sie mit ihrem Vater.

Wenn es einen Tag gab, an dem sie seine Rückkehr ersehnte, dann an ihrem wirklichen Geburtstag.

Doch Ted hatte ihn verscheucht. Und Teds wegen hatte sie nun einen falschen Namen, einen falschen Geburtstag und eine falsche Lebensgeschichte. Nur ihr Vater wusste, wer sie wirklich war. Er war der Einzige, der sich dafür einsetzen konnte, dass ihre große Bitte in Erfüllung ging. Ihre Mutter hätte das früher auch geschafft, aber die Zeiten waren vorbei. Ihre Mutter war nur noch ein Gespenst – ein knochiges, verängstigtes, gebrandmarktes Skelett, eine leere Hülle, die

Ted zurückgelassen hatte. Ihre Mutter und sie glichen einem Haufen Knochen, ausgespien von dem Ungeheuer, dem sie nichtsahnend Einlass in ihr Leben gewährt hatten.

Ted schien oft in Weißglut zu geraten. Und dann hatte er Tally, ihren kleinen Hund, getötet. Sie hatte befürchtet, er würde ihre Mutter und sie auch umbringen. Er war alles andere als großherzig. Ihr Vater hatte sich nicht oft getäuscht, aber in diesem Punkt schon. Dennoch, Jessica hatte heute Abend eine wichtige Bitte an ihn.

»Daddy, sei nicht böse, aber du hast dich geirrt«, sagte sie. »Ted war nicht großherzig. Er hat sich in unsere Familie eingeschlichen, um uns zu verletzen, das war alles, was er wollte. Er hat uns alles genommen, was wir besaßen. Beinahe jedenfalls.«

Eine Eule schrie im Wald, und Jessica lächelte – ihr Vater antwortete ihr.

»Du musst mir helfen, Rose zu helfen – bitte, Dad. Ich will nicht, dass sie jetzt schon in den Himmel kommt. Hilf mir, Dad! Ich möchte, dass sie bei mir bleibt, am Leben bleibt.« Sie stellte sich ihren Vater im Himmel vor, in Gesellschaft der heiligen Agatha, der heiligen Agnes und der Jungfrau von Orléans.

Wieder schrie die Eule, ein Ast fiel krachend zu Boden, und plötzlich hatte Jessica eine Idee, es war wie ein Fingerzeig des Himmels. Gleich nach Sonnenaufgang würde sie in den Wald gehen, wo es einen verborgenen Schatz gab, mit dem sie Geld für Rose verdienen konnte.

Kapitel 13

Das Ziel, Roses Zustand für die Reise nach Boston ausreichend zu stabilisieren, war alles, woran Lily denken konnte. Liam hatte zwei Zimmer im Holiday Inn besorgt, das am Hafen lag, unmittelbar am Fuße des Hügels, auf der sich die Klinik befand. Sie bat ihn abermals, nach Hause zurückzukehren, doch er beharrte darauf, zu bleiben, bis Rose die Intensivstation verlassen durfte. Er hatte sich in der Zwischenzeit mit seinem Freund darauf geeinigt, dass er den Wagen auf unbestimmte Zeit behalten konnte. Und seinen Forschungsprojekten konnte er am Laptop nachgehen.

Lily fügte sich mit einem Achselzucken. Sie hatte keine Ahnung, warum er darauf bestand, zu bleiben. Sie bekam ihn kaum zu Gesicht, und da er kein Angehöriger war, durfte er die Station nicht betreten, um Rose zu besuchen. Sie wusste, sie hätte für seinen Beistand dankbar sein müssen, aber sie war dermaßen erschöpft und ausgelaugt, wenn sie abends ins Hotel kam, dass sie kaum noch die Kraft aufbrachte, beim Zimmerservice eine Suppe zu bestellen und sie vor dem Fernseher zu essen.

In den ersten vier Tagen fand sie ihn morgens in der Hotelhalle vor, darauf wartend, sie hinauf zum Melbourne General zu fahren. Draußen war es kühl und diesig, Morgennebel hing über dem Wasser und der Stadt. Sie schwiegen während der Fahrt, die gerade fünf Minuten dauerte, wobei Lily auf den mit Silber überzogenen Hafen starrte und an die Fragen dachte, die sie Roses Ärzteteam stellen wollte.

Am fünften Morgen hatte sich der Nebel verzogen, und die Sonne schien hell und klar. Als Lily die Hotelhalle betrat, stand Liam auf, um sie zu begrüßen. Sie hob die Hand.

»Hör zu, das ist doch albern. Das Wetter ist herrlich. Kein Nebel mehr. Ich gehe zu Fuß zur Klinik, und du solltest nach Cape Hawk zurückkehren.«

»Ein idealer Morgen für einen Spaziergang«, pflichtete er ihr bei.

»Ich bin froh, dass du es genauso siehst.«

»Komm. Ich begleite dich. Gehen wir beide zu Fuß.«

»Nein! Liam, du musst arbeiten, zu Hause. Der Kommandant braucht sein Auto zurück. Rose macht Fortschritte.«

»Sie liegt noch auf der Intensivstation.«

»Ich denke, dass sie heute auf die reguläre Kinderstation verlegt wird. Es geht ihr schon merklich besser – die Flüssigkeit, die sich rund um ihr Herz gesammelt hatte, ist beinahe weg, und die Lungenflügel sind fast wieder auf normale Größe geschrumpft.«

»Das Lasix wirkt offenbar.«

»Ja.« Lily war überrascht, dass er den Namen des harntreibenden Medikaments kannte oder überhaupt wusste, dass Rose eines einnehmen musste. Sie sprach selten mit jemandem über die Einzelheiten der Behandlung, es sei denn, er war Arzt.

»Heute wird sie also möglicherweise verlegt?«, hakte er nach.

»Ja.«

»Gut.« Er nickte lächelnd, und Lily glaubte Erleichterung in seinen Augen zu entdecken – er konnte die selbst auferlegte Bürde, was immer es auch war, über Bord werfen und zu den Haien und Walen von Cape Hawk zurückkehren.

Sie lächelten sich an, gelöst und entspannt im Tohuwabohu der Hotelhalle, in der um diese Zeit Hochbetrieb herrschte. Er berührte ihren Arm, als sie in den Sonnenschein hinaustraten.

»Also dann«, sagte sie. »Danke – für alles. Würdest du Anne bitte meinen Dank ausrichten, dass sie mir die Reisetasche mit meinen Sachen geschickt hat? Es war eine brillante Idee, sie dem Fahrer des Wäschedienstes mitzugeben – er hat sie mit der Tischwäsche für das Hotel abgeliefert.«

»Vielleicht solltest du sie selbst anrufen.«

Wie bitte?, dachte Lily. War es zu viel verlangt, seiner Schwägerin eine Nachricht zu übermitteln? »Kein Problem«, erwiderte sie. »Ich dachte nur, dass du sie vermutlich eher als ich im Gasthof sehen wirst.«

»Bestimmt, gleich nach meiner Rückkehr. Aber nicht heute.«

»Aber du fährst doch nach Hause.«

Liam schüttelte den Kopf. »Nein. Ich fahre, wenn mit Rose alles in Ordnung ist.«

»Liam!«

»Versuch gar nicht erst, mit mir zu diskutieren, Lily. Ob es dir passt oder nicht, ich bleibe. Und jetzt komm – wenn du nicht fahren willst, begleite ich dich zu Fuß zur Klinik. Wir müssen los, wenn du die Ärzte bei der Morgenvisite erwischen willst.«

Lily öffnete den Mund, doch dann besann sie sich eines Besseren und stapfte den steilen Hügel zum Melbourne General empor. Liam ging schweigend neben ihr her. Selbst mitten in der Stadt war unverkennbar, dass sie sich in Nova Scotia befanden. Kieferndurft erfüllte die Luft, und der Lärm des Schiffsverkehrs – Glocken, Schiffshörner und Motoren – drang vom Hafen herüber. Seemöwen kreischten hoch über ihren Köpfen. Sie dachte an die ersten Tage nach ihrer Ankunft vor neun Jahren in Nova Scotia zurück. Auch damals war Liam bei ihr gewesen.

»Warum tust du das alles?«, fragte sie.

»Du weißt, warum.«

»Es macht keinen Sinn, nach so langer Zeit.«

»Für mich schon.«

»Ich weiß, was du damals gesagt hast. Ich werde es nie vergessen und dir immer dankbar sein. Aber das ist Ewigkeiten her.«

»Glaubst du, dass Versprechen im Lauf der Zeit ihre Gültigkeit verlieren?«

Lily hatte darauf keine Antwort. Zumindest keine, die sie laut aussprechen konnte. Sie war tatsächlich der Meinung, dass Versprechen – wie viele andere Dinge – im Laufe der Zeit ihre Gültigkeit verloren. Die Welt war voller Beweise, die diese Ansicht bestätigten: zerbrochene Ehen, gebrochene Schwüre, Sinneswandel, auch Gefühle änderten sich. Es war einfacher, Versprechen zu brechen, als sie zu halten, daran gab es nichts zu rütteln.

Der Hügel wurde so steil, dass ihre Waden zu schmerzen begannen. Leute kamen ihnen auf dem Weg zur Arbeit entgegen. Auf dem Gipfel der Anhöhe befand sich der Stadtpark, den sie auf dem Fußweg zwischen den beiden Steintoren betraten. Der aus dem Norden kommende Verkehr nach Melbourne verlief durch den Park. Als sie weitergingen, kamen sie an einer langen Autoschlange vorbei. Schon vor Jahren hatte Lily es sich abgewöhnt, ihre Umgebung mit Blicken zu durchforsten, Menschen und Autokennzeichen argwöhnisch zu mustern, während sie ihr eigenes Gesicht zu verbergen trachtete. Bisweilen wünschte sie sich sogar, erkannt zu werden – in manchen schlaflosen Nächten sehnte sie sich geradezu schmerzlich nach einer Konfrontation, nach einem Ende des Versteckspiels.

Sie gingen raschen Schrittes einen schmalen Weg entlang, der durch den Rosengarten des Parks führte. Der Boden duftete nach Blumen und frisch umgegrabener Erde. Lily dachte an ihren eigenen Garten, der von den Rosen ihrer Kindheit inspiriert war. Rose fand es herrlich, zu graben, zu pflanzen und zu beschneiden; manchmal, wenn es ihr schlechtging und sie im Krankenhaus lag, tröstete sich Lily mit den Gedanken an Rosenbüsche, die im Winter Knospenruhe hielten, um im Sommer aufzublühen. Auch Rose würde wieder aufblühen.

Plötzlich bemerkte sie, dass Liam nicht mehr neben ihr ging. Sie hielt inne, drehte sich um und sah, dass er reglos dastand. Ihr erster Impuls war, ungeduldig zu werden – ihr fehlte die Zeit, um stehen zu bleiben und an den Rosen zu riechen. Die Morgenvisite der Ärzte hatte bereits begonnen, und sie musste sie erwischen.

»Was machst du da?« Sie kehrte um.

Liam antwortete nicht. Er stand da und blickte über die Rosen hinweg, zwischen den Kiefern hindurch zu einem Tümpel im Wald. Lily bemühte sich, seinem Blick zu folgen. Der Tümpel war von hohem grünen Riedgras gesäumt. Das Wasser war dunkel, wirkte grünlich braun im Schatten der hohen Kiefern und Eichen. Am anderen Ende des Tümpels befand sich das Denkmal für die Gefallenen des Ersten Weltkriegs mit dem spiegelnden Teich, der offenbar von diesem naturbelassenen, urwüchsigen Gewässer gespeist wurde.

»Liam, was gibt es da zu sehen?«

»Schau mal.« Er deutete in die Richtung. »Du musst genau hinsehen. Sie verbirgt sich in den Schatten.«

Es war ein Blaureiher, der am Rande des Tümpels stand.

Er war groß und völlig reglos – man hätte ihn für eine Statue halten können. Die Morgensonne schien durch die Bäume und das Gras, die Silhouette der langen Beine, des langen gebogenen Halses und des scharfen Schnabels zeichnete sich deutlich ab. Die Haltung des Reihers wirkte vollkommen, drückte Wachsamkeit aus – als wartete er auf etwas, das wichtiger war als alles andere auf der Welt.

»Sie hat sich gut getarnt«, sagte Liam. »Damit niemand sie entdeckt, bevor sie dazu bereit ist.«

»Warum glaubst du, dass es ein Weibchen ist?«

»Keine Ahnung.« Liam blickte ihr in die Augen.

»Es könnte auch ein Männchen sein.«

»Schon möglich.«

»Liam, zu Hause gibt es Reiher in Hülle und Fülle. Was ist an diesem so besonders?«

Er sah sie an. Er hatte tiefblaue Augen, umgeben von einem Kranz feiner Fältchen, die ihm ein müdes, besorgtes Aussehen verliehen. Doch die Augen selbst leuchteten wie die eines kleinen Jungen, gerade in diesem Moment im Morgenlicht. Lily blinzelte, runzelte die Stirn.

»Sie hält sich in einem Park mitten in der Stadt auf«, sagte er. »Findest du das nicht erstaunlich?«

»Ein Stadtpark in Nova Scotia ist nicht das Gleiche wie ein Stadtpark anderswo auf der Welt. Aber woher sollst du das auch wissen – schließlich bist du als Wissenschaftler damit beschäftigt, Naturphänomene zu katalogisieren«, erwiderte sie süffisant.

»Wenn du meinst.« Er musterte sie noch eindringlicher.

»Komm jetzt«, sagte sie ungeduldig. »Können wir uns bitte beeilen?«

»Ein Naturphänomen«, murmelte er.

Lily spürte, wie eine Brise vom Hafen den Berg hinaufwehte. Sie strich über den Tümpel und durch die Bäume, ließ die Blätter an den Ästen und das Gras rascheln; sie zerzauste ihre Haare, und Lily schauderte, obwohl es warm war. Der Reiher rührte sich nicht, genau wie Liam. Er sah Lily immer noch an, dachte nicht daran, den Blick abzuwenden.

»Bitte komm«, wiederholte sie. »Ich bin schon spät dran.«

»Ich weiß.«

Irgendetwas an der Art, wie er die Worte aussprach, ließ sie abermals erschauern. Sie begann zu laufen, den Rest des Weges durch den Park, bis zu den Stufen des Melbourne General Hospital. Sie reihte sich in den Pulk des Krankenhauspersonals ein – Ärzte, Schwestern, Hilfskräfte, Therapeuten –, der durch die Doppeltüren strömte. Es befanden sich nur wenige Eltern von Patienten darunter – bis zur Besuchszeit war es noch lange hin.

Der Wachmann bemerkte, dass Lily keinen Ausweis trug, und bedeutete ihr, stehen zu bleiben. Da sie schon viel zu viel Zeit verloren hatte, winkte sie ab und sprang in den nächsten Aufzug. Aus dem Augenwinkel nahm sie wahr, wie Liam von dem Wachmann angehalten und in die Mangel genommen wurde.

Seltsamerweise versetzte es Lily einen Stich, als sich die Türen des Aufzugs schlossen.

Sie war mit zwanzig anderen Leuten in der Kabine eingepfercht, zu denen Liam nicht gehörte. Er hatte sie den steilen Hügel hinauf begleitet, ihr den Reiher gezeigt, ihre kränkende Bemerkung über die Katalogisierung der Naturphänomene mit Gleichmut hingenommen. Das Merkwürdige war, dass sie sich des Gefühls nicht erwehren konnte, dass er einen Witz gemacht hatte, den sie nicht verstand.

Und sie verstand genauso wenig, warum sie es bedauerte, ohne ihn in den Aufzug gestiegen zu sein. Er war jederzeit für sie da gewesen. Er setzte alles daran, das törichte Versprechen zu halten, das er ihr vor langer Zeit gegeben hatte, ohne dass sie es verlangt hätte. Vielleicht war das ein Wink mit dem Zaunpfahl, den er endlich begriff: Er war von jedweder Verantwortung befreit. Was sie anging, hatte sie nie gewollt, dass er sie sich aufbürdete.

Warum fühlte sie sich dann so schlecht, seit er nicht mehr an ihrer Seite war? Sie schüttelte das Gefühl ab und verließ den Fahrstuhl in dem Stockwerk, in dem sich die Kinder-Intensivstation befand.

Kapitel 14

Entschuldigung«, sagte der Wachmann. »Aber darf ich bitte Ihren Ausweis sehen?«

»Ausweis?« Liam beobachtete, wie sich die Aufzugtür hinter Lily schloss.

»Ihren Mitarbeiterausweis der Klinik.«

»Ach so. Ich arbeite nicht hier.«

»Tut mir leid, Sir, aber die Besuchszeit beginnt um elf. Es ist erst Viertel vor neun. Die Ärzte müssen Visite machen.«

»Ich möchte zu einer Patientin der Kinder-Intensivstation. Dort werden die Besuchszeiten flexibler gehandhabt.«

»Das ist richtig. Sind Sie ein Angehöriger?«

»Nein. Ein enger Freund der Familie.«

»Sir, auf der Intensivstation ist nur den engsten Familienangehörigen der Zutritt gestattet. Wir haben strenge Regeln, was diesen Punkt betrifft. Sehr strenge.«

Liam nickte. Er war nicht so dumm, sich mit einem Wachmann anzulegen – beileibe nicht. Aber er musste zu Lily und zu Rose. Mit einem Kopfnicken deutete er in Richtung Aufzug. »Ich gehöre zu der Frau, die gerade hochgefahren ist.«

»Die kleine Dunkelhaarige, die mich ignoriert hat? Und mit einem Schulterzucken an mir vorbeigestürmt ist?« Der Wachmann hob die Augenbrauen.

»Mmm, könnte sein.«

»Aha, so ist das. Die ignoriert mich jeden Morgen. Als

wäre ich Luft. Jetzt erinnere ich mich, ich habe Sie schon öfter in ihrer Begleitung gesehen. Sie sind mir aufgefallen wegen –« Er verstummte.

»Wegen meines Arms. Sprechen Sie es ruhig aus.«

»Endlich habe ich euch erwischt! Einen jedenfalls.«

Denjenigen von uns beiden, der kein Naturphänomen ist, dachte Liam und sah wieder Lily vor sich, wie sie sich ihren Weg durch das Gewühl in der Hotelhalle gebahnt hatte, unaufhaltsam wie eine Wasserhose. Schnell wie der Blitz, mit der Geschwindigkeit eines Tornados und noch größerer Stärke. Nur so lange den Boden berührend, um Energie zu tanken und sich dann wie ein Wirbelwind zu Rose zu begeben.

»Sie dürfen gerne in der Halle auf Ihre Bekannte warten«, erklärte der Wachmann unerbittlich. »Aber ich kann Sie nicht ohne Sondererlaubnis auf die Intensivstation lassen.«

»Wie bekomme ich die?«

»Von einem Arzt. Außerdem brauchen Sie die Genehmigung von einem Elternteil des Patienten. Am besten warten Sie hier.«

»In Ordnung. Danke«, sagte Liam.

Doch er wartete nicht, sondern trat wieder ins Freie hinaus. Er überquerte die Straße, schlenderte zu dem spiegelnden Teich und blickte zum Kriegerdenkmal empor. Er berührte es mit seiner gesunden Hand und dachte, wie sonderbar es doch war, dass ein Monolith so viele Menschen überlebt hatte, die er liebte: seine Eltern, Connor. Sein Blick schweifte über den Teich, zum Tümpel am anderen Ende der Anlage hinüber. Er versuchte, die Schatten zu durchdringen, hielt Ausschau nach dem Reiher.

Falls sie da war, hatte sie sich so gut getarnt, dass er sie nicht ausmachen konnte.

Lily hatte nicht lange genug innehalten wollen, um genauer hinzuschauen. Das hatten Naturphänomene so an sich. Sie waren vollauf damit beschäftigt, ihren Zweck zu erfüllen. Wirbelstürme, Tornados oder Wasserhosen, Hitzewellen, Lily Malone. Nichts konnte sie auch nur zwei Sekunden von Rose fernhalten – die Poesie eines Blaureihers eingeschlossen, der sich in diesem Stadtpark befand und die gleiche Augenfarbe hatte wie sie.

Liam ging langsam an der Westseite des langen Teiches, am spiegelnden Wasser entlang. Er achtete darauf, im Schatten zu bleiben – nicht, weil die Sonne vom Himmel brannte, sondern weil er ungesehen bleiben wollte. Sein Bruder, Jude und er hatten sich früher damit gebrüstet, sich unbemerkt an jedes Tier in freier Wildbahn anschleichen zu können. Sie waren in der Lage, lautlos in eine Herde von Finnwalen zu schwimmen, ohne sie zu stören. Connor war einmal so nahe an einen Beluga herangekommen, dass er dessen Rückenwirbel berühren konnte. Und am Tag der Wintersonnenwende war es ihnen gelungen, ein Schneeeulenpaar aufzuspüren und sich ihnen kriechend bis auf drei Meter zu nähern.

Er hatte sein Handy auf lautlos gestellt und überprüfte es nun zur Sicherheit: Er hoffte, dass Lily ihn wenigstens anrufen würde, wenn eine Änderung von Roses Befinden eintrat.

Der Gedanke, Lily mit einem Naturphänomen zu vergleichen, war ihm nicht neu. Er hatte ihre unausgewogene, ungeklärte, ungereimte Beziehung von Anfang an geprägt. Liam dachte an die Zeit vor neun Jahren zurück, als er ihr zum ersten Mal begegnet war.

Sie war in einem verrosteten alten Volvo mit durchlöchertem Boden in die Stadt gekommen, die Motorhaube wurde nur noch mit Bindedraht unten gehalten. Ihre Haare waren raspelkurz geschnitten, und sie trug damals eine Brille, die sie nicht wirklich brauchte. Da sich Cape Hawk mehr oder weniger in der Hand seiner Familie befand, war sie zuerst Camille begegnet, seiner Tante, der Grande Dame des Clans und der Inhaberin von Neill Real Estate. Sie war auf der Suche nach einer Bleibe. Das Ganze war Camille so merkwürdig vorgekommen – eine bildhübsche junge Frau, hochschwanger, offensichtlich Amerikanerin, die ein Haus auf Cape Hawk mieten wollte –, dass sie das Thema beim gemeinsamen Abendessen der Familie anschnitt, das jeden Freitag stattfand. Die junge Frau war sichtlich darum bemüht gewesen, ihre Schwangerschaft unter lose fallender Kleidung zu verbergen.

»Billig soll es sein«, berichtete Camille. »Das sei die wichtigste Voraussetzung, meinte sie.«

»Wo steckt ihr Mann?«, hatte Jude, Camilles Sohn, gefragt.

»Er ist Fischer. Oft wochenlang auf See.«

»Mit was für einem Boot?«

»Die Frage habe ich ihr auch gestellt. Die Antwort war unbestimmt, gelinde ausgedrückt. Ob er Drogenschmuggler ist?«

»Vermutlich ist er der Drahtzieher des gesamten maritimen Heroinhandels«, ließ sich Liam vernehmen. Er hatte nicht am Familienessen teilnehmen wollen, wie immer, aber heute Abend hatte seine Tante darauf bestanden. Er saß neben Anne, die ihm einen Rippenstoß versetzte. Doch sie traf die harte Prothese, so dass die ganze Tischgesellschaft das Krachen hörte.

»Unterlass deine vorlauten Bemerkungen, Liam.« Camille bedachte ihre Schwiegertochter mit einem erbosten Blick. »Das ist übrigens der Grund, warum ich dich heute Abend dabeihaben wollte.«

»Wegen meiner Fachkenntnisse, was Drogenschmuggler angeht?«

»Nein. Weil sie eine preiswerte Unterkunft sucht und ich an dieses Blockhaus, am hinteren Ende deines Grundstücks, dachte.«

Liams Magen verkrampfte sich. Das Gebäude war anfangs kaum mehr als eine Hütte gewesen – ein Fort für Connor und ihn, als sie Kinder waren. Zwei Räume, die seine Eltern im Laufe der Jahre in ein recht annehmbares Gästehaus verwandelt hatten.

»Du könntest es ihr doch vermieten. Natürlich musst du dir erst einmal selbst ein Bild von ihr machen. Solltest du ein schlechtes Gefühl bei der Sache haben oder sollte dir an ihr und ihrem Mann irgendetwas verdächtig erscheinen – nun, dann wird sich eine andere Lösung finden. Wisst ihr, was ich glaube?«

»Nein«, erwiderte Anne. »Sag schon, Camille.«

»Ich glaube, dass es überhaupt keinen Ehemann gibt. Dass sie eine ledige Mutter ist.«

»So eine lasterhafte Person«, schmunzelte Anne.

Nun war es an Liam, ihr einen Rippenstoß zu versetzen. Aber Camille nahm ihre Bemerkung wörtlich und nickte mit ernster Miene. »Genau. Ich könnte mir vorstellen, dass sie nur nach Kanada gekommen ist, um sich unser Gesundheitssystem zunutze zu machen. In den Vereinigten Staaten würde sie in ihrer Situation durch das soziale Netz fallen. Mir missfällt der Gedanke, einen Betrug oder etwas dieser Art zu unterstützen …«

»Immer noch besser, als einen Drogenhändler zum Ehemann zu haben«, warf Liam ein.

»Wie wahr, mein Lieber. Also – ich überlasse euch die Entscheidung. Sie übernachtet heute im Gasthof. Zimmer 220.

Nimmst du sie mit, damit sie sich das Blockhaus anschauen kann?«

»Vergiss deinen Revolver nicht«, riet Jude. »Nur für den Fall.«

»Unterlass deine vorlauten Bemerkungen«, ermahnte ihn seine Mutter, dann winkte sie die Bedienung herbei, um die Dessertteller abräumen zu lassen.

Als Liam Anstalten machte, Zimmer 220 aufzusuchen, hielt Anne ihn zurück.

»Es war schön, dich heute Abend beim Essen dabeizuhaben. Jude meinte gerade, du machst dich viel zu rar.«

»Es fällt mir schwer, einem Freitagabend mit Camille zu widerstehen«, grinste Liam.

»Ich weiß. Dieses Familienessen ist vermutlich der Höhepunkt der Woche. Ich glaube, ihr Problem rührt daher, dass sie seit ihrer Hochzeit mit Frederic den Namen Camille Neill trägt. Das ist harter Tobak. Klingt wie ein albernes Wortspiel einer dieser Comedy-Serien.« Kichernd blickten sie um sich, um sicherzugehen, dass Camilles Spione – ihre bevorzugten Bedienungen und Zimmermädchen – nicht lauschten.

»Im Ernst«, fuhr Anne fort. »Wo warst du? Hast du dich vielleicht bis über beide Ohren in diese Haiforscherin verliebt, die letzten Sommer hier auftauchte?«

Liam schüttelte den Kopf. »Nein. Das war nur eine Kollegin aus Halifax.«

»Eine hübsche. Und du hast ihr gefallen, Liam. Das ist uns beiden aufgefallen, Jude und mir.«

»Hmm.«

»Nun, wenigstens knurrst du mich nicht an wie sonst, wenn ich versuche, dich über dein Liebesleben auszuquetschen. Ich wünschte, du hättest eines. Du bist schließlich mein Lieblingsschwager.«

»Und du meine Lieblingsschwägerin. So, jetzt muss ich aber los, die Pflicht ruft.«

»Ach ja, der geheimnisumwitterten, unverheirateten Drogenhändlerin auf den Zahn fühlen.«

Liam hatte die Eingangshalle durchquert, ohne zu wissen, was ihn erwartete, nur um die Sache hinter sich zu bringen. Das Hotel war groß und weitläufig, mit zwei langen Flügeln. Zimmer 220 befand sich am hintersten Ende des einen Flügels im ersten Stock, an der Seite des Hotels, die auf den Parkplatz für Angestellte hinausging, ohne Blick auf die Bucht von Cape Hawk.

Er klopfte – keine Reaktion. Er versuchte es abermals. Er warf einen Blick auf seine Uhr – halb neun. Ob sie schon schlief? Auf Cape Hawk konnte man nach dem Abendessen nicht viel unternehmen. Vielleicht machte sie einen Spaziergang. Er beugte sich näher zur Tür. Von innen drangen leise Geräusche an sein Ohr.

Er lauschte mit angehaltenem Atem. Zuerst dachte er, es sei der Fernseher. Er hörte eine hohe helle Stimme. Sie schien unnatürlich für einen Menschen – sie klang eher wie das Wehklagen eines Seevogels. Oder wie Walgesang, übertragen von Unterwassermikrophonen. Doch sie griff ihm ans Herz, zwang ihn, wahrzuhaben, dass die Quelle durch und durch menschlich war: eine weinende Frau.

Liam hatte schon einmal einen Menschen gehört, der so verzweifelt weinte: seine Mutter, an dem Tag, als Connor ums Leben kam. Er hob die Hand, um abermals zu klopfen, doch dann hielt er inne. Der Kummer der Unbekannten war zu groß und zu persönlich, um sie darin zu stören. Und so ging er unverrichteter Dinge davon, entschlossen, es am nächsten Morgen noch einmal zu versuchen.

Doch das erübrigte sich.

Camille hatte eine Nachricht in seinem Büro hinterlassen: *Vergiss die Vermietung. Sie hat anderswo eine Unterkunft gefunden.*

Liam war erleichtert. Ungeachtet dessen, was in dem Zimmer vor sich gegangen war, es überstieg seine Kräfte. Er hatte die ganze Nacht wach gelegen und überlegt, was mit ihr los sein mochte – und den Entschluss gefasst, sich herauszuhalten. Nicht, dass es ihm schwergefallen wäre – sich herauszuhalten war eine seiner leichtesten Übungen. Das konnte die von Anne erwähnte Haiforscherin aus Halifax bestätigen. Julie Grant. Sie hatte den Kontakt aufrechterhalten und ihm geschrieben – zumindest bis zu ihrem letzten Brief, in dem es hieß: »Ruf mich an, wenn du feststellen solltest, dass es besser ist, Zeit mit Menschen als mit Haien zu verbringen. Ich dachte, wir hätten eine Chance, doch das war ein Irrtum, wie ich nun weiß. Lebe wohl.«

Liam hatte gelernt, dass es seinem Herzen zuträglicher war, auf Distanz zu gehen – sogar oder vor allem im Umgang mit Menschen, die ihm nahestanden. Nach Connors Tod war seine Mutter verschwunden. Nicht körperlich, sondern geistig. Sie war zunehmend stiller geworden, einsamer, distanzierter, bis es nur noch sie und die Flasche gab. Wie sehr sich Liam auch bemühte, sie wieder ins Leben zurückzuholen, sie daran zu erinnern, dass sie noch einen Sohn hatte – er stieß auf taube Ohren. Wenn Operationen an seinem Arm anstanden, hatte ihn sein Vater ins Krankenhaus gebracht. Seine Mutter konnte es nicht ertragen, auch nur einen Fuß über die Schwelle der Klinik zu setzen, in der Connor für tot erklärt worden war.

Als Liam nun an der Längsseite des Teiches entlangging, blickte er über die Schulter auf ebendiese Klinik. Lily und Rose befanden sich darin. Lilys Auffassung von der Mutterrolle stand in völligem Gegensatz zu der seiner Mutter, rein äußerlich zumindest. In ihrem tiefsten Inneren empfanden die beiden vermutlich genau das Gleiche. Die Liebe zu ihren leidenden Kindern prägte jeden Aspekt ihres Lebens.

Der Reiher befand sich noch an der gleichen Stelle wie vorhin. Auf leisen Sohlen, verborgen im Schatten, näherte er sich ihr Schritt für Schritt – er war immer noch überzeugt davon, dass es sich um ein Weibchen handelte. Sie regte sich nicht. Ihre Haltung war hoheitsvoll, der blaue Hals gereckt, der gelbe Schnabel dem Boden zugekehrt. Der Weiher war spiegelglatt, doch sie nahm jede noch so kleine Bewegung darin wahr, tauchte den Kopf blitzschnell ins Wasser, stieß zu und kam mit einem aufgespießten Silberfisch wieder hoch.

Liam beobachtete, wie sie ihre Beute verspeiste. Als sie fertig war, nahm sie ihre Haltung wieder ein. Es fesselte und erstaunte ihn, das Walten der Natur in der Praxis zu beobachten – er hatte ein ähnliches Gefühl, wenn er ein Naturphänomen wie Lily vor sich hatte.

Wahrscheinlich würde der Wachmann irgendwann eine Pause machen und abgesehen davon, dauerte es ohnehin nicht mehr lange, bis die offizielle Besuchszeit begann.

Deshalb machte er kehrt und ging zur Klinik zurück, getreu seinem Versprechen, das Lily weder verlangt hatte noch erfüllt sehen wollte; wie auch immer, er hatte einfach das Gefühl, dass ihm keine andere Wahl blieb.

Rose hatte in ihrem Leben schon vielen Herausforderungen getrotzt, und der heutige Tag stellte keine Ausnahme dar. Als ihre Mutter eintraf, war sie bereits auf die Station der Kinderchirurgie verlegt worden. Ihre Atmung war gut, sie hatte annähernd zweieinhalb Liter Flüssigkeit verloren, und

Herz, Lunge und alle anderen Organe schrumpften auf ihre normale Größe zurück. Weshalb fiel es ihr dann so schwer, sich zu freuen? Selbst ein kleines Lächeln erschien ihr beinahe unmöglich.

»Was ist los, Schatz?«, fragte ihre Mutter, die neben ihrem Bett stand.

»Nichts.«

»Bist du sicher? Du siehst so aufgelöst aus.«

Rose bemühte sich, ihre Mundwinkel nach oben zu ziehen. Es war ein aufgesetztes Lächeln – es kam nicht von innen. Nur damit sich ihre Mutter keine Sorgen machte. Ärzte und Therapeuten erklärten immer, dass Gefühle *völlig in Ordnung* waren, dass man ihnen *Rechnung tragen* sollte, selbst wenn sie unerwünscht waren – wenn man sich beispielsweise unglücklich, traurig, wütend oder verletzt fühlte. Aber sie konnte es einfach nicht ertragen, ihre Mutter mit Sorgenfalten auf der Stirn zu sehen – und deshalb täuschte sie lieber ein Lächeln vor.

»Mom? Hast du mit Dr. Colvin gesprochen?«

»Ja. Er meint, dass du große Fortschritte machst. Er hat sich mit Dr. Garibaldi in Boston wegen des Operationstermins in Verbindung gesetzt.«

»Ich will nicht nach Boston, Mom.«

»Aber Schatz …«

Rose ballte die Fäuste. Ihre Fingerspitzen waren ständig taub, weil ihr Herz nicht schnell genug die erforderliche Menge Blut durch ihren Körper pumpen konnte. Ihre Fingerspitzen sahen sonderbar aus, wie kleine Paddel. Sie versuchte, das aufgesetzte Lächeln zu halten, aber innerlich war ihr zum Weinen zumute.

»Der Sommer hat begonnen«, sagte sie. »Jessicas erster Sommer auf Cape Hawk. Ich habe den Klinikaufenthalt doch schon hinter mir. Ich wusste, dass er erforderlich und eingeplant war, aber jetzt reicht es. Ich will nach Hause, Spaß haben, Mom. Spaß mit Jessica.«

»Ich weiß, Schatz. Das wirst du auch. Deshalb muss die Operation sein – um den Flicken zu ersetzen, so dass du allen Spaß der Welt haben kannst.«

Rose blickte sie schweigend an. Sie wollte ihrer Mutter gerne glauben. Sie hatte im Laufe der Jahre schon so oft im Krankenhaus gelegen. Zum Beispiel, als sie fünf gewesen war und einen Herzklappenersatz brauchte; im Anschluss hatte sich die Herzinnenhaut entzündet – eine bakterielle Infektion, für die Menschen mit Herzproblemen besonders anfällig waren. Sie hatte Monate in der Klinik verbringen müssen und intravenös Antibiotika erhalten, die Nieren und Leber schädigten und ihre Haare austrockneten. Sie hatte wie eine Strohpuppe ausgesehen.

»Jessica wird sich eine andere Freundin suchen«, sagte sie.

»Mit Sicherheit nicht.«

»Woher willst du das wissen?«

»Wer könnte eine bessere Freundin sein als du?«

»Ein Mädchen, das nicht im Krankenhaus ist.«

»Schatz, warum bist du so niedergeschlagen?«

Rose holte ein paar Mal tief Luft, aber es fiel ihr zusehends schwerer, das Lächeln auf ihrem Gesicht beizubehalten. Sie hatte allen Grund, niedergeschlagen zu sein. Ausgerechnet bei ihrer Geburtstagsparty, die einmalig, ja geradezu magisch gewesen war – da hatte ihr Herz versagt. Die Medikamente stabilisierten sie zwar, aber sie fühlte sich immerzu wie gerädert. Und statt den Sommer auf Cape Hawk verbringen zu können, stand die Verlegung in die nächste Klinik bevor – die große in Boston. Jessica würde sie wahrscheinlich abschreiben.

»Das war eine ziemlich dumme Frage, nicht wahr?«, sagte ihre Mutter.

»Nein. Sie war nicht dumm. Es tut mir leid.«

»Rose, du musst dich nicht entschuldigen. Du hast so viel durchgemacht und musst ständig neue Herausforderungen bewältigen. Kein Wunder, dass du …«

Die Stimme ihrer Mutter bebte, und sie wirkte selbst so niedergeschlagen, als hielte sie nur mühsam die Tränen zurück. Roses Blick schweifte über die Schulter ihrer Mutter, als sie plötzlich eine Gestalt im Türrahmen entdeckte, die ihr ein aufrichtiges Lächeln entlockte – das erste, seit sie hier war.

Dr. Neill stand auf der Schwelle, ein riesiger Strauß Luftballons, so bunt wie ein Regenbogen in der Hand.

»Dr. Neill!«

»Hallo, Rose.« Er eilte zur ihr, beugte sich hinab und strich ihr über die Stirn. »Wie geht's meinem Mädchen?«

»Ich bin froh, dass du gekommen bist«, erwiderte sie und traute dabei kaum ihren Augen. Warum hatte ihre Mutter kein Wort gesagt?

»Ich war die ganze Zeit hier. Du bist ein Phänomen, Rose. Ich dachte, du wärst noch auf der Intensivstation, doch als ich an der Rezeption nachfragte, sagte man mir, dass du bereits verlegt worden wärst.«

»Du warst die ganze Zeit hier, seit ich in der Klinik bin?«

Er nickte. Rose warf ihrer Mutter einen überraschten Blick zu, die stumm dastand, bemüht, eine Unschuldsmiene aufzusetzen.

»Wie geht es Nanny und den anderen Walen und Haien? Musst du nicht dort sein und sie überwachen?«

»Nanny hat mir gesagt, das hier sei wichtiger.«

»Wale reden nicht.«

»Nanny und ich haben eine Möglichkeit gefunden, uns zu verständigen. Leuten, die diese Sprache nicht beherrschen, ist das schwer zu erklären …«

Rose streckte die Hand aus. Sie berührte seine Prothese mit ihrem keulenförmigen Finger. Sie hatte das Gefühl, als spränge ein innerer Funke über.

»Ich glaube, ich spreche sie auch.«

»Davon bin ich überzeugt.«

»Ich fühle mich ausgeschlossen«, sagte ihre Mutter. »Reiher, Wale. Könntet ihr bitte Menschensprache mit mir reden?« Rose hörte ihre Worte, aber dieser Augenblick war Dr. Neill und ihr vorbehalten. Er verstand, was es bedeutete, im Krankenhaus zu sein, zu befürchten, dass sie nie mehr gesund, dass sie immer anders sein würde. Sie hielt den Zeigefinger hoch, der zur Spitze hin breiter wurde; er sah ihn aufmerksam an. Er sah auch die IV-Kanüle, die im Handrücken steckte. Und den Katheter, der in einem Beutel neben ihrem Bett endete, was ihr überhaupt nicht peinlich war. Sie wünschte sich sogar, er würde sie auf den Arm nehmen, als wäre er ihr Vater.

»Ich bin heute nicht besonders fröhlich.«

»Das habe ich schon gemerkt«, sagte er.

»Ich habe Angst.«

Er nickte. Dann ging er neben ihrem Bett in die Hocke und sah ihr in die Augen. Die Luftballons hüpften über seinem Kopf auf und ab. Er versuchte, die Schnüre an den Gitterstäben des Bettes zu befestigen, aber er schaffte es nicht mit einer Hand. Rose half ihm. Ihre Finger berührten sich, und sie lächelte. Sie hatte immer noch Angst, doch dass er hier war, stimmte sie froh.

»Du hast mir Luftballons mitgebracht.«

»Ja.«

»Ich dachte, Luftballons sind schlecht. Wenn man die Schnur loslässt, fliegen sie vielleicht aufs Meer hinaus und fallen irgendwann ins Wasser, so dass die Meeresschildkröten sie mit Quallen verwechseln, sie fressen und daran sterben.«

»Du hast recht, Rose. Du würdest eine ausgezeichnete Meeresforscherin abgeben. Deshalb wusste ich, dass ich dir die Luftballons bedenkenlos mitbringen kann.«

»Weil mir die Meeresschildkröten wichtig sind?«

»Ja. Deshalb.« Er ergriff ihre Hand.

Rose schloss die Augen und spürte ihren Pulsschlag, schnell und leicht. Sie dachte darüber nach, dass eigentlich alle Lebewesen Schutz brauchten, auf unterschiedliche Weise. Ihre Mutter brauchte Schutz vor Kummer und Sorgen, die Meeresschildkröten vor Luftballons. Und sie selbst brauchte Schutz vor der Angst, wie es mit ihr weitergehen würde.

Wovor mochte Dr. Neill Schutz brauchen? Sie hatte keine Ahnung. Aber irgendetwas musste es geben, und deshalb drückte sie seine Hand, um ihn wissen zu lassen, dass sie für ihn da war.

Kapitel 15

Die Hitzewelle erreichte Cape Hawk, so dass der Sommer eher jenen glich, die Jessica kannte. Jeden Morgen hüllte ein Dunstschleier die Klippen und Kiefern ein, bis er sich in der Hitze auflöste. Die Sonne brannte gnadenlos vom Himmel herab, kein Windhauch regte sich. Jessica trug Shorts über dem Badeanzug, doch statt in der kleinen Bucht schwimmen zu gehen, arbeitete sie hart.

Den Sackleinenbeutel in der einen Hand haltend, sammelte sie mit der anderen heruntergefallene Kiefernnadeln ein. Ein schmutziges Unterfangen – ihre Finger klebten vom Harz, aber sie machte unverdrossen weiter. Gebückt arbeitete sie sich durch die Schonung hinter dem Haus, begutachtete jede Handbreit des Bodens. Blätter und Zweige blieben unbeachtet, sie richtete ihr Augenmerk einzig auf die langen Nadeln der Weißkiefern.

Hin und wieder kam sie an einer Hemlocktanne oder einer Fichte vorbei – Bäume mit kurzen Nadeln. Kurze Nadeln gingen auch. Sie fand viele Kiefernzapfen – winzig kleine, die einem alten gemauerten Bienenwaben-Ofen in Puppengröße glichen. Die Zapfen der Hemlocktanne waren perfekt geformt und massiv, wie Rosenknospen mit ihren eng zusammengepressten Schuppen. Wenn sie welche fand, verstaute sie diese in einem anderen Beutel, der über ihrer Schulter hing. Die Weißkiefernzapfen waren länger, die Spitzen mit silbrigem Harz überzogen. Die ließ sie liegen.

Während sie das Areal hinter dem Haus und den tiefer

gelegenen Rand des hügeligen Waldes durchkämmte, dachte sie an Rose. Was mochte sie gerade tun? Ob es ihr besserging? Gestern Abend hatte eine der Nanouks ihre Mutter angerufen, und sie hatte mitbekommen, wie sie sich unterhielten. Aber es gab offenbar nichts Neues zu berichten: *Rose hält sich wacker,* das klang nicht schlecht, aber auch nicht besonders gut. Danach hatte ihre Mutter die Website der Johns-Hopkins-Klinik im Internet angeklickt, um mit einer Sorgenfalte auf der Stirn irgendwelche Nachforschungen anzustellen.

Jessica versuchte sich einzureden, dass es egal war, was die Erwachsenen dachten. Sie arbeitete für Rose. Ihr Rücken schmerzte, und ihre Finger juckten, aber das kümmerte sie nicht. In Boston hatte sie eine katholische Schule besucht, und die Nonnen hatten ihnen von der heiligen Agnes, der heiligen Agatha und von Jeanne d'Arc erzählt: junge Mädchen, Märtyrerinnen, die für den Herrn gelitten hatten. Legenden von Haarkleidern, Nagelbetten, Enthauptungen. Jessica hatte die Geschichten zunächst ziemlich langweilig gefunden. Vor allem die mit dem Haarkleid. Sie konnte sich nichts darunter vorstellen; war das wie ein Pelz oder nur ein Kleid?

Doch dann begann sie darüber nachzudenken: Vielleicht war das Martyrium einer von mehreren Wegen im Leben – nicht die Enthauptung, aber alles andere. Bei vielen Kämpfen, die diese Heiligen früher auszufechten hatten, spielten Dämonen eine Rolle. Eine der irischen Nonnen, Schwester Ignatius, die ihr eine Heidenangst eingejagt hatte, erzählte mit Vorliebe Geschichten über den Teufel. »Luzifer weilt mitten unter uns«, berichtete sie in ihrem singenden Wicklow-Tonfall. »Er existiert genauso sicher wie ihr oder ich. Wir begegnen ihm jeden Tag aufs Neue und müssen alles daransetzen, ihn aus unserem Leben zu verbannen!« Jessica glaubte ihr und gelangte zu dem Schluss, dass – wenn sie bereit war zu leiden oder ein Opfer zu bringen – es ihr vielleicht gelingen würde, Ted aus dem Haus zu vertreiben.

In der ersten Woche versuchte sie, auf die Zimttörtchen zu verzichten. Aber Ted blieb und ließ keinerlei Anzeichen erkennen, dass er zu weichen beabsichtigte. Dann griff sie zu drastischeren Mitteln: Sie opferte den Pudding bei der Schulspeisung. Trug Schuhe, aus denen sie herausgewachsen war, so dass ihre Zehen weh taten. Kniete so lange auf dem nackten Holzfußboden, bis ihre Knie, ihre Hüften und ihr Kreuz schmerzten. Sie besaß kein Nagelbett, aber einmal hatte sie versucht, nachts in der Badewanne zu schlafen.

Ihre Mutter hatte sie gefunden und gedacht, sie sei geschlafwandelt. Sie hatte Jessica umgehend ins Bett gebracht – bevor Ted etwas merkte. Ted verabscheute alles, was nicht der Norm entsprach. Er hätte die Tatsache, dass Jessica in der Badewanne geschlafen hatte, so dargestellt, als sei das ein Staatsverbrechen, ein Schlag ins Gesicht. Vielleicht hätte er gebrüllt oder sie nur schweigend angestarrt – mit seinen kalten, boshaften Augen. Jessica konnte ihn beinahe zischen hören: »Warum versuchst du, mich auf diese Weise zu verletzen?«

Da die Badewanne tabu und kein Nagelbett vorhanden war, hatte Jessica ihre Bettwäsche gewechselt – statt der weichen rosafarbenen mit den aufgedruckten weißen Lämmern hatte sie die harte kratzige genommen, die ihre Mutter versehentlich als Sonderangebot bei Max-Mart gekauft hatte. Sie fühlte sich fürchterlich auf der Haut an. Darüber hinaus hatte sie ihre Beine mit Nähnadeln aufgeritzt. Es bereitete ihr ein grimmiges Vergnügen, kleine Blutstropfen auf den billigen Laken zu sehen. Ihre Mutter hatte gedacht, sie hätte an ihren Mückenstichen gekratzt.

Sie sollte nie erfahren, ob ihr Martyrium letztlich doch Früchte getragen hätte – fest stand, sie hatte Ted nicht aus dem Haus treiben und Tally nicht retten können. Doch an jenem Abend hatte ihre Mutter beschlossen, dass es nun genug war. Als Ted den kleinen Hund mit Fußtritten traktierte und umbrachte, hatten sie im Dunkel der Nacht nur mit dem Nötigsten versehen das Weite gesucht, waren dick eingemummt mit dem Auto davongebraust.

Während Jessica weitere Kiefernnadeln aufhob, blieb sie vor einem flachen Stein stehen, auf dem sie letzte Woche eine Vipernatter entdeckt hatte, die sich sonnte. Sie hatte ihr rosafarbenes Maul geöffnet und sie angezischt, und obwohl es eine kleine Schlange war, fühlte sie sich schaudernd an Ted erinnert.

Jessica wünschte sich, dass sie jetzt auftauchen möge. Sie würde sie zertreten, mit bloßen Füßen, wie die Jungfrau Maria. Sie würde Schlangen, Dämonen, böse Zauberer und Männer wie Ted vertreiben, damit Rose gesund werden konnte. Das war der einzige Weg. Langsam ging sie durch die Kiefernschonung, hob weitere Nadeln auf, mit heißen, klebrigen Händen und schmerzendem Rücken, als sie plötzlich etwas Blaues in den Bäumen aufblitzen sah.

Zuerst dachte sie, es sei die Jungfrau Maria, die sie tiefer in den Wald hineinführen wollte, doch dann sah sie im Geäst einer Fichte über ihr, dass es nur ein Eichelhäher war. Ein hübscher, bunt gefiederter Eichelhäher mit einem Schopf. Beileibe keine Jungfrau Maria.

Als Jessica drei große Beutel gefüllt hatte, fand Marisa, dass es an der Zeit für einen Abstecher in die Stadt war. Sie fuhren zum Hafen hinunter, parkten vor dem Handarbeitsladen, das *In Stitches.* Marisa war froh, dass die Tür angelehnt war und das Geschäft geöffnet hatte. Einen Moment lang dachte sie aufgeregt, Lily sei zurück und sei wieder bei der Arbeit. Doch als Jessica und sie hineingingen, stand Marlena hinter der Ladentheke und Cindy füllte die Regale auf.

»Hallo, ihr zwei!«, rief Marlena. »Wie geht's?«

»Gut«, sagte Marisa. »Habt ihr etwas von Lily gehört?«

»Anne hat mit ihr gesprochen. Sie war vorhin da, um uns mit Kaffee und Muffins zu versorgen, und meinte, Roses Genesung mache rasche Fortschritte. Die Wasseransammlung im Körper ist fast weg, und es heißt, dass man sie in ein paar Tagen nach Boston fliegen will.«

»Das ist ein gutes Zeichen.«

»Du bist Krankenschwester?«, sagte Cindy. »Anne hat es uns erzählt. Eine Medizinerin in unseren Reihen!«

»Bin ich.« Marisa freute es, dass sich die Nanouks Gedanken über sie machten, sie in ihre Reihen aufgenommen hatten.

»Was glaubst du, was es zu bedeuten hat – all diese Komplikationen?«, fragte Marlena. »Die arme Rosie, ihr bleibt auch nichts erspart.«

»Die Fallotsche Tetralogie ist eine komplizierte Krankheit, aber es gibt gute Behandlungsmöglichkeiten, vor allem, wenn die Patientin noch so jung ist.«

»Ich kenne Lily seit Roses Geburt«, erklärte Marlena. »Soweit ich weiß, war sie seither ständig mit ihr im Krankenhaus oder bei irgendeinem Spezialisten.«

»Boston, Melbourne, einmal sogar in Cincinnati«, ergänzte Cindy.

»Cincinnati hat das beste Kinderherzzentrum im ganzen Land«, sagte Marisa.

»Ich glaube mich zu erinnern, dass dort irgendetwas gemacht wurde, was mit der ›Transposition der großen Arterien‹ zu tun hat. Das war für mich Fachchinesisch, aber ich habe mir sagen lassen, es bedeutet, dass sich beide Hauptarterien bei Rose auf der linken Herzseite befanden, statt eine rechts und eine links«, sagte Marlena.

»Genau. Eine Fehlstellung der Aorta«, fügte Cindy hinzu.

»Was ist eine Aorta?«, fragte Jessica, einen ihrer Beutel mit Kiefernnadeln in der Hand.

»Das ist die große Schlagader, die Blut von der linken Herzkammer durch unseren Körper pumpt«, erklärte Marisa.

»Und die Klinik hat sie in die falsche Stellung gebracht?«

»Nein«, sagte Cindy. »Das geschah bei der Geburt. Noch vor der Geburt, im Mutterleib. Keiner weiß, warum, aber die Aorta befand sich auf der falschen Herzseite.«

»Du meinst, das hat Gott ihr angetan?« Jessica klang empört.

Marisa verspürte einen Anflug von Benommenheit, beinahe so, als wäre eine Migräne im Anzug. Doch davon konnte keine Rede sein – der Grund war, dass Jessica eine ausgewachsene religiöse Tirade vom Stapel zu lassen drohte. Das Gesicht ihrer Tochter war vor Entrüstung gerötet – genauso hatte sie auf Ted reagiert, auf seine Kontrollversuche und seine Tobsuchtsanfälle. Statt wütend auf ihre Mutter oder auf Ted zu werden, hatte sie ihren Zorn gegen Gott gerichtet.

»*Angetan* würde ich es nicht nennen«, meinte Marlena. »Vielleicht hat er damals in seiner unendlichen Weisheit diesen göttlichen Entschluss gefasst, warum auch immer. Wir Menschen verstehen oft nicht, weshalb etwas geschieht.«

»Und das soll ein weiser göttlicher Entschluss sein, wenn ein Baby mit einer Arterie an der falschen Stelle zur Welt kommt?«

»Jessica«, warf ihre Mutter warnend ein.

»Im Ernst. Das macht doch gar keinen Sinn.«

»Gottes Weisheit ist für uns Menschen oft unergründlich«, sagte Marlena, ein wenig nervös. Vermutlich würde sie sich genötigt sehen, ihre Meinung über die beiden neuen Mitglieder der Nanouks noch einmal zu überdenken.

»Stimmt«, pflichtete Cindy ihr bei. »Sie ist ein großes Geheimnis. Ein unergründliches Geheimnis. Marlena, man könnte genauso gut sagen, dass er ihr das angetan hat. Ich glaube, ihr seid alle völlig durcheinander, ich selbst auch, ehrlich gesagt. Wer kann schon begreifen, warum das passiert ist? Der Gedanke, dass unsere Rosie leiden muss …«

»Ist grauenvoll«, ergänzte Marlena. »Und diese Blausucht-Anfälle, seit sie ein Baby war …«

»Wahrscheinlich ist das nicht Gottes Werk. Sondern das des Teufels«, überlegte Jessica.

»Jess, es reicht.« Marisa spürte, wie das Blut aus ihrem Gesicht wich. Wenn Jessica über Gott, den Teufel und Ted in Fahrt geriet, gab es kein Halten mehr.

»Gott verletzt keine Menschen. Ich weigere mich, das zu glauben«, entgegnete Jessica.

Marisa starrte sie an. Sie dachte an all das Elend, das sie in ihrem Leben gesehen hatte. Verletzungen, Krankheiten, Gebrechen, Gewalttaten. Obwohl sie Jessica religiös erzogen hatte, war ihr eigener Glaube schon vor längerer Zeit mehr und mehr ins Wanken geraten. Er hatte am Ende ihrer Ehe mit Ted seinen endgültigen Tiefpunkt erreicht. »Ich glaube, hilf meinem Unglauben«, hatte einst ihr Gebet aus dem Markus-Evangelium gelautet. Nun glaubte sie nur noch an die Wissenschaft.

»Gottes Wege sind unergründlich«, sagte Marlena abermals. »Aber in diesem Punkt stimme ich mit Jessica überein. Ich glaube nicht, dass er Rose oder einen von uns leiden lassen will. Ich werde das Thema bei der nächsten Vollversammlung der Nanouks zur Sprache bringen. Wir könnten es in unsere Satzung aufnehmen.«

»Gute Idee«, stimmte Cindy ihr lachend zu. »Wir, die Nanouks aus dem Frostigen Norden, erklären hiermit, dass der HERR aus dem Schneider ist, was Schmerz und Leid betrifft.«

»So weit würde ich nicht gehen«, meinte Marlena abwehrend. »Ich denke nur, dass dabei keine Absicht im Spiel ist.«

»Was duftet hier eigentlich so gut?«, fragte Cindy mit gerunzelter Stirn, das Thema wechselnd. »Es riecht wie in den North Woods.«

»Das sind die Kiefernnadeln«, antwortete Jessica.

»Wofür sind die?«

»Um Geld für Roses Behandlung zu sammeln.«

»Der Himmel weiß, wie gut Lily dabei finanzielle Unterstützung gebrauchen kann«, sagte Marlena. »Aber Kiefernnadeln? Wie sollen die dazu beitragen?«

»Ich möchte Cape-Hawk-Kiefernnadelkissen machen und verkaufen.«

Marisa hielt sich zurück, ließ Jessica ihr Vorhaben selbst erläutern. Es war ausschließlich ihre Idee gewesen, die Materialien im *In Stitches* zu kaufen – sie wussten, dass der Laden auch während Lilys Abwesenheit geöffnet hatte, die Nanouks übernahmen abwechselnd den Dienst.

»Und wem willst du sie verkaufen?«

»Den Touristen, die an Bord der Walbeobachtungsboote gehen.«

»Kiefernnadelkissen«, sagte Cindy nachdenklich.

Jessica nickte. »Sie riechen wie Cape Hawk. Und nach allem, was der Ort Besonderes zu bieten hat – Wälder, Kiefern, Vögel, Wale … Ich habe mir gedacht, dass ich kleine Bilder sticke, von Nanny, von den Eulen im Wald hinter unserem Haus oder von den Falken auf den Felsbänken – direkt in den Stoff hinein, und dazu die Worte ›Cape Hawk‹, oder ›Gute Besserung, Rose‹.«

»Stickst du viel?«, erkundigte sich Marlena.

»Ich habe es noch nie versucht«, erwiderte Jessica selbstbewusst, das Kinn vorgeschoben. Für sie war das zweifellos kein Nachteil – nur eine weitere Herausforderung, die es zu meistern galt. Marisa beobachtete Marlena und Cindy, wartete gespannt auf ihre Reaktionen. Doch die beiden zuckten mit keiner Wimper. Sie hatten offenbar keine Ahnung, wie entschlossen Jessica sein konnte, wenn sie sich etwas in den Kopf gesetzt hatte, und was für ein großes Herz sie besaß.

»Es könnte geraume Zeit dauern, bis du es gelernt hast«, gab Cindy zu bedenken.

»Und noch länger, den Stoff zu besticken. Und die Kissen anschließend zusammenzunähen und zu füllen«, meinte Marlena.

Marisas Augen füllten sich mit Tränen. Sie sah, wie Jessica ihren großen Beutel mit den klebrigen Kiefernnadeln umklammerte, die Finger geschwärzt vom Harz. Sie konnte sich ausrechnen, wie viele Stunden ihre Tochter fleißig sticken musste. Doch Jessica stand kerzengerade da, unbeirrt durch Marlenas und Cindys Vorbehalte. Ihre Liebe zu Rose war groß, hielt solchen Anfechtungen stand. Plötzlich fiel Marisa etwas ein: Nach Pauls Tod hatte sie seinen Kleiderschrank geöffnet, hatte irgendetwas gesucht – keine Ahnung, was.

Sie hatte eine Ausbuchtung mitten unter seinen Anzügen entdeckt. Und Jessicas dünne Beine, die unten herausschauten. Sie war zwischen den Anzügen ihres Vaters gestanden,

den sie unsäglich geliebt hatte, und an diesem Ort hatte sie sich ihm nahe gefühlt. Für das Kissenprojekt gab es mit Sicherheit einen ähnlichen Beweggrund – sie wollte sich Rose nahe fühlen.

»Ich bringe ihr das Sticken bei«, sagte Marisa.

»Danke, Mom.«

»Ich auch. Ich erteile übrigens Stickunterricht an der Highschool. Dich unterrichte ich umsonst.«

»Und ich setze noch eins drauf«, ließ sich Cindy vernehmen. »Ich werde dir höchstpersönlich helfen, die Kissen zu besticken! Und ich wette, die anderen Nanouks machen ebenfalls mit. Ich rufe Anne und Doreen an, und du setzt dich mit Suzanne und Alison in Verbindung.«

»Prima, und in diesem Fall werden Jessica und ich uns darauf konzentrieren, die Kissenhüllen auszuschneiden und zu nähen.«

»Und wenn sie fertig sind, mit den Kiefernnadeln zu füllen!«, sagte Jessica. »Und sie zu verkaufen …«

»Bestimmt erlaubt uns Anne, ein paar im Souvenirladen des Gasthofs auszustellen.«

»Wir müssen sie nur an Camille vorbeischmuggeln.«

»Wer ist Camille?«, fragte Marisa.

»Oooh, Camille Neill«, klärte Cindy sie auf. »Die Matriarchin der Familie. Mutter, Großmutter und Urgroßmutter von vier Generationen Neill. Eine Mischung aus Katharina der Großen und der Bösen Westhexe aus *Der Zauberer von Oz,* mit einer Spur Lauren Bacall aus den *Fancy Feast* Spots, ihr wisst schon, diese Tiernahrungswerbung im Fernsehen. Sie ist die offizielle Besitzerin des Gasthofs und der Walbeobachtungsboote.«

»Beeindruckend«, meinte Marisa.

»Ja, und sie mag Lily nicht besonders.«

»Wie kann man Lily nicht mögen?«

»Keine Ahnung, aber das ist schon so, seit Lily hierherkam. Und es hat mit Liam zu tun.«

»Captain Hook?«, fragte Jessica.

»So nennen ihn die Kinder, aber in Wirklichkeit ist er ein Schatz. Er ist in Melbourne, bei Lily und Rose.«

»Tatsächlich? Sind die beiden ...«, fragte Marisa.

»Ein Paar? Das weiß keiner so recht«, sagte Cindy. »Darüber wurde schon viel spekuliert. Normalerweise tun sie so, als könnten sie sich nicht ausstehen.«

»Aber wenn Rose ein Problem hat, ist Liam sofort zur Stelle«, fügte Marlena hinzu.

»Wir klatschen«, sagte Cindy. »Das ist als Nanouks unter unserer Würde.«

»Das ist kein Klatsch, sondern Interesse«, verbesserte Marlena sie spöttisch. »Wir lieben Lily und möchten, dass sie glücklich ist.«

»Mit Liam Neill?«, fragte Marisa.

»Genug geredet«, erwiderte Cindy nüchtern. »Machen wir uns an die Arbeit. Was soll es denn für die Kissenhüllen sein, Jessica – ungebleichter Musselin oder Gitterleinen? Das ist dein Projekt. Wir beide gehen dir nur zur Hand.«

»Ich hoffe, dass die Fancy-Feast-Frau uns erlaubt, sie im Gasthof und auf den Booten zu verkaufen«, sagte Jessica.

»Da hilft nur beten«, meinte Marlena. »Das ist das Einzige, was Camille Neills Herz erweichen könnte.«

Kapitel 16

Patrick Murphy nahm die Ausfahrt von der Interstate 95 und bog auf den Parkplatz ein, der restlos überfüllt war. Autos aus sämtlichen Bundesstaaten, Tourenbusse und Wohnwagen standen dicht gedrängt beisammen, und in Gehweite des Mystic Aquarium war keine noch so kleine Lücke zu entdecken. Schließlich stellte er seinen Wagen auf der gegenüberliegenden Seite der kleinen Einkaufsmeile ab, nachdem er einer Dame in einem Mini-Van den Parkplatz streitig gemacht hatte.

Zehn Minuten später stand er mit Hunderten von Besuchern Schlange, die auf Einlass warteten. Eingeklemmt zwischen einer fünfköpfigen Familie aus Hartford und einem Pärchen aus Philadelphia, das sich auf Hochzeitsreise befand, spitzte er die Ohren, um sich die Zeit zu vertreiben. Die Aufklärung von Straftaten war auch heute noch seine Lieblingsbeschäftigung, und er legte Wert darauf, so viel wie möglich über jeden Menschen herauszufinden, dem er begegnete, ohne sich dabei anmerken zu lassen, dass er lauschte.

Nach ein paar Minuten musste die Mutter der fünf Kinder mit ihrem jüngsten Spross zur Toilette, und der Vater nutzte die Gelegenheit, blitzschnell sein Handy herauszuholen und jemanden anzurufen, den er mit ›süße Maus‹ ansprach. Hinter ihm berichtete der junge Ehemann seiner frisch Angetrauten, dass die Aktien, ein Hochzeitsgeschenk ihres Vaters, am Vorabend gestiegen waren und man vielleicht in Betracht ziehen sollte, ein Haus zu kaufen, statt zu mieten.

Beide Begebenheiten bestätigten seine langjährige Überzeugung, dass die einzige Voraussetzung für erstklassige Polizeiarbeit eine tiefverwurzelte Neugierde bezüglich der menschlichen Natur und Verhaltensweisen war. Doch dann konnte er endlich das Aquarium betreten – die eiskalte Luft aus der Klimaanlage bot nach dem langen Stehen in der glühenden Hitze eine willkommene Abwechslung – um sich mit dem beschämenden Grund für die Mission auseinanderzusetzen, die ihn hierhergeführt hatte.

Er fragte nach dem Weg zum Büro, das für die Aufnahme der Fördermitglieder zuständig war, und befand sich auf einer heißen Spur in einem Fall, an dem das Interesse der Gesetzeshüter längst erkaltet war. All die ganze tiefverwurzelte Neugierde bezüglich der menschlichen Natur hatte ihm bei seinen Bemühungen, herauszufinden, was mit Mara Jameson geschehen war, nichts genutzt. Er hätte genauso gut den Rest seines Lebens damit verbringen können, Däumchen zu drehen und ein Ave Maria nach dem anderen für einen Fingerzeig des Himmels zu beten.

Jede Menge Kinder flitzten durch die Räume, was ihm unverständlich war. Was machten sie an einem so herrlich sonnigen Tag hier drinnen? Seine Eltern hätten ihm Baseballschläger und Ball oder eine Angelrute in die Hand gedrückt und ihm eingeschärft, an die frische Luft zu gehen und sich vor dem Abendessen ja nicht wieder blicken zu lassen. Doch als er dem Besucherstrom folgte, musste er feststellen, dass die beleuchteten Becken, die Fischschwärme und der Aal, der in sein begrüntes Riff hinein- und hinausschlüpfte, ihn wider Willen faszinierten und er sich zu entspannen begann.

Patrick verstand die Sprache der Fische. Während er sie betrachtete, dachte er, wie herrlich es wäre, jetzt in einem Boot auf dem offenen Meer zu sein, mit einer Fülle von

Fischen unter dem Kiel. Sandra hatte das nie begriffen. Sie war der Meinung gewesen, Angeln beschränke sich darauf, stundenlang mit Bier und Angelrute an Deck zu hocken. Sie hatte nicht kapiert, worum es dabei wirklich ging – die Wolken am Himmel, das Wasser, das seine Farbe veränderte, die Fischschwärme, die dicht an der Oberfläche schwammen. Es war ein einziges großes Geheimnis, ein wunderbares Geheimnis – keines der Rätsel, die ihm jeden Tag aufs Neue Kopfzerbrechen bereiteten.

Wie das rätselhafte Verschwinden von Mara Jameson.

Die Bassins im Aquarium verhalfen ihm zu neuen Erkenntnissen, was unter der Oberfläche vor sich ging, und als er genug davon hatte, fädelte er sich in den Gang ein, machte sich auf den Weg zum Verwaltungstrakt. Dort fragte ihn eine Empfangssekretärin, ob sie ihm helfen könne, und er bat darum, mit jemandem zu sprechen, der für die Aufnahme von Fördermitgliedern zuständig sei. Ein paar Minuten später kam eine hübsche blonde Frau auf ihn zu.

»Hallo, ich bin Viola de la Penne, die stellvertretende Leiterin der Abteilung Fördermitgliedschaften.«

»Guten Tag, mein Name ist Patrick Murphy.« Er hielt inne. An dieser Stelle war er immer noch versucht, seine Dienstmarke vorzuzeigen, um klarzustellen, dass er in offizieller Mission unterwegs war. »Ich bin pensionierter Kriminalkommissar«, sagte er stattdessen.

»Oh, und bei der vielen Freizeit, die Sie haben, möchten Sie sicher Mitglied werden – oder ehrenamtlich für uns tätig sein!« Das Aufblitzen ihrer blauen Augen legte die Vermutung nahe, dass es sich um einen Scherz handelte. Hoffte er zumindest. Er hoffte ernsthaft, dass er viel zu rauhbeinig und abgebrüht wirkte, um Robbenführungen für Rotzgören zu veranstalten.

»Wenn ich nur Zeit für solche Dinge hätte«, seufzte er mit einem schiefen Lächeln.

»Sie meinen, Sie machen immer noch Jagd auf Verbrecher und Raser im Straßenverkehr, so in der Art?«

»Sie haben es erfasst, Ma'am.«

»Ich bin erst zweiundvierzig. Gehöre ich da schon zur Ma'am-Kategorie?«

»Für einen Polizisten im Ruhestand leider schon.«

»Ein ernüchternder Gedanke. Also, was kann ich für Sie tun, Officer Murphy a. D.?«

Er grinste angesichts ihrer Schlagfertigkeit.

»Ich bin wegen einer Fördermitgliedschaft hier. In dem Punkt hatten Sie recht. Nur geht es dabei nicht um mich. Sie war ein Geschenk für eine Freundin von mir.«

»Wie lautet ihr Name?«

»Maeve Jameson.«

»Gab es ein Problem mit der Förderkategorie? Würde sie gerne hochgestuft werden?«

»Nein, nichts dergleichen. Es ist nur so, dass die Abwicklung anonym über die Bühne ging. Der edle Spender legte Wert darauf, nicht genannt zu werden. Ich wollte fragen, ob Sie mir vielleicht einen kleinen Tipp geben können. Maeve möchte sich schrecklich gerne bedanken. So ist sie nun mal.«

»Das kann ich verstehen. Ich muss natürlich den Wünschen des Spenders Rechnung tragen, aber es schadet niemandem, wenn ich einen kurzen Blick in die Unterlagen werfe. Kommen Sie.«

Sie ging ihm voran in ihr Büro, das mit Familienfotos angefüllt war – ein Mann an Deck eines Segelbootes und eine hübsche dunkelhaarige Tochter. Sie setzte sich an den Computer und durchforstete die Dateien. Patrick war versucht, ihr über die Schulter zu spähen, um einen Blick auf den Bildschirm zu erhaschen, aber er wollte nicht riskieren, dass sie sein Treiben bemerkte.

»Da ist der Vorgang ja«, sagte Viola.

»Gibt es einen Namen?«

»Leider nein, was es mir leichter macht, Ihnen etwas abzuschlagen. Es gibt nur einen Vermerk, in dem ausdrücklich darauf verwiesen wird, dass der Spender ungenannt bleiben wollte – genau wie Sie sagten.«

»Es muss doch irgendwo Unterlagen darüber geben, von wem das Geschenk stammt. Selbst wenn Sie es mir nicht verraten dürfen.«

Viola schüttelte den Kopf, den Blick auf den Bildschirm gerichtet. »Es gibt nichts dergleichen. Außer einer persönlichen Notiz, nur für mich selbst: Der Spender wollte sicher sein, dass wir noch Belugas in unserem Aquarium haben – ich denke, es ist nichts dabei, wenn ich Ihnen das erzähle.«

»Beluga? Ist das nicht eine Kaviarsorte?«

»Officer a.D., Beluga ist außerdem der Name einer Walart, eine der wenigen, die in Gefangenschaft überleben. Wir haben seit mehreren Jahren Belugawale in unserem Aqua-Zoo. Einige unserer inzwischen erwachsenen Besucher erinnern sich noch heute daran, wie aufregend es war, sich zum ersten Mal einem Wal gegenüberzusehen – hier in unseren Bassins. Bei uns findet eine Vorführung statt, mit zwei absoluten Stars, Snowblind und Snowflake, sie beginnt in rund fünfzehn Minuten. Vielleicht haben Sie ja Lust, hinzugehen …«

»Snowblind und Snowflake?«

»Ja, Belugas sind schneeweiß.«

»Aha.«

Patrick überlegte. Vielleicht hatte Maeve eine Vorliebe für Wale, insbesondere Belugas. Oder sie hatte mit Mara Wale angeschaut, als sie klein war. Möglich, dass einer ihrer ehemaligen Schüler ihr eine Freude machen wollte. Oder seine Phantasie ging mit ihm durch, und das Geschenk stammte von ihrem Versicherungsagenten, Gemüsehändler oder ausgeflippten Automechaniker.

»Wie hat der Spender bezahlt? Haben Sie eine Kreditkartennummer in Ihrer Datei vermerkt?«

»Die Bezahlung erfolgte bar – per Post. Das Umtauschverhältnis stimmte nicht ganz, wie aus meiner Notiz hervorgeht. Der Betrag war zu hoch, wie ich feststellen musste, als ich den Kurs nachschlug.«

»Was für ein Kurs?«

»Der Wechselkurs – zwischen kanadischen Dollar und US-Dollar. Die Bezahlung erfolgte in kanadischer Währung.«

»Haben Sie vielleicht zufällig den Briefumschlag aufbewahrt?«

Viola schüttelte lächelnd den Kopf. »Tut mir leid. Ich konnte ja nicht ahnen, dass wir polizeiliche Ermittlungen auslösen, wenn wir ein Geschenk weiterleiten.«

Patrick erwiderte ihr Lächeln. Er hatte einen Moment lang den Eindruck, als flirte sie mit ihm. Aber sie trug einen Ehering und hatte Familie, wie die Fotos bewiesen. Er war inzwischen dermaßen aus der Übung, dass ihm der Unterschied zwischen scherzen und flirten entging. Er war offenbar ein hoffnungsloser Fall, wie Sandra ihm oft genug vorgehalten hatte – in vielen Bereichen.

»Hören Sie, wie wäre es mit einer Freikarte für die Delfinschau als Trostpflaster?«

»Delfine?«

»Ja, und Snowflake und Snowblind treten ebenfalls auf. Auf diese Weise können Sie sich die Belugas selbst anschauen und Mrs. Jameson berichten, dass sie einen Besuch wert sind.«

Patrick bedankte sich, drückte ihr zum Abschied die dargebotene Hand und nahm die Eintrittskarte an. Wer hatte Maeve die Mitgliedschaft zukommen lassen und was hatten Belugawale mit der Sache zu tun?

Er bahnte sich den Weg zu dem Delfinarium, in dem die Vorführungen stattfanden, und nahm seinen Platz inmitten einer Besucherschar aus Brooklyn ein. Sie gehörten zu den Touristen, die eine Pauschalreise per Bus gebucht hatten, und dem Gespräch seiner beiden Sitznachbarinnen entnahm er, dass die Besichtigung von Seaport, dem Aquarium und eine Dinnershow im Casino darin enthalten waren. Die eine Frau war geschieden, die andere verwitwet. Die Witwe erzählte, dass ihre Enkelkinder Delfinvorführungen liebten.

Patrick musterte mit zusammengekniffenen Augen das Becken. Er dachte an Maeve, die ihre Enkelin vermisste und ihr Urenkelkind nie kennengelernt hatte. Wieso saß er überhaupt hier? Meistens war er zu fünfundneunzig Prozent davon überzeugt, dass Edward Hunter Mara umgebracht und ihre Leiche irgendwo unauffindbar versteckt oder verscharrt hatte. Doch die restlichen fünf Prozent fielen so stark ins Gewicht, dass sie ihn dazu bewogen, den verrücktesten Spuren nachzugehen, selbst wenn sie in einen Aqua-Zoo führten.

Ein Meeresbiologe nahm seinen Platz hoch droben auf einer Plattform ein. Den Auftakt der Vorführung bestritten Große Tümmler und Atlantische Delfine; dann kamen weitere Delfine heraus – Patrick hatte keine Ahnung, zu welcher Art sie gehörten – und machten Luftsprünge wie Zirkustiere, die ihre Kunststücke vorführten. Sie bliesen in ein Horn, fingen Ringe auf und spielten Ball.

Er erinnerte sich, wie er mit Sandra in Seaworld gewesen war. In ihren weißen Shorts und dem blauen rückenfreien Oberteil hatte sie sich einen Sonnenbrand geholt. Er hatte ihre Schultern mit Sonnenlotion eingerieben und wäre am liebsten schnurstracks ins Hotel zurückgekehrt, Delfinschau hin oder her. Er zwang sich, seine ungeteilte Aufmerksamkeit auf das Hier und Jetzt zu richten. Sugar, einer der Delfine, tauchte gerade mit voller Wucht ins Wasser ein, und die Hälfte des Publikums wurde klatschnass.

Dann verschwanden die Delfine, und die Stimme des Dompteurs nahm einen ernsten Tonfall an. Patrick fand es schade, dass ein Wissenschaftler seine Zeit damit verbrachte, Delfine zur Vorführung von Kunststücken zu bewegen. Der Gedanke war irgendwie deprimierend. Plötzlich wurde die Oberfläche des Wassers durchbrochen, und ein großes weißes Tier streckte seinen Kopf heraus.

Patrick war erschrocken – es war riesig. Ein Wal, ein lebendiger Wal in einem Wasserbecken in Mystic, Connecticut. »Das ist Snowflake, unser ältester Belugawal, ein Weibchen«, verkündete der Dompteur. »Ihre Schwester Snowblind hat heute frei und tritt nicht auf. Die Schwestern stammen aus den Gewässern des Nordens, dem maritimen Kanada, und wir …«

Einige Kinder unter den Zuschauern machten ihrer Enttäuschung Luft. Patrick stand auf, drängte sich an den Frauen aus Brooklyn vorbei und warf einen letzten Blick auf den weißen Wal. Die Augen wirkten intelligent und eindringlich. Patrick war, als folgten sie ihm zur Tür, verfolgten seinen Abgang. Es war ein seltsames Gefühl, von einem Wal beobachtet zu werden.

Der Wissenschaftler hatte gesagt, dass die beiden Belugas in Kanada beheimatet waren. Das Geld für die Fördermitgliedschaft stammte laut Viola ebenfalls aus Kanada. Patrick überlegte fieberhaft – hatte es in Mara Jamesons Akte irgendeine Verbindung zu Kanada gegeben? Er musste schnellstens auf sein Boot zurück, um seine alten Notizen auszugraben und mehr darüber herauszufinden.

Maeve fühlte sich nicht gut. Eine Hitzewelle war über Hubbard's Point hereingebrochen, so dass alles – die Rosen und sie selbst eingeschlossen – kraftlos war. Sie stand im Garten hinter dem Haus und füllte die gelbe Gießkanne mit dem Schlauch, als sie hörte, wie eine Autotür ins Schloss fiel. Vermutlich Claras Sohn, der mit seinen Kindern zum Schwimmen vorbeikam, dachte sie. Sie lehnte sich an die Mauer des verwitterten Schindelhauses und spritzte sich die Füße mit dem Schlauch ab.

Der Wasserhahn befand sich an einer Ecke des Hauses, unmittelbar neben einer kleinen runden Bodenplatte aus Zement. Mara hatte schon immer Bilder aus den ungewöhnlichsten Materialien gemacht: kleine Quilts und Kissen, Wandbehänge und Lesezeichen mit Petit-Point-Stickerei. Doch dieses Werk war ihr liebstes und ihr ganzer Stolz gewesen. Maeve hatte geholfen, den Zement zu mischen und in eine Ringschablone von dreißig Zentimetern Durchmesser zu gießen. Mara hatte Muschelschalen, Meerglas und einen großen flachschaligen Sanddollar-Seeigel in den nassen Zement gedrückt. Ein kleines Kunstwerk, das noch genauso schön war wie früher.

»Hallo, Maeve«, drang die leise, vertraute Stimme an ihr Ohr, die sie in den letzten Jahren nur am Telefon gehört hatte.

Maeve fuhr zusammen. Es war Edward – er hielt eine kleine, glänzende, blaue Reisetasche in der Hand. Groß, breitschultrig und selbstsicher wie immer. Er trug ein weißes Hemd über frisch gebügelten Khakihosen. Kein Gürtel, keine Socken. Auf Hochglanz polierte, braune mokassinartige Schuhe. Eine Rolex-Uhr – die Mara ihm von einem Teil ihres Erbes gekauft hatte. Beim Anblick der Armbanduhr drehte sich ihr der Magen um, und sie musste sich an der Hauswand festhalten. Seine Augen waren noch dieselben, ein kaltes, düsteres Feuer glomm darin. Eisig und zugleich versengend – die Augen eines zur Hölle Verdammten. Dunkle, zurückgekämmte Haare, die Haut von der Sonne gebräunt – Golfbräune, vielleicht war es dieses Jahr auch Tennisbräune – möglicherweise auch Yachtbräune, vielleicht hatte er sich ja ein Boot zugelegt.

»Edward. Was führt dich hierher?« Sie schlug einen kühlen Tonfall an, damit er gar nicht erst auf die Idee kam, sie mit einem Kuss auf die Wange zu begrüßen.

»Ich hatte geschäftlich in der Gegend zu tun.«

»Was du nicht sagst. In Hubbard's Point?« Sie blickte um sich – Strand, Felsen, Salzwasser, Rosen, Wunschbrunnen. »Hier gibt es nicht viele Geschäfte.«

»Nicht direkt Hubbard's Point. Black Hall, Silver Bay und Hawthorne. Ich habe Kunden an allen drei Orten.«

»Was sagt man dazu, du bist ja richtig erfolgreich! Drei der wohlhabendsten Kleinstädte an der Küste von Connecticut. Aber du wusstest schon immer, wie man Leute um den Finger wickelt.« Sie spürte, wie ihr die Worte auf der Zunge brannten. Während der Ermittlungen hatte sie ihn, das war aktenkundig, mit einem Raubtier auf zwei Beinen verglichen und ihm unterstellt, dass Mara nichts weiter als eine Trophäe in seiner Sammlung gewesen sei.

»Ja, ich bin erfolgreich.« Er starrte sie an, unfähig, sich die Gelegenheit zu einem Kräftemessen entgehen zu lassen.

Edward sah in allem eine Herausforderung. Sie wusste, dass sie ihn binnen zehn Sekunden zur Weißglut bringen konnte, wenn sie diese Knöpfe drückte. Doch sie verkniff sich die Genugtuung, zählte bis zehn und lächelte.

»Deine Mutter muss sehr stolz auf dich sein. Dass du etwas aus dir gemacht hast.«

Seine Kiefermuskeln mahlten. Meine Güte, war dieser Mann leicht zu durchschauen. Maeve konnte beinahe sehen, wie sich die Rädchen in seinem Kopf drehten. Sollte er sie mit einem Schlag durch das Fensterglas katapultieren oder sein Eliteuniversitäts-Gehabe fortsetzen? Sie würde sich hüten, ihn darauf hinzuweisen, dass dieses Gehabe aufgesetzt war. Dass Mara seine Lügenmärchen über Harvard und die Columbia Business School aufgedeckt hatte. Bedauerlicherweise fielen sie in seinem Beruf als Börsenmakler nicht ins Gewicht. Schade, dass man ihn nicht von der Anwaltskammer ausschließen, Privilegien streichen oder auf irgendeine andere Weise zur Rechenschaft ziehen konnte.

»Sie ist in der Tat stolz«, erwiderte er.

»Kann ich mir vorstellen. Deine neue Frau bestimmt auch.« Maeve dachte an Patricks Worte, dass die zweite Ehe ebenfalls in die Binsen gegangen war. Edward zuckte zusammen.

»Und, wie ist es dir so ergangen?«, fragte er, den Köder verschmähend.

Maeve lächelte milde und schwieg.

Er wartete. Als ihm klarwurde, dass sie nicht zu antworten gedachte, nickte er brüsk, als hätte er die Frage überhaupt nicht gestellt. Sie standen sich gegenüber wie Gegner in einem Duell. Woher hatte er den Nerv, ausgerechnet hier aufzutauchen? An dem Ort, an dem Mara das letzte Mal lebendig gesehen wurde? Maeves Aufmerksamkeit schweifte ab, zu der einzigen flachen Stelle am anderen Ende des Gartens, die Platz bot, um ein Zelt aufzustellen.

Es hatte eigentlich auf der Grenzlinie zwischen ihrem und Claras Grundstück gestanden. Ein hübsches, gelb-weiß gestreiftes Zelt für Maras und Edwards Hochzeit, die vor elf Jahren stattgefunden hatte, genau in diesem Monat. Drinnen hatte es Tische mit blassgelben Tischdecken gegeben, weiße Holzstühle, Vasen mit Wildblumen und Rosen aus Maeves und Claras Garten und ein Streichquartett.

Sämtliche Einwohner von Hubbard's Point waren erschienen: Maras langjährige Freundinnen Bay McCabe, Tara O'Toole, Dana und Lily Underhill und all die anderen inzwischen erwachsenen Kinder des Points. Maeve hatte Kollegen aus ihrer ehemaligen Schule – pensionierte Lehrer und solche, die noch an der Black Hall High tätig waren wie die Direktorin – und ihre frühere Zimmergenossin vom Connecticut College eingeladen, die von New York hergeflogen war. Außerdem waren Freunde ihres verstorbenen Sohnes und ihrer Schwiegertochter gekommen. Auch Aida Von Lichen, die Schwester von Johnny Moore, war gekommen und seine Tochter Stevie, bei der Mara als Kind Malunterricht genommen hatte, hatte ein Liebesgedicht ihres Vaters vorgelesen.

Auf Edwards Seite hatte weniger Andrang geherrscht. Das hätte ihr eigentlich zu denken geben sollen, wie sie nun wusste. Doch damals war das nur ein weiterer Grund gewesen, Mitleid für ihn zu empfinden. Seine Schwester hatte sich nicht freinehmen können, seine Mutter war an Lungenentzündung erkrankt, und sein Vater hatte das Geld für den Flugschein, das Edward ihm geschickt hatte, für Schnaps ausgegeben. Ein trauriges Kapitel; deshalb hatte sich Mara ein Bein ausgerissen, um dafür zu sorgen, dass ihre und

Maeves Freunde ihn in ihren Kreis aufnahmen und ihm mit besonderer Aufmerksamkeit begegneten.

Solche Gedanken gingen Maeve durch den Kopf, als sie Edward nun musterte. Es juckte sie buchstäblich in den Fingern – am liebsten hätte sie ihm die Augen ausgekratzt. Sie hatte nicht gewusst, dass sie zu einem derart unverhohlenen, leidenschaftlichen, unverfälschten Hass fähig war, bis Mara verschwand. Zwei Wochen vor dem voraussichtlichen Entbindungstermin war ihre geliebte Mara, ihr Ein und Alles, verschwunden, war wie vom Erdboden verschluckt …

»Lassen wir das Geplänkel. Was führt dich hierher?«, fragte sie unverblümt.

»Ich habe noch ein paar Sachen von Mara und dachte, du hättest sie vielleicht gerne.« Er drückte die Tasche an seine Brust. »Die Polizei hat sie mir ausgehändigt, nachdem sie für eine Weile beschlagnahmt worden waren. Seither waren sie in meinem Kofferraum, aber ich hatte erst jetzt die Gelegenheit, sie dir zu bringen.«

»Ich will sie nicht.«

Seine Augen weiteten sich überrascht. Maeves Lippen zitterten. Sie wandte sich halb zur Seite, den Gartenschlauch auf die Wurzeln der Rosenbüsche richtend, die an der seitlichen Hauswand emporkletterten. Dichte unverwüstliche Büsche mit weißen und gelben Rosen, die nun in voller Blüte standen. Sie brachte es nicht über sich, nach oben zu blicken, wo die Blütenpracht am üppigsten war. Das Rankgitter endete knapp unterhalb des Schlafzimmerfensters – Maras früherem Zimmer, das wieder Kinderzimmer werden sollte, wenn sie mit dem Baby zu Besuch gekommen wäre.

»Nimm schon, ich bin sicher, dass du sie haben möchtest«, drängte er.

»Hmmm«, sagte sie in gespielt gleichgültigem Ton. Ihre

Hände bebten, so groß war ihr Wunsch, einen Blick in die Tasche zu werfen. Aber das durfte sie nicht zu erkennen geben, wie sie von Mara wusste. Bei einem ihrer Besuche, zu Anfang der Schwangerschaft, war ein Teil der Wahrheit über Edward ans Tageslicht gekommen – obwohl sich Mara mit jeder Faser ihres Körpers dagegen gewehrt hatte, sie zur Kenntnis zu nehmen. Sie verdrängte sie, gab vor, eine ›glückliche‹ Ehe zu führen, ein Paar zu sein, das sein erstes – zumindest von Mara – heiß ersehntes Kind erwartete.

»Ich begreife es nicht, Granny«, hatte sie damals gesagt. »Sobald er merkt, dass ich glücklich bin oder mich über etwas freue, schießt er quer. Wie gestern Abend. Das ganze Frühjahr lang hat er mir erzählt, dass er mich in das Hawthorne Inn zum Abendessen ausführen will. Aber zuerst war mir ständig übel, und dann war ich zu müde, weil ich jede Menge Arbeit hatte – also, gestern Abend hätte ich zum ersten Mal richtig Lust gehabt, auszugehen. Wir hatten uns umgezogen und wollten los – waren schon fast aus der Tür, als er seine Meinung änderte. Er sah mich an und meinte, ihm sei nicht danach. Jetzt sei *er* zu müde.«

»Vielleicht war er das ja«, hatte Maeve damals gesagt. Heute hätte sie sich dafür ohrfeigen mögen, aber damals hatte sie Mara nahelegen wollen, ihm das im Zweifelsfall zugutezuhalten.

»Nein, das war er nicht.« Mara hatte zu weinen begonnen. »Er ließ mich zu Hause und zog alleine los, um im One Hundred Acres eine Runde Golf zu spielen.«

Maeve erinnerte sich an die Tränen. Sie starrte auf das Wasser, das der Gartenschlauch versprühte, und dachte an all die Tränen, die Mara geweint haben musste – und vor ihrer Großmutter verborgen hatte. Sie spürte beinahe, wie krampfhaft Edward versuchte, seine Verärgerung im Zaum zu halten.

»Das sind Maras Sachen«, wiederholte er. »Ich dachte, du möchtest …«

»Leg sie vor die Tür.«

»Du bist ihre Großmutter. Ich dachte, es interessiert dich …«

Maeve heftete ihren Blick auf die Wurzeln der Rosenbüsche. Eine kühle Brise wehte vom Long Island Sund herüber. Erinnerte sich Edward daran, wie oft er mit Mara segeln gewesen war? Und sie sich an derselben Stelle mit demselben Gartenschlauch abgeduscht hatten? Maeve hörte, wie eine Fliegengitter-Tür ins Schloss fiel, und keine dreißig Sekunden später erschien eine atemlose Clara auf der Bildfläche.

»Hallo, Edward.«

»Tag, Mrs. Littlefield. Sie sehen toll aus. Lange nicht gesehen!«

»Ja, ziemlich lange.« Claras Ton war eine Spur freundlicher, als Maeve es sich gewünscht hätte.

»Ich wollte Maeve ein paar Sachen von Mara vorbeibringen, aber es scheint, als möchte Maeve nichts davon wissen.«

»Ich nehme sie«, erbot sich Clara, und in dem Moment, als die Tasche aus Edwards Hand in Claras wechselte, wich die Anspannung von Maeve und sie hatte plötzlich weiche Knie.

»Es ist lange her, und eigentlich dachte ich, dass inzwischen Gras über die Sache gewachsen wäre«, meinte Edward. »Aber es ist jedes Jahr das Gleiche – im Juni und Juli, kurz nachdem Mara verschwand, vermisse ich sie am meisten. Ich bin nie darüber hinweggekommen, das schwöre ich. Ich hatte gehofft, wir könnten miteinander reden …«

»Es ist genau neun Jahre, drei Wochen und sechs Tage her …«, sagte Maeve.

»Wenn wir miteinander reden könnten …«

»Ich halte das für keine gute Idee«, meinte Clara. »Es ist besser, wenn du jetzt gehst, Edward.«

»Ich bin im Hawthorne Inn abgestiegen«, sagte er. »Für die nächsten drei Tage. Ich lebe jetzt in der Nähe von Boston, aber ich habe geschäftlich in der Gegend zu tun … für den Fall, dass du deine Meinung änderst, Maeve.«

»Danke, dass du Maras Sachen vorbeigebracht hast«, sagte Clara so kühl, wie es ihr, der warmherzigsten Person der Welt, möglich war. Genau in diesem Moment hörten sie, wie die Pumpe des Boilers unter dem Cottage rasselnd ansprang. Seltsam, dachte Maeve, sie hatte doch gar kein heißes Wasser laufen lassen.

»Was war denn das für ein Geräusch?«, fragte Edward.

»Das geht dich nichts an.«

»Das solltest du besser von einem Fachmann anschauen lassen«, meinte er, aber Maeve ignorierte ihn. Sie wandte den Blick ab, bis sie Edwards Auto anspringen hörte. Es war ein großer schwarzer Mercedes mit einem Kennzeichen von Massachusetts und niedriger Autonummer. Sie sah, wie er eine dunkle Pilotenbrille aufsetzte, sein Gesicht im Rückspiegel musterte. Dann fuhr er bis zur Wendestelle der Sackgasse und brauste davon.

»Lackaffe, schaut immer noch bei jeder Gelegenheit in den Spiegel«, sagte Clara. »Ich weiß noch, wie Mara ihn zum ersten Mal mit nach Hause brachte und du sagtest, dass du ihm nicht traust, weil er nur Augen für sich selbst hat.«

»Sie hat ihn geliebt.«

»Und das hast du akzeptiert. Warum wolltest du die Tasche nicht annehmen?«

Maeve wischte sich die Tränen aus den Augen. »Weil ich Angst hatte, dass er es sich anders überlegt, wenn er gemerkt hätte, wie sehr mir daran liegt.«

»Aber er hat den weiten Weg auf sich genommen, um sie dir zu bringen.«

»Du kennst Edward nicht. Niemand kennt ihn wirklich.«

»Er schien so charmant zu sein«, gestand Clara. »Und so verletzlich. Sogar jetzt noch ... trotz allem, was wir über ihn wissen.«

Maeve nickte. Ihr Magen verkrampfte sich. Dank seines Charmes und seiner zuvorkommenden Art hatte Edward es weit gebracht in dieser Welt. Es gelang ihm immer noch, Menschen wie Clara hinters Licht zu führen. Patrick Murphy war der Einzige gewesen, der ihn durchschaut hatte. Trotz des Mordverdachts, der auf ihm lastete, hatte Edward es geschafft, Kunden zu gewinnen und Karriere zu machen. Die Menschen hatten ein kurzes Gedächtnis, insbesondere im Umgang mit einem Charmeur wie Edward.

»Lass uns ins Haus gehen«, schlug Maeve vor. Abermals hörte sie es scheppern – die Pumpe, die Lärm machte. Sie musste dringend den Klempner anrufen, damit er sich den Boiler ansah. »Ich kann keine Sekunde länger warten. Clara, halt meine Hand.«

»Alles in Ordnung?«

»Ich muss nur sehen, was in der Tasche ist.« Maeve hatte das Gefühl, als schwänden ihr die Sinne; ihre Augen füllten sich mit Tränen, als ihr bewusst wurde, dass sie gleich Dinge sehen und berühren würde, die einst Mara gehört hatten.

Kapitel 17

Liam war nach Cape Hawk zurückgefahren, um dem Kommandanten seinen Wagen wiederzubringen, seine Post durchzusehen, ein paar Änderungen an einem Forschungsprogramm vorzunehmen, das an den Stränden östlich von Halifax lief – wo der große weiße Hai letzten Monat einen Menschen angegriffen hatte –, und Kleidung und andere persönliche Dinge für Lily zu holen.

Er hielt am Gasthof, um Anne einen kurzen Besuch abzustatten, die nach Lilys Haus gesehen hatte. Sie nahm den Sack mit der schmutzigen Wäsche entgegen und gab ihm einen Sack mit sauberen Sachen. Sie standen an der Rezeption, und Anne wollte alles haarklein wissen. An diesem Abend spielte eine Ceili-Band, und ihre keltische Musik füllte die Eingangshalle.

»Rose geht es von Tag zu Tag besser«, berichtete er. »Sie wird morgen nach Boston verlegt. Die Ärzte meinen, sie sei transportfähig.«

»Gott sei Dank. Wie hält sich Lily?«

»Es geht ihr gut.« Liam behielt die Wahrheit lieber für sich. Seine Augen schienen indes mehr zu sagen als Worte, denn Anne kam um den Tresen herum und umarmte ihn.

»Umarme sie von mir«, sagte sie und hielt ihn fest.

Er nickte, doch er wusste, dass es dazu eines Wunders bedurft hätte. Bevor das geschah, müsste er erst einmal den fünfzehn Zentimeter dicken Panzer und das Kevlar-Kraftfeld durchdringen, mit denen sie sich umgeben hatte. Doch er versprach, sie herzlich zu grüßen und ihr alles Gute von Anne auszurichten. Da entdeckte er die Werbung auf dem Tresen.

»Was ist denn das?« Er deutete auf das Plakat, auf dem es hieß: »Helft Unserer Rose Zu Wachsen«. Darunter befanden sich Bilder von Rose – in ihrer Schulklasse, bei der Geburtstagsparty und mit Lily.

»Oh! Das hätte ich beinahe vergessen. Roses Freundin Jessica Taylor kam vor drei Tagen auf die Idee, und die Nanouks waren gleich Feuer und Flamme. Wir verkaufen Kiefernnadelkissen, um Geld für Rose zu sammeln. Die Kiefer ist ein Wahrzeichen von Nova Scotia, die Touristen lieben sie. Die Mädels waren die ganze Nacht auf den Beinen, um die Kissen zu machen.«

Liam nahm ein Kissen in die Hand – es war mit einem Bild von Nanny bestickt, mit grünem Faden, und darunter standen die Worte »Bring Rose Heim«. Es roch unverkennbar nach Kiefernnadeln. Anne zeigte ihm die Schachtel, die das eingenommene Geld enthielt. »Vier haben wir schon verkauft. Die Gäste nehmen sie als Souvenir mit, wenn sie abreisen.«

»Ich nehme auch eins.«

»Aber nur als Geschenk. Du tust schon genug in dieser Sache.«

»Lass mich bitte bezahlen. Ich bestehe darauf.«

Widerstrebend nahm sie das Geld. Sie reichte ihm das Wechselgeld und eine kleine Tüte. Sie enthielt Schmuck aus winzigen Kiefernzapfen, besprüht mit Goldlack, mehrere Paar Ohrringe, Halsbänder und einen Ring.

»Den Schmuck hat Jessica für die Krankenschwestern gemacht«, sagte Anne. »Um sicherzugehen, dass Rose richtig behandelt wird.«

»Schön, wenn man so gut miteinander befreundet ist.« Liam war stolz, dass es Rose gelungen war, so viel Zuneigung und Loyalität zu wecken. Doch das überraschte ihn nicht. Sie war eben von Geburt an etwas Besonderes.

In diesem Moment bog Camille um die Ecke. Seit sie im letzten Jahr einen kleinen Schlaganfall erlitten hatte, ging sie am Stock. Doch ihre Miene war noch genauso sauertöpfisch und ihr weißes Haar genauso blaustichig wie immer. Liam wusste, dass sie auch nicht viel zu lachen gehabt hatte – seit ihr Mann vor der Küste Irlands ertrunken war.

»Liam, mein Lieber.« Sie trat näher und küsste ihn. »Wo hast du gesteckt?«

»In Melbourne.«

»Melbourne? Hast du da eine neue Flamme?« Sie lächelte.

»Nein.« Er deutete auf das Plakat mit den Fotos von Rose. »Ich habe mich um Lily und Rose gekümmert.«

Camilles Lächeln erlosch mit einem Schlag. »Ich war seit jeher der Meinung, dass die Rezeption kein geeigneter Ort ist, um Spenden zu sammeln. Unsere Gäste zahlen genug für den Aufenthalt in unserem Haus, da müssen wir ihnen nicht auch noch Schuldgefühle machen und sie nötigen, Geld für irgendeine lokale Wohltätigkeitsveranstaltung hinzublättern.«

Liam maß sie mit Blicken. »Es geht um Rose, nicht um irgendeine lokale Wohltätigkeitsveranstaltung.«

Sie senkte die Augen und lachte nervös. Er überragte sie um Haupteslänge und hatte gerade seine Haiforscher-Stimme gegen seine eigene Tante erhoben, aber ihr eigener Ton war so herrisch gewesen, dass er kein schlechtes Gewissen hatte.

»Mein Lieber, man könnte meinen, sie sei *deine* Tochter, so wie du dich benimmst. Wenn ich nicht genau wüsste, dass ihre Mutter bei ihrer Ankunft bereits hochschwanger gewesen war, könnte ich mich eines gewissen Verdachts nicht erwehren.«

»Hochschwanger bei Ankunft. HBA«, warf Anne trocken ein.

»Sie ist nicht meine Tochter«, erwiderte Liam gelassen.

»Aber sie liegt dir am Herzen. Rührend, wirklich rührend. Weißt du – ich lehne mich ziemlich weit aus dem Fenster, wenn ich dir jetzt etwas sage, und wahrscheinlich wirst du mir den Kopf abreißen, aber stellvertretend für deine lieben Eltern und als letzte Überlebende ihrer Generation sehe ich mich verpflichtet, das Kind beim Namen zu nennen. Ich habe den Eindruck, als würde die Aufmerksamkeit, die du den Malones widmest, dich daran hindern, Frauen deines Standes kennenzulernen. Intelligente, gebildete Frauen, die sich darum reißen würden, einen so netten jungen Mann wie dich zu heiraten.«

»Frauen meines Standes?« Er hatte wie so oft das Gefühl, wenn er sich mit seiner Tante unterhielt, mitten in einen Roman aus der Viktorianischen Epoche hineingeraten zu sein. Aber er wusste auch, dass sie in der ihr eigenen unergründlichen Art Geld in den Treuhandfonds einbezahlt hatte, der vor Jahren für Rose errichtet worden war, als ihre gesundheitlichen Probleme offenkundig wurden.

»Ich bin sicher, du weißt, was ich meine. Du hast einen *Doktortitel.*«

Liam schüttelte den Kopf. »Also, ich muss nach Melbourne zurück. Anne, sag Jessica vielen Dank für ihre Bemühungen.«

Annes Augen blitzten. »Wir wissen alle, wer sich um Rose kümmert.«

»Psst«, erwiderte Liam.

»Die Kiefernnadelkissen können bleiben«, warf Camille

ein. »Sie sind in ihrer schlichten Machart ansprechend. Niemand soll behaupten können, Camille Neill sei hartherzig!«

»Danke, Camille.« Anne zwinkerte Liam hinter ihrem Rücken zu. »Ich sag ja: rauhe Schale, weicher Kern.«

»Da hat sie recht, Tante Camille.« Liam umarmte sie.

»Schluss mit der Gefühlsduselei.« Camille lehnte einen Moment lang ihren Kopf an seine Schulter, bevor sie davonhumpelte.

»Frauen deines Standes.« Anne lächelte. »Klingt wie eine aberwitzige Kombination aus Prüderie und Porno, Jane Austen und *Debbie Does Dallas*.«

Liam grinste und versuchte, alles, was er mitnehmen wollte, in seinem gesunden Arm zu verstauen. Anne half ihm dabei, doch plötzlich hielt sie inne und tätschelte seine Wange.

»Du bist ein Mann, wie man ihn sich nur wünschen kann, Liam Neill. Wie dein Cousin Jude.«

»Danke.«

»Meine Freundin Lily ist eine harte Nuss, aber gib nicht auf.«

»Zwischen uns läuft nichts. Es geht mir nur um Rose.«

»Aha. Trotzdem, denk an meine Worte – gib nicht auf. Sie braucht dich, Liam. Das war schon immer so.«

Liam schüttelte den Kopf, bemühte sich, die Gefühle zu verbergen, die ihre Worte in ihm ausgelöst hatten. Darauf verstand er sich hervorragend – Empfindungen zu verdrängen –, und deshalb runzelte er nur die Stirn und warf den Wäschesack über die Schulter.

»Glaub mir, das ist so.« Anne tätschelte ihm ein letztes Mal die Wange. »Seit sie HBA in unserer Stadt auftauchte. Richte ihr alles Liebe von mir aus, ja?«

»Mach ich.« Liam gelang es nicht, zu lachen, obwohl

Annes blitzende Augen ihn dazu aufforderten. Er machte Anstalten, das Kiefernnadelkissen im Wäschesack zu verstauen.

Anne senkte den Blick und deutete auf das Stickbild. »Seit Roses Geburtstag wurde Nanny nicht mehr gesichtet. Jude sagt, sämtliche Walbeobachtungsboote halten nach ihr Ausschau, haben bisher aber keine Spur von ihr entdecken können.«

»Wirklich? Normalerweise verbringt sie den ganzen Sommer hier und bleibt, bis es schneit.«

»Ich weiß. Jude meint auch, das sei merkwürdig.«

Sie verabschiedeten sich. Liam trat aus dem Gasthof und ging über den Parkplatz zu seinem Truck. Er hatte den Wagen des Kommandanten am Kai der Küstenwache abgeliefert und war vom Leuchtturmwärter nach Hause gefahren worden. Liam stieg ein, und als er auf der klippenreichen Straße gen Süden fuhr, blickte er auf die Bucht hinaus. Er sah die schwarzen Rücken mehrerer Finnwale, die sich auf dem Weg zu ihren Futterplätzen befanden. Glänzendes Schwarz, wie die Kuppe eines Hügels, der aus dem Wasser emporragte und in der Tiefe verschwand.

Sein Laptop lag neben ihm, und er fuhr an den Straßenrand, um Daten einzugeben. Auf dem Bildschirm blinkten grüne und purpurrote Punkte. Zahlreiche Haie hielten sich in den Gewässern rund um Halifax auf – viel mehr als gewöhnlich. Die purpurroten Punkte, die große weiße Haie kennzeichneten, waren hier besonders dicht. Liam tippte ›MM122‹ ein und wartete, dass Nannys grüner Punkt auf dem Schirm zu blinken begann, aber nichts rührte sich.

Liam versuchte es abermals – immer noch kein Signal. Hatte der Sender seinen Geist aufgegeben? Die Batterien waren mehrere Monate alt; er hatte sie im Sommer ersetzen wollen, sobald es Jude gelungen wäre, ihn mit seinem Boot nahe genug an Nanny heranzubringen. Sein Magen verkrampfte sich, als er an die Gefahren dachte, die ihr drohten. In der Bucht wimmelte es von Haien – das wusste er auch ohne die purpurroten Punkte, die ihm angezeigt wurden. Plötzlich fiel ihm wieder ein, wie gierig Gerard Lafarge Nanny mit seinem Feldstecher beobachtet hatte, an dem Tag, als Rose Geburtstag gefeiert hatte. Raubtiere gab es in allen Spezies. Allein der Gedanke machte ihn krank.

Er wählte Judes Handynummer.

»He, wo in Dreiteufelsnamen hast du gesteckt?«, begrüßte ihn Jude, der Liams Nummer auf dem Display gesehen hatte.

»Im Krankenhaus.«

»Wie geht es den beiden?«

»Sie halten sich tapfer, wie immer. Hör mal – Anne sagte, dass keines deiner Boote Nanny gesehen hat.«

»Stimmt. Sie ist spurlos verschwunden.«

»Ich habe gesehen, dass Lafarge sie beobachtet hat. Er hasst mich und kennt mein Verhältnis zu den Belugas, insbesondere zu ihr.«

»Wahrscheinlicher ist, dass er weiß, wie du zu Rose stehst, und am Tag ihrer Party bemerkt hat, wie begeistert sie und ihre Freundinnen von Nanny waren. Diese Ratte.«

»Glaubst du …«

»Mist, verdammter. Zutrauen würde ich es ihm. Ich werde mal klammheimlich meine Fühler ausstrecken. Ein Teil seiner Mannschaft gehört zu den Stammgästen der Bar in unserem Gasthof. Vielleicht kann ich etwas aus ihnen herausbekommen.«

Liam bedankte sich bei seinem Cousin und legte auf. Er musste los, nach Melbourne. Er ließ seinen Laptop eingeschaltet, gab ›MM122‹ ein und klickte die Suchfunktion an, damit er mit einem Piepton benachrichtigt wurde, sobald der Beluga auftauchte. Doch der Computer gab keinen Muckser von sich, und der Weg schien mit jeder Meile länger zu werden.

Nanny zu verlieren – daran mochte er nicht einmal denken. Erinnerungen an Connor gingen ihm durch den Kopf, aber mehr noch musste er an Rose denken. Wie sollte er ihr beibringen, dass Nanny etwas passiert sein könnte?

Das ging über seine Kräfte. Dafür fehlte selbst einem rauhbeinigen Burschen, einem mit allen Wassern gewaschenen Haiforscher der Mumm.

Lily saß neben der schlafenden Rose. Sonnenlicht flutete durch das Fenster. Sie hatte den ganzen Tag keinen Fuß vor die Tür gesetzt, so dass man leicht vergessen konnte, wie es im Sommer war. Sie stickte, wie immer, wenn sie im Krankenhaus war; aus diesem Grund ging ihr die Arbeit auch so flott von der Hand. Sie empfand es als tröstlich, die Nadel im Gitterleinen ein- und auszuführen, eine monotone, sich ständig wiederholende Bewegung, genau wie die Atmung oder der Herzschlag. Nach ein paar Minuten schloss sie die Augen, und die Bilder, die sie vor sich sah, stammten aus Sommern, die einer fernen Vergangenheit angehörten, aus ihrer Kindheit.

Ein Garten, angefüllt mit roten Rosen, orangefarbenen Taglilien und Geißblatt, ein betörender Duft, vermischt mit einem Hauch der herben salzhaltigen Luft … Die salzhaltige Luft in der Felsenlandschaft von Cape Hawk war nicht zu vergleichen mit den Gerüchen ihrer Kindheit, nach Dunstschleiern über dem Meer, gepaart mit dem Geruch der Gezeitenlinien an einem Sandstrand und dem leichten Fäulnisgeruch der sumpfigen Niederungen. Nicht, dass es in ihrer früheren Heimat keine Felsen gab … es gab sie durchaus. Lange Felsbänke aus Granitgestein, die zum Wasser hin abfielen, unmittelbar vor dem Cottage, das sie als ihr Zuhause empfunden hatte, solange sie denken konnte. Sie dachte an die Frau, die sie über alles liebte, bei der sie aufgewachsen war –

Lily öffnete die Augen. Nicht daran denken, ermahnte sie sich. Das war zu hart, zu schmerzlich. Sie betrachtete Rose, die an Drähte und Maschinen angeschlossen war, und wusste, wenn sie sich in Erinnerungen an die Vergangenheit verlor, würde sie die nächste Phase der Behandlung nicht durchstehen und zusammenbrechen. Sie nahm ihre Stickarbeit wieder auf, empfand die Bewegungen als beruhigend.

Sie hatte ihre Entscheidungen aus Liebe getroffen. Nicht weniger als das Leben mehrerer Menschen stand auf dem Spiel. Sie war mit der Lektüre der Nancy-Drew-Detektivgeschichten aufgewachsen, hatte Filme über Menschen gesehen, die untertauchten, ihre Identität wechselten. Ein solcher Schritt war stets mit tiefgreifenden Verlusten verbunden – man opferte die Familie, Beziehungen, die endlose Liebe zwischen den Generationen. Andererseits wurde dadurch auch etwas gerettet, nämlich Menschenleben. Es gab nicht nur die Mächte des Guten, sondern auch die Mächte des Bösen in der Welt, und Lily war ihnen begegnet. Niemand hätte ihr geglaubt, weil die Maske, die er trug, so überzeugend war. Er war ein Meister in der Kunst, sich zu verstellen.

Sie dachte an den Fall Scott Peterson, der unlängst für Schlagzeilen gesorgt hatte; sogar die Familie seiner Frau war anfangs auf seiner Seite gewesen. Vermutlich hätte nicht einmal Laci selbst es für möglich gehalten, dass er sie kaltblütig ermorden würde, bis sie seine Hände um ihren Hals spürte. Wie konnte Lily jemandem verständlich machen, dass sie alles, aber auch alles getan hätte, um Rose und sich selbst das Schicksal zu ersparen, das Laci und ihr ungeborener Sohn Conner erleiden mussten?

Sie schüttelte ihre Gefühle ab und musterte das halbfertige Stickbild; sie dachte an Liam, fragte sich, wo er gerade sein mochte, warum er noch nicht zurück war. Er hatte die Sachen abgeholt, die sie für Boston brauchte – ohne sie konnte sie nicht fahren. Sie redete sich ein, dass dies alles sei, dass er ihr nicht fehlte, sie brauchte weder seine Hilfe noch die eines anderen Menschen. Die Nanouks waren für sie da, und Liam hatte mehr als seinen Beitrag geleistet. Doch abgesehen davon, ging es nur um Rose und sie, so wie immer.

Da Rose tief und fest schlief, legte Lily die Stickerei beiseite und tastete den Brustkorb ihrer Tochter ab. Ganz leicht, nur mit den Fingerspitzen, um den Herzschlag zu spüren. Sie dachte an die Zeit kurz nach Roses Geburt. Die Entbindung war ohne Komplikationen zu Hause vonstatten gegangen. Alles schien in bester Ordnung. Sie war überglücklich und erleichtert, dass sie sich in Sicherheit befanden, wenngleich der Gedanke sie traurig stimmte, dass ihre Großmutter das Baby nicht kennenlernen konnte, noch nicht, und nur der Himmel wusste, wann der Tag kommen würde.

Roses erstes Bad …

Lily hatte das Waschbecken mit Wasser gefüllt und mit dem Ellenbogen die Temperatur geprüft, ein Rat ihrer Großmutter in den ersten Monaten der Schwangerschaft, als jede Lektion von unschätzbarem Wert und der Gedanke, ein Kind zu bekommen, neu und unfassbar gewesen war. Sie hatte das Gefühl, ihre Großmutter sei bei ihr, um ihr zu sagen, dass sie ihre Sache gut machte.

Während sie Rose hielt und liebevoll betrachtete, hatte sie den kleinen Brustkorb berührt und etwas Seltsames unter ihren Fingerspitzen ertastet. Nicht das beruhigende Klopfen des Herzens, sondern ein Vibrieren, dem Schnurren einer Katze ähnlich, das aber nicht mit dem Herzschlag, sondern im Anschluss daran erfolgte. Rose sah sie an, genoss offenbar ihr erstes Bad im warmen Wasser, und deshalb hatte sie den Gedanken zu verdrängen versucht. Aber sie fühlte sich beunruhigt und prüfte ständig nach, ob das kaum merkliche Zittern noch vorhanden war.

Wenige Tage später trat der erste hypoxämische Anfall auf, bei dem Rose blau anlief.

Liam war bei ihr gewesen – wie jeden Tag seit Roses Geburt. Sie fühlte sich gehemmt in seiner Gegenwart, weil er während der Entbindung einiges gesehen und gehört hatte, doch insgeheim waren ihr seine Besuche willkommen.

Die Tage waren lang, und es war noch hell draußen, wenn er nach der Arbeit auf dem Forschungsschiff kurz bei ihr vorbeischaute. Er führte Haistudien an den Surfstränden östlich von Halifax durch, kehrte aber jeden Abend nach Cape Hawk zurück, um bei Rose und Lily nach dem Rechten zu sehen.

Die Sonne verschwand hinter den Kiefern, und das Cottage war von langen Schatten und goldenem Licht erfüllt. Lily genoss die Abendstimmung und verzichtete darauf, eine Lampe einzuschalten; sie wiegte Rose, stillte sie im Dämmerlicht. Wenn Liams Truck die steinige Zufahrt entlangratterte, wickelte sie Rose in eine Decke und wartete darauf, dass seine Schritte auf der Veranda erklangen.

Meistens war er mit Lebensmitteln bepackt, wenn er das Haus betrat. Lily fühlte sich unbehaglich – er weigerte sich, Geld dafür anzunehmen, und sie konnte sich beim besten Willen nicht vorstellen, weshalb er das alles für sie tat. Unmittelbar nach dem Auszug aus dem Gasthof waren sie sich in der Stadt begegnet – als er sie sah, eine Fremde, die ein Kind erwartete, war ihm schlagartig klar geworden, dass sie die Frau gewesen sein musste, die er in dem Zimmer weinen gehört hatte. Er hatte sie angesprochen, weil sie Bücher in dem Zimmer vergessen hatte, und gefragt, ob er sie ihr vorbeibringen solle. Es war reiner Zufall, dass er ausgerechnet an jenem Abend aufgekreuzt war, an dem Rose geboren wurde – und sie angetroffen hatte, als die Wehen eingesetzt hatten.

Danach war er jeden Tag gekommen. Er hatte ihr angeboten, den Laden neben seinem Büro zu mieten, für ein Geschäft ihrer Wahl. Er hatte Lebensmittel und Windeln mitgebracht und gesagt, sie könne ihre Schulden begleichen, sobald sie Fuß gefasst habe.

Während sie die Lebensmittel verstaut hatte, hielt er Rose für sie. Das schien das Mindeste zu sein, was Lily tun konnte – er hing offensichtlich an dem Kind, das mit seiner Hilfe zur Welt gekommen war. Doch wenn sie sah, wie er Rose mit seinem gesunden Arm behutsam an sich drückte, füllten sich ihre Augen mit Tränen. Diese Art von Zärtlichkeit hätte eigentlich dem Vater vorbehalten sein müssen – doch Roses Vater würde sein Kind nie kennenlernen, es nie zu Gesicht bekommen, ja nicht einmal von seiner Existenz erfahren, wenn es nach ihr ging.

»Lily?«, hatte Liam gerufen.

Seine Stimme war ruhig, aber sie hatte einen Beiklang, der sie veranlasste, die Tüte mit den Lebensmitteln auf dem Boden abzustellen und zu ihm zu eilen.

»Was ist?«

Rose wirkte unruhig; sie atmete doppelt so schnell wie normal. Die Schatten der Kiefern, die durch das Fenster fielen, hatten es zunächst kaschiert – der Raum war in violettes, schiefergraues und purpurrotes Licht getaucht –, doch als Lily das Licht einschaltete und es hell im Raum wurde, sah sie, dass Rose blau angelaufen war.

»O Gott, was soll ich tun?«, rief sie, einer Panik nahe.

»Ruhe bewahren. Sie atmet … es besteht keine Erstickungsgefahr. Wir sollten den Kinderarzt anrufen.«

Lilys Hände zitterten so sehr, dass er die Telefonnummer des von Anne empfohlenen Arztes in Port Blaise heraussuchte. Lily war mit Rose zur Generaluntersuchung bei ihm gewesen, und alles schien in Ordnung zu sein. Doch als sie nun mit Dr. Durance telefonierte, stellte er Fragen, die ihr Sorge bereiteten.

»Wirkt Rose manchmal ziemlich unruhig? Geradezu zappelig? Trinkt sie problemlos? Schwitzt sie beim oder nach dem Stillen? Hat die Haut einen leicht bläulichen Schimmer?«

»Ja«, antwortete Lily auf sämtliche Fragen; sie konnte den Gedanken nicht länger verdrängen, dass alles auf das seltsame Vibrieren unter ihren Fingerspitzen hinauszulaufen schien. Ja, ja, ja … Sie erzählte dem Arzt, was sie ertastet hatte, und er meinte: »Klingt nach Herzgeräuschen.«

Waren Herzgeräusche etwas Ernsthaftes? Nein, vermutlich nicht – oder doch? Lily erinnerte sich an eine Schulkameradin, die Herzgeräusche gehabt hatte. Sie hatte sie als Vorwand benutzt, um vom Sportunterricht befreit zu werden – das war alles. Wuchs sich das bei Kindern nicht aus? Auf ihre diesbezügliche Frage hatte Dr. Durance geantwortet: »Normalerweise schon.«

Sie wurden gebeten, Rose in die Praxis zu bringen. Damals hatte Liam zum ersten Mal darauf bestanden, mitzukommen – Lily war zu aufgewühlt gewesen, um abzulehnen. Er fuhr, während sie Rose auf dem Schoß hielt.

Dr. Durance führte eine Standarduntersuchung durch, diagnostizierte Herzgeräusche und überwies Rose umgehend an das regionale medizinische Zentrum für weitere Tests. Dort wurde ein Doppler-Echokardiogramm gemacht, bei dem die Herzfrequenz beobachtet, die Dicke der Herzwand gemessen und die Anzahl der Herzklappen auf dem Bildschirm sichtbar gemacht wurden.

Der Test glich den Ultraschalluntersuchungen, die während Lilys Schwangerschaft zu Hause, in Neu-England, durchgeführt worden waren. Sie wusste, der Arzt würde eine Ultraschallsonde gegen Roses Brust halten, die er hoffentlich angewärmt hatte. Die Hochfrequenzwellen, die in den Brustraum eindrangen, übermittelten Bilder vom Herzen und anderen Körperstrukturen.

Heute, neun Jahre später, ruhte Lilys Hand prüfend auf Roses Brustkorb, während ihre Tochter schlief. Das Ultraschallverfahren fand Rose faszinierend – sie sammelte eifrig die Bilder, die von den Ärzten für sie ausgedruckt wurden, und hatte im Rahmen eines Schulprojekts erläutert, dass es genauso funktionierte wie das Ortungssystem der Fledermäuse bei Dunkelheit – mit Hilfe von Schallwellen, die von den Objekten zurückgeworfen wurden. Abends auf Cape Hawk, wenn sie die schrillen Schreie der Fledermäuse in den Wäldern vernahmen, hatten sie keine Angst, sondern fühlten sich durch die Anwesenheit der kleinen Kreaturen beruhigt.

Gleich die ersten Ultraschalluntersuchungen hatten zur Diagnose der Fallotschen Tetralogie geführt. Sie hatte erfahren, dass Roses bläuliche Hautfärbung von einer Zyanose herrührte – einer verminderten Sauerstoffsättigung des Blutes in der Lunge, auch Blausucht genannt. Doch dabei handelte es sich letztlich nur um ein Symptom – die Ursache war die Fallotsche Tetralogie. Allein der Begriff klang so monströs wie kennzeichnend für die Krankheit: eine vierköpfige Hydra, grausam und gefährlich, tödlich, wenn man sie ignorierte. Sie erforderte eine Operation am offenen Herzen, und deshalb war Lily mit ihrem Baby nach Boston geflogen, in eines der besten Herzzentren des Landes. Und Liam hatte die Kosten übernommen.

»Das kann ich nicht annehmen«, hatte Lily voller Panik gesagt.

»Du musst. Es ist nicht für dich, sondern für Rose.«

Er war überraschend in der Klinik aufgetaucht, kurz bevor Rose für die Operation ruhig gestellt wurde. »Ich muss doch meine Kleine besuchen«, sagte er.

Sie hatte versucht, ihre Fassung zu bewahren. *Meine Kleine* … genau das hätte Roses Vater eigentlich sagen sollen; die aufgestauten Gefühle, die unter der Oberfläche brodelten, brachen aus ihr heraus. Aufschluchzend war sie aus dem Zimmer gelaufen.

»Was ist los, habe ich etwas Falsches gesagt?« Liam war ihr nachgegangen.

»Du bist nicht ihr Vater. Was geht dich das Ganze an, warum bist du hier?«

»Und ob mich das etwas angeht, Lily. Schließlich habe ich Geburtshilfe geleistet.«

»Wenn ich das nur ungeschehen machen könnte.« Lily stand weinend in einer Ecke des Korridors, während Leute achtlos an ihr vorübereilten – sie befanden sich auf der Kinderkardiologie-Station, und Mütter, die ihre Fassung verloren, waren ein gewohnter Anblick.

»Was möchtest du ungeschehen machen? Dass ich zur Stelle war?«

Lily schluchzte und hatte das Gefühl, in tausend Scherben

zu zerspringen. Als die Wehen einsetzten, in der Nacht, als Rose geboren wurde, war ihr Liam wie ein von Gott gesandter Engel erschienen. Sie war mutterseelenallein an der entlegenen Felsenküste des nördlichsten Zipfels von Nova Scotia gestrandet, auf der Flucht vor einem Mann, der ihr nach dem Leben trachtete, dem Vater ihres Kindes. Sie hatte auf dem Küchenfußboden gelegen, völlig erschöpft von den heftigen Wehen hatte sie ihren Schmerz laut herausgeschrien, da sie wusste, dass sie sich in Sicherheit befand – dass niemand sie hören konnte.

Liam hatte den Raum betreten, die Bücher, die er ihr bringen wollte auf den Boden geworfen und war zu ihr geeilt, hatte sich neben sie gekauert – ein Fremder, der in der Stunde ihrer größten Not auftauchte.

»Was glaubst du wohl, warum ich es damals für sicherer hielt, mein Baby allein zur Welt zu bringen, als jemanden um Hilfe zu bitten?«

»Es gab niemanden, dem du vertraut hast«, sagte er.

»Ich kannte niemanden; ich wusste nicht, ob er nach mir sucht, überall Fragen stellt … ich hatte Angst, dass mich jemand verraten würde.«

»Du warst ganz allein, Lily.«

Lily hatte ihm in die Augen geblickt – niemand außer Liam konnte nachempfinden, wie alleine sie sich damals wirklich gefühlt hatte. Er wusste es, aus eigener Erfahrung.

Sie konnte ihm nicht von den Träumen erzählen, in denen er eine Rolle spielte – wunderbare Träume von einem einarmigen Mann, der sich über sie beugte, während Tränen über seine Wangen liefen, der sie hielt und stützte, während sie ihr Kind auf dem Küchenfußboden gebar, der Rose auffing, als sie herauskam, der sie behutsam in seinem gesunden Arm hielt und sie Lily reichte.

Seit Lily ihren Mann verlassen hatte, was erst wenige Wochen her gewesen war, hatte sie von Ungeheuern geträumt. Von furchteinflößenden Ungeheuern, die ihre Gestalt wechselten und sie bei lebendigem Leib auffressen wollten. Sie hatte geglaubt, einen charmanten, gutaussehenden Mann zu heiraten. Er spielte seine Rolle überzeugend, jeder nahm sie ihm ab. Sein Lächeln war perfekt, seine Zähne waren weiß und ebenmäßig. Doch in ihren Träumen hatte er ebendiese Zähne benutzt, um sie wie die Fänge eines Raubtiers in ihr Fleisch zu schlagen, sie auszusaugen, gierig nach ihrem Blut – so wie er sie im wirklichen Leben finanziell ausgesaugt hatte, gierig nach ihrem Geld gewesen war.

Er hatte ihr das Herz gebrochen. Sie dachte an all die Lügen, die er ihr aufgetischt hatte. Wie er ihr das Gefühl vermittelt hatte, an den Problemen in ihrer Ehe trüge ausschließlich sie die Schuld. Sie sei zu anspruchsvoll, zu besitzergreifend, zu misstrauisch. Jedes Mal, wenn sie ihn verdächtigte, sie zu betrügen oder anderswo gewesen zu sein, als er behauptete, hatte er den Spieß umgedreht und sie zum Sündenbock gemacht. Als sie schließlich die Wahrheit herausfand, war ihr Herz ein einziger Scherbenhaufen.

In ihren Träumen war ihr Mann ein Teufel und der von einem Hai verunstaltete Liam ein Engel. Das Leben zeichnete solche Zerrbilder, die einen Menschen verwirren konnten.

An jenem Tag in der Klinik, als Lily in einer Ecke des Ganges ihren Tränen freien Lauf ließ, hatte sie Liams warmen Atem an ihrem Nacken gespürt.

»Wein doch nicht, Lily«, hatte er geflüstert. »Die Ärzte hier sind die besten im ganzen Land. Sie ist in guten Händen …«

»Ich fürchte, ich bin an ihrer Herzerkrankung schuld«, gab sie flüsternd zurück.

»Wie denn? Das ist unmöglich.«

»Du weißt nicht, wie das damals war.« Erregt lief sie im Gang auf und ab. »Ich war ständig in Unruhe, die ganze Zeit, die ich mit ihm zusammen war, mit Roses Vater. Und dann dieses Engegefühl in der Brust – ich dachte jedes Mal, es sei ein Herzanfall. Ich hatte fürchterliche Angst. Damals war ich schon schwanger, und vermutlich wurde die Gesundheit des Babys dadurch beeinträchtigt.«

»Du meinst, durch deine Empfindungen? Nein.«

»Ich hätte ihn früher verlassen sollen.«

»Lily, ich weiß nicht, was genau passiert ist, warum du ihn verlassen hast. Ich wünschte, du würdest es mir erzählen.«

»Ich kann nicht.« Sie hatte schon viel zu viel gesagt. Ihr Mann hatte stets großen Wert darauf gelegt, alles zu vertuschen. Er hatte sie nie geschlagen – kein einziges Mal. Er war nie handgreiflich geworden, denn das hätte Spuren hinterlassen. Und sie hatte nie die Polizei gerufen – weil es keine gesetzliche Handhabe gegen ihn gab. Was er tat, war mörderisch, aber nicht gesetzeswidrig. Niemand würde ihr glauben, dass ihr Mann ein Mörder war.

»Doch, du kannst«, sagte Liam mit Nachdruck. »Ich werde alles tun, um dir zu helfen … Er kann dir nicht mehr gefährlich werden. Ich werde dafür sorgen, dass er dir nie wieder ein Haar krümmt.«

»Du verstehst das nicht. Das Gesetz ist auf seiner Seite. Wenn man nicht selbst Opfer häuslicher Gewalt geworden ist, kann man das Ganze nicht nachvollziehen. Er war ein Raubtier.«

»Ich glaube dir.«

»Und glaubst du auch, dass sich Roses Krankheit darauf

zurückführen lässt, was uns vor ihrer Geburt widerfahren ist? Denn das ist die Wahrheit. Wir leiden beide an gebrochenem Herzen.«

»Wenn du es sagst.« Liam hatte mit ernster Miene ihr Gesicht berührt. »Ich glaube dir.«

»Danke.«

»Lily, hör mich an. Was immer er dir auch angetan hat, ich möchte, dass du eines weißt: Rose und du, ihr könnt auf mich zählen – ich werde immer für euch da sein. Es soll euch an nichts fehlen.«

»Das kann ich nicht annehmen …«

»Wenn du es nicht für dich selbst annehmen kannst, dann tu es für Rose. Ich bin Biologe, kein Mediziner. Aber eines weiß ich – ihr beide liegt mir am Herzen, seit ich Rose auf die Welt geholfen habe. Ich hätte nie gedacht, dass ich jemals so etwas versprechen würde, Lily – ich war nie verheiratet, nie verlobt, nie Vater. Ich bin weder verwandt mit euch noch verschwägert, aber ich werde immer für euch da sein, solange ich lebe. So ist es nun mal.«

»Liam …«

»So ist es nun mal«, sagte er mit ernstem, beharrlichen Blick. »Ob es dir gefällt oder nicht.«

Und dann hatte der Doktor sie hereingerufen. Es war an der Zeit, Rose in den OP zu bringen, der Eingriff konnte beginnen. Lily, die reglos dastand, als die Liege mit ihrer Tochter entschwand, hatte das Gefühl, als würde ihr Herz bersten – doch Liam hatte ihre Hand genommen. Er hatte sie die ganze Zeit über gehalten, während Rose im OP war. Das Ärzteteam führte eine doppelte Bypass-Operation an ihrem kleinen Baby durch, unter Anlage eines Blaylock-Taussig-Shunts – damit sich die Lungendurchblutung verbesserte.

Erst als die Ärzte wieder auftauchten, ließ Liam Lilys

Hand los. Was er gesagt hatte, klang tröstlich – sehr edelmütig. Doch Rose hatte den Eingriff überlebt, so dass jeder wieder seiner Wege gehen konnte. Die Chirurgen erklärten ihr und Liam, dass dieser Eingriff lediglich eine zeitweilige Erleichterung sein würde, bis Rose alt genug für eine umfangreichere Operation sei.

»Umfangreicher?« Lily spürte, wie ihre Knie schwach wurden.

»Mrs. Malone, Fallotsche Tetralogie bedeutet, dass vier verschiedene Defekte vorhanden sind. Es bedarf einer umfassenden, komplexen Operation zur vollen Wiederherstellung der Herzfunktion. Bis dahin liegt noch ein harter Weg vor ihr. Aber Rose ist ein erstaunliches Mädchen – stark, eine Kämpferin.« Das Gespräch plätscherte dahin, aber Lily hörte nicht mehr zu. Sie verschloss sich, unfähig, die Schreckensnachricht zu verdauen.

»Das stehen wir nicht durch«, sagte Lily schluchzend zu Liam, als die Ärzte gegangen waren.

»Doch, das schaffst du. Du musst.«

»Ich kann nicht. Ich kann nicht mit ansehen, wie sie leidet.«

»Lily, meine Mutter konnte mich auch nicht leiden sehen, nach dem Tod meines Bruders. Ich musste ebenfalls zahlreiche Operationen über mich ergehen lassen. Deshalb hat sie sich einfach … ausgeklinkt. Ich hätte sie gebraucht, genau wie Rose dich braucht. Ich habe dir etwas versprochen und ich werde dieses Versprechen niemals brechen – ich werde immer für euch da sein. Wenn du jemanden brauchst, der dir den Rücken stärkt, ruf mich an, und ich werde zur Stelle sein. Der Doktor hat recht: Rose *ist* eine Kämpferin. Du wirst sehen. Sie ist ein Phänomen.«

»Ein Phänomen«, murmelte Lily und sah ihn mit verweinten Augen an.

»Das war mir schon in der Minute klar, als sie geboren wurde.«

»Wie meinst du das?«

»Nun, das werde ich dir irgendwann einmal verraten.«

Auch heute, neun Jahre später, war der harte Weg noch nicht zu Ende. Lily saß an Roses Bett. Liams Luftballons waren am Gitter festgebunden. Sie waren geschrumpft, aber Rose weigerte sich, sie wegnehmen zu lassen. Lily sah auf ihre Uhr – Liam war noch nicht zurück. Sie versuchte wieder zu sticken, aber sie war nicht bei der Sache – es gelang ihr nicht, sich auf das Gitterleinen zu konzentrieren.

Sie hatte ihm ständig gesagt, dass seine Anwesenheit überflüssig sei, doch in Wahrheit fühlte sie sich leer, wenn er weg war. Seit sie Roses Vater vor neun Jahren verlassen hatte, war sie stark und selbstsicher geworden. Sie hatte sich eingehend über das Thema häusliche Gewalt informiert und erkannt, in welcher Gefahr sie sich damals befunden hatte. Sie hatte sich mit ihren Schuldgefühlen, weil sie so lange bei ihm ausgeharrt hatte, auseinandergesetzt und auch mit ihrem Kummer über die erlittenen Verluste. Sie war eine Kämpferin, genau wie Rose.

Doch in Augenblicken wie diesen erkannte sie, wie viel ihr Liams Versprechen bedeutet hatte. Da sie stark und zäh war, wollte sie sich auf niemanden verlassen. Doch Liam gehörte einer eigenen Kategorie an – er war nicht einfach irgendwer. Sie redete sich ein, dass sein Versprechen Rose galt. Rose liebte ihn – daran konnte es keinen Zweifel geben.

Und deshalb erhob sich Lily, Rose zuliebe, von ihrem Stuhl und ging zum Fenster. Das Mahnmal, das an den Ersten Weltkrieg erinnerte, schimmerte in dem spiegelnden Wasser des Teiches. Einige Ärzte und Klinikbesucher hatten Stühle in den Schatten der Bäume gestellt und lasen. Lily presste ihre Stirn an die Glasscheibe und versuchte, den Reiher zu entdecken. Doch der Vogel war von dieser Stelle aus nicht zu sehen.

Und auch von Liam gab es keine Spur. Vielleicht hatte er es satt, sie mit sanfter Gewalt zu zwingen, ihn sein Versprechen halten zu lassen. Sie konnte es ihm kaum verdenken.

Die Sache war nur: Er hatte ihr nie erzählt, warum er Rose als ›Phänomen‹ bezeichnet hatte. Vielleicht hatte sie nichts davon hören wollen oder Angst gehabt, ihm zu glauben. Doch angesichts der schweren Operation, die vor Rose lag und ihr vielleicht endlich ein gesundes Herz bescheren würde, fand Lily es an der Zeit, die Geschichte zu erfahren. Sie ertappte sich bei der Hoffnung, dass Liam bald zurückkehren möge.

Kapitel 18

Liam bog um kurz vor acht auf den Parkplatz der Klinik ein – vielleicht hatte er noch die Chance, Rose zu sehen, bevor die Besuchszeit endete. Was er gerade auf dem Computerbildschirm entdeckt hatte, versetzte ihn in helle Aufregung – MM122, blinkend, lebendig und in Sicherheit, doch an einem völlig unerwarteten Ort, so dass er es zunächst einmal unterlassen hatte, die Koordinaten des GPS ins Programm einzugeben – weil sie so unwahrscheinlich anmuteten.

Als er die Eingangshalle betrat und in den Fahrstuhl stieg, war er verblüfft – die urwüchsige frische Luft von Cape Hawk stand im krassen Gegensatz zu der hermetisch abgeriegelten Atmosphäre des Krankenhauses. Wann würde Rose so weit wiederhergestellt sein, dass sie nicht mehr Dauergast in solchen Gefängnissen sein musste? Seine Aufregung darüber, dass er Nanny gefunden hatte, schwand, wich einem nahezu physischen Schmerz, wenn er an Roses eingeschränktes Leben dachte – das neunjährige Mädchen, das er liebte, hatte viele Tage in diesem Kerker verbringen müssen, eingesperrt in ihrem eigenen Körper.

Doch als er das Stockwerk erreichte, auf der sich die Station befand, hatte er sich beruhigt, und seine Miene war beherrscht. An der geöffneten Tür ihres Zimmers blieb er stehen.

Lily hatte den Stuhl neben das Bett gezogen und stickte, während Rose las. Die dunklen Haare fielen ihr ins Gesicht, eine akkurate Frisur wie die Schwingen eines Raben. Sie versperrten ihr die Sicht, aber Rose hob den Blick von ihrem Buch und sah Liam über den gebeugten Kopf ihrer Mutter hinweg auf der Schwelle stehen. Er setzte sein strahlendstes Lächeln auf.

»Du bist wieder da!«, rief Rose.

»Keine noch so wilden Pferde hätten mich fernhalten können.«

»Gibt es wilde Pferde in Nova Scotia?«

Er tat, als sei er tief in Gedanken versunken. »Wilde Adler, wollte ich sagen.«

»Oder wilde Wale.«

Lily lächelte, doch ihr Blick schweifte durch den Raum, schien ihn um jeden Preis zu meiden. Er konnte sich keinen Reim darauf machen – normalerweise hatte sie kein Problem damit, ihn unverblümt mit diesem unergründlichen Ausdruck in den Augen zu mustern. Meistens lag eine Herausforderung in ihnen – ihr Kinn war trotzig erhoben, als wollte sie sagen: »Nur zu!« Doch im Moment wirkte sie fast zerbrechlich, als hätte sie jede Kampfeslust eingebüßt, und ihre Hände, die das Gitterleinen hielten, zitterten.

Er hätte sie gerne danach gefragt, aber das musste warten, bis sie beide außer Hörweite waren. Also packte er den Beutel aus, den Anne ihm mitgegeben hatte.

»Das soll ich euch von Anne geben. Das Kissen hat deine Freundin Jessica gemacht.«

»Meine allerbeste Freundin.«

»Das scheint auf Gegenseitigkeit zu beruhen.«

»Das ist ja Nanny!« Rose berührte den gestickten Wal. »Das Kissen riecht nach zu Hause.«

»Es ist ja auch mit Kiefernnadeln von Cape Hawk gefüllt«, sagte Liam.

»Warum steht da ›Bringt Rose Heim‹?«

»Sie vermisst dich«, sagte Lily und warf Rose einen verschwörerischen Blick zu, der Freude und Triumph ausdrückte.

»Das kann ich nur bestätigen«, meinte Liam. »Die Nanouks helfen ihr, noch mehr Kissen zu machen und sie im Gasthof zu verkaufen, um Geld für deine Behandlung zu sammeln, damit du so schnell wie möglich gesund wirst. Das wünscht sich auch Nanny. Und sie teilt es dir auf die anschaulichste Weise mit, die man sich nur vorstellen kann, Rose.«

»Ich möchte ja gesund werden«, erwiderte Rose kleinlaut.

»Das wirst du auch«, sagte Lily. »Du bist schon dabei. Und mit jeder Minute geht es ein wenig mehr bergauf.«

»Die Sachen hat Jessica ebenfalls gebastelt. Für dich, damit du sie den Schwestern schenken kannst.«

Lily und Rose stöberten in der Plastiktüte mit dem Kiefernzapfen-Schmuck, doch plötzlich entschuldigte Lily sich, ließ ihr Stickzeug fallen und eilte auf den Flur hinaus. Liam wäre ihr gerne gefolgt, aber Rose sah ihrer Mutter ängstlich nach, und deshalb zwang er sich, sitzen zu bleiben.

»Warum ist sie nach draußen gegangen?«, fragte Rose.

»Vielleicht holt sie die Schwestern.«

»Wir fliegen morgen nach Boston.«

»Ich weiß.«

»Hast du Jessica gesehen? Ich hatte schon Angst, dass sie überlegt, ob sie sich nicht eine neue beste Freundin suchen sollte. Ich könnte es ihr nicht verdenken – ich bin ja nicht mehr da.«

»Du wirst bald wieder zu Hause sein. Und wie mir scheint, hat sie nur eine beste Freundin – dich. Deshalb heißt es auf den Kissenhüllen ›Bringt Rose Heim‹.«

»Nanny und sie warten auf mich?«

»Rose«, begann Liam. Er wusste nicht, wie er ihr die Sache begreiflich machen sollte. Rein wissenschaftlich gab es dafür keine Erklärung – und deshalb zögerte er, sie zu erwähnen, bis er Gewissheit hatte.

»Kommst du mit uns nach Boston?«, riss ihn Rose aus seinen Gedanken.

»Das würde ich mir nie entgehen lassen.«

»Manchmal frage ich mich …« Sie verstummte. Liam drängte sie nicht und machte auch keinen Versuch, ihr jedes Wort aus der Nase zu ziehen. Sie räusperte sich. Er sah die Schläuche und Drähte, die in ihren Körper hinein- und hinausführten, hörte das Sirren und Klicken der Maschinen ringsum. Er hätte sie am liebsten auf den Arm genommen, sie gewiegt und ihr gesagt, dass alles gut werden würde. Doch sie wusste zu gut Bescheid über ihre Krankheit, um aus solchen Gemeinplätzen Trost zu schöpfen. Die Augen der Neunjährigen waren wissender als die so mancher Professoren, die an seinem College unterrichtet hatten.

»Was fragst du dich, Rose?«

»Ich frage mich, was Mom ohne mich anfangen würde. Ich bin alles, was sie hat.«

Er sah, wie sie den Arm ausstreckte, um seine Hand zu halten, und kam ihr entgegen. Aber sie reichte an seiner gesunden Hand vorbei und ergriff stattdessen die Prothese. Ihre kleine Hand mit dem bläulichen Hautton und den keulenartigen Fingerkuppen umklammerte seine große, künstliche, plumpe Hand. Die Geste berührte und erschütterte ihn zugleich, und es fiel ihm schwer, es zu verbergen. Rose sah ihm in die Augen.

»Vielleicht bin ich aber nicht der einzige Mensch, den sie hat«, sagte sie.

Liams Herz klopfte. Sie dachte nicht daran, den Blick abzuwenden.

»Vielleicht nicht, Rose.«

Sie sahen sich lange an, und Liam spürte, wie er stillschweigend ein weiteres Versprechen ablegte, das er nicht in Worte fassen konnte.

Als Lily zurückkehrte, war alles klar. Die Sonne war untergegangen und die Scheinwerfer am Fuße des Kriegerdenkmals brannten. Liam sah ihr gleißendes Licht draußen vor dem Fenster. Er dachte an den Tag vor vielen Jahren zurück, als sein Bruder geboren wurde. Es gab so viel Liebe auf der Welt, dass es unvorstellbar schien, sie könnte jemals verloren gehen.

Während er zusah, wie Lily Roses Haare bürstete und sie für die Nacht vorbereitete, ihre letzte Nacht in diesem Krankenhaus, wurde ihm etwas klar: Es hatte mit Connor zu tun, mit seinen Eltern, mit Lily und Rose und mit ihm selbst. Es war ihm nie bewusst geworden, doch nun würde er es nie mehr vergessen. Er musste es Lily erzählen, noch heute. Und er musste ihr etwas zeigen, was sogar ihm selbst unglaublich vorkam.

Nachdem Rose den Schwestern die Kiefernzapfen-Ohrringe geschenkt hatte, der Doktor ein letztes Mal zur Visite erschienen war, die Nachtschwester ihr ein Schlafmittel verabreicht hatte und Rose eingeschlafen war, packte Lily. Sie sah sich immer wieder im Raum um, meinte, etwas vergessen zu haben. Aber sie hatte alles – ihre Reisetasche, das Stickzeug, den Zimmerschlüssel des Hotels und das von Liam mitgebrachte Kiefernnadelkissen. Liam wartete an der Tür und beobachtete sie trotz aller Aufregung geduldig, als wollte er ihr alle Zeit der Welt lassen.

Sie traten ins Freie, wo die Nachtluft vergleichsweise schwül schien, nach der klimatisierten Kühle der Klinik. Lily war nervös und angespannt angesichts dessen, was am nächsten Tag bevorstand, aber auch zutiefst erschöpft. Sie ging auf seinen Truck zu, als sie plötzlich spürte, wie er ihren Arm nahm.

»Was ist?«

»Komm, wir gehen ein paar Schritte.«

Lily sah ihn verdutzt an, aber es kam keine Erklärung. Er führte sie in die entgegengesetzte Richtung, zum Stadtpark. Jugendliche amüsierten sich in dem muschelförmigen Musikpavillon, lachten und spielten Radiomusik. Liam lotste sie um die öffentlichen Grünanlagen herum zum spiegelnden Teich. Das Denkmal, von Halogenlampen angestrahlt, ragte in den dunstverhangenen Himmel empor. Lily sah das Spiegelbild in dem langen Wasserbecken schimmern und verspürte einen Anflug von Heimweh nach dem Meer.

»Weißt du, was mir fehlt …«, begann sie.

»Was, Lily?«

»Salzwasser.«

»Das gibt es hier auch, am Fuß des Hügels. Im Melbourne Harbor …«

»Ich weiß. Aber ich vermisse Cape Hawk. Und noch mehr vermisse ich meine Heimat.«

»Ich dachte, Cape Hawk sei deine Heimat, dein Zuhause.«

»Vor Cape Hawk.« Lilys Kehle war wie zugeschnürt; Erinnerungen überfluteten sie, an den warmen Sand, die silbergrüne Marsch und den geliebten Rosengarten, gehegt und gepflegt von einer Frau, die sie ihr ganzes Leben lang geliebt hatte. Was hatte das zu bedeuten? Normalerweise hatte sie sich gut im Griff, vor allem wenn es galt, sich für einen weiteren medizinischen Eingriff bei Rose zu wappnen. Doch nun fürchtete sie, vor Kummer und Sehnsucht zu vergehen.

»In der Nacht, als Rose geboren wurde, hast du um dein Zuhause geweint«, sagte Liam.

»Ich wusste, ich würde es nie wiedersehen.«

»Und du hast gerufen ›Ich brauche dich, ich brauche dich …‹«

Lily nickte und sah zu der Granitsäule empor. Er wartete geduldig auf eine Erklärung, doch sie traute sich nicht. Sie hatte Angst, damit ein Erdbeben in ihrem Inneren auszulösen. Sie musste ihre Gefühle in Schach halten, sie unterdrücken, damit das Fundament ihres Lebens nicht ins Wanken geriet. Die ersten Erschütterungen waren bereits zu spüren, gewannen an Stärke, und sie wollte das Schicksal lieber nicht zu einer Machtprobe herausfordern.

»Wen hast du gebraucht, Lily?«

»Ich würde es dir gerne sagen, Liam. Aber ich kann nicht.«

»Du bist in Sicherheit. Ich werde dich beschützen.«

»Du kannst mich nicht vor meinem eigenen Herzen schützen. Es bricht, wenn ich nur an sie denke – ich bringe es nicht fertig, von ihr zu sprechen.«

Er schwieg lange; Grillen zirpten im Gebüsch, Tiere raschelten im Gehölz. Lilys Herz war schwer – von der Bürde einer Liebe, die so tief in ihrem Inneren vergraben war, dass sie fast nicht mehr daran gedacht hatte. Sie sah ein vertrautes Lächeln aufblitzen, blaue Augen, silbernes Haar, knorrige Finger, die den Holzgriff eines Spatens umfassten.

»Ich wünschte, du könntest sie kennenlernen.« Sie blickte auf, in Liams tiefblaue Augen. »Sie war schon immer sehr wichtig für mich – die wichtigste Bezugsperson, bis Rose geboren wurde. Ich weiß, es sieht so aus, als sei ich undankbar. Aber das hat sich dieses Mal geändert. Ich weiß, was du für mich getan hast, für Rose. Ich danke dir, dass du bei uns bist. Das Warten fällt so schwer … und ich mache mir große Sorgen, Liam.«

»Wegen der Operation?«

Lily nickte und schlang die Arme um sich. Die Grillen machten einen Heidenlärm. Fledermäuse kreisten um das orangefarbene Licht des Denkmals. Ihr Herz sank, als sie an Roses Schulaufsatz über Echokardiogramme und das Sonarsystem der Fledermäuse dachte.

»So etwas ist mir noch nie passiert. Rose ist – nun, du kennst sie ja. Alle sagen, sie sei eine Kämpferin, und das stimmt. Das ist sie wirklich! Sonst hätte sie die Herzinsuffizienz nicht durchgestanden, an der sie seit ihrer Geburt leidet. Aber das muss ich dir ja nicht erzählen – du warst schließlich dabei. Wir haben uns irgendwie damit arrangiert, haben nie mit dem Schicksal gehadert. Ich habe mir ein Beispiel an ihr genommen, sie war immer so tapfer. Doch dieses Mal – Liam, das Warten macht mich verrückt. Was ist, wenn ihr etwas passiert? Oder die Operation nichts bringt?«

»Sie wird erfolgreich sein.« Liam stand unmittelbar vor ihr. Gebannt blickte sie in seine Augen – er schien absolut davon überzeugt zu sein.

»Ich halte das Warten nicht mehr aus«, flüsterte sie.

»Du sagtest, du würdest dir wünschen, ich könnte jemanden kennenlernen, der dir sehr nahesteht. Das Gleiche gilt für mich. Ich wünschte, du könntest meine Familie kennenlernen.«

»Jude kenne ich doch schon«, erwiderte sie, verwirrt über den Themawechsel. »Und Anne und die anderen Neills. Camille eingeschlossen …«

Liam schüttelte den Kopf. »Andere, die nicht mehr unter uns sind. Deshalb bin ich mit dir zu dem Kriegerdenkmal gegangen; hier habe ich mit meinem Vater gestanden, an dem Tag, als mein Bruder geboren wurde.«

»Connor. Der als kleiner Junge von einem Hai getötet wurde …«

»Ja. Wir standen genau hier, an dieser Stelle. Ich war erst drei und machte mir Sorgen um meine Mutter. Sie lag in der Klinik, und ich begriff nicht, warum. Mein Vater deutete auf das Denkmal und erzählte mir eine Familiengeschichte. Mein Urgroßvater war Soldat im Ersten Weltkrieg.«

»Dein Urgroßvater väterlicherseits?«

»Ja. Tecumseh Neill – der Sohn des Seekapitäns und Gründer von Cape Hawk, nach dem die Boote benannt sind. Er kämpfte in Frankreich, und es trafen nur selten Briefe von der Front ein. Sogar sein Vater, der unerschrockene Kapitän eines Walfängers, hatte Angst, dass sein Sohn nie mehr nach Hause kommen würde.«

»Und?«

»Mein Vater erzählte, sein Großvater sei auf dem Schlachtfeld verwundet worden, man hatte ihn zuletzt in einem schlammigen Schützengraben liegen sehen. Das Panzerbataillon, dem er angehörte, musste den Rückzug antreten – und als es wieder Boden gewann und ins Feldlager zurückkehrte, sei er verschwunden gewesen. Es hieß, er galt als vermisst. Die ganze Familie wartete auf eine Nachricht, hielt ihn aber für tot. Die Zeit verging – Wochen und Monate.«

»Wie schrecklich.«

»Alle gaben die Hoffnung auf, außer seiner Liebsten – meine Urgroßmutter. Sie war fest davon überzeugt, dass er lebte.«

Lily nickte beifällig – das konnte sie gut verstehen. Die Verbindung zu einem Menschen blieb, selbst wenn man ihn nicht sehen konnte. Sie hatte die Verbindung zu der Frau im Garten, die sie über alles liebte, nie verloren. Sie war wie ein glimmender Funke, der nun in ihr aufflammte. Die gleiche Verbindung hatte sie auch zu Rose.

»Sie spürte, dass er noch lebte?«

»Ja. Sie war sich absolut sicher. Doch jeder Tag, der ohne ein Lebenszeichen von ihm verging, war eine Qual. Sie wusste, dass er irgendwo in Frankreich sein musste, aber sie konnte nicht hinfahren und ihn suchen. Sie wusste, dass er sie brauchte – genauso, wie sie ihn brauchte.«

»Dein Vater erzählte dir die Geschichte, weil er merkte, dass du deine Mutter brauchtest.«

»Genau. Und wie Dreijährige eben so sind, glaubte ich, dass sie mich brauchte.«

»Bestimmt war es so.« Lily dachte an Rose, wie sie mit drei gewesen war, an ihren Aufenthalt in dieser Klinik und die Zeit ohne sie, jede Sekunde zermürbend und schier unerträglich. »Was war mit deinem Urgroßvater?«

»Er war schwer verwundet, befand sich hinter den feindlichen Linien. Er wurde in ein Feldlazarett gebracht, und es dauerte Monate, bis Nachrichten nach draußen gelangten. Zuerst war es nur ein Gerücht. Ein Hinweis, dass er möglicherweise doch überlebt haben könnte. Meine Urgroßmutter kümmerte sich nicht um das Gerede, denn sie wusste es besser. Sie wusste – tief in ihrem Herzen –, dass er zurückkommen würde. Und so war es, Lily. Er verbrachte einige Zeit in Kriegsgefangenschaft, doch danach kehrte er zu ihr zurück.«

»Sie wusste es.«

»Ja. Die ganze Zeit.«

»Sie wartete auf ihn.«

»Genau das ist der Punkt, Lily Malone. Rose ist eine Kämpferin, wirklich und wahrhaftig. Genau wie mein Urgroßvater ein Kämpfer war. Doch die wahre Heldin der Geschichte ist meine Urgroßmutter.«

»Sie hat ihn nie aufgegeben.«

»Richtig. Es gibt Dinge, für die es sich zu kämpfen lohnt, Lily. Und für die es sich zu warten lohnt.«

Lily blickte ihn an; die Silhouette des Denkmals zeichnete sich hinter seinem Kopf ab, und ihr Herz klopfte. Er sprach von seiner Urgroßmutter, die ihren Mann über alles geliebt hatte, und der rätselhaften Verbindung zwischen den beiden, die keiner Briefe, Anrufe oder gesprochenen Worte bedurfte. Und er sprach von dem dreijährigen Liam Neill, der auf die Geburt seines Bruders gewartet hatte – erpicht darauf, ihn kennenzulernen und seine Mutter wiederzusehen. Und er sprach von Rose, die vor der letzten und wichtigsten Operation ihres Lebens stand, bei der man den alten VSD-Patch austauschen würde, ein für alle Mal. Er stand vor ihr, überragte sie um Haupteslänge, sein Gesicht keine Handbreit entfernt, wartend, und sie wusste, dass er auch auf etwas anderes anspielte.

»Du hast Rose einmal als Phänomen bezeichnet und gesagt, du würdest mir irgendwann erklären, was du damit meinst. Sagst du es mir jetzt?«

Er nickte. Dann legte er die Arme um sie – beide Arme, wobei sich der linke genauso sanft anfühlte wie der rechte. Ihre Knie drohten nachzugeben, und sie lehnte sich an ihn; ihr Herz klopfte so heftig, als wollte es ihre Brust sprengen und davonfliegen.

»In der Nacht, als Rose geboren wurde … holte sie mich wieder ins Leben zurück.«

Lily fehlten die Worte. Sie dachte wieder an die rasenden Schmerzen – sie hatte sich wie ein wildes Tier in ihrer Höhle verkrochen, traumatisiert durch die Geschehnisse, die sie zur Flucht nach Cape Hawk bewogen hatten, und nicht gewagt, in einer Klinik zu entbinden. Sie hatte Angst davor gehabt, dass ihr Mann sie aufspüren könnte oder das Klinikpersonal sie infolge des Presserummels erkennen und die Polizei benachrichtigen würde.

Liam war der einzige Mensch, dem sie zu vertrauen wagte – weil ihr nichts anderes übriggeblieben war. Weil er *zur Stelle* gewesen war.

»Sie hat dich ins Leben zurückgeholt?«, fragte sie schließlich.

Er nickte, strich ihr das Haar aus den Augen, liebkoste ihre Wange.

»Der Hai hat nicht nur das Leben meines Bruders zerstört, sondern meine ganze Familie.«

»Er hat dir deinen Arm genommen.«

»Er hat mir mein Herz genommen. Doch Rose und du, ihr habt es mir wiedergegeben.«

»Du kanntest uns doch kaum …«

»Ich weiß. Deshalb war es ja auch ein Phänomen, ein Wunder, das mir begegnete. In Gestalt einer Wildfremden – du. In einem Blockhaus mitten im Wald. Die ein kleines Mädchen zur Welt brachte. Und mir so weit vertraute, dass sie sich von mir helfen ließ.«

»Ich habe dir voll und ganz vertraut«, flüsterte Lily, wohl wissend, dass dieser Umstand nach den Erfahrungen, die sie zur Flucht bewogen hatten, ebenfalls an ein Wunder grenzte.

»Da ist noch etwas, was ich dir heute Abend zeigen wollte«, sagte Liam. »Falls es dir nichts ausmacht, eine kurze Fahrt mit mir zu unternehmen.«

»Wohin du willst«, flüsterte sie.

Der Beifahrersitz des Trucks war vollgepackt, so dass Lily den Laptop beiseiteräumen musste, als sie einstieg. Er durchquerte den Park, fuhr durch den steinernen Torbogen und den Hügel hinab in Richtung Stadt. Melbourne Harbor war taghell erleuchtet – Lichter brannten im Geschäftsviertel und in den Hotels, Restaurants und Wohnhäusern. Liam fuhr an der Zitadelle mit ihren alten Festungsmauern vorbei, die einst den Hafen geschützt hatten und in der Zeit erbaut worden waren, als das Land von den Franzosen in Besitz genommen und Acadia genannt wurde.

Sie fuhren nach Südwesten, an der Südküste entlang. Lily verspürte einen Anflug von Heimweh – jedes Mal, wenn sie in einem Fahrzeug saß, das in Richtung Neu-England unterwegs war, verspürte sie diese Sehnsucht. Sie rutschte nach unten, zwängte sich fester in ihren Sitz und genoss die kühle Brise, die durch das offene Fenster drang. Heute Abend hatte sie das Gefühl, als sei die Luft besonders prickelnd und der Sog so stark, als würde ihre Großmutter ihren Namen rufen.

Das Firmament war mit Sternen übersät. Sie glichen einer Lichterkette, aufgereiht am Horizont. Der mit Geröll bedeckte Hang fiel steil zum Atlantik ab, und die Gestirne schienen dem Meer zu entspringen.

Sie fuhren um eine Kurve und gelangten zum Leuchtturm am anderen Ende des Hafens von Melbourne. Seine Strahlen flammten auf, erhellten den Himmel. Liam bog nach links auf einen ungepflasterten Weg ein, der zum äußersten Zipfel der Klippe führte, auf dem der Leuchtturm stand. Dann griff er nach dem Laptop; er balancierte ihn auf seinem Knie und schaltete ihn ein. Lily sah grüne und purpurrote Punkte auf dem Bildschirm blinken.

»Was sind das für Punkte?«

»Haie und Wale.«

»Die kann man sichtbar machen?«, fragte sie fasziniert.

»Ich führe eine Studie durch, ein sogenanntes Catch-und-Release-Programm. Die Tiere werden nur kurz gefangen und wieder freigelassen, um Migrations- und Beutejagdverhalten zu erforschen.«

Beutejagd. Das Wort war mit alten Gedankenverbindungen befrachtet, die Lily erschauern ließen.

»Welche Leuchtpunkte kennzeichnen die Haie?«

»Die purpurfarbenen.«

»Wo halten sie sich auf?«

»Dieser Bildschirm zeigt die Küstenlinie, die sich genau vor uns befindet. Siehst du den dunkelsten Abschnitt? Das ist die Landmasse – der südliche Teil von Nova Scotia, von Melbourne bis Halifax.«

»Mir ist nie aufgefallen, dass Nova Scotia die Form eines Hummers hat.« Lily betrachtete auf dem Bildschirm die Silhouette der Halbinsel, die sich deutlich vom hellen, schieferfarbenen Meer abhob – beängstigend angefüllt mit purpurroten Leuchtpunkten.

Verstohlen musterte sie Liams Gesicht. Er wirkte rundum heiter und zufrieden – wie schaffte er das, wo sich doch Unmengen von Haien im Meer tummelten, von der Sorte, die Connor getötet hatte?

»Wie kommt es, dass du dein Leben der Erforschung von solchen Ungeheuern widmest?«

»Du meinst Haie?«

»Ja.«

»Sie sind keine Ungeheuer, Lily. Sie können gefährlich sein, das ja. Aber da ist ein Unterschied.«

»Und der wäre?« Sie dachte an ein anderes Raubtier.

»Haie töten nicht, um Schmerz oder Leid zu verursachen. Sie töten, um zu fressen. Ein instinktgesteuertes Verhalten – und ihre Art, zu überleben. Das musste ich lernen, um meinen Hass auf sie begraben zu können.«

Lily dachte an ihr gebrochenes und an Roses krankes Herz. Es war ein menschlicher Hai gewesen, der den Schmerz und das Leid verursacht hatte, an denen sie beinahe zerbrochen wäre, der sie zur Flucht getrieben und Roses Herzdefekte zu verantworten hatte. »Wie kann man den Hass auf jemanden begraben, der einem so viel angetan hat?«

»Es bleibt einem keine andere Wahl. Sonst geht man selber zugrunde.«

Lily starrte die purpurfarbenen Leuchtpunkte auf dem Bildschirm an. Dann blickte sie aus dem Fenster des Trucks, Richtung Süden. Ein paar hundert Meilen entfernt, auf der anderen Seite des Meeres, lag Boston und dahinter ihre alte Heimat. Sie überlegte, wie viele Haie wohl zwischen ihr und dem Ort schwimmen mochten, den sie so liebte.

»Ich weiß, was Hass ist«, sagte sie.

»Das dachte ich mir schon. Das ist einer der Gründe, warum ich dich heute Abend hierherbringen wollte.«

»Und wie hast du das gemerkt? Sieht man es mir an?«

Er schwieg, sah auf das dunkle Meer hinaus. Der Strahl des Leuchtturms glitt über das spiegelglatte Wasser, tauchte es im Abstand von vier Sekunden in grelles Licht. »Man merkt es. Du hast nur deinen Freundinnen Zutritt zu deinem Leben gewährt – Anne, den Nanouks. Aber von allen anderen schottest du dich und Rose ab.«

»Das sagt der Richtige.« Lily lächelte.

»Ich weiß – deshalb fällt es mir bei dir ja auch auf. Das Computerprogramm hat mir die Augen geöffnet, mit seiner Hilfe erkannte ich, was ich am meisten hasste.«

»Ich habe mein Bestes getan, um schlau aus ihm zu werden«, sagte Lily. »Aber der Vergleich mit einem Hai hinkt – er legt es darauf an, anderen Menschen Leid zuzufügen. Ich kenne mich aus, was das betrifft.«

»Man kann sich leicht in seinem Hass verrennen.« Liam drehte den Computerbildschirm, so dass Lily ihn anschauen konnte. »Wenn man nicht aufpasst, sieht man bald nur noch purpurfarbene Lichter. Und nimmt die grünen nicht mehr wahr.«

»Die grünen?«

»Wale. Die sanftmütigsten Geschöpfe des Meeres.«

Lily musterte den Bildschirm. »Hier gibt es nicht viele Wale. Es wimmelt nur so von purpurfarbenen Leuchtpunkten – ich kann nur drei grüne ausmachen.«

»Es ist schwieriger, Wale mit einem Sender auszustatten. Wir wollen die Tiere so wenig wie möglich stören.«

»Das heißt also, da draußen könnten sich viele verborgene Wale herumtreiben?« Sie lächelte.

»Genau. Und es gibt welche, die sich offenkundig dort herumtreiben, wo sie eigentlich gar nicht hingehören.« Er tippte mit dem Finger auf den Bildschirm. »Der da zum Beispiel.« Er betätigte mehrere Tasten, und die Kennung des Wals erschien in einem Fenster.

»MM122«, sagte Lily.

»Er, oder vielmehr sie, war noch vor einer Woche bei Cape Hawk. Sie verschwand ein paar Tage von der Bildfläche, aber nur, weil ich das Ortungsprogramm auf die heimischen Gewässer beschränkt hatte – auf den Bereich, wo sie sich normalerweise während der Sommermonate aufhält.«

»Der Wal ist bis zur Südküste geschwommen?« Ein Schauer lief über ihren Rücken, ohne dass sie wusste, warum.

»Nach Melbourne, genauer gesagt. In die Gewässer, die Melbourne am nächsten sind.«

»Ist das überraschend? Ungewöhnlich?«

»Sehr sogar.«

»Warum?«

»Es ist ein Beluga. Belugas ziehen selten weiter nach Süden als bis nach Cape Hawk. Sie gehören zu den sogenannten nördlichen Walen.«

»Wieso ist er dann hier?«, flüsterte Lily. Liam stellte den Laptop auf den Boden und ergriff ihre Hand. Sie bekam eine Gänsehaut. Er hatte noch nie ihre Hand gehalten. Seine Handfläche und Fingerspitzen waren rauh von der Arbeit auf den Booten. Dass er ihre Hand genommen hatte, machte ihr Angst; bestimmt wollte er ihr etwas Schlimmes schonend beibringen.

»Um in Roses Nähe zu sein, denke ich.«

»Was soll das heißen?«

»Es ist Nanny.«

Lily starrte auf den blinkenden grünen Leuchtpunkt, der ›MM122‹ kennzeichnete. Dann sah sie auf das endlose schwarze Meer hinaus. Der Strahl des Leuchtturms glitt über das Wasser, tauchte die weißen Schaumkronen der kabbeligen Wellen in helles Licht. Liam holte einen Feldstecher aus dem Türfach. Er suchte die Oberfläche ab, dann hielt er abrupt inne.

»Es ist zu dunkel, um etwas zu erkennen, aber sie ist da.«

»Sie kann doch nicht wegen Rose gekommen sein.«

»Wieso nicht? Wieso sollte das nicht möglich sein?«

»Weil sie ein Wal ist – sie hat keine Gefühle. Sie kann unmöglich wissen, wie sehr Rose sie braucht und liebt.«

»Und warum nicht?«, flüsterte Liam und berührte ihr Gesicht. Seine Hand war warm, und sie schmiegte sich hinein.

»Könnte es sein, dass sie Signale aussendet wie eine Fledermaus, genau wie in Roses Schulaufsatz? Oder so etwas wie Schallwellen in ihren Echokardiogrammen? Denkst du, Nanny wäre tatsächlich in der Lage zu spüren, wie sehr Rose sie liebt? Nein …«

Liam antwortete nicht – zumindest nicht mit Worten. Er beugte sich über die Konsole, zog Lily an sich und küsste sie. Sein Mund war heiß, und sie schmolz dahin. Wellen brandeten gegen die Felsenküste, trugen das harte Gestein ab, glätteten die Kanten. Lily hörte sie, spürte die Erde beben. Sie zitterte innerlich und streckte die Hand aus, um Liams Wange zu liebkosen.

Die Frage, die sie gestellt hatte, klang in ihren Ohren nach. Und mit einem Mal wusste sie – Nanny war sehr wohl imstande, Roses Liebe zu spüren. Lilys Herz, lange Zeit kalt wie ein Eisblock, hatte vergessen, dass die Liebe den Wellen glich – geheimnisvollen, weit reichenden, niemals endenden Wellen. Wenn man lange genug wartete, berührten sie irgendwann das ferne Ufer. Die Wellen gaben nie auf.

Sie schlang beide Arme um Liams Hals und küsste ihn mit der ganzen Glut der Leidenschaft, die sich in neun Jahren in ihr aufgestaut hatte. Er umfasste ihre Taille mit seinem gesunden Arm. Draußen brandeten die Wellen gegen das harte Granitgestein. Eine spritzte hoch empor, und ein feiner Sprühnebel netzte ihre Gesichter. Lily schmeckte Salzwasser und blinzelte.

»Was hat das zu bedeuten?«, fragte sie.

»Was immer wir wollen, Lily Malone.«

Der Strahl des Leuchtturms flammte wieder auf, erhellte die Bucht. Lily blickte Liam an und wusste – wenn sie den Kopf zur Seite drehte, in ebendiesem Moment, würde sie Nanny sehen. Den weißen Wal, den geheimnisumwitterten Beluga, der Rose nach Süden gefolgt war. Doch Lily konnte ihren Blick nicht abwenden. Sie war gebannt von Liams Augen, die ihre eigenen Geheimnisse und Wunder bargen.

Kapitel 19

Patrick Murphy saß im großen Salon der *Probable Cause*, Flora zu seinen Füßen, und sah sich im Internet Wale an. Vor allem Belugawale. Seltsam, wie viele Websites den Meeressäugern gewidmet waren. Überall wurden Bootstouren angeboten, an der Ostküste, an der Westküste, in Mexiko und Kanada. Doch nur wenige Orte konnten sich der Gegenwart des scheuen weißen Belugawals direkt vor ihrer Haustür rühmen.

Angelo saß auf Deck, rauchte eine Zigarre und hörte sich im Radio ein Baseballspiel der Yankees an.

»Toll. Die Bases sind allesamt besetzt. Kommst du rauf?«

»Gleich.«

»Erst lädst du mich zu Bier und Baseball ein, und dann lässt du mich alleine rumhocken! Was gibt's da unten so Interessantes? Eine Zuckerpuppe im Chatroom?«

»Polizeiarbeit.«

»Du bist im Ruhestand, falls du es vergessen haben solltest.«

»Halt mal kurz die Klappe, ja?« Patrick stellte eine Liste mit den Namen aller Ortschaften zusammen, die Bootstouren anboten, um Belugawale zu beobachten. Er trank Cola, weil er Bier und stärkerem Alkohol vor acht Jahren abgeschworen hatte, doch inzwischen schwirrte ihm vom vielen Koffein der Kopf. Vielleicht lag es auch nur an der Aufregung, zu wissen, dass er auf eine heiße Spur gestoßen war.

»Du sagst mir, dass ich die Klappe halten soll? Mir, deinem besten Freund, der dir Nachos mitgebracht hat, verbietest du den Mund?«

»Tut mir leid, war nicht so gemeint. Ich mache mich nur gerade über Belugawale schlau.«

»Beluga? Wie der Kaviar?«

»Dachte ich auch, aber nichts dergleichen. Belugas sind weiße Wale.«

»Wie Moby Dick?«

»Hmm. Möglich. Muss ich Maeve fragen. Sie war Lehrerin – sie kennt sich da aus.«

»Mist, verdammter – geht es schon wieder um Mara Jameson? Sag, dass das nicht wahr ist. Was immer du da unten treibst, erzähl mir ja nicht, dass du einen weiteren Abend deines Lebens mit einem Fall vergeudest, bei dem nichts herausgekommen ist und weder jetzt noch in Zukunft etwas herauskommen wird.«

»Erzähl ich dir nicht.« Patrick hatte seine Liste beisammen und begann, sie genauer in Augenschein zu nehmen: Belugawale konnten während der Sommermonate an mehreren Stellen im kanadischen Golf von St. Lawrence beobachtet werden – in Neu-Fundland, New Brunswick, Nova Scotia und sogar in der Provinz Quebec. Die Walbeobachtungstouren, die angeboten wurden, starteten in Tadoussac, St. John, Gaspé, Cape Hawk und Chéticamp.

»Martinez hatte gerade einen Homerun«, drang Angelos Stimme zu ihm herunter. »Absolut spitze. Hast du verpasst.«

»Bleib dran, bin gleich oben.« Patrick versuchte, die Namen aller Anbieter solcher Touren ausfindig zu machen. Und dann? Sollte er jeden einzelnen anrufen und fragen, ob sie jemals eine Frau an Bord gehabt hatten, die aussah wie Mara Jameson?

»Die Yankees liegen 6:1 in Führung.«

»Bravo, Yanks, weiter so!«, rief Patrick und gab ›Mara Jameson, Belugawale‹ in die Suchmaschine ein. Nichts. Er versuchte ›Mara Jameson, Tadoussac‹, danach ›Mara Jameson, St. John‹ und so weiter. Polizeiarbeit war oft eine undankbare Aufgabe. Und jetzt wurde er nicht einmal mehr dafür bezahlt.

Sein Handy hatte in der geschlossenen Kabine keinen Empfang, deshalb kletterte er an Deck. Angelo warf ihm einen vorwurfsvollen Blick zu, der ihn daran erinnerte, wie Sandra ihn damals anzuschauen pflegte, als er Tag und Nacht damit beschäftigt war, den Fall Jameson zu lösen, und darüber seine Ehe zerstört hatte.

»Bleib dran«, sagte Patrick abermals und ging zum Bug, um ungestört zu telefonieren.

»Die Nachos werden kalt!«, rief Angelo. »Und mein Bier wird warm!«

Patrick verschloss mit einer Hand sein Ohr, um den Lärm im Hafen zu dämpfen – die Stimme seines Freundes eingeschlossen –, und wählte Maeves Nummer.

»Hallo?«

»Maeve. Ich habe eine Frage. Hat Mara irgendwann einmal von Walen gesprochen?«

»Wale?«

»Belugawale, weiße, wie die im Mystic Aquarium.«

Sie schwieg, dachte nach. »Nicht, dass ich wüsste.«

»Mmm.«

»Frag sie nach Moby Dick«, rief ihm Angelo zu.

»Könntest du mal einen Moment die Klappe halten!«, rief Patrick zurück.

»Wie bitte?« Maeve klang schockiert.

»Nicht Sie, Maeve«, beeilte sich Patrick zu sagen. »Hat

Mara jemals irgendwelche Ortschaften im Norden erwähnt? Die sie vielleicht gerne bereist hätte? In Kanada beispielsweise.«

»Kanada?« Maeves Stimme klang interessiert.

»Insbesondere Ortschaften am Golf von St. Lawrence?«

»Seltsam, dass Sie danach fragen. Weil Edward gerade da war, mit einer Tasche, die Sachen von Mara enthält …«

»Edward Hunter? Er hat es gewagt, sich bei *Ihnen* blicken zu lassen?«

»Mmm.« Maeve hustete. Es dauerte eine Zeit, bis sie sich wieder gefangen hatte.

»Er hat Ihnen eine Tasche mit Maras Sachen gebracht?«

»Ja. Sagte ich eben. Ich habe nicht weiter darüber nachgedacht. Aber seltsam, da war ein Zeitungsausschnitt dabei, der hatte auch mit Kanada zu tun. Nicht mit Walen, obwohl …«

»Worum ging es denn?«

»Um den Tod von Maras Eltern.«

»Ich möchte den Ausschnitt sehen. Bleiben Sie, wo Sie sind, ja?«

»Wo sollte ich wohl hingehen?«, kicherte sie.

»Ich bin gleich da.« Er sah, wie Angelo frustriert den Kopf schüttelte und die letzten Nachos in sich hineinstopfte.

Maeve und Clara saßen im Wohnzimmer, spielten *Setback* und hörten sich dabei im Radio ein Baseballspiel mit den Red Sox an, das die WTIC übertrug. Die Karten waren uralt und nach so vielen Jahren in der salzhaltigen Luft aufgequollen. Maeve überlegte, wie oft Clara und sie im Lauf der Jahre, angefangen bei ihrer Kindheit, *Setback* gespielt haben mochten. Kerzen flackerten in den hohen Sturmlampen, die dafür sorgten, dass sie nicht von der Meeresbrise ausgeblasen wurden. Die Fenster waren weit geöffnet, und es duftete nach Salz und Geißblatt. Maeve fühlte sich ein wenig benommen, als hätte sie Fieber oder sich irgendetwas eingefangen.

»Wann wollte er hier sein?«, fragte Clara.

»Er meinte, er sei gleich da. Keine Ahnung, wie lange man braucht, um von Silver Bay hierherzufahren.«

»Zwanzig Minuten, höchstens. Ob er es wohl vermisst, Blaulicht und Sirene zu benutzen, seit er im Ruhestand ist?«

»Das wüsste ich auch gerne.« Maeve schluckte. Sie verspürte den Anflug einer Magenverstimmung. Vielleicht hatte sie etwas gegessen, was ihr nicht bekommen war. Oder es handelte sich um eine reine Stressreaktion – ausgelöst durch die Aufregung in Patricks Stimme und die Warterei auf ihn. Sie griff nach dem bestickten Brillenfutteral, klopfte ihre Brille heraus und setzte sie auf.

»Hast du Maras Sachen für ihn bereitgelegt?«, erkundigte sich Clara.

Maeve sah sie mit einer Miene an, die besagte, *Was denkst du denn?*

»Entschuldige! Ich habe mich nur gefragt, was er jetzt noch zu finden hofft, nach all den Jahren. Die Fahrt hätte er sich sparen können.«

Vor Entsetzen über die Worte ihrer Freundin fiel Maeves Kinnlade herunter.

»Wie kannst du so etwas sagen!«

»Ich … ich möchte nur nicht, dass du dir wieder falsche Hoffnungen machst.«

Maeve schloss die Augen. Sie zog den Schal aus irischem Leinen enger um ihre Schultern. Ihr Magen machte ihr zu schaffen, was nicht gerade dazu beitrug, ihre Stimmung zu bessern. Gerade Clara sollte wissen, dass sie bis zum letzten Atemzug hoffen würde. Und sie hoffte, dass es richtig gewesen war, Patrick Murphy einzuschalten. Sie fröstelte; an den letzten beiden Abenden war es kühl gewesen, und sie hatte die Heizung eingeschaltet. Alt werden ist kein Vergnügen, dachte sie.

»Es ist so viel Zeit vergangen«, murmelte sie.

»Genau«, stimmte Clara ihr zu, die Bemerkung falsch auffassend. »Deshalb mache ich mir ja Sorgen um dich. Weil so viel Zeit vergangen ist und du immer noch zu Hause sitzt, wartest und sozusagen die brennende Kerze ins Fenster stellst. Was ist, wenn es sich wieder um eine falsche Spur handelt?«

Maeve nickte, schien ihr beizupflichten. Sie hatte gehofft, Edward Hunter nie im Leben wiederzusehen. Aber die Tasche, die er gebracht hatte, war ein Geschenk des Himmels. Vielleicht war sie auch Patrick Murphy von Nutzen – als hervorragender Ermittler und Kriminalpolizist mit Leib und Seele; er hatte jede noch so kleine Spur verfolgt, gewissenhafter als eine Großmutter es erhoffen oder erwarten konnte. Er hatte die Suche nach Mara nie eingestellt, keinen einzigen Tag lang, bis heute.

»Er ist da«, sagte Clara, die Patricks Scheinwerfer ausgemacht hatte.

Maeve erhob sich und ging durch die Küche zur Haustür. Motten schwirrten um die Außenlampen, und die gelbe Gießkanne stand angestrahlt neben dem von Rosen überwachsenen Laubengang. Sie öffnete die Fliegengittertür und ließ ihn herein.

»Hallo, Maeve. Danke, dass ich so spät noch kommen durfte.«

»Guten Abend, Patrick. Clara und ich trinken gerade Tee und spielen Karten.«

»Tut mir leid, dass ich störe. Hallo, Clara.«

Clara hatte ihm bereits Tee eingeschenkt und reichte ihm die Tasse, als er das Wohnzimmer betrat. Maeve spürte, dass sie schwankte, offenbar war sie heute ein wenig unsicher auf den Beinen. Sie versuchte, Halt zu gewinnen, ohne dass die anderen etwas bemerkten. An Sommerabenden wie diesem, wenn die Sterne am Himmel über dem Long Island Sund aufgingen und unerwartet Besuch vor der Tür stand, hatte sie nie ganz umhinkönnen, sich zu wünschen, es wäre Mara. Sie sah, dass Patrick gespannt wartete, und holte die Tasche.

»Ist sie das?«, fragte er.

Sie reichte ihm die glänzende Tasche und nickte.

»Er hat sie letzte Woche höchstpersönlich vorbeigebracht!«, sagte Clara. »Der Kerl hat Nerven, einfach so in Maeves Garten aufzukreuzen.«

»Nerven wie Drahtseile«, bestätigte Patrick. »Die hatte er schon immer. Darf ich einen Blick hineinwerfen?«

»Gewiss.« Maeve räumte den Kartentisch leer, und Patrick breitete den Inhalt der Tasche darauf aus. Sie hatte bereits alles in Augenschein genommen, Stück für Stück, genau wie die Polizei damals. Patrick eingeschlossen.

»Mal sehen, was wir da haben«, sagte er. »Telefonbuch, Autoschlüssel, silberner Kugelschreiber, ein kleines ledernes Nähetui … das kennen wir alles. Er hat sich die Mühe gemacht, Ihnen die Sachen zu bringen – warum?«

»Weil er mit mir sprechen wollte«, sagte Maeve. »Aber aus einem anderen Grund. Die Tasche war nur ein Vorwand.«

»Aus welchem anderen Grund?«

»Um herauszufinden, ob ich ihn hasse. Edward konnte es nie ertragen, abgelehnt zu werden. Er hat das Bedürfnis, sich überall lieb Kind zu machen – das ist sein ganzer

Daseinszweck. Selbst wenn er sich damit nur beweisen möchte, dass er jeden um den Finger wickeln kann.«

»Ein Vertreter der übelsten Sorte, der sich einschleimt, um einem weiß Gott was zu verkaufen«, warf Clara ein. »Damals ist mir das nicht aufgefallen. Aber jetzt schon. Ich begreife nicht, wie sich unsere Mara in ihn verlieben konnte.«

»Sie ist auf seine Mitleidstour hereingefallen«, sagte Maeve. »Edward hat ihr die traurige Geschichte vom Pechvogel aufgetischt, der es schwer im Leben hatte.«

»Aber das ist lange her«, warf Clara ein, die immer noch nicht begriff. »Mag sein, dass er eine trostlose Kindheit hatte. Aber was hätte Mara im Nachhinein dagegen tun können? Oder Edward selbst, der ja inzwischen ein erwachsener Mann war?«

Patrick schien nicht zuzuhören, sondern vertieft darin zu sein, die restlichen Gegenstände in der Reisetasche durchzugehen: ein Gedichtband von Yeats, ein Buch von Johnny Moore und eine Sammlung von Zeitungsausschnitten über den Tod von Maras Eltern.

»Die Vergangenheit lässt sich nicht ändern«, meldete er sich nun zu Wort. »Aber Männer wie Edward schlagen Kapital aus ihrer verkorksten Kindheit. Sie dient dazu, Mitleid zu wecken, wie Maeve schon sagte.«

»Maras einziger Fehler bestand darin, ihn am Ende zu durchschauen«, sagte Maeve.

»Hat Edward Ihnen deshalb einen Besuch abgestattet? Um herauszufinden, ob Sie ihn ebenfalls durchschaut haben?«

»Dessen bin ich mir sicher. Er brüstete sich mit seinem Erfolg als Aktienhändler. Er geht subtil vor – versucht mich mit seinem versteckten Hohn zu provozieren. Er weiß, dass ich ihm auf die Schliche gekommen bin, aber nichts gegen ihn ausrichten kann.«

»Wie passt Kanada in dieses Bild?«, fragte Patrick. »Das kapiere ich nicht ganz.«

»Steht alles in diesem Artikel.« Maeve trennte einen vergilbten Zeitungsausschnitt vom Rest. Während sie Patrick beim Lesen zusah, verspürte sie abermals einen leisen Anflug von Übelkeit.

Maras Eltern waren in Irland ums Leben gekommen, bei einem Fährunglück, das Schlagzeilen machte. Als Teenager hatte Mara an mehrere irische Tageszeitungen geschrieben und um Zusendung der Zeitungsausschnitte gebeten. Maeves Herz klopfte zum Zerspringen, während sie Patricks Mienenspiel beobachtete. Sie war gespannt, wie er reagieren würde – ob er einen Zusammenhang zwischen der Zeitungsmeldung und den anderen Hinweisen sah.

»Die Bewohner von Ard na Mara …«, las Patrick. »Was ist Ard na Mara?«

»Eine Stadt in Westirland, dort starben ihre Eltern.«

»Was bedeutet der Name?«

»Das ist Gälisch; *Ard* heißt ›Gipfel‹ und *Mara* ›Meer‹.«

»Ich wusste gar nicht, dass Mara nach dem Meer benannt ist«, staunte Clara.

Maeve nickte. »Und nach der soeben erwähnten Stadt. Dem Geburtsort ihrer Mutter. Lesen Sie weiter, Patrick.«

»Die Bewohner von Ard na Mara errichteten ein Denkmal für die Opfer des Fährunglücks. Eine Messingplakette auf einer Granitplatte wird die Namen aller Passagiere des gesunkenen Dampfers tragen, gestiftet von der Familie Neill aus Nova Scotia, Kanada. Frederic Neill hielt sich geschäftlich in Ard na Mara auf, um bei Aran Shipbuilderns das dritte und größte Tourenboot seiner Flotte, die sich in Familienbesitz befindet, in Auftrag zu geben. Camille Neill, Ehefrau des Verstorbenen, sagte bei einem Interview in ihrem Landgasthof auf Cape Hawk, Nova Scotia: ›Die Familie möchte sein Andenken bewahren.‹ Zu einer weiteren Stellungnahme war sie nicht bereit.«

»Eine wunderbare Sache, nicht wahr?«, fragte Clara.

»Ich wüsste gerne, ob zu dieser in Familienbesitz befindlichen Flotte auch Walbeobachtungsboote gehören.« Patrick blickte Maeve in die Augen.

Ihre Hände zitterten, doch es gelang ihr, sie ruhig im Schoß zu halten.

»Was meinen Sie, Maeve?«

»Ich habe keine Ahnung.«

»Cape Hawk. Das ist eine der Ortschaften, die Touristen besuchen, um Belugawale zu sehen.«

Clara lächelte. »Belugas gibt es auch im Aquarium in Mystic zu sehen. Maeve, du bist dort doch Fördermitglied, nicht wahr?«

»Stimmt«, sagte Patrick. »Oder?«

»Mmm.« Maeve wickelte ihren Schal noch fester um sich. Dabei war es heute Abend überhaupt nicht kalt – Leuchtkäfer schwirrten durch den Seitengarten, und die Luft duftete nach Sommerblumen. Dennoch hatte sie das Gefühl, als dringe eine arktische Kälte durch das offene Fenster herein. Vielleicht waren ihre Magenschmerzen nicht auf eine Magenverstimmung zurückzuführen, sondern der Beginn einer Grippe. Letzten Winter hatte sie eine schlimme gehabt, so dass sie sogar ins Krankenhaus musste. Vielleicht war es besser, heute Nacht die Heizung wieder einzuschalten.

»Sie sehen blass aus, Maeve«, sagte Patrick.

»Das ist nur das Kerzenlicht.«

»Deshalb fiel es Ihnen so schwer, die Zeitungsberichte zu lesen«, entgegnete Patrick, ohne zu lächeln. Er wirkte geistesabwesend, in seine eigenen Gedanken vertieft, welcher

Art auch immer sie waren. Maeve war sicher, dass er nur aus Höflichkeit sitzen blieb und Tee trank. Sie wünschte, er würde sich beeilen und die nächste Runde seiner Ermittlungen einläuten. Oder lieber nicht? Bei dem Gedanken geriet ihr Magen abermals in Aufruhr. Sie hatte schon so viele Verletzungen, Gefahren und Enttäuschungen hinnehmen müssen.

»Waren die Artikel eine Hilfe?«, ließ sich Clara vernehmen.

»Das kann ich noch nicht sagen. Es gibt zumindest eine auffällige Übereinstimmung …«

»Und die wäre?«, fragte Maeve.

»Dass Cape Hawk in dem Artikel über das Denkmal erwähnt wurde und ich vorhin bei meinen Recherchen ebenfalls auf diesen Namen gestoßen bin.«

»Wo es um Wale ging«, sagte Maeve.

»Ist das nicht ein seltsamer Zufall?«, fragte Patrick.

»Ich persönlich glaube nicht an Zufälle«, antwortete Maeve. Patrick betrachtete sie nachdenklich. Sie hielt seiner Musterung stand, dann sah sie, wie sein Blick auf das Brillenfutteral fiel. Es war alt und abgenutzt, einige der Stiche wirkten nach so vielen Jahren verschlissen. Er starrte es an, als versuchte er die Aufschrift zu entziffern und die Form zu erkennen. Ob er die Schwanzflosse ausmachen konnte?

»Wollen Sie damit sagen, dass da eine Verbindung besteht?«

»Nein, das habe ich nicht gesagt.«

»Sind Sie sicher?«

»Ganz sicher.«

Sie nahm die Brille ab und legte sie ins Futteral zurück. Ihre Hände zitterten, und sie spürte, wie sich Schweißperlen auf ihrer Stirn bildeten.

»Meine Lieben, ich fühle mich unwohl«, sagte Maeve. »Ich fürchte, ich habe mir eine Magenverstimmung eingefangen, und wahrscheinlich ist obendrein noch eine Sommergrippe im Anzug. Ich friere mich zu Tode. Nehmen Sie die Artikel doch mit.«

»Gerne, Maeve.« Sein Blick ruhte unverwandt auf ihr.

Maeve schauderte – nicht, weil es im Raum kälter geworden war, sondern weil Patrick Murphy sie zum ersten Mal angeschaut hatte, als sei sie sein Feind. Und das aus gutem Grund.

Kapitel 20

Marisas Finger schmerzten vom Ein- und Ausstechen der Nadel, während sie die Worte ›Bringt Rose Heim‹ auf ein Kissen nach dem anderen stickte. In Lilys Laden war es still, abgesehen von der Spirit-CD in der Stereoanlage. Sie hatte *Aurora* gewählt, und Jessica spielte die Titelmelodie wieder und wieder. Der Lärm des Schiffsverkehrs und der Seemöwen drang vom Hafen herüber. Während sie die Kissenhüllen zusammennähte, schweiften Marisas Gedanken in ihre Kindheit zurück, als sie auf den Knien ihrer Mutter gesessen und gelernt hatte, ihre Kleidung zu flicken.

»Gut so, mein Schatz«, hatte ihre Mutter noch die schlimmsten, größten Stiche gelobt. »Du hast den Bogen raus!«

Marisa hatte die Zeit, die sie mit ihrer Mutter verbrachte, genossen. Nähen, kochen, gärtnern – egal, was. Sogar Auto fahren – ihre Mutter hatte sie schon mit zwölf den orangefarbenen Volvo steuern lassen, wenn sie in die Sackgasse, in der sie wohnten, hinein- und hinausfuhren. Alle ihre Freundinnen hatten sie darum glühend beneidet.

Ihre Mutter hatte ihr beigebracht, einen Wagen mit Gangschaltung zu fahren, Rosen direkt unterhalb der neuen Triebe zu beschneiden, an alten Rosenbüschen nach drei- und fünfblättrigen Knospen Ausschau zu halten, orangefarbene Taglilien umzupflanzen, Efeu zurückzuschneiden, wildwachsende Brombeeren zu finden und sich von Schwänen fernzuhalten – die zwar schön und anmutig, aber auch sehr aggressiv waren und auf Menschen losgingen.

Marisa hatte zwar gelernt, sich vor Schwänen zu schützen, nicht aber vor Männern, die Süßholz raspelten und einer Frau den Kopf verdrehten. Männern wie Ted. Sie blickte zu Jessica hinüber, die am anderen Ende des Raumes saß. Heute waren sie an der Reihe, in Lilys Laden zu arbeiten, ein Dienst, den die Nanouks abwechselnd übernahmen. Er sollte geöffnet bleiben – damit das Geschäft florierte und Lily sich keine Sorgen über ihre Einkünfte machen musste, wenn sie mit Rose aus der Klinik zurückkam.

Anne, die bis zu Lilys Rückkehr die Buchhaltung von *In Stitches* übernommen hatte, sollte allen auf Lilys Geheiß ein Entgelt für ihre Arbeit bezahlen. Die meisten Nanouks lehnten dankend ab – sie spendeten das Geld, ließen es umgehend in das Kiefernnadelkissen-Projekt zurückfließen –, für Marisa gleichwohl ein Luxus, den sie sich nicht leisten konnte.

Der Auszug aus der ehelichen Wohngemeinschaft hatte sich als finanzielle Härte erwiesen. So sorgfältig die Flucht auch geplant war, mit solchen Schwierigkeiten hatte sie nicht gerechnet. Sie hatte sich an die Ratschläge gehalten, die auf rund einem Dutzend Websites über häusliche Gewalt erteilt wurden: Sie hatte sich bemüht, sich nichts anmerken zu lassen, damit Ted keinen Verdacht schöpfte, hatte Geld in einer Dose im Kühlschrank versteckt, in der sich angeblich gefrorener Orangensaft befand, hatte begonnen, die Konten abzuräumen und immer wieder kleinere Beträge vom Erlös des Hausverkaufs abzuzweigen.

Er hatte sie dazu gebracht, ihm die Vollmacht über viele ihrer Finanzinvestitionen zu erteilen, einschließlich des Fonds bei der Anlagefirma, für die er arbeitete – dem United Bankers Trust. Dort hatte sie die gesamte Rente angelegt, die ihr nach dem Tod ihres ersten Mannes zugeflossen war, und die Erbschaft von ihrem Vater. Ted hatte ein Riesenbrimborium gemacht und beteuert, er wolle ihr helfen, das Geld geschickt anzulegen – »damit ihr ein für alle Mal ausgesorgt habt«.

Mit ›ihr‹ waren Marisa und Jessica gemeint. Wie fürsorglich das alles geklungen hatte – obwohl er sie in Wirklichkeit nur benutzt hatte. Je länger Marisa von ihm getrennt war, desto klarer wurde ihr Blick. Wie war es nur möglich gewesen, dass ihr noch vor wenigen Monaten – kurz nach ihrer Flucht – leise Zweifel an ihrer Entscheidung gekommen waren, sie sich sogar nach ihm gesehnt hatte? Nach dem Gefühl, seine Arme um ihre Schultern zu spüren?

Er hatte zwei Gesichter, wie Dr. Jekyll und Mr. Hyde. Er konnte unterhaltsam und zärtlich sein, doch seine Stimmung schlug bisweilen unverhofft um – wie ein Unwetter, das plötzlich an einem strahlenden Sommertag heraufzog. Seine Launenhaftigkeit hatte Jessica und sie aus dem Lot gebracht.

Während sie ›Lonesome Daughter‹ von den Spirits lauschte, betrachtete sie Jessica und fragte sich, wie lange sie diese Scharade noch aufrechterhalten mussten. Bei dem Gedanken, dass Lily in Boston weilte, in Neu-England, verspürte sie Heimweh. Was hatte sie sich nur dabei gedacht, ihre Tochter in diese Einöde zu bringen, diesen entlegenen Grenzposten im Norden? Nun erklang der Song ›White Dawn‹, schaurig und machtvoll.

»Mom?«, fragte Jessica.

»Ja, Schatz?«

»Wann kommt Rose zurück?«

»Nach der Operation; es wird wahrscheinlich rund zwei

Wochen dauern, bevor sie aus der Klinik entlassen werden kann.«

»Ich möchte mit ihr sprechen.«

»Ich weiß. Das wirst du auch, bald.«

»Sie wird sich freuen, wieder nach Hause zu kommen, oder?«

Marisa nickte und warf ihr einen neugierigen Blick zu. Seltsam, dass Jessica Cape Hawk als Zuhause bezeichnete.

»Wir haben großes Glück, dass wir an einem so *coolen* Ort wohnen. Mit so vielen Walen, Falken, Eulen und Freunden. Ich hätte mir nie träumen lassen, dass ich einmal Mitglied in einer Geheimgesellschaft sein würde.«

»Den Nanouks?«

Jessica nickte. »Sie kannten uns überhaupt nicht, und trotzdem haben sie uns sofort aufgenommen. Und jetzt sammeln wir Geld für Rose.«

Marisa schluckte. Zu hören, wie glücklich und dankbar ihre Tochter war, entschädigte sie für alles – für den Kummer und den Schmerz, die zu der Entscheidung geführt hatten, in einer Nacht-und-Nebel-Aktion zu fliehen und alles zurückzulassen, sogar Namen und Identität. Das erinnerte ein wenig an das Internet – an die Foren, wo jeder einen Benutzernamen wählen und sich als x-beliebige Person ausgeben konnte. Ein entmutigender Gedanke, gelinde gesagt. Aber sie hatte es genauso gemacht. Sie war oft online gegangen, um sich in irgendwelchen Chatrooms auszutauschen, wenn sie nicht schlafen oder ihrer Gefühle nicht Herr werden konnte.

Auf der Veranda vor dem Haus ertönten Schritte, dann läutete die Glocke über der Tür. Anne, Marisa, Cindy und zwei Töchter von ihr traten mit belegten Broten aus dem Gasthof über die Schwelle.

»Zeit fürs Mittagessen«, rief Anne.

»Gleich ist das nächste Kissen fertig«, sagte Jessica zu Allie.

»Wir haben gestern Abend zwei gemacht«, erwiderte Allie.

»Nur her damit, im Gasthof gehen sie weg wie warme Semmeln«, sagte Anne, als sich alle ihrer Taten rühmten. Thermoskannen mit Eistee und Limonade, Plastikbecher, Zitronen- und Orangenscheiben, Truthahn-Sandwiches, Schokosplitter-Kekse, Pappteller und Servietten wurden ausgepackt. Marisa räumte den Verkaufstresen leer und staunte über Frauenfreundschaften. Obwohl sich die Frauen noch nicht lange kannten, waren sie ein Herz und eine Seele, vereint in ihrer Sorge um Rose Malone.

Marisa beobachtete Jessica, die gewissenhaft Pappteller verteilte. Ihr ging das Herz auf, wenn sie daran dachte, dass sie Jessica diese Wende in ihrem Leben verdankte. Während sie sich in ihrem Haus verschanzt und Angst gehabt hatte, jemandem zu vertrauen oder ihre wahre Identität preiszugeben, hatte ihre Tochter den Kontakt zu Rose geknüpft, der zu Lily und den Nanouks geführt hatte.

Als sie sich im Kreis umsah, wünschte sich Marisa verzweifelt, sie könnte sich ihnen offenbaren. Gegenüber diesen Frauen, die so viel für sie getan hatten. Mit der Wahrheit hinter dem Berg zu halten war bitter. Sie dachte an die Zeit in der Schwesternschule, wo sie zum ersten Mal erkannt hatte, wie großmütig Frauen von Natur aus waren und welch heilsamen Einfluss sie ausübten. Die Nanouks waren das beste Beispiel.

»Ich muss euch etwas sagen.« Ihr Mund war trocken.

Sie blickten sie lächelnd an, warteten gespannt.

»Jessica und ich …«

Anne hielt mitten in der Bewegung inne, die Thermoskanne hing über den leeren Bechern.

»Wir sind nicht das, was wir zu sein scheinen«, flüsterte sie.

»Mommy?«, sagte Jessica mit fragenden Augen, einer Panik nahe.

»Das soll heißen?«, fragte Cindy.

»Wir sind auf der Flucht …«

»Das sagtest du schon auf dem Boot, bei Roses Geburtstagsfeier«, erklärte Marlena. »Keine Sorge, wir verstehen dich. Du hattest eine schlechte Ehe und bist auf und davon. So etwas kommt vor.«

»Wir leben unter falschem Namen.«

»Mommy!«

Die Frauen starrten sie an. Marisa zitterte am ganzen Körper, überzeugt davon, dass die Frauen schnurstracks zur Tür hinausmarschieren würden, weil sie sich von ihr getäuscht fühlten. Sie würden nie wieder ein Wort mit ihr reden und ihre Mitgliedschaft bei den Nanouks aufkündigen. Annes Augen wirkten verhangen, verletzt. Marlenas Augen waren sperrangelweit aufgerissen, und Cindy ließ den Kopf hängen. Ihre beiden Töchter starrten Jessica stumm an, und Jessica wurde feuerrot.

Plötzlich stand Anne auf, ging um den Kreis herum und schloss Marisa in die Arme. Sie drückte sie so fest an sich, dass sie jeden Knochen im Leib spürte.

»Es tut mir so leid«, sagte Anne. »Was immer du durchmachen musstest und dich zu diesem Schritt bewogen hat.«

»Wir wissen, was so etwas bedeutet«, sagte Cindy. »Weil es noch ein weiteres Mitglied in unserem Club gibt, das dazu gezwungen war.«

Anne und Marlena nickten, wechselten einen vielsagenden

Blick mit Cindy. Marisa wusste, dass es sich um Lily handeln musste, auch wenn kein Name genannt wurde.

»Hast du in einem Frauenhaus Zuflucht gesucht?«, wollte Cindy wissen. »Konntest du eine einstweilige Verfügung gegen ihn erwirken?«

»Du musst es uns nicht erzählen«, sagte Marlena sanft.

»Ich habe es versucht«, erwiderte Marisa. »Aber sein Verhalten war so subtil, dass es keine rechtliche Handhabe gegen ihn gab. Als ich vor Gericht ging, um Opferschutz zu beantragen, meinte der Richter, wenn Ted nicht innerhalb der letzten vierundzwanzig Stunden versucht hätte, mich umzubringen, könne er den Antrag nicht genehmigen.«

»So ein Idiot«, schimpfte Marlena. »Lily musste genau die gleiche Erfahrung machen. Die Gerichte sind mit Blindheit geschlagen, was häusliche Gewalt angeht.«

»Das kannst du laut sagen«, bestätigte Cindy.

»Wieso passiert das ausgerechnet Frauen, die nach außen hin so stark wirken?« Marisa dachte an Lily mit ihrem klaren Blick und ihrer inneren Kraft, die ihr geholfen hatte, Roses Krankheit durchzustehen. »Ziehen wir solche Männer an?«

»Erstens solltest du die Schuld nicht bei dir suchen. Das haben wir Lily auch schon gesagt«, erklärte Marlena. »Ihr wart beide verletzlich. Du hattest deinen Mann verloren, und Lily hatte den Verlust ihrer Eltern nie richtig verwunden. Ihr Mann sah, dass sie mit dem Verkauf ihrer Stickmuster gutes Geld verdiente – und nahm sie aus wie eine Weihnachtsgans.«

»Bei meinem war es genauso. Er war hinter dem Geld her, das mir mein verstorbener Mann in Form eines Pensionsfonds hinterlassen hatte.«

»Vergesst nicht, ihr beide seid wunderbare Frauen. Wir haben alle unser Päckchen zu tragen, sehen uns verschiedenen Herausforderungen und Problemen gegenüber – so ist das nun mal im Leben. Es ist ein Glück, dass wir zusammengefunden haben – Frauen, die sich gegenseitig das Gefühl der Geborgenheit und Wärme vermitteln. Wir haben uns immer viel zu erzählen, stärken uns gegenseitig den Rücken und machen uns Mut.«

»Es geht nicht ausschließlich darum, sich Freiräume von unzulänglichen Ehemännern zu verschaffen«, sagte Cindy. »Im Grunde sind sie völlig nebensächlich. Wichtig ist, Freundschaften zu pflegen und Spaß zu haben.«

»Wir haben viele andere Dinge gemein«, fuhr Anne fort. »Abgesehen von Problemen und Sorgen.«

Marisa lächelte und erinnerte sich, wie Lily gesagt hatte: »Willkommen im Tauwetter.«

»Siehst du?«, sagte Marlena. »Es spielt keine Rolle, wie ihr heißt, das sind Äußerlichkeiten. Für uns zählen nur die inneren Werte, die aussagen, wer oder wie ihr wirklich seid.«

»Das weiß ich manchmal selber nicht«, flüsterte Marisa. »Es kommt mir so vor, als hätte ich mein wahres Ich irgendwo in weiter Ferne zurückgelassen …«

»Wir wissen aber, wer du bist«, entgegnete Anne. »Ein liebevoller Mensch, warmherzig, fürsorglich, aufgeschlossen. Eine Frau, die im Sommer den ganzen Nachmittag opfert, um sich um Lilys Laden zu kümmern, und Kiefernnadelkissen herstellt, um Geld für Rose aufzutreiben.«

»Danke«, sagte Marisa.

»Die Kiefernnadelkissen waren aber meine Idee«, warf Jessica ein, und alle lachten.

»Stimmt«, sagte Cindy.

»Ich möchte euch trotzdem unsere richtigen Namen verraten«, meinte Marisa. »Ich vertraue euch. Und er – Ted – lebt Hunderte von Meilen entfernt. Er hat keine Ahnung, wo wir stecken. Cape Hawk ist für ihn ein Buch mit sieben

Siegeln. Er käme nie auf den Gedanken, dass wir hier untergetaucht sein könnten.«

»Nie im Leben.« Jessicas Augen hellten sich auf angesichts der Vorstellung, die Wahrheit sagen zu können.

»Wir versprechen hoch und heilig, dass kein einziges Wort diesen Raum verlässt«, meinte Anne. »Wir werden nicht einmal den anderen Nanouks etwas sagen, es sei denn, mit deinem ausdrücklichen Einverständnis.«

»Ich glaube euch auch so«, sagte Marisa.

»Ich auch«, fügte Jessica hinzu.

»Dann schieß los«, meinte Cindy.

»Wer seid ihr also wirklich?«, fragte Marlena grinsend.

Und Marisa nannte ihnen ihre richtigen Namen.

Die Katastrophe, die über Florida hereingebrochen war, der Hurrikan Katrina, hatte das Beste in den Menschen zum Vorschein gebracht – vor allem bei den Spirit-Fans. Secret Agent war es gelungen, seine Schatztruhe mit den Spenden zu füllen, die ihm seine Freunde vom SpiritTown-Forum während der letzten Wochen überwiesen hatten. Die Geschichte, die er sich zurechtgesponnen hatte, wurde immer ausgefeilter. Seine Schwester und ihr Mann hatten ihr ganzes Hab und Gut verloren. Der Wirbelsturm, der mit 150 Meilen pro Stunde über Homestead hinweggerast war, hatte das Dach ihres Hauses abgedeckt und das gesamte Mobiliar zertrümmert. Sein kleiner Neffe Jake, der Ärmste, hatte sich infolge der herumfliegenden Glasscherben zahlreiche Schnittwunden zugezogen, die genäht werden mussten. Er war so verunstaltet, dass ihm nur noch die plastische Chirurgie helfen konnte.

Secret Agent begann mit einem neuen Thema: »Jake Aktuell«. Dann tippte er ein: »Hallo, Leute! Ich möchte euch über meinen Neffen Jake auf dem Laufenden halten. Vielen Dank euch allen, meine Schwester konnte ihn zum besten plastischen Chirurgen in Miami bringen. Und die plastischen Chirurgen in Miami *sind* phantastisch. (Wir alle wissen über die berühmten Faceliftings und Brustvergrößerungen Bescheid). Wie dem auch sei, jetzt ist die Rede davon, dass es mit einer Operation nicht getan sein wird.«

Er hielt inne und überlegte, wie weit er diesen Punkt ausschmücken konnte. Er hatte im Lauf der Zeit gelernt, den Köder auszulegen und sich danach in Geduld zu üben – damit die Leute im Forum Zeit hatten, ihr Herz sprechen zu lassen, ihre Brieftasche zu zücken und Gutes zu tun. Er musste selten lange betteln. Als er den Text noch einmal durchlas, löschte er vorsichtshalber den Teil über die Faceliftings und Brustvergrößerungen. Dann schickte er ihn ab.

Er würde mit Sicherheit nicht lange warten müssen. Es war schon spät am Abend, nach Mitternacht, und viele Spirit-Fans hockten vor dem Computer, chatteten mit ihren Freunden.

»Tut mir echt leid, Mann. Die Familie hat 'ne Menge durchgemacht«, kam bereits die erste Antwort von Spiritfan1955.

»Was für Operationen? Wie umfangreich sind sie?«, fragte SpiritGirl an – deren Signaturbild zeigte, dass sie eine heiße Nummer, blond und – wie interessant – schönheitschirurgisch aufgemöbelt worden war.

»Ziemlich umfangreich«, tippte Secret Agent ein. »Das Gesicht ist mit Narben übersät. Er ist erst dreizehn und furchtbar entstellt.« Und dann kam der Köder: »Das Schlimmste ist, von dem Geld, das ihr netterweise geschickt habt, ist kaum noch etwas übrig; meine Schwester musste es benutzen, um das Haus wieder bewohnbar zu machen. Es ist eine Katastrophe.«

Er wartete abermals. Dabei juckte es ihn in den Fingern, sich aus dem Forum auszuklinken. Er hatte gleichzeitig eine Pornosite geöffnet und lechzte danach, zu seinen heißen, willigen Gespielinnen zurückzukehren, deren Treiben kaum dem Gesetz entsprach. Aber er konnte der Versuchung nicht widerstehen, heute Nacht ein bisschen Geld zu verdienen – nicht, dass er es nötig gehabt hätte. Er hatte genug bei diesem Miststück abgesahnt. Doch Secret Agent war der Ansicht, wenn jemand unbedingt Gutes tun wollte, sollte man ihn nicht daran hindern. Er warf erneut einen Blick auf die Überschrift »Jake Aktuell« und öffnete die nächste Antwort, die eingetroffen war.

»Wie du sagtest: Es ist eine Katastrophe. Das heißt, die ganze Gegend wurde zum Notstandsgebiet erklärt, und deine Schwester erhält finanzielle Hilfe vom Staat.«

Wer zum Teufel war das? Secret Agent starrte auf die Signatur: White Dawn. Musste eine Frau sein – kein Mann würde sich einen solchen Namen zulegen. Andrerseits war das der Titel eines Spirit-Songs, und diese Spirit Fans – Männer wie Frauen – waren regelrecht besessen von ihren Idolen. Dann bemerkte Secret Agent die Nummer, die rechts neben dem Benutzernamen stand: eine Eins. Die Person hatte sich zum ersten Mal in das Forum eingeloggt.

»Nett, dass du bei uns mitmachst, White Dawn«, schrieb Spiritfan1955 sarkastisch zurück. »Aber du kennst nicht die ganze Geschichte.«

»Genau«, lautete die Antwort von PeaceBabe. »Willkommen im Forum, White Dawn. Nur zu deiner Information: Secret Agents Schwester und ihre Familie wurden Opfer vom Hurrikan Katrina, und wir sind eingesprungen, um die größte

Not zu lindern. Die offizielle Katastrophenhilfe ist begrenzt, und es dauert ewig, bis der bürokratische Kram erledigt ist. Es ist wichtig, der Familie einen Lichtblick zu geben.«

Das war Secret Agents Stichwort. »Ich danke euch allen«, tippte er ein. »Ich bin sicher, White Dawn wollte niemandem zu nahe treten. Es ist nur so, dass wir hier wie eine Familie sind, White Dawn. Diese Leute sind der letzte Rettungsanker für meine Schwester.« Sollte er noch einmal an den kleinen Jake und sein mit Schnittwunden übersätes Gesicht erinnern, den Grund, das Thema überhaupt erst zur Sprache zu bringen? Das Geld für Jakes Operation? Leute, jetzt geht's rund … Er würde ihnen ein paar Minuten Zeit lassen. Aber das musste er nicht: *Bingo.*

»Hallo, White Dawn«, schrieb Spiritfan1955. »Werde dir mal erklären, wie das SpiritTown-Forum funktioniert. Hier geht es um Jakes Leidensgeschichte. Dreizehnjähriger Junge, braucht plastische Operation? Ich bin jedenfalls dabei – Secret Agent, schick mir deine PayRight-Infos, damit ich mein Scherflein beitragen kann.«

Secret Agent vergeudete keine Sekunde: Er schickte Spiritfan1955 eine Privatnachricht mit Informationen über seine Bankverbindung und das obligatorische ›Danke, Mann‹.

»Ich mache auch mit«, schrieb PeaceBabe. »Ich habe selbst eine dreizehnjährige Tochter.«

»Tut mir leid wegen Jake, Kumpel«, lautete die Antwort von OneThinDime. »Ich werde helfen, so gut es geht. Meine Frau hatte letztes Jahr einen Autounfall, und ich weiß, was da alles auf einen zukommen kann. Plastische Chirurgie kostet einen Haufen Geld. Sie hat eine Menge durchgemacht – wir alle. Aber wir haben einen ganzen Monat lang Tag und Nacht die CD-Box ›Spirit Days and Spirit Nights‹ gehört – das hat geholfen. Ich werde für euch beten.«

»Danke«, schrieb Secret Agent zurück. »Deine Großzügigkeit beschämt mich. Ehrlich. Und ich werde meiner Schwester die CD-Box schenken – tolle Idee. Ist wohl überflüssig zu erwähnen, dass sie sich im Moment gefühlsmäßig auf dem Nullpunkt befindet.«

»Mit uns kannst du rechnen, Mann«, schrieb Spiritguy1974.

»Voll und ganz«, stimmte LastCall25 ein.

Das PayRight-Konto begann sich zu füllen – gute Ausbeute heute Nacht, hat sich gelohnt, dachte Secret Agent und machte Anstalten, seinen fabelhaften Freunden, seiner SpiritTown-Familie eine gute Nacht zu wünschen. Zwischen den einschlägigen Werbsites hin- und herpendelnd, war er auf die mit einer Webcam ins Netz gestellten Bilder aus den niederen Regionen einer Hausfrau in den Badlands gestoßen, wo offenbar sexueller Notstand herrschte – und nun war es allerhöchste Zeit, selbigem abzuhelfen.

In diesem Moment erschien White Dawns Benutzername im ›Jake Aktuell‹-Forum. Secret Agent lachte in sich hinein. Eine weitere Bekehrte in der Welt der Geldgeber. Eigentlich hatte er die Nase voll und war nur noch erpicht darauf, die Pornobilder anzuklicken. Aber er konnte der Versuchung nicht widerstehen, einen kurzen Blick darauf zu werfen, was White Dawn anzubieten hatte; er scrollte die Nachricht herunter.

»Vorsicht!«

Secret Agent erstarrte. Es war unfassbar. Ein einziges Wort stand auf dem SpiritTown-Screen, für jedermann sichtbar. Vorsicht! White Dawns zweite Nachricht – mit der sie alle Welt warnte. Secret Agent hatte das Gefühl, mit einem neuen Feind konfrontiert zu werden – als hätte er gerade einen Stein umgedreht und eine zusammengerollte Klapperschlange darunter entdeckt, zum Angriff bereit.

Er traute seinen Augen nicht. Eine weitere Nachricht war eingetroffen:

»Hurrikan Katrina hat Homestead nicht einmal gestreift. Er ist nördlich vorbeigezogen, Armleuchter. Wäre besser gewesen, wenn du die Sturmwarnungen auf der NOAA-Website gelesen hättest, bevor du den Leuten das Geld aus der Tasche ziehst.«

»Verdammtes Miststück!«, brüllte er. Aber er wusste nicht einmal, ob es sich um einen Mann oder eine Frau handelte – er wusste nicht das Geringste über White Dawn. Er suchte nach einem Benutzerprofil, entdeckte aber keines. Auch gut, er würde es schon herausfinden – da war er sicher. Und wenn er erst wusste, wer sich dahinter verbarg, würde es White Dawn noch leidtun, ihn vor den Augen aller Forumteilnehmer gedemütigt zu haben.

»Scheiße!«, fluchte er laut, als seine Erektion auch noch beim Teufel war.

Kapitel 21

In Boston wimmelte es von Kindern. Lily sah sie überall: Unterwegs mit der Familie, mit irgendwelchen Gruppen, bei Campingausflügen. Sie strebten den Public Gardens, dem Wissenschaftsmuseum, dem Freedom Trail, der Faneuil Hall, dem Aquarium und anderen Sehenswürdigkeiten zu. Kinder, die sich amüsierten und zu aufgeregt waren, langsam oder im Gänsemarsch zu gehen. Bemüht, den Regen zu überlisten, den Großstadtlärm zu übertönen, den Spaß von gestern zu übertrumpfen.

Lily hoffte, dass es ihnen gelingen würde. Sie hoffte noch mehr, dass Rose irgendwann in der Lage sein würde, es ihnen gleichzutun. Sie wandte sich von dem großen Panoramafenster ab, das einen Ausblick auf den Spielplatz am Ufer des Charles River gewährte. Sie nahm neben Liam auf einem der orangefarbenen Stühle im Warteraum der Klinik Platz, während Rose für die Operation vorbereitet wurde.

Sie sah ihn an. Sie kam sich vor wie in einem Traum, in dem alles normal und absonderlich zugleich war. Liam Neill und sie saßen beisammen, als wären sie seit langem ein Paar. Sie warteten auf Roses Herzoperation. Vor zwei Abenden hatte er sie geküsst.

Das war der Teil, der wie ein Traum anmutete. Sie konnte nicht glauben, dass sie sich insgeheim so unbeschreiblich glücklich und beseelt fühlte, während ihre Tochter um ihr Leben kämpfen musste. Liam berührte ihren Handrücken, und sie schmolz innerlich dahin. Er fragte, ob sie eine Tasse

Tee wolle, und sie war so trunken vor Glück, dass sie ihre Augen nicht von ihm abwenden konnte.

Bisher hatte sich keine Gelegenheit geboten, über das zu reden, was zwischen ihnen geschehen war – oder es auch nur zu wiederholen. Seit der Ankunft in Boston war jede Minute damit ausgefüllt, bei Rose zu sein und mit den Ärzten zu sprechen. Sie wusste, dass es so am besten war, sie konnte keinerlei Ablenkung gebrauchen. Rose war eine Aufgabe, die sie rund um die Uhr beanspruchte, und mehr noch: Sie war ihr Leben. Sie wollte nichts aufs Spiel setzen, indem sie ihre Prioritäten durcheinanderbrachte.

Zumindest redete sie sich das ein, wenn sie darüber nachdachte, dass Liam sie einmal und nie wieder geküsst hatte.

»Alles in Ordnung mit dir?«, fragte er, als er ihr nun im Warteraum Gesellschaft leistete.

»Alles bestens. Mit dir auch?«

»Ja.« Die Art, wie er ja sagte und sie mit blitzenden Augen ansah, verwirrte sie und ließ sie erröten.

»Gut.«

»Es hat sich etwas verändert. Und du musst keine Angst davor haben, Lily.«

»Sprichst du von Rose? Von den Untersuchungen?«

Rose hatte eine weitere Echokardiographie über sich ergehen lassen müssen; sie war so erschöpft gewesen von der kumulativen Wirkung des Sauerstoffmangels, dass sie schlief, während die MTA kaltes Gel auf ihre Brust rieb. Sie schien nichts von dem Lärm des Dopplers mitzubekommen. Die Untersuchung hatte zum Glück keine Überraschungen enthüllt – Rose war durch den Aufenthalt in der Melbourner Klinik stabilisiert und für die Operation gerüstet.

»Nein. Ich spreche nicht von Rose.« Liam lächelte.

»Sie ist im Augenblick das Einzige, woran ich denken kann, Liam.«

»Ich weiß. Wir haben es fast geschafft.«

»Wir waren schon so oft hier.« Lily blickte in Liams von Wind und Wetter gegerbtes Gesicht und spürte ein Kribbeln im Bauch. Sie hatten beide ›wir‹ gesagt, eine zutreffende Bezeichnung. Liam war immer zur Stelle gewesen, wenn Rose und sie Hilfe brauchten. Warum war ihr das vorher nie bewusst geworden?

»Dieses Mal ist es anders«, sagte Liam.

»Woher willst du das wissen?«

Liam ergriff ihre Hand. Sie erbebte und wünschte sich, er würde sie in den Arm nehmen – ihre Gefühle glichen einem Wirbelsturm. Sie sehnte sich danach, dass er sie hielt, damit sie nicht in tausend Scherben zersprang. Ihre Haut prickelte, und sie spürte ein nie gekanntes Verlangen, das sie verwirrte, verstörte und zu einem völlig unpassenden Zeitpunkt befiel. Dabei hatte er nur ihre Hand gehalten.

»Dieses Mal ist es anders, weil diese Operation einem Sonntagsspaziergang gleicht«, beteuerte er. »Sie ersetzen nur den alten Flicken. Das Loch im Herzen ist nicht gerissen, größer geworden oder zum Zerreißen gespannt. Das einzige Problem ist der Patch, und dieser Eingriff wird der letzte sein.«

»Es wird ihr danach nicht schlechtergehen.«

»Nein. Keinesfalls. Ihre Symptome rühren ausnahmslos von dem brüchigen Flicken her und haben nichts mit der Pulmonalklappenverengung zu tun.«

»Ich halte das nicht aus«, flüsterte sie.

»Doch, du schaffst das.« Er schüttelte sachte ihre Hand. »Denk in Ruhe darüber nach, Lily. Du weißt, dass alles gut werden wird.«

Sie sah Liam an; er starrte auf die Tür, durch welche die Ärzte kommen würden, um ihnen mitzuteilen, dass alles für die Operation bereit war. In Gedanken listete sie die medizinischen Probleme und Aktivitäten auf, die für heute anberaumt waren. Obwohl die Fallotsche Tetralogie vier Defekte einschloss, besaßen heute nur zwei von ihnen allerhöchste Dringlichkeit. Die Pulmonalklappenstenose – der Ausflusstrakt war an der Stelle, wo bei Rose die rechte Herzkammer und Lungenarterie zusammentrafen, verengt und blockiert und der große Herzkammerscheidewand-Defekt – der Flicken war brüchig geworden, so dass sich das Blut in den beiden Herzkammern ungehindert vermischte.

Die schwere Stenose, an der Rose litt, bedeutete, dass bei jedem Herzschlag weniger Blut die Lunge erreichte, was eine Blaufärbung der Haut nach sich zog. Bei der heutigen Operation sollte der verdickte Muskel unterhalb der Pulmonalklappe entfernt und der alte verschlissene Flicken durch einen neuen aus Goretex ersetzt werden. Das Ganze klang wie ein Kinderspiel – trotzdem konnte Lily den Stress kaum mehr ertragen.

Endlich kamen die Ärzte, mit Rose auf der Liege. Bereit für den Eingriff – medikamentös ruhiggestellt, die Haare unter einer Papierhaube verborgen, an Monitore und Tropf angeschlossen – es gelang ihr, den Kopf leicht zu heben, auf der Suche nach Lily. Doch die Person, nach der sie verlangte, war Liam.

»Dr. Neill.«

»Ich bin hier, Rose.«

»Denk daran, was ich gesagt habe.«

»Keine Bange. Ich werde es nicht vergessen.«

Lily bemerkte den Blick, den die beiden tauschten, und spürte abermals das sonderbare Kribbeln im Bauch – sie wusste nicht, was zwischen ihnen vorging, aber es musste etwas Wichtiges sein.

»Hast du sie wiedergefunden? Nanny?«

»Ja.« Liam ging in die Hocke, sein Gesicht auf gleicher Höhe mit Rose. »Habe ich. Es ist unglaublich, aber weißt du, wo sie steckt?«

Rose schüttelte den Kopf; sie verdrehte die Augen, versuchte wach zu bleiben. Lily berührte Liams Rücken – zum einen, um ihn zu unterstützen, und zum anderen, weil sie einbezogen werden wollte.

»Erzähl es ihr, Lily …«

Lily konnte es selbst kaum glauben. »Schatz, Nanny schwimmt von Nova Scotia aus in Richtung Süden. Während alle anderen Wale nach Norden ziehen, glauben wir, dass sie unterwegs nach Boston ist, um dich zu suchen …«

»Ihr geht es doch gut, oder?«, fragte Rose ängstlich.

Lily nickte. »Ja. Nanny geht es gut. Und dir bald auch, mein Schatz.«

»Ganz sicher«, bestätigte Liam.

»Wir müssen los«, sagte Dr. Garibaldi. »Wenn Sie Rose wiedersehen, wird sie so gut wie neu sein. Sie hat mir alles über diese Nanny erzählt – und sie wird noch vor Ende der Woche wieder in Nova Scotia sein, und spätestens im August kann sie mit so vielen Walen schwimmen, wie sie möchte. Wir werden ihr den besten und stärksten Flicken der Welt einsetzen, und das wird für lange Zeit die letzte Operation von Miss Rose Malone sein. So, jetzt komm – los geht's.«

Lily und Liam beugten sich herab, um Rose zu küssen, und das war's – sie rollten sie weg. Lilys Herz drohte zu versagen, als sie zusehen musste, wie ihr Kind im Fahrstuhl verschwand. Sie spürte, wie Liams Arm sie umfing, und ließ sich von ihm zu den Stühlen im Warteraum geleiten. Es gab dort ein Fernsehgerät, das eingeschaltet war – wie immer und überall –, einen Stapel Illustrierte und eine Morgenzeitung. Doch Lily barg den Kopf in den Händen und bemühte sich, ihre Fassung wiederzugewinnen.

»Du hast den Doktor gehört«, sagte Liam. »Er klang sehr zuversichtlich; er ist der Meinung, dass Rose am Ende der Woche wieder zu Hause sein wird, Lily – in sechs Tagen.«

»Ich weiß.«

»Sechs Tage, Lily. Dann sind wir wieder auf Cape Hawk. Und Rose kann den Sommer genießen.«

Lily ließ zu, dass er sie in die Arme nahm. Es gab Zeiten, in denen sie weder reden noch einen klaren Gedanken fassen konnte. Vor neun Jahren hatte es in ihrem Leben Aspekte gegeben, die so traumatisch waren, dass sie einen ausgeprägten Kampf- und Fluchtreflex entwickelt hatte. Dann strömte das Adrenalin durch ihren Körper, machte sie völlig taub. In ebendiesem Zustand befand sie sich jetzt.

Das Leben mit Roses Vater war die Hölle auf Erden gewesen. Er war außer sich vor Wut über die Schwangerschaft gewesen, und sein Verhalten hatte sich zusehends verschlimmert. Unfähig, den Grund zu begreifen, hatte sie wiederholt beteuert, dass sie ihn nach der Geburt des Kindes noch genauso – oder sogar noch mehr – lieben würde. Doch ihr Versprechen stieß auf taube Ohren.

»Versprechen«, sagte sie nun.

»Was für Versprechen?«

Lily war wie in Trance – ihr Kind wurde vermutlich gerade an die Herz-Lungen-Maschine angeschlossen. Der Gedanke war so schrecklich, dass ihr Trauma wieder auflebte. Sie begann zu zittern und konnte nicht damit aufhören.

»Ich habe Roses Vater etwas versprochen«, sagte sie. »Ich habe ihm versprochen, dass wir für immer zusammenbleiben und dass ich ihn nach der Geburt des Kindes genauso oder noch mehr lieben würde. Ich habe versprochen, dass sie mich nicht ständig beanspruchen würde – dass immer noch genug Zeit für ihn bliebe. Sogar mehr. Weil ich meine Arbeit aufgeben und zu Hause bleiben würde …«

»Lily, vergiss ihn. Er ist es nicht wert, dass du auch nur ein einziges Wort oder einen Gedanken an ihn verschwendest.«

Stimmt, dachte Lily. Sie hatte Liam schon am ersten Abend von ihm erzählt – halb von Sinnen vor Schmerz, sowohl dem körperlichen der Entbindung als auch dem emotionalen nach der lebensrettenden Flucht vor Roses Vater. Sie unterdrückte ein Schluchzen.

»Und deine Tränen verdient er erst recht nicht.« Liam beugte sich vor, um ihre Stirn, ihre Wange, ihren Mundwinkel zu küssen.

»Früher habe ich mich selbst verrückt gemacht, weil ich mich fortwährend fragte, *warum*.«

»Warum was?«

»Warum Rose? Warum musste ausgerechnet sie mit solchen Problemen zur Welt kommen? In unserer Familie gibt es keine Herzerkrankungen – der einzige Mensch, der jemals einen Herzanfall hatte, war mein Urgroßvater, und der war einundneunzig. Ich habe mich während der Schwangerschaft gesund ernährt – keinerlei Koffein mehr zu mir genommen. Auf den Wein habe ich schon vor der Schwangerschaft verzichtet … und geraucht habe ich nie. Ich habe in Maßen Sport getrieben. Also warum?«

»Ich weiß es nicht, Lily.« Er küsste ihre Hände, blickte ihr tief in die Augen.

»Die Ärzte wussten es auch nicht. Es heißt, die Fallotsche Tetralogie sei keine Erbkrankheit. Sie kann jeden treffen – rein zufällig.«

»Lily, bitte hör auf, dich zu quälen ...«

»Dabei klingt alles so einfach – ist es ja auch für andere Kinder. Luft und Blut treffen in der Lunge zusammen, und dann pumpt das Herz das Blut durch den Körper. Warum funktioniert das bei Rose nicht? Ist doch ganz simpel ...«

»Es funktioniert bei Rose, nur nicht ganz optimal«, sagte Liam sanft. »Sie musste ein paar Herausforderungen bewältigen. Aber ich glaube den Ärzten. Sie sagen, das sei für lange Zeit die letzte Operation.«

»Lange, *lange* Zeit«, korrigierte ihn Lily.

»Richtig. Lange, lange Zeit. Und wir werden sie beim Wort nehmen.«

Wir. Wieder dieses Wort.

»Zugegeben, einige Dinge sind rätselhaft, was Rose betrifft. Keine Ahnung, warum. Vielleicht werden wir es nie erfahren. Aber es gibt auch andere Fragen, auf die wir keine logische Antwort wissen. Zum Beispiel, warum ich ausgerechnet in der Nacht, als Rose geboren wurde, in deinem Haus aufgetaucht bin. Warum ich dir ausgerechnet zu diesem Zeitpunkt die Bücher zurückbringen musste. Und warum ich nie wieder gehen wollte, sobald ich durch die Tür getreten war.«

»Liam.« Sie dachte an die Versprechen, die er in jener Nacht gegeben hatte, und wünschte sich zum ersten Mal, dass er sie einhalten würde.

»Warum«, begann er, doch dann verstummte er. Seine Lippen bewegten sich auf ihrer Haut, und sie glaubte ihn murmeln zu hören »Warum liebe ich euch beide so«. Doch dann wurde ihr klar, dass er nur ihren Nacken geküsst hatte – ohne etwas zu sagen. Natürlich waren solche Worte nicht über seine Lippen gekommen – sie befanden sich schließlich mitten im Warteraum, wo Krankenschwestern, Ärzte und andere Eltern ein und aus gingen.

Sie hielt seine Hand fester und lauschte; sie merkte plötzlich, dass sie sich in ihrem Körper zu Hause fühlte, innerlich Gestalt annahm, kein Geist mehr war, losgelöst von der Realität, gefühllos und traumatisiert.

»Wir lieben dich auch«, hätte sie gerne gesagt, aber sie schwieg. Sie wollte es ihm sagen, weil ihr mit einem Mal klarwurde, dass dieser Mann immer für Rose und sie da, immer an ihrer Seite gewesen war, seit dem ersten Tag. Er war wie ein Vater für Rose. Der leibliche Vater zählte nicht – nicht das Geringste. Liam war ein Grund, warum Rose sich geliebt fühlte, ein Grund, warum sie wuchs und gedieh.

»Du hast recht«, bekannte sie. »Es gibt viele offene Fragen.«

»Und nicht alle sind schlimm.«

»Ich weiß.« Lily lächelte. Doch ein Blick auf die Wanduhr verriet ihr, dass es Punkt zehn war – der Eingriff begann. Operationen am offenen Herzen dauerten nicht lange. In der Regel höchstens sechzig Minuten. Doch in dieser einen Stunde konnte viel geschehen. Es ging um Leben und Tod, und das Urteil wurde vor den Augen der Angehörigen gefällt … *O Gott,* betete Lily und schloss die Augen. *Steh ihr bei in dieser Stunde …*

Liam öffnete seinen Laptop in der Hoffnung, Lily fände es erfreulich und beruhigend, den grünen Lichtpunkt zu verfolgen, der MM122 repräsentierte und sich dem Boston Harbor stetig näherte. Doch Lily schien unfähig, ihr Augenmerk auf etwas anderes zu konzentrieren als die Uhr und die Tür, aus der die Ärzte nach der Operation treten würden.

Zehn Uhr fünfzehn. Liam versuchte, seine eigene Nervosität zu verbergen. Er hatte bei sämtlichen Herzoperationen an Lilys Seite ausgeharrt. Roses Aortenklappenstenose und der Ventrikelseptumdefekt erforderten eine Öffnung der Herzwand.

Um die ungehinderte Durchblutung anderer lebenswichtiger Organe zu gewährleisten, musste Rose an die Herz-Lungen-Maschine angeschlossen werden. Liam hatte sich bei einem Freund von der McGill-Universität, der als Herzchirurg in Vancouver tätig war, über den Ablauf des Eingriffs kundig gemacht. Rose hatte eine Vollnarkose erhalten und würde nichts merken. Dr. Garibaldi musste das Brustbein öffnen, um in den Brustraum zu gelangen.

Katheter saugten das venöse Blut aus der rechten Herzseite in die Herz-Lungen-Maschine, die es in pulsierenden Bewegungen durch spezielle sauerstoffhaltige Filter presste; das mit Sauerstoff angereicherte Blut wurde dann mit Hilfe eines Katheters in der Aorta wieder in den Körper zurücktransportiert.

Das Herz selbst war nun blutleer – und es war Eile geboten; die Ärzte mussten zügig arbeiten. Im Operationssaal war es sehr kalt, damit Herz und Gehirn weniger Sauerstoff verbrauchten. Liam versuchte sich die Vorgänge auszumalen, ertappte sich aber dabei, dass er genau wie Lily ständig auf die Uhr blickte. Fünf Minuten nach halb elf.

»Die letzte Operation hat vierzig Minuten gedauert«, sagte Lily. »Der Arzt muss jeden Moment auftauchen.«

»Ja. Gleich.«

»Sie entfernen ja nur die Blockade im Ausflusstrakt und ersetzen den Flicken.«

»Richtig. Dr. Garibaldi hat diesen Eingriff schon unzählige Male durchgeführt.«

»Aber nicht bei Rose. Sie wurde immer von Dr. Kennedy operiert. Bis er die Stellung in Baltimore angetreten hat, im

Johns Hopkins. Wir hätten auch in die Johns-Hopkins-Klinik fahren können.«

»Boston ist gut, Lily. Das beste Herzzentrum weit und breit. Und Dr. Garibaldi ist der beste Herzchirurg, den es gibt.«

»Trotzdem …«

»Ich weiß. Aber Boston ist näher an Zuhause. Und du magst diese Klinik, und Rose fühlt sich hier wohl.«

»Stimmt.« Lily sah ihn eindringlich an, als sei ihr dieser Gedanke noch nie gekommen. »Du hast recht. Deshalb haben wir uns für Boston entschieden – weil die Klinik gut ist und Rose sich hier wohl fühlt.«

Zwanzig vor elf.

»Sie ist schon seit vierzig Minuten im OP«, murmelte Lily. »So lange war sie noch nie an der Herz-Lungen-Maschine, soweit ich weiß.«

»Das ist nicht besonders lange, Lily. Die Ärzte müssen jeden Moment herauskommen.«

»Es ist nur … Sie müssen sichergehen, dass sich Blut und Sauerstoff richtig vermischen. Ich habe bis heute nicht begriffen, wie das einer Maschine gelingt. Zum Glück ist es nicht das erste Mal, dass sie zum Einsatz kommt – sie wird dauernd benutzt. Bei Rose hat es hinterher nie Nachwirkungen gegeben. Abgesehen von der bakteriellen Infektion …«

»Das passiert dieses Mal nicht.« Liam griff nach Lilys Hand. Aber sie entzog sie ihm. Als fühlte sie sich in diese Zeit zurückversetzt – Rose hatte die Operation überstanden, sich im Anschluss jedoch eine lebensbedrohliche Staphylokokkeninfektion zugezogen –, sprang Lily von ihrem Stuhl auf und begann, rastlos hin und her zu marschieren. Sie ging zum Fenster und lehnte ihre Stirn an die Glasscheibe.

Liam, der hilflos mit ansehen musste, wie sie sich quälte,

zwang sich, seine Aufmerksamkeit auf die Wissenschaft zu konzentrieren. Er stellte den Computerbildschirm heller – anders als neulich Abend, als er mit Lily in seinem Truck unweit des Leuchtturms gesessen hatte, in einer pechschwarzen Nacht; sein Computer hatte jeden Leuchtpunkt deutlich angezeigt, und er hatte den Arm um Lily gelegt, ihre seidenweiche Haut gespürt. Davon konnte heute keine Rede sein.

Er betrachtete den Bildschirm. Da war sie – Nanny, MM122 –, ein blinkendes Signal vor der Küste von Gloucester. Sie hatte ihre rätselhafte Reise in eineinhalb Tagen bewältigt – von Melbourne schräg durch den Atlantik bis zum Golf von Maine, vorbei an Matinicus und Monhegan, Christmas Cove, Boothbay Harbor, Yarmouth, Portland, im weiten Bogen um die Isle of Shoals herum und danach an der Küste von Massachusetts entlang.

Und nun war sie hier, direkt vor der Nordküste Bostons und bewegte sich in Richtung Süden. Er hätte Lily gerne gezeigt, was er sah, aber ihre angespannte Haltung verriet, dass sie es jetzt nicht ertrug, etwas über Nanny zu hören. Liam spürte, wie sich sein Magen verkrampfte.

MM122 war weit entfernt von ihrem gewohnten Lebensraum und den geographischen Gebieten, in denen man im Juli Belugawale antraf. Ob zwischen Nanny und Rose irgendeine mysteriöse Verbindung bestand? Da beide auf Cape Hawk beheimatet waren, konnte der Wal Rose jederzeit begrüßen; aber was wäre, wenn er an diese Küste gekommen wäre, nach Boston, um ihr eine Botschaft zu übermitteln – Abschied von ihr zu nehmen?

Liam weigerte sich, darüber nachzudenken. Er blickte Lily an, die auf der anderen Seite des Raumes stand, und erhob sich. Fünf vor elf. Rose lag seit rund einer Stunde unter dem

Skalpell. Er überlegte fieberhaft, wie er Lily beschwichtigen könnte: Vielleicht hatten die Ärzte später angefangen, vielleicht hatten die Vorbereitungen im Operationssaal länger gedauert, vielleicht …

Das war nicht die richtige Zeit für Spekulationen. Als Ozeanograph wusste er, dass in solchen Situationen nur auf hieb- und stichfeste Fakten Verlass war. Er durchmaß den weitläufigen Raum – eine Entfernung, die ihm unendlich weit erschien – und gesellte sich zu Lily. Er wurde an die erste Begegnung mit seiner Mutter nach Connors Tod und der Amputation seines verbliebenen Armstumpfs erinnert. Damals hatte seine Mutter auch aus dem Fenster gestarrt. Er hatte sie angesprochen, aber sie hatte nicht reagiert.

»Lily?«

Als sie sich abrupt umdrehte, war er so erleichtert, dass ihm Tränen in die Augen traten.

»Was ist?«

»Ich wollte dir etwas sagen.« Er blinzelte, drängte die Tränen zurück. Er hätte gerne eine wissenschaftlich fundierte, unwiderlegbare und kluge Formulierung gewählt. Doch ihm fiel nichts ein. Er konnte nur noch an Rose denken.

»Du hast vorhin von der richtigen Mischung gesprochen. Blut und Sauerstoff.«

»Ja …«

»Ich dachte gerade an mein Graduiertenstudium. Wir haben damals in einem Meeresbiologie-Kurs einiges über dieses Thema gelernt. Wie du weißt, sind Wale Säugetiere, und unser Professor hielt eine Vorlesung über das Kreislaufsystem der Wale.«

Lily nickte, hörte aufmerksam zu. Sie hatte offenbar die Schweißperlen auf seiner Stirn entdeckt – denn sie streckte die Hand aus und strich ihm das feuchte Haar aus dem Gesicht. Ihr Lächeln war sanft, als wollte sie ihn dazu ermutigen, fortzufahren.

»Als die Medizin noch in den Kinderschuhen steckte, etwa im sechsten Jahrhundert vor Christus, hatten Ärzte auf den Ionischen Inseln in Griechenland die Theorie aufgestellt, dass menschliches Blut mit einer ›vitalen Essenz‹ angereichert wurde, wenn sich Luft und Blut in der Lunge vermischten. Doch es dauerte noch etliche Jahrhunderte, bis man erkannte, dass dieses ›Lebenselixier‹ …«

»Sauerstoff war«, fiel Lily ihm ins Wort. Liam lächelte; vermutlich wusste sie mehr über diesen Prozess als die meisten Wissenschaftler.

»Richtig. Ich erinnere mich noch heute an William Harveys berühmte Abhandlung – ich glaube, aus dem Jahr 1628 – über Blutstrom und Kreislauf. Natürlich ging es in meinem Kurs um Wale, nicht um Menschen.«

»Herzen sind Herzen«, flüsterte Lily und sah, wie der Zeiger auf elf Uhr vorrückte.

Das Blut wich aus ihrem Gesicht. Sie begann zu zittern, so sehr, dass er befürchtete, sie würde zusammenbrechen. Er legte den Arm um sie, drückte sie an sich. Sie bebte am ganzen Körper, umklammerte seinen Arm, barg ihr Gesicht an seiner Brust.

»Wo bleiben die Ärzte nur?«

»Sie kommen gerade.«

Noch bevor sie den Blick heben konnten, hörten sie Dr. Garibaldis Stimme. »Lily? Liam?«

»Wie geht es Rose?« Lily stürzte auf den Arzt zu. Liam blickte sich suchend um – als hätte er angenommen, dass Dr. Garibaldi Rose auf der Liege in den Warteraum mitbringen würde. Dann musterte er das bleiche Gesicht des Arztes, die eingesunkenen Augen und wusste, was kommen würde, noch bevor er auch nur den Mund aufmachte.

»Es geht ihr gut«, sagte er. »Sie hat die Operation ohne die geringsten Probleme überstanden. Wir haben den Ausflusstrakt durchgängig gemacht und den Patch ausgetauscht. Gegen einen Goretex-Flicken – der für den Rest ihres Lebens halten sollte. Sie befindet sich noch im Aufwachraum, ist aber schon wieder ansprechbar und wird gleich hochgebracht, auf die Intensivstation.«

»Danke«, sagte Liam. »Danke, Doktor.«

Lily schüttelte Dr. Garibaldi die Hand und berührte mit der anderen Hand ihr eigenes Herz, während sie sich bedankte.

»Du hast ihm noch vor mir gedankt«, sagte sie, als der Doktor gegangen war.

»Oh, tut mir leid – ich wollte nur …« Er war mit einem Mal verlegen.

»Nein, schon gut.« Sie errötete. »Es ist nur … so würde sich ein Vater verhalten.«

Liam stand kerzengerade da und brachte kein Wort über die Lippen. Wenn Lily nur wüsste, was in seinem Inneren vorging, was Rose ihm bedeutete, seit er ihr auf die Welt geholfen hatte.

»Ich dachte gerade an das, was du sagtest, bevor der Doktor auftauchte. Über die Griechen und die vitale Essenz, das Lebenselixier.«

»Sauerstoff«, erwiderte er. Wie sie bereits selbst gesagt hatte.

»Wahrscheinlich ist da auch noch etwas anderes im Spiel.« Den Blick auf die Aufzugtür gerichtet, hörte sie den Fahrstuhl kommen. Der Doktor hatte gesagt, Rose würde gleich oben sein; endlich war es so weit. Sie sah Liam an.

»Und das wäre?«, fragte er.

»Nun …« Sie verstummte.

Liam hätte ihr gerne gesagt, was er vermutete, doch er konnte das Wort nicht laut aussprechen: *Liebe.* Das größte Lebenselixier, das es gab.

In ebendiesem Augenblick ging die Fahrstuhltür auf, und ein Pfleger rollte Rose heraus – sie lag auf der Liege, angeschlossen an Monitore, aber mit offenen Augen. Sie war festgeschnallt – der Anblick der Gurte zerriss Liam das Herz. Sie mussten verhindern, dass sie sich bewegte, zumindest über Nacht. Ihr Blick wanderte zwischen Lily und Liam hin und her.

»Hallo, mein Schatz«, sagte Lily.

»Es tut weh«, sagte Rose.

»Ich weiß. Aber nicht mehr lange.«

»Bald ist es vorbei, Rose.« Liam ertrug es kaum, sie leiden zu sehen, aber er wusste, dass die Schwestern ihr gleich ein Schmerzmittel verabreichten und sie sich rasch von dem Eingriff erholen würde.

»Ehrenwort?«, flüsterte Rose mit rauher Stimme.

»Ehrenwort.« Liam berührte ihren Scheitel – wie sein Vater, der damals nach der Amputation ein ähnliches Versprechen abgegeben hatte; er wusste, genau das hätte jeder Vater gesagt und getan.

Kapitel 22

Rose war wach und öffnete die Augen, sobald man sie auf der Liege aus dem Operationssaal rollte. Die Medizin, die man ihr verabreicht hatte, machte sie benommen, aber sie versuchte trotzdem immer wieder, sich die Anschnallgurte herunterzureißen, die ihren Brustkorb umspannten. Sie wollte sich bewegen, laufen, ihre Mutter umarmen, wollte nach Hause.

Sie schlief viel.

Ihre Mutter und Dr. Neill wachten abwechselnd an ihrem Bett. Manchmal waren beide da, saßen so eng beieinander, dass sie miteinander zu verschmelzen schienen. Ihre Stimmen kamen und gingen in ihren Träumen, begleiteten sie im Schlaf und in ihren wachen Minuten. Wenn sie weinte, war sie oft nicht sicher, wer sie in die Arme nahm und tröstete. Ihr Brustkorb schmerzte.

Und dann war auch das vorbei. Als sie am nächsten Tag aufwachte, schien die Sonne, und ihr Brustkorb tat überhaupt nicht mehr weh. Vielleicht ein bisschen – die Schwester half ihr, sich im Bett aufzusetzen, wusch sie, und danach kam der Arzt, um die Nähte zu begutachten.

Ihre Mutter und Liam hielten sich im Hintergrund, als die Schwestern ihr halfen, das erste Mal ein paar Schritte zu gehen. Seit der Operation war weniger als ein Tag vergangen, aber sie war daran gewöhnt, jedermann in Erstaunen zu versetzen, weil sie so schnell wieder auf den Beinen war und das Bett verlassen konnte. Aufstehen und Stuhlgang galten hier als spektakuläre Ereignisse. So, als würde man in der Schule eine Eins mit Sternchen für eine Buchbeschreibung oder einen Mathetest bekommen. Sobald man beides geschafft hatte, war man auf dem Weg nach Hause.

Oder zumindest kam man aus der Intensivstation heraus und wurde auf eine normale Station verlegt.

»Wie steht es mit den Schmerzen, Rose?«, fragte die Schwester.

»Nicht so schlimm. Mom, hast du Jessica gesagt, dass ich in einer Woche nach Hause komme?«

»Ja, Schatz.«

»Dr. Neill, was ist?« Sie sah ihn an, weil seine Miene so sonderbar war – als sei er zwischen dem Bedürfnis hin- und hergerissen, sich zurückzuhalten oder vorzuspringen, um sie notfalls aufzufangen. Die Schwester warf ihm ein schulmeisterliches Lächeln zu, als hätte er noch viel zu lernen.

»Bei Kindern verläuft der Genesungsprozess nach einer Herzoperation viel schneller als bei Erwachsenen«, belehrte sie ihn. »Die Herzwand verursacht seltener Schmerzen. Sobald Rose auf den Beinen ist und gehen kann, verlegen wir sie nach unten, auf die Kinderstation.«

»Prima.« Dr. Neill streckte die Arme aus, genau wie damals, als sie noch klein war und laufen lernte. Der Anblick brachte sie zum Lachen, worauf ihr der Brustkorb weh tat. »Rose? Was ist?«, fragte er besorgt.

»Das schaffe ich. Schau mal.«

»Ich bin bereit, wenn du so weit bist, mein Schatz«, sagte ihre Mutter.

Die Erwachsenen standen dicht neben ihr, als Rose langsam zur Bettkante rutschte. Sie streckte die Zehen in Richtung Boden, schlüpfte in ihre flauschigen Hausschuhe. Der Boden unter ihren Füßen fühlte sich fest an. Dass er lange geschwankt hatte, beinahe wie an Deck der *Tecumseh II* bei ihrer Geburtstagsparty, hatte sie ihrer Mutter verschwiegen. Es hatte sich wie ein Boot in Schräglage angefühlt, vorne und hinten, zu beiden Seiten, rundherum. Sie war ganz benommen gewesen und hatte gewusst, dass es am Sauerstoffmangel lag.

Doch das hatte sich nun geändert. Sie fühlte sich schon jetzt, einen halben Tag nach der Operation, zehn Mal, hundert Mal, tausend Mal besser als je zuvor. Sie holte tief Luft – und spürte, wie sich die Lungenflügel weiteten und ihre Kräfte zurückkehrten.

»Ich fühle mich *gut*«, sagte sie.

Alle lächelten, und ihre Mutter streckte die Hand aus.

»Gehen wir ein paar Schritte?«

Rose nickte, machte aber keine Anstalten, ihre Füße zu bewegen. Sie wartete und hob den Blick.

»Rose?«, fragte Dr. Neill.

Sie streckte stumm die Hand aus. Er ergriff sie, verschränkte seine Finger mit ihren, und dann war Rose bereit. Gemeinsam machten sie die ersten Schritte, Dr. Neill, ihre Mutter und sie. Durch die ganze Intensivstation, um das Schwesternzimmer herum. Ihr wurde bewusst, dass Dr. Neill jedes Mal da gewesen war, wenn sie auf der Intensivstation gelegen hatte.

Der Zutritt zur Intensivstation war nur Familienangehörigen erlaubt. Rose lächelte mit gesenktem Kopf, damit niemand sah, wie glücklich sie darüber war. Sie wusste nicht, was das zu bedeuten hatte, doch in den letzten neun Jahren hatte sie gelernt, auf ihr Herz achtzugeben, um zu verhindern, dass es brach. Doch Dr. Neill drückte ihre Hand, und sie beschloss, sich einen Hoffnungsschimmer zu gestatten.

Lily und Liam machten sich nach Verlassen der Klinik zu Fuß auf den Weg zum Boston Harbor. Sie nahmen eine Abkürzung durch Faneuil Hall und landeten am Long Wharf. Spaziergänger schlenderten, die laue Sommernacht genießend, gemächlich an ihnen vorüber, doch Lily und Liam hatten es eilig: Sie brauchten das Meer. Es war ihr Lebenselixier; sie mussten es sehen und die salzige Luft schmecken, die sie an Zuhause erinnerte.

Liam hatte den Feldstecher dabei, so dass sie das blaue Wasser absuchen und nach Nanny Ausschau halten konnten. Doch sie kam nie nah genug an die Küste heran und schien sich in sicherer Entfernung jenseits der Hafeninseln aufzuhalten.

Als sie an diesem Abend ihr Quantum Meeresbrise genossen hatten, kehrten sie ins Hotel zurück. Lily betrachtete das Kopfsteinpflaster, spürte, wie die Anspannung in ihr wuchs. Es gab so viel, was sie ihm sagen wollte, aber sie fühlte sich befangen und um Worte verlegen, als hätte es ihr die Sprache verschlagen. Er hatte heute Abend keine Anstalten gemacht, ihre Hand zu halten – kein einziges Mal während des ganzen Spaziergangs.

»Das Leben ist schon seltsam«, sagte er plötzlich.

»In welcher Hinsicht?«

»Da glaubt man zu wissen, was für einen selbst am besten und richtig ist, und plötzlich passiert etwas, das sämtliche Pläne über den Haufen wirft.«

»Was meinst du damit?« Dachte er an den Sommer? Er hatte auf vieles verzichtet, um bei Rose und ihr zu sein; vielleicht bereute er es, dass er ihnen so viel Zeit geopfert hatte, statt an seinem Forschungsprojekt zu arbeiten.

»Ich meine, dass Schicksalsschläge sich im Nachhinein manchmal als … als glückliche Fügung erweisen.«

Sie neigte den Kopf und überlegte, was er damit sagen wollte, doch er ging schweigend weiter. Der Abstand zwischen ihnen kam ihr groß vor, aber sie hatte Angst, ihn zu überbrücken; er schien die Distanz zu brauchen.

»Ich dachte an den Hai«, fuhr er nach ein paar Minuten fort.

»Ich finde, der Hai war alles andere als eine glückliche Fügung. Du hast Connor verloren und einen Teil von dir selbst. Liam, du musst nicht so tun, als sei die Welt in Ordnung.« Er antwortete nicht.

Sie warf ihm einen verstohlenen Blick zu. Seine braunen Haare waren wellig, im Schein der Straßenlaternen von silbernen Strähnen durchzogen. Seine blauen Augen wirkten traurig. Sie erreichten das Charles River Hotel, das direkt hinter der Klinik gelegen war, und gingen zum Aufzug. Während der Fahrt nach oben überlegte Lily verzweifelt, was sie ihm sagen konnte, doch ihr fiel nichts ein. Ihr Zimmer befand sich in der vierzehnten, Liams in der sechzehnten Etage. Als sich die Tür im vierzehnten Stock öffnete, sah er sie an.

»Gute Nacht«, sagte sie.

»Gute Nacht, Lily.«

Sie ging in ihr Zimmer, durcheinander und aufgewühlt. Nicht nur, weil er während des Spaziergangs jede Berührung vermieden hatte – sondern wegen seiner kummervollen Miene und der Bemerkung über den Hai und weil kein Wort des Trostes über ihre Lippen gekommen war.

Ihre Gefühle befanden sich in Aufruhr. Sie ging in ihrem Zimmer auf und ab. Durch die Verletzungen, die sie in ihrer Ehe davongetragen hatte, war ihr Vertrauen erschüttert. Sie hatte alles zurückgelassen und war vor ihrem Mann geflohen. Innerlich glich sie einem Eisberg. Sie war erstarrt, Zelle für Zelle, war brüchig und hart geworden; sie hatte im Laufe der Zeit gelernt, sich in Acht zu nehmen – sich einen Panzer zuzulegen, keinen Mann zu nahe an sich heranzulassen. Die Nanouks waren ihre einzigen Freunde. Doch Liam …

In den letzten Wochen hatte sie das Gefühl gehabt, innerlich zu schmelzen.

»Willkommen im Tauwetter«, hatte sie bei Roses Geburtstagsparty zu Marisa gesagt. Was Marisa nicht wissen konnte, war, dass Lily von ihren eigenen Worten nicht wirklich überzeugt gewesen war. Sie hatte gedacht, sie sei gefühlskalt geworden, erstarrt, zu lange im Winter gefangen, ohne einen inneren Frühling erlebt zu haben, der diesen Namen verdiente.

Sie dachte an Liam – an den Ausdruck in seinen Augen, als er den Hai erwähnt hatte. Warum konnte sie nach allem, was er im Laufe der Jahre – und vor allem in diesem Sommer – für sie getan hatte, nicht einfach den ersten Schritt tun und ihn in die Arme schließen? Warum konnte sie ihm nicht sagen, dass sie für ihn da war und zuhören würde, wenn ihm nach Reden zumute war?

Lily zitterte innerlich. Sie nahm ihren Zimmerschlüssel und verließ den Raum. Da sie nicht auf den Fahrstuhl warten wollte, nahm sie die Treppe. Mit jeder Stufe wuchs ihre Angst. Ob ihr Entschluss ein Fehler war? Sie hatte den Männern entsagt – war felsenfest überzeugt gewesen, dass sich daran niemals etwas ändern würde. Liams Liebenswürdigkeit, Roses Zuneigung und ihre eigenen wachsenden Gefühle für ihn schienen unerheblich angesichts ihrer alten, schrecklichen und noch immer äußerst realen Ängste. Aber sie verdrängte sie und setzte ihren Weg entschlossen fort.

Sie fand sein Zimmer, Nummer 1625. Holte tief Luft und klopfte.

Liam öffnete die Tür. Er stand auf der Schwelle, sah sie überrascht an. Er trug Jeans und ein blaues Oxfordhemd. Sein linker Ärmel hing herunter, leer. Lily, die ihn noch nie so gesehen hatte, erschrak.

»Tut mir leid.« Er blickte an sich herab und klopfte gegen den leeren Ärmel, als könnte er seinen Arm so hervorzaubern. »Ich hätte …«

»Nein – bitte nicht. Es ist an mir, mich zu entschuldigen. Es tut mir leid, Liam.«

»Falls es dir unangenehm ist, schnalle ich die Prothese wieder um.«

Lily schüttelte lächelnd den Kopf. »Unangenehm? Liam, du hast gerade zwei Tage bei Rose in der Intensivstation verbracht. Du hast die Stiche, den Einschnitt gesehen … Solche Dinge sind mir doch nicht unangenehm!«

»Den meisten Menschen schon.«

»Ich bin nicht die meisten Menschen.«

Sie gingen zu dem Tisch am Fenster, an dem zwei Stühle standen. Im Raum war es dämmrig, so dass man gerade noch den Fluss ausmachen konnte, auf dem die Lichter der Großstadt tanzten. Es war eine ganz andere Aussicht als das Panorama, das sie von Cape Hawk kannten und liebten. Aber es war gleichwohl Wasser, und Lily spürte, wie auch andere Dinge in Fluss gerieten.

»Du hast vorhin den Hai erwähnt; darüber hätte ich gerne mehr erfahren.«

»Wirklich? Es war nichts – ich habe nur ein bisschen sinniert.«

»Gut, dann sinniere.« Sie lehnte sich im Stuhl zurück.

»Zeitweilig kommt es mir vor, als wäre mein Leben mit dem Hai beendet gewesen. Und manchmal scheint es, als hätte es gerade erst begonnen.«

»Wie das?«

»Ich habe dir erzählt, dass Connor und ich uns unvorstellbar nahestanden. Wir waren unzertrennlich. Obwohl er drei Jahre jünger war, gab es niemanden, mit dem ich lieber beisammen gewesen wäre. Er war immer für einen Spaß zu haben. Er schwamm oft zu den Walen hinaus und kletterte auf ihren Rücken, wenn sie schliefen. Wir haben ihn fortwährend zu Mutproben herausgefordert.«

»An jenem Tag auch?«

»Ja. Er versuchte, so nahe wie möglich an einen Beluga heranzukommen. Der Wal fraß gerade, Krill und Heringe. Wir bemerkten den Hai erst, als er Connor schnappte und in die Tiefe zog.«

»Vor deinen Augen?«

Liam nickte. »Connor streckte beide Arme nach mir aus. Ich schwamm, so schnell es ging, zu ihm – zerrte an ihm, versuchte ihn freizubekommen. Und dann ... war er plötzlich weg. Ich schwamm im Blut meines Bruders, tauchte und tauchte nach ihm, immer wieder. Und dann ging der Hai auf mich los.«

Lily hörte schweigend zu.

»Er packte meinen Arm. Es tat nicht weh – ich spürte weder seine Zähne noch sonst etwas. Später erfuhr ich, dass sie so scharf sind wie Rasiermesser, Haut und Knochen werden bei einem Biss glatt durchtrennt. Es fühlte sich eher wie bei einem mörderischen Tauziehen an. Ich konnte nur an Connor denken – ich versuchte, den Hai mit meinem heilen Arm abzuwehren, auf ihn einzudreschen, ihm die Augen herauszureißen. Ich bohrte meine Finger in seine Augenhöhle – was ihn endlich dazu brachte, von mir abzulassen.«

Lily saß völlig verkrampft da. Sie wusste, wie es war, wenn man um sein Leben kämpfen musste. Liams Beschreibung, wie die Zähne in sein Fleisch sanken – so scharf und glatt, dass man kaum merkte, wie man bei lebendigem Leib gefressen wurde – ging ihr durch und durch. Sie dachte an den letzten Tag ihrer Ehe – sie war hochschwanger mit Rose gewesen, als ihr Mann sie so angerempelt hatte, dass sie zu Boden fiel, und dabei hatte er so getan, als habe es sich um ein Versehen gehandelt.

»Du bist ihm entkommen«, flüsterte sie.

»Ja. Dass ich noch schwimmen konnte, war nur dem Adrenalin zu verdanken – ich tauchte immer wieder nach Connor, trotz des abgerissenen Arms. Ich glaube, ich habe es nicht einmal wahrgenommen. Jude schrie um Hilfe – er war an Land geschwommen, stand auf einem Felsen. Es gelang ihm, jemanden auf sich aufmerksam zu machen, und ein Boot preschte herbei. Sie mussten mich mit Gewalt aus dem Wasser holen – alle waren überrascht, dass ich den Angriff überlebt hatte. Der Hai hatte eine Arterie durchtrennt – ich verlor viel Blut, direkt an der Stelle, wo Connor untergegangen war.«

»Oh, Liam.« Sie sprang auf, unfähig, die Bilder zu ertragen, die seine Worte in ihr hervorriefen. Liam stand neben ihr; zitternd lehnte sie sich an den Tisch. Liam streckte die Hand aus, um sie zu stützen – er wirkte überraschend ruhig. Hinter ihm, in einer Ecke des Raumes, lehnte sein künstlicher Arm an der Wand.

»Wie schafft man es, sein Leben wieder auf die Reihe zu bekommen, wenn man so etwas durchgemacht hat?«

»Und wie hast du es geschafft, Lily Malone? Du bist ebenfalls einem Hai begegnet.«

»Manchmal staune ich noch heute darüber.«

»Schicksalsschläge, die sich im Nachhinein als glückliche Fügung erweisen. So ist das Leben. Das Gute an deinem Schicksalsschlag ist, dass du Rose hast.«

»Stimmt. Und was ist mit dir?«

»Ich habe dich.«

»Das ist …«

»Irgendeine höhere Macht hat uns zusammengeführt. Das nenne ich eine glückliche Fügung.«

Lily stellte sich auf die Zehenspitzen und legte ihre Arme um seinen Hals. Sie liebkoste seinen Hinterkopf, blickte ihm tief in die Augen. Ihre Gefühle befanden sich in Aufruhr, ließen sich kaum noch bezähmen. Sie wollte ihn trösten, aber das Bedürfnis, ihn zu küssen, war übermächtig.

Liam nahm ihr die Entscheidung ab. Er zog sie an sich und küsste sie. Der Kuss war lang und innig, als hätten sich ihrer beider Empfindungen seit Ewigkeiten angestaut, genau wie beim letzten Mal. Seine Berührung war sanft und kraftvoll zugleich. Lily war zu ihm gekommen, um ihn zu trösten, und nun war sie den Tränen nahe. Sie klammerte sich an ihn, hielt ihn umschlungen; schließlich führte er sie zum Bett.

»Eigentlich wollte ich dir sagen, dass du ein wunderbarer Mann bist«, sagte sie, als sie Auge in Auge neben ihm lag. »Du hast so viel für Rose und mich getan, und es tut mir leid, dass ich dich vorhin so abgewimmelt habe, als du …«

Er legte einen Finger auf ihre Lippen.

»Du musst dich für gar nichts entschuldigen.«

Und dann erübrigte sich jedes Wort. Es galt nachzuholen, was sie in neun Jahren versäumt hatten. Lily ließ sich zurücksinken, die Hand auf seiner Brust. Er rollte herum, so dass er auf ihr lag, stützte sich auf seinen Ellenbogen, küsste ihre Wangen, ihre Lippen, ihren Hals, bis sie erbebte, erfüllt von einem schmerzlichen Verlangen. Doch ihr Arm war zwischen ihnen, ihre Hand auf seiner Brust und beide wussten, dass sie bereit war, ihn wegzustoßen – wie sie bisher immer alle weggestoßen hatte.

Jetzt oder nie – sie sehnte sich nach seinen Küssen, doch gleichzeitig waren ihre Reflexe auf Abwehr eingestellt. Ihr Rücken war gespannt, wie auf dem Sprung. Liams Augen waren von einem noch tieferen Blau als das Meer. Sie blickten sie mit solcher Offenheit an, während er sie küsste, langsam, ein Kuss nach dem anderen, dass sie spürte, wie ihr Widerstand erlahmte.

Sie seufzte, was Liam als Zeichen deutete. Er legte sich auf seine linke Seite und schlang den rechten Arm um sie, streichelte ihren Rücken, während er sie lange und leidenschaftlich küsste. Seine Zunge war heiß, und sie biss hinein – ganz leicht und zärtlich, aber so unerwartet, dass beiden die Sinne schwanden.

Sie entkleideten sich in fieberhafter Eile. Lily war nicht sicher, wer welche Knöpfe oder Reißverschlüsse öffnete – Hosen, T-Shirts und Unterwäsche landeten auf dem Fußboden, und dann sanken sie auf das Bett. Das einzige Licht im Raum, warm und gedämpft, kam von der kleinen Nachttischlampe. Sie hatte ihn nie mit nacktem Oberkörper gesehen. Sie traute sich nicht, genauer hinzuschauen.

Er lag auf dem Rücken, sah sie an. Ihr Blick schweifte von seinem starken, breiten Brustkorb zur linken Schulter. Sie wirkte muskulös und der Armstumpf endete etwa eine Handbreit unterhalb der Schulter.

Sie sah seine linke Körperseite – geschunden und zerfetzt, kreuz und quer von Narben und alten Nähten überzogen. Der Stumpf schien gut verheilt zu sein, aber die Seite erinnerte an die Verwüstungen des Hais, an die damalige Operation. Lily beugte sich vor und liebkoste sie behutsam mit den Lippen.

Sie hielten einander in den Armen und küssten sich; Liam ließ seine Hand an ihrem Rücken hinabgleiten, so dass sie sich ihm entgegenwölbte. Sein Kuss wurde drängender, und sie verlor jedes Gefühl für Zeit und Raum. Er hob ihre Hüften, und sie sehnte sich mehr als alles in der Welt danach, ihn in sich zu spüren.

Sein Kuss war der Himmel auf Erden, doch seine Berührung raubte ihr den Verstand. Sie zitterte, spürte seinen Körper mit jeder Faser: Die geschwungene Linie seines Rückgrats, die schmalen Hüften, die breiten Schultern, die muskulösen Beine. Er hielt sie im Arm und wiegte sie, auch als sie sich mit einem leisen Seufzer fallen ließ, sich von allem löste, was alt und kalt und erstarrt war, auch, als sie zitterte und abermals seufzte – danach, weil sie nicht geahnt hatte, dass sie noch fähig war, zu fühlen und zu lieben.

Sie schliefen eng umschlungen ein. Lily wachte mehrmals auf, aber sie hatte keine Lust, in ihr Zimmer zurückzukehren – sie wollte Liam keine Minute missen. Sie lag neben ihm, erfüllt von unbändiger Freude. Er hatte sich im Schlaf umgedreht; sein rechter Arm umfing sie. Sie hielten sich umschlungen, als sei das die normalste und vertrauteste Sache der Welt. Als hätten sie sich schon seit Jahren geliebt und nur auf den idealen Zeitpunkt gewartet, um ein neues gemeinsames Leben zu beginnen.

Lily klammerte sich an das Hier und Jetzt, auch als ihre Augenlider zu flattern begannen und der Schlaf Besitz von ihr ergriff; sie kämpfte darum, wach zu bleiben, nur noch einen Moment, um das Gefühl auszukosten, bei Liam zu sein, zu wissen, dass Rose auf dem Weg der Besserung war.

Von dem Moment an, als Rose auf die Kinderstation verlegt wurde, machte ihre Genesung solche Fortschritte, dass es einem Wunder glich. Lilys Herz drohte vor Glück zu bersten – Rose erholte sich schnell von der Operation und wegen Liam.

Rose wurde binnen vierundzwanzig Stunden nach dem Eingriff von Schläuchen und Maschinen befreit, und als sie ihr neues Zimmer bezog, konnte sie sich ungehindert bewegen. Sie war fest entschlossen, viel spazieren zu gehen, damit die Ärzte sie bald nach Hause ließen. Lily hatte noch nie erlebt, dass Rose dermaßen erpicht darauf war, die Klinik zu verlassen – als hätte auch sie endlich den magischen Schlüssel entdeckt, den andere Menschen besaßen und der jeden Tag lebenswert machte.

Normalerweise war sie nach Operationen eher zögerlich und ungemein vorsichtig, darauf bedacht, kein Risiko einzugehen – sie umklammerte mit der linken Hand ständig ihre Schulter und wölbte den Rücken, um den Herzbereich zu schützen. Lily verstand solche Manöver sehr gut. Doch dieses Mal war Rose bemüht, ohne Hilfe zu gehen, in aufrechter Haltung zu stehen, sich die vielen Übungen zu vergegenwärtigen, die man ihr nach anderen Eingriffen gezeigt hatte. Sie wollte sich den Besuch bei dem Physiotherapeuten ersparen. Lily hatte nie herausgefunden, warum – es war ihr schleierhaft, weshalb Rose die Übungen, die ihr guttun würden, nach allem, was sie durchgemacht hatte, so bedrohlich fand.

Liam kehrte nach erfolgreicher Operation wieder nach Hause zurück, um sich in seine liegen gebliebene Arbeit zu stürzen. Der Abschied war für beide niederschmetternd – bei dem Gedanken an die bevorstehende Trennung fühlte sich Lily wie am Boden zerstört. Aber er rief jeden Morgen und jeden Abend an, und am dritten Tag war er wieder da, als sei die Entfernung einfach zu groß – Lily war überglücklich.

Rose nicht minder. Sie blühte auf wie die Blume, deren Namen sie trug, wurde mit jeder Minute rosiger und munterer. Lily hielt sich im Hintergrund, wenn Liam und sie lachten und redeten, wenn er ihr auf dem Laptop Nanny zeigte, das blinkende Licht jenseits des Bostoner Hafenbeckens.

»Warum mag sie wohl hier sein?« Rose hatte diese Frage immer wieder gestellt, weil sie nicht müde wurde, die Antwort zu hören.

»Schwer zu sagen«, erwiderte Liam und sah Lily an. »Aber wir glauben, dass sie in deiner Nähe sein möchte.«

»Sie kennt mich doch gar nicht!«

»Ich denke schon.«

»Wie denn? Ich bin ein Mädchen und sie ist ein Wal. Wir haben nie miteinander geredet oder gespielt, sind nie zusammen geschwommen. Ich kenne sie, weil Mommy viele Stickbilder von ihr gemacht hat, die in meinem Zimmer hängen, aber *sie* kennt mich nicht.«

»Ich möchte dir eine Geschichte erzählen. Sie erklärt, warum ich davon überzeugt bin, dass Nanny dich kennt. Sie handelt von einem Fischadler und einer schwarzen Katze.«

»Oh …«

Roses grüne Augen weiteten sich, und ein strahlendes Lächeln erhellte ihr Gesicht. Doch genau in dem Moment kam die Physiotherapeutin zur Tür herein, um ihr zu erklären, was sie erwartete, sobald sie nach Hause durfte. Sie zeigte ihr verschiedene Übungen und schärfte ihr ein, die linke Hand unten und die Wirbelsäule gerade zu halten; dann vergewisserte sie sich, dass Lily Namen und Adresse einer Physiotherapie-Praxis in der Nähe von Cape Hawk hatte. Lily versicherte es ihr.

Als die Therapeutin gegangen war, wirkte Rose sichtlich niedergeschlagen. Sie sah Liam an, schien darauf zu warten, dass er sie mit der Geschichte von dem Fischadler und der schwarzen Katze aufheiterte.

Lily war genauso gespannt. Sie hatte damit gerechnet, dass

Liam unverzüglich mit dem Erzählen beginnen würde, um Rose von dem Gedanken an das von der Physiotherapeutin skizzierte, anstrengende Übungsprogramm abzulenken. Obwohl nichts gegen das Programm einzuwenden war – in Lilys Augen zumindest sogar *Spaß* zu machen versprach –, fand Rose die Aussicht offenbar entmutigend. Liam sah ebenfalls beunruhigt und aufgewühlt aus.

»Das ist kein Zuckerschlecken, stimmt's?«, fragte er.

Sie legte den Kopf zur Seite, als wüsste sie nicht, was er meinte. Doch vermutlich hatten seine Augen ihr verraten, dass sie eine verwandte Seele vor sich hatte, einen Leidensgenossen, der sich in ihre Lage versetzen konnte. Sie schüttelte stumm den Kopf und beugte ihn so tief, dass ihr Kinn die Brust berührte. Als sie den Blick hob, war ihr Gesicht tränennass.

»Ich weiß heute noch, was für eine Tortur das war«, fuhr Liam fort.

»Musstest du auch zur Physiotherapie?«

»Ja. Sechs Monate lang – und danach noch einmal ein Jahr.«

»Wegen deines Arms?«

Liam nickte. »Ich musste vieles noch einmal ganz von vorne lernen. Und mir einprägen, bestimmte Dinge zu vermeiden.«

»Zum Beispiel?«

»Als ich den Arm verlor, hatte ich anfangs das Gefühl, er wäre noch da. Ich wachte nachts auf und wollte mit der linken Hand nach einem Glas Wasser greifen. Aber da war keine Hand. Ich war völlig verstört und frustriert. Wenn ich sie spüre, muss sie doch vorhanden sein, dachte ich. War sie aber nicht. Und das machte mich … wütend.«

»Das geht mir genauso«, sagte Rose leise.

»Klar, darauf möchte ich wetten.«

»Und was passierte sonst noch?«

»Ich war also gezwungen, alles mit dem rechten Arm zu erledigen. Auch Dinge, die ich früher mit links gemacht hatte. Ich musste ständig auf die andere Körperseite hinübergreifen. Was zur Folge hatte, dass meine rechte Schulter schmerzte. Und meine linke auch – denn nach einer Amputation schrumpfen und verkürzen sich die Schultermuskeln, und ich musste darauf achten, sie durch regelmäßige Übung zu kräftigen.«

»Ich greife auch dauernd auf die andere Körperseite. Aber mit dem linken Arm. Weil ich Angst habe, jemand könnte gegen mein Herz stoßen.«

»Das leuchtet mir ein.«

»Schon, aber dadurch werde ich schief und krumm. Was soll's, meine Körperhaltung ist mir ohnehin egal.«

»Das ging mir genauso, Rose. Es ging mir nur darum, mit dem einen Arm doppelt so viel machen zu können. Aber irgendwann merkt man, wie wichtig eine gute Körperhaltung ist, weißt du. Selbst wenn es einem zunächst nicht bewusst ist. Sie ist unabdingbar für eine gesunde Wirbelsäule. Warte mal – was hältst du davon, wenn wir uns eine Liste der Dinge machen, auf die wir achten müssen? ›Herz schützen, Wirbelsäule schützen‹ – was noch?«

»Beide Arme benutzen.« Rose kicherte.

»Ach ja. Wie kann man das vergessen!« Liam tat, als mache er sich Notizen auf einem imaginären Block. Rose sah fasziniert zu, wie er ihn mit seiner Prothese hielt und mit seiner gesunden Hand schrieb. Lily spürte, wie eine Welle der Dankbarkeit sie überkam. Ihr Herz schmolz zusehends, wenn sie die beiden betrachtete.

»Wie war das damals?«, fragte Rose gleich darauf still.

»Als ich meine Prothese bekam? Nun, ihretwegen musste ich ein weiteres Jahr zur Physiotherapie. Um zu lernen, wie man sie benutzt.«

»Und die ganze Zeit warst du traurig.«

»Ja.« Liam hob den Blick. »Woher weißt du das?«

»Ich bin auch manchmal traurig. Ich habe auch jemanden verloren. Du hast deinen Bruder verloren und Mommy und ich haben auch jemanden verloren.«

»Rose?« Lily hatte keine Ahnung, worauf sie hinauswollte.

»Meinen Vater. Ich hatte nie einen. Der Vater, der da war, wollte mich nicht.«

»Rose, es lag nicht an dir«, beteuerte Lily. Sie hatte mit ihrer Tochter absichtlich nie über ihn gesprochen. »Du bist nicht der Grund, dass wir keinen Kontakt zu ihm haben.«

»Der Grund spielt keine Rolle, sie hat nun mal das Gefühl.« Liam ergriff Roses Hand – und zum ersten Mal seit langer Zeit war Lily nahe daran, die Geduld mit ihm zu verlieren. Er hätte ihr in dieser Situation beistehen und Rose versichern müssen, dass sie keinerlei Schuld traf, dass sie ihren Vater nicht vertrieben hatte!

»Stimmt«, flüsterte Rose. »Deshalb funktioniert mein Herz nicht richtig.«

»Ich hatte ein ähnliches Gefühl. Ich war bei meinem Bruder, als er starb. Ich war älter als er, Rose. Ich machte mir ständig Vorwürfe und dachte – wenn ich nur besser auf ihn aufgepasst hätte. Schneller zu ihm geschwommen und imstande gewesen wäre, ihn zu retten – mich hätte es treffen sollen, nicht ihn.« Lily stählte sich, als sie sich daran erinnerte, was er ihr neulich nachts anvertraut hatte.

»Und du dachtest, der Hai hätte dir den Arm abgerissen, als Strafe dafür, dass du böse warst?«, fragte Rose.

»Ja. Davon war ich lange überzeugt.«

»Genau wie ich. Ich dachte auch, mein Vater hätte uns verlassen, weil ich böse war.«

»Schatz …«, begann Lily, suchte verzweifelt nach den richtigen Worten.

»Aber du weißt, dass es nicht stimmt«, sprang Liam in die Bresche. »Das weißt du doch, Rose, oder? Du bist das wunderbarste Mädchen, das es gibt. Manche Dinge geschehen einfach. Du wurdest mit Herzdefekten geboren – doch das hat nichts mit Gut oder Böse zu tun. Wenn das so wäre, hättest du das stärkste, beste Herz der Welt.«

»Und der Hai hat dir auch nicht den Arm abgerissen, weil du böse warst, richtig?«

»Richtig.« Liam sah Lily an. »Es hat lange gedauert, bis mir das klarwurde.«

»Wann war das?«, hakte Rose nach.

»In der Nacht, als du geboren wurdest, Rose.«

»Wirklich?«

Liam nickte. »Wirklich.«

Froh darüber, ihre Hände beschäftigen zu können, setzte Lily ihre Stickarbeit fort. Sie hatte Liams Geschichte während der letzten gemeinsamen Nacht in Melbourne gehört und sah, wie sich Roses Augen beim Zuhören weiteten. Was für ein unermessliches Geschenk Liam einem vaterlosen Mädchen machte. Rose, die sich für böse hielt und ihren Vater vertrieben zu haben glaubte, und Liam, der sie vom Gegenteil zu überzeugen suchte, indem er gestand, dass sie ihm in der Nacht ihrer Geburt sein Selbstwertgefühl zurückgegeben hatte.

Lily lehnte sich zurück, stickte unverdrossen weiter. Sie lauschte, als die beiden ihre Unterhaltung fortsetzten, und versuchte sich vorzustellen, was als Nächstes geschehen würde.

Anne Neill stand im Garten zwischen Gasthof und Parkplatz und schnitt Blumen für die Tische im Speisesaal. Sie trug einen großen Strohhut und einen flachen Korb, den sie mit Zinnien, Löwenmaul, Rittersporn und Cosmea füllte. Sie wusste, dass sich Camille im Schaukelstuhl auf der Veranda postiert hatte und sie auf Schritt und Tritt beobachtete. Die Gärten waren das reinste Schmuckstück dank Camilles jahrelanger Hege und Pflege. So ungeduldig Anne zuweilen mit ihrer Schwiegermutter sein konnte, die Blumen waren zweifellos ihre Domäne.

Als sie den Blick hob, sah sie einen Mann über den schmalen gepflasterten Weg auf sich zukommen. Er hatte widerspenstige rote Haare, die in der Sonne glänzten – wilde Locken, die seine Mutter vermutlich um den Verstand gebracht hatten, als er ein kleiner Junge war. Anne lächelte, als er sich näherte.

»Puh«, stöhnte er, bevor sie Gelegenheit hatte, ihn zu begrüßen. »Ich war die ganze Nacht unterwegs und dachte, ich würde nie ankommen.«

»Hallo. Herzlich willkommen.«

»Danke. Das ist also das Cape Hawk Inn?«

»Ganz recht.«

»Aha.« Er blickte sich um. Ein schmaler Ausschnitt des Hafens war zwischen den Bäumen sichtbar. »Und dort liegen die Walbeobachtungsboote vor Anker?«

»Ja. Haben Sie einen Pauschalurlaub mit Walbeobachtung gebucht? Ich begleite Sie gerne hinein und trage Sie für eine der Touren ein.« Sie streifte ihre Gartenhandschuhe ab, war sich bewusst, dass Camille jede Bewegung beobachtete; wenigstens hatte ihre Schwiegermutter endlich aufgehört, sie zu verdächtigen, mit jedem unbeweibten männlichen Gast zu flirten. Ihre Ansichten über die Ehe – einschließlich Annes überaus glücklicher mit Jude – waren durch ihre eigene Ehetragödie geprägt. Anne hängte sich den Korb über den Arm und ging mit ihm die Treppe an der Vorderseite des Hauses hinauf.

»Ähm, ich habe keinen Pauschalurlaub gebucht«, gestand er. »Ich habe nicht einmal ein Zimmer reserviert.«

Anne schnitt eine Grimasse. »Ach du meine Güte. Wir sind komplett ausgebucht.«

»Wirklich?« Er sah sie überrascht an. »Ich wäre nie auf die Idee gekommen, dass es ein Problem sein könnte, hier eine Unterkunft zu finden, so weit weg von jeglicher Zivilisation.«

»Gerade deswegen kommen ja so viele Leute hierher. Vor allem im Sommer. Im Dezember wären Sie hier ganz allein auf weiter Flur. Aber jetzt – tut mir leid.«

Er seufzte, lehnte sich gegen den Türrahmen und blickte sich in der Lobby um. An einem klaren und herrlichen Tag wie diesen war sie wie ausgestorben. Lediglich ein älteres Paar saß auf dem Sofa und blickte hinaus auf die blaue Bucht. Zimmermädchen durchquerten die weitläufige Halle, auf dem Weg zu den Räumen der Gäste. Die wuchtigen offenen Kamine zu beiden Seiten waren blitzsauber gefegt und mit frischem Brennholz bestückt. Blumensträuße schmückten fast jeden Tisch.

»Vielleicht haben Sie Lust, bei uns zu Mittag zu essen?«, erkundigte sich Anne mitfühlend. »Würde Ihnen bestimmt guttun, wenn Sie die ganze Nacht durchgefahren sind.«

»Bin ich«, sagte er, aber er wirkte kein bisschen müde. In seinen Augen loderte ein Feuer, als wäre ausruhen oder essen das Letzte, was ihm in den Sinn käme.

»Wenn Sie wegen der Wale hier sind, kann ich Sie vielleicht auf dem Boot unterbringen, das heute Nachmittag ausläuft. Ich habe da so meine Beziehungen – mein Mann ist der Skipper.«

Der Mann grinste; sein sommersprossiges Gesicht verzog sich zu einem Lächeln, das ansteckend wirkte. Anne ertappte sich dabei, wie sie einen verstohlenen Blick auf seine linke Hand warf – falls Ehering-Alarm für ihre Nanouk-Freundinnen angezeigt war. Doch allem Anschein nach war er nicht verheiratet.

»Kann man hier in der Gegend Belugas sehen?«, fragte er.

»Aber ja.«

»Die gleichen Belugawale, die manchmal in einem Aquarium wie dem von Mystic in Connecticut landen?«

»Ja. Obwohl wir der Meinung sind, dass sie in Freiheit, in ihrem natürlichen Lebensraum bleiben sollten.«

»Finde ich auch.«

»Wenn Sie möchten, helfe ich Ihnen gerne, eine andere Unterkunft zu finden. Einige Einheimische vermieten Zimmer – ein paar Meilen weiter die Straße entlang gibt es ein Motel, in dem noch Zimmer frei sein könnten. Mit Meerblick.«

»Mal sehen. Eigentlich bin ich nur wegen einer Information hier.« Er musterte sie, als versuchte er etwas herauszufinden – ob er sie schon einmal irgendwo gesehen hatte oder vielleicht erinnerte sie ihn an jemanden. »Sind Sie aus der Gegend? Von Cape Hawk, meine ich? Wohnen Sie schon lange hier?«

»Von Kindesbeinen an.«

»Dann kennen Sie hier bestimmt jeden.«

»Kann man wohl sagen«, erwiderte sie, auf der Hut. »Ich habe in die Familie Neill eingeheiratet, die den Gasthof und die Walbeobachtungsboote besitzt. Wir behalten die Dinge gerne im Auge.«

»Die Familie Neill?« Er griff in seine Tasche, klopfte sie wiederholt ab, suchte offenbar etwas. »Sind Sie mit Camille Neill verwandt?«

»Richtig.« Anne warf einen flüchtigen Blick zur Fliegengittertür hinüber, doch Camille hatte den Schaukelstuhl auf der Veranda verlassen – vermutlich, um ein Nickerchen zu machen.

»Verdammter Mist«, fluchte der Mann.

»Entschuldigung?«

»Ich würde gerne mit ihr sprechen. Wenn es geht. Ist sie … überhaupt noch am Leben?«

»Und wie«, gluckste Anne. »Aber vermutlich hat sie sich gerade hingelegt. Ich kann das gerne überprüfen, wenn Sie eine Minute warten.«

Anne glättete das ausgestellte Bringt-Rose-Heim-Kissen und wollte gerade zu dem Hörer greifen, als der Mann ein Bild aus der Tasche zog. Er räusperte sich und zeigte Anne seine Dienstmarke.

»Ich bin Detective Patrick Murphy. Im Ruhestand, genauer gesagt, ehemals bei der Connecticut State Police, Dezernat für Kapitalverbrechen. Ich bin unlängst auf eine Spur gestoßen, die einen alten Fall betrifft und hierher führt – nach Cape Hawk. Ich suche eine Frau, die vor neun Jahren spurlos verschwand. Mara Jameson aus Black Hall, Connecticut. Sie war damals hochschwanger, hätte also heute ein neunjähriges Kind. Das ist ein Foto von ihr …«

Sie nahm ihm das Foto aus der Hand; ihr Herz drohte auszusetzen. Das war sie, ganz eindeutig, ihre Freundin mit den strahlenden Augen, die in die Kamera lachte, als sei sie die glücklichste Frau der Welt.

»Woher haben Sie das?«

»Sie kennen sie?«

»Das habe ich nicht gesagt.« Anne versuchte, sich nichts anmerken zu lassen. Sie schluckte, um Zeit zu gewinnen. Man hätte meinen können, das Foto sei erst gestern aufgenommen worden – statt vor neun Jahren. Ihre Nanouk-Freundin hatte sich kaum verändert …

In dem Moment blickte sie zufällig aus dem Fenster und entdeckte Marisa und Jessica Taylor, die vom Hafen aus den Hügel erklommen. Jessica war schwer beladen, trug eine große Tasche – die offenbar weitere Kiefernnadelkissen enthielt. Anne versuchte, Marisas Aufmerksamkeit auf sich zu lenken, um sie unbemerkt zur Rückseite des Gebäudes zu lotsen – doch vergebens. Marisa strahlte – die Ängste und düsteren Gedanken, die ihr bei der Ankunft auf Cape Hawk ins Gesicht geschrieben standen, hatten sich in den letzten Wochen offenbar verflüchtigt.

Wie beiläufig umrundete Anne den Empfangstresen, nahm den pensionierten Polizisten am Arm und geleitete ihn auf die Veranda hinter dem Haus – auf die andere Seite des Eingangs, dem Marisa zustrebte. Ihr Herz klopfte wie verrückt. Sie musste unbedingt mit ihrer Nanouk-Freundin Kriegsrat halten, bevor sie sich dazu entschloss, dem Detective etwas zu erzählen.

»Ich möchte Ihnen helfen. Sie sagten, dass Sie mit Camille sprechen wollen? Nun, das lässt sich einrichten.«

»Und was ist mit dem Foto?«, drängte er. »Sind Sie Mara Jameson schon einmal begegnet?«

»Ihr Gesicht kam mir im ersten Augenblick bekannt vor. Aber ich glaube nicht, dass ich ihr schon mal begegnet bin.«

»Ich hätte schwören mögen …«, sagte der Ex-Polizist, der mit einem Mal niedergeschlagen wirkte. Er war blass, jede Sommersprosse zeichnete sich deutlich ab.

Anne tätschelte seinen Arm. Sie musste ihn aus dem Gasthof herausbringen, und zwar umgehend, am besten irgendwohin, wo er keine verfänglichen Fragen stellen konnte.

»Ich mache Ihnen einen Vorschlag. Sie sind müde und haben eine lange Fahrt hinter sich. Ich kenne ein nettes Plätzchen, wo Sie sich ausruhen und warten können, bis ich Camille zu fassen bekomme.« Noch während Sie ihm die Idee unterbreitete, brachte sie ihn zu seinem Wagen. Keinen Augenblick zu früh – denn Camille tauchte gerade auf, die keineswegs ein Nickerchen machte, sondern auf der Veranda erschien und mit einer Tasse Tee im Schaukelstuhl Platz nahm. Dabei beäugte sie Anne, die einen Fremden zu seinem Auto begleitete, mit dem alten Misstrauen.

»Ich glaube, ich werde Ihr Restaurant ausprobieren«, warf er ein. »Zum Mittagessen.«

»Natürlich.« Anne fluchte innerlich. »Aber warum bringen Sie nicht zuerst Ihr Gepäck in die Pension? Sie ist wirklich idyllisch – und nur eine halbe Meile entfernt, einfach die Straße entlang. Der Name lautet Rose Gables. Sie gehört einer Freundin, Marlena Talbot; ich bin sicher, sie nimmt Sie gerne auf. Vielleicht sollten Sie ihr das Foto zeigen – könnte ja sein, dass sie Mara Jameson gesehen hat.«

Jessica öffnete die Tür des Gasthofs, begrüßte sie laut. »Hallo, Anne! Wir haben wieder Kissen für Rose gebracht!«

»Prima!«, rief Anne zurück und warf dem Detective ein Lächeln zu, während sie mit klopfendem Herzen ein Stoßgebet zum Himmel schickte, dass er sich nicht umdrehen und das neunjährige Mädchen entdecken möge. Aber er bemerkte sie nicht. »Ach ja, die Kissen«, fuhr sie fort. »Ich muss mich um die Kissen kümmern. Am besten fahren Sie jetzt zu Marlena und regeln alles mit der Unterkunft, anschließend kommen Sie wieder zum Mittagessen her. Bis dahin habe ich Camille für Sie eingefangen.«

»Danke.« Patrick Murphy unterdrückte ein Gähnen. »Die Fahrt hatte es wirklich in sich. Ich bin durchgefahren – die ganze Strecke von der Küste Connecticuts.«

»Kein Wunder, dass Sie todmüde sind. Übrigens – was hat diese Mara Jameson angestellt?« Anne hoffte, dass ihre Frage unbeteiligt klang.

»Sie ist verschwunden, wie ich bereits sagte. Was Sie angestellt hat? Bestenfalls hat sie den falschen Mann geheiratet, einen Schläger. Schlimmstenfalls wurde sie von ihm umgebracht. Doch unlängst ist etwas geschehen. Ich vermute, dass sie untergetaucht ist, und zwar hier.«

»Untergetaucht? Ist sie in Schwierigkeiten?«

»Nein. Sie ist untergetaucht, um sich vor ihrem Mann zu verstecken. Sie fürchtete um ihr Leben.«

»Arme Frau«, murmelte Anne. Dann erklärte sie Patrick noch einmal den Weg zu Marlenas Pension, zeigte ihm die Richtung und rannte zum Gasthof zurück. Camille rief ihr etwas nach, als sie vorüberhastete, aber Anne reagierte nicht. Sie lief schnurstracks in die Lobby.

Jessica und Marisa hatten die Kiefernnadelkissen hinter dem Empfangstresen aufgestapelt. Annes Herz raste, als sie nach dem Telefonhörer griff, während sie nach Marisa Ausschau hielt. Wo steckte sie nur? Doch zuerst wählte sie Marlenas Nummer und betete, sie möge zu Hause sein.

»Hallo?«

»Gott sei Dank, du bist da! Ich habe dir gerade einen Gast geschickt.«

»Einen Gast? Was soll das? Ich vermiete nicht.«

»Jetzt schon. Du bist eine Nanouk und weißt, wir halten zusammen wie Pech und Schwefel; das ist oberstes Gebot! Mar, du musst ihm ein Zimmer überlassen und ihn dazu bringen, zum Mittagessen zu bleiben. Wie du das anstellst, ist mir egal, aber sorge dafür, dass er erst in den Gasthof zurückkehrt, wenn ich grünes Licht gebe.«

»Und wer ist dieser Gast?«

»Ein Polizist im Ruhestand. Er arbeitet an einem ungelösten Fall – fahndet nach einer vermissten Person, Marlena. Er wird dir ein Foto zeigen, versuche bitte, keine Miene zu verziehen. Sag ihm einfach, dass dir das Gesicht irgendwie bekannt vorkommt – halt ihn hin, bis ich die Chance habe, mit Marisa zu reden. Wo steckt sie bloß? Sie war gerade noch vor zwei Sekunden hier …«

»Und womit soll ich ihn hinhalten? Soll ich etwa mit ihm ins Bett gehen?«

»Notfalls.«

»Wie Mata Hari, alles für die gute Sache«, sagte Marlena. Plötzlich schnappte sie nach Luft, und dann hörte man, wie eine Autotür zugeknallt wurde. »Er ist da«, rief sie. »Sieh an, ein Rotschopf. *Sehr* attraktiv – obwohl ich Spaß gemacht habe, was das Bett betrifft. Denke ich.«

»Setz ihm lieber etwas Gutes zum Essen vor.« Anne versuchte, wieder zu Atem zu kommen. »Und denk daran – du tust es für die Nanouks.«

»Klar, für die Nanouks«, erwiderte Marlena und legte auf.

Kapitel 23

Als Rose aus dem Krankenhaus entlassen wurde, standen alle Schwestern Spalier, trugen Jessicas mit Gold- und Silberfarbe bemalte Tannenzapfenohrringe, die zweite Lieferung, die sie ihr nach ihrem Aufenthalt in Melbourne geschickt hatte. Sie wünschten ihr einen schönen Sommer, beteuerten, dass man sie vermissen werde, und hofften, dass sie nicht so bald zurückkommen möge.

Rose bedankte sich für alles, genau wie Liam und Lily; dann stiegen sie in das Taxi, das sie zum Flughafen brachte. Rose hatte nach wie vor das Bedürfnis, die linke Hand auf die Schulter zu legen, doch Dr. Neill erinnerte sie mit einer sanften Berührung daran, dass diese schützende Geste überflüssig war. Sie dachte an seinen Arm und wusste, wenn er sich an einen Fremdkörper wie die Prothese gewöhnt hatte, würde auch sie es schaffen, sich an neue Verhaltensmuster zu gewöhnen.

Auf dem Weg zum Flughafen konnte sie nicht umhin zu bemerken, dass sich ihre Mutter und Dr. Neill ständig ansahen. Rose hatte die gleiche Angewohnheit bei Anne und Jude bemerkt. Sie war glücklich darüber, aber gleichzeitig auch besorgt. Was wäre, wenn Dr. Neill nur so aufgeschlossen schien, weil sie sterbenskrank gewesen war? Was, wenn er sich jetzt, da sie sich auf dem Weg der Besserung befand, wieder auf seinem Boot, in seinem Büro und in seinem Haus auf dem Hügel verschanzte, sich abschottete vom Rest der Welt, auch von ihr?

Und was wäre, wenn ihre Mutter sich wieder von morgens bis abends in Arbeit stürzte und jedem außer Rose und den Nanouks aus dem Frostigen Norden die kalte Schulter zeigte? Manchmal hätte sie ihre Mutter am liebsten daran erinnert, dass der Club gegründet worden war, um dem Frostigen Norden zu entkommen – statt sich mit einer Festung aus Eisbergen, Schneewänden und Iglus zu umgeben.

Diese neue Art, sich anzuschauen – Roses Mutter und Dr. Neill – beunruhigte sie. Plötzlich fiel ihr etwas ein.

»Was ist eigentlich mit Nanny, kehrt sie auch nach Hause zurück?«

»Keine Ahnung«, sagte Dr. Neill. »Aber mit Sicherheit interessant zu beobachten, wenn du wieder auf Cape Hawk bist.«

»Hast du heute schon im Computer nachgesehen, wo sie steckt?«

»Nein, noch nicht. Das können wir sofort nachholen …«

Er öffnete den Laptop-Koffer, wobei er sich bemühte, Rose nicht anzustoßen, und sie hielt den Atem an. Sie wusste nicht, warum, aber ihr wurde mit einem Mal angst und bange. Was wäre, wenn Dr. Neill Nanny nirgendwo entdecken konnte? Wenn sie gar nicht nach Hause zurückkehrte? Rose dachte an all die Gefahren im Boston Harbor – an die vielen Schiffe mit ihren großen Schiffsschrauben.

»Hmm«, sagte Dr. Neill nach einer Minute.

»Was ist?« Rose spürte, wie ihr innerlich eiskalt wurde.

»Ich kann sie nicht finden.«

»Liam?«, fragte ihre Mutter.

Er schwieg, tippte etwas ein. Rose starrte den Bildschirm an, sah die zahlreichen purpurfarbenen Leuchtpunkte. Plötzlich überfiel sie eine Todesangst, als wüsste sie mit absoluter Sicherheit, dass Nanny einem Hai zum Opfer gefallen war.

»Vielleicht kann man den Suchbereich erweitern«, schlug ihre Mutter vor und rückte näher heran, als sei sie in gleichem Maß wie Rose an Nanny interessiert – und *niemand* interessierte sich mehr für Nanny als Rose.

»Gute Idee«, sagte er. »Da ist sie ja –« Aufgeregt deutete er mit dem Finger auf den grünen Leuchtpunkt. »Aber sie hat die falsche Richtung eingeschlagen.«

»Was heißt das?« Rose war unfähig, sich einen Reim auf die vielen blinkenden Lichter und die geschwungene Küstenlinie zu machen.

»Sie schwimmt nach Süden«, sagte Liam. »Sie ist schon weit von Boston entfernt – siehst du? Sie hat Cape Cod umrundet und befindet sich nun auf dem Weg nach Martha's Vineyard.«

»Aber Belugas brauchen kaltes Wasser.« Rose erinnerte sich an die Bootstour an ihrem Geburtstag. »Sie leben in der Arktis und wagen sich im Sommer nie über Cape Hawk hinaus!«

»Richtig, das kommt sehr selten vor«, bestätigte Liam.

»Ich dachte, sie wäre meinetwegen nach Boston gekommen.« Roses Augen füllten sich mit Tränen. Plötzlich tat ihr das Herz weh – nicht das richtige Herz, das frisch operierte, sondern das andere, das sich in ihrem Inneren befand, verborgen vor den Blicken der anderen.

»Das war auch so, mit absoluter Sicherheit«, sagte Liam. »Darauf würde ich jede Wette eingehen, Rose.«

»Warum schwimmt sie dann in die verkehrte Richtung, weg von zu Hause? Weg von uns?«

»Keine Ahnung.« Er legte den Arm um sie. »Vielleicht ist sie verwirrt. Temperaturveränderungen können manchmal Orientierungslosigkeit auslösen. Wir werden sie für den Rest des Tages beobachten – ich wette, dass sie von alleine umkehrt.«

»Sie muss.« Heiße Tränen liefen über Roses Wangen. »Wenn sie sich verirrt, nur weil sie mich gesucht hat, weiß ich nicht, was ich tun soll.«

»Schatz, bitte hör auf, dir Vorwürfe zu machen. Haben wir dich nicht davon überzeugen können, dass sich manche Dinge dem menschlichen Einfluss entziehen? Bitte, Rose …«

»Ich glaube, es ist an der Zeit für besagte Geschichte«, wandte Dr. Neill ein.

»Die Geschichte von dem Fischadler und der schwarzen Katze«, erklärte Rose, als sie den verwirrten Blick ihrer Mutter sah. »Die du vor zwei Tagen erzählen wolltest, als die Physiotherapeutin ins Zimmer kam.«

»Ach ja«, sagte ihre Mutter, die sich nun erinnerte.

»Es ging um deine Frage, wie so verschiedenartige Geschöpfe Freunde sein könne. Ein kleines Mädchen und ein weißer Wal. Oder ein Fischadler und eine schwarze Katze.«

»Erzähl«, bat Rose.

»In der Welt der Biologie vertragen sich manche Tiere recht gut miteinander, während andere von Natur aus Feinde sind. Wieder andere verhalten sich neutral – sie leben in enger Nachbarschaft und begegnen sich grundlegend mit Respekt. Was in der Tierwelt bedeutet, dass sie einander weder fressen noch bekämpfen.«

»Das ist leichter gesagt als getan«, murmelte ihre Mutter und blickte zum Fenster hinaus.

»Also, es war einmal ein Fischadler. Ein uralter, mit zerrupftem Federkleid, in dessen linker Schwinge sich ein Angelhaken verfangen hatte. Er war mitten in einen Heringsschwarm hinabgetaucht, und ein Fischer hatte ihn versehentlich erwischt. Die Angelschnur war so straff gespannt und hart, dass der Flügel des Adlers brach, als er sich loszureißen versuchte.

Die jungen Fischadler machten sich über ihn lustig. Sie schenkten ihm keinerlei Beachtung, schlossen ihn aus ihrer Gemeinschaft aus. Deshalb flog er davon, ganz alleine, zu den niedrigen dunklen Klippen – du weißt schon, an der Spitze des Fjords, wo die Bäume so dicht wachsen, dass kaum jemals Licht hindurchscheint.

Aber der Fischadler war ziemlich klug. Es gelang ihm, Fisch zu fangen, trotz des gebrochenen Flügels. Er genas – Knochen, Sehnen und Federkleid heilten. Er hockte Tag für Tag an den Ufern des Fjords und entwickelte ein so gutes Gespür für den richtigen Zeitpunkt, dass er die silberglänzenden Heringe und Lachse aus dem Wasser klauben konnte, ohne seine Schwingen ausbreiten zu müssen.

Keiner der anderen Adler kam jemals in diese entlegene Gegend. Der Fjord war unheimlich und malerisch zugleich, aber er gehörte ihm allein. Niemand machte ihm die Fische streitig. Bis er eines Tages eine schwarze Katze erspähte, die am gegenüberliegenden Ufer saß.

Ihr Fell glänzte, so dass er sie zunächst für eine Robbe hielt. Es war schwarz und glatt, und sie hatte grüne Augen, die heller leuchteten als jeder Stern. Aber sie wirkten nicht glücklich. Es waren Augen, die viele Gefahren gesehen hatten – Grausamkeit, Gewalt und Hunger. Sie war klapperdürr, doch sie fing ständig Fische, genug, um eine ganze Katzenkompanie zu verköstigen.

Eines Tages beschloss der Fischadler, diesem seltsamen Treiben auf den Grund zu gehen. Fischadler haben scharfe Augen, auch wenn ihre Flügel gebrochen sind. Er sah sie durch das Gebüsch schleichen, einen großen Fisch im Maul. Als Füchse und Dachse versuchten, ihr die Beute abzujagen, wehrte sie sich ihrer Haut und schlug sie in die Flucht. Keinem Tier gelang es, ihr den Fisch zu entwenden – und der Fischadler entdeckte auch, warum.«

»Warum?«, fragte Rose, als das Taxi in den Tunnel unter dem Boston Harbor fuhr.

»Weil sie ein Junges hatte. Ein winziges, klapperdürres schwarzes Kätzchen mit Augen, die genauso leuchteten wie die seiner Mutter.« Dr. Neill blickte über ihren Kopf hinweg ihre Mutter an und schluckte, bevor er fortfuhr. »Der Fischadler war nicht daran gewöhnt, dass andere Tiere in seinem Revier des Fjords fischten. Er hatte sich an seine Ungebundenheit, an das Alleinsein gewöhnt.

Aber irgendwie war er froh, dass die Katze da war. Er begann sich darauf zu freuen, sie am anderen Ufer fischen zu sehen, und fühlte sich mit einem Mal einsam, wenn sie ausblieb. Und als ihr Kätzchen groß genug war, um selber zu fischen, war er doppelt froh.«

»Das kleine Kätzchen konnte alleine fischen?«

»Ja. Es hatte viel von seiner Mutter gelernt.«

»Ist das eine Geschichte über Tiere, die Freunde sind, obwohl sie meinen, sie könnten keine sein?«, fragte Rose.

»Ja. Genau wie bei Nanny und dir.«

»Nein, nicht wie bei Nanny und mir.« Sie sah Dr. Neill eindringlich an.

»Nein?«

Rose schüttelte den Kopf.

»Ich denke schon«, sagte ihre Mutter.

»Nein«, entgegnete sie störrisch. »Der Adler hatte einen gebrochenen Flügel.«

»Richtig«, bestätigte Dr. Neill.

»Hatte das kleine Kätzchen seltsam abgeflachte Pfoten?« Rose hielt ihre Hände empor und wackelte mit ihren keulenförmigen Fingern.

»Stimmt.«

Rose nickte. Sie warf ihrer Mutter einen Blick zu.

»Schwarze Katze«, sagte sie und berührte das glänzend schwarze Haar ihrer Mutter. Dann wandte sie sich Dr. Neill zu und berührte seine Prothese. Sie ersparte sich die Mühe, ihn auf seinen ›gebrochenen Flügel‹ hinzuweisen.

Als das Taxi in den Logan Airport einbog, seufzte Rose. Dr. Neills Geschichte war schön, aber sie konnte Nanny nicht zur Umkehr bewegen. Sie war froh, dass es ihr besserging – dass die Operation erfolgreich verlaufen war und sie nach Hause durfte, um den Sommer zu genießen. Aber was zählte das schon, wenn Nanny sich verirrt hatte und nach Süden schwamm? Konnte nicht endlich einmal alles glattgehen?

Meine Sturm-und-Drang-Zeit ist vorbei, dachte Patrick. Sich ganze Nächte im Dienst um die Ohren schlagen, geistig hellwach und körperlich topfit sein, mit scharfen Augen, denen nichts entging – das war einmal. Er erinnerte sich an Observationen rund um die Uhr, an Verbrecherjagden kreuz und quer durchs ganze Land, an Ermittlungen, bei denen man die zuständigen Gerichtsinstanzen in zwölf Bundesstaaten zuzüglich Kanada abklappern musste. Doch die Strecke von Silver Bay über die I-95 zum Maine Turnpike und von dort immer geradeaus bis Cape Hawk – die hatte es in sich gehabt. Er war erst sechsundvierzig, aber er kam sich vor wie ein alter Tattergreis.

Nachdem er die ›Anmeldeformalitäten‹ in Marlena Talbots ›Pension‹ erledigt hatte – er hätte wetten mögen, dass sie normalerweise keine zahlenden Gäste aufnahm –, folgte er ihr in ein ausnehmend hübsches Schlafzimmer im ersten Stock, bedankte sich und legte sich kurz aufs Ohr.

Drei Stunden später, als er das Mittagessen und den größten Teil des Nachmittags verschlafen hatte, fand sich Patrick in Marlenas Esszimmer ein. Er rieb sich die Augen, griff nach dem Glas Cola, das sie ihm eingeschenkt hatte, nippte daran und sah sich um. Er fühlte sich völlig ausgelaugt, nachdem er die ganze Nacht durchgefahren war, als hätte er einen Jetlag; das war der Preis, den er für seine Unvernunft zahlen musste.

»Im Ernst, ich kann doch im Gasthof zu Abend essen«, beteuerte er.

»Kommt nicht in Frage!«, erwiderte sie. »Das ist einer der Vorzüge meines Etablissements – Sie bekommen richtige Hausmannskost vorgesetzt. Kann der Gasthof das bieten? Ich denke nicht.«

»Etablissement.« Er trank einen größeren Schluck Cola und sah sich erneut um. Ein anheimelnder Raum. Nippes überall – persönlicher Schnickschnack wie Briefbeschwerer aus Ton, offensichtlich von Kindern oder Enkelkindern gebastelt, bestickte Kissenbezüge auf jeder Sitzfläche, schmucke Stickmustertücher an der Wand und ein Stapel quadratischer Kissen, die nach Kiefern dufteten und die Aufschrift ›Bringt Rose Heim‹ trugen.

»Ja. Mein Etablissement. Es ist nicht leicht, im Schatten des Cape Hawk Inn zu stehen. Mit seinem zentralisierten Buchungssystem und einer ganzen Flotte von Walbeobachtungsbooten ist der Gasthof ein Konkurrent, mit dem man nur schwer mithalten kann. Ich habe nur meine Hausmannskost, um Touristen an Land zu ziehen und meinen Lebensunterhalt zu bestreiten.«

»Wenn Sie meinen.« Er warf einen flüchtigen Blick auf seine Uhr. Wieso hatte die Frau aus dem Gasthof nicht angerufen? Was war mit Camille Neill?

Marlena werkelte in der Küche. Patrick holte den Zeitungsartikel und Maras Bild heraus. Marlena betrachtete es mit versteinerter Miene. Sie überflog die Meldung, nahm das dunkle Haar, das strahlende Lächeln und die Tatsache zur Kenntnis, dass Mara Jameson schwanger gewesen war, als sie spurlos verschwand. Bedauere, sagte sie, sie könne sich nicht erinnern, die Frau auf Cape Hawk gesehen zu haben.

»Na gut. Hören Sie, ich bin sicher, Ihre Mahlzeiten sind köstlich, aber ich muss in den Gasthof. Ich habe ein paar Fragen und kann gleich dort einen Happen zu mir nehmen. Ich hoffe, Camille Neill ist noch dort ...«

»Natürlich ist sie dort! Sie ist nie weg. Ihr gehört der Laden, und sie regiert ihn mit eiserner Hand. Bitte bleiben Sie, Detective Murphy. Was soll Camille denken, wenn sie erfährt, dass sie im Rose Gables abgestiegen sind und nichts zu essen bekommen haben? Apropos Rose Gables, möchten Sie wissen, wie meine Pension zu ihrem Namen gekommen ist? Haben Sie bei Ihrer Ankunft die weißen Rosen bemerkt, die sich am Spalier hochranken? Ich habe sie eigenhändig gepflanzt und gezogen. Ich weiß, mein Haus ist eine bescheidene, armselige kleine Hütte ...«

»Marlena.«

»Alles andere als pompös, nicht was man von einem Anwesen mit dem Namen Rose Gables erwarten könnte, aber es ist mein erstes eigenes Heim. Ich habe es nach der Scheidung gekauft.«

»Eine faszinierende Geschichte, aber ...«

»Ich habe jede Menge Unterstützung von meinen Freundinnen erhalten, den Nanouks, die mir lieb und teuer sind.«

»Den was?« Er überlegte, warum ihm der Name so vertraut vorkam.

Marlena hantierte am Backofen, öffnete und schloss die

Ofentür. Er hörte, wie die Luft entwich, als sie eine Tüte Kartoffelchips aufmachte. Wie sie den Deckel eines Schraubverschlussglases aufdrehte. Gleich darauf betrat sie das Esszimmer, ein Tablett in den Händen. Darauf befanden sich ein gesticktes Tuch, eine Vase mit einer einzelnen weißen Rose und ein Teller, der mit einem zweiten gestickten Tuch zugedeckt war.

»Voilà!« Marlena zog mit einem Ruck das Tuch weg.

Patrick starrte fassungslos auf das Abendessen, das sie gezaubert hatte: gegrilltes Käsesandwich, Pickles und scharf gewürzte Kartoffelchips.

»Donnerwetter«, sagte er. Sollte das ein Scherz sein? Zum ersten Mal fragte er sich ernsthaft, ob er in einer neuschottischen Version von ›Bates Horrormotel‹ aus dem Film *Psycho* gelandet war, wo man ihn unter der Dusche abstechen würde. Oder ob sie plante, ihn wie die durchgeknallte Krankenschwester in *Misery* ans Bett zu fesseln und zu misshandeln. Das Sandwich sah genießbar aus, also griff er zu – verdrückte es, so schnell es ging. Vielleicht war sie wirklich stolz auf ihre überbackenen Käsebrote … auch wenn der Vergleich zwischen ihrer Hausmannskost und den kulinarischen Attraktionen des Gasthofs hinkte.

»Sehr gut«, sagte er. »Vielen Dank. Jetzt muss ich aber los …«

»Wollen Sie sich nicht das Baseballspiel anhören?« Ihre Stimme klang überdreht und ein wenig verzweifelt. »Oder soll ich Ihnen etwas vorspielen? Das macht Spaß – ich habe als Kind Blockflöte gespielt und seit meiner Scheidung viel geübt. Oh, wie wäre es, wenn ich Ihnen meine Stickarbeiten zeige? Ich weiß, die meisten Männer machen sich nicht viel daraus …«

Bevor er sie daran hindern konnte, hatte sie so etwas Ähnliches wie einen Handarbeitsbeutel hervorgeholt. Er musterte das Gitter, das Garn, das Was-auch-immer. Marlenas Stickerei erinnerte ihn an etwas, aber er wusste nicht, an was. Noch weniger war ihm klar, warum er den Mund aufmachte und fragte: »Was war das vorhin? Die Nanouks? Was soll das sein?«

»Ein Volksstamm aus grauer Vorzeit, Kriegerinnen.« Ihr Gesicht war aschfahl. »Sie lebten in Nova Scotia. Sie hüllten sich in Nordlicht, Seetang und Perlmutt; sie jagten auf den Klippen und in den Buchten, überlebten jede Eiszeit, der sie sich gegenübersahen.«

»Und sie halfen Ihnen, die Scheidung zu verkraften?« Er starrte ihre Stickerei an, und plötzlich dämmerte es ihm.

»Ja.«

»Sie haben mich belogen, nicht wahr?«

»Ich lüge nicht. Die Nanouks haben mir geholfen.«

»Sie kennen Mara Jameson.«

Marlena Talbot schwieg, doch ihr gerötetes Gesicht und die Tränen hilfloser Wut in ihren Augen verrieten sie. Patrick Murphy nahm das Foto und seine Autoschlüssel und marschierte davon.

Kaum saß er im Wagen, holte er sein Handy heraus. Er musste dringend anrufen – es gab eine Person, der er mitteilen wollte, wie dicht er Mara auf der Spur war. Diese Person hatte die ganze Zeit gewusst, wo sie steckte – dessen war er nun ganz sicher. Bei dem Wort ›Nanouks‹ war der Groschen endlich gefallen. Er wählte die Nummer, die er auswendig kannte, bereit, ihr die Leviten zu lesen – doch sie hob nicht ab, und er hatte nur den Anrufbeantworter an der Strippe.

»Hallo«, sagte eine Frauenstimme. »Ich bin derzeit nicht zu erreichen, aber wenn Sie Ihren Namen und Ihre Telefonnummer hinterlassen, rufe ich Sie so bald wie möglich zurück.«

Schon als er die Ansage zum ersten Mal gehört hatte, hatte er Maeve geraten, sie zu ändern. Es war besser, den Text von einem Mann aufsprechen zu lassen – oder wenigstens ›wir‹ zu sagen statt ›Ich bin derzeit nicht zu erreichen‹. Doch der Mensch, der es schaffte, Maeve zu irgendetwas zu überreden, musste erst noch geboren werden.

»Maeve, Patrick Murphy hier«, sagte er. »Ich muss dringend mit Ihnen reden. Ich versuche es später noch einmal. Vielleicht – habe ich bald gute Neuigkeiten für Sie.« Er legte auf; natürlich wusste Maeve genau, worum es sich handelte.

Kapitel 24

Secret Agent hatte die Lage jeden Tag überprüft und versucht, sich gegen die Flut der Probleme zu stemmen, die White Dawn ausgelöst hatte. Das ganze Forum wurde von bedrohlichen Enthüllungen überschwemmt, zum Beispiel ›Secret Agent hat mich um mein Geld gebracht‹ und dergleichen mehr. Seit White Dawns Hinweis auf die NOAA-Wetterkarte war auch dem letzten Mitglied des SpiritTown-Forums bewusst geworden, dass Secret Agents Schwester etliche Meilen südlich der Schneise lebte, die der Sturm geschlagen hatte, und ihr Haus unmöglich zerstört sein konnte – nicht einmal schwer beschädigt. Und prompt forderten sie alle ihr Geld zurück.

Secret Agents Kopf rauchte vom vielen Denken. Wie hatte er es versäumen können, den Weg von Hurrikan Katrina zu überprüfen? Er dachte an all die Menschen, die obdachlos oder verletzt waren, auf Unterstützung aus dem Katastrophen-Hilfsfonds warteten. Warum hatte er sich nicht genauer informiert?

Dieses Miststück hatte ihn vor den Augen des gesamten Forums gedemütigt. Wer immer sie auch sein mochte, sie war keinen Deut besser als seine Frau. Ständig hatte sie ihm einen Anpfiff erteilt, ihm die Suppe versalzen. Nichts konnte man ihr recht machen. Genau wie White Dawn – die seine Pläne durchkreuzte. Ihn in Verruf brachte. So sorgfältig er die Sache auch eingefädelt hatte, White Dawn war es gelungen, das Kartenhaus zum Einsturz zu bringen.

Was wäre, wenn er wirklich eine Schwester gehabt hätte, deren Haus durch einen furchtbaren Wirbelsturm dem Erdboden gleichgemacht worden war? Dieses rachsüchtige Miststück hatte es geschafft, die Gans zu schlachten, die goldene Eier legte. Die Spendenbereitschaft der Leute zunichtezumachen. Den Obdachlosen das Geld vorzuenthalten. Das viele Geld, das Secret Agent gesammelt hatte – was wäre, wenn er es wirklich seiner Schwester geschickt hätte? Das waren Dinge, von denen dieses rachsüchtige Miststück offenbar keine Ahnung hatte.

White Dawn.

Er meldete sich im Forum an, klickte auf ihr Profil. Was er sah, ließ ihn zusammenzucken. Vorher hatte sie keinerlei Angaben zu ihrer Person gemacht. Nun entdeckte er, dass sie einen Namen eingegeben hatte:

›Patty Nanouk‹. Patty – der Name seiner Frau. War es möglich, dass sie dahintersteckte? Dass sie sich im Cyberspace tummelte, um ihn fertigzumachen? Und was bedeutete ›Nanouk‹?

Er scrollte ein paar Zeilen nach unten, zu der Stelle, an der ein Beruf angegeben werden konnte. Dann las er, was sie – White Dawn, Patty Nanouk oder wer auch immer – geschrieben hatte:

»Verfechterin der Gerechtigkeit im Kampf gegen psychopathische Betrüger.«

Sie war es. Wirklich und wahrhaftig. Wie oft hatte sie ihn als Psychopathen bezeichnet? Und wie oft hatte er die Wogen zu glätten versucht – indem er zugab, einer zu sein? Er hatte immer wieder betont, daran sei nur seine schlimme, von Misshandlungen und Gewalt erfüllte Kindheit schuld. Niemand habe ihn geliebt, und niemand außer ihr sei in der Lage, seine Wunden zu heilen.

Er hatte ihr weisgemacht, dass er mit einer Therapie begonnen hatte. Seminare besuchte. Jede Hilfe in Anspruch nahm und sich um Besserung bemühte. Begriff sie das nicht? Wollte sie ihn einfach im Stich lassen – alles wegwerfen? Sein Leben dadurch vollends zerstören? Wenn ja, war sie keinen Deut besser als er. Sogar noch schlimmer.

Er hatte sich sein Schicksal nicht ausgesucht. Eine Depression war eine anerkannte Krankheit, genau wie das, woran er litt. Er wollte sie lieben und tat sein Bestes – doch Psychopath zu sein war hart. Es stimmte nicht, dass er weder ein Gewissen noch Mitgefühl hatte, wie es hieß. Er war ein sensibler Mensch. Er hatte durchaus Gefühle. Tief in seiner Seele empfand er den Schmerz eines gepeinigten Kindes und trauerte um das, was ihm vorenthalten worden war. Man hatte ihn aller Freuden beraubt, die ihm als Erwachsener zustanden – als Ehemann oder Vater. Er bedauerte sich aufrichtig selbst!

Wie konnte jemand behaupten, er besäße kein Mitgefühl?

Zum Teufel mit White Dawn, Patty Nanouk und seiner Angetrauten! Ob sich dahinter vielleicht ein und dieselbe Person verbarg? Ehrlich gestanden, war ihm das im Moment egal. Er hatte vorhin eine Pornoseite geöffnet, einen Chatroom für Inzest-Opfer und mit einem Mädchen Kontakt aufgenommen, das er gestern Abend online kennengelernt hatte, als er wegen der Panne in SpiritTown total frustriert gewesen war.

Auch gut – dann eben nicht! Es gab schließlich noch jede Menge andere Foren im Netz, noch jede Menge andere mitleidige Seelen mit zu viel Geld und dem Bedürfnis, Gutes zu tun – nur her damit, Secret Agent hatte schließlich ein PayRight-Konto.

Mit ›Secret Agent‹ musste allerdings ein für alle Mal

Schluss sein. Dieser Name war absolut tabu, wenn er sich nicht die Finger verbrennen wollte. Von jetzt an, zumindest so lange, bis er einen interessanten Kunden an der Angel hatte, der eine einfallsreichere Strategie erforderte, würde er sich schlicht ›Edward‹ nennen.

Patrick erreichte das Cape Hawk Inn in dem Moment, als die Sonne über dem Hafen unterging. Das letzte Walbeobachtungsboot näherte sich dem Kai, zog silbernes Kielwasser hinter sich her. Das Licht, das ihm bezüglich Maeve aufgegangen war, hatte ihn in abgrundtiefe Betrübnis gestürzt – er war der Meinung gewesen, dass ihre Beziehung auf beidseitigem Vertrauen gründete.

Er hatte das Bedürfnis, hinunter ans Wasser zu gehen und ein Boot zu besteigen. Es behagte ihm nicht, wenn er zu lange festen Boden unter den Füßen hatte – er musste das Schwanken des Decks, die wogenden Wellen spüren. Er hoffte, dass es Flora, die gemeinsam mit Angelo die *Probable Cause* hütete, ohne ihn gutging. Doch mehr als alles andere hoffte er, dass er am Ende des heutigen Abends ein für alle Mal einen Schlussstrich unter diesen leidigen Fall ziehen konnte.

Er schob diese Gedanken beiseite und stieg die Verandastufen zum Gasthof empor. In der Eingangshalle herrschte Hochbetrieb. Aus der Bar wehten Fetzen keltischer Musik herüber. Leute in Abendgarderobe betraten oder verließen den Speisesaal. Getränke wurden am offenen Kamin in der Lobby serviert, in dem ein Feuer prasselte. Auch im Juli war die Luft im Norden ein wenig kühl.

Als er durch die Tür trat, fiel ihm auf Anhieb ein Halbkreis von Frauen ins Auge, deren Blicke auf ihn gerichtet waren. Die Frau, die ihn bei seiner Ankunft auf Cape Hawk begrüßt und ins Rose Gables geschickt hatte, bildete die Speerspitze; er bahnte sich einen Weg durch den Raum, um zu ihr zu gelangen. Die Frauen hinter ihr starrten ihn, ohne zu lächeln, an.

»Wenn das nicht die Dame ist, die mir weismachen wollte, im Gasthof sei kein Zimmer mehr frei! Vielen Dank, dass Sie mich in die Casa Grillkäse geschickt haben. Geschickt eingefädelt, dieses Ablenkungsmanöver.«

»Marlena bittet vielmals um Entschuldigung. Das habe ich ihr eingebrockt. Sie ist eine ausgezeichnete Köchin, aber ich habe ihr nicht früh genug Bescheid gesagt. Tut mir leid.«

Er ignorierte die Entschuldigung. »Gibt es hier überhaupt eine Camille Neill?«

»Ja. Ich bin ihre Schwiegertochter, Anne Neill.«

»Aha, wenigstens das stimmt.«

»Ja, aber bedauerlicherweise muss ich Ihnen sagen, dass sie jetzt wirklich schläft. Morgen früh ist sie wieder zu sprechen. Dann können Sie ihr so viele Fragen stellen, wie Sie möchten.«

»Warum lassen Sie mich gegen die Wand laufen, wo es doch auf der Hand liegt, dass Sie Mara Jameson kennen?«

»Wieso sollte das auf der Hand liegen?«, erwiderte Anne. Hochgewachsen und elegant, besaß sie eine Menge Übung im Umgang mit Menschen. Bei der Arbeit im Gasthof hatte sie es vermutlich oft mit Trunkenbolden und Begriffsstutzigen zu tun. Aber Patrick war mit seiner Geduld am Ende.

»Lady«, antwortete er, um Höflichkeit bemüht. »Es liegt auf der Hand, weil Ihnen buchstäblich die Augen aus dem Kopf gefallen sind, als Sie einen Blick auf ihr Foto geworfen haben. Und weil Sie mich in die Pension der armen Marlena geschickt haben, um mich hinzuhalten – ganz schön leichtsinnig, übrigens. Schließlich wissen Sie nicht das Geringste von mir. Ich könnte ja auch ein Serienmörder sein. Einen völlig Fremden ins Haus einer Freundin zu schicken, damit er ein Nickerchen macht, nicht zu fassen! Wo waren wir stehen geblieben – daraufgekommen bin ich, als Ihre Freundin Marlena die Nanouks erwähnte.«

»Entschuldigung?«, fragte Anne eisig, was einen Widerhall bei mehreren Frauen erzeugte, die hinter ihr standen und Patrick anstarrten, als wollten sie ihn erdolchen.

»Die Nanouks. Sie erklärte, die Nanouks hätten ihr geholfen, die Scheidung durchzustehen, und da wusste ich Bescheid.«

»Und *was* glauben Sie zu wissen?«, hakte eine der anderen Frauen nach.

»Sie sagte, das sei ein Volksstamm gewesen, Kriegerinnen aus grauer Vorzeit, die nichts anderes am Leibe trugen als die Morgen- und Abendröte, so etwas in der Art.«

»Aus grauer Vorzeit«, kicherte eine der Frauen.

»Aurora borealis, auch Nordlicht genannt und nicht Morgen- und Abendröte«, korrigierte ihn eine andere.

»*Wir* sind die Nanouks«, klärte Anne ihn auf. »Freundinnen, die sich zu einem Club dieses Namens zusammengefunden haben.«

»Freundinnen?« Er blickte über ihre Köpfe hinweg auf ein Plakat, das für Walbeobachtungstouren warb – mit den Umrissen einer Walschwanzflosse, die aus dem Meer ragte.

»Ja. Wir unterstützen uns gegenseitig.«

Patrick runzelte verdutzt die Stirn. Wenn das stimmte … dann konnte er die Verbindung zu dem gestickten Brillenetui herstellen, das er bei Maeve gesehen hatte. Ein scheinbar unbedeutender Gegenstand, der immer auf dem Beistelltisch neben dem Bücherstapel lag – ein Brillenetui mit cremefarbenem Untergrund und dem Wort ›Nanouk‹ in Blockbuchstaben, aufgestickt mit Garn in verschiedenen Blauschattierungen. Und daneben die Silhouette einer Walschwanzflosse, in verblassten, vom häufigen Gebrauch fadenscheinigen Stichen.

»Wenn das stimmt«, sagte er, »dann behaupte ich, dass Mara Jameson Mitglied in Ihrem Club ist.«

»Wir kennen keine Mara Jameson«, sagte Anne, als Patrick das Foto herumgehen ließ.

»Sie kennen Sie vielleicht unter anderem Namen. Aber sie ist hier, da bin ich mir hundertprozentig sicher. Und sie hat eine neunjährige Tochter.«

Marisa und Jessica saßen in Annes Büro, abseits der Eingangshalle, und beobachteten alles durch die Glastür. Sie waren vorgewarnt. Anne hatte sie gerade noch abgefangen, als sie mit einer weiteren Fuhre Kiefernnadelkissen im Gasthof erschienen waren. Aufgrund der Aufregung über den Besuch eines Polizeibeamten, der trotz Ruhestand nach einer vor neun Jahren verschwundenen Frau fahndete, hatte Anne umgehend eine Krisensitzung der Nanouks einberufen, um zu entscheiden, was sie tun sollten.

Einige der Frauen, die Opfer häuslicher Gewalt geworden waren, hatten schlechte Erfahrungen mit der Polizei und den Gerichten gemacht. Das Rechtssystem trug dem Problem keine Rechnung. Polizisten und Richter sahen sich mit einem sympathisch wirkenden, beredten Mann wie Ted und einer heulenden, völlig aufgelösten Frau wie Marisa konfrontiert, und in den meisten Fällen glaubte man dem Ehemann.

Einmal war Marisa vor Gericht gegangen, um eine einstweilige Verfügung gegen ihn zu erwirken – doch da sie keine sichtbaren Spuren einer Gewaltanwendung vorweisen konnte und seine Drohungen mehr als zehn Stunden zurücklagen, hatte sich der Richter geweigert, ihrem Antrag zu entsprechen. Sie hatte den Gerichtssaal am ganzen Körper zitternd verlassen. Wie sollte sie erklären, dass sie sich in einem Schockzustand befunden hatte und sich kaum an jedes einzelne Wort erinnern konnte, nur an die Todesangst, als er sie an den Haaren gepackt und gedroht hatte, dass er sie aufspüren und ihre Tochter dafür büßen lassen würde, wenn sie jemals auf die Idee käme, ihn zu verlassen?

Marisa wusste, dass einige Nanouks – älter, lebenserfahrener und abgehärteter als sie – ähnliche Erfahrungen mit der Polizei gemacht hatten. Deshalb hatte Anne keine Entscheidung treffen wollen, ohne sich mit den anderen zu besprechen. Und Marisa war heilfroh über die Ratschläge ihrer Freundinnen gewesen, um für sich selbst einen Entschluss zu fassen.

»Wenn du dem Polizisten erzählst, was passiert ist, kommt Ted vielleicht ins Gefängnis«, sagte Jessica, die aus dem Fenster spähte.

»Oder auch nicht.«

»Er hat Tally umgebracht.«

»Ich weiß.«

»Und er hat gesagt, dass er uns etwas antun wird.«

»Genau. Deshalb ist Vorsicht geboten. Und dem Polizisten von Ted zu erzählen ist nicht unbedingt der sicherste Weg.«

»Du meinst, er würde uns nicht glauben?«

»Ja«, sagte Marisa, aber sie mied Jessicas Blick. Was diesen Punkt anging, war sie inzwischen nicht mehr so sicher. Zum Zeitpunkt der Flucht war sie in Panik gewesen – ein Wrack, ein Schatten ihres früheren Selbst. Aber sie hatte den Mut aufgebracht, ihre Tochter zu nehmen und sie in Sicherheit zu bringen. Im vergangenen Monat war sie in den Kreis dieser wunderbaren Frauen aufgenommen worden, und sie hatten ihr geglaubt – ohne Ausnahme. Sie hatten ihr geholfen, den Glauben an sich selbst wiederzufinden.

»Was wäre so schlimm daran, wenn du es ihm erzählen würdest?«, fragte Jessica. »Die Nanouks kennen unsere richtigen Namen. Warum gehen wir nicht raus und sagen dem Polizisten, was passiert ist. Dann könnte er Ted verhaften.«

»Hmm.«

»Und wir könnten unsere Freunde von früher besuchen. Und Tante Sam … Ich will aber nicht von Cape Hawk wegziehen – ich würde Rose viel zu sehr vermissen. Mommy … würdest du nicht gerne mal wieder nach Hause fahren? Wenn wir Lust dazu haben?«

»Ja«, erwiderte Marisa ruhig, die ihr Leben vor Ted schmerzlich vermisste.

»Dann komm. Lass uns rausgehen, Mommy.«

»Bist du sicher? Glaubst du, dass wir das Richtige tun?«

Ihre Tochter sah sie an, lange und eindringlich; dann berührte sie Marisas Wange. Ihre Augen flehten, enthielten eine stille Botschaft.

»Du bist die Mutter. Du musst entscheiden.«

Marisa wusste, dass sie recht hatte. Sie küsste ihre Tochter auf den Scheitel, holte tief Luft und öffnete die Tür des Büros.

Der Flug hatte sich hingezogen, und die Fahrt vom Flughafen dauerte eine Ewigkeit, doch zu Lilys Verwunderung war Rose hellwach und fit. Die Fenster von Liams Truck waren offen, und die kühle, frische Salzluft von Cape Hawk wehte durch die Fahrerkabine. Lily hatte den Arm um Roses Schultern gelegt und atmete tief den Duft der Fichten und Kiefern ein.

»Riecht wie mein Kissen«, sagte Rose.

»Finde ich auch«, pflichtete Lily ihr bei.

»Jess hat gesagt, dass sie im Gasthof verkauft werden. Und daneben steht ein Bild von uns beiden.«

»Toll.«

»Eine große Auslage, direkt in der Eingangshalle«, sagte Liam.

»Können wir sie anschauen? Auf dem Heimweg?«, fragte Rose.

»Ach Schatz – es ist schon spät. Du musst ins Bett.«

»Dazu bin ich viel zu aufgeregt. Ich kann es gar nicht mehr erwarten, einen Blick darauf zu werfen. Und außerdem, willst du Anne nicht wiedersehen? Und ein paar von den anderen Nanouks? Damit sie sich selbst überzeugen können, dass es mir gutgeht?«

Lily presste die Lippen zusammen. Sie hatte sich zutiefst danach gesehnt, die Frau wiederzusehen, die ihr am meisten auf der Welt bedeutete – hatte sie in der schwierigen Zeit, die sie gerade mit Rose durchstehen musste, mehr als je zuvor vermisst. Liam an ihrer Seite zu wissen war ein Geschenk des Himmels, aber sie verspürte ein urwüchsiges Bedürfnis nach der Nähe ihrer Großmutter, der Person, die sie aufgezogen hatte und ihr so nahestand wie eine Mutter. Und wenn schon nicht sie, dann nach der Nähe der Nanouks aus dem Frostigen Norden.

Selbst wenn sie nur eine von ihnen im Gasthof antraf – Anne war mit Sicherheit dort, sehnte sie sich danach, ihre Freundinnen, die Rose und sie so tatkräftig unterstützt hatten, zu umarmen und mit ihnen zu feiern. Sie warf Liam, der sich auf die Straße konzentrierte, einen verstohlenen Blick zu. Es war, als hätte ihre Großmutter ihr auf die Schulter getippt und sie gebeten, anzuhalten.

»Würde es dir etwas ausmachen, wenn wir einen kurzen

Zwischenstopp im Gasthof einlegen?«, fragte sie. »Du wirst nach Hause wollen, nehme ich an.«

»Lily, wenn ihr beide hin möchtet, komme ich mit.«

»Wir können also?«, fragte Rose, als der Truck die Brücke entlangfuhr, die sich über den Fjord spannte und die Lichter von Cape Hawk, das in die Talsenke zwischen zwei majestätische Felsenklippen geschmiegt lag, in Sicht kamen.

»Wir können«, antwortete Lily.

Anne war das reinste Nervenbündel. Reif für die Klapsmühle. Doppelzüngigkeit war nie ihre Stärke gewesen – sie brachte es nicht einmal fertig, Camille vorzuschwindeln, dass sie gut aussah, wenn sie eine sauertöpfische Miene zur Schau trug, die anzeigte, dass man ihr besser nicht in die Quere kam. Doch seit Detective Murphy aufgetaucht war, hatte sie ihm ein Lügenmärchen nach dem anderen aufgetischt.

Die arme Marlena zu der Behauptung zu nötigen, sie betreibe eine Frühstückspension – und sie obendrein in die Verlegenheit zu bringen, ihrem Gast ein Käsesandwich mit einem solchen Trara vorzusetzen, wie ein Spitzenkoch um ein Cordon bleu machen würde! Großer Gott, die Nanouks würden sie bis an ihr Lebensende damit aufziehen.

Und dann die Geistesgegenwart, Marisa aus der Gefahrenzone zu bringen und ihr einzuschärfen, Jessica zu verstecken – so lange, bis sie Luft rein war und sie sicher sein konnten, dass Murphy abgereist war – woher stammte die? Egal, sie hatte jedenfalls alles unter Kontrolle, eine Schnelldenkerin, die sich vergewisserte, dass *keiner* ihrer Freundinnen Unheil drohte.

Sie hatte die Nanouks zur Unterstützung zusammengetrommelt und alle, die es einrichten konnten, waren gekommen – Cindy, Doreen, Alison, Suzanne, Kathy, Paula, Claire, ja sogar Marlena, die gleich nach Patrick Murphy eintraf. Sie umringten ihn, reichten das vertraute Foto – wie jung, heiter und unbedarft sie darauf aussah – weiter. Die Reaktion war abgesprochen: »Das Gesicht kommt mir irgendwie bekannt vor.«

Eine Bemerkung über ihre Haare, ihr Lächeln, ihre strahlenden Augen. Eine liebenswerte Frau, hochschwanger mit dem kleinen Mädchen, das sie alle ins Herz geschlossen hatten. Allein der Gedanke – das Wissen, wovor sie geflohen war – trieb Anne die Tränen in die Augen. Sie trocknete sie, aber sie kamen immer wieder.

»Heilige Muttergottes«, japste Cindy.

Anne hob den Blick: Camille humpelte an ihrem Stock durch die Eingangshalle, auf dem Weg zum Privattrakt der Familie und kam direkt auf sie zu. Anne verspürte den Drang, loszulaufen und sie aufzuhalten, doch das wäre zu offensichtlich gewesen, und deshalb beherrschte sie sich.

»Guten Abend.« Camille musterte Anne mit einem sonderbaren Blick. »Arbeitest du heute Abend nicht?«

»Genny ist heute für den Speisesaal zuständig.«

»Dieser Herr ist mir vorhin schon aufgefallen.« Camille wandte sich Patrick zu. »Als er sich mit dir im Garten unterhielt. Wo steckt Jude? Immer noch mit dem Boot unterwegs?«

»Ja.«

»Hallo, Camille«, warf Marlena von der gegenüberliegenden Seite des Kreises ein. Sie versuchte die Situation zu entschärfen, aber Anne wusste, dass nun alles verloren war.

»Camille Neill?«, fragte Patrick.

»Ja. Und mit wem habe ich das Vergnügen?«

»Mein Name ist Patrick Murphy. Sind Sie dieselbe Camille Neill, die in diesem Artikel erwähnt wird?«

Camille setzte ihre Lesebrille auf und warf einen Blick auf den vergilbten Zeitungsausschnitt. Sie schnappte nach Luft und sah Patrick an. »Er stammt aus einer Zeitung, die in Ard na Mara erscheint – es geht um Frederics Denkmal. Was wollen Sie damit? Kannten Sie Frederic?«

»Nein, Ma'am. Ich ermittle in Fall Mara Jameson, die vor neun Jahren spurlos verschwand.« Er nahm Cindy das Foto aus der Hand und reichte es Camille. »Kennen Sie die Frau?«

Anne schlug das Herz bis zum Hals. Nun war es nur noch eine Frage der Zeit, bis Camille mit der Wahrheit herauskam und Patrick wusste, wo er zu suchen hatte. Verzweifelt blickte sie zur Bürotür hinüber – und erstarrte. Marisa und Jessica kamen gerade heraus und strebten der Gruppe zu.

Camille räusperte sich, sah Anne aus den Augenwinkeln an. Sie schüttelte den Kopf. »Nein, ich kenne sie nicht«, antwortete sie entschieden.

Doch es war zu spät. Anne traute ihren Augen nicht. Sie starrte Marisa an, deren Haltung eine nie da gewesene, eiserne Entschlossenheit verriet. Jessica eilte ihr voraus, stürzte sich in den Kreis, vor die Augen von Patrick Murphy. Er wandte sich um, sein großer, hochgewachsener Körper drehte sich um die eigene Achse, als hätte er das neunjährige Mädchen bemerkt, und sah sich nun nach der Mutter um – in dem Moment öffnete sich die Eingangstür des Gasthofs.

Liam, Lily und Rose standen auf der Schwelle.

Mit einem Mal brach die Hölle los, als alle durcheinanderriefen, aufschrien, lachten und weinten. Die Nanouks eilten mit ausgebreiteten Armen durch die Lobby, um Lily und Rose zu begrüßen. Marisa und Jessica waren als Erste an der Reihe, und die vier umarmten und küssten sich, vergossen Freudentränen, während die übrigen Nanouks mit verschränkten Armen eine Mauer um sie bildeten, ihnen nahe sein wollten.

Anne nahm Camilles Hand, hielt sich im Hintergrund mit Patrick Murphy an ihrer Seite. Camille drückte ihre Hand, und sie erwiderte den Druck.

»Ich hatte immer ein schlechtes Gewissen, meine liebe Anne«, flüsterte Camille. »Ich habe versucht, Rose auf meine Weise zu helfen, finanziell.« Sie hob das Kinn. »Auch wenn ich keine Nanouk bin.«

Anne sah ihre Schwiegermutter verwundert an und erwiderte ebenfalls im Flüsterton: »Angesichts dessen, was du gerade für uns getan hast, bist du eine von uns, Camille.«

Die Frauen bildeten eine undurchdringliche Mauer, wobei Liam ein wenig abseits stand, und als Anne näher trat, sah sie, dass sie respektvollen Abstand zu Rose hielten. Sie trauten sich nicht, ihr zu nahe zu kommen, aus Angst, sie zu zerdrücken – aber alle wollten sie berühren, sie streicheln, sie wissen lassen, wie dankbar sie waren, dass sie wieder zu Hause war, gesund und munter. Die Wiedervereinigung galt für alle und Rose, Lily eingeschlossen. Anne sah, wie Marisa Lily stürmisch umarmte und ihr etwas ins Ohr flüsterte.

Es herrschte ein solches Getöse – alle lachten, weinten und redeten durcheinander, die keltische Musik drang vom anderen Ende der Lobby herüber, und Annes Herz klopfte zum Zerspringen –, dass sie sich fragte, ob er sich überhaupt Gehör verschaffen konnte.

»Mara«, rief Patrick Murphy; seine Stimme klang angespannt.

Sowohl Marisa als auch Lily blickten erschrocken auf.

Kapitel 25

Ja?«, sagte Lily. In der Lobby wurde es mit einem Mal totenstill. Rose klammerte sich an ihre Hand und starrte den fremden Mann an, der sich ihnen näherte.

»Ich bin Marisa«, erklärte Marisa.

»Ich sagte *Mara*«, entgegnete der Mann. Er bahnte sich einen Weg durch die Menge und sah Lily an, als würde er sie seit langem kennen. In seinen Augen spiegelte sich eine Mischung aus Triumph und Fassungslosigkeit wider, als konnte er nicht recht glauben, dass seine Suche endlich von Erfolg gekrönt war.

»Lily – sag nichts.« Anne trat einen Schritt vor. »Kein einziges Wort. Liam, holst du bitte Jude?«

Doch Liam drängte es zu Lily; sie spürte, wie er seinen Arm um ihre Schulter legte. Sie hatte den vagen Eindruck, dass ihre Freundinnen nicht genau wussten, ob sie sich für Liam und Lily freuen oder sich vor der unverhofften Wende des Abends fürchten sollten.

»Schauen Sie sich bitte das Bild an«, sagte der Mann und reichte es Lily. »Und diesen Zeitungsausschnitt.«

Sie betrachtete beides. Es waren Artefakte aus einer anderen Zeit und Welt, doch ihre Augen füllten sich mit Tränen. Weniger wegen der Berichterstattung oder des Fotos, sondern weil sie das Datum in der rechten oberen Ecke sah, geschrieben in der ihr vertrauten eleganten Handschrift.

»Mein Name ist Patrick Murphy«, stellte sich der Mann vor. »Detective Patrick Murphy, im Ruhestand. Ihr Fall war mein Schwanengesang, der Schlusspunkt unter einer langen und erfolgreichen beruflichen Laufbahn. Zu dumm, dass es mir nicht gelang, ihn aufzuklären.«

Lily spürte, wie sich Liam entspannte, ein wenig. Vermutlich hatte er den Detective für den Hai gehalten, ihren Ehemann. In die Betrachtung der Handschrift vertieft, war sie noch nicht in der Lage, auch nur einen Ton herauszubringen.

»Touché – Ihre Freundinnen haben es faustdick hinter den Ohren!«, sagte Patrick Murphy trocken. »Alle haben Sie auf dem Foto wiedererkannt – kein Wunder. Sie haben sich kein bisschen verändert. Aber sie ließen sich nichts anmerken, behaupteten, Sie nie gesehen zu haben. Natürlich gilt es zu bedenken, dass ich gerade erst angekommen bin. Ich hätte sie schon noch mit meinen unerbittlichen Verhörmethoden kleingekriegt.«

Irgendjemand, wahrscheinlich Marlena, schnaubte verächtlich.

»Ich weiß Bescheid über die Nanouks«, fuhr er fort.

»Ist es ein Verbrechen, einem Club anzugehören?«, fragte Anne schnippisch.

»Nein. Ganz und gar nicht. Das einzige Verbrechen, das begangen wurde, ist fast verjährt. Der Täter konnte nie zur Rechenschaft gezogen werden.«

Lily zuckte zusammen. Gab es ein Gesetz, das die Flucht verbot? Sie wusste, dass es umfangreiche Ermittlungen gegeben hatte – viele Stunden Polizeiarbeit, die eine Menge Geld gekostet hatten. Sie fragte sich, was für eine Strafe auf spurloses Verschwinden stand.

»Sie hat nichts Unrechtes getan«, knurrte Cindy. »Ich verpasse Ihnen einen Tritt, wenn Sie nicht aufhören, so daherzureden, auch wenn Sie mal bei der Polizei waren. Sie haben keinen blassen Schimmer, was sie durchmachen musste …«

»Cindy«, mischte sich Anne vermittelnd ein.

»Das einzige Verbrechen wurde von dem Mann begangen, der Sie zusammengeschlagen hat«, sagte Patrick. Er trat einen Schritt näher. »Eine hochschwangere Frau. Als Sie verschwunden waren, bestand Mordverdacht, so dass Ihr Haus wie der Schauplatz eines Verbrechens behandelt wurde; die Spurensicherung sprühte jede Handbreit mit Luminol ein, um Blutspuren sichtbar zu machen. Wir fanden sie überall in der Küche. Er hat Sie verletzt, Mara. Daran besteht kein Zweifel.«

»Das hat er«, erwiderte Lily. »Aber er hat mich nie geschlagen.«

»Aber das Blut …«

»Er hat mich manchmal mit voller Wucht angerempelt, wenn er an mir vorüberging, so dass ich das Gleichgewicht verlor. Und dann sagte er, Schwangere wären eben ungeschickt und ich hätte ihm keinen Platz gelassen. Dabei habe ich mir eine Platzwunde am Kopf zugezogen. Er sagte, es sei ein Versehen gewesen, ein Missgeschick.« Sie hielt inne, die Vergangenheit holte sie wieder ein. »Ich habe ihm geglaubt, lange Zeit …«

»Aber nicht an besagtem Abend?«

»Nein. An jenem Abend hatte sich etwas geändert. Seine eiskalte Wut …« Sie unterbrach sich, blickte Rose an. »Entschuldigung, aber ich kann jetzt nicht darüber reden. Ich muss meine Tochter ins Bett bringen.«

»Hübsches Mädchen«, sagte der rothaarige Polizist. Aus irgendeinem Grund glitzerte es in seinen Augen.

»Was dachten Sie denn«, warf Marlena ein. »Sie ist Lily wie aus dem Gesicht geschnitten.«

»Ich finde, sie hat große Ähnlichkeit mit Maeve«, erwiderte Patrick Murphy.

»Granny!«, stieß Lily atemlos hervor.

»Sie vermisst Sie, Mara. Ich nehme an, Sie hatten schwerwiegende Gründe für Ihre Flucht, und sie war überzeugt davon, dass es der einzige Weg war. Einen Menschen gehen zu lassen, den man über alles liebt, ist das größte Opfer, das eine Großmutter bringen kann.«

»Sie hatte nichts damit zu tun«, erwiderte Lily zitternd, um ihrer Großmutter Schwierigkeiten zu ersparen.

»Mag sein. Sie benutzt jeden Tag das Nanouk-Brillenetui, das Sie gestickt haben. Und sie hat es geschafft, mich auf ihre Fördermitgliedschaft des Aquariums aufmerksam zu machen. Sie haben ihr die Mitgliedschaft geschenkt – wozu eigentlich, damit sie sich Belugawale anschauen und sich ausmalen kann, Ihnen nahe zu sein?«

»Sie hat es Ihnen erzählt?«

Der Polizist nickte. »Und sie hat mir das da gegeben –« Er deutete auf den Zeitungsausschnitt über das Fährunglück in Ard na Mara, den Lily in der Hand hielt. »Wissen Sie, was ich denke?«

»Was?« Lily schlang die Arme um Rose, hielt Liams Hand und wusste, dass sie schleunigst weg musste – weg aus dem Gasthof, weg von dem Polizisten, weg von dem Gespräch über ihre Großmutter. Sie konnte nicht alles auf einmal verkraften – Roses Operation, die Beziehung zu Liam und nun das …

»Sie brauchte mich, um Sie zu finden. Sie hat mir die Hinweise gegeben, die zu Ihnen führten, Mara.«

»Ausgeschlossen. Sie hatte keine Ahnung, wo ich stecke.«

»Mag sein. Aber sie wusste, dass ich Sie irgendwann finde. Wahrscheinlich dachte sie, jetzt reicht es. Die Situation hat sich geändert, und sie braucht Sie zu Hause. Denken Sie mal darüber nach, Mara.«

»Mommy?« Rose klang beunruhigt und erschöpft. Jessica stand neben ihr wie eine Leibwache. Cindys Tochter Allie hatte sich wenige Schritte entfernt postiert, mit gleichermaßen grimmigem Blick.

»Mein Name ist Lily. Mara gibt es nicht mehr. Verstehen Sie? Ich möchte, dass es so bleibt. Und jetzt muss ich meine Tochter nach Hause bringen.«

»In Ordnung, solange Sie nicht vergessen, dass ich noch einige Fragen an Sie habe.«

Lily nickte wortlos. Schweigend ließ sie sich von Liam mit Rose aus dem Gasthof zu seinem Truck führen. Die Lichter von Cape Hawk blieben hinter ihnen zurück, als sie zu den im Dunkel verborgenen Klippen und Kiefernwäldern gelangten, die Lily seit langem – und immer noch – als ihr Zuhause betrachtete.

Doch die Gegenwart des Mannes, der unlängst Kontakt mit ihrer Großmutter gehabt hatte, hatte sie erschüttert; sie musste sich an Rose festhalten, um Fassung zu bewahren.

Marisa lehnte am Empfangstresen und sah zu, wie Jessica Rose auf die Veranda folgte und ihr zum Abschied winkte. Kaum waren die drei davongefahren, summte es bei den Nanouks wie in einem Bienenkorb.

»Hast du das gewusst?«

»Ich habe geahnt, dass sie auf der Flucht war.«

»Wusstest du auch, wovor?«

»Ich konnte es mir denken. Sie wirkte gehetzt, als sie auf Cape Hawk auftauchte.«

»Sie verhaspelte sich, als sie sich vorstellte«, sagte Cindy. »Alison und mir ist das natürlich sofort aufgefallen. Wir kamen zu dem Schluss, dass ›Lily‹ nicht ihr richtiger Name war. Aber es war so offensichtlich, dass sie ihre wahre Identität geheim halten wollte, dass wir kein Wort darüber verloren.«

»Es wäre uns im Traum nicht eingefallen, sie zu bedrängen«, erklärte Doreen.

»Ihr habt nicht einmal unter euch darüber gesprochen?«, fragte Marisa.

Anne schüttelte den Kopf. »Nicht wirklich. Es hat lange Zeit gedauert, bis mir etwas aufgefallen ist. Ihre Haare waren raspelkurz, als sie hier ankam – fast wie bei einem Jungen. Anfangs trug sie noch eine Schildpattbrille. Sie versuchte, ihre Schwangerschaft unter riesigen T-Shirts zu verstecken. Doch im Lauf der Zeit wuchsen die Haare nach, und die Brille verschwand. Ich nehme an, dass sie sich nach und nach sicherer fühlte.«

»Schließlich machte sie erste Andeutungen über ihre Ehe, die Gewalttätigkeiten ihres Mannes«, sagte Cindy zu Marisa. »Das war der erste Schritt auf dem Weg zur Genesung. Sie öffnete sich, vertraute sich uns an. Es spielte für uns keine Rolle, woher sie kam. Wir wollten ihr nur bei der Erkenntnis helfen, dass keine Frau eine derartige Behandlung verdient hat.«

»Ich wusste, wer sie war«, sagte Marlena ruhig. »Ich habe Satellitenfernsehen und konnte die Lokalnachrichten aus den Staaten empfangen. Ihr Schicksal fesselte mich schon damals – noch bevor sie hierherkam. Ein Ehemann, attraktiv und allseits beliebt, die schöne junge Ehefrau hochschwanger, mit einem strahlenden Lächeln.«

»Warum hat dich die Geschichte so fasziniert?«, fragte Marisa.

»Weil ich unbedingt wissen wollte – waren die beiden ein ideales Paar? Oder hatte er sie eiskalt ermordet? Das perfekte Verbrechen begangen?«

»Gute Frage«, ließ sich Detective Murphy vernehmen, der das Gespräch belauscht hatte und sich nun zu ihnen gesellte. »Sehr gute Frage.«

»Haben Sie damals die Ermittlungen geleitet?«, fragte Marisa.

»Ja.« Er hatte feuerrote Haare mit weißen Fäden an den Schläfen, ein sommersprossiges Gesicht und ein jungenhaftes Grinsen – was Marisa überraschte. Wider Erwarten schien er keineswegs darüber wütend zu sein, dass man ihn so lange an der Nase herumgeführt hatte.

»Und zu welchem Ergebnis sind Sie gekommen? Dachten Sie, ihr Mann hätte sie umgebracht?«

»Davon war ich überzeugt.«

»Warum?«, wollte Marisa wissen. Er sah an den Frauen vorbei; sein Blick war ausschließlich auf sie gerichtet, als wären sie ganz allein im Raum.

»Weil er ein Schurke ist.«

»Wieso? Sie haben doch gerade gesehen, dass Mara – Lily – lebt, dass er sie nicht getötet hat; woher wollen Sie dann wissen, dass er ein Schurke ist?«

Patrick Murphy starrte sie an, als wollte er ihr das eigene Schicksal von den Augen ablesen. Wenn er das könnte, dachte sie, würde er zu der Ansicht gelangen, dass ihr Mann ebenfalls ein Schurke war.

»Weil ich das Blut in der Küche gesehen habe.«

»Sie haben es ja gehört, er hat sie nie geschlagen.«

Patrick zuckte die Achseln. »Ich habe das Blut gesehen. Irgendwie muss es ja dorthin gekommen sein. Eine Menge Blut, also hat sie wahrscheinlich eine Zeitlang auf dem Boden gelegen. Er hat ihr einen Stoß versetzt, mit voller Wucht, und was noch schlimmer ist, er hat das Ganze als Versehen hingestellt – damit sie dachte, dass sie unter Zwangsvorstellungen leidet. Ich habe im ersten Jahr nach ihrem Verschwinden zahlreiche Zeugen befragt … Mara Jameson hat versucht, ihren Mann zu schützen, und jedem die Geschichte von der glücklichen Ehe aufgetischt. Aber die Ehe war alles andere als glücklich. Und er war alles andere als ein vorbildlicher Ehemann.«

»Ist er noch – auf freiem Fuß?«

Patrick nickte. »Ja.«

In dem Augenblick kehrte Anne schwer beladen aus ihrem Büro zurück: Sie schleppte den Korb mit den Kiefernnadelkissen und die Staffelei mit dem Plakat herbei, auf dem das Foto von Lily und Rose zu sehen war. Marlena half ihr, die Auslage auf dem Empfangstresen wieder aufzubauen. Anne hatte alles verschwinden lassen, als Patrick begann, Fragen zu stellen, weil sie wusste, dass er Lilys Bild erkennen würde.

Marisa bemerkte, wie Patrick den Tresen musterte, der mit CDs, Postern und Bildern der Keltischen Musikgruppen überladen war, die im Rahmen des anstehenden Ceili-Festivals gegeneinander antraten. Ein kleines Lächeln kräuselte seine Lippen.

»Was ist?«, fragte Marisa.

»Das alles hier.« Patrick machte ein ausholende Geste in Richtung der vielen CDs. »Eine Welt mit Musik wie dieser kann doch nicht so schlecht sein.«

»Als ich jung war, habe ich die Fiddle gespielt.« Marisa starrte auf das Poster einer Band und sah dabei eine andere: vier junge Frauen in weißen Kleidern, mit Gitarre und Fiddle, unter einem Banner mit der Aufschrift *Fallen Angels*. »Ich habe damit meine Ausbildung zur Krankenschwester finanziert und jeden Freitag in irischen Bars gespielt.«

»Wer weiß, vielleicht fangen Sie wieder damit an«, entgegnete er.

»Mommy.« Jessica kam herüber. »Allie hat gefragt, ob ich bei ihr übernachten darf.«

»Von mir aus gerne«, sagte Cindy.

Aufgewühlt von ihrer Unterhaltung bedankte sich Marisa bei Patrick Murphy, dann ging sie zu Cindy und Allie, um die Einzelheiten zu besprechen. Jessica durfte sich ein Nachthemd ausleihen – und Cindy versprach, sie spätestens morgen Mittag gegen zwölf nach Hause zu bringen. Marisa sagte ja; sie war froh, dass Allie Jessica gebeten hatte, bei ihr zu übernachten – sie wollte allein sein. Um nachzudenken und weitere Nachforschungen anzustellen.

Sie gab ihrer Tochter einen Gutenachtkuss, verabschiedete sich von ihren Freundinnen und reichte Patrick Murphy die Hand. Er hielt sie für den Bruchteil einer Sekunde zu lange fest; Marisa blickte in seine Augen, blaue Augen, von Sorgen überschattet. Eine unausgesprochene Frage lag darin, die sie nicht einmal ansatzweise beantworten konnte: *Alles in Ordnung?*

Er war kein Polizist mehr – er befand sich im Ruhestand. Und Cape Hawk fiel, damals wie heute, ohnehin nicht in seine Zuständigkeit. Marisa öffnete den Mund, hätte ihm gerne eine Frage gestellt. Doch das wäre vermessen gewesen. Es war schließlich nicht sein Problem. Und abgesehen davon hatte sie sich schon immer damit schwergetan, jemanden um Hilfe zu bitten.

»Vergessen Sie nicht die Musik«, rief er ihr nach.

Und so ging sie hinaus zu ihrem Auto, stieg ein und fuhr durch das Steintor des Parkplatzes, der zum Gasthof gehörte. Sternenlicht funkelte auf dem onyxfarbenen Wasser der Bucht. Durch das geöffnete Fenster hörte sie die Rufe der Nachtvögel, deren goldene Augen sie auf dem Heimweg beobachteten. Sie waren wie Wächter, hielten Ausschau, schützten sie vor Unheil. Kiefernwälder säumten die Straße zu beiden Seiten, das Geäst der Wipfel miteinander verwoben.

Jessica begann, sich auf Cape Hawk heimisch zu fühlen. Marisa dachte an all das Gute, das ihnen seit ihrer Ankunft in der kleinen Stadt zuteilgeworden war. Die Freundschaft zu Rose hatte Jessica angespornt, Kissen aus Kiefernnadeln und Ohrringe aus Kiefernzapfen zu machen, um ihr zu helfen. Marisa war stolz auf ihr Kind, das aus einem völlig uneigennützigen Grund einen solchen Fleiß entwickelt hatte.

Sie schaltete die Musikanlage ein. Als ›Aurora‹ von den Spirits ertönte – Jessicas Lieblingsmelodie – wechselte sie rasch die CD. Noch etwas Gutes, das zu Bruch gegangen war. Marisa fuhr weiter, sann darüber nach, wie viele gute Dinge in ihrem Leben von einem Menschen zerstört worden waren, den sie über alle Maßen geliebt hatte. Im Gegensatz zu Patricks Worten über die Musik erfüllten sie nun diese Klänge mit Schmerz.

Jessica war nicht im Auto, und Marisa konnte ihren Gefühlen freien Lauf lassen – sie hatte sie tief in ihrem Herzen verborgen, spürte sie bis ins Mark. Ihretwegen war sie oft mitten in der Nacht aufgewacht, zitternd wie die leisen Stöße eines Erdbebens. Nun begann sie zu weinen, leise zuerst, dann immer lauter schluchzend. Die steil aufragenden Klippen und Bäume dämpften jedes Geräusch, als sie weiterfuhr und alles herausließ, was sich in ihr angestaut hatte.

Lily mit Liam und Rose glücklich zu sehen, ihren wirklichen Namen und ihre Geschichte preisgeben zu können – danach sehnte sich Marisa. Sie vermisste ihre Mutter. Sie hatte eine Menge aufgegeben, als sie vor Ted geflohen war. Doch nun wurde sie nur noch von dem Wunsch beseelt, ihre Mutter wiederzusehen.

Sie parkte hinter dem Haus, öffnete die Autotür und saß noch eine Weile reglos da. Der Geruch nach Wald und Meer, würzig durch die Kiefern und wilden Beeren, Salz und Eisenkraut, war wie Sommerwein – er stieg zu Kopf, machte trunken. Marisa atmete ihn tief ein, wusste, dass sie aus einem bestimmten Grund hierhergekommen war. Die Begegnung mit Lily und den Nanouks hatte sie gestärkt.

Aber war sie auch stark genug für den nächsten Schritt? Sie wusste es nicht.

Doch sie schloss die Autotür, die Sinne geschärft, jederzeit damit rechnend, dass sich jemand im Gebüsch versteckte – auch wenn sie weit von Boston und Ted entfernt war, ließ sie noch immer ein Höchstmaß an Vorsicht walten – und betrat das Haus, allein.

Sobald die Wahrheit ans Tageslicht gekommen war und sie merkte, dass ihrer Freundin weder Ärger noch Gefahr drohte, gelang es Anne, wie von Zauberhand für Patrick ein Zimmer im Gasthof aufzutreiben. Er beteuerte, dass er nicht nachtragend sei, und erklärte Marlena, es täte ihm leid, das Frühstück zu verpassen, was immer sie ihm auch vorgesetzt hätte. Eine keltische Band spielte im Hintergrund – die Musik war so schön und bezaubernd, wie Patrick es mochte.

»Warum kommen Sie nicht herein und hören eine Weile zu?«, fragte Anne. »Sie können Jude und mir dabei behilflich sein, die Band zu beurteilen. Wir machen uns für das diesjährige Sommer-Ceili-Festival bereit, bei dem es einen Wettbewerb um den Preis als beste Band gibt. Wollen Sie uns nicht begleiten?«

Patrick zögerte einen Moment, dann schüttelte er den Kopf. Er war zu aufgedreht, um still zu sitzen. Darum ging er auf sein Zimmer, das am hinteren Ende des ersten Stocks lag, und warf seine Reisetasche aufs Bett. Eine Dusche war jetzt genau das Richtige, um seine angespannten Nerven zu beruhigen. Er konnte es immer noch nicht fassen, dass er Mara gefunden hatte – oder vielmehr Lily – keine Ahnung, wie er sie jetzt nennen sollte.

Als er aus der Dusche kam, schlang er ein Handtuch um die Taille und versuchte erneut, Maeve anzurufen. Wieder schaltete sich der Anrufbeantworter ein. Er musste sich zusammenreißen, um nicht mit einem ganzen Sammelsurium von Nachrichten herauszuplatzen: »Raten Sie mal, was passiert ist – ich habe Ihre Enkelin gefunden. Zu dumm, dass ich der Einzige war, der sie für vermisst hielt!« Oder: »Hallo, Maeve – Mara lebt, und es geht ihr blendend. Danke, dass Sie ein Staatsgeheimnis daraus gemacht haben – wenigstens habe ich die Suche nach ihr bezahlt bekommen, solange ich noch im Dienst war.«

Er legte auf, knallte das Telefon aufs Bett. Es war schwer, Freude aufkommen zu lassen – die er wirklich empfand –, wenn man verbittert war. Seine Gefühle waren eher gemischt, gelinde gesagt.

Wen konnte er sonst anrufen? Sandra – um ihr mitzuteilen, dass er das Verbrechen, das im Übrigen gar keines gewesen war, nun offiziell aufgeklärt hatte. Vielleicht nahm sie ihn ja wieder auf, wenn er reumütig darum bat. Er konnte regelrecht hören, wie sie ihn auslachte. Wegen eines Verbrechens, das keines war, hatte er ihre Ehe geopfert. Der große Detective, der alle Fäden in der Hand hielt, alles von Anfang an unter Kontrolle hatte.

Er könnte Angelo anrufen. Angelo, der Boot und Hund – die *Probable Cause* und Flora – hütete, würde an Deck sitzen, sich ein Spiel der Yanks anhören, den Mond betrachten, der über Silver Bay aufging, und die Gesellschaft des treuen

Vierbeiners genießen. Angelo gehörte nicht zu der Sorte Freunde, die es ihm unter die Nase reiben würden, nach dem Motto: »Hab ich doch gleich gesagt« – oder doch? Er wollte es lieber nicht darauf ankommen lassen. Er fühlte sich ›zerbrechlich‹, um die Eheberaterin zu zitieren, die er ein paar Mal mit Sandra aufgesucht hatte, zu Sitzungen, in deren Verlauf sie ihm eröffnete, dass sie ihn verlassen würde.

»Zerbrechlich!«, schnaubte er und begann, Hose und Hemd anzuziehen. Na und, dann waren seine Ehe und Karriere eben im Eimer! Und er war ein Rentner, der zum alten Eisen gehörte und sich von einer Meute überkandidelter Frauen vor und in der Menopause zum Narren halten ließ! Sehen wir den Tatsachen ins Auge, der Abstecher ins Rose Gables war doch nur das Tüpfelchen auf dem i gewesen!

Patrick Murphy beschloss, seinen Kopf auszulüften und einen Spaziergang zum Kai zu machen. Dort gab es wenigstens Männer und Fischerboote. Vielleicht auch das eine oder andere Bier. Er hatte seit acht Jahren keinen Tropfen mehr angerührt, aber heute Abend war vielleicht ein guter Zeitpunkt, um vom Pfad der Tugend abzuweichen. Er spürte beinahe die Erleichterung, die sich einstellte, wenn der Seelentröster brennend durch die Gurgel rann und sich wie ein heißer Draht im Körper ausbreitete.

Er hatte bereits eine Hand auf der Türklinke, als das Telefon läutete.

Nicht sein Handy – also konnte es kein Rückruf von Maeve sein. Nein, das Haustelefon. Er nahm den Hörer ab.

»Detective Murphy?«, sagte eine Frauenstimme.

»Nicht offiziell«, erwiderte er trocken. »Ich bin im Ruhestand.«

»Na gut, spreche ich mit Detective Murphy *im Ruhestand?*«

»Ja?«

»Mein Name ist Marisa Taylor. Wir sind uns vorhin begegnet.«

»Richtig. Die Fiddlespielerin. Diejenige mit der neunjährigen Tochter. Haben sich alle blendend darüber amüsiert, dass ich sie für Maras Kind gehalten habe?«

Es dauerte einen Moment, bis sie antwortete. »Davon kann keine Rede sein.«

Patrick schwieg, und in der Stille, die eintrat, klickte es in seinem Kopf. Es ging nicht um ihn. Mara war nicht untergetaucht, um seine Pläne zu durchkreuzen. Er hörte in Marisas Stimme die gleiche Angst, die Mara dazu bewogen hatte, alles stehen und liegen zu lassen und die Flucht zu ergreifen. Sein Magen verkrampfte sich.

»Was gibt es, Marisa?«

»Ich würde Ihnen gerne etwas zeigen. Ich weiß, das fällt nicht in Ihren Zuständigkeitsbereich, aber ich hätte eine Frage. Könnten Sie rüberkommen?«

»Natürlich.«

Sie beschrieb ihm den Weg – Kettenbrücke überqueren, an der Schlucht links abbiegen, an der Sägemühle vorbei; diese Marksteine in der Landschaft entsprachen der Vorstellung von einem entlegenen Ort, an dem eine Frau Zuflucht suchen würde. Seit seiner Ankunft auf Cape Hawk hatte Patrick das Gefühl, in einer Achterbahn zu sitzen, und es sah nicht so aus, als ob sich die rasante Fahrt dem Ende zuneigte.

Er knöpfte sein Hemd zu, schnallte sein Schulterholster um und versuchte ein weiteres Mal, Maeve zu erreichen – wenn sie sich bis morgen nicht gemeldet hatte, würde er sich langsam Sorgen machen. Dann eilte er zur Tür hinaus. Warum Marisa auch angerufen haben mochte, er war froh, dass er sich wieder mit der Aufklärung von Verbrechen befassen konnte.

Die Schotterstraße hätte einem Fantasy-Roman entstammen können – sie schraubte sich in die schwindelnden Höhen der Felsenklippen empor, zu beiden Seiten gesäumt von hohen Bäumen, die einen undurchdringlichen, urzeitlichen Wald bildeten. Patrick erspähte eine Elchfamilie, die ihn aus dem Gebüsch am Straßenrand beobachtete. Kurz danach trottete ein Schwarzbär auf die andere Seite. Eulenrufe ertönten, und ein dunkler Schatten stürzte sich im Steilflug auf ein Beutetier: Die Schreie des Opfers waren durchdringend, bis sie dann jäh verstummten.

Patrick focht das nicht an. Aufgrund seiner langjährigen Tätigkeit im Dezernat für Kapitalverbrechen wusste er, dass Menschen zu viel größerer Grausamkeit fähig waren als die schlimmsten Raubtiere in freier Wildbahn. Er verstand, warum eine misshandelte Frau diese Umgebung als tröstlich empfand. Sie lag weitab von jeglicher Zivilisation – in Amerika treffender als ›Suburbia‹ bezeichnet – wo sich jedermann kleidete, redete und handelte, wie es sich gehörte. Er hatte gesehen, was sich hinter dieser gutbürgerlichen Fassade abspielte, hinter den verschlossenen Türen der adretten Häuser, Mara Jamesons eingeschlossen.

Er bog in die Zufahrt zu Marisas Haus ein und sah sie auf der Türschwelle stehen. Ihre Silhouette zeichnete sich vor dem Hintergrund ab, und ihre locker fallende Baumwollbluse kräuselte sich im Sommerwind. Er musste sich vor Augen halten, dass sie ihn in seiner Eigenschaft als Polizist zu sich gebeten hatte.

»Hallo«, sagte sie, als er ausstieg und näher trat.

»Hallo.«

»Ich bin mir nicht sicher, ob es eine gute Idee war,

Sie hierher zu bemühen.« Nervös schlang sie die Arme um sich.

»Warum?« Sie hatte wunderschöne Augen, braun und samtig, weich und intelligent. Sie sah ihn an.

»Weil ich vor einiger Zeit schon einmal versucht habe, eine einstweilige Verfügung zu erwirken. Man hat mir nicht geglaubt, der Antrag wurde abgelehnt.«

»Tut mir leid«, sagte er verhalten. Es lag ihm nicht, seine Mitstreiter im Gesetzesvollzug öffentlich an den Pranger zu stellen. Aber er wusste, dass es Beschwerden gab, wenn es um häusliche Gewalt ging – vor allem in der oberen Gesellschaftsschicht, wenn der Ehemann erfolgreich und eloquent war. Wenn sich die Frau endlich dazu aufraffte, um Hilfe zu bitten, lief sie Gefahr, für verrückt gehalten zu werden – weil er sie so weit getrieben und sie ihn so lange geschützt hatte.

»Meine Tochter ist heute Abend nicht da«, sagte Marisa. »Ich dachte, ich könnte kurz mit Ihnen reden. Und Ihnen etwas zeigen.«

»Sicher.« Sie war groß, schlank und anmutig, doch ihre Bewegungen wirkten unsicher – als habe es ihr lange an Selbstbewusstsein gemangelt. Sie warf ihm über die Schulter einen verstohlenen Blick zu, als versuchte sie, seine Gedanken und Absichten zu erraten.

Sie durchquerten das Wohnzimmer. »Mein Computer befindet sich im Schlafzimmer.« Sie sah ihn entschuldigend an.

»Kein Problem.« Er wusste, sie brauchte eine Bestätigung, dass er nicht auf falsche Gedanken kam.

Sie nickte und ging ihm durch den Raum voran, hinüber zum Schreibtisch. Der Computer war noch ein richtiges Arbeitsgerät. Die Tastatur war uralt und der Bildschirm ein Klotz. Ein abgegriffener Johns-Hopkins-Sticker klebte an der Seite des Monitors.

»Waren Sie dort auf dem College?«, fragte er.

»Auf der Schwesternschule. Der Computer stammt noch aus der Zeit. Er gehörte zu den wenigen Dingen, die ich mitgenommen habe, als ich im April von zu Hause fort bin. Es war mir wichtig, Internet und E-Mail nutzen zu können – und mit einigen Leuten in Verbindung zu bleiben, die mir nahestehen. Meine Mutter zum Beispiel ...«

»Warum sind Sie weggegangen?«

»Aus dem gleichen Grund wie Lily. Mara.«

»Das tut mir leid.«

»Danke.« Sie sah ihn an, als spürte sie, dass es keine leere Floskel war. Sollte er ihr sagen, dass sie weder Scham- noch Schuldgefühle haben musste, oder war ihr bereits klar, dass es solche Männer oft auf Frauen abgesehen hatten, die in der Pflege tätig waren? Wie dem auch sei, Patrick hielt nicht viel von Statistiken. Sie waren nicht repräsentativ, ließen Frauen wie Lily außer Acht – er musste versuchen, sich den Namen zu merken, wenn sie ihm den Vorzug gab. Er betrachtete Marisa, die sich nun an ihren Computer setzte, die schmalen Schultern verkrampft und bis zu den Ohren hochgezogen, und er fragte sich, wie lange sie dieser Belastung schon ausgesetzt war.

»Gehen Sie manchmal online? Kennen Sie sich mit dem Internet aus?«, fragte sie.

»Ich bin im Ruhestand«, erwiderte er lächelnd. »Das ist eine der Möglichkeiten, die Zeit totzuschlagen. Angeln, die Spiele der Yankees anhören und Online-Recherchen.«

»Mache ich auch. Recherchieren, meine ich. Als ich beispielsweise erfuhr, dass Rose an Fallotscher Tetralogie leidet, habe ich mich tagelang mit der Website der Schwesternschule beschäftigt.«

»Was für eine Tetralogie?«

»Die Fallotsche. Das ist eine komplizierte, mehrfache Herzinsuffizienz.«

Patrick nickte mit einem flauen Gefühl im Magen. Er sah Lily und ihre Tochter vor sich, wie sie auf der Türschwelle des Gasthofs gestanden waren. Und danach hatte Anne das Werbeplakat wieder aufgestellt – es glich denen, die man überall in den Kleinstädten bei Spendenaktionen zu Gesicht bekam, in Familienrestaurants und chemischen Reinigungen, wenn ein Kind aus der Gemeinde eine teure medizinische Behandlung benötigte. Eine weitere Neuigkeit, die Maeve verkraften musste – ihre Enkelin hatte ein Herzleiden. Patrick musste sich zur Ordnung rufen, weil seine Gedanken zu Maeve abzuschweifen drohten, wo es doch galt, seine ungeteilte Aufmerksamkeit Marisa zuzuwenden.

»Also, es gibt da eine Band, die mir sehr gut gefällt – Spirit«, sagte Marisa.

»Spirit gefällt allen.« Patrick summte ein paar Takte von ›Lonesome Daughter‹ vor sich hin.

»Nicht schlecht.« Zum ersten Mal seit seiner Ankunft schenkte ihm Marisa ein Lächeln, das von Herzen kam.

»Spielen Sie ihre Musik manchmal auf der Fiddle?«

»So oft ich kann, aber darum geht es mir nicht.«

»Um was dann?«

Sie blickte hinunter auf ihren Computer, und ihr Lächeln verschwand. »Es gibt eine Website für Spirit-Fans. Es ist mir peinlich, es einzugestehen, aber ich besuche sie manchmal – schon seit Jahren. Spirit-Fans haben eine gewisse Ähnlichkeit mit ihren Idolen. Sie sind gewieft, unbeschwert, haben aber ein ausgeprägtes sozialen Gewissen. Ein Menschenschlag, den ich mag.«

Gewieft, unbeschwert, ausgeprägtes soziales Gewissen. Patrick nickte, hakte die Charaktereigenschaften auf seiner

Liste ab. Nun, vielleicht nicht ganz so gewieft. Er ertappte sich bei dem Wunsch, zu dem Menschenschlag zu gehören, die dieser Frau mit den samtbraunen Augen gefielen.

»Abgesehen davon, ist das Forum eine Art Tauschbörse für CDs und Live-Mitschnitte von Konzerten, die nirgendwo sonst verfügbar sind. Ich weiß, dass Sie Polizist sind, und ich mache da auch nicht mit, aber manchmal findet man dort –Raubkopien.«

Patrick nickte und bemühte sich, nicht zu streng auszusehen.

»Also, neulich habe ich die Beiträge im Forum gelesen und festgestellt, dass da ein Betrüger am Werk war.«

»Ein Betrüger?«

»Er behauptete, seine Schwester sei ein Opfer vom Hurrikan Katrina geworden; dabei sei ihr Haus verwüstet und ihr Sohn schwer verletzt worden. Die Spirit-Fans haben ihn daraufhin mit Spenden überschüttet. Sein Benutzername lautet Secret Agent. Ich habe ein paar Beiträge von ihm ausgedruckt –« Sie reichte Patrick die Blätter, und er begann zu lesen.

Er erkannte den Schwindel auf Anhieb – Köder und Haken. Er schüttelte den Kopf. Vor einigen Jahren hatte er in Zusammenarbeit mit dem FBI in einer Internet-Betrugsaffäre ermittelt. Chatrooms und Diskussionsforen waren ein Eldorado für Gauner und Räuber. Ein idealer Tummelplatz für die Dr. Jekylls dieser Welt – niemand konnte einen Blick hinter die Bildschirmfassade werfen, um den Diskussionspartner als Mr. Hyde zu entlarven.

»Sie sehen, dass viele Leute geantwortet haben. Secret Agent hatte sogar eine Liste mit den eingegangenen Spenden im Netz, die ständig aktualisiert wurde. Aus dem Ausdruck hier geht hervor, dass zu diesem Zeitpunkt siebentausend

Dollar zusammengekommen waren. Ähnlich wie bei manchen Spendenaufrufen, die wie ein Thermometer aussehen – ›Helft uns, unser Ziel zu erreichen‹. Seine Messlatte lag bei zehntausend.«

»Unfassbar, wie viele Leute sich gemeldet haben«, sagte Patrick, verblüfft über die Hilfsbereitschaft und Naivität Wildfremder. Er dachte an den FBI-Fall zurück, an dem er gearbeitet hatte – gemeinsam mit Joe Holmes, einem FBI-Agenten, der eine Frau aus Hubbard's Point geheiratet hatte, Tara O'Toole. Sie hatten ein Pärchen dingfest gemacht, das Rentner dazu gebracht hatte, ihre ganzen Ersparnisse in hochspekulative Aktien mit niedrigem Kurswert zu investieren, die sich als Schrott entpuppten. Die beiden hatten in einem hochherrschaftlichen Anwesen mit Blick auf Silver Bay residiert. Die Rentner hatten ihr ganzes Geld verloren.

»Wir sind eben ein vertrauensseliger Haufen«, sagte Marisa.

»Die Spirit-Fans?«

»Die Menschen allgemein. Ich habe diesem Mann ebenfalls vertraut.«

»Sie haben ihm Geld für seine Schwester überwiesen?«

Sie schüttelte dem Kopf. Tränen der Wut traten in ihre Augen. »Ich habe ihn geheiratet.«

»Secret Agent ist Ihr Mann?«

»Mein Ex-Mann. Ich nehme zumindest an, dass er dahintersteckt. Er hat sich oft in solchen Diskussionsforen herumgetrieben – und sie als Kontaktbörse für die eine oder andere Affäre benutzt, wie ich herausfand, als ich mich in seinem Computer umschaute. Irgendetwas am Stil dieser Beiträge erinnert mich – auch wenn es seltsam klingt – an Ted.«

»Warum sollte er ausgerechnet das Spirit-Forum wählen?«

»Er weiß, dass ich ein Fan der Band bin. Vermutlich hoffte

er, mich dort aufzuspüren. ›Secret Agent‹ ist der einzige Spirit-Song, der ihm gefällt. Die Sache ist die: Ich habe mich vorher nie im Forum zu Wort gemeldet, damit er mich nicht finden konnte.«

»Gut. Sehr gut.«

»Hier, das sind meine einzigen Beiträge. Mein Benutzername ist White Dawn.«

Patrick las den ersten Beitrag über die Schwester, die staatliche Beihilfen erhalten würde, wenn sie wirklich im Katastrophengebiet lebte. Beim zweiten ›Vorsicht!‹ lächelte er. Im dritten Beitrag hieß es: »Hurrikan Katrina hat Homestead nicht einmal gestreift. Er ist nördlich vorbeigezogen, Armleuchter. Wäre besser gewesen, wenn du die Sturmwarnungen auf der NOAA-Website gelesen hättest, bevor du den Leuten das Geld aus der Tasche ziehst.«

»Das haben Sie geschrieben?«, fragte er mit einem Grinsen.

»Ja.«

»Alle Achtung!« Er las die Flut aufgebrachter Zuschriften im Forum. »Da haben Sie offenbar eine Lawine losgetreten.«

»Scheint so. Hat er sich strafbar gemacht? Können Sie ihn wegen Betrugs festnageln?«

Patrick dachte an die FBI-Ermittlungen. »Wenn man im Internet surft, hinterlässt man Spuren. Es findet sich immer eine Signatur auf der Website – durch die IP-Adresse –, die genauso aufschlussreich ist wie ein Fingerabdruck.« Er holte sein Handy heraus, um zu sehen, ob er Joe Holmes' Nummer noch gespeichert hatte. »Ich glaube, wir haben gute Chancen, ihn dranzukriegen.«

»Wen rufen Sie an?«

»Das FBI. Aber zuerst muss ich noch einen anderen Anruf tätigen, falls es Ihnen nichts ausmacht. Um jemanden von den Fortschritten in einem anderen Fall in Kenntnis zu setzen.«

»Lilys Großmutter?«, fragte Marisa lächelnd. »Nur zu.«

Patrick drückte die Wahlwiederholung, doch abermals hob niemand ab. Das flaue Gefühl in seinem Magen verstärkte sich – es war inzwischen zweiundzwanzig Uhr, und Maeve musste nach menschlichem Ermessen zu Hause sein. Doch bevor er sich Gedanken über ihren Verbleib machen konnte, galt es, etwas in Sachen Secret Agent zu unternehmen. Als er die gespeicherten Telefonnummern herunterscrollte, fand er die von Joe Holmes. Bevor er wählte, warf er Marisa einen raschen Blick zu. »Hätte ich beinahe vergessen – wie heißt Ihr Ex-Mann überhaupt?«

»Ted. Ted Hunter.«

Patrick wäre um ein Haar das Telefon aus der Hand gefallen. »Wie bitte?«

»Ted Hunter.«

Das war doch nicht möglich! »Wie – wie lautet sein vollständiger Name? Der auch in seinen Papieren, beispielsweise im Führerschein steht?«

»Edward Hunter.«

Patrick war so baff, dass er sich erst einmal hinsetzen musste.

Kapitel 26

Liam hatte nun eine Familie. So kam es ihm jedenfalls vor, seit Lily und Rose unter seinem Dach weilten. Nach der Konfrontation im Gasthof hatte er das Gefühl, dass es besser war, die beiden auf dem Hügel einzuquartieren, im Schutz seiner eigenen vier Wände. Lily schien erleichtert, sie war zu lange auf der Flucht gewesen, hatte Entscheidungen treffen müssen, und heute Abend brauchte sie einfach eine Verschnaufpause.

Entschlossen, ihr diese zu verschaffen, fuhr er durch die steinernen Torpfosten am Fuß der Anhöhe, die Einfahrt zu seinem Anwesen und die lange gewundene Zufahrt hinauf. Das imposante Natursteinhaus, das einst dem Besitzer eines Steinbruchs gehört hatte, war von einem Fichtenwald umgeben. Da es von der Straße aus nicht sichtbar war, hatten die Kinder aus der Umgebung ihm den Ruf eines Spukschlosses angedichtet – in dem Captain Hook lebte. Er blickte zu Rose hinüber und hoffte, dass sie keine Angst hatte. Aber sie schlief schon halb und lächelte, froh darüber, wieder auf Cape Hawk zu sein.

Liam trug sie, als sie über die Schwelle des Vordereingangs traten. Sein Herz klopfte vor Aufregung, Nervosität und Stolz. Rose und Lily in seinem Haus zu haben bedeutete ihm unendlich viel.

»Es ist lange her.« Lily lächelte erschöpft.

»Erinnerst du dich, wie du das erste Mal hier warst?«, fragte er.

»Als Rose ungefähr drei Wochen alt war. Sie hatte Fieber; die Telefonleitungen waren nach einem schlimmen Sturm tot, und eine große umgestürzte Eiche versperrte mir den Weg, so dass ich mit dem Auto nicht wegkam. Ich musste zu Fuß los und dich um Hilfe bitten.«

»Und, hat er geholfen?«, fragte Rose.

»Er hat uns immer geholfen«, erwiderte Lily sanft.

Liam lächelte dankbar. Er schaltete die Lampen ein und hoffte, sein Einrichtungsstil Marke Junggeselle würde sie nicht erschrecken. Überall stapelten sich ozeanographische Zeitschriften, Bücher über Haie, Fotos von Haiattacken auf Meeressäuger und Tonbänder und Videos mit Augenzeugenberichten von Haiattacken auf Menschen. Das Mobiliar beschränkte sich auf eine Sitzgarnitur aus massiver Eiche mit roten Kissen, einen großen Täbris aus der familieneigenen Teppichsammlung, den Camille ihm geschenkt hatte, zahlreiche Bücherregale, in denen kein einziges Buch mehr Platz gehabt hätte, und ein Fernsehgerät in der Ecke, das aussah, als wäre es nachträglich hinzugefügt worden.

»Gemütlich«, sagte Rose.

»Findest du?« Er kauerte sich neben sie. »Das freut mich.«

»Ich verstehe bloß nicht, warum wir hierhergefahren sind. Statt nach Hause, zu uns.«

Liam sah Lily an, wollte ihr die Antwort überlassen.

»Hat das mit dem Mann im Gasthof zu tun?«, hakte Rose nach.

»Ja, Schatz«, sagte Lily. »Er kennt jemanden … den ich von früher kenne. Aber das ist heute Abend nicht wichtig. Jetzt zählt nur noch eines, dich ins Bett zu bringen.«

Liam trug Rose nach oben in eines der Gästezimmer. Beim Gang durch den Korridor entdeckte Lily ein zweites leeres Schlafzimmer gleich nebenan. Liam holte saubere

Bettwäsche aus dem Wäscheschrank im Flur und bezog das Doppelbett. Er merkte, dass Rose ihn musterte, eingehender als sonst. Jedes Mal, wenn er sie ansah, schaute sie ihn gedankenverloren an. Lily stellte Roses Medikamente auf den Schreibtisch und ging hinaus, um ein Glas Wasser zu holen.

»Was ist, Rose?«, fragte er.

»Das habe ich mir gewünscht. An meinem Geburtstag.«

»Hierherzukommen?«

Doch Rose war entweder zu müde zum Reden oder der Meinung, dass sie genug gesagt hatte. Lily kehrte mit dem Wasser zurück, und dann folgte die langwierige Prozedur, Rose die Arzneien zu verabreichen. Anschließend deckten Liam und Lily sie zu, und Lily versicherte ihr, dass sie im Gästezimmer nebenan schlafen werde.

»Und wo schläft Dr. Neill?«

»Mein Zimmer ist unten. Aber ich höre euch, falls ihr etwas braucht.«

»Danke.« Rose schlang die Arme um seinen Hals und gab ihm einen Gutenachtkuss. Dieses Kind in seine Obhut zu nehmen, das so viel durchgemacht hatte, bewegte Liam zutiefst.

Nachdem Rose versorgt war, ging er mit Lily nach unten in die Küche. Er stellte den Wasserkessel auf den Herd, dann drehte er sich um und sah sie an. Sie stand reglos da, an die Frühstückstheke gelehnt. Ihr Zobelhaar schimmerte im Schein der Lampen. Er ging zu ihr, hob ihr Kinn und küsste sie so, wie er es sich schon den ganzen Tag gewünscht hatte.

Sie waren ausgehungert nach einander – für Liam eine völlig unbekannte Erfahrung. Sie fühlten sich losgelöst vom wirklichen Leben, als gäbe es nur noch sie beide auf der Welt. Doch die Realität war so tiefreichend und mächtig, und Liam wusste, dass er einen kühlen Kopf bewahren musste.

»Alles in Ordnung?«, fragte er.

»Ich denke schon. Nur in meinem Kopf geht alles drunter und drüber. Roses Operation ist so gut verlaufen, dass es einem Wunder gleicht, und dann kehrt man nichts ahnend nach Hause zurück und wird von der Vergangenheit eingeholt.«

»Wie hat er dich gefunden?«

Lily blinzelte, sah lächelnd auf ihre Füße. Liam hatte befürchtet, dass sie außer sich wäre, einer Panik nahe, aber das schien ganz und gar nicht der Fall zu sein. »Meine Großmutter.«

»Wusste sie Bescheid?«

Lily nickte. »Sie wusste nicht, wohin ich wollte, aber ich musste mich wenigstens von ihr verabschieden. Mich ohne ein Wort aus dem Staub zu machen, das hätte ich ihr nicht antun können. Sie hat mich erzogen, hat einen selbstbewussten Menschen aus mir gemacht. Sie ist die klügste, wunderbarste Frau der Welt. Ich dachte, ich sei imstande, jede Herausforderung zu meistern.«

Liam hörte aufmerksam zu, sah das Funkeln in den geliebten blauen Augen.

»Aber das war ein Trugschluss. Edward war ich nicht gewachsen – nicht in dem Zustand, in dem ich war. Er hätte mich niemals gehen lassen, und es kam nicht in Frage, meine Tochter unter seiner Fuchtel aufwachsen zu lassen.«

»Ich erinnere mich, dass du schon vorher wusstest, dass es ein Mädchen war, in der Nacht, als sie geboren wurde. Du hast mir die Arme entgegengestreckt und gemeint ›Gib sie mir‹, bevor ich dir sagen konnte, was es war.«

»Ja, ich weiß. Ich musste etliche Ultraschalluntersuchungen machen lassen. Ich sagte ja, er hat mich immer wieder angerempelt. Und mir die Schuld gegeben, mir einzureden versucht, ich sei plump und ungelenk. Trampeltier hat er mich genannt.«

»Ich bringe ihn um«, erwiderte Liam, und er meinte es todernst. Hass und Wut loderten in ihm auf – Gefühle, die ihm bisher fremd gewesen waren. Nicht einmal Haien gegenüber hatte er ein solches Ausmaß an Hass verspürt – damals, als er jung gewesen war und nichts über das Verhalten und die Raubzüge dieser Spezies wusste.

»Ich konnte nicht zulassen, dass er Teil von Roses Leben wurde«, fuhr Lily fort. »Wenn ich bis nach der Geburt gewartet hätte, wäre es wegen des Sorgerechts noch schwieriger geworden. Nicht, dass er sie gewollt hätte – sie interessierte ihn nicht. Daran ließ er keinen Zweifel. Aber ich wusste, er hätte sie benutzt, um mir die Daumenschrauben anzusetzen. Er hätte uns beiden das Leben zur Hölle gemacht, und ich weiß, wovon ich rede. Edward ist nur zufrieden, wenn er anderen Schmerz zufügen kann.«

»Was für ein Mensch tut denn so was?«

»Ein Mensch ohne Gewissen und Mitgefühl«, erwiderte Lily beherrscht. »Und das ist noch nicht alles. Edward ist ein Mörder.«

»Was willst du damit sagen?«

»Ich werde es dir irgendwann erzählen. Nicht heute Abend, aber bald.«

»Und deine Großmutter wusste das?«

Lily nickte. »Das meiste. Genug jedenfalls, um mir bei der Flucht zu helfen.«

»Hat sie dir den Tipp mit Cape Hawk gegeben? Um hier unterzutauchen?«

»Nein. Darauf bin ich selber gekommen. Es besteht nämlich eine Verbindung zwischen Camille und mir und Camille und Edward.«

»Sprichst du von meiner Tante? Camille Neill?«

»Ja. Meine Eltern starben bei demselben Fährunglück wie ihr Mann, Frederic. Ich habe alle einschlägigen Zeitungsartikel aufgehoben, einschließlich der Meldung über die Stiftung der Gedenktafel. Wofür ich ihr sehr dankbar bin.«

»Sie wird sich freuen, das zu hören.«

Lily lächelte. »Schön. Ich weiß, dass sie Narben davongetragen hat, genau wie ich. Jemanden auf so tragische Weise zu verlieren ist schrecklich. Es macht verwundbar … wahrscheinlich hatte Edward deshalb leichtes Spiel mit mir. Ich war Vollwaise; dass ich inzwischen dreißig Jahre alt war, als ich ihn kennenlernte, spielte keine Rolle. Sie fehlten mir trotzdem.«

»Und welche Verbindung besteht zwischen Edward und Camille?«, fragte Liam verwirrt.

»Er hatte eine alte gerahmte Fotografie an der Wand hängen, von einem altmodischen Walfangschiff, das im Winter am Kai lag. Wunderschön, aber auch gespenstisch – Masten und Abdeckplanen waren mit einer dicken Eisschicht bedeckt. Er pflegte den Leuten zu erzählen, sein Urgroßvater sei Kapitän eines Walfängers gewesen. Es war eine Lüge, genau wie die Geschichte von seinem Harvard-Studium, aber vermutlich tischte er sie so oft auf, bis er sie am Ende selber glaubte.«

»Wie hieß das Schiff?«

»Pinnacle.« Lilys Augen glänzten.

»So lautete der Name des Schiffes, das meinem Ururgroßvater gehörte. Tecumseh Neill, der Erste.«

»Ich weiß. Jedes Mal, wenn ich die Aufnahme betrachtete, hatte ich das Gefühl, mein Herz sei ebenfalls zu Eis erstarrt – durch die Kälte, die ich im Zusammenleben mit Edward innerlich verspürte. Das Foto interessierte ihn nur als Beweis dafür, dass er aus gutem Hause kam und von einem Seekapitän abstammte. Ich fand die Kulisse ziemlich unheimlich. Die zerklüfteten Klippen, der gefrorene Fjord und die langen Winter in Schnee und Eis wirkten schroff und abweisend. Aber sie entsprachen genau dem, was ich in meinem tiefsten Inneren empfand.«

»Wie hast du herausgefunden, wo das Foto aufgenommen wurde?«

»Das war ein Kinderspiel. Es war ein Original, stammte von einem namhaften Fotografen. Sepiafarben, Gelatine-Silberabzug, ziemlich wertvoll. Auf der Rückseite fand ich den Stempel des Fotoateliers und rief dort an. Die Vorbesitzerin, die es verkauft hatte, war Camille.«

»Sie hat eine recht umfangreiche Sammlung lokaler maritimer Kunstgegenstände«, sagte Liam, verwundert über das zufällige Zusammentreffen.

»Ich erschrak, als ich die Unterschrift auf der Quittung sah, denn das war die Frau, die nach dem Fährunglück das Denkmal gestiftet hatte. Und ich dachte noch, was für ein seltsamer Name. Camille Neill. Ich hätte es nie für möglich gehalten, dass ich ihr eines Tages persönlich begegnen würde.«

»Deshalb kamst du hierher? Aus diesen beiden Gründen?«

»Zum Teil. Zum einen gefiel mir die Verbindung zu meinen Eltern, und zum anderen fand ich Cape Hawk sehr malerisch. Außerdem empfand ich es als kleine verborgene Rache, ausgerechnet an einem Ort unterzutauchen, den Edward jeden Tag vor Augen hatte – das Foto, mit dem er die Lügen über seine illustren Vorfahren untermauerte. Er behauptete, das sei Neufundland, weil er keine Ahnung hatte, wo es aufgenommen worden war.«

»Gut gemacht, Lily.« Liam umarmte sie.

»Dazu kam, dass Cape Hawk weit, weit weg war.«

»Von Edward.«

Lily nickte. »Was ein Segen war. Aber auch schrecklich, wegen der Entfernung zu meiner Großmutter. Sie riet mir, mich an einem entlegenen Ort zu verstecken – sie gab mir Geld und half mir, meine Spuren zu verwischen, sie belog die Polizei.«

»Patrick Murphy.« Während alle anderen damit beschäftigt waren, Rose und Lily zu begrüßen, hatte Liam den Blick des Polizisten gesehen – er spiegelte die Genugtuung darüber wider, die Frau gefunden zu haben, die er Mara nannte, aber auch eine leise Traurigkeit, das Gefühl, hintergangen worden zu sein. Er hatte Liam leidgetan.

»Ja«, erwiderte Lily. »Glaubst du, dass es stimmt, was er sagt? Dass meine Großmutter wollte, dass er mich sucht?«

»Ich dachte, sie wüsste, wo du bist. Warum hat sie nicht einfach angerufen?«

»Sie wusste nicht, wo ich Zuflucht suchen würde. Wir waren der Meinung, das sei der einzige Weg, Rose und mich nachhaltig zu schützen. Ich ließ ihr heimlich Botschaften zukommen, unauffällige Hinweise. Der Zeitungsausschnitt, das Brillenetui – außerdem ist sie Ehrenmitglied der Nanouks – die Mitgliedschaft in einem Aquarium in der Nähe ihres Wohnorts. Da Rose und ich so viel Freude an Nanny haben, waren wir durch ihre Artgenossen irgendwie mit Maeve verbunden.«

»Warum rufst du deine Großmutter nicht an?« Liam ließ kein Wort darüber verlauten, dass er sich Sorgen um Nanny machte – sie schwamm weiterhin nach Süden, hielt sich den neuesten Computerdaten zufolge in den fischreichen Gewässern vor Block Island auf.

»Würde ich ja«, sagte Lily. »Aber ich weiß nicht, ob wir hier wirklich sicher sind. Sollte Edward jemals herausfinden, dass ich lebe, wird er mit Sicherheit alles daransetzen, Rose in seine Gewalt zu bekommen. Und möglicherweise habe ich ihm mit meinem Verschwinden einen Grund geliefert, das alleinige Sorgerecht zu beantragen. Liam, was ist, wenn er mir Rose wegnehmen will?«

»Was ich vorhin sagte, war auch so gemeint.« Liam war sich absolut sicher, falls Edward Hunter – oder wer auch immer – jemals versuchen sollte, Lily oder Rose ein Leid zuzufügen, würde er ihn, ohne mit der Wimper zu zucken, umbringen. Nach allem, was dieser Mann Lily angetan hatte, würde er die Gelegenheit dazu geradezu begrüßen.

Lily schmiegte sich an ihn und stellte sich auf die Zehenspitzen, um ihn zu küssen. Liam spürte, wie eine Welle der Leidenschaft in ihm aufwallte und jeden Teil seines Körpers überflutete. Er hatte seine Gefühle für Lily und Rose lange geheim gehalten – weil sie sich abgeschottet hatte und um sich herum eine undurchdringliche Mauer bildete. Vielleicht war ihm bewusst gewesen, dass er ihr in dieser Hinsicht in nichts nachstand.

Doch nun, als sie in der Küche standen und sich küssten, während Rose oben schlief, spürte Liam, wie die Mauern fielen. Sie hatten Zugang zur Festung des anderen, fühlten sich eins und stark. Sie hielten einander umfangen, und er sehnte sich danach, sie zu berühren, jeden Teil von ihr, jeden Zentimeter ihrer Haut, unverzüglich. Nur so spürt der Mensch, dass er lebendig ist, dachte er. Wenn er andere an der Freude teilhaben lässt, die er empfindet; denn welchen Sinn hätte das Leben sonst? Lily und er hatten sich viel entgehen lassen. Aber nicht heute Abend – und nie mehr, dachte er, als er die Frau küsste, die er liebte.

Joe Holmes schlief tief und fest in seinem Haus auf Hubbard's Point. Die Fenster waren geöffnet, und eine leichte Brise kühlte seinen bloßen Rücken. Sie brachte den Geruch nach Strandhafer mit sich, nach Watt und dem Garten seiner Frau Tara. Joe hatte Nachtdienst gehabt und im Zuge eines Falles, bei dem es um Wirtschaftskriminalität ging, die Telefonleitung eines Bankers in Stamford abgehört. Deshalb reagierte er nicht auf das Klingeln seines Handys und schlief weiter. Erst beim zweiten Läuten schreckte er hoch und verwünschte den Anrufer. Gleich darauf klingelte das Festnetztelefon im Haus, und Tara rüttelte ihn an der Schulter.

»Schatz. Patrick Murphy ist am Apparat. Ist das nicht dieser Staatspolizist im Ruhestand? Der an Maras Fall gearbeitet hat?«

Schnaubend nahm Joe den Hörer entgegen. »Holmes«.

»Hallo, Joe. Patrick Murphy hier. Tut mir leid, Sie aufzuwecken, aber es ist dringend.«

»Hoffentlich etwas Wichtiges über diesen Mistkerl von Banker in Stamford.«

»Nein. Es geht um Edward Hunter.«

»Mara Jamesons Ehemann?«

»Ja.«

»Gibt es neue Erkenntnisse? Über Mara?«

»Ja. Darauf komme ich gleich zu sprechen, aber zuerst habe ich noch etwas anderes – Betrugsdelikte im Internet. Sie kennen ja bestimmt diese Trickbetrüger, die Diskussionsforen benutzen, um den Mitgliedern irgendwelche Lügenmärchen aufzutischen und sie nach Strich und Faden auszunehmen. Sie beispielsweise zu veranlassen, Geld für wohltätige Zwecke zu spenden, die es gar nicht gibt.«

»Ich weiß. Aber schwer zu beweisen und folglich schwer,

eine hieb- und stichfeste Anklage gegen sie aufzubauen. Diese Trickbetrüger sind aalglatt. Sie zocken ab und tauchen unter. Sie wechseln ihre Benutzernamen so blitzschnell, dass es beinahe unmöglich ist, ihre IP-Adresse zu verfolgen, bevor sie sich in Luft auflösen.«

»Was wäre, wenn es jemandem gelungen wäre, den ganzen Schwindel schwarz auf weiß festzuhalten, in Form eines Computerausdrucks?«

Joe war mit einem Mal wach, stützte sich auf die Ellbogen. Er musste ohnehin in einer Stunde aufstehen – und konnte bereits den Kaffee riechen, den Tara kochte.

»Ich würde sagen, das sollten wir uns mal anschauen. Falls es noch nicht zu spät ist und der Kerl die Fliege gemacht hat, könnten wir ihn über die IP-Adresse, die jeder ans Netz angeschlossene Rechner hat, festnageln und anhand dessen seine tatsächliche Adresse, sprich Anschrift in Echtzeit, herausfinden. Aber was hat das mit Mara zu tun?«

»Im Moment kann ich Ihnen nur eines sagen, Joe – der Mann könnte Edward Hunter sein.«

»Diesen aufgeblasenen Esel würde ich mir mit dem größten Vergnügen vorknöpfen.«

»Ich auch.« Joe hörte, dass Patrick schwer atmete, vermutlich vor Aufregung angesichts der Möglichkeit, Edward endlich zur Verantwortung zu ziehen, egal für was – auch wenn es nicht gelingen würde, ihn wegen Maras Flucht zu belangen. Joe gähnte und blinzelte.

»Es ist eine Schande, vor allem wegen Maeve«, sagte er.

»Maeve?«

»Ja. Tara sagte, vor zwei Tagen sei die Ambulanz vorgefahren. Clara Littlefield hat ihr erzählt, dass Maeve eine Art Schlaganfall erlitten hat und ins Krankenhaus eingeliefert wurde, ins Shoreline General. Ich hoffe, dass sie es übersteht.

Sie würde sich freuen, wenn wir Edward ordentlich einheizen würden. Diesem aalglatten Mistkerl.«

»Danke, Joe.«

»Keine Ursache. Hören Sie …«

Aber Patrick hatte bereits aufgelegt. Die Leitung war tot. Joe starrte kopfschüttelnd das Telefon an. Es wurde gemunkelt, Patrick sei nicht mehr derselbe – er habe sich emotional zu sehr in den Fall Jameson verstrickt. Joe hütete sich, den ersten Stein zu werfen – Polizisten waren schließlich auch nur Menschen. Er hatte große Achtung vor Patrick Murphy und bedauerte, dass dessen Ehe in die Brüche gegangen war. Er würde alles daransetzen, dass ihm nicht das Gleiche passierte – er hatte zu viel zu verlieren, nämlich Tara.

Inzwischen hellwach, konnte er dem Duft des Kaffees nicht widerstehen. Er stand auf, noch immer nackt, und ging zu seiner Frau, um sie zu küssen.

Es kostete ihn einige Mühe, aber schließlich konnte Patrick Marisa doch überreden, ihm zu verraten, wo Lily wohnte. Sie war aufgeregt, weil er seinen Freund vom FBI angerufen und in Erfahrung gebracht hatte, dass es vielleicht eine Möglichkeit gab, Ted vor Gericht zu bringen. Und sie konnte es nicht fassen, dass Lily allem Anschein nach mit dem gleichen Mann verheiratet gewesen war, mit Edward Hunter, genannt Ted.

»Das ist doch nicht möglich«, sagte sie.

»Warum? Er hat seine Netze weit ausgeworfen.«

»Ich meine, dass Lily und ich beide hier gelandet sind, am selben Ort, weit weg von zu Hause …«

»Wenn Sie mit Lily sprechen, wird sich vermutlich herausstellen, was Sie auf die Idee gebracht hat, auf Cape Hawk unterzutauchen. Ein ähnlicher Grund.«

»Bei mir war das zum Teil reine Boshaftigkeit.« Marisa dachte an das Foto von dem Walfangschiff, das Teds Urgroßvater gehört hatte, ein majestätischer Anblick mit seinen Masten, die von einer Eisschicht überzogen waren, und den Klippen von Cape Hawk, die im Hintergrund emporragten. »Ich gestehe es mit Stolz. Um ihm auch nur einen Bruchteil der Erniedrigungen heimzuzahlen, die ich über mich ergehen lassen musste.«

»Ich wette, dass Mara – Lily – ähnliche Beweggründe hatte. Tief in ihrem Inneren hat sie vermutlich diesen Ort ausgewählt, um dem Scheißkerl eins auszuwischen, der sie von zu Hause vertrieben hat. Entschuldigung.«

»Macht nichts. Es ist schon spät. Wir sind beide müde. Hören Sie – ich habe zufällig mitbekommen, dass irgendetwas mit Lilys Großmutter passiert ist, und ich finde, sie muss es erfahren. Aber sie ist noch fix und fertig nach allem, was ihre Tochter durchmachen musste. Rose hatte vor einer Woche eine Herzoperation, und ich werde nicht zulassen, dass sie die beiden heute Abend stören. Kommen Sie morgen früh wieder, und ich bringe Sie hin. Ehrenwort.«

Patrick Murphy stand an der Tür. Er blickte zu Boden, als versuchte er zu entscheiden, ob er ihr trauen sollte. Marisa wusste, dass er allen Grund hatte, argwöhnisch zu sein. Frauen wie Lily und sie hatten wehrhaft werden müssen, gewitzt und fintenreich, aus reinem Selbstschutz. Sie hatten im Zusammenleben mit ihren gewalttätigen Männern gelernt, ihnen eine heile Welt vorzugaukeln, während sie insgeheim Fluchtpläne schmiedeten.

Um ihm zu verstehen zu geben, dass sie zu ihrem Wort stand, ergriff Marisa seine Hand. Tiefe Falten hatten sich in seine Augenwinkel gegraben, und seine Handfläche fühlte sich schwielig an. Sein Griff war zupackend; Marisa spürte, dass er das Bedürfnis nach festem Boden unter seinen Füßen hatte, nach einem sicheren Hafen. Sie erwiderte seinen Blick ernst, ohne zu lächeln.

»Es ist wichtig für mich, dass Sie mir glauben«, sagte sie. »Deshalb werde ich Ihnen etwas verraten. Damit Sie mir vertrauen. Und anschließend vergessen Sie es bitte wieder. Einverstanden?«

»Einverstanden.« Seine Stimme klang rauh, wie die eines alten Kriegers, der des Kämpfens müde war.

»Mein richtiger Name lautet Patricia. Früher wurde ich Patty genannt.«

»Patty.«

»Und der Name meiner Tochter ist Grace.«

»Patty und Grace.«

»Aber Sie dürfen diese Namen nie benutzen. Niemals.«

»Hübsche Namen.«

»Namen, die wir hatten, als wir mit Ted unter einem Dach lebten. Aber das ist vorbei, egal, was passiert; wir sind nicht mehr die Alten. Wir sind Marisa und Jessica, jetzt und für alle Zeit. Einverstanden?«

»Einverstanden.« Sie drückte ihm die Hand und sah seine müden Augen aufleuchten.

»Also bis morgen«, sagte sie. »Kommen Sie um neun, dann bringe ich Sie zu Lily.«

»Bis dann.« Als er zu seinem Wagen ging, sah Marisa ihm nach; hoffentlich wusste er, dass er sich keine Sorgen machen musste. Er konnte getrost schlafen; sie würde ihm nicht davonlaufen.

Kapitel 27

Als Lily in Liams Haus aufwachte, wusste sie im ersten Moment nicht, wo sie sich befand. Die Sonne schien durch das Geäst der Bäume, und die ausgedehnte blaue Bucht vor seinem Fenster kam ihr wie ein Traum vor. Sie hatte die ganze Nacht kein Auge zugetan, war mehrmals in Roses Zimmer gegangen, um sich zu vergewissern, dass sie gleichmäßig atmete und fest schlief. Mitten in der Nacht hatte sie gespürt, wie Liam sich zu ihr in das Doppelbett seines Gästezimmers legte.

Die rostigen alten Sprungfedern quietschten unter seinem Gewicht, als er sich an ihren Rücken geschmiegt zusammenrollte. Die Nacht war lau, sogar hier oben, wo ständig der Wind vom Golf von St. Lawrence wehte. Liams stetiger Herzschlag und sein Atem an ihrem Nacken wirkten schließlich beruhigend, und sie fiel in einen wechselvollen Schlaf. Immer wieder wurde sie von bedrückenden Träumen heimgesucht, und als die Sonne aufging, schrak sie hoch und setzte sich im Bett auf. »Granny.«

»Lily«, flüsterte Liam.

Sie blickte sich um, versuchte sich zu orientieren. Die Steinmauern, die Bleiglasfenster, das dunkelgrün gestrichene Holzwerk des Hauses – das war nicht Hubbard's Point. Der Nebel in ihrem Kopf lichtete sich, und ihr wurde bewusst, dass sie vom Strand geträumt hatte. Sie war in den Rosengarten gegangen, mit Sand an den Füßen, den ihre Großmutter mit der Gießkanne abgespült hatte. Der Traum war so lebendig gewesen, dass sie das in Zement eingebettete Medaillon mit den Muscheln und dem Sanddollar-Seeigel vor sich zu sehen glaubte.

»Leg dich wieder hin«, drängte Liam. »Du hast kaum geschlafen. Es könnte ein anstrengender Tag werden.«

Lily wusste, dass er auf die Fragen des Polizisten und Roses Wiedereingliederung in das Leben außerhalb der Klinik anspielte, doch in Anbetracht der warmen Brise, die durch das Fenster drang, war der Gedanke an ihre Großmutter übermächtig. Sie hätte schwören mögen, dass sie nach Rosen von Hubbard's Point roch. Sie stand auf und sah abermals nach Rose. Ihre Sinne waren geschärft, als befände sie sich in höchster Alarmbereitschaft.

Sie schmiegte sich wieder in seine Arme, versuchte die Augen zu schließen und zur Ruhe zu kommen. Ihr Körper war angespannt, die Wirbelsäule gekrümmt. Liam strich ihr über die Schulter, rieb ihr den Rücken. Allein das Wissen, dass er bei ihr war, verlieh ihr ein Gefühl der Sicherheit, so dass sie ihren Gedanken freien Lauf lassen konnte. Die Träume hatten sie erschüttert. Seit einer Weile spürte sie in zunehmendem Maße die Gegenwart ihrer Großmutter. Es hatte in der Nacht vor der Abfahrt nach Boston begonnen: Es war ihr vorgekommen, als hätte Maeve sie gerufen, als hätte sie ihre Stimme in der Sommerluft vernommen.

Der Sog, der von Neu-England ausging, war stark. Doch Lily hatte sich auf Roses Genesung konzentriert und den Gedanken verdrängt. Doch heute Nacht war der Traum so eindringlich gewesen, dass sie ihre Gefühle nicht länger ignorieren konnte. Sie starrte in die Dunkelheit, sann über alles Mögliche nach.

Ihre größten Ängste hatten sich stets um die Vorstellung gedreht, was Edward ihr, ihrer Großmutter und nun auch

Rose antun konnte. Doch die neun Jahre an dieser felsenreichen, zerklüfteten kanadischen Küste – und ihre Mutterrolle – hatten sie gestählt. Roses Geburt hatte Lily und ihr Weltbild verändert. Als Liam ihr das Baby in die Arme gelegt hatte, war sie zu einer Tigerin geworden, die ihr Junges in einem Kampf auf Leben und Tod verteidigen würde.

Als sie nun neben Liam lag, überlegte sie, was sie tun sollte. Die Entscheidung glich einer Feuerprobe, bei der es um Leben und Tod ging; der Lohn, der winkte, war die Freiheit für Rose und sie. Wenn sie den Weg des Mutes und der Wahrhaftigkeit wählte, ihrem Herzen folgte, standen die Chancen gut, am Ende die Freiheit zu gewinnen. Sie konnten nach eigenem Gutdünken kommen und gehen, würden sich nie mehr vor Edward fürchten müssen.

Alles, was ihnen in diesen neun Jahren widerfahren war, hatte sie an diesen Punkt, diesen Scheideweg gebracht. Was wäre, wenn sie Edward die Stirn bot? Schluss mit dem Versteckspiel, mit der Sehnsucht nach Maeve. Sie würde endlich nach Haus fahren und Rose mit ihrer Urgroßmutter bekannt machen können.

»Warum kannst du nicht schlafen?«, fragte Liam nach ein paar Minuten.

»Ich denke an mein altes Zuhause.«

»Du willst weg, oder?«

»Liam«, flüsterte sie.

Schweigend zog er sie noch enger an sich. Lily wusste weder, was sie tun, noch, was sie darauf antworten sollte. Sie verschränkte ihre Finger mit den seinen und küsste seinen Handrücken.

Es bot sich keine Gelegenheit mehr, wieder einzuschlafen. Sie hörte, wie Rose sich rührte, und ging nach nebenan, damit sie beim Aufwachen ihre Mutter vorfand. Rose rappelte sich mühsam hoch – sie war während der Nacht steif geworden. Ihre linke Hand wanderte unwillkürlich zum Hals, um das Herz zu schützen. Lily half ihr beim Aufstehen, streifte ihr die Pantoffeln über die Füße.

Sie gingen nach unten in die Küche, wo Liam bereits das Frühstück bereitete, Kaffee kochte und Orangensaft einschenkte.

»Guten Morgen, Rose«, begrüßte er sie. »Wie hast du geschlafen?«

»Besser als jemals zuvor.« Sie lächelte.

Sie nahmen an dem runden Eichentisch Platz, und plötzlich sah Lily, was sie gestern Abend in der Dunkelheit nicht bemerkt hatte: Überall waren gerahmte Schulfotos von Rose an der Wand und Zeichnungen von ihr aus dem Kindergarten und der ersten Klasse am Kühlschrank. Sie erinnerte sich verschwommen, dass Rose darauf bestanden hatte, Liam in seinem Büro zu besuchen, um sie ihm zu schenken.

»Du hast sie aufbewahrt?«, fragte Rose.

»Natürlich. Dachtest du, ich würde sie wegwerfen?«

»Ja, dachte ich.«

Liam schmunzelte, doch als er seinen Laptop einschaltete, wusste Lily, dass er nach einem Lebenszeichen von Nanny Ausschau hielt. Rose schien nichts davon mitzubekommen, denn sie war damit beschäftigt, unter ihr Nachthemd zu spähen, um ihre Nähte in Augenschein zu nehmen.

»Und, wie sehen sie aus?«, erkundigte sich Lily.

»Gut.«

Lily beugte sich vor, um sie zu überprüfen – die Narben schienen gut zu verheilen, die Ränder des langen Einschnitts waren perfekt zusammengefügt, kein Wundsekret, kein Eiter und keine Infektion.

»Du hast recht. Prima.«

Sie füllten Müsli in Schalen, und Liam nahm am Tisch Platz, um mit ihnen zu frühstücken. Er erwähnte mit keiner Silbe, was er auf dem Bildschirm entdeckt hatte, und Lilys Herz sank – vermutlich war Nanny immer noch in Richtung Süden unterwegs. Warum musste die Freude immer wieder durch einen Wermutstropfen getrübt werden? Warum konnte man nicht alles haben, was man liebte – Menschen und Dinge gleichermaßen, und alles zur gleichen Zeit.

Sie dachte an die einzigartige Liebe, die sich ihr vor vierundzwanzig Stunden offenbart hatte – in Boston, wo sich ihre Welt auf die neue Beziehung zu Liam und die neu gewonnene Gesundheit ihrer Tochter konzentriert hatte. Sie hatte schon vor langer Zeit Frieden mit ihrer Entscheidung geschlossen, Hubbard's Point zu verlassen, die Vergangenheit hinter sich zu lassen. Doch nun, nur einen Tag später, war diese Welt durch den Hinweis des Polizisten, dass ihre Großmutter sie brauchen würde, aus den Fugen geraten.

Lily blickte zum Küchenfenster hinaus, auf den weitläufigen, beeindruckenden, blauen Golf von St. Lawrence. Als sie sich vom Fenster abwandte, merkte sie, dass Liam sie beobachtete. Seine Augen waren traurig, als könnte er ihre Gedanken lesen.

Doch in Roses Gegenwart war kein klärendes Wort möglich. Schweigend saßen sie beim Frühstück – wobei Lily und Liam keinen Bissen hinunterbrachten, sondern nur in ihrem Müsli stocherten.

Als es klopfte, stand Liam auf und ging an die Tür. Lily holte tief Luft. Noch bevor er wieder in der Küche erschien, wusste sie, dass Patrick Murphy gekommen war. Ihre Ahnung bestätigte sich; was Lily überraschte, war, dass Marisa ihn begleitete. Ihre Gesichter ließen darauf schließen, dass es besser war, Rose außer Hörweite zu bringen.

Sie machte es Rose auf der Sonnenveranda bequem – mit einem Buch und ihrem Stickbeutel. Rose hatte noch vor Beginn der Sommerferien mit einer Stickarbeit für die Schule begonnen und fühlte sich zum ersten Mal kräftig genug, sie fortzusetzen. Lily küsste sie auf den Scheitel und kehrte in die Küche zurück. Der Ausdruck in Patrick Murphys Augen weckte in ihr das Gefühl, als sollte sie gleich verhaftet werden.

»Was ist? Wollen Sie mir Handschellen anlegen?«, fragte sie.

»Nie im Leben«, beteuerte Marisa. »Wir haben nichts verbrochen. Im Gegensatz zu Edward.«

»Edward?« Lily spürte, wie ihr Rücken zu kribbeln begann.

»Ted«, erwiderte Marisa.

»Ted – das ist dein Mann.«

Ted, Edward, dachte Lily, und plötzlich nahm sie den dumpfen Schmerz in Marisas Augen wahr. Bitte lass das alles nicht wahr sein, flehte sie stumm. »O nein.«

»Was hat Sie bewogen, ausgerechnet auf Cape Hawk Zuflucht zu suchen?«, fragte Patrick.

»Das ist eine lange Geschichte. Ich denke, Sie kennen bereits das meiste. Sie haben den Zeitungsartikel über den Gedenkstein für das Fährunglück gelesen. Der Rest hat mit einer Lüge zu tun, die mein Mann zu erzählen pflegte – um alle Welt glauben zu machen, er sei der Nachfahre eines Schiffskapitäns.«

»Der Walfänger«, warf Marisa ein. »Mit der von Eis bedeckten Takelage. Und den Klippen des Fjords im Hintergrund.«

»Das darf doch nicht wahr sein!« Lily wurde kreidebleich. »Du warst mit Edward Hunter verheiratet?«

Marisa nickte.

»Wusstest du nicht, dass er unter dem Verdacht stand, seine Frau ermordet zu haben?«, flüsterte Lily.

»Nein. Ich hatte keine Ahnung, bis gestern Abend. Du bist seit neun Jahren verschollen. Ich muss den ganzen Rummel zu Anfang verpasst haben, weil ich Jessica erwartete – sie ist am gleichen Tag wie Rose geboren, aber es war eine schwierige Schwangerschaft, und ich lag die ganze Zeit im Krankenhaus. Ich erinnere mich vage, gehört zu haben, dass eine schwangere Frau in Connecticut verschwunden war – aber ich konnte den Gedanken an diesen Fall nicht ertragen. Da ich selber ein Kind erwartete, wollte ich mir lieber nicht vorstellen, was dir zugestoßen sein könnte.«

»Seltsam, dass Jessica und Rose beinahe am gleichen Tag geboren sind!«

»Finde ich auch.« Marisa ergriff Lilys Hand. »Rückwirkend frage ich mich natürlich, ob das nicht auch zu seinem Plan gehörte. Ted, oder Edward, kannte meinen verstorbenen Mann aus dem Golfclub. Er hatte einige Aktiengeschäfte für uns getätigt – und Zugang zu allen möglichen Informationen über unsere Familie erhalten, einschließlich der Geburtsdaten. Mein Mann war ganz begeistert von ihm. Deshalb beschloss ich, Teds Dienste nach Pauls Tod weiterhin in Anspruch zu nehmen. Ich übertrug ihm die Verwaltung des Fonds, in dem die Erbschaft angelegt werden sollte – und wenn ich mich recht erinnere, hat er bei dieser ersten persönlichen Begegnung eine Bemerkung über Jessicas Geburtstag gemacht.«

»Tatsächlich?«

Marisa nickte. »Er meinte, eine gute Bekannte habe höchstwahrscheinlich genau um diese Zeit ebenfalls ein Kind bekommen – und Kinder wären für ihn ein Geschenk des Himmels.«

»Geschenk des Himmels!«, entrüstete sich Lily.

»So drückte er es aus.«

»Er hat dir etwas vorgemacht.« Lily holte tief Luft, umarmte Marisa und spürte, dass sie beide wie Espenlaub zitterten. »Genau wie mir.«

»Wir hätten ihn um ein Haar erwischt«, sagte Marisa. »Patrick hat gestern Abend seinen Freund beim FBI angerufen und auf Ted angesetzt – wegen einer weiteren Gaunerei, im Internet. Doch heute Morgen rief er Patrick an, um ihm mitzuteilen, dass Teds Account gelöscht worden sei und das Forum kein Archiv hat, um alte Nachrichten zu speichern.«

»Stimmt«, pflichtete Patrick ihr bei. »Wir müssen ihn auf andere Weise drankriegen. Aber das ist im Moment unwichtig. Mara, Lily …«

»Lily, bitte. Mara gehört der Vergangenheit an. Doch daran kann ich im Augenblick nicht denken.«

»Ich fürchte nur, Sie müssen. Es gibt leider keine andere Möglichkeit, es Ihnen schonend beizubringen.«

»Was ist passiert?« Liam trat einen Schritt näher, legte schützend den Arm um Lily.

»Es geht um Ihre Großmutter. Ich habe heute Morgen mit Clara Littlefield telefoniert; Maeve hatte offenbar vor drei Tagen zu Hause einen Schlaganfall. Die Ambulanz brachte sie ins Shoreline General, und seither liegt sie im Koma.«

»O Gott, Granny!« Lily brach in Tränen aus. »Das darf doch nicht wahr sein!«

»Es tut mir leid«, sagte Patrick.

Lily lehnte sich schluchzend an Liams Brust. Wenn sie während der Fahrt nach Boston nur auf ihr Herz gehört hätte. Irgendetwas hatte sie gedrängt, nach Hause zu fahren, nach Hubbard's Point. Sie hatte den Gedanken verworfen und gedacht, es sei nur das altbekannte Heimweh, ausgelöst durch den Aufenthalt in Neu-England. Aber es war Maeve gewesen, die nach ihr verlangte. Sie waren immer sehr eng verbunden gewesen; wieso hatte sie sich eingebildet, ihrer Großmutter bliebe genug Lebenszeit, bis Lily eine Rückkehr als sicher empfand?

»Warum habe ich nur so lange gewartet?«, schluchzte sie. »Sie hat mich gebraucht, und ich war nicht da.«

»Du musstest an Rose denken.« Liam küsste ihr Haar. »Du hattest gute Gründe, in deinem Versteck zu bleiben.«

»Maeve liebt Sie«, sagte Patrick. »Es muss ein gutes Gefühl für sie gewesen sein, Ihnen bei der Flucht helfen zu können. Sie hätte nicht gewollt, dass Sie ihretwegen zurückkehren und das Unheil geradezu herausfordern.«

»Patrick hat mir erzählt, dass sie immer das Brillenetui bei sich trägt, das du für sie gestickt hast«, sagte Marisa.

»Ich habe sie zum Nanouk-Ehrenmitglied ernannt«, sagte Lily schniefend.

»Die Nanouks stehen hinter dir. Egal, wohin es dich verschlägt und wie du entscheidest. Das weißt du hoffentlich …«

»Ja, das weiß ich.« Lily strich ihr über die Wange. »Und das gilt auch für dich. Die Nanouks haben mir das Leben gerettet, als ich hierherkam.«

»Und du hast meins gerettet«, erwiderte Marisa.

»Wie soll es nun weitergehen?«, fragte Patrick.

»Ich könnte hinfahren«, sagte Lily. »Edward müsste nicht zwangsläufig davon erfahren.«

»Oder wir legen es darauf an, dass er Wind davon bekommt«, meinte Patrick. »Damit wir Ihnen helfen können, gegen ihn vorzugehen.«

»Er würde herausfinden, dass es Rose gibt«, flüsterte Lily; bei dem Gedanken gefror ihr das Blut in den Adern.

Sie wusste, bei einer Rückkehr nach Connecticut musste sie sich mit der unerbittlichen Wahrheit über den Mann auseinandersetzen, den sie verlassen hatte. Er war der Vater ihrer Tochter. Sie hatte ihn lange gefürchtet, doch nun wusste sie, dass es Gefühle gab, die stärker waren als die Angst.

»Maeve braucht Sie«, gab Patrick zu bedenken.

»Du musst zu ihr«, drängte Liam.

»O Gott«, flüsterte Lily. Sie umklammerte seine Hand und sah ihm tief in die Augen. Sie spiegelten den Ernst und die Trauer wider, die sie selbst empfand. Roses Herz heilte, während ihr eigenes brach. Was wäre, wenn ihre Großmutter in Zukunft Pflege brauchte? Lily würde bei ihr bleiben und sich um sie kümmern. Sie hatte viel wiedergutzumachen: die vielen verlorenen Jahre, die verpassten Geburtstage und Feiertage. Maeve hatte Rose nie kennengelernt. Sie war nicht nur eine wunderbare Großmutter für Lily gewesen, sondern hätte auch für Roses Leben eine unendliche Bereicherung dargestellt. Edwards wegen hatten sie aufeinander verzichten müssen.

»Liam.« Sie sah ihm in die Augen. Sie hatten sich gerade erst gefunden, wie konnte sie ihn da verlassen? »Ich kann nicht von dir fortgehen.«

»Nanny weist dir den Weg dorthin, das weißt du doch, oder?«

»Was soll das heißen?«

Er nahm ihre Hand, führte sie zum Computer und deutete auf die zuletzt geortete Position von MM122: Sie befand sich im Sund von Long Island, direkt vor der Landspitze von Hubbard's Point. Für Lily war diese Neuigkeit unfassbar – sie schien ein weiteres Wunder zu bestätigen. Wie konnte sie daran zweifeln?

»Sie weist dir den Weg nach Hause«, sagte Liam.

»Mein Zuhause ist hier.«

»Lily. Ich weiß, dass du Angst hast. Aber findest du es nicht erstaunlich, dass ein Beluga die weite Strecke an der Ostküste entlang nach Süden zurücklegt, bis Hubbard's Point?«

»Ist das wirklich möglich?« Lilys Kehle war wie zugeschnürt.

»Es ist so, wirklich und wahrhaftig. Dafür gibt es Beweise, hieb- und stichfeste und reale.«

Lily schloss die Augen. Als sie sie wieder öffnete, fiel ihr Blick auf das Foto, das über Liams Schreibtisch hing: Tecumseh Neill, der Patriarch der Familie, der neben seinem Walfangschiff, der *Pinnacle,* posierte. Daneben befand sich die Kopie eines Briefes an seine Frau, die zu Hause auf Cape Hawk wartete:

»Ich bin einem einzelnen Wal gefolgt«, stand dort in einer gestochenen, eleganten Handschrift. »Einem Weibchen. Sie lockt uns an mit ihrem Gesang, des Nachts, wenn kein Laut zu vernehmen ist außer dem Wind in der Takelage, der ihr antwortet. Als sie in der Morgendämmerung die Oberfläche des Wassers durchbrach, war ihre Färbung rot wie Blut – ein Anblick, der Furcht in jedes Herz senkte und dennoch jeden Mann an Bord mit scheuer Ehrfurcht vor der Schöpfung erfüllte! Ich muss ihr folgen, Liebste, doch ich gab dir das Versprechen, heimzukehren, und ich werde es halten …«

»Liam.« Lily drehte sich um und sah ihm in die Augen. »Würdest du uns nach Connecticut begleiten? Du hast Rose etwas versprochen …«

»Dir auch.«

»Ist das ein Ja?« Lily schlug das Herz bis zum Hals. Pulsierend bestimmte es den Rhythmus des Lebens. Es sorgte dafür, dass Blut, Sauerstoff und jene andere lebenswichtige Essenz im Körper miteinander verschmolzen. Rose saß auf der Sonnenterrasse und las. Liam nahm ihre Hand.

Die Fenster hinter ihm waren weit geöffnet. Von hier oben, auf dem Gipfel des Hügels, konnte der Blick in unendliche Ferne schweifen – zumindest beinahe. Weit draußen, im Golf von St. Lawrence, sah sie spielende Wale. Sie durchbrachen die Oberfläche, stiegen aus dem blauen Wasser empor wie silberne Raketen, tauchten mit überschwenglichen, himmelhohen Fontänen wieder ein. Der Tag versprach herrlich zu werden.

Danksagung

Ein Dankeschön an Irwin Applebaum, Nita Taublib, Tracy Devine, Betsy Hulsebosch, Cynthia Lasky, Barb Burg, Susan Corcoran, Carolyn Schwartz, Jim Plumeri, Kerri Buckley und alle von Bantam Dell, die den Sommer mit mir verbracht haben. Danke an Mia und das BDG, Sarah Walker, Paula Berger, Kim Dorfman und Mika und Alek Glogowski sowie an alle, die an den Soundhound Sessions teilgenommen haben: Jeff Berman, Tom Spackman, Frank Cabanach, James von Buelow, Melissa Lord, Teresa Wakabayashi, Lori McCarthy, Melissa Rivera, Michelle Levy. Danke an alle meine Freunde, die ich in Phoenix besucht habe: Jocelyn Schmidt, Mary McGrath, George Fisher, Lane Rider, Phil Canterbury, Greg Bresson und Steve Maddock.

Wege im Sand

Für Rosemary Goettsche
Maureen Onorato
und Suzi Chapman
in Liebe

Danksagung

Sandburgen und Meerglas für Debbie Buell und Maggie Henry, Karen Covert, Laurette Laramie, Kathleen Stingle, Sue Detombeur, Susan Ravens, Marilyn Gittell, Amy und Mary Gitell-Gallagher, Andrea, Alex und Jesse Cirillo, Meg Ruley und Alexandra Merill-Lovett, Sam Whitney und meine liebe Patentochter Sadie Whitney-Havlicak.

In Liebe und Dankbarkeit für Irwyn Applebaum, Nita Taublib und Tracy Devine – für ihre Ermutigungen und ihre Freundlichkeit, und dafür, dass sie so wunderbare Freunde und Verleger sind.

Vielen Dank an Mark Lonergan und Dore Dedrick, für die Musik und dass sie mich mit der leibhaftigen Tilly bekannt gemacht haben.

In großer Dankbarkeit der Sea Education Association (SEA) von Woods Hole, MA. Vor vielen Jahren habe ich ein Semester an Bord der *R/V Westward* verbracht, einem hundert Fuß langem Schoner. Wir segelten in der karibischen See, auf den Spuren der Buckelwale. Während wir mithilfe von Karten, Instrumenten und den Sternen navigierten, lernten wir mit dem Sextanten umzugehen und uns an der Sonne zu orientieren. Wir ließen Mikrofone ins Wasser, lauschten den Walgesängen und versuchten sie zu analysierten; wir erforschten das Meer mit

Ozeanografen und Netzen und nahmen Sedimentproben. Weihnachten verbrachten wir auf der Silver Bank und besuchten die Strände von Grand Turk, St. Bart's und Mona Island. Zwischen meiner Segelkameradin Amy Gittell und mir entstand eine lebenslange Freundschaft. Die SEA fördert Studenten und ihre Liebe zum Ozean; sie ist eine wundervolle Organisation.

Mein besonderer Dank gilt Karen, Joshua und Elijah Stone; Jolaine Johnson; und Pam Paikin und Ed Parker für ihre Freundschaft und Unterstützung.

Mia O. und das BDG sind großartig.

In Liebe und mit Stranderinnerungen für Bill, Peg, Lindsay und Katie Decker; Carmen, Stacy und Stephanie Decker; Rick und Courtney Decker; Laura, Kevin, Stephen und Jenny Boyle; Rita Decker, Thomas Decker Sisco und Michael Decker Sisco; Kathy, Michael und Julie LeDonne; Kevin, Annette und Christopher Brielmann; Peter, Joanne, Kara und Alex Brielmann; Harry Jr., Shirley Louise-May, Isabelle, Gabriel und Rose Brielmann.

Um nur einige der Beachboys zu nennen: William Twigg Crawford, Paul James, Gene Reid, Martin Ruf, Tom Murtha, David Ryder, Jeff Woods, Scott Phelps und in Gedenken an Dennis Shortell.

Prolog

Juni 1976

Die drei Freundinnen hatten ihre Handtücher nebeneinander auf dem weißen Sand unweit des Ufers unter einem azurblauen Himmel ausgebreitet. Der Strand war heiß unter ihren Rücken, doch eine frische Brise wehte vom Sund herüber und sorgte für Kühlung. Die kleinen Wellen züngelten immer höher, reichten bis knapp an ihre Füße. Die Flut nahte, und den Mädchen war klar, dass sie ihre Handtücher anderswo ausbreiten mussten, damit sie nicht nass wurden – doch ebendieser Augenblick, an einem späten Vormittag im Juni, war für die drei Sechzehnjährigen zu vollkommen, um ihn durch solche Aktionen zu beeinträchtigen.

Stevie war bewusst, wie schnell sich die Dinge ändern konnten; sie hatte die Lektion des Verlustes in frühester Kindheit gelernt. Als angehende Malerin, der das Talent in die Wiege gelegt worden war, hatte sie begriffen, dass man die Zeit nicht anzuhalten vermochte – jeder Augenblick brachte etwas Neues. Der Wind drehte, ein Schatten huschte über die Sonne, oder das Licht änderte sich und verwandelte die Farbe des Wassers von Dunkelblau in Grün. Kaum hatte man etwas auch nur einen Moment aus den Augen verloren, war alles anders. Menschen, von denen man glaubte, sie würden ein Leben lang da sein, waren mit einem Mal verschwunden. Sie hatte entdeckt, dass Malen die einzige Möglichkeit war, etwas zu bewahren.

Madeleine waren solche Gedanken fremd. Sie war die kleine Schwester des beliebtesten Jungen in der ganzen

Schule. In seinem Schlepptau hatte sie sich stets beschützt, erwünscht und bei allen Unternehmungen willkommen gefühlt. Er bewahrte sie vor Situationen, an die sie selbst nicht einmal gedacht hätte – bis es zu spät war, sich deswegen den Kopf zu zerbrechen, weil die Gefahr vorüber oder das Problem gelöst war. Maddie genoss die warme Sonne und den blauen Himmel, in dem Bewusstsein, dass der Sommer nur einem Zweck diente – sich mit ihren Freundinnen am Strand zu vergnügen. Und wenn sich dieser Tag dem Ende zu neigte … würde der nächste unmittelbar danach folgen.

Emma gähnte und dehnte sich, die Beine gestreckt, den rechten Fuß dem Wasser so weit wie möglich entgegengewölbt. Sie liebte das Gefühl der Gischt an ihren Waden, die mit jeder Welle stärker wurde. Sonnenbaden konnte ziemlich eintönig sein. Der Gedanke, dass die Flut kam, und die Kraft der immer stärker werdenden Brandung erregten sie. Das Meer glich einem fantastischen Liebhaber – zumindest hoffte sie, dass es sich so ähnlich anfühlen würde, wenn es so weit war. Wann immer sie in den Ozean eintauchte, wurde sie von ihm umfangen. Er war verführerisch, schwer fassbar, veränderte sich ständig … es war für Emma wie ein Rausch – er zeigte ihr, dass sie lebendig war.

»Also?«, fragte Emma, mit geschlossenen Augen, auf dem Rücken liegend. Ihre Freundinnen blieben zunächst stumm – sie hätte glauben können, ganz alleine am Strand zu sein, wenn sie es nicht besser gewusst hätte.

»Ich habe keine Lust aufzustehen«, murmelte Madeleine, die zwischen den beiden anderen lag. »Es fühlt sich so wunderbar an. Die Sonne ist perfekt.«

»Stevie – du bist so still da drüben«, sagte Emma über Maddie hinweg. »Gehst du mit mir schwimmen?«

»Nur wenn wir uns an den Händen halten«, erwiderte Stevie. Emma lächelte verstohlen. Stevie liebte Nähe.
Maddie kicherte. »Die Leute werden uns für sonderbar halten.«
»Sind wir ja auch – oder ich zumindest«, entgegnete Stevie.
Emma wartete vergeblich darauf, dass Stevie lachte. Dass sie selten lachte, stimmte Emma allemal traurig, und solche Gefühle waren ihr zuwider. Ihre Eltern missbilligten jede Form von Trübsinn – sie legten Wert darauf, dass alles fröhlich und reizvoll war, und Emma ebenfalls. Sie tat nahezu alles, um sich nicht mit sich selbst beschäftigen zu müssen, was Stevies Bestimmung im Leben zu sein schien; Emma hatte mehrere wirksame Möglichkeiten gefunden, betrübliche oder ärgerliche Dinge zu verdrängen, wozu Jungen, Einkaufsbummel oder ihre beiden Freundinnen gehörten. Sie packte Maddies Hand und zog sie hoch.
Sie bildeten eine Kette – Emma, Madeleine und Stevie. Einander an den Händen haltend, blickten sie auf die gleißende Bucht. Das Granitfelsenriff von Hubbard's Point erstreckte sich in den Sund hinein, bildete eine weitläufige Kurve, welche die weiße sichelförmige Bucht vor den Meereswellen schützte. Die Schreie der Möwen drangen von den Nistplätzen auf der Felseninsel herüber; Emma wusste, dass Stevie bei Morgengrauen hinausruderte, um Skizzen von den Vogeljungen zu machen, die darauf warteten, von ihren Müttern gefüttert zu werden.
Der Gedanke ließ Emma erschauern, wenngleich nur leicht. Seit frühester Kindheit war sie Stevies allerbeste Freundin. Maddie war später dazugestoßen, aber sie hatte hundertprozentig zu ihnen gepasst und den Kreis vervollständigt. Emma galt in diesem Trio als die Kesse. Maddie war die Unbeschwerte. Und Stevie die Sensible.
Was Stevie nicht wusste – von Maddie ganz zu schweigen –,

war, dass Emma für die beiden durchs Feuer gegangen wäre. Sie war kess, witzig, herrschsüchtig, hübsch, verrückt nach Jungen; sie besaß all die sorglosen Eigenschaften, mit denen ihre Freundinnen sie oft aufzogen. Obwohl sie die Kreiszeremonie ins Leben gerufen hatte, um den Bund zwischen ihnen zu besiegeln, glaubten die beiden anderen, dass sie ihm nur wenig Gewicht beimaß: dass es sich um eine lose Sommerfreundschaft handelte, die Emma Jahr für Jahr als gegeben hinnahm. In Wirklichkeit waren Stevie und Maddie Sonne, Mond und Sterne für sie; wozu brauchte sie als Leitbild die Sterne, wenn sie die Beachgirls hatte?

»Ich dachte, wir wollten ins Wasser.« Maddie zog ihre Freundinnen an den Händen.

»Ich wünschte, ich wünschte …«, begann Stevie, die Augen fest geschlossen.

Emma hielt den Atem an, wartete darauf, dass Stevie fortfuhr. Stevie sah den Strand in ganz anderem Licht als alle anderen Leute. Sie ließ sich von ihm inspirieren – sie nahm das Licht, den Wind, die Schreie der Vögel und die Sterne in sich auf und schickte sie wieder in die Welt hinaus, auf dem Papier ihrer Bilder und Zeichnungen.

Emma beugte sich vor, um an Maddie vorbeizuspähen, und spürte, wie das Wasser ihre Knöchel umspielte. Als sie Stevies ausgeprägte Gesichtszüge betrachtete – blass wegen des Sonnenschutzmittels, das sie immer auftrug, fein und wie gemeißelt, eingerahmt von einem geraden Pony und kurz geschnittenen schwarzen Haaren –, verspürte sie tief in ihrem Inneren einen Stich.

»Was, Stevie? Was wünschst du dir?«, hakte Maddie nach.

Emmas Herz war schwer. Natürlich würde Stevie wieder eine verblüffende, völlig unerwartete Antwort geben. Das tat sie immer. Sie war sehr eigenwillig, ruderte noch vor Sonnenaufgang zu den Vogelinseln hinaus, fuhr abends mit dem Rad in die Marsch, um dem Ziegenmelker zu lauschen, oder war einen ganzen Tag lang spurlos verschwunden, und wenn Emma und Maddie – ihre Beachgirl-Kumpane – an ihre Tür klopften, eröffnete ihr Vater ihnen, dass sie auf dem Friedhof war, um die Blumen auf dem Grab ihrer Mutter zu zeichnen.

Und wenn Stevie wieder aus der Versenkung auftauchte, pflegte sie Geschichten über ihren Verbleib zu erzählen. Sie war ein Mensch voller Widersprüche – eine eingefleischte Einzelgängerin, aber mit einem starken Bedürfnis nach Nähe zu den Menschen, die sie am meisten liebte.

Sie erzählte – in solchen detaillierten Einzelheiten, dass Emma und Maddie das Gefühl hatten, dabei gewesen zu sein – von den Cottages, an denen sie mit ihrem Rad vorübergefahren war, ausgebleicht vom Salz und mit bonbonfarbenen Fensterläden, auf dem Weg zu dem kleinen Friedhof, der sich zwischen die vom Wind geformten Zedern und Eichen schmiegte; von den scharlachroten Klettertrompeten, die sich am Sockel des Engels über dem Grab emporrankten, in dem ihre heiß geliebte Mutter ihre letzte Ruhe gefunden hatte …

Wie die roten Blüten die Kolibris anzogen, winzige Vögel mit smaragdgrünem Gefieder, die Stevie über alles liebte, weil sie ihrer Mutter Gesellschaft leisteten.

Solche Dinge fielen Stevie ein – aus heiterem Himmel! Die Geschichte entfaltete sich ganz allmählich, wobei Stevies Worte ebenso einprägsame Bilder heraufbeschworen wie ihre Zeichnungen – beinahe wie die von Emma geliebten, hübsch illustrierten Kinderbücher, mit denen sie aufgewachsen war. »Du wirst noch mal berühmt werden«, hatte Emma prophezeit. »Vergiss Maddie und mich nicht, wenn du jede Menge Bücher geschrieben hast, okay?«

»Nie im Leben«, versprach Stevie.
Emma bewunderte Stevie wegen ihrer Begabung, aber sie war auch – sie gab es nur ungern zu – ein wenig neidisch. Wie mochte es sein, die Welt mit Stevies Augen zu sehen? Die Natur und die Menschen so aufrichtig zu lieben, dass ihr nie einfallen würde, eine Gegenleistung von ihnen zu erwarten. Emma wusste, dass Stevie schrecklich verletzlich war – sie hatte nah am Wasser gebaut.
Vermutlich war das die Kehrseite der Medaille, dachte Emma – wenn jemand so kreativ und empfindsam war wie Stevie, musste man sein Herz weit öffnen und alles an sich heranlassen. Manchmal kam ihr Stevie wie Schneeweißchen vor, und sie selbst war Rosenrot … und Madeleine war die nette, normale, unbeschwerte Freundin mit einem wirklich heißen Typen als Bruder.
»Sag schon, *was* wünschst du dir?«, fragte Emma nun.
»Nur dass dieser Augenblick ewig währen möge«, erwiderte Stevie.
Kaum zu glauben, nach dem ganzen Hin und Her etwas so Einfaches. Emma seufzte erleichtert auf. Sie hatte damit gerechnet, dass Stevie etwas Tiefgründiges über Vögel und Menschen, Sommer und Liebe, Freunde und den Weg durchs Leben zum Besten gab. Zu ihrer Überraschung war es Madeleine, die philosophisch wurde.
»Das ist ein historischer Augenblick«, sagte Maddie. »Unsere Verfassung besteht seit zweihundert Jahren. Wir sind Teil der Geschichte.«
»Und wir sind sechzehn und sind bereit, geküsst zu werden … geküsst, geküsst und nochmals geküsst.«
»Die Beachgirls von 1976«, sagte Stevie.
»Schreib ein Buch über unseren Sommer«, schlug Maddie vor. »Es wird mit Sicherheit ein Klassiker und die Leute wer-

den es ihren Sprösslingen noch in den nächsten zweihundert Jahren vorlesen, genau wie wir unseren eigenen Kindern.«

Emma erschauerte bei diesen Worten – der Gedanke, dass Stevie Bücher schreiben und berühmt werden könnte, behagte ihr nicht. Dann würde sie sich überrundet und zweitrangig fühlen.

»Kommt, worauf wartet wir noch?«, sagte Emma, nur um das Thema zu wechseln.

Die Hände verschränkt, liefen die drei ins Wasser, alle zugleich, ohne innezuhalten oder vor der Kälte zurückzuzucken. Sie hielten einander fest, als sie mit einem Kopfsprung in die sich überschlagende silberne Welle eintauchten. Als sie wieder an die Oberfläche kamen, um Luft zu holen, bildeten sie einen Kreis – genau wie denjenigen, den Emma in den Sand gezeichnet hatte. Mit kräftigen Beinen traten sie Wasser, ließen sich treiben.

Wieder einmal hatte das Meer ganze Arbeit geleistet – auf rätselhafte Weise war es ihm gelungen, unliebsame Gefühle hinwegzuspülen und alles wieder ins Lot zu bringen. Emma nahm einen Mund voll Salzwasser, spie es aus. Gefühle kamen und gingen, aber diese beiden Mädchen waren ihre allerbesten Freundinnen, die sie liebte und immer lieben würde.

»Was unternehmen wir heute Abend?«, fragte Madeleine.

»Zuschauen, wie der Mond aufgeht«, antwortete Stevie.

»Ins Strandkino gehen, sehen, wer sich dort rumtreibt. Also: Seid auf der Hut, Jungs …«

»Vielleicht können wir beides haben«, antwortete Madeleine lachend. »Den Mond *und* das Kino.«

»Das ist ganz in meinem Sinn.« Emma sah, wie Stevie schweigend zum Himmel emporblickte. Die Wellen brandeten gegen den sichelförmigen Strand. Der Halbmond vom Vor-

abend war noch sichtbar, ein weißer Schatten, der das perfekte Blau des Himmels verunzierte. Emma schauderte und wandte dem Mond den Rücken zu, konzentrierte sich auf den strahlend blauen Himmel, der sich über ihren Köpfen wölbte, alle Strände und alle Beachgirls umfangend.
Der Sommer hatte gerade erst begonnen.

Erster Teil

1. Kapitel

Juni 2003

Die Freundin ihrer Mutter wohnte in einem blauen Haus, doch das war alles, was Nell Kilvert wusste. Deshalb hatte sie vom ersten Augenblick ihrer Sommerferien an, als sie mit ihrem Vater am Strand eingetroffen war, die Augen offen gehalten in der Hoffnung, ein blaues Haus zu entdecken. Auf ihre Frage hin, wo es sein könnte, hatte ihr Vater erklärt, er könne sich nach so vielen Jahren nur an eines genau erinnern: dass er sich auf der hölzernen Strandpromenade von Hubbard's Point in ihre Mutter verliebt habe.

Einmal Beachgirl, immer Beachgirl … Nell waren die Geschichten ihrer Mutter von Hubbard's Point, wo sie während ihrer Kindheit die Sommermonate verbracht hatte, noch immer gegenwärtig. Sie hatte erzählt, dass Tante Madeleine und ihre beste Freundin – wie lautete ihr Name? – und sie am glücklichsten waren, wenn sie die Füße im Salzwasser hatten. Und dass sie durch den blauen Sommerhimmel, die kräftigen Winde, unverhofften Stürme und den heißen Sand am Strand unter ihren bloßen Füßen für immer miteinander verbunden sein würden, ungeachtet dessen, wo sie sich gerade befanden oder wohin das Leben sie verschlagen hatte.

Der heiße Sand am Strand …

Nell spürte ihn jetzt, er versengte ihre zarten Fußsohlen. »Autsch, autsch«, sagte sie laut.

Ein Mädchen, ungefähr neun – also im gleichen Alter –, blickte von ihrem Strandhandtuch auf. »Komm, stell dich hierher«, sagte sie und rückte zur Seite, um Nell eine Zuflucht vor dem heißen Sand zu bieten.

»Danke.« Nell stellte sich an den Rand des Handtuchs.

»Wohnst du hier?«, fragte das Mädchen.

»Wir haben ein Ferienhaus gemietet. Mein Vater und ich.«

»Prima. Wie heißt du?«

»Nell Kilvert. Und du?«

»Peggy McCabe. Ich lebe hier. Das ganze Jahr.«

»Aha.« Nell fand es merkwürdig, auf einer Ecke des Handtuchs zu stehen, das einem fremden rothaarigen Mädchen gehörte, und dachte, wie toll es wäre, das ganze Jahr am Strand zu leben. Dann weiteten sich ihre Augen, als ihr klar wurde, dass sie eine Besucherin von Hubbard's Point vor sich hatte. »Kennst du irgendwelche blauen Häuser hier in der Gegend?«

Peggy sah verdutzt aus. »Also – nur das da drüben.« Sie zeigte darauf.

Nell blickte hinüber. Am Ende des Strandes wuchs hohes Gras, so dass der Sand liegen blieb und nicht durch Stürme abgetragen werden konnte. Ein großes blaues Haus schmiegte sich an eine niedrige Düne – Nell hatte es für einen Strandclub gehalten, doch ihr Vater hatte gesagt, es gehöre einer Familie, die sich glücklich schätzen dürfe. Es sei auf Pfählen errichtet, um es vor der Flut zu schützen, und in jungen Jahren sei er mit ihrer Mutter darunter geschlichen, um sich zu küssen. *Gehörte es Moms Freundin?*, hatte Nell aufgeregt gefragt. *Nein, wir kannten die Besitzer nicht*, hatte ihr Vater erwidert.

»Es muss noch ein anderes blaues Haus geben«, sagte Nell nun zu Peggy.

»Oh.« Peggys Gesichtsausdruck war mit einem Mal sonderbar. »Das Haus der Hexe.«

»Hexe?«

Peggy nickte, rutschte auf ihrem gestreiften Handtuch noch ein Stück zur Seite, eine stillschweigende Aufforderung an Nell, Platz zu nehmen. Sie deutete auf das andere Ende des sichelförmigen weißen Sandes und der glitzernden Bucht auf ein Haus, das sich auf der Landspitze befand, verborgen in den filigranen blauen Schatten von Eichen und Tannen. Nell spähte hinüber, ihre Augen mit den Händen vor der Sonne abschirmend. »Das Haus sieht weiß für mich aus.«

»Ist es jetzt auch. Aber früher war es blau. Als ich klein war. Ich erinnere mich genau:

›*Blaues Haus, Herz aus Stein,*
kommst du in meinen Garten hinein,
wirst auch du eine Hexe sein …‹

Das hat meine Schwester Annie immer gesungen.«

Nell starrte zu dem Haus hinauf. Sie war skeptisch: Die Freundin ihrer Mutter konnte keine Hexe sein. Andererseits hatte sie so gut wie jedes andere Cottage in Hubbard's Point von ihrer Liste streichen müssen. Ihr Vater und sie hatten mit dem Fahrrad sämtliche Straßen abgeklappert. Danach war sie zu den beiden einzigen blauen Cottages zurückgekehrt, die sie entdeckt hatte, um die Bewohner zu fragen, ob sie sich an ihre Mutter erinnerten, an Emma Kilvert. Beide Male lautete die Antwort Nein.

»Warum ist sie eine Hexe?«, erkundigte sich Nell.

»Weil man sie nie zu Gesicht bekommt«, sagte Peggy. »Sie lebt während der Wintermonate in New York, und wenn sie hier ist, hält sie sich bis nach Einbruch der Dunkelheit in ihrem Garten auf. Sie spricht mit Eulen. Sie schreibt Kinderbücher über alle möglichen Vögel. Ein Buch ist sogar verfilmt worden. Leute, die keine Ahnung haben, wie sonderbar sie ist, kommen von überall her an den Strand in der Hoffnung, sie zu sehen – aber sie macht nicht einmal die Tür auf, wenn es klingelt! Und jeden Morgen, bevor die Sonne aufgeht, wandert sie mutterseelenallein am Strand entlang, hält Ausschau nach Küstenvögeln und ihrem verlorenen Diamantring.«

»Diamantring?«

»Ja. Sie ist geschieden. Sie war schon viele Male verheiratet. Kinder hat sie keine, obwohl sie Kinderbücher schreibt. Sie hat die Verlobungsringe gesammelt und trägt sie an sämtlichen Fingern. Aber den Ring mit dem größten Stein hat sie beim Schwimmen verloren, während eines Sturms, und sie muss ihn wiederfinden. Er ist *Tausende* wert. Sie verhängt einen Fluch über die Männer, die ihren Weg kreuzen! Und über die Kinder, die verbotenerweise ihren Garten betreten. Sie lesen ihre Bücher, aber sie jagt sie davon. Du solltest das Schild sehen, das sie neben der Treppe aufgestellt hat …«

Nell runzelte die Stirn, schlang die Arme um ihre Knie und machte sich klein. Es gefiel ihr nicht, was sie über diese Frau zu hören bekam. Vielleicht war es ein Fehler, sie kennen lernen zu wollen … Doch dann dachte sie an ihren Vater und Francesca, seine neue Freundin, und an die sanften blauen Augen ihrer Mutter mit den zarten Sonnenfältchen rund um die Augenwinkel, und wie sie von ihrer Freundin zu erzählen pflegte, und dann war Nell, als hätte sie ein Loch im Bauch.

Einmal Beachgirl, immer Beachgirl …

Allein bei dem Gedanken an diese alte Redewendung wurde das Zittern schlimmer und das Loch größer; mit einem Mal vermisste sie ihre Mutter so sehr, dass sie fürchtete, gleich hier am Strand vom Kummer zermalmt zu werden. Sie blickte zu dem Haus auf dem Hügel empor, die Knie noch enger an den Körper gepresst.

War die Freundin ihrer Mutter eine Bücher schreibende Hexe? Nichts schien mehr unmöglich zu sein. Verglichen mit den anderen Dingen, die sich in Nells Leben zugetragen hatten, war dieser Gedanke nicht besonders abwegig oder Grauen erregend. Sie bedankte sich bei Peggy für die Auskunft und marschierte los, um einen Weg zu suchen, der den Hügel hinauf zu dem Ehemals-Blauen-Haus führte.

Die Tennisplätze von Hubbard's Point hatten sich seit Jack Kilverts Jugendzeit gewaltig verändert. Sie waren nach reiflicher Überlegung Strand und Marsch hinzugefügt worden und neigten sich sanft dem Sandparkplatz zu, ihr Belag bestand damals aus einer rissigen Teerdecke, bei heftigem Unwetter standen sie unter Wasser. Nun besaßen sie einen grünen Kunstrasen, sorgfältig eingefasst, ausgerollt und gepflegt – und die Leute mussten sich anmelden, wenn sie ihn benutzen wollten.

»Dreißig beide!«, rief Francesca von der anderen Seite des Netzes.

Jack konzentrierte sich, als sie sich für den Aufschlag rüstete. Ihr Haar war honigbraun, zurückgehalten von einem breiten weißen Band, das ihre Bräune besonders gut zur Geltung brachte. Abgesehen von der Sanduhr-Silhouette, war sie schmal wie ein Weidenbaum, hatte endlos lange Beine und erregte Aufsehen, wie Jack feststellen musste, obwohl er sich bemühte, seine Aufmerksamkeit auf das Spiel zu richten. Zwei Zigarre rauchende Männer, die Liegestühle und Schwimmkissen trugen, hatten auf ihrem Weg die Phelps Road entlang Halt gemacht, um ihren Aufschlag in Augenschein zu nehmen. Oder ihre Beine.

Sie schlug auf, er spielte den Ball zurück, und sie sprang mit einem Satz über das Netz, direkt in seine Arme.
»Du hast gewonnen, du Mistkerl.« Sie küsste ihn auf die Lippen.
»Müsste *ich* da nicht übers Netz springen?«
»Sei doch nicht so pingelig. Vielleicht konnte ich es einfach nicht mehr erwarten, deinen muskulösen, verschwitzten Körper in den Armen zu halten – hast du daran mal gedacht?«
Jack lachte, als sie ihn abermals küsste. Sie fühlte sich knochig und hart in seinen Armen an. Eine Erinnerung, die sich an seinem Verstand vorbeigeschmuggelt hatte und ausschließlich in seinem Herzen existierte, bemächtigte sich seiner: wie er genau an der gleichen Stelle vor fünfundzwanzig Jahren Emma in den Armen gehalten hatte. Francesca war wie ein jüngeres Zerrbild seiner Frau. Jack überschlug, wie alt sie damals gewesen war, und sein Kopf schmerzte.
»Komm, lass uns einen Sprung ins Meer machen«, schlug Francesca vor.
»Ich möchte nach Hause und schauen, was Nell treibt.«
»Sie hat mir gesagt, dass sie zum Strand wolle. Als sie meinen Wagen vor dem Haus vorfahren sah, kam sie herausgeschossen, noch bevor ich aussteigen konnte. Wahrscheinlich hätte sie gerne einen Blick in meinen Kofferraum geworfen, um sich zu vergewissern, dass ich nicht beabsichtige, über Nacht zu bleiben, und kein Handgepäck dabei habe. Ehrlich, sie führt sich auf wie ein Grenzposten auf Patrouille.«
»Ach wo, sie wollte dich nur begrüßen.«
Francesca schnaubte durch ihre hübsche, perfekt geformte Nase. »Mitnichten. Meine Eltern ließen sich scheiden, und als mein Vater Frauen nach Hause brachte, habe ich ihnen

das Leben zur Hölle gemacht. Das ist die Strafe – und glaube mir, ich habe sie verdient. Trotzdem, zerbrich dir deswegen nicht den Kopf. Ich lasse mich nicht so leicht abschrecken und respektiere ihr Bedürfnis, die Fronten abzustecken, vollkommen. Ich werde sie schon noch auf meine Seite bringen – du wirst sehen.«

Jack schwieg, um ihr keine falschen Hoffnungen zu machen.

»Übrigens … wenn sie am Strand ist, bedeutet das, du hast sturmfreie Bude.« Francesca drückte seine Hand. »Ich weiß schon, du willst kein Risiko eingehen, dass sie uns überrascht, aber könnten wir nicht wenigstens auf der Couch sitzen und Händchen halten?«

»Während wir unsere Pläne hinsichtlich der Nordsee vor den Britischen Inseln erörtern …« Sie lachten beide; Jack zog seine Hand zurück, als sie aufbrachen, und dachte, *wirklich romantisch, du Idiot.* Er war achtundvierzig, überarbeitet und völlig überwältigt und verwirrt angesichts der seltsamen Winkelzüge des Lebens. Sie war neunundzwanzig und gefährlich schön.

Vor sechs Monaten hatte sich Jack in die Bostoner Niederlassung einer Konstruktionsfirma versetzen lassen, deren Hauptsitz sich in Atlanta befand. Seither arbeitete Francesca in seiner Abteilung, und vorher waren sie seit mehreren Jahren Kollegen gewesen. Sie spielten oft gemischte Doppel mit anderen Firmenangehörigen. Er bewunderte ihren Aufschlag, ihren messerscharfen Verstand, ihre brillante technische Begabung, ihren ausgeprägten Sinn für Humor.

Merkte sie, dass er darauf bedacht war, Abstand zu halten, damit die Leute gar nicht erst auf die Idee kamen, sie für ein Paar zu halten? Aber wen interessierte das schon? Wer würde sich überhaupt an ihn erinnern? Emma hatte in ihrer

Kindheit und Jugend ungefähr fünfzehn Sommer hier verbracht, bevor ihre Familie nach Chicago gezogen war. Jacks Familie hatte drei Jahre hintereinander während der Sommermonate ein Ferienhaus in Hubbard's Point gemietet; Emma war vier Jahre jünger als er gewesen – genauso alt wie seine Schwester. Sie hatten sich auf der Strandpromenade kennen gelernt, in einer sternenklaren Julinacht, und damit war ihr Schicksal besiegelt. Auf der Suche nach einem Ort, an dem er mit Nell die Ferien verbringen konnte, hatte er Hubbard's Point den Vorzug vor Martha's Vineyard, Nantucket, dem Cape oder den Inseln in Maine gegeben … nicht so sehr weil er ihr zeigen wollte, wo sich ihre Eltern zum ersten Mal begegnet waren, sondern weil ihn unerklärliche Kräfte hierher gezogen hatten.

»Wenn deine Tochter nicht zu Hause ist, kann ich nicht versprechen, dass ich mich anständig benehme …«, flüsterte Francesca und schloss beim Gehen die Lücke zwischen ihnen.

Jacks Gesicht verzog sich zu einem Grinsen, wie er in den Muskeln um die Mundpartie spürte, aber es schlug sich nirgendwo sonst nieder. Das Lächeln war nur aufgesetzt, nicht tief in seinem Inneren empfunden. Das war der größte Fluch, der mit Emmas Verlust einherging. Er war abgestumpft bis ins Mark, als hätte der Winter für den Rest seines Lebens Einzug gehalten. Ein Hüne von einem Mann, fast einen Meter neunzig groß, Hochleistungssportler, seit er einen Ball werfen konnte, und er fühlte nicht das Geringste. Seine Mannschaftskameraden im Basketballteam ahnten nichts davon, seine Tennispartner hatten keinen blassen Schimmer, und die Frauen, mit denen er ausging, wären nie auf die Idee gekommen; sogar Madeleine, seine eigene Schwester, tappte im Dunkeln.

Nell war die Einzige, die Bescheid wusste, und der Gedanke daran war ihm ein Gräuel.

Die Straße zur Landzunge schlängelte sich vom Strand bergauf, an den Tennisplätzen vorbei. Nell spähte rasch hinüber, gerade rechtzeitig, um zu entdecken, wie sich ihr Vater und Francesca am Netz küssten; sie waren zu beschäftigt, um hochzublicken und sie zu bemerken. Mit anschauen zu müssen, wie ihr Vater Francesca küsste, versetzte ihr einen Stich, als würde ihr jemand einen Dolch ins Herz stoßen, und trieb sie zu größerer Eile, um zu dem Ehemals-blauen-Haus zu gelangen. Sie stapfte den Hügel hinauf, wandte sich auf der Kuppe nach rechts.

Hier auf dem Point waren die Schatten sanft und dunkel. Nell verlangsamte den Schritt, betrachtete die Häuser und versuchte festzustellen, wo sie sich, vom Strand aus gesehen, befand. Ihre Eltern hatten sich über Hubbard's Point unterhalten, waren aber nie mit ihr hergefahren. Die Familie lebte in Atlanta und machte Urlaub auf den malerischen Inseln, die der Küste von Georgia vorgelagert waren.

Nell war an die weißen Sandstrände des Südens, an das weiche grüne Gras und das warme Wasser gewöhnt … nicht zu vergleichen mit der zerklüfteten Felsenküste, dem eisigen Wasser des Long Island Sound. Eine klippenreiche Bucht wurde linker Hand durch die Bäume sichtbar. Einige der Gärten waren prachtvoll, quollen über vor Rosen und Lilien. Ein paar hatten einen Fahnenmast. Bei manchen der beflaggten Häuser waren hübsche Blumenkästen vor den Fenstern angebracht, bepflanzt mit Hängepetunien und Efeu.

Plötzlich entdeckte Nell auf dem Hügel, der zu ihrer Rechten aufragte, einen Garten ganz anderer Art. Er bestand überwiegend aus Felsen, mit hohem, wild wachsendem Gras in den Lücken zwischen Büschen und Bäumen. Lilien blühten im Schatten, gelbe und orangefarbene Sprenkel, wie Vögel, die sich im Wald verbargen. Kiefernnadeln und Eichenblätter raschelten über ihr, und Steinkraut überwucherte die Risse in den Steinstufen, die den Felsenhügel hinaufführten. Nells Herz klopfte zum Zerspringen, als sie das Schild sah:

BETRETEN VERBOTEN

Die Buchstaben waren von Hand mit weißer Farbe auf ein graues Stück Treibholz geschrieben, das an einen Pfosten genagelt und in den Boden neben der Steintreppe gerammt worden war. Nell hob den Blick und musterte das Haus. Es besaß einen weißen Anstrich, doch die Farbe hatte im Schatten der beiden hohen Eichen einen beinahe bläulichen Schimmer.

Nells Blick kehrte zu dem Schild zurück. Dann betrachtete sie erneut das Haus. Peggys Worte, die Frau sei eine Hexe, lösten einen Widerstreit der Gefühle in ihr aus. Was war, wenn sie boshaft und Furcht erregend war und sie mit einem Fluch belegte? Der Gedanke jagte Nell einen eiskalten Schauder über den Rücken.

Aber irgendetwas war stärker als die Angst: Liebe, Sehnsucht, ein dringender Wunsch. Sie hatte einen Kloß im Hals. Doch ihre Füße setzten sich wie von selbst in Marsch, trugen sie den Hügel hinauf, dann beschleunigte sie ihren Schritt. Als sie nach oben blickte, erspähte sie ein Gesicht im Fenster. Sie hatte Angst, doch nun gab es kein Zurück mehr. Sie war barfuß, und plötzlich blieb sie mit dem Zeh an einem Felsbrocken im Garten hängen, stolperte, fiel und schrammte sich beide Knie auf.

Stevie Moore hatte an ihrem Küchentisch gesessen, mit dem Aquarellpinsel in der Schwebe, und beobachtete die Kolibris vor dem Fenster, die pfeilschnell in die Klettertrompeten hinein- und wieder hinausflogen. Tilly, ihre siebzehn Jahre alte Katze, hockte neben ihr auf dem Tisch, nicht weniger aufmerksam. Stevie versuchte den Wesenskern eines Kolibris einzufangen, der nach ihrer Meinung in der unvergleichlichen Fähigkeit bestand, völlig reglos und gleichzeitig in fortwährender Bewegung zu sein. Tilly gelüstete es einfach nur danach, einen Kolibri einzufangen.

Stevie wusste nicht, was sie ohne Tilly angefangen hätte. Die Katze war seit langer Zeit ihre ständige Begleiterin, in guten wie in schlechten Tagen. Tilly hatte ihr in mehr einsamen Nächten Gesellschaft geleistet, als sie zu zählen vermochte. Sie liebte ihre Katze und seufzte, als sie sah, wie die Kolibris plötzlich davonstoben. Ihr Blick wanderte zur Treppe hinüber, wo sie ein Mädchen ausmachte, das den Hügel hinauflief.

»Tilly, lernt man in der Schule heutzutage nicht mehr lesen?«

Sie überlegte, ob vielleicht ihre Nemesis, in Gestalt der halbwüchsigen Nachbarsjungen, wieder einmal ihr Schild stibitzt hatte.

Die Katze hatte die nahende, fremd anmutende Gestalt ebenfalls entdeckt und sprang auf den Kühlschrank, um in einem Brotkorb Deckung zu suchen. Stevie erhob sich. Sie wischte Katzenhaare von ihrem schwarzen T-Shirt und den langen, bequemen Hosen. Das Mädchen war allem Anschein nach fest entschlossen, den Weg fortzusetzen, und so ergriff Stevie, um ein strenges und imposantes Erscheinungsbild bemüht, ihren Panamahut und setzte ihn auf, einen Bruchteil von Sekunden bevor sie das Kind auf den Felsen stolpern und stürzen sah.

Stevie lief nach draußen. Das Mädchen kauerte auf dem Boden, versuchte sich hochzurappeln. Die Knie und der große Zeh bluteten. Stevie zögerte einen Moment, gerade so lange, dass das Mädchen die Möglichkeit hatte, den Blick zu heben. Ihre grünen Augen wirkten eingefallen, überflutet von Schmerz, ein Anblick, der einen Strom unerwarteter, unbekannter Gefühle in Stevie auslöste.

»Alles in Ordnung?«, erkundigte sie sich; noch bevor sie auch nur in die Hocke gehen konnte, nickte das Mädchen heftig, und Tränen liefen über ihre Wangen.

»Sie sind es, Sie sind es wirklich.« Die Stimme des Mädchens war zittrig und rau.

»Du liest meine Bücher«, sagte Stevie, in der Annahme, das Kind sei auf den Berg gepilgert, um die Verfasserin von *Eulennacht*, *Sommer der Schwäne* oder *Seeadler* kennen zu lernen, aber das Mädchen sah an ihr vorbei, durch sie hindurch, als erblickte sie einen Geist.

»Meine Mutter kannte Sie«, erwiderte das Mädchen mit unverkennbarem Südstaatenakzent.

»Deine Mutter?«

»Emma Lincoln. So hieß sie vor ihrer Heirat mit meinem Vater.«

»Na so was«, sagte Stevie sanft. Der Name stammte aus einer Zeit, die weit zurücklag. Erinnerungen überfluteten sie, klar und licht wie der Sonnenschein, Erinnerungen, die bis in die früheste Kindheit zurückreichten, Erinnerungen an Mädchen, die gemeinsam schwimmen gelernt hatten. »Wie geht es Emma?«

»Sie ist tot.«

Der Himmel wechselte die Farbe. Wirklich und wahrhaftig. Das Blau verblasste um einige Schattierungen, als die Worte einsanken. Emma tot – wie hatte das geschehen können, und warum hatte sie nichts davon erfahren? Eine leichte Brise

ließ die Blätter über ihren Köpfen rascheln; als Stevie in die Augen des kleinen Mädchens blickte, hätte sie schwören mögen, Emma darin zu sehen.
Sie streckte die Hand aus, die das Mädchen ergriff, ihre Handfläche war aufgeschrammt und verschwitzt. »Komm mit«, sagte Stevie. Und sie gingen ins Haus.

2. Kapitel

Nachdem Stevie die Hände und Knie des Mädchens gesäubert und verbunden hatte, kochte sie Tee, wie es ihre Mutter getan hätte. Sie stellte die Blue Willow-Tassen und Untertassen, die Zuckerdose mit dem braunen Würfelzucker und einen Teller mit Zitronencreme-Keksen auf den Tisch. Dann nahmen sie und das Mädchen – das Nell hieß – am Tisch vor dem steinernen Kamin Platz.
»Deine Mutter und ich haben hier früher richtige Teepartys veranstaltet«, sagte sie.
»Als Ihr Haus noch blau war?«
»Ja.«
Der Blick des Mädchens war aufmerksam, nahm alles wahr: die Korbsessel, den ausgeblichenen grünen Zweisitzer – die Arm- und Rücklehnen von Tilly und ihren Schwestern zerkratzt –, die Vogelillustrationen aus Stevies Büchern, die gesammelten Federn, Muscheln, Vogelnester und Knochen. Stevie betrachtete die Miene des Mädchens und wusste, dass Nell überlegte, wo ihre Mutter gesessen und welche Gegenstände sie angeschaut haben mochte. Stevie hatte sich die gleiche Frage gestellt, als sie in Nells Alter gewesen und den Spuren ihrer Mutter gefolgt war.

Die beiden nippten eine Weile schweigend ihren Tee. Stevie versuchte, die richtigen Worte zu finden, tröstliche Worte. Sie hätte gerne gefragt, was Emma widerfahren war. Aber sie hatte Angst, etwas Falsches zu sagen. Ihre Mutter war ebenfalls gestorben, als sie noch ein Kind war, und sie erinnerte sich an die Erwachsenen, die in ihrer eigenen Welt lebten und es gut meinten, aber alles nur noch schlimmer zu machen schienen.

Abgesehen davon, war Stevie eine Einsiedlerin. Sie schrieb Bücher und malte, meistens in aller Stille. So war es nicht immer gewesen; es hatte viel Liebe in ihrem Leben gegeben, und Männer, und die Kinder der Männer. Doch nun lebten Tilly und sie alleine, und lange Zeit hatte ihr diese Form der Zweisamkeit genügt. Daher hielt sie die Teetasse in der Hand und wartete, bis Nell das Wort ergriff. Es dauerte ein paar Minuten, und während dieser Zeit lauschte sie den Geräuschen des Frühsommers, die durch die geöffneten Fenster drangen: die kleinen Wellen, die sich am Strand brachen, die Finken, die im Liguster sangen, ein Eichhörnchen, das in der hohlen Eiche schnatterte.

Nell nahm einen Keks und wischte sich wohlerzogen die Finger und den Mund an der rosafarbenen Leinenserviette ab, dann hob sie den Blick. Sie war fast neun, sehr dünn, hatte schulterlange braune Haare, die von Blümchen-Haarspangen aus dem Gesicht gehalten wurden, und riesige grüne Augen.

»Meine Mutter sagte, Sie wären ihre beste Freundin gewesen.«

»Du darfst mich duzen, wenn du möchtest … Oh ja, wir waren Freundinnen. Die allerallerbesten Freundinnen.«

»Madeleine auch?«

»Maddie Kilvert!« Stevie lachte. »Ja, wir drei waren unzertrennlich. Emma – deine Mutter – und ich kannten uns schon vorher. Ihre Familie hatte hier ein Cottage, genauso lange wie meine Familie – seit frühester Kindheit. Und dann kam Maddie daher ... ab da waren wir richtig dick befreundet. Alle drei, drei Sommer lang ...« Plötzlich fielen ihr die Worte wieder ein: »›Drei Sommer, so lang wie drei lange Winter ...‹«

Sie sah Nells friedlichen Gesichtsausdruck, als das Mädchen die Augen schloss, um zu lauschen, offenbar kannte sie den Ausspruch. »Hat deine Mutter dir erzählt, dass wir diese Zeile bei Wordsworth abgekupfert haben?«

»Bei einem berühmten Dichter, sagte sie. Ihr wolltet zum Ausdruck bringen, wie lang die Winter ohne die allerbesten Freundinnen, die Beachgirls, waren.«

»Die Beachgirls, richtig!« Stevie war begeistert, dass eine weitere gute Erinnerung aus den Winkeln ihres Gedächtnisses auftauchte. »So nannten wir uns. Weil wir immer selig waren, wenn wir am Strand waren und unsere Füßchen im Salzwasser hatten ... wir konnten die Wintermonate kaum ertragen, so getrennt voneinander. Unsere Telefonrechnungen waren horrend. Oft fing ich die Post ab, und bevor mein Vater die Bescherung zu Gesicht bekam, rief ich Emma und Madeleine an, um Kriegsrat zu halten. Einmal war ich sogar gezwungen, Kleider von mir zu verkaufen!«

»Nein!«

»Doch! Die Frau, bei der ich als Babysitter arbeitete, kaufte mir zwei brandneue Pullover und ein Paar Stiefel ab; das Geld bekam mein Vater, als Anteil an der Telefonrechnung. Gott sei Dank gab es damals noch keine Konferenzschaltungen, denn das wäre unser finanzieller Ruin gewesen.«

»Habt ihr weit voneinander entfernt gewohnt?«

Stevie nickte. »Damals kam es uns zumindest so vor. Im Winter lebte ich in New Britain, Maddie in Hartford und deine Mom in New Haven. Wenn der Sommer endlich Einzug hielt, trafen wir uns alle hier, an dem Ort, dem wir uns zugehörig fühlten – Hubbard's Point.«

»Tante Maddie lebt jetzt in Rhode Island.«

»Deine Tante …« Stevie verstummte, zählte zwei und zwei zusammen. »Deine Mutter hat Jack geheiratet!«

Nell nickte. »Wusstest du das nicht?«

Stevie unterdrückte einen Seufzer. Wie erklärte man einem unbedarften neunjährigen Mädchen, was für ein verrücktes, wechselhaftes Leben sie geführt hatte, mit seiner ganzen Vielschichtigkeit, den Ausrutschern, dem Chaos, den Trennungen – dem Verlust alter Kontakte? »Nein, das wusste ich nicht«, erwiderte sie. »Als die Beachgirls aufs College wechselten, trennten sich unsere Wege. Wir verloren uns aus den Augen.«

»Mom und Tante Maddie sind in Verbindung geblieben. Sie trafen sich oft, weil Mom ihren Bruder heiratete. War er auch für die Beachgirls eine Art Bruder? Ein ›Beachboy‹?«

Stevie lachte. »So funktionierte das nicht, Nell. Wir waren uns selbst genug – sonderten uns vom Rest der Welt ab. Abgesehen davon war er vier Jahre älter als wir, also uralt aus damaliger Sicht. Ich erinnere mich aber, dass deine Mutter in dem Sommer vor dem Eintritt ins College ein paar Mal mit ihm ausging.«

»Sie verliebten sich hier ineinander.«

Stevie nickte, mit unergründlicher Miene. »Hubbard's Point war schon immer ideal, um sich zu verlieben.«

»Dad sagte, sie hätten sich unter der hölzernen Strandpromenade geküsst, und am Little Beach, und hinter dem blauen Haus dort drüben.« Nell deutete aus dem Fenster auf Steven's Hideaway, ein weitläufiges Anwesen am anderen Ende des Strandes.

Stevie lächelte, erinnerte sich, wie sie selbst an derselben Stelle geküsst worden war, und nicht nur einmal. Da sie einem jungen Mädchen, das glaubte, es hätte nur eine einzige romantische Beziehung im Leben der Eltern gegeben, die Illusion nicht rauben wollte, behielt sie ihre Gedanken für sich.

»Blaue Häuser«, sagte Nell. »So habe ich dich gefunden. Meine Mutter erzählte, dass du in einem blauen Haus lebst.«

»Hat sie dir nicht gesagt, wie ich heiße?«

»Ich denke schon. Aber Stevie ist ein Jungenname. Vielleicht konnte ich ihn mir deshalb nicht merken. Warum haben deine Eltern dich so genannt?«

»Um sich immer an meine Wurzeln zu erinnern«, sagte Stevie nach einer Weile, als sie entschieden hatte, dass die Geschichte ihrer Zeugung in einem Hotel am St. Stephen's Green in Dublin nicht für die Ohren von Emmas Tochter bestimmt war.

»Wie kommt es, dass dein Haus umgestrichen ist?«

»Lass mich mal deine Knie anschauen ...«, erwiderte Stevie abrupt. »Du hast sie dir ziemlich schlimm aufgeschrammt.«

»Die sind in Ordnung.« Nell starrte sie an. Ihr Akzent klang ungewohnt für Stevie.

»Wo lebst du jetzt?« Stevie zog es vor, dass sie diejenige war, die Fragen stellte.

»Eigentlich in Atlanta, aber mein Vater wurde in die Bostoner Niederlassung seiner Firma versetzt, deshalb wohnen wir vorübergehend dort. Und er hat den Sommer über frei, gewissermaßen. Ich meine, er arbeitet schon, muss aber nicht so oft ins Büro.«

Beide schwiegen, und Stevie spürte, dass Nell sie immer noch ansah. Das machte ihr nichts aus. Doch dann merkte sie, dass das Mädchen keine Anstalten machte, den Blick abzuwenden, und fühlte sich bedrängt.

»Ich habe mein Haus weiß streichen lassen, weil es immer blau war«, antwortete sie schließlich, um das Kind abzulenken. »Seit meiner Geburt. Und deshalb dachte ich … wenn ich die Farbe des Hauses veränderte, würde auch ich mich verändern … einige Dinge, die mir nicht gefielen. An meinem … Leben. Leuchtet dir das ein?«

Nell nickte ernst und senkte den Blick, auf Stevies linke Hand.

»Du suchst die Verlobungsringe. Ich weiß. Das tun alle Kinder.«

»Hast du sie alle im Wasser verloren?«

Stevie rang sich ein Lächeln ab. »Nur einen. Und ich habe ihn nicht verloren.«

»Nein?«

»Nein. Ich habe ihn hineingeworfen.«

»Aber du suchst ihn jeden Morgen!«

Stevie schüttelte den Kopf. »Nein. Ich gehe jeden Morgen am Strand entlang, um nach Schnepfen Ausschau zu halten, die ich zeichnen möchte. Und weil ich gerne schwimme, bevor die Sonne aufgeht. Und gerne die Füße im Wasser beim Spazierengehen habe.«

»Deine Füßchen.« Nell grinste.

Stevie nickte. Das Lächeln des Mädchens bewirkte, dass ihre Kehle wie zugeschnürt war und ihre Augen brannten.

»Warum gehst du vor Sonnenaufgang zum Strand?«

»Weil um die Zeit noch niemand dort ist. Ich bin eine Einsiedlerin.«

»Ist das eine besondere Art von Hexe?«

Stevie lächelte. »Gewissermaßen.«

Ein lauer Wind wehte, und in der Ferne wurde ein Motorboot angelassen. Tilly schlich auf leisen Pfoten in den Raum, darum bemüht, sich unsichtbar zu machen. Die alte Katze hockte sich reglos wie eine Statue in die Ecke neben ein Vogelhaus im neogotischen Stil und beobachtete ihre Herrin und die Fremde.

»Ich bin jedenfalls sehr froh, dass ich dich kennen gelernt habe.« Nell faltete die Serviette zusammen.

»Ich auch. Sehr sogar.«

Sie erhoben sich beide, standen sich gegenüber. Stevie hatte viele Fragen, die Emma und ihr Schicksal betrafen, aber sie wusste aus eigener Erfahrung, dass es wichtig war, in solchen Dingen Fingerspitzengefühl zu beweisen. Sie begleitete das Mädchen zur Küchentür an der Rückseite des Hauses hinaus. Tilly folgte ihnen.

»Eine Katze!«, rief Nell, als sie ihrer ansichtig wurde. Sie bückte sich, um Tilly zu streicheln, was mit einem Zischen und einem heftigen Ausschlag des Schwanzes quittiert wurde. »Oooh – Entschuldigung!«

»Sie ist ein bisschen schrullig. Sie ist alt.«

»Ich verstehe.« Nell blickte sich in der Küche um, betrachtete die Skizzen und Aquarelle von Vögeln, Eichhörnchen, Kaninchen und Feldmäusen. »Stammen die aus deinen Büchern?«

»Einige sind aus Büchern, die noch nicht geschrieben sind.« Stevie zögerte. »Hat deine Mutter dir jemals meine Bücher vorgelesen?«

»Nein. Keine Ahnung, warum nicht«, sagte Nell entschuldigend. »Deine Bilder sind wirklich schön.«

»Danke.« Stevie wunderte sich, dass Emma ihrer Tochter die Werke ihrer alten Freundin vorenthalten hatte. Sie öffnete die Hintertür, um Nell hinauszulassen, aber plötzlich drehte sich das Mädchen mit verzweifelter Miene um.

»Der Grund für unseren Umzug nach Boston ist ähnlich wie der Grund, weswegen du dein Haus umgestrichen hast«, sagte sie.
»Wirklich?«
Nell nickte. »Weil in Atlanta alles wie immer war. Wie zu Moms Lebzeiten. Die Küche roch noch nach den Mahlzeiten, die sie zubereitet hatte, im Garten wuchsen ihre Pflanzen. Sie saß auf den Stühlen. Ihre Schuhe standen im Schrank. Die ... die Bürste, mit der sie mir immer die Haare kämmte, lag noch am gleichen Platz.«
Nell kniff die Augen zusammen. Stevie wusste, dass sie die Hand ihrer Mutter auf ihrem Kopf zu spüren meinte. Der Schmerz in ihrem Gesicht war ungezügelt und lebendig. Er sprang auf Stevie über, die wünschte, sie könnte ihn wegwischen, doch das entzog sich ihrer Macht. »Sie starb vor einem Jahr«, flüsterte Nell.
»Es tut mir so Leid, Nell.«
»Es ist zu schwer, dort zu bleiben, wo sie lebte. Deshalb mussten wir fort.«
»Manchmal hilft das.« Stevie blickte das Mädchen an; es versetzte ihr noch heute einen Stich, wenn sie an den Verlust ihrer eigenen Mutter dachte, an den Winter in Paris, als ihr Vater ein Jahr unbezahlten Urlaub genommen hatte, und an die Sommerferien, als sie Hubbard's Point nicht ertragen konnten und stattdessen nach Newport gefahren waren. Doch sie waren schließlich immer wieder zurückgekehrt.
»Ob wir jemals nach Hause zurückkehren?«, fragte Nell auf einmal. Sie beugte sich unvermittelt vor, als wollte sie Stevies Hand ergreifen, und blickte sie eindringlich an, als wäre sie ein Orakel, als wüsste sie die Antwort auf all ihre Fragen.
Stevie wollte das Richtige sagen – Emma zuliebe. Sie wollte die Gelegenheit nutzen, wollte klug und einfühlsam reagie-

ren, um dem Kind ihrer Freundin zu helfen, diesen schrecklichen Augenblick durchzustehen. Sie sah wie durch einen Schleier, der sie voneinander trennte, und als Stevie blinzelte, liefen Tränen über ihre Wangen. Eingehüllt in ihren Kummer über den Verlust einer Freundin, die sie seit mehr als fünfundzwanzig Jahren nicht gesehen hatte, drohte ihr die Stimme zu versagen.

»Wenn man einen Ort verlässt, den man liebt, muss das nicht für immer sein«, erwiderte sie schließlich. »Manchmal ist das die beste Lösung, und dann stellt man plötzlich fest, dass es an der Zeit ist heimzukehren.«

»Heimkehren«, sagte Nell, sich an die Worte klammernd.

»Bis dahin kann deine Tante dich und deinen Vater hier besuchen. Hubbard's Point ist nicht weit von Rhode Island entfernt –«

»Sie kann nicht kommen«, entgegnete Nell so scharf, dass Stevie erschrak. Sie suchte nach einem tröstlichen Wort.

»Also, ich finde es klug, Atlanta eine Weile zu verlassen. Manchmal wirkt ein Ortswechsel wahre Wunder. Wenn ich zu lange an einem Ort bleibe, vergesse ich oft, wo ich mich hingetan habe.« Beide lächelten über die originelle Formulierung.

»Wie jetzt zum Beispiel?«

»Jetzt?«

Nell hatte den braunen Schopf zur Seite geneigt, während ein breites Lächeln über ihre Lippen huschte. Sie stand auf Stevies Türschwelle und sah so selbstzufrieden aus wie ein kleiner brauner Zaunkönig.

»Du hast bestimmt vergessen, dass du häufiger an den Strand gehen solltest«, sagte Nell. »Nicht nur vor Sonnenaufgang! Du liebe Zeit, da ist es ja noch stockfinster! Du brauchst Sonne und Wellen und heißen Sand unter den Füßen.«

»Meinst du?«
Nell nickte heftig, ernst und so inbrünstig, dass sie Stevie einmal mehr an einen kleinen braunen Zaunkönig erinnerte. »Und ob. Vor allem heißen Sand!«
Dann bedankte sich Nell bei ihr, reichte ihr zum Abschied die Hand und trottete den Hügel hinunter. Als Stevie ihr nachsah, verspürte sie eine Reihe von Stichen, die sie sich nicht erklären konnte. Sie wusste nur, dass »Auf Wiedersehen« ein gefahrenreiches Schlusswort war.
»Und warum brauche ich heißen Sand?«, rief sie.
»Weil du ein Beachgirl bist«, kam die Antwort. Nell bedachte Stevie mit einem durchtriebenen Lächeln, das sie auf Anhieb an Emma erinnerte – der Anblick ließ sie erschauern und machte ihr weiche Knie. Stevie sah dem Mädchen nach, das sich seinen Weg den Hügel hinunter bahnte. Tilly tauchte neben ihr in der offenen Tür auf.
Nell winkte ihr noch einmal zu. Und dann war sie verschwunden.

»Wo warst du?«, fragte Jack im gleichen Augenblick, als Nell das Cottage betrat. Es war klein und praktisch eingerichtet, zum Vermieten geeignet. Ein Standardsofa mit Sackleinenbezug, zwei Sessel mit Armlehne gegenüber einem großen Fernsehgerät, Resopaltisch mit vier Stühlen und gerahmte Seelandschaften an den Wänden, wie man sie überall zu Gesicht bekam.
»Wir wollten gerade die Nationalgarde verständigen«, meinte Francesca.
»Das wäre eine Verschwendung von Steuergeldern«, konterte Nell.
»Nell …«, sagte Jack warnend. »Benimm dich.«
»Tut mir Leid. Ich hätte ›Ma'am‹ sagen sollen.«

Francescas sah, das musste man ihr zugute halten, belustigt aus. »Ich finde es herrlich, ›Ma'am‹ genannt zu werden. Woher wusstest du das?«

Nell zuckte die Achseln. Jack sah, dass sie Schürfwunden an den Knien hatte, notdürftig verdeckt von zwei kleinen Pflastern. »Was ist denn mit dir passiert?«, fragte er.

»Ich bin hingefallen.«

»Wer hat dir das Pflaster gegeben?«

»Eine nette Dame.«

Jack musterte seine Tochter. Wenn sie wütend war, konnte sie einem mörderisch einheizen. Dass Francesca die ganze Strecke von Boston hierher gefahren war, um Tennis zu spielen und zu schwimmen, hatte offenbar eine Lawine von Gefühlen ausgelöst, die noch nicht zum Stillstand gekommen war. Jack sah den finsteren Blick seiner Tochter und wünschte, er könnte ihn vertreiben.

»Nell. Du hast zu Francesca gesagt, dass du an den Strand gehst. Wir haben dort nach dir gesucht, aber du warst wie vom Erdboden verschluckt. Als Francesca meinte, dass wir die Polizei einschalten wollten, war das nur ein halber Scherz. Ich hätte dir noch fünf Minuten gegeben, dann hätte ich dort angerufen. Immerhin wäre es ja möglich gewesen, dass du ertrunken bist oder entführt wurdest – solche Gedanken gehen deinem alten Herrn nun mal durch den Kopf. Also noch einmal, ganz von vorne. Was war das für eine nette Dame?«

»Eine Freundin von Mom.«

Jack starrte sie an. Er glaubte zu hören, wie sich Francesca räusperte: ein höfliches, leises »Ahem«.

»Wieso bist du einer Freundin von Mom über den Weg gelaufen? Moms Familie kommt schon lange nicht mehr hierher.«

»Manche Dinge ändern sich im Lauf der Zeit eben nicht«,

sagte Nell mit einem Seitenblick auf Francesca. »*Einige* Freundschaften halten ein Leben lang. Die *wichtigen*.«

»Wie heißt diese Freundin?«

»Stevie Moore.«

»Oh mein Gott!«, rief Francesca. »Die Kinderbuchautorin?«

Nell nickte. »Sie war die beste Freundin meiner Mutter, von Kindesbeinen an.«

Jack versuchte, sich Emmas Strandfreundschaften ins Gedächtnis zu rufen, aber die Bilder waren verschwommen. Damals hatte er nur Augen für Emma gehabt. Doch der Name Stevie Moore war ihm bekannt; Emma hatte aus irgendeinem unerfindlichen Grund eine Abneigung gegen ihre Bücher gehabt, wollte nicht, dass Nell sie las.

»Cool«, meinte Francesca. »Als Kind habe ich ihre Bücher *geliebt*. Da gab es eines über Vogelnester, das hat mich inspiriert, Bauingenieurin zu werden, Ehrenwort. Und diese wunderbaren Zeichnungen – sie glichen Blaupausen! Stöckchen, Zweige, Papierfetzen, Schmuckband – wenn man die Haarbürste säubert und die Haare aufs Fensterbrett legt, werden sie von den Vögeln geholt, für den Bau ihrer Nester.«

Jack sah Nell an, auf eine Reaktion wartend, die prompt erfolgte.

»Das machte meine Mutter immer«, bestätigte sie. »Sie überließ sie den Vogelmüttern, um ihnen beim Nestbau zu helfen …«

Sie hatte Recht: Emma hatte genau das getan. Nachdem sie Nells Haare gebürstet hatte … das gehörte zum Ritual, bei dem ihr Jack gerne zusah; diese Gewohnheit war Teil ihrer Persönlichkeit und der Freude darüber, Nells Mutter zu sein.

Jack starrte Nell an. Wie war es ihr gelungen, die Freundin ihrer Mutter aufzuspüren? Sie hatte ihn nicht um Unterstützung gebeten – oder doch? Was hatte es mit den Fragen nach dem blauen Haus am Ende des Strandes auf sich gehabt? Hatte sie wieder Geheimnisse? Er erinnerte sich an die schrecklichen Nächte im vergangenen Winter, als sie schreiend aufgewacht war und nach ihrer Mutter verlangt hatte. Sechs Monate Gesprächstherapie waren hilfreich gewesen – während der Sommerferien sollten die Sitzungen ausfallen, probehalber. Dr. Galford hatte seine Praxis in Boston, nur zwei Stunden entfernt. Nell litt noch immer unter Schlafstörungen, aber zumindest schrie sie nicht mehr im Traum, dass einem das Blut in den Adern gefror.

»Um noch einmal auf die Pflaster zurückzukommen, Nell. Was ist passiert?«

»Wie ich schon sagte, Dad. Ich bin hingefallen, und Stevie hat mich verarztet.«

Stevie. Jacks Augen verengten sich, er sah Nell streng an, aber sie erwiderte seinen Blick mit ihren unerbittlichen grünen Augen. »Würdest du mir bitte erklären, wie du sie gefunden hast?«

»Alle Kinder hier in der Gegend kennen sie. Sie umschwirren in Scharen ihr Haus.«

»Wie die Vögel, die sie malt!«, meinte Francesca.

»Wissen Sie, Sie kommen mir selbst noch wie ein Kind vor«, erwiderte Nell so wohlgelaunt, dass Francesca die Spitze entging, und strahlte.

Jack war erschöpft. Er hatte geplant, mit den beiden in ein Restaurant an der Küste essen zu gehen, doch im Augenblick wollte er sich nur noch hinlegen und nicht mehr nachdenken müssen. Seit Emmas Tod vor einem Jahr geriet er leicht aus dem Lot. Er wünschte, sie wäre jetzt hier, bei ihm.

Er wünschte es sich so sehr, dass ihm eines klar wurde: Er war ihretwegen zu dem Strand zurückgekehrt, an dem sie sich kennen gelernt hatten. Doch wenn er an Nell dachte, die Emmas Freundin ausfindig gemacht hatte und noch von dieser Begegnung strahlte, wusste er, dass seine Entscheidung ein großer Fehler gewesen war.

»Belästige sie nie wieder!«, sagte Jack. »Das ist ein Befehl.«

»In Ordnung«, versprach Nell.

»Such dir eigene Freunde. Gleichaltrige, mit denen du am Strand spielen kannst.«

Nell kicherte.

»Was ist daran so komisch?«

»Nichts. Außer dass mich das Wort ›Gleichaltrige‹ an etwas erinnert, was sie gesagt hat. Als sie dich erwähnte.«

»Und, was hat sie gesagt?«

»Dass du uralt warst!« Nell lachte, aber der Blick, den sie Francesca zuwarf, war nüchtern und sachlich. Als sie ihren Vater wieder ansah, waren ihre Augen weit geöffnet, abwartend, ohne jeden Anflug von Spott. Jack versuchte, ihre Hand zu ergreifen, doch sie lief aus dem Zimmer, die Treppe hinauf. Francesca kam zu ihm, um ihn zu umarmen, flüsterte ihm etwas ins Ohr, doch er spürte und hörte sie nicht.

3. Kapitel

In Stevies nächstem Buch mit dem vorläufigen Titel *Roter Nektar* ging es um Kolibris und ihre Vorliebe für rote Blüten. Obwohl sie unter Termindruck stand, legte sie die Arbeit an diesem Abend beiseite und begann mit einer Reihe Aquarellskizzen von einem kleinen braunen Zaunkönig.

Tilly sah ihr mit abgrundtiefer Missbilligung zu. Sie schien irgendwie zu spüren – Stevie hatte schon seit langem den Versuch aufgegeben, die rätselhafte Beziehung zu ihrer vierbeinigen Gefährtin ergründen zu wollen, den Schleier des Geheimnisses zwischen Menschen und Katzen zu lüften –, dass ihre Herrin ihre beruflichen Pflichten wegen einer Inspiration vernachlässigte, die ihr höchstwahrscheinlich kein Geld einbringen würde, dafür aber ein gewisses Maß an Verdruss.

Im Allgemeinen zog Stevie es vor, realistisch zu malen – oder sich zumindest an der Wirklichkeit zu orientieren. Jedes ihrer Bücher wurzelte in Geschichten aus dem richtigen Leben, über Vögel, die, wenn auch nur für kurze Zeit, mit ihrer Welt in Berührung gekommen waren. Es machte ihr Spaß, die Staffelei hinter der Hecke im Garten aufzustellen und Vögel zu malen, die in dem Futterhäuschen landeten, in ihrem Garten pickten, auf ihrem Dach thronten. Doch inzwischen war es dunkel, die Zaunkönige schliefen – und abgesehen davon war dieser spezielle Zaunkönig nicht wirklich ein Zaunkönig.

Tilly grollte. Als Stevie zu ihr hinüber sah, entblößte die alte Katze ihre Zähne – von denen die vorderen vier fehlten. »Till – lass mich zu Ende malen, ja? Dann gehe ich mit dir auf Mäusejagd.«

Der Aquarellblock und die Farben, die sie benutzte, stammten von Sennelier, ihrem Lieblingsladen für Künstlerbedarf am Quai Voltaire in Paris. Eine zartgrüne Lasur, feine Pinselstriche, die obsidianfarbene Blätter andeuteten – die Schattierung reichte so nahe wie möglich an Nells Augen heran. Der Vogel, nussbraun, das Gefieder glatt wie eine Kastanie, die Augen aufmerksam und neugierig. Stevie kannte die Kritik, die sie ständig erntete – dass sie Vögel mit menschlichen Zügen ausstattete. War es ihre Schuld, dass sie die Welt so und nicht anders sah? Eine einzige große menschlich anmutende, hirnverbrannte Geschichte über Tiere und Menschen und ihre immer traurig endende Suche nach Liebe?

Sie zeichnete ein Zaunkönig-Junges im Nest, hoch droben im Wipfel eines Baumes. Das fliegen lernte. Auf einem Ast hockte. Breite deine Flügel aus … Du schaffst es … Die Vogelmutter blickte hinauf, ermutigte es.

Dann die nächste Sequenz: das Junge alleine, die Mutter fort. Eine Welle von Gefühlen übermannte sie, doch es gelang ihr, sie in sinnvolle Bahnen zulenken. »Ach Emma«, sagte sie. Und: *Nell*.

Stevie hielt inne, den Pinsel in der Hand, atemlos, als hätte sie selbst zu fliegen versucht. Der Marderhaarpinsel tropfte auf das Bild. Tränen, dachte sie. Es weint um die verlorene Mutter, das verwaiste Vogelkind.

Kinder, von Gott und der Welt verlassen – so fühlte es sich für diejenigen an, deren Mütter weggegangen oder jung gestorben waren; sie suchten ihr ganzes Leben lang nach Ersatz, nach der perfekten, innigen Bindung. Mit weniger konnten sie sich nicht zufrieden geben. Stevie dachte an den Kummer, den sie sich selbst und anderen mit dieser Suche bereitet hatte. Entmutigt hatte sie sich ausschließlich dem Schreiben und Malen gewidmet. Die Nähe, nach der sie sich sehnte, hatte sie gleichwohl zu den Beachgirls empfunden.

Wie hatte sie zulassen können, dass ihr diese Freundschaften entglitten? Fantastische Freundinnen, enge Vertraute. Stevie schloss die Augen, sah eine Momentaufnahme von Emma vor sich: braunes Haar mit koboldhaftem Schnitt, blauweiß gestreifter Badeanzug, Ohrringe; sie hielt sich vor Lachen die Seiten. Sie schaffte es mit einem einzigen Wort oder Blick, dass Stevie und Maddie in schallendes Gelächter ausbrachen.

Bis zu diesem Augenblick hatte Stevie nicht bemerkt, wie sehr sie ihre Freundinnen vermisste. Vielleicht hätten sie ihren Hang zur Selbstzerstörung verhindert, zu dem sie bei ihrer Suche nach Liebe neigte. Ihre Suche nach einer innigen Beziehung, nach Leidenschaft in allen Dingen, hatte sie hierher geführt: in dieses abgeschiedene Haus am Strand, wo sie ihre Zeit allein verbrachte. Sie hatte sich abgekapselt; sie konnte sich nicht erinnern, wann sie das letzte Mal vor Nell Besuch gehabt hatte. Sie fragte sich, was aus Jack geworden sein mochte, hoffte, dass er ein guter Vater war.

Schade, dass Zaunkönige – und Menschen, nebenbei bemerkt – nicht vom Kaiserpinguin lernen konnten. Sie erinnerte sich an eine Reise – eine Forschungsexpedition – in die Antarktis, mit Linus Mars, ihrem Ehemann Nummer zwei. Sie dachte an das zarte Licht, an die Dunkelheit, die sich wie eine Decke ausbreitete, an die Nähe der Sterne – sie hatten tief, sehr tief am Himmel gestanden, wie Laternen, die nur darauf warteten, aufgehoben und getragen zu werden. Sie entsann sich der Felldecken, die sie zum Weinen gebracht hatten, weil das Leben in der Tundra für die Tiere hart genug war, auch ohne die Menschen, die sie um ihrer Felle willen abschlachteten.

Linus hatte sie in den Armen gehalten, belustigt. Er fand es seltsam, eine derart weichherzige Frau zu lieben, die den Tod eines Tieres mit solcher Inbrunst betrauerte, dass sie lieber fror, als sich in sein Fell zu hüllen. Schon damals – und sie waren nicht nur auf einer Forschungsexpedition gewesen, sondern außerdem in den Flitterwochen – hatte Stevie geahnt, dass die Ehe ein Fehler gewesen war. Die Leidenschaft, die sie für Linus empfand, war so stark wie ehedem, doch sie machte der allmählichen Erkenntnis Platz, dass eine Kluft zwischen ihnen bestand – eine Bruchstelle in ihrer Beziehung, in ihrem gemeinsamen Universum –, die unüberbrückbar war und sich zwischen sie schob.

Linus war stets in der Lage, einen Schritt zurückzutreten und sie aus der Distanz zu betrachten, mit Humor, Belustigung und gesunder Urteilskraft. Doch Stevies verhängnisvoller Fehler war, dass sie sich danach sehnte, *eins* mit dem Mann zu sein, den sie liebte, voll und ganz mit ihm zu verschmelzen. Er war Wissenschaftler, sie war Künstlerin. Seine Studien waren analytisch, zielten darauf ab, die erstaunliche Anpassungsfähigkeit der Pinguine an eine harsche Umwelt zu erforschen. Ihre Studien, nicht minder wissenschaftlich fundiert, konzentrierten sich hingegen auf einen emotionalen, wundersamen, ungewöhnlich warmherzigen Meeresvogel, der in einer bitterkalten Klimazone lebte.

Stevie war Dr. Linus Mars in Woods Hole begegnet, im Marine Biological Laboratory, wo er eine wissenschaftliche Abhandlung über *Aptenodytes foresteri* – Kaiserpinguine – vorstellte. Sie hielt sich in dem Institut für Meeresbiologie auf, weil sie Hintergrundmaterial für ihr nächstes Buch sammelte, *Der Gute Vater*, das diese Vögel zum Thema hatte.

Die Vorlesung, die Linus über die größte Pinguinart hielt, war hinreißend. Unfähig zu fliegen, verbrachten die Tiere ihr ganzes Leben auf dem Packeis der Antarktis, gewärmt von einer dicken Speckschicht und annähernd 75 Federn auf sechseinhalb Quadratzentimetern, mehr als jeder andere Vogel vorweisen konnte.

»Sie bilden Kolonien, das heißt, sie drängen sich en masse zusammen«, sagte Linus, der vorne im abgedunkelten Hörsaal stand, während die Dias, die er während seiner letzten

Expedition gemacht hatte, auf der Leinwand flimmerten. Das Licht von der Leinwand hinter ihm erhellte markante Gesichtszüge: ein honigbrauner Schopf, der eines Haarschnitts bedurfte, hohe Wangenknochen, eine lange gerade Nase, ein starkes Kinn. Stevie, die in der ersten Reihe saß, fand, dass er sehr englisch aussah, wie ein Universitätsprofessor aus Oxford.

Was er auch war.

»Sie führen eine Art Tanz auf, choreografiert von der Kälte. Ständig in Bewegung, umeinander kreisend, nehmen sie abwechselnd den Platz in der Mitte der Menge ein. Der Winter beginnt im März – wenn alle anderen Lebewesen den Kontinent verlassen haben –, aber *Aptenodytes foresteri* bleibt, um zu brüten.«

Stevie hatte auf ihrem Sitz in der klimatisierten Stille des kleinen Hörsaals gezittert und an das Liebesleben der Pinguine gedacht, an ihren Eistanz und das Paarungsritual. Dr. Mars hatte sie unverhohlen angesehen – nur sie, davon war sie bis heute überzeugt – und gesagt: »Die Phase der Werbung dauert bei ihnen nur ein paar Wochen, was auszureichen scheint.«

Konnte er erkennen, wie sie im Dunkeln errötete? Unmöglich, dachte Stevie, aber sie wandte den Blick nicht ab. Sie hielt einen Notizblock in der linken Hand und sah, dass er geradewegs auf ihren Ringfinger starrte. Sie war zu der Zeit verheiratet gewesen – wie sie zugeben musste, auch wenn es ihr schwer fiel – mit einem Mann, den sie an der Kunstakademie kennen gelernt hatte. Kevin Lassiter. Maler, Musiker, Hobbykoch, Alkoholiker. Dr. Mars hatte ihren Ehering betrachtet – von Kevin persönlich entworfen –, und Stevie dachte: *Gut; dann weiß er, dass ich verheiratet bin, so dass kein Missverständnis aufkommt.*

»Nach der Paarungszeit«, fuhr Dr. Mars mit seinem wunderbaren englischen Akzent fort, »legt das Weibchen ein Ei ab – ein einziges Ei. Und dann … verschwindet sie. Sie ist eine militante Feministin, um diesen volkstümlichen Ausdruck zu benutzen, und er, auch wenn ich meine Studenten normalerweise für Vergleiche mit Menschen rüge, ein emanzipierter Mann.

Während das Weibchen bis zu siebzig Kilometer zurücklegt, um das offene Meer auf der Suche nach Nahrung zu erreichen, bleibt er mit seinen männlichen Artgenossen zurück und übernimmt die Brutpflege. Auf seinen Füßen – die sich ständig in Bewegung befinden, da die Pinguine abwechselnd in der Mitte der Kolonie Position beziehen – balanciert er das Ei, geschützt unter seiner Bauchfalte, die als Brutbeutel dient. Ein emanzipierter Mann, keine Frage!«

Die Wissenschaftler lachten. Stevie kauerte sich auf ihrem Sitz zusammen. Seit sie ihren ehelichen Status klargestellt hatte – für den Doktor, aber noch wichtiger für sich selbst –, spürte sie, wie eine Welle von Gefühlen sie überkam. Dieser Teil der Vorlesung hatte sie bewogen, den Kaiserpinguin als nächstes Buchprojekt auszuwählen: wegen der innigen Liebe und Geborgenheit, die ein Vater seinem einzigen Kind angedeihen ließ.

Genau wie bei Stevie und ihrem Dad, Johnny Moore. Sie konnte den nächsten Teil kaum ertragen, als Dr. Mars mit seiner leisen kultivierten Stimme die Vorlesung fortsetzte und mit seinem starken, von Tweed umhüllten Arm auf die Dias deutete. Stevies Vater war ebenfalls Professor gewesen – am Trinity College in Hartford. In Irland geboren und aufgewachsen, liebte er die englische Sprache und lehrte irische Literatur. Er hatte sich mit einer Abhandlung über James Joyce und dessen schizophrener Tochter Lucia einen Namen

gemacht. Über die hilflose Liebe, die ein Mann für das gestörte Mädchen empfand, das er in die Welt gesetzt hatte …
Als Dr. Mars fortfuhr, sank Stevie tiefer in den Sitz. »Der Pinguin-Vater übernimmt zweiundsiebzig Tage lang die Brutpflege, steht aufrecht da, trotzt der grausamen Witterung. Die Stürme sind mörderisch, der Wind erreicht nicht selten eine Geschwindigkeit von hundertfünfzig Kilometern in der Stunde, treibt Schnee und Eisschollen vor sich her. Das Männchen nimmt während dieser Zeit keine Nahrung zu sich, während er das Junge mit einer Flüssigkeit von milchähnlicher Konsistenz füttert, die von einer Drüse in seiner Speiseröhre erzeugt wird.«
Als Stevie an die Opfer dachte, die ihr Vater gebracht hatte, um sie großzuziehen, hatte sie aufgehört, sich Notizen zu machen, und nur noch die Dias betrachtet. Der Professor fuhr fort: »Nach zwei Monaten haben die Weibchen genug gefischt und kehren zurück. Sie finden ihren Partner und ihr Junges unter Hunderten wieder, erkennen sich gegenseitig am Ruf. Sie müssen wissen, es gibt keine zwei Vögel, deren Rufe völlig identisch sind. Und sobald ein Paar zusammengekommen ist, hat sich der Ruf des Partners unauslöschlich eingeprägt, in ihrem …«
»Herzen«, hörte sich Stevie laut sagen.
»Ich wollte eigentlich ›Gedächtnis‹ sagen«, meinte Linus Mars.
Die Wissenschaftler lachten.
»Aber natürlich ist dieser Bereich nicht so klar umrissen. Die Welt ist harsch für Tiere aller Art, und für uns – den Menschen, *Homo sapiens* – scheint es nur natürlich, sich außer der biologischen auch eine emotionale Bindung vorzustellen. Vor allem wenn das Pinguinweibchen, was oft der Fall ist, nicht aus dem Meer zurückkehrt. So heldenhaft die

Brutpflege des Männchens während dieser zweiundsiebzig Tage auch erscheinen mag, es sieht sich nicht dem gleichen Überlebenskampf im Meer am Südpol oder den gleichen Räubern gegenüber, die auf Beute lauern. Manchmal kehrt ein Weibchen nicht zurück.« Stevies Augen füllten sich mit Tränen.

»Deshalb beuge ich mich dem Urteil der Dame in der ersten Reihe. ›Herz‹ ist ebenfalls richtig. Aus dieser Perspektive gleicht der Körper jedes Lebewesens einer Landkarte, auf der seine gesamten Erfahrungen verzeichnet sind, und deshalb hat sich der Ruf von *Aptenodytes foresteri* auch im Herzen des Pinguinpartners eingeprägt. Und wenn dieser Ruf unbeantwortet bleibt, führt das zu einer Katastrophe, die wir uns als Menschen nur allzu gut vorstellen können.« Er verstummte, blickte zu ihr hinab.

Als die Vorlesung zu Ende war, kam der Professor zu Stevie herüber. Obwohl sie ihre Tränen inzwischen getrocknet hatte, reichte er ihr ein perfekt gestärktes, zusammengefaltetes Leinentaschentuch – wie diejenigen, die ihr Vater zu benutzen pflegte.

»Alles in Ordnung. Aber trotzdem, danke.«

»Die Vorlesung scheint Ihnen sehr nahe gegangen zu sein.«

»Ich schreibe ein Kinderbuch über den Kaiserpinguin, und Sie haben mir hervorragendes Informationsmaterial geliefert.«

»Ich hatte den Eindruck, dass Ihnen die Liebesgeschichte sehr nahe gegangen ist.«

»Die Liebesgeschichte?«

Der Professor war sehr groß. Sein Tweedjackett war aus einem steifen, stacheligen Garn von der Farbe eines Brombeergestrüpps, das Stevie an Ausflüge nach Sligo, Galway und den Aran Islands erinnerte, die sie mit ihrem Vater unternommen hatte. Er hatte haselnussbraune Augen mit weichen braunen Wimpern. Eine Brille mit Goldrand drohte aus seiner Brusttasche zu fallen; sie schob sie behutsam wieder hinein.

»Die Liebe des Vaters zu seiner Partnerin. Und zum gemeinsamen Sprössling.«

»Ich dachte, Wissenschaftler sind der Ansicht, dass Vögel keine Liebesgeschichten haben«, sagte sie.

»Richtig. Haben sie auch nicht. Aber vielleicht sind Sie anderer Meinung.«

»Bin ich.«

»Dieses Eingeständnis in der Bastion der Biologie ehrt Sie – was Sie da sagen, ist ein Sakrileg für einen Ornithologen wie mich.«

»Tut mit Leid. Künstler denken nicht immer in linearen Bahnen.«

Ein besorgter Ausdruck huschte über sein Gesicht. Er dauerte ganze zehn Sekunden an, dann blickte er zur Decke empor und atmete mit großem Bedauern aus. Sie fragte sich, ob er nicht schon zu lange in vorgegebenen Bahnen gedacht hatte.

»Ich wünschte, ich könnte umlernen – was bestimmte Gewohnheiten betrifft. Eine starre, lineare Denkweise ist eine Falle, in die viele von uns tappen …«

»Eine gerade Denkweise muss nicht immer verwerflich sein«, flüsterte sie, als sie seinen nackten Ringfinger sah und an Kevin dachte, der zu Hause mit einem Bier und einer Flasche Bourbon auf dem Sofa lag, zwischen den Fernsehprogrammen hin- und herwechselte, sich in krankhafter Verzweiflung suhlend.

»Eine solche These bedarf einer Begründung«, sagte der Professor.

»Mein Mann war der begabteste Kunststudent in unserer Klasse. Doch dann hörte er auf zu malen, angeblich, weil es ihm an Inspiration mangelte. Ich erklärte ihm, Selbstdisziplin sei wichtiger als Inspiration – im Alltag. Wenn man sich aufrafft und ins Atelier geht, fließen die Bilder von alleine aus dem Pinsel. So funktioniert das – das ist die Alchemie des Künstlerlebens, die Gabe, wissen Sie. Das Schwerste ist, sich an die Staffelei zu setzen.«
»Hat er Ihren Rat beherzigt?«
Sie schüttelte den Kopf. »Jetzt malt er gar nicht mehr.« Sie fühlte sich überwältigt von der Einsamkeit ihrer Ehe mit einem Mann, der sich durch seinen Alkoholkonsum mehr und mehr von ihr entfernte.
»Das tut mir Leid.«
Stevie nickte.
»Glauben Sie wirklich an das, was Sie sagen? Dass Disziplin wichtiger ist als Inspiration?«
»Ja. Ich weiß es. Von meinem Vater …«
»Und woher wusste es Ihr Vater?«
Stevie schluckte. »Mein Vater war Professor – wie Sie. Dr. John Moore. Er war außerdem ein Dichter. Er hatte alles – einen akademischen Titel, Amt und Würden, und die Seele Irlands. Und dann … verließ uns meine Mutter, wie das Pinguin-Weibchen. Sie brach nach Frankreich auf, zu einer Malreise, die ihr mein Vater zum fünfunddreißigsten Geburtstag geschenkt hatte, und kam nie mehr zurück.«
»Was passierte mit ihr?«
»Sie kam bei einem Flugzeugabsturz ums Leben.«
»Das tut mir sehr Leid.« Er bot ihr erneut sein Taschentuch an, als er sah, dass sie es nun wirklich dringend benötigte.
Sie putzte sich geräuschvoll die Nase.

»Ein hübscher Ruf, unverkennbar. Er hat sich meinem Herzen eingeprägt«, sagte er.
Lächelnd faltete sie das Leinentaschentuch und gab es ihm zurück.
»Und was ist mit dem Teil Ihrer Geschichte, in dem es um Disziplin geht?«, fragte er, doch dann schüttelte er den Kopf. »Wie dumm von mir. Da unterbreche ich Ihre feinfühlige Erzählung, nur um Sie wieder auf Kurs zu bringen. Sehen Sie, was ich mit dem Fluch des linearen Denkens meine?«
»Schon gut. Ich wollte nur sagen, dass mein Vater mich seitdem großgezogen hat. Nichts konnte ihn daran hindern. Weder sein Beruf noch seine Poesie. Nach ihrem Tod veröffentlichte er nichts mehr – vermutlich nahm ich zu viel Zeit in Anspruch. Er wurde bei der Beförderung zum Leiter der Abteilung übergangen – weil er mich ständig zu Reitstunden oder zum Zeichnen auf die Felder und Wiesen am Farmington River kutschieren musste.«
»Klingt, als sei er ein großartiger Mann gewesen.«
»Das war er. Und ein großartiger Vater.«
»Machen Sie da einen Unterschied? Ist das nicht ein und dasselbe?«, fragte er mit begierigen Augen. »Bedingt das eine nicht das andere? Großartiger Mann, großartiger Vater?«
»Ich glaube, das ist das Gleiche.«
»Teufel auch, die Antwort hatte ich befürchtet. Ich war meinem Sohn der denkbar schlechteste Vater. Hätte ich auch nur zweiundsiebzig Minuten auf dem Packeis mit ihm ausgeharrt, ganz zu schweigen von zweiundsiebzig Tagen? Mitnichten.«
»Ich bin sicher, er würde es Ihnen verzeihen.«
»Mir verzeihen? Er betet mich an. Seit dem Tag, als ich mich von seiner Mutter getrennt habe, küsst William den Boden, auf dem ich gehe. Ist das etwa fair?«

»Ihr Sohn liebt Sie eben. Das finde ich fair.«
Der Professor lächelte. »Nett von Ihnen. Sehr, sehr nett. Kommen Sie – ich spendiere Ihnen einen Drink im Landfall, wo Sie mir etwas über die Feinheiten des nicht-geradlinigen Denkens beibringen können. Wie heißen Sie übrigens?«
»Stevie Moore.«
»Ich bin Linus Mars. Was ist, kommen Sie mit? Wie mir scheint, wissen Sie Dinge, die ich unbedingt erfahren muss.«
»Über Ihren Sohn?«
»Über mein Herz.«
»Oh …«
Sie dachte an Kevin, der in New York zurückgeblieben war, viereinhalb Stunden entfernt. Er würde keinen Bissen essen, bis sie nach Hause kam und ihm etwas vorsetzte oder ihn unter Androhung körperlicher Gewalt zwang, den Telefonhörer in die Hand zu nehmen und beim Chinesen etwas zu bestellen. Andererseits würde er wahrscheinlich nicht mehr ansprechbar sein, lange vor ihrer Rückkehr. Ihr eigenes Herz war in einer Ehe aufgerieben worden, die sie sich einst aus tiefster Seele gewünscht hatte. Als sie nun in Linus' attraktives kantiges Gesicht blickte, in seine verhangenen haselnussbraunen Augen, spürte sie die erste Regung lang verschütteter Gefühle.
Nun ließ sie, in der dunklen Stille ihres Hauses in Hubbard's Point, den Pinsel über die raue Oberfläche des Papiers gleiten. Der kleine Zaunkönig war auf sich allein gestellt.
Stevie wischte sich über die Stirn. Die Begegnung mit Nell hatte sie aufgewühlt. Wieder dachte sie an Emma. An das Trio – Stevie, Madeleine und Emma.
Hubbard's Point war durch ein Eisenbahnviadukt, das über eine Straße führte, vom Rest Connecticuts getrennt. Wenn

man die schmale Durchfahrt passierte, hatte man den Eindruck, eine verzauberte Welt zu betreten, wo Freundinnen so eng miteinander verbunden waren wie leibliche Schwestern. Drei Jahre lang hatten sie, während sie sich von jungen Mädchen in junge Frauen verwandelten, ihre Handtücher in der Sonne ausgebreitet, Wärme und Verheißungen in sich aufgesaugt und geglaubt, das Leben und ihre Freundschaft würden ewig währen. Sie hatten sich gegenseitig gelobt, gemeinsam alt zu werden, wie die lederhäutigen alten Damen, die ihre Liegestühle im Kreis aufstellten, um zu nähen, und ihre großmütterlich wirkenden Halsketten auch dann trugen, wenn sie ins Wasser gingen.

Wie leicht die Menschen etwas aufgeben, dachte Stevie, während sie malte. *Warum habe ich mir nicht mehr Mühe gegeben, den Kontakt aufrechtzuerhalten?* Während sie die Schwingen des kleinen Zaunkönigs mit Federn versah, dachte sie an all die Erfahrungen in ihrem Leben, die sie ohne Wissen der Beachgirls gesammelt hatte. Sie erinnerte sich, wie die beiden sie von ihrem ersten Liebeskummer geheilt hatten – mit einem Abstecher zum Paradise Ice Cream, wo sie Eisbecher mit Früchten aßen und die Maraschinokirschen in einem feierlichen Ritual im Sand vergruben.

Diese Zeremonie wäre ihr seither viele Male zustatten gekommen. Sie legte den Pinsel und die Zaunkönig-Skizzen für diesen Abend beiseite. Dann öffnete sie die Küchentür, weil sie Tilly eine Mäusejagd versprochen hatte, und ließ die Katze in die Nacht hinauslaufen. Barfuß schlenderte sie durch den Garten, kletterte auf den Felsen, der dem Strand gegenüberlag. Sie hörte den Schlag der Wellen und sah, wie die gezackten weißen Kämme die tintige Schwärze durchbrachen.

Eine nach der anderen, berührten die kleinen Wellen des

Long Island Sound den Strand in gleichförmigem Rhythmus. Stevie hielt den Atem an, um ihren Herzschlag den Wellen anzupassen. Tilly bewegte sich raschelnd durch das Unterholz. Eine fast zahnlose Katze, auf der Suche nach Beute. Der Gedanke an eine derart unerschütterliche Hoffnung angesichts der rauen dentalen Wirklichkeit entlockte Stevie ein Lächeln.

»Los, Tilly!«, feuerte Stevie sie an, noch immer zum Strand hinunterspähend, wo sie vor langer Zeit viele glückliche Tage mit ihren Freundinnen verbracht hatte. Dann sah sie zu den Sternen empor, fand einen für Madeleine und einen für Emma. »Und einen für Nell«, sagte Stevie, den Blick auf einen hellen Stern gerichtet, der weißblau in der endlosen Schwärze der Nacht funkelte.

Ein warmer Wind wehte durch die Fliegengitter, und das Geräusch der Grillen und Nachtvögel glich einem Wiegenlied. Nell lag mit Bauchweh im Bett, weil sie zu viel Hummer gegessen hatte, und versuchte, sich von den Lauten der Natur in den Schlaf lullen zu lassen. Es funktionierte nicht.

»Ohhh!«, stöhnte sie.

»Schlaf endlich, Nell!«, drang die Stimme ihres Vaters herüber.

»Ich geb mir ja Mühe!«

»Gib dir mehr Mühe.«

Sie streckte ihre Zunge heraus. Was für eine Antwort war denn das? *Gib dir mehr Mühe!* Väter hatten ein Brett vorm Kopf. Wussten sie nicht, dass der Schlaf einem umso schneller entglitt, je mehr man ihn festzuhalten versuchte? Ihre Mutter hätte gesagt … Nell kniff die Augen zusammen, versuchte sich zu besinnen, was ihre Mutter gesagt hätte.

Die Erinnerung stellte sich nicht ein. Früher war es Nell immer gelungen, die Lücken mit den Worten ihrer Mutter zu füllen, aber plötzlich war es damit aus und vorbei. Nichts ging mehr! Sie versuchte, die Stimme ihrer Mutter heraufzubeschwören, doch das klappte genauso wenig!

»Ohhh!«, rief sie lauter. Plötzlich wurden die Bauchschmerzen schlimmer. »Daddy!«

Er betrat das kleine Zimmer. Sie sah seine hoch aufragende Silhouette auf der Türschwelle. Dann nahm er auf ihrer Bettkante Platz. Das Haus war klein und roch moderig. Die Vorhänge waren hässlich. Nell hasste es, hier zu sein. Ihr Bauch tat weh. Sie vermisste ihre Mutter. Die Begegnung mit Stevie war zu wenig und gleichzeitig zu viel gewesen. All diese Gedanken und Gefühle gingen ihr durch den Kopf wie Messerstiche, brachten sie zum Weinen, wieder und wieder.

»Ist ja gut, Nell«, sagte ihr Vater und nahm sie in die Arme. *Es wird niemals wieder gut werden, nie wieder*, hätte sie am liebsten gesagt, aber sie schluchzte so sehr, dass sie kein Wort über die Lippen brachte.

»Vielleicht hättest du deinen Hummer nicht aufessen sollen. Er war ziemlich groß«, gab er zu bedenken.

Nell erinnerte sich an die Szene im Restaurant: ihr Vater und Francesca, die sich über irgendeine Brücke unterhielten, die sie bauten, an den festlich gedeckten Tisch mit Hummer, Muscheln und Maiskolben in Hülle und Fülle, und wie sie ihre Ärmel hochgekrempelt und das rosafarbene Hummerfleisch in die geschmolzene Butter getaucht hatte, bis sie so satt war, dass sie schier platzte, und wie Francesca ein Lachen unterdrückt hatte, als sie sagte: »Da waren die Augen wohl größer als der Magen.«

»Sie ist weg«, sagte ihr Vater nun.

»Ich weiß«, schluchzte Nell. Sie schloss die Augen, zog die Knie zur Brust und umschlang sie mit den Armen. Sie hatte

gehört, wie sich Francesca vor einer kleinen Weile verabschiedet hatte. Sie musste den weiten Weg nach Boston zurückfahren, obwohl Nell gespürt hatte, dass sie gerne dazu aufgefordert worden wäre, über Nacht zu bleiben.
»Zerbrich dir ihretwegen nicht den Kopf, Nell.«
»Mary Donovans Vater hat seine Freundin geheiratet«, schluchzte Nell.
»Ich bin nicht Mary Donovans Vater.«
»Mommy hat Hummer geliebt.«
»Ich weiß.«
»Sie hat mir erzählt, dass die Beachgirls gemeinsam Hummer gefangen haben.«
»Mag sein. Ich weiß es nicht.«
»Können wir Tante Maddie fragen?«
Schweigen. Die Hand ihres Vater fühlte sich schwer auf ihrem Kopf an. Nell wartete darauf, dass er antwortete, auch wenn sie wusste, dass er es nie tat. Immer wenn sie eine Frage stellte, die Tante Maddie betraf, hüllte er sich in Schweigen, bis ihre Frage verpuffte. Als sie daran dachte, wie ihre Mutter und ihre Tante miteinander gelacht hatten, zog sich ihr Magen so schmerzhaft zusammen, dass sie die Arme um sich schlingen und sich zur Wand drehen musste, damit ihr Vater ihr Gesicht nicht sah.

4. Kapitel

Es dauerte drei Tage, bis er Nell überredet hatte, beim Freizeitprogramm am Strand mitzumachen: Sie würde Spaß haben und besser schwimmen lernen, außerdem versprach er, sie jeden Tag an der Strandpromenade abzuholen. Vielleicht trug die körperliche Bewegung dazu bei, sie zu ermüden und das Einschlafen zu erleichtern. Jack hatte Dr. Galfords Telefonnummer im Kurzwahlspeicher, aber es widerstrebte ihm anzurufen. Er wollte seiner Tochter ruhige, unbeschwerte, Sommerferien gönnen, ohne den Psychiater.

Und so stapften sie zum anderen Ende des Strandes, wobei Nell eine bühnenreife Leistung bot – die Imitation einer schmollenden Gefangenen. Sie stand hinter Jack, als dieser sie Laurel Thompson vorstellte, einer begeisterten Sportanimateurin. Die intelligente Siebzehnjährige spähte um Jack herum und lächelte Nell aufmunternd zu. Nell zog sich mit einem gekonnten Ausweichmanöver um Jacks anderes Bein zurück.

»Hallo Nell.«

»Sie ist noch unschlüssig, ob sie mitmachen soll«, erklärte Jack.

»Oh, das ist in Ordnung«, erwiderte die Animateurin. Groß und schlank, bedachte sie Nell mit einem strahlenden Lächeln. »Das geht am Anfang vielen Kindern so. Aber vielleicht könntest du heute meine Assistentin sein, Nell.«

»Hast du gehört, Nell?«, fragte Jack in der Hoffnung, sie umstimmen zu können. Die Hoffnung verflüchtigte sich indes, als er sah, wie sie ihre nackten Zehen in den nassen Sand grub. »Nell?«

»Nnnnn«, murmelte sie.

»Wir werden viel Spaß haben«, sagte Laurel.

»Ich hole dich um Punkt zwölf ab.« Jack legte die Hand auf den Scheitel seiner Tochter. Ihr braunes Haar fühlte sich warm in der Sonne an. »An der Strandpromenade.«

»Dad«, entgegnete Nell, als sich die anderen Kinder um sie scharten. »Ich bleibe nicht hier.«

»Hallo Nell!«, rief ein sommersprossiges Mädchen mit roten

Haaren und einem breiten Lächeln. »Erinnerst du dich an mich? Du hast vor ein paar Tagen auf meinem Handtuch gestanden! Ich bin Peggy.«
Nell nickte. »Ich weiß.«
Jacks Herz klopfte schneller, während er auf ein Lächeln, ein Stirnrunzeln oder irgendein anderes Zeichen des Einverständnisses von seiner Tochter wartete, dass er sie hier mit ihrer neuen Freundin allein lassen konnte.
Peggy ergriff ihre Hand. »Ich möchte, dass du meine Partnerin beim Staffellauf bist. Wir beide gehören zusammen, einverstanden, Laurel?«
»Prima, Peggy, Nell. Dann kann's ja losgehen – stellt euch bitte hier auf dem festen Sand hintereinander auf.«
Peggys Hand haltend, warf Nell ihrem Vater einen letzten Blick zu. Es war kein richtiges Lächeln, aber beinahe. Er sah ihre Mutter vor sich, wenn er in ihre Augen schaute. Als Emma im Sterben lag, bewusstlos in ihrem Krankenhausbett, hatte Jack ihr Gesicht mit den Händen umfasst und sie angefleht, ihn nicht zu verlassen. Sie hatte seine Bitte erfüllt, erschien ihm jeden Tag aufs Neue, in Gestalt ihrer gemeinsamen Tochter.
Jack überließ Nell dem Freizeitprogramm von Hubbard's Point und machte einen Strandspaziergang, in Richtung des Hauses, in dem die Freundin seiner Frau damals gelebt hatte. Er blickte zu den Cottages auf dem Felsenriff empor, die halb hinter den Kiefern verborgen waren. Er versuchte sich zu erinnern, welches es war. Nell hatte es gefunden.
Nell war wie ein Magnet, der jede noch so kleine Einzelheit aus dem Leben ihrer Mutter anzog. Schon vor Emmas Tod hatte sie ihre Tante ständig gedrängt, ihr Geschichten von früher zu erzählen, Erinnerungen, Geheimnisse und Lieblingsmelodien eingeschlossen. Madeleine hatte Nell die

Harmonie zu »Lemon Tree« beigebracht, die Stimme, die Emma früher zu übernehmen pflegte. Nell trällerte das Lied bei jeder Gelegenheit vor sich hin – in der Badewanne, im Auto, als wartete sie darauf, dass irgendwann die Stimme einer erwachsenen Frau aus dem Nichts in den Gesang einstimmte.

Vielleicht war das ihr Beweggrund, bei Stevie Moore aufzukreuzen. Jack hatte den Namen mit Sicherheit nie zuvor erwähnt – er wäre ihm vermutlich nicht einmal eingefallen. Sie gehörte zu den Freundinnen seiner kleinen Schwester – denen er keinerlei Aufmerksamkeit gewidmet hatte, abgesehen von Emma.

Jacks Brust war wie zugeschnürt; er drehte sich um, wollte sichergehen, dass ihm niemand folgte. Nell war ihm nicht nachgekommen. Gut. Er hatte eine Möglichkeit finden müssen, sie jeden Tag ein paar Stunden zu beschäftigen. Die Projektplanung stand an, und wenn Nell ständig um ihn herum war, brachte er nichts Vernünftiges zustande.

Er warf einen prüfenden Blick auf seine Uhr: zwanzig nach neun. Damit blieben ihm annähernd drei Stunden Freizeit. Mehr als genug, um einen Spaziergang zu machen, bevor er sich an die Arbeit machte. Er überquerte die Fußgängerbrücke, die über den Bach führte, und stieg die Steintreppe zum Wald hinauf.

»Hey – lass das Ding nicht fallen!«

»Ich lasse nie etwas fallen – du bist hier der Tollpatsch.«

»Würdet ihr zwei endlich die Klappe halten und die Leiter tragen? Herrgott, muss man euch dauernd sagen, was ihr zu tun habt?«

»Was ist, wenn sie uns verhext?«

»Blödmann – sie ist doch keine richtige Hexe.«

»Sie ist eine gute Hexe, wie Glinda aus dem *Zauberer von Oz*.«

»Warum, weil sie Vögel mag? Vögel haben fiese schuppige Klauen und Schnäbel, mit denen sie dir die Augen aushacken. Hast du gehört, Billy? Wir werden dich ›Vogeljunge‹ nennen. Und die Hexe ist die Vogelfrau. Sie hat so etwas Unheimliches. Meine Mom sagt, sie ist nie mit normalen Leuten zusammen.«

»Sie hat mit niemandem Kontakt. Sie schläft tagsüber, und nachts ist sie damit beschäftigt, Menschen mit einem Zauberbann zu belegen.«

»Quatsch«, widersprach Billy McCabe, dessen Mutter ihm und seinen Schwestern aus Stevies Büchern vorgelesen hatte, als er noch klein war. Er trug die Donut-Schachtel mit dem Vogeljungen, das kräftig durchgeschaukelt wurde. »Sie tut niemandem etwas zuleide.«

»Blödsinn. Sie ist wie die Hexe in diesem blöden Horrorfilm – *The Blair Witch Project* –, wo die drei Leute mit der Kamera spurlos in dem Wald verschwinden. Bestimmt wurden sie gefressen.«

»Gefressen? Hexen fressen keine Menschen. Haie sind Menschenfresser.«

»Das Hai-Hexenprojekt.«

»Arschloch!«

»Oh – der große coole Jeremy sagt ›Arschloch‹.«

»Du sagst es doch auch.«

»Ich bin schließlich schon zwölf.«

»Und ich bin elf.«

Die Jungen stapften mit ihrem Handwerkszeug durch die Hintergärten: einer Leiter, einem Fotoapparat und einer Kerze. Sie hatten ihren Sommerclub AH getauft: Anonyme Hexenjäger. Billy trug eine Schachtel, die *nicht* zur Expeditionsausrüstung gehörte: Darin hockte eine junge Krähe, die sie unter einem Busch gefunden hatten. Die Vogelmutter hatte wohl versucht, ihr das Fliegen beizubringen, und dabei war das Junge aus dem Nest gefallen. Billy hatte es gerettet, was die ganze Expedition verzögerte. Sobald sie alles ausgekundschaftet hatten, wollte er den Vogel bei der Tierärztin abliefern – Rumer Larkin wohnte nur zwei Häuser von Stevie Moore entfernt.

Sie nahmen die Abkürzung über das Anwesen, auf dem die alte Jagdhütte stand, spähten nach links und rechts, dann liefen sie geduckt zur Seite des weißen Hauses mit dem Schindeldach hinüber. Der Boden fiel steil zum Strand ab – es erwies sich als ein schwieriges Unterfangen, einen sicheren Stand für die Leiter zu finden. Jeremy Spring rammte einen der beiden Holme in den Boden, Rafe Morgan glich die Unebenheiten mit Steinen unter dem anderen Holm aus, und dann krachte das obere Ende der Leiter mit einem dumpfen Knall gegen die Hauswand. Die übrigen Jungen verkrochen sich eilends im Gebüsch. Alle hielten den Atem an, rechneten damit, dass ein wutentbranntes Gesicht im Fenster erschien – Billy schlüpfte unter eine zerzauste Eibe und umklammerte die Schachtel. Er wusste, ihr Vorhaben war falsch – ihre Mütter würden sie umbringen, wenn sie erwischt wurden. Und was hofften sie überhaupt zu sehen, selbst wenn es ihnen gelingen sollte, unbemerkt ins Haus zu gelangen?

»Lassen wir es lieber bleiben«, sagte er, während er die Fenster beobachtete.

»Dafür ist es jetzt zu spät«, meinte Rafe.

»Was soll da drinnen schon groß zu sehen sein?«

»Sie ist splitterfasernackt, wenn sie zaubert«, erklärte Jeremy.

»Ja, genau.«

»Heißt es jedenfalls.«
Zwei Jungen hielten die Leiter fest, während Jeremy und Eugene Tyrone miteinander rangelten, wer als Erster hinaufklettern durfte. Eugene trug den Sieg davon. Er stieg die Sprossen hoch. Da das Haus ins Riff hineingebaut war, hatte das Gelände auf dieser Seite ein ziemlich starkes Gefälle. Die Jungen wussten nicht, was sich hinter den Fenstern verbarg – Wohnzimmer, Schlafzimmer, Zauberkabinett oder Folterkammer. Sie blickten gespannt zu Eugene hinauf, um zu hören, was es drinnen zu sehen gab.
»Hey! Was macht sie gerade?«
»Sag schon!«
Jeremy rüttelte leicht am Fußende der Leiter. Eugene streckte seine linke Hand in die Luft, gebot ihnen zu schweigen. Die Jungen standen reglos da, die Köpfe in den Nacken gelegt. Es war unfair, dass sich Eugene so viel Zeit ließ. Eine knorrige Eiche, verkrüppelt vom Sturmwind, wuchs neben dem Haus, und Rafe und Jeremy begannen hochzuklettern, um ebenfalls einen Blick auf das Bild zu erhaschen, das Eugene vor Augen hatte.
»Kannst du sie sehen?«, fragte Rafe.
Eugene nickte stumm, mit gerunzelter Stirn. Dann schüttelte er den Kopf, als sähe er etwas, das ihm nicht behagte, und begann mit dem Abstieg.
»Ist sie splitter-faser-nackt?«
»Hackt sie gerade ein paar Salamandern die Schwänze ab?«
»Hast du ihre Schrumpfkopf-Sammlung gesehen? Das macht sie nämlich mit Kindern, die durch ihre Fenster spähen«, sagte Billy in normaler Lautstärke, während alle anderen geflüstert hatten. Rafe pflückte eine Hand voll grüne Eicheln von einem Ast, um ihn damit zu bombardieren – mit aller Kraft, dass sich die Eicheln wie Kugeln aus einem Schrotge-

wehr anfühlten. Billy ließ die Donut-Schachtel fallen, der Vogel wurde herausgeschleudert, und als Billy sich auf ihn stürzte, um ihn wieder einzufangen, krachte er gegen die Leiter. Zunächst schwankte sie leicht, dann fiel sie mit einem Mordsgetöse zu Boden.

Stevie hatte keine Ahnung, was in sie gefahren war. Sie saß an der Staffelei, starrte auf das Papier, unfähig zu malen. Sie trug ein Kleidungsstück, das ein verflossener Liebhaber ihre »Willkommen im Schwarzen Loch des Universums«-Robe genannt hatte: einen alten cremefarbenen Morgenrock aus Satin mit dunkelblauen chinesischen Schriftzeichen. Es hieß, dass er von Joan Morgana in ihrer Garderobe getragen worden war, einem aufgehenden jungen Stern der Metropolitan Opera, die eine verhängnisvolle Affäre mit einem berühmten Tenor durchlitten und kurz nach der Aufführung von *Madame Butterfly* Selbstmord begangen hatte. Tief bewegt von der fatalen Liebesgeschichte und kurz nach ihrer Trennung von Linus, hatte Stevie den Morgenrock im Opera Thrift Store, einem Secondhand-Laden an der East Twenty-third Street erstanden.

Sie saß an der Staffelei und versuchte, sich auf ihr Bild zu konzentrieren, als sie draußen einen dumpfen Aufprall vernahm. Sie ignorierte das Geräusch. Seit Nells Besuch waren mehrere Tage vergangen. Sie hatte zwei davon damit verbracht, Zaunkönige zu zeichnen, und nun war sie wieder zu den Kolibris zurückgekehrt. Die Klettertrompeten an der Nordseite des Hauses zogen sie an wie ein Magnet. Sie hatte seit Wochen ein Kolibripärchen beobachtet – das Weibchen mit einem gedämpften grünen Federkleid, das Männchen mit einem leuchtenden smaragdfarbenen Gefieder und rubinroter Kehle.

Doch im Augenblick konnte sie nur an Emma denken – und an Nell. Sie nippte an ihrer Teetasse – sie war gesprungen, trug ein blaues Rosenmuster und stammte aus dem Sammelsurium des guten Porzellans ihrer Großmutter – und erinnerte sich an die »Teepartys«, die sie mit den Beachgirls veranstaltet hatte. Sie hatten Limonade zubereitet und sie aus den Tassen getrunken. Diese hier war Emmas Lieblingstasse gewesen. Bei dem Gedanken füllten sich ihre Augen mit Tränen.

Plötzlich hörte sie ein Scharren; Tilly, von der Rücklehne des Sofas aufgescheucht, flitzte davon und suchte Deckung. Dann ertönte eine Stimme: »Whuuuuuaaaa, *halt!*« Und gleich darauf das Scheppern von Metall, das gegen Stein prallte. Stevie hörte dieses Geräusch nicht zum ersten Mal. Sie seufzte und hoffte, dass niemand schlimm verletzt war. Ihre Augen trocknend, zog sie den Morgenrock enger um sich und eilte zum Fenster.

Die Leiter lag auf der Seite. Die Jungen waren in sämtliche Himmelsrichtungen versprengt – sie lugten aus dem Gebüsch und hinter den Felsen hervor. Einer kletterte gerade die Eiche hinunter. Ein anderer jagte einer jungen Krähe auf dem Boden nach.

Aus dem Augenwinkel nahm sie einen Mann wahr, der durch ihren Garten lief. Er sprang über die niedrige Buchsbaumhecke, war offensichtlich hervorragend in Form, wie ein Footballspieler am College. Aufgeschreckt durch das Chaos, lief sie barfuß nach unten, zur Küchentür hinaus und auf die Gruppe zu.

»Alles in Ordnung?«, fragte der Mann und beugte sich über einen Jungen, der sein Handgelenk umklammerte.

»Klar«, erwiderte der Junge. »Nur ein bisschen gequetscht.«

»Du sollest zum Arzt gehen«, erklärte der Mann.

»Du solltest künftig darauf verzichten, Leitern an die Häuser fremder Leute zu stellen«, sagt Stevie mit finsterer Miene. »Man kann nie wissen, was einem blüht.« Ihr Ton war so Unheil verkündend, dass zwei Jungen das Weite suchten. Einer kroch weiterhin auf allen vieren herum und versuchte offenbar, etwas unter dem Gestrüpp der Geißblattranken hervorzulocken.

»Was hast du da?«, fragte Stevie.

»Hau ab, Billy!«, rief ihm einer seiner Freunde zu. »Sie verwandelt dich in eine Schlange!«

Stevie bemühte sich, jede Reaktion zu unterdrücken. Manchmal brachten die Streiche der Halbwüchsigen sie zum Lachen, doch heute fühlte sie sich ausgeschlossen, andersartig, abgelehnt, und unwillkürlich traten Tränen in ihre Augen. Der sommersprossige Junge rührte sich nicht vom Fleck; er konzentrierte sich darauf, an den Vogel heranzukommen.

»Eine junge Krähe. Sie ist aus dem Nest gefallen oder so. Sie hat vorher wie verrückt gekrächzt, aber jetzt ist sie plötzlich ganz still … ich habe versucht, sie zu füttern, aber sie frisst nicht. Deshalb wollte ich sie zur Tierärztin bringen …«

»Komm endlich, Billy – vergiss den Vogel!«, riefen seine Freunde.

»Ich kann nicht!«

»Geht, alle miteinander«, sagte Stevie. »Geht nach Hause, dann werde ich darauf verzichten, euch in Reptilien zu verwandeln. Ich kümmere mich um den Vogel.«

Der Junge blickte sie an, Besorgnis in den braunen Augen. Dann nickte er und zog mit seinen Freunden ab. Stevie kniete sich auf den Boden, beobachtete die kleine braune Krähe, die sich im Schatten versteckte. Sie hatte sich gegen den steinigen Untergrund gepresst, die Nackenfedern wie ein Kragen gesträubt.

»Brauchen Sie Hilfe?«, fragte der Mann.

»Ich glaube nicht«, erwiderte Stevie kühl. »Sind Sie der Vater eines der Jungen?«

»Nein – ich kam zufällig vorbei, sah eine Leiter umfallen und wollte nachschauen, ob sich jemand verletzt hat.«

Stevie musterte ihn verstohlen. Er kam ihr irgendwie bekannt vor – als wäre sie ihm früher einmal begegnet, am Strand. Hochgewachsen, dunkle lange Haare, fast schwarz, trug er eine Sonnebrille, ein weißes Hemd und Khakishorts mit zu vielen Taschen. Eine Sache, die sie an Hubbard's Point störte, war, dass die Leute ständig ihre Nase in Dinge steckten, die sie nichts angingen. Die Gemeinde war klein und abgeschottet wie eine Insel. Keine Spur von der weitläufigen Offenheit und Anonymität einer Großstadt wie New York City ... Wer immer er sein mochte, er würde nichts Besseres zu tun haben, als zu verbreiten, dass die Jugendlichen einen Blick auf »die Hexe« erhaschen wollten und durch ihre Fenster gelugt hatten.

Stevie rollte sich auf die Seite; den ausgestreckten Arm im Gestrüpp der Pflanzen, versuchte sie, den Vogel zu ergreifen. Ihre Finger streiften Federn.

»Lassen Sie mich mal«, sagte der Mann. »Meine Arme sind länger.« Ohne die Antwort abzuwarten, kniete er sich hin, schloss seine Hand um den Vogel und hielt ihn Stevie entgegen.

»Danke.«

»Keine Ursache.«

Stevies Hand umfasste die kleine Krähe; sie wollte unverzüglich ins Haus. Sie überlegte, wie sie den Vogel gesund pflegen und ihn vor Tilly in Sicherheit bringen konnte. Doch der Mann rührte sich nicht von der Stelle. Vielleicht hatte sie ihn *wirklich* verhext: Er starrte sie an, und plötzlich wurde ihr bewusst, dass sie ihn kannte. Die Konturen seines Gesichts, die Form seines Mundes – er musste Nells Vater sein.

»Jack?«, fragte sie.

»Richtig – hallo Stevie. Ich habe gehört, dass du meine Tochter kennen gelernt hast.«

»Ja. Sie ist wunderbar. Jack – es tut mir so Leid ...«

»Emma. Ich weiß. Danke.«

Er schien sich unwohl in seiner Haut zu fühlen, genau wie Stevie. Im Morgenmantel, mit zerzausten Haaren und einem aus dem Nest gefallen Vogel in der Hand, war sie vermutlich der Inbegriff einer überspannten Künstlerin. Sie rang sich ein Lächeln ab. »Möchtest du ins Haus kommen? Ich würde gerne mit dir reden ...«

Er schien zu zögern, nach einer Ausrede zu suchen. Er warf einen Blick auf seine Uhr – einen wuchtigen Chronometer –, dann schüttelte er den Kopf. »Ich bin verabredet. Tut mir Leid, aber ich muss los.«

5. Kapitel

Jack kehrte in ein leeres Haus zurück. Er trat ein, schloss die Tür hinter sich, blickte sich um. Es gab kaum etwas Deprimierenderes als ein gemietetes Ferienhaus, wenn man nicht einmal wusste, weshalb man überhaupt an diesen Ort gekommen war. Und dann der seltsame Geschmack anderer Leute, was Kunstgegenstände, Mobiliar, Teppiche betraf. War es möglich, dass jemand allen Ernstes diesen orangefarbenen Makramee-Wandbehang ausgesucht hatte? Jack runzelte frustriert die Stirn – er war auf dem besten Weg, ein notorischer Griesgram zu werden, der an allem etwas auszusetzen hatte.

Er holte seine Aktentasche, seine Dokumentenmappe und sein Handy herbei. Überprüfte die Zeit: In Inverness war es jetzt kurz vor vier. Die Nordsee, für ihn die nächste Herausforderung. Francesca hatte den Weg geebnet, unabsichtlich, während ihrer Schottlandreise im April. Romanov hatte Gefallen an ihr gefunden, war beeindruckt von den Referenzen der Firma. Für die Ausschreibung wurden Angebote abgegeben, aber Jack wollte die Gelegenheit nutzen, persönlich mit dem Mann zu sprechen, dem die endgültige Entscheidung oblag.

Während er auf das Läuten seines Handys wartete, versuchte er, sich zu beruhigen. Was hatte ihn dermaßen aus der Fassung gebracht? Der Gedanke, dass er Nell am Strand in der Obhut einer Frau zurückgelassen hatte, die er nicht kannte? Nein – das war nicht der springende Punkt. Laurel machte einen zuverlässigen, verantwortungsbewussten Eindruck, und das Hubbard's Point Freizeitprogramm hatte es schon in seiner eigenen Kindheit gegeben; außerdem war Nell durchaus in der Lage, den Schulweg alleine zu bewältigen – gleich ob zu Hause in Atlanta oder in Boston. Sobald sie sich eingewöhnt hatte, war alles in bester Ordnung.

Das Telefon klingelte – fünf Minuten zu früh.

»Jack Kilvert«, sagte er so geschäftsmäßig, als säße er in seinem Büro, das auf den Hafen von Boston hinausblickte.

»Hallo«, ertönte Francescas kehlige Stimme. »Bist du am Strand?«

»Nicht genau«, erwiderte er, ein wenig schuldbewusst. Niemand in der Firma – Francesca eingeschlossen – ahnte etwas von seinen Plänen.

»Auf dem Tennisplatz, auf einem Segelboot oder auf dem Golfplatz, bereit zum Abschlag? Ich hoffe nur, dass du dich draußen in der Sonne aufhältst und nicht zu Hause hockst.«

»Ich wollte gerade das Haus verlassen«, erwiderte er mit einem gezwungenen Lachen; er brannte darauf, den Anruf so schnell wie möglich zu beenden, um die Leitung frei zu haben.
»Das ist auch besser so. Du bist nämlich mein allerwichtigstes Projekt. Ich werde dafür sorgen, dass du dich bis zum Ende des Sommers prächtig amüsierst. Übrigens, ich rufe an, weil ich einige Unterlagen für dich habe. Ich könnte sie dir natürlich faxen. Aber wäre es nicht viel netter, wenn ich sie dir persönlich vorbeibringe? Sagen wir heute Abend?«
»Francesca, die Fahrt ist viel zu weit«, begann er und blickte abermals auf seine Uhr. Noch drei Minuten bis zum erwarteten Anruf …
»Du bist ein hoffnungsloser Fall! Geht es schon wieder um deine Tochter? Jack, am Strand wimmelt es mit Sicherheit vor Babysittern. Such ein nettes Mädchen, das Geld braucht, und nimm dir den Abend frei!«
»Hör zu, Francesca. Heute Abend geht es nicht. Fax mir die Papiere durch, wenn es dir nichts ausmacht – ja? Ich muss los.«
Sie schwieg. Er wusste, dass er sie barsch abgefertigt hatte. Doch die Uhr tickte unerbittlich – und war es nicht ohnehin besser für sie, wenn sie wusste, woran sie war, lieber früher als später? »Natürlich, viel Spaß«, erwiderte sie und legte auf. Jacks Herz fühlte sich an, als wäre es in einen Schraubstock gespannt. Der Schmerz war groß – in seinem Körper, in seiner Seele. Er dachte daran, dass Emma ihn oft aufgefordert hatte zu beten. Die Erinnerung ließ ihn erschauern. Er kam sich seit geraumer Zeit wie ein zum Tode Verurteilter vor – der bevorstehende Anruf war eine Art Wiedergutmachung. Er saß da, in kalten Schweiß gebadet, wartete auf das Läuten.
Er senkte den Kopf. Er brauchte Aufschub, eine Verschnauf-

pause seines Universums. Er schloss die Augen – und was er sah, überraschte ihn.

Stevie Moore. Sie hatte so ausgesehen, wie er sich fühlte: wie ein Gespenst, dazu verdammt, in diesem Leben zu verharren. Was hatte sie an diesem strahlenden Morgen gemacht, halb angekleidet wie sie war? Die Spuren auf ihren Wangen rührten von Tränen her. Das wusste er genau. Schließlich war er Experte, was Tränen betraf.

Ihr fester Handschlag und das warmherzige Lächeln hatten ihn verblüfft. Genau wie ihre Größe: Sie war klein und zierlich. Nicht größer als einen Meter sechzig, grazil. Ihr Morgenrock war mindestens vier Nummern zu groß, der Gürtel eng geschnürt. Sie hatte glatte, kinnlange schwarze Haare und einen Pony, der sich über den großen veilchenblauen Augen teilte. Ihre Haut war blass und makellos. Abgesehen von den Tränenspuren.

Er sah wieder vor sich, wie sie den bedauernswerten kleinen Vogel in ihren gewölbten Händen gehalten hatte. Keine Mutter, kein Vater. Wenigstens hatte Nell *ihn* … Er schüttelte den Kopf. Wozu war er überhaupt gut? Er klammerte sich an das Bild von Stevie, die den Vogel hielt. Festhielt, und festhielt …

Das Telefon läutete. Der Klingelton schreckte ihn auf. Sein Puls beschleunigte sich, sein Herz klopfte wie verrückt. *Es musste klappen …*

»Hallo«, sagte er. »Jack Kilvert am Apparat …«

Nell und Peggy gewannen den Staffellauf. Sie besiegten nicht nur die anderen Mädchen, sondern auch die Jungen. In ihren marineblauen Badeanzügen sahen sie wie Teamkameradinnen aus – als hätten sie sich heute Morgen abgesprochen und wären bereits die besten Freundinnen.

Peggy hatte feuerrote Haare und Sommersprossen zuhauf; sie trug einen lässigen Sonnenhut, um ihr Gesicht vor der Sonne zu schützen, und den sie nur ablegte, wenn sie schwimmen ging. Sie hielt praktisch die ganze Zeit Nells Hand – sogar beim Schwimmwettbewerb, als sie sich, auf dem Rücken liegend, im unbewegten Wasser der Bucht treiben lassen mussten.

»Es kommt mir so vor, als wärst du meine Schwester!«, gestand Nell, als die Wettkämpfe vorüber waren und die ganze Gruppe, die am Freizeitprogramm teilnahm, eine Ruhepause auf dem Handtuch einlegte.

»Ich kläre dich lieber auf«, sagte Peggy. »Meine Schwester Annie ist im Teenageralter und schert sich keinen Deut um mich! Sie will nur noch mit ihrem Freund beisammen sein, ihrer neuesten Flamme! Meine Mutter sagt immer zu ihrer Freundin Tara: ›Die Familie kann man sich nicht aussuchen, wohl aber die Freunde.‹«

Nell ließ die Schultern hängen. »Wenn ich mir meine Familie aussuchen könnte, müsste sie so sein, wie sie ist.«

»Ich auch. Aber Freunde kommen an zweiter Stelle. Gleich nach dem ersten Platz – du solltest meine Mom und Tara sehen. Sie machen alles gemeinsam.«

»Meine Mom hatte auch solche Freundinnen. Sie wuchsen mehr oder weniger in Hubbard's Point auf. Deshalb sind mein Dad und ich hier. Wegen der glückliche Zeiten, die sie hier verbracht haben.«

»Du bist mit deinem Dad hier?« Peggy kniff die Augen zusammen, die unausgesprochene Frage *Was ist mit deiner Mom?* stand zwischen ihnen.

»Ja.« Nells Schultern sackten noch ein wenig mehr nach vorne. Sie fühlte sich außerstande, die Worte auszusprechen: *Meine Mom ist tot.*

»Du vermisst deine Mom«, stellte Peggy fest.
Nell hob den Blick. Wie konnte sie das wissen?
»Ich vermisse meinen Dad«, erklärte Peggy. »Ich konnte es dir ansehen … dachte ich zumindest. Und als du sagtest, dass du mit deinem Dad alleine hier bist, war ich mir sicher … Blöd von mir, oder?«
»Nein, finde ich super.«
Die Mädchen saßen am Rand ihrer Handtücher, die Köpfe so dicht beisammen, dass sich Nells Gesicht im Schatten von Peggys Sonnenhut befand. Der Sand war warm; sie gruben ihre Füße tief hinein, bis zu der kühlen, feuchten Schicht. Nell wünschte, sie hätten für den Rest des Tages so sitzen bleiben können. Doch in ebendiesem Moment fiel ein langer Schatten über ihre Handtücher, und sie sah hoch – in das sommersprossige Gesicht eines Jungen, der große Ähnlichkeit mit Peggy besaß.
»Hallo, du Wichtigtuerin«, sagte er.
»Billy – wo ist der Vogel?«
»Ich habe ihn dort oben gelassen.« Er deutete auf die Cottages auf dem Felsenhügel – auf das Ehemals-Blaue-Haus. Nell lief ein Schauder über den Rücken, als sie an Stevie dachte.
»Doch nicht bei der Hexe!«, schalt ihn Peggy. »Hast du den Verstand verloren? Sie rupft ihm die Federn aus, um sich einen Hut oder Umhang oder was weiß ich daraus zu machen! Krähen sind schwarz, *kapiert*?«
In Nell regten sich erste Zweifel bezüglich ihrer neuen Freundin. Sie schickte sich an, Stevie zu verteidigen, aber der Junge – so wie er aussah und sich verhielt, musste er Peggys Bruder sein – kam ihr zuvor.
»Ich glaube nicht«, sagte er. »Sie ist nicht der Typ, der Federn ausreißt. Sie kommt mir ziemlich … niedergeschlagen

vor. Eugene hat ihr nachspioniert, durch ihr Fenster gespäht. Und er hat gesehen, dass sie weinte. Mutterseelenallein, am helllichten Vormittag. Merkwürdig.«

»Niedergeschlagen?«, sagte Nell. Sie wusste, dass sie auf Seelenverwandte gestoßen war: Dieses Wort war auch Teil ihres eigenen Vokabulars.

»Ja«, antwortete der Junge. »Und wer bist du?«

»Nell Kilvert.«

»Nell, das ist mein Bruder Billy«, sagte Peggy. »Das klingt aber *ganz* nach Hexe – an einem Sommertag weinen. Entschuldigt, aber das finde ich wirklich sonderbar.«

»Vielleicht ist jemand gestorben, der ihr nahe stand«, meinte Nell.

Peggy und ihr Bruder blickten sie stumm an, als sei sie von allen guten Geistern verlassen. Billy zuckte die Schultern und machte sich wieder auf den Weg am Strand entlang.

Peggy beschloss, die ganze Sache mit einem Lachen abzutun. »Hah! Vielleicht ihre schwarze Katze oder ihr Wassermolch. Vielleicht lässt sie sich wieder scheiden, zum fünfzehnten Mal. Oder sie hat wieder einen Ring mit einem großen Diamanten verloren …«

»Sie ist etwas ganz Besonderes«, erklärte Nell.

»Das will sie dir weismachen. Um dich ins Haus zu locken!«

»Ich glaube nicht, dass ihr daran liegt, jemanden ins Haus zu locken. Auf ihrem Grundstück steht ein Schild: ›Betreten verboten‹.«

Peggy runzelte die Stirn – Nell hatte sie mit ihren Argumenten in die Enge getrieben.

»Meine Mutter, meine Tante und sie standen sich sehr nahe. Sie hatten sogar einen besonderen Namen für sich. Ich dachte … wir könnten uns genauso nennen!«

»Wie denn?«
»Beachgirls.«
Peggy zog die Nase kraus, blinzelte in die Sonne. Ihr Blick schweifte zur Felsenspitze hinauf, zu dem Ehemals-Blauen-Haus. Nell konnte beinahe ihre Gedanken lesen: Sie hatte schwarze Magie und Kristallkugeln und spitze schwarze Hüte gesehen, aber diese Vorstellungen wurden nun durch Bilder von Strandbällen, bunten Handtüchern und blauen Badeanzügen verdrängt. Nell lächelte.
»Hexen sind keine Beachgirls«, sagte Peggy zweifelnd.
»Und Beachgirls sind keine Hexen«, konterte Nell, während Peggy nachdenklich die Stirn runzelte.
In dem Augenblick eilte Laurel von ihrem Wasserwacht-Stuhl herbei, wo sie sich mit ihren Freunden unterhalten hatte, und klatschte in die Hände.
»So, und jetzt alle ins Wasser, für unsere letzte Übung – zehn Minuten lang Wasser treten! Sucht eure Partner!«
Peggy ergriff Nells Hand, und gemeinsam liefen sie ins Wasser, tauchten mit einem Kopfsprung unter die erste Welle. Erhitzt von der Sonne, war das eisige Salzwasser ein Schock, und sie kamen mit einem schrillen Schrei an die Oberfläche. Nell dachte an ihre Mutter, die Stevies Hand gehalten hatte. Oder Tante Madeleines … Peggys Blick war auf eine Stelle über Nells Kopf gerichtet, auf das Cottage auf dem Hügel – als überlegte sie, genau wie Nell, was ein Beachgirl an einem so herrlichen Tag zum Weinen bringen mochte.

Frisch geschlüpfte Krähen, Blauhäher und Stare waren Insektenfresser. Die Eltern fingen Mücken und Kribbelmücken, kauten sie vor und würgten sie wieder heraus. Ihre Nachkommen wuchsen heran, verwandelten sich schließlich in Allesfresser, Ziegen der Vogelwelt: Sie verschlangen alles, was sie fanden. Diese schmale Kenntnis hatte Stevie ihrer Lektorin zu verdanken: Ariel Stickler war eine Pedantin, was wissenschaftliche Details anging, und sie legte Wert auf gefühlsbetonte Liebesgeschichten. Diese Kombination machte sie zu einer hervorragenden Lektorin – die Stevie gedrängt hatte, *Krähentotem* zu schreiben.

»Krähen sind ein Ausbund an Treue«, sagte sie, aus ihrem eigenen Buch zitierend, als sie versuchte, die kleine Krähe dazu zu bewegen, eine zerquetschte Fliege zu verspeisen. »Wusstest du das?«

Der Vogel weigerte sich, sich zu rühren oder den Schnabel zu öffnen. Tilly schlich auf dem Gang vor dem Schlafzimmer hin und her, kratzte an der Tür. Stevie fragte sich, wie ausgeprägt die Reaktionen des Vogels sein mochten, ob er die Geräusche als unmittelbare Bedrohung für sein junges Lebens erkannte. Sie versuchte es immer wieder, bis der Vogel schließlich den Schnabel öffnete – vielleicht um zu krächzen – und sie die Fliege hineinschieben konnte.

»Na also. War das nicht köstlich?«

Es musste wohl geschmeckt haben, denn das Vogeljunge sperrte den Schnabel abermals auf und nahm ein Mückenpaar und eine weitere Fliege zu sich, die sie einer Spinnwebe an der Hintertür entnommen hatte. Das Landleben, dachte sie … Klettertrompeten, Kolibris, Spinnweben, eine mutterlose Krähe; die Natur vor ihrer Haustür, eine Quelle der Inspiration für ihre Arbeit.

»Und jetzt eine für Emma.« Sie stopfte dem Vogeljungen die nächste tote Fliege in den Schnabel.

Emma hätte darüber gelacht. »Danke, Stevie«, hätte sie gesagt. »Eine tote Fliege.« Sie hatte einen makaberen Hang zum schwarzen Humor. Stevie drehte die Zeit zurück … die warme Meeresbrise weckte Erinnerungen.

Die Luft auf ihrer Haut, als sie in Stevies Hillman-Cabrio zum Bahnhof von New London fuhren, um Maddie abzuholen, die von einem Besuch bei ihrer Tante in Providence zurückkehrte. Zwei sechzehnjährige Mädchen, die nasse Badeanzüge unter ihren T-Shirts trugen, feuchte Haare, die im Wind wehten – nichts hätte sie vom Strand losreißen können, außer der Ankunft ihrer Freundin.

Das Zentrum von New London hatte damals anders ausgesehen. Dem Verfall preisgegebene Schönheit und tiefste Armut hatten die alte Walfängerstadt geprägt. Während der Fahrt entlang der Bank Street hatten sie eine obdachlose Frau entdeckt: Zusammengekrümmt lag sie auf einer Türschwelle gegenüber dem historischen Custom House.

»Wir müssen ihr helfen«, hatte Stevie gesagt und war an den Straßenrand gefahren. Die Haut der Frau war rissig und ihre Kleidung verschmutzt. Ihre Haare wirkten stumpf, ungewaschen. Ein Einkaufswagen von Two Guys enthielt ihren ganzen Besitz.

»Und wie?«, hatte Emma gefragt. »Sie ins Auto verfrachten und an den Strand mitnehmen?«

»Ja, und ihr etwas zu essen geben.«

Die beiden Freundinnen hatten sich angesehen, und Emma hatte gemerkt, dass Stevies Vorschlag ernst gemeint war. Sie stammten aus Familien mit einer völlig unterschiedlichen Weltsicht. Stevies Vater hatte seiner Tochter beigebracht, dass alle Menschen miteinander verbunden waren, zusammengehalten durch Malerei und Poesie. Emma hatte von ihren Eltern gelernt, dass es einzig und allein darum ging, mit den Nachbarn mithalten zu können: Nachbarn waren nicht dazu da, dass man ihnen half, sondern dass man sie als Maßstab für den eigenen Erfolg benutzte. Emma griff sanft nach Stevies Hand.

»Ich mag dich. Aber du spinnst.«
»Nein, Em – wir haben keine andere Wahl …«
»Weißt du nicht, dass es noch andere Möglichkeiten gibt … einige sogar. Dafür gibt es schließlich *Wohltätigkeitsorganisationen*. Das hat mir meine Mutter beigebracht …« Emma verstummte; der unausgesprochene, unvollendete und traurige Teil dieses Gedankens war, dass Stevie keine Mutter hatte, die ihr etwas beibringen konnte. »Die Vorstädte sind kein Pflaster für Leute wie sie, nicht einmal wenn sie auf der Durchreise wären. Kannst du dir vorstellen, wie die Ladys am Strand ausflippen würden, wenn wir sie anschleppten? Nein, wir müssen ihr hier helfen, in ihrem Revier.«
»Damit wir an den Strand zurückkehren und sie vergessen können?«
»Ja, und das ist nicht gemein, Stevie. Wir kaufen ihr etwas zu essen, damit ist ihr mehr geholfen. Und dann fahren wir nach Hause.«
Stevie erinnerte sich daran, dass sie sich hundeelend gefühlt hatte. *Leute wie sie*; hatte Emma das wirklich gesagt? Dennoch schien ihre Hilfsbereitschaft aufrichtig zu sein. Sie klopfte ihre Taschen ab, auf der Suche nach Geld. Stevie warf einen Blick in ihre Börse. Die Ausbeute war mager: Zusammen hatten sie gerade einmal sechs Dollar fünfzig.
Als sie an dem eleganten Backsteingebäude des Bahnhofs ankamen, hatte die sechzehnjährige Emma zwei Kadetten von der Coast Guard Academy entdeckt. Die jungen Männer standen in ihren weißen Uniformen auf dem Nebengleis und warteten auf den Zug. Die Hosen waren tadellos, mit scharfen Bügelfalten und auf Hochglanz polierten Schuhen. Über ihnen gurrten Tauben in den Dachtraufen. Die Sirenen der Fähren erklangen, und das Kreischen der Seemöwen drang vom Pfahlwerk des Kais herüber. Am anderen Ufer

des Thames River lagen die gerade erst gebauten Unterseeboote in den offenen Schwimmdocks von Electric Boat.
Emmas Haar war von der Fahrt im offenen Wagen zerzaust. Ihre Haut war gebräunt und schimmerte. Sie trug eine Halskette und ein Armband aus Gold. Das klamme T-Shirt klebte an ihrem Körper, und Stevie sah, dass die beiden jungen Männer sie bemerkt hatten, noch bevor sie sich ihnen näherte.
»Hallo«, sagte sie.
»Hallo«, erwiderten die beiden wie aus einem Mund.
»Wir sammeln Geld. Meine Freundin und ich.«
Die jungen Männer sahen die beiden Mädchen an, die offensichtlich frisch vom Strand kamen, und bemühten sich, ein Lachen zu unterdrücken.
»Für einen guten Zweck«, fügte Emma hinzu. »Da ist eine Frau, die hungert, und wir möchten ihr etwas zu essen kaufen. Meine Freundin wird in Tränen ausbrechen, wenn Sie uns nicht helfen. Ehrlich.«
Die Kadetten brauchten genau dreißig Sekunden, um ihre Brieftaschen zu zücken. Stevie sah verwundert zu, wie Emma lächelte, herausfordernd und fügsam zugleich, und wie sie die beiden auf die Wange küsste, als sie ihr das Geld gaben, und sich bei ihnen bedankte, weil sie mit ihrer Arbeit die Sicherheit der Küste für die Allgemeinheit gewährleisteten.
»Das war ein Klacks«, sagte Emma, als sie sich wieder zu Stevie gesellte.
Die Männer hatten ihr je zehn Dollar gegeben.
Nach Madeleines Ankunft fuhr Stevie zur Bank Street zurück. Sie gingen zu dem aus Granit gebauten Custom House und hielten Ausschau nach der Frau. Der Einkaufswagen war noch da, abgestellt in der schmalen Gasse, aber sie selbst war verschwunden. Sie fuhren im Schritttempo die Straße entlang, auf der Suche nach ihr.

»Wir müssen sie finden«, sagte Stevie.

»Zerbrich dir ihretwegen nicht den Kopf«, meinte Emma. »Wahrscheinlich war ihr heiß in der Sonne, und sie hat sich ein schattiges Plätzchen gesucht.«

»Wir müssen ihr das Geld geben«, sagte Stevie.

»Sie hat bisher auch ohne unsere Hilfe überlebt«, erwiderte Emma. Die Worte waren hart, aber ihre Stimme klang sanft. Stevie wusste, dass Emma sie aufzumuntern versuchte, als sie sich zum Rücksitz umdrehte und Maddie berichtete, dass Stevie die Welt retten wollte, indem sie Obdachlose nach Hubbard's Point schleppte.

Sie warteten eine Viertelstunde oder zwanzig Minuten. Emma wurde ungeduldig; Stevie merkte es daran, dass sie ständig den Radiosender wechselte, auf der Suche nach guter Musik. Die Frau kehrte nicht zurück. Stevie faltete die beiden Zehn-Dollar-Noten zusammen und schob sie in eine zerlumpte Decke, die sich oben auf dem voll gepackten Einkaufswagen befand.

Emma stieg aus und nahm einen der beiden Scheine an sich. »Damit werden wir *uns* etwas zu essen kaufen«, sagte sie. »Sich um andere zu kümmern ist gut und schön, solange man sich selbst dabei nicht vergisst.«

»Emma …«

»Ich habe gebettelt, damit diese Frau etwas zu essen hat. Ich bin jetzt eine Bettlerin – meine Mutter würde mich umbringen, wenn sie das wüsste, keine Frage. Und deshalb möchte ich Maddie und dich zum Eis einladen.«

»Du musstest nie in deinem Leben hungern. Du trägst Goldschmuck am *Strand.*«

»Stevie, du brauchst jemanden, der dir sagt, dass es völlig in Ordnung ist, glücklich zu sein. Wir lieben dich, Maddie und ich. Du willst jeden Menschen retten, jeden Vogel, der zugrunde zu gehen droht. Aber keine Bange, deine Freundinnen sind da, um *dich* zu retten – klar? Und jetzt kommt, lasst uns endlich zum Strand zurückfahren.«

Das Verdeck war unten, die Sonne schien; Maddie freute sich unbändig, den Besuch bei ihrer Tante hinter sich gebracht zu haben, und war erpicht darauf zu hören, was sich in ihrer Abwesenheit am Strand zugetragen hatte. Sie hielten am Paradise, um Eis zu kaufen, und als sie die Kirschen ihrer Fruchtbecher im Sand vergruben, hatten sie der obdachlosen Frau gedacht. Stevie hatte ein schlechtes Gewissen, weil sie Nahrung verschwendeten. Ihr Eis schmeckte wie Sägemehl. Als Emma sah, dass sie es auf den Tisch stellte, beugte sie sich vor und fütterte Stevie mit ihrem eigenen Löffel.

»So, kleiner Vogel.« Sie blickte in Stevies Augen und vergewisserte sich, dass sie einen dicken Klacks Schlagsahne erwischte, bevor sie ihr den Plastiklöffel in den Mund schob. »Genieß den Sommertag.«

»Aber …«

»Genieß den Sommertag«, hatte Emma wiederholt, mit einem Hauch von Strenge im Blick, der Stevie sagte, dass es sich um eine Lektion handelte, die es zu lernen galt. Warum musste das Glück so schwer erkämpft sein? Hatten es Mädchen, deren Mütter noch lebten, in dieser Beziehung leichter? Dennoch, sie konnte das Bild von Emma nicht verdrängen, die den Zehn-Dollar-Schein aus dem Einkaufswagen genommen hatte …

Diese Erinnerungen gingen Stevie durch den Kopf, als sie nun das Krähenjunge fütterte.

Ihre Gedanken wandten sich Nell und Jack zu. Die Augen des Mannes hatten verletzt ausgesehen – als hätte er Prügel bezogen. Sie streichelte das aufgeplusterte schwarze Rückengefieder des Vogels. Wenn sie ihm das Leben retten

konnte, ihm helfen konnte zu leben, wäre das eine Huldigung an Emma und ihre Tochter, die sie mutterlos zurückgelassen hatte.
Doch vielleicht gab es auch noch eine andere, bessere Möglichkeit.

6. Kapitel

Als Nell und ihr Vater von der Strandpromenade, wo sie sich um zwölf Uhr getroffen hatten, nach Hause kamen, fanden sie eine Nachricht vor, die in der Fliegengittertür klemmte. Nell entdeckte eine Zeichnung, die zwei Vögel darstellte.
»Von Stevie!«, rief sie.
Ihr Vater las die Nachricht: »Ihr seid herzlich zum Essen eingeladen, bei Tilly und mir, heute Abend um sechs.« Darunter befanden sich das Kürzel »SM« und eine Katze, die auf den Buchstaben saß.
»Gehen wir hin, gehen wir hin?«, rief Nell aufgeregt.
»Ich habe eine Menge Arbeit.«
»Arbeit, Arbeit, *Arbeit!*« Die Hände in die Hüften gestemmt, spürte sie, wie eine Welle der Enttäuschung Besitz von ihr ergriff. »Und das soll Urlaub sein? Ich weiß schon – Francesca wird garantiert irgendwelche Papiere vorbeibringen, und du wirst mit ihr zum Essen gehen.«
»Nein. Und abgesehen davon habe ich sie gebeten, mir die Unterlagen zu faxen.« Langsam breitete sich ein Lächeln auf seinem Gesicht aus, was bedeutete, dass Nell ihren Willen bekommen sollte.
»Also?« Nell grinste. »Dann gibt es wirklich keine Entschuldigung. Wir gehen zu Stevie!«

Gesagt, getan. Um Punkt sechs erklommen sie den Hügel zu Stevies Haus. Nell hatte ihr bestes Strandkleid angezogen, gelb mit weißen gestickten Gänseblümchen am Saum. Ihr Vater trug Chinos aus kakifarbener Baumwolle und ein blaues Hemd; Nell hatte beobachtet, wie er seine langen Haare hinter die Ohren strich, wie immer, wenn er einen anständigen Eindruck machen wollte und merkte, dass er einen Haarschnitt nötig gehabt hätte. Nell hielt einen Strauß Wildblumen in der Hand, den sie am Ende des Strandes gepflückt hatte. Ihr Vater brachte eine Flasche Wein als Gastgeschenk mit.

Sie klopften an die Fliegengittertür. Tilly saß unmittelbar dahinter und begrüßte sie mit einem Unheil verkündenden, zahnlosen Zischen. Nell wich zurück, dann kicherte sie.

»Das muss Tilly sein«, sagte ihr Vater.

»Richtig«, erwiderte Stevie und öffnete die Tür. Sie war umwerfend mit ihren dunklen glänzenden Haaren, die auf beiden Wangen in einer Spitze ausliefen, wie Vogelschwingen. Ihre Augen waren geschminkt, und sie trug eine weiße Hemdbluse über ihren Bluejeans. Nell strahlte und wünschte sich, Peggy könnte Stevie jetzt sehen; sie sah so schön und heiter aus.

»Wir haben dir Blumen mitgebracht.« Nell reichte ihr den Strauß. »Sie wachsen am Ende des Strandes! Bist du früher mit Mom und Tante Maddie dorthin gegangen? Habt ihr dort auch Blumen gepflückt?«

»Nell, langsam!«, mahnte ihr Dad.

Aber Stevie war wunderbar. Sie wusste, dass Nell ihr mehr schenkte als einen Strauß Astern, Strandheide und wilde Möhren: Nell bot ihr die Chance, sich an ihre beiden Freundinnen zu erinnern. Sie bückte sich, sah Nell in die Augen und nickte. »Genau dort haben wir auch Blumen gepflückt.«

Nell warf ihrem Vater ein rasches Lächeln und einen triumphierenden Blick zu.
Stevie richtete sich auf, ihr Blick fiel auf die Weinflasche in der Hand von Nells Vater. »Würdest du so nett sein und sie öffnen, während ich die Blumen ins Wasser stelle? Du siehst aus, als könntest du einen Schluck gebrauchen.«

Jack war froh, etwas zu tun zu haben. Stevie reichte ihm einen Korkenzieher und deutete auf ein Regal, in dem Gläser standen. Er fand jedoch keine zwei, die zusammenpassten. Höhe und Formen waren unterschiedlich – manche besaßen einen Stiel, andere waren niedrig und bauchig, einige bestanden aus klarem Kristall, andere aus farbigem Glas. Ingenieure und Architekten hatten in der Regel eine Vorliebe für Ordnung, Harmonie und Symmetrie. Stevie, ihr Haus und ihre Gläser brachten ihn aus dem Konzept. Am Ende wählte er zwei mit unterschiedlich langen Stielen aus. Sie bat ihn, ihr ein Glas Ingwerlimonade einzuschenken.
Nell entschied sich ebenfalls für Ingwerlimonade. Jack beobachtete ihre Miene, als Stevie alle drei Getränke mit frischen Pfirsichscheiben garnierte: Seine Tochter strahlte, als hätte sie Geburtstag. Sie gingen ins Wohnzimmer, das einen herrlichen Ausblick auf den Strand bot. Stevie stellte Käse und Cracker auf den Tisch; sie nahm in einem Schaukelstuhl Platz, während sich Jack und Nell gemeinsam auf einen Zweisitzer mit verblichenem Chintzbezug quetschten. Die alte Katze rollte sich auf der Armlehne neben Stevie zusammen.
»Wie geht es dem Vogel?« erkundigte sich Jack.
»Oh, gut. Er vertilgt sämtliches Ungeziefer im Haus.«
»Ich habe schon gehört, was mit dem Vogel passiert ist«, sagte Nell. »Von dem Bruder meiner Freundin.«

»Du hast schon eine Freundin?« Jack sah, wie Stevie lächelte. Sie hatte ein warmes Lächeln, das ihr ganzes Gesicht aufleuchten ließ.

»Ja!« Nell war so erpicht darauf, von ihr zu erzählen, dass sie auf dem Sofa hochschnellte und dabei um ein Haar den Käse und die Cracker vom Tisch gefegt hätte. Jack berührte ihren Arm, um sie zu beruhigen, verblüfft angesichts ihrer Begeisterung. »Sie heißt Peggy McCabe.«

»Oh, Bays Tochter«, sagte Stevie. »Ihr Bruder Billy hat mir heute Morgen einen Besuch abgestattet.«

»Einer von diesen Rowdys?«, fragte Jack.

»Von diesen was?«, wollte Nell wissen.

Stevie lachte. »Das machen sie jedes Jahr. Eine Rasselbande, immer in neuer Zusammensetzung. Das Gerücht, ich sei eine Hexe, kursiert schon seit langer Zeit. Ich schätze, es ist so eine Art Initiationsritus oder Mutprobe für die Jungen von Hubbard's Point, durch meine Fenster zu spähen, um mich – bei was weiß ich – zu ertappen, vermutlich beim Umrühren meines Hexenkessels.«

»Blödmänner«, ließ sich Nell vernehmen. »Sie kennen dich nicht.«

»Danke.«

»Können wir uns den Vogel anschauen?«

»Nell ...«, sagte Jack warnend.

»Natürlich. Möchtest du mitkommen, Jack?«

Ihre Lächeln war strahlend. Er hätte sie gerne begleitet. Aber noch mehr lag ihm daran, dass Nell sie ein paar Minuten für sich allein hatte – wie sie es sich offensichtlich wünschte.

»Nein danke«, sagte er. »Ich leiste Tilly Gesellschaft.«

Nell warf ihm einen anerkennenden Blick zu und stürmte hinter Stevie die Treppe hinauf. Jack trank einen Schluck Wein und versuchte zu ergründen, warum er sich so unbehaglich fühlte. Schließlich war das kein Rendezvous oder dergleichen, sondern ein Abendessen mit einer ehemaligen Freundin seiner Frau. Das war alles. Er kannte Stevie kaum – er hatte die Einladung ausschließlich seiner Tochter zuliebe angenommen.

Jack wollte vermeiden, dass Nell verletzt würde. Bestimmt würde Stevie ihr nicht absichtlich wehtun, aber er hatte trotzdem das Bedürfnis, sein Kind zu beschützen. In Gesellschaft war Nell wie ausgewechselt, verglichen mit dem abendlichen Zubettgehen. Der Tod ihrer Mutter hatte sie traumatisiert, und Jack wusste, dass sie sich an Stevie klammerte, weil sie eine Verbindung zu Emma darstellte. Er musste zugeben, dass es ihn ungeheuer freute, sie so glücklich zu sehen.

Ihre Stimmen drifteten von oben hinunter – er fand es herrlich, Nell lachen zu hören. Er vernahm das Zirpen des Vogels und Nells Stimme, die den Laut nachzuahmen versuchte. Kurz darauf kamen die beiden wieder nach unten – wobei Nell Stevies Hand hielt.

»Dad! Du solltest ihr Atelier sehen! Sie hat eine Staffelei in ihrem Schlafzimmer! Überall sind Farben und Bilder und Zeichnungen von allen möglichen Vögeln – auch von mir, Dad. Als Zaunkönig-Junges.«

»Wow.« Jack betrachtete das glühende Gesicht seiner Tochter. Er verspürte einen Stich – war besorgt, dass sie sich zu sehr von einer Frau abhängig machte, die sie kaum kannten.

»Ich habe sie dazu inspiriert«, sagte Nell. »Mommy und ich …«

»Wirklich?« Jack sah auf, begegnete Stevies Blick. Hinter ihrem Lächeln entdeckte er die gleiche Traurigkeit wie am Morgen, als sie in ihrem viel zu großen Morgenmantel wie eine verlorene Seele ausgesehen hatte. Eine vage, beinahe vergessene Erinnerung kam ihm in den Sinn, an Emma, die eines von Stevies Büchern las – über Schwäne, wie er glaubte. Sie hatte missbilligt, dass Stevie Gewalt in der Vogelwelt dargestellt hatte.

»Ja, wirklich«, erwiderte sie.

»Ihre Mutter starb auch, als sie klein war«, erklärte Nell.

»Oh.« Jack trank einen Schluck Wein, verlegen um eine Antwort. Wie kam es, dass Frauen und Mädchen einander binnen kürzester Zeit so viele Dinge anvertrauten? Hatte Stevie Nell gerade eben das alles erzählt? Wie war ihr das gelungen, ohne dabei eine Tränenflut auszulösen? Sowohl Stevie als auch Nell strahlten – er hatte seine Tochter seit langem nicht mehr so glücklich gesehen, seit … er konnte sich nicht mehr erinnern.

»Das tut mit Leid«, sagte Jack schließlich.

»Sie war Spitze«, meinte Nell. »Sie hatte aber auch einen Klasse-Dad. Er war wie du.«

»Das war er wirklich.« Stevie nickte.

»Stevie schenkt mir ein Buch über Kaiserpinguine!«, sagte Nell. »Das sie geschrieben hat! Es ging dabei um sie und ihren Vater, aber es könnte auch von dir und mir handeln!«

»Wow«, sagte Jack zum zweiten Mal innerhalb von zwei Minuten. Sie hatten sich offenbar bei ihrer Stippvisite im ersten Stock wirklich eine Menge erzählt. Er blickte Stevie an; ihre veilchenblauen Augen waren ungemein ausdrucksvoll in dem Licht, das durch die Fenster auf der Westseite hereinfiel. Abermals fiel ihm ein, wie sehr Emma ihre Bücher abgelehnt hatte.

Er griff nach seinem Wein und stieß dabei das Glas um.

In Ermangelung eigener Kinder war sich Stevie nicht sicher, was sie ihren Gästen zum Abendessen vorsetzen sollte. Sie hatte eine Lieblingstante namens Aida, die Schwester ihres Vaters, die einen Witwer mit einem kleinen Sohn geheiratet hatte. Aida hatte Henry großgezogen und festgestellt, dass sie mit Steak, Salat, Stampfkartoffeln und Schokoladenkuchen als Nachtisch nie falsch lag. Deshalb servierte Stevie Tante Aidas Standardmenü und hoffte das Beste.

»Ich liebe Stampfkartoffeln«, erklärte Nell. »Dad, warum gibt es die bei uns nie, außer an Thanksgiving?«

»Keine Ahnung. Wahrscheinlich, weil ich der Meinung war, dass du Pommes frites aus der Tiefkühltruhe magst.«

»Ist das Steak durch?«, fragte Stevie.

»Es schmeckt prima«, meinte Nell.

»Fantastisch«, lobte Jack.

Die Sonne ging unter, hüllte den ganzen Raum in einen goldenen Schein. Stevie liebte diese Tageszeit und nutzte oft die letzte Stunde des Lichts, um zu arbeiten, oft entstanden dann ihre besten Werke. Freunde zum Abendessen einzuladen gehörte nicht zu ihren Gewohnheiten. Es war so lange her …

Sie wollte alles richtig machen für Emmas Familie. Sie hatte bemerkt, wie Jack zusammengezuckt war, als Nell die Zaunkönig-Bilder erwähnte. Wäre es besser gewesen, das für sich zu behalten? Überall schien es mutterlose Kinder zu geben, die Stevie an ihr eigenes Leben, an Emma und Nell erinnerten.

»Möchte jemand ein Stück Kuchen?«, fragte sie, als sie den Tisch abräumte.

»Gerne«, sagte Jack und ging ihr zur Hand.

»Kann ich noch einmal den Vogel besuchen?«, fragte Nell.

»Wenn dein Vater es erlaubt«, erwiderte Stevie, und Jack nickte. Nell klatschte vor Begeisterung in die Hände und lief nach oben.

Stevie kochte Kaffee und ging, bis er durchgelaufen war, mit

Jack ins Wohnzimmer hinüber, wo sie warteten. Die Sorgenfalten auf seiner Stirn erinnerten sie an ihren Vater. Sie hätte ihn gerne nach Emma gefragt, wollte ihn aber nicht verstimmen. Sie navigierte in klippenreichen Gewässern. Er räusperte sich und ergriff das Wort, als hätte er ihre Gedanken gelesen; er sprach leise, so dass Nell ihn nicht hören konnte.

»Es war ein Autounfall. In Georgia, auf dem Heimweg, wo sie das Wochenende verbracht hatte.«

»Ach, Emma.« Stevie schlug die Hand vor den Mund.

»Nell war acht. Letztes Jahr. Es war das erste Mal seit Nells Geburt, dass Emma weg war, ohne uns.«

»War sie allein?«

Jack schüttelte den Kopf. Er öffnete den Mund, dann schloss er ihn wieder. In dieser kurzen Zeitspanne – zwischen Stevies Frage und der Antwort, die er gerade geben wollte – flammte Wut in ihm auf. Sie sah es an seinen Augen und seinem Mund. Er richtete den Blick auf den Strand, auf die Blumen, die Nell und er mitgebracht hatten, und zum Schluss auf Stevie. »Sie war mit meiner Schwester zusammen.«

»Madeleine?«

Jack nickte.

»Maddie – war sie –?« Stevie war kaum fähig, die Frage über die Lippen zu bringen.

»Sie war verletzt. Aber sie hat überlebt.«

»Es tut mir so Leid, Jack.«

Er nickte, als gäbe es nichts mehr zu sagen. Stevie versuchte sich vorzustellen, wie es sein mochte, wenn die eigene Frau bei einem Unfall getötet und die Schwester verletzt wurde. Sie schwiegen eine Weile, lauschten Nell, die oben mit dem Vogel redete.

»Und was ist mit dir, Stevie? Hast du Kinder? Du verstehst dich großartig mit Nell.«

»Nein. Ich habe keine Kinder.« Sie fühlte sich sonderbar hohl, als sie ihm einen Teil der Wahrheit erzählte.
»Warst du verheiratet?«
Sie zögerte. Die Antwort fiel ihr schwer. »Drei Mal.«
»Oh.« Er lächelte – war es Einbildung, oder wusste er bereits Bescheid? Es war ihr peinlich, was manche Zeitungen über sie geschrieben hatten: »Manche Vögel gehen Partnerschaften fürs Leben ein, im Gegensatz zur heiß geliebten Kinderbuchautorin Stevie Moore.«
»Vermutlich eigne ich mich nicht für die Ehe«, versuchte sie zu scherzen, so wie sonst, wenn sie sich als ›Die Elizabeth Taylor von Südost-Neuengland‹ bezeichnete.
»Hmmm.« Er lachte nicht, verzichtete darauf, auch nur so zu tun, als sei das komisch. Seine Reaktion löste seltsamerweise ein gutes Gefühl in ihr aus.
Die Sonne ging unter, tauchte den Strand und die Bucht in karamellfarbenes Licht. Jack blickte sie an, und sie entdeckte Anteilnahme in seinen Augen. Er fand ihre Situation offenbar nicht belustigend, wie andere Leute bisweilen. Stevie hatte Freunde in New York, die sie als die »vielfach verehelichte Stevie Moore« vorstellten. Sie selbst hatte sich einmal im Spaß und beschwipst – damals, als der Alkohol noch seinen Zweck erfüllte – eine »Serien-Angetraute« genannt.
»Warum hast du …«, sagte er nach einer weiteren Minute.
»Warum ich drei Mal geheiratet habe?«
Er nickte. Der Kaffee war durchgelaufen, aber keiner von beiden rührte sich. Stevie stellte fest, dass sie die leere Weinflasche ansah und sich wünschte, es wäre noch etwas übrig. Sie erinnerte sich an Tante Aidas Worte, dass ihre alte irische Großmutter ihr geraten hätte, eine Flasche nie bis »zum letzten Tropfen« zu leeren, sonst würde sie als alte Jungfer sterben. *Wenn das nur wahr geworden wäre*, dachte Stevie.

»Also, Ehemann Nummer eins war ein junger Maler, den ich an der Kunstakademie kennen gelernt hatte. Nummer zwei entführte mich in die Antarktis, um den Kaiserpinguin zu erforschen. Und das letzte Mal heiratete ich einen Mann, der …« Sie hielt inne, suchte nach einer Möglichkeit zu beschreiben, was Sven ihr bedeutet hatte. »Der mir den Atem verschlug.«

»Und warum hat es nie geklappt?«

»Ich wünschte, ich wüsste es.«

Jack war höflich und zog sie nicht auf, aber er schien zu wissen, dass sie ihm eine ausweichende Antwort gab. Er wartete.

»Hast du mal was von ›Fluchttrieb‹ gehört?«, fragte sie. »Wenn sich ein Mensch in seiner Haut unwohl fühlt und beschließt, dass ein Ortswechsel alle Probleme lösen würde? Also packt er seine Siebensachen und zieht in eine andere Stadt, in einen anderen Staat oder in ein anderes Land in der Hoffnung, dass dort alles anders und besser sein wird. Er lässt das, was ihm vertraut ist, hinter sich und ergreift die Flucht.«

Bildete es Stevie sich ein, lag es am Sonnenuntergang, oder wurde Jack rot?

»Davon habe ich gehört«, erwiderte er ruhig.

»Nun, ich bin von Ehe zu Ehe gewandert. Bin aus einer unglücklichen Ehe oder Beziehung ausgebrochen in der Hoffnung, die nächste würde besser.« Sie verschränkte ihre Hände, voller Scham, die sie bei dem Gedanken stets empfand. Das Geräusch der Wellen, die ans Ufer brandeten, drang durch das geöffnete Fenster. Warum erzählte sie Jack das alles? Vermutlich weil ihre Bekanntschaft so lange zurückreichte – sie waren zwar nicht miteinander befreundet, aber kannten sich vom Strand her.

»Ich wünschte, du hättest mehr Glück mit deinen Beziehungen gehabt«, sagte Jack.
»Nun, ich brauche Nähe. Emma zog mich früher oft damit auf. Das war schon damals so, am Strand, als wir Kinder waren.«
»Mach dir keine Vorwürfe.«
»Es ist so unfair.« Sie blickte ihn an. »Du hattest Emma – aber sie wurde euch viel zu früh genommen. Und ich habe meine Ehen einfach weggeworfen …«
»Emma zu verlieren war unfair. Gelinde ausgedrückt. Aber geh nicht so hart mit dir ins Gericht. Vielleicht hatten diese Männer dich nicht verdient.«
Sie sah ihn an. Seine Augen waren grimmig, und einen Augenblick lang fühlte sie sich genauso beschützt wie früher von ihrem Vater. Diese Empfindung erschreckte sie – sie kam völlig unerwartet. Sie lächelte, entspannte sich ohne ihr Zutun. Sie hatte schon lange keine Freunde mehr zu Besuch gehabt. Nell die Tür zu öffnen hatte sich als Geschenk des Himmels erwiesen: Sie sah Jack an, überrascht, dass sich die Anspannung in ihren Schultern verflüchtigte.
»Danke«, sagte sie.
»Keine Ursache.« Sie standen auf, bereit, in die Küche zu gehen. Ihre Herz klopfte. Jack sah sie auf eine Weise an, die sie bewog, ihren Blick abzuwenden, auf den Strand zu richten. Die Sonne war inzwischen untergegangen; die Bucht glänzte matt silbern, beinahe schwarz. Der Himmel verdunkelte sich, und Stevies Herz schlug schneller.
Sie wechselten einen Blick, dessen Tiefe Stevie innerlich aufwühlte. Er machte sie verlegen, verwirrte sie. Sie drehte sich um, bemüht, etwas Unverfängliches zu sagen. Tilly lag auf der Fensterbank, gab einen grollenden, kehligen Laut von sich, als sie Mäuse im Unterholz ausmachte. Stevie berührte

Tillys Kopf mit den Fingerspitzen, und die Katze sauste davon.

»Ich würde Madeleine gerne wiedersehen«, sagte sie.

Jack antwortete nicht – sie sah im selben Augenblick, wie seine Stimmung umschwang.

»Könntest du mir ihre Telefonnummer geben? Vielleicht rufe ich sie an – wenn sie Nell und dich besucht, würde ich mich freuen, wenn sie auf einen Sprung vorbeikommen könnte.«

»Sie kommt nicht zu Besuch«, entgegnete er ruhig.

Stevie sah ihn an, war bestützt über seine Miene. Er wirkte verstört, aufgewühlt.

»Nicht?«

»Es ist besser, wenn Nell und ihre Tante sich fürs Erste nicht sehen. Wenn es dir recht ist, lassen wir das Thema.«

Stevie war perplex. Sie hatte keine Ahnung, was sie sagen sollte, und war durch die Wende, die ihre Unterhaltung genommen hatte, völlig konfus. Der Schmerz wich aus Jacks Augen, seine Miene wurde ausdruckslos. Er sah aus wie betäubt, konnte Stevies Blick nicht standhalten.

»Ich glaube, der Kaffee ist fertig«, sagte sie nach einer Weile.

»Gut.« Er schien erleichtert. In dem Moment fiel ihr ein, dass Nell noch oben war. Sie entschuldigte sich und ging hinauf, um sie zu holen.

Nell redete mit der Krähe, streifte in Stevies Zimmer umher und fühlte sich restlos glücklich. Ihr Dad und Stevie waren unten – sie konnte ihre Stimmen hören. Bei dem Gedanken, dass die beiden über sie redeten, über ihre Mutter, fühlte sie sich geborgen und glücklich. Stevie war für sie beinahe wie eine zweite Tante.

Kaum zu glauben, dass sie wusste, was Nell empfand; und dass auch sie ihre Mutter verloren hatte, als sie noch ein Kind war. Genau wie die kleine Krähe …

Nell stand neben dem Käfig, betrachtete die munteren schwarzen Augen des Vogels. Sie ging zum Spiegel. Sie hatte braune Haare und grüne Augen, wie ihre Mom. Ob ihre Mutter jemals in diesem Raum gewesen war? Vielleicht hatten Tante Madeleine und sie bei Stevie übernachtet!

Vielleicht konnte Stevie ihren Vater ja dazu bringen zu verzeihen … obwohl sie das kaum zu hoffen wagte. Während die Sonne hinter ihr unterging, blickte Nell in den Spiegel, in ihre grünen Augen, die Augen ihrer Mutter, und sprach schweigend einen großen Wunsch aus.

In dem Moment entdeckte sie ein Foto auf dem Schreibpult. Es befand sich in einem silbernen Rahmen und zeigte eine Frau und ein kleines Mädchen. Sie standen neben einer Staffelei, hielten beide einen Pinsel in der Hand und blickten feierlich in die Kamera. Waren das Stevie und ihre Mutter?

Als Nell Schritte hörte, fuhr sie herum. Stevie stand im Türrahmen.

»Bist du das?« Nell deutete auf das Foto.

»Ja.«

»Mit deiner Mutter?«

»Nein. Mit der Schwester meines Vaters. Tante Aida. Sie ist der Grund dafür, dass ich Künstlerin geworden bin.«

»Ist sie Künstlerin?«

»Ja, Malerin. Eine ziemlich bekannte. Sie malt große Bilder, die aussehen … wie weit offene Räume.«

»Was bedeutet das? Moderne Kunst, wie das Bild dort drüben?« Nell deutete auf ein Gemälde, das nur zwei Farben aufwies. Es hing an der Wand, hinter Stevies Bett, ein sehr großes Rechteck, das aus zwei Quadraten bestand: einem weißen und einem hellblauen. Mehr war darauf nicht zu sehen.

Stevie lachte, als hätte Nell den Nagel auf den Kopf getroffen. »Genau. Das stammt aus Tante Aidas *Strandserie*.«

Nell betrachtete das Bild mit zusammengekniffenen Augen. Der Raum war dunkel, deshalb schaltete Stevie die Lampe ein. Das blaue Quadrat war oben. »Blauer Himmel, weißer Sand?«, fragte sie.

»Tante Aida würde dich lieben«, sagte Stevie und kicherte.

Nell grinste. Doch dann wurde sie ernst. Ein furchtbarer Gedanke fuhr ihr durch den Kopf. »Lebt sie … noch?«

»Oh, sie lebt. Sie ist sogar quicklebendig.«

»Wie meine Tante.«

»Ja«, erwiderte Stevie, aber ihr Lächeln war überschattet.

Nell fasste sich ein Herz. Sie musste etwas fragen, und dafür galt es, ihren ganzen Mut zusammenzunehmen. »Stevie«, begann sie.

»Wie wäre es mit einem Stück Schokoladenkuchen?«, fragte Stevie behutsam. »Doch zuerst werde ich das Buch über die Pinguine suchen, das ich dir schenken möchte …!« Sie begann, ein Bücherregal zu durchsuchen, musterte jeden Titel.

»Stevie!«

Als ahnte sie, was Nell fragen wollte, begann Stevie, noch eifriger zu suchen. Sie nahm eine Lesebrille mit halben Gläsern, wie Nells Vater sie zuweilen trug, und setzte sie auf.

»Nell!«, rief Jack von unten herauf. »Komm jetzt. Es ist schon spät, wir müssen gehen.«

»Wo ist bloß dieses Buch?«, murmelte Stevie.

»Komm jetzt, Nell!«, rief Jack, nun lauter.

»Sie ist deine Freundin«, sagte Nell plötzlich.

Stevie hielt einen Moment inne, bevor sie die Suche wieder aufnahm.

»Deine Strandfreundin. Solche Freundinnen hören nie auf, Freundinnen zu sein …«

»Da ist es ja!« Stevie zog ein dünnes Buch aus dem Regal. Sie sah so unerschütterlich und klug aus mit ihren dunklen Haaren, dem Pony und den Halbgläsern, dass Nell mit einem Mal das Bedürfnis hatte, sich in ihre Arme zu flüchten. Doch sie hielt sich zurück, selbst als Tränen über ihre Wangen liefen.

»Meine Tante Madeleine«, sagte Nell, unfähig, den Tränen Einhalt zu gebieten. »Ich vermisse sie so sehr, so sehr! Du musst sie unbedingt anrufen! Sie ist deine Freundin! Madeleine Kilvert, genau wie früher, sie heißt genau wie wir. Mein Vater hasst sie, aber ich liebe sie! Genau wie du deine Tante Aida liebst!« Sie brach in lautes Schluchzen aus und fühlte sich mit einem Mal von Stevies Armen umfangen. Stevie hob sie hoch, drückte sie an sich, küsste sie auf den Nacken, genau wie Nells Mutter, wie Tante Madeleine.

Ihre Tränen waren heiß auf der Haut, und ihr Schluchzen ließ die Luft erzittern. Sie vernahm die Schritte ihres Vaters und spürte, wie er sie von Stevie löste. Nell wusste nicht mehr, ob sie müde oder vom Kummer überwältigt war, weil sie die beiden Frauen in ihrem Leben vermisste, aber sie hörte, wie sie weinte, als ginge die Welt unter, hörte ihren Vater flüstern: »Ist gut, Nell. Weine nicht, mein Schatz, weine nicht …«

»Es tut mir so Leid«, sagte Stevie.

»Schon gut«, entgegnete ihr Vater mit seiner verärgerten Stimme, die besagte: *Nichts ist gut*.

»Ich möchte Tante Madeleine!«, weinte Nell.

»Ich hätte sie nicht nach oben lassen sollen. Ihr nicht das Foto zeigen dürfen …«

»Sie ist sehr sensibel«, meinte ihr Vater.

Dann sagte Stevie etwas in der Art, dass sie verstehen würde und sich nicht wieder einmischen wolle. Nell spürte, wie Stevies Lippen ihre tränennasse Wange streiften und die harte Kante eines Buches, das in ihre Hand gedrückt wurde. Einen Arm um den Hals ihres Vaters geschlungen, schluchzte sie während des ganzen Rückwegs zu dem gemieteten Cottage und umklammerte Stevies Buch über Pinguinkinder und die Väter, die sie liebten.

7. Kapitel

Die Julihitze lastete wie ein Fluch über dem Strand, mit langen heißen Tagen, an denen kaum ein Lüftchen wehte. Jack nutzte die Morgenstunden – wenn Nell am Freizeitprogramm teilnahm –, um zu arbeiten. Auf der mit Fliegengitter geschützten Veranda sitzend, telefonierte er mit Ivan Romanov von IR in Inverness, tippte seitenlange Konzepte für dessen Projekt, zeichnete Pläne für seine Bostoner Niederlassung und wünschte, er befände sich in irgendeinem Büro mit Klimaanlage, überall, nur nicht hier.

Am meisten wünschte er sich jedoch, den Hügel hinaufzugehen und mit Stevie zu sprechen.

Nell hatte sich von der Szene in Stevies Haus erholt. Sie hatte sich an jenem Abend in den Schlaf geweint und war am nächsten Morgen still und in sich gekehrt gewesen. Aber sie war zum Strand gegangen, um am Freizeitprogramm teilzunehmen – Jack hatte schon befürchtet, dass sie sich weigern würde –, und schien sich über das Wiedersehen mit Peggy zu freuen. Sie hatte eine Freundin, mit der sie den ganzen Tag spielen konnte.

Jack hätte sich gerne bei Stevie entschuldigt, aber er wusste nicht wie. Er wollte keine schlafenden Hunde wecken. Und Stevie hatte den Kontakt abgebrochen. Es war gewiss besser so. Doch seltsamerweise stellte er fest, dass er ständig an sie dachte. Er wünschte sich nichts sehnlicher, als mit Nell zusammen das Abendessen bei ihr zu wiederholen, aus den nicht zusammenpassenden Gläsern zu trinken, den Sonnenuntergang von ihrem Fenster aus zu betrachten. Noch einmal ihr hinreißendes Lächeln zu sehen.

Was waren das für Gedanken?

Während des Gesprächs mit Ivan Romanov fiel ihm wieder ein, was Stevie über den Fluchttrieb gesagt hatte. Der Glaube, ein Ortswechsel sei ein Allheilmittel, auch wenn das eigentliche Problem im Inneren wurzelte, gehörte zur menschlichen Natur – diese Lektion hatte er schon als Kind gelernt. Madeleine und er waren gemeinsam von zu Hause durchgebrannt, als sie acht und er zwölf war. Ihr Großvater war aus Providence zur Besuch gekommen – er hatte Jacks Zimmer in Beschlag genommen, rauchte Pfeife und schaute sich Fernsehprogramme an, die sonst niemandem gefielen. Er hatte Haare in den Ohren und in der Nase. Er war taub und weigerte sich, sein Hörgerät zu tragen. Maddie fürchtete sich vor ihm, weil er mit polternder Stimme sprach und eine Warze oben auf der Glatze hatte.

Wegzulaufen schien die beste Lösung zu sein; Jack und Maddie waren klammheimlich mit dem Bus zum Elizabeth Park gefahren; sie hatten den Rosengarten besichtigt und nach geeigneten Stellen für ein Baumhaus Ausschau gehalten, wo niemand sie finden würde. Jack begann nach Zweigen zu suchen, die man zusammenbinden und für den Boden des Baumhauses verwenden konnte, doch Maddie fing an zu weinen – weil sie daran denken musste, wie sehr ihre Mutter

sie vermissen würde. Jack tat so, als sei er entrüstet, aber insgeheim war er heilfroh über die Gelegenheit, nach Hause zurückzukehren.
Der Gedanke, dass er dieses Mal *vor* Maddie davonlief – und nicht mit ihr –, machte ihm schwer zu schaffen. Er runzelte die Stirn, konzentrierte sich wieder auf seine Arbeit und seine Pläne, verbannte seine Schwester aus seinen Gedanken.
Nach Hubbard's Point zu kommen war in gewisser Hinsicht eine gute Idee gewesen – Nell war wie ihre Mutter. Sie liebte den Strand, hatte das Salzwasser im Blut. Jeden Nachmittag schleppte sie Jack mit zum Schwimmen. Das kühle Wasser war ein Lebenselixier für ihn, wenn er mit Nell zum Floß hinausschwamm. Er stellte fest, dass er den Hügel hinaufspähte, zu Stevies Haus, und sich fragte, was sie gerade tun mochte.
Doch abends war die Situation immer die gleiche, seit dem Unfall. Nicht einmal die salzhaltige Luft konnte Nells Einschlafprobleme beseitigen. Ungefähr eine Stunde nach dem Abendessen begannen die Panikattacken. Seit sie Stevies Buch hatte, musste Jack ihr jeden Abend daraus vorlesen, wieder und wieder, bis er die Geschichte von dem Pinguinvater, der das Ei hütete, in- und auswendig kannte.
Doch sobald er Nell den Gutenachtkuss gegeben hatte, nahm das Drama seinen Lauf. Sie wälzte sich im Bett hin und her, bat Jack, ihr noch ein paar Seiten vorzulesen, sich mit ihr zu unterhalten, ihr den Rücken zu rubbeln. Inzwischen hatte sich daraus ein Muster entwickelt: Teilweise musste er sechs oder sieben Mal zu ihr ins Zimmer gehen, bevor der Morgen graute. In manchen Nächten begann Nell vor Frustration und Erschöpfung zu weinen, konnte nicht mehr aufhören – sie vermisste ihre Mutter mit jeder Faser ihres Körpers.
Eines Abends brach ein furchtbares Unwetter über das Con-

necticut-River-Tal herein. Blitze zuckten am Himmel. Donnerschläge ließen die Bäume erzittern. Der Sturm erreichte die Stärke eines Orkans. Das Tosen erschreckte Nell. Sie klammerte sich wie ein Koalabär an ihren Vater, wimmernd und zitternd.

Jack hielt sie umschlungen, unfähig, sie zu trösten. Stevies Buch hatte die Leere hervorgehoben, die er empfand – sie hatte seinem Leben einen neuen Sinn verliehen, hatte es in Worte und Bilder gekleidet. Wie konnte er dem Anspruch gerecht werden, Nell Vater und Mutter zugleich zu sein? Doch die Begegnung mit Stevie, das Gespräch mit ihr, das sich auf ein einziges Mal beschränkte hatte, gab ihm das Gefühl, auf dem richtigen Weg zu sein.

Es war unglaublich selbstsüchtig von ihm, Nell von Madeleine fern zu halten – und Pläne für Schottland zu schmieden. Er versuchte sich einzureden, dass der Umzug für seine berufliche Laufbahn gut war. Es war ein weiterer Schritt auf der Karriereleiter, die Firma zu wechseln und direkt für einen so wichtigen Kunden zu arbeiten. Aber tief in seinem Inneren wusste er, dass er wieder einmal davonlief – und Nell mitschleppte.

Plötzlich überkam ihn eine siedendheiße Wut auf Emma. Nicht auf Madeleine – auf *Emma*. Er wiegte Nell in den Armen, versuchte sich krampfhaft an ein Schlaflied zu erinnern – irgendeines –, überwältigt vom Hass auf seine verstorbene Frau.

Die er mehr geliebt hatte als sein eigenes Leben. Er hatte sich genau hier in Emma verliebt, in Hubbard's Point. Sie war hübsch und fröhlich gewesen, konnte aber auch scharfzüngig sein. Sie waren sich auf der Strandpromenade begegnet. Er stand dort nach einem Basketballspiel, verschwitzt und schmutzig, um sich in der Meeresbrise abzukühlen. Sie gesellte sich zu ihm und reichte ihm das Handtuch, das sie um ihre Taille geschlungen hatte.

»Das brauchst du«, sagte sie scherzhaft.

»Entschuldigung?« Erschrocken hatte er sie angestarrt, wie sie dastand in ihrem rosa karierten Bikini, eine Goldkette um den Hals und weitere Goldkettchen um Handgelenk und Fußknöchel. Sie hatte Busen. Einen nicht zu übersehenden Busen. Er hatte bisher nie darauf geachtet – schließlich war sie eine Freundin seiner kleinen Schwester. Sie war am Wochenende zuvor bei ihnen zu Hause gewesen, als Jack Besuch von seinen Freunden aus Hartford bekommen hatte. Jacks Freundin Ruth Ann O'Malley war ebenfalls da, und er hatte bemerkt, dass Emma sich mit ihr über verschiedene Colleges unterhielt.

Beide Mädchen waren ausnehmend hübsch. Emma war ihm schon aufgefallen, als Maddie sie zum ersten Mal mit nach Hause brachte. Ruth Ann war keine ehrgeizige Studentin – daraus machte sie auch keinen Hehl. Sie besuchte das Pine Manor, ein Junior-College unweit des MIT, an dem Jack studierte. Jack war überzeugt gewesen, dass Emma den gleichen Weg wählen würde, was die Ausbildung betraf – den einfachsten –, aber er täuschte sich: Er hörte, wie sie Ruth Ann erzählte, dass sie gerne entweder auf das Wellesley oder das Smith gehen würde.

»Du schwitzt«, sagte sie nun.

»Was du nicht sagst. Ich habe gerade mit einem Korb gekämpft.«

»Wer hat gewonnen?«

Er lachte, ohne es zu wollen. Sie schien sich ihrer selbst völlig sicher zu sein – sie besaß mehr Selbstvertrauen als die meisten Mädchen ihres Alters; sie gehörte, genau genommen, zur gleichen Liga wie Ruth Ann.

»Ich«, erwiderte er.
»Hmmm. Ich wusste gar nicht, dass Mathe-Studenten neben ihrem Faible für Zahlen auch Ballsportarten mögen.«
Waren die Worte so doppeldeutig gemeint, wie sie klangen? Jack schwindelte; er wollte sich nicht anmerken lassen, dass er sie falsch eingeschätzt hatte: Er hatte sie nach ihrem Aussehen beurteilt statt nach ihren geistigen Fähigkeiten, und er wäre nicht überrascht gewesen zu erfahren, dass sie eine Anstellung bei den Seven Sisters, den sieben größten Ölkonzernen der Welt anstrebte. Als er sich abgetrocknet hatte, nahm sie das Handtuch, stellte sich auf die Zehenspitzen und wischte ihm damit über die Stirn.
»Die hast du vergessen«, sagte sie.
Seine Knie drohten nachzugeben, als sie das Handtuch über seine Haut gleiten ließ, ihre Brüste gegen seinen Brustkorb gepresst. Sie war Madeleines Freundin, außerdem hatte er bereits ein Mädchen … die Gründe, warum er nicht empfinden durfte, was er empfand, waren ernst und schwerwiegend.
Ruth Ann war umwerfend, sportlich. Sie war die führende Cheerleaderin an der South, Jacks alter Highschool. Jack sah sie vor sich: ihre Frisur, den Lippenstift, den Sarong, den sie trug, passend zum Badeanzug. Seine Freunde fanden sie absolut heiß, hielten ihn für einen Glückspilz. Das alles hielt er sich vor Augen, als er auf der hölzernen Strandpromenade stand. Die kleine Emma hatte vermutlich keine Ahnung, welche Wirkung sie auf Männer ausübte. Das konnte keine Absicht sein.
Ein paar Tage später saß Jack eines Morgens am Küchentisch des Cottages, trank Orangensaft und las die Sportseite des *Hartford Courant*. Es klopfte an der Tür – es war Emma, die Maddie abholen wollte. Sie trug ein gelbes eng geschnittenes

Shirt, hautenge Shorts mit abgeschnittenen Hosenbeinen und eine riesige dunkle Sonnenbrille wie ein Filmstar; sie grinste, als sie ihn sah.
»Na, hast mal wieder Basketball gespielt?«
»Ich spiele jeden Tag.«
»Und bist nicht zu mir gekommen, zum Abtrocknen?«
»Nein. Ich habe das Handtuch meiner Freundin benutzt«, erwiderte er, bemüht zu ignorieren, dass er bis ins Mark zitterte.
»Wie geht es ›Stup Ann‹?« Die unsichtbaren Anführungszeichen und die Formulierung klangen durchtrieben und verführerisch zugleich.
»Sie heißt Ruth Ann.«
»Was du nicht sagst.«
»Hüte deine Zunge, Kleine.«
»Ich bin keine Kleine, und das weißt du.«
»Du bist die Freundin meiner Schwester. Lassen wir es dabei, ja?«
»Ist in Ordnung für mich, wenn es für dich in Ordnung ist«, erwiderte sie mit einem Lächeln, das seine Haut entflammte. Was war sie – eine professionelle Lolita?
»Übrigens, wie alt bist du überhaupt?«
»Genauso alt wie deine Schwester. Sogar ein halbes Jahr älter.«
»Siebzehn?«
»Fast achtzehn.«
»Warum hast du Ruth Ann ›Stup Ann‹ genannt?«
»Weil sie ein bisschen stupid ist – nett anzuschauen, aber hohl in der Birne.«
Jacks Kinnlade fiel herunter – na gut, sie war also fast achtzehn. Offenbar hatte er übersehen, dass Maddie – und ihre Freundinnen – erwachsen wurden. Aber was sollte das, wie-

so machte sie Ruth Ann so herunter – seine Freundin und das beliebteste Mädchen in der South Catholic?

»Sie scheint überhaupt nicht dein Typ zu sein.« Emma trat einen Schritt näher, nahm die Sonnenbrille von der Nase und blickte ihm direkt in die Augen. »Ich dachte, du wärst zu gewieft, um auf ein Mädchen wie sie hereinzufallen. *Pine Manor*? Nicht zu fassen!«

»Nur weil du nach Wellesley gehst …«

»Aha! Du hast also *doch* gelauscht!«

»Warum willst du dorthin?«

»Weil ich Karriere machen und mit Jungen vom MIT ausgehen will«, erwiderte sie mit einem verruchten Lächeln. »Was fängst du mit einem Mädchen an, das seinen *Abschluss* auf einer Matratze macht? Das College wird nämlich *Pine Matress* genannt, falls du es noch nicht wusstest. Das kann einem supergescheiten Jungen wie dir doch nicht genügen.«

»Woher willst du denn das wissen?«

»Ich habe dich aufwachsen sehen, Jack Kilvert«, flüsterte Emma. »Ich weiß mehr über dich als du selbst …«

Jack hätte Emma am liebsten sofort geküsst. Verliebt hatte er sich schon vor drei Tagen in sie – in dem Moment, als sie ihm ihr Handtuch gab. Er hatte zweiundsiebzig Stunden gegen seine Gefühle angekämpft und würde noch weitere Tage mit sich ringen. Ruth Ann und er gingen miteinander. Aber Emma hatte Recht – Ruth Ann konnte ihm nicht das Wasser reichen. Er hatte ein schlechtes Gewissen, weil die Gespräche mit ihr ihn bodenlos langweilten. Er versuchte sich einzureden, dass eine so schöne Frau jeden Mann glücklich machen würde – und das, was er an ihr hatte, beinahe jedem Mann genügen würde. Warum also ihm nicht?

Und dann hatte Emma seinen Weg gekreuzt …

Sie hatte ihm den Kopf verdreht, mit Zuckerbrot und Peitsche. Dieser Trick hatte seine Wirkung noch nie verfehlt. Sie hatte sein Herz im Sturm erobert, weil er ihr mehr als alles andere in der Welt beweisen wollte, was in ihm steckte.

Das Verrückte war, dass Emma letztlich mehr mit Ruth Ann gemein hatte, als er erkannte. Zu Beginn ihrer Beziehung hatten Äußerlichkeiten eine große Rolle gespielt. Ein Paar, das füreinander geschaffen zu sein schien, doch sie vergaßen, wirklich eins zu werden, mit Leib und Seele. Im Herzen blieben sie einander fremd. Jack hatte nie ergründen können, was Emma sich wirklich im Leben wünschte, obwohl ihr das so wichtig war, dass es sie – am Ende – ihm und Nell entfremdete.

Hatte sie ihn jemals richtig geliebt? Oder hatte sie sich nur selbst beweisen wollen, dass sie jeden Mann, auch ihn, bekommen konnte?

Als er an diesem Abend mit seiner Tochter alleine war, tobte in ihm ein Sturm von Gefühlen, ein Sturm, der so heftig war, dass Blitz und Donner draußen dagegen nichts waren: Als Wiedergutmachung wiegte er seine kleine Tochter, so sanft er konnte. »Ist gut, Nell. Alles ist gut …«

Die Worte klangen kraftlos. Spürte Nell, wie sein Herz klopfte, gegen seine Rippen hämmerte? Hätte sie auch nur geahnt, welche Gedanken ihm durch den Sinn gingen, welche Worte er ihrer Mutter an den Kopf geworfen hätte, weil sie von ihnen gegangen war, hätte sie nie wieder ein Auge zugetan.

Das Unwetter verzog sich über den Long Island Sound, hinterließ Frieden, Kühle und frische Luft. Die lastende Schwüle war vorüber, der Bann gebrochen. Noch erstaunlicher war, dass Nell fest schlief. Ihr Atem ging gleichmäßig, so wie damals, als sie ein Baby und Emma noch am Leben war. Sie rührte sich nicht, nicht einmal als Jack sie ins Bett legte.

»Nell?«, sagte er laut, probehalber. Sie schnarchte leise und regte sich nicht.
Jack erkannte auf Anhieb, wenn ein Mensch erschöpft war. Sie hatte sich selbst übermüdet. Draußen wurde es hell, der Himmel war klar. Er blickte auf seine Uhr: halb sechs. Er war so überdreht, dass er fürchtete zu explodieren. Obwohl die Hitze vorüber war, hatte er das Gefühl zu verbrennen. Wenn er sich beeilte, konnte er noch schnell eine Runde schwimmen. Der Strand war weniger als eine Minute entfernt.
Seine Laufschuhe zubindend, sah er noch einmal nach Nell: Sie war völlig erledigt, schlief wie ein Murmeltier. Leise schlich er hinaus, schloss die Tür hinter sich. Er begann, die gewundene Straße entlangzujoggen, aber der Lauf wurde zum Sprint. Er rannte gegen die Gefühle an, die in seinem Inneren brodelten. Seine Füße hämmerten auf den Boden, das Geräusch hallte laut in seinen Ohren wider. Der Strand lag noch im Tiefschlaf. Die Sterne funkelten am dunkelblauen Firmament. Er hätte am liebsten gebrüllt, um die ganze Welt aufzuwecken. Um Emma aufzuwecken.
An der Strandpromenade – wo er seiner Frau zum ersten Mal begegnet war – verlangsamte er seinen Schritt. Sein Brustkorb schmerzte, und er schlug mit der Hand auf die Stelle, an der sich sein Herz befand. Was wäre, wenn er jetzt tot umfiele? Es wäre so leicht: Der Schmerz würde vergehen, genau wie seine Verwirrung darüber, dass er Emma hasste, ihr grollte, weil sie ihn mit Nell allein gelassen hatte und er nicht wusste, wie er das alles bewältigen sollte. Doch der Gedanke, Nell im Stich zu lassen, brachte ihn wieder zur Vernunft, und er schüttelte den Kopf, um die düsteren Gedanken zu vertreiben.
Ein leichter Grauschleier hing im Osten, erhellte den Him-

mel in der heraufziehenden Morgendämmerung. Die Sterne waren noch zu sehen, weiße Himmelkörper, unter denen der Morgenstern am hellsten schien. Jack setzte sich auf die Bank an der Strandpromenade, um seine Schuhe auszuziehen. Mit einem Mal entdeckte er Stevie.

Ungefähr zwanzig Meter entfernt überquerte sie lautlos die Fußgängerbrücke. Sie hatte kaum etwas Menschliches, sondern glich eher einer Geistererscheinung, als sie plötzlich in der Dunkelheit auftauchte. Er sah, wie sie auf den Sand hinuntersprang und zur Gezeitenlinie lief, wo der Sand fest war. Sie blieb stehen, auf gleicher Höhe mit ihm, hielt nach rechts und links Ausschau. Einen Moment lang dachte er, sie hätte ihn entdeckt. Er hielt den Atem an.

Aber sie wandte sich dem Sund zu. Sie blickte aufs Meer hinaus, nach Osten, um den Tag zu begrüßen. Sie breitete die Arme aus, als wollte sie die ganze Welt umfangen. Der Anblick rührte Jack, weckte Gefühle in ihm, die er längst vergessen glaubte. Er spähte angestrengt in die Dunkelheit und sah, wie sie ihren Bademantel auf den Sand fallen ließ.

Ihre nackte Haut war blass im Sternenlicht. Er sah die Rundungen ihrer Brüste und Hüften, holte tief Luft. Er saß auf der Kante des hölzernen Stegs, sprungbereit, als rechnete er damit, dass gleich etwas passieren würde, etwas Unerträgliches. Sie sprang ins Wasser – mit einem Satz, ohne sich vorher abzukühlen.

Er sah ihr nach, sah ihren Kopf, ihre kräftigen Züge, als sie zielstrebig hinausschwamm. Venus, der Morgenstern, stand im Westen, erhellte ihre Spur. Jack verrenkte sich schier den Hals, um sie im Blick zu behalten. Er fühlte sich unglaublich schuldig und untreu angesichts der Gedanken, die ihm kamen. Doch er spürte, wie die Leidenschaft ihn übermannte, und wäre am liebsten ins Wasser gesprungen, wäre Stevie so

schnell wie möglich hinterhergeschwommen, um ihr in den Wellen zu begegnen.
Einen Augenblick lang verlor er sie aus den Augen – und war einer Panik nahe – wo steckte sie? War sie untergegangen? Er suchte mit seinen Blicken das Wasser rund um das Floß ab, das ungefähr fünfzig Meter vom Ufer entfernt lag, und den direkt dahinter befindlichen großen Felsen.
Sie brauchte niemanden, der sie rettete: Sie schwamm am Floß vorbei, geradewegs auf den Felsen zu. Jack erinnerte sich, dass er ihn als kleiner Junge oft aufgesucht hatte. Er war mächtig, aus Granitgestein, ideal, um sich wie ein Schiffbrüchiger zu fühlen. Muscheln und Rankenfußkrebse bedeckten seine Oberfläche; Hummerkörbe waren vom Sturm angeschwemmt worden, die Leinen hatten sich an den schartigen Felsvorsprüngen verfangen.
Jack sah, wie sie sich aus dem Wasser hochzog und den Felsen erklomm. Sie war nackt und wunderschön, das schwarze Wasser nahm eine silberne Färbung an, als es an ihrem Körper hinabströmte. Wieder breitete sie die Arme aus, als wollte sie einen unsichtbaren Geliebten umfangen, dann sprang sie kopfüber zurück ins Wasser. Sie näherte sich stetig dem Ufer. Würde sie ihn entdecken? Jacks Herz klopfte wie verrückt. Er fühlte sich hin- und hergerissen – sein Kopf sagte ihm, dass es klüger war, sich zu verstecken, sein Herz drängte ihn, aufzustehen und sich zu erkennen zu geben.
Aber er rührte sich nicht. Sie ging nicht zuletzt deshalb vor Sonnenaufgang schwimmen, weil sie allein sein wollte. Das war ihr Strand. Daran konnte es keinen Zweifel geben. Der weiße Sand, das tiefblaue Meer, Granit, Quarz, Mondsteine, das vom Wasser kunstvoll glatt geschliffene Meerglas und der geheimnisvolle Strandhafer gehörten ihr: Sie befanden sich um diese Zeit in ihrem alleinigen Besitz. All diesen Men-

schen, die sich tagsüber hier aufhielten, wenn die Sonne schien, die ihre Decken, Liegestühle und Sonnenschirme ausbreiteten, entging dieser geheime Zauber.
Stevie wusste darum. Sich lautlos zurückziehend, kam es ihm beinahe so vor, als hätte sie das Unwetter heraufbeschworen, der Nacht Kühlung verschafft. Er wartete, um ihren Körper erneut zu betrachten, dieses Mal aus größerer Nähe, silbrig vom Meerwasser. Er war wie in Trance. Ein Teil von ihm wünschte sich nichts sehnlicher, als das Salz auf ihrer Haut zu schmecken – er wusste, dass dieses Gefühl falsch war, hatte keine Ahnung, woher es kam. Dennoch war der Wunsch, sie anzuschauen, so übermächtig, dass er spürte, wie es ihn hinunterzog – zum Meeresufer, zur Gezeitenlinie.
Stattdessen drehte er sich um, um ihr den Strand zurückzugeben.
Schnell und in der Hoffnung, dass sie ihn nicht gesehen hatte, griff er nach seinen Schuhen und lief den Sandweg zu dem Haus zurück, in dem seine Tochter schlief.

Stevie entdeckte Jack in dem Moment auf der Strandpromenade, als sie das Ufer erreichte. Ihr Herz drohte auszusetzen – wartete er auf sie? Hatte er ihr beim Auskleiden zugesehen? Wie konnte sie das Wasser verlassen, solange er dort stand? Sie sah, wie er zögerte, als ob er sich nicht entscheiden konnte, zu ihr zu gehen. Doch dann wich er zurück, nahm seine Schuhe von den Holzplanken, stapfte die Straße entlang.
Der Strand gehörte wieder ihr, wie jeden Tag um diese Zeit. Sie wartete darauf, dass sich das Gefühl der heiteren Gelassenheit einstellte, der Verbindung mit den Rhythmen und den Geheimnissen der Erde, die sie stets aufs Neue empfand – doch ihre Gefühle befanden sich in Aufruhr.

Als sie ihn dort stehen sah, in dem Bruchteil von Sekunden, bevor er sich abwandte, hatte sie seine Sehnsucht nach Nähe wahrgenommen. Seine Körperhaltung verriet ihn. Das Gefühl war ihr vertraut, weil es ihr nicht anders erging. Seit frühester Kindheit, seit dem Tod ihrer Mutter, hatte sie dieses hilflose Sehnen verspürt; sie versuchte es mit den verschiedensten Mitteln zu befriedigen. Sie hatte sich jedes Mal zu heftig und jedes Mal in den falschen Mann verliebt, war bis ans Ende der Welt gereist, um sich selbst zu entfliehen, hatte nach den Sternen gegriffen, die sich als billige Lichter entpuppten.

Stevies Sehnsucht war tief verwurzelt und endlos; sie wusste, dass sie so lange nach der großen, einzig wahren Liebe suchen würde, bis sie diese fand. An guten Tagen war ihr klar, dass sie diese Liebe bereits gefunden hatte: die Liebe zur Natur, das Schwimmen in den frühen Morgenstunden, Tilly, die Vögel, die Geheimnisse und Vertrautheit von New York City. Sie hoffte, dass Jack ebenfalls Erfüllung finden würde, in einer Liebe, die er bereits besaß und niemals verlieren konnte: in der Liebe seiner Tochter.

Sie fragte sich, wer bei Nell sein mochte, während er am Strand war. Vielleicht hatte er eine Freundin. Vielleicht auch nicht …

Wie auch immer, es gab keine zufrieden stellende Erklärung für den Gefühlsaufruhr, der sich ihrer bemächtigte, als sie sich den Bademantel um ihre nackten Schultern wickelte und barfuß durch den Sand, über die Holzbrücke, die Steinstufen hinauflief. Jede Empfindung war wie ein Messerstich ins Herz. Sie stellte sich kurz unter die Außendusche, wobei sie darauf achtete, ein paar Käfer aus den Spinnweben im taubeladenen Gras zu klauben: »Feentischtücher« hatte sie diese als Kind genannt.

Sie dachte daran, was ihr Vater ihr einmal gesagt hatte: »Stevie, es gibt zwei Möglichkeiten, die Welt zu betrachten. Entweder du glaubst, dass die Erde jeden Zauber verloren hat, oder du kannst daran glauben, dass selbst in den geringsten Dingen ein geheimer Zauber steckt.«

Als sie das Haus betrat, um ihre Krähe zu füttern, die gut zu gedeihen schien, und an ihre Gefühle angesichts der Tatsache dachte, dass Jack sie beim Schwimmen beobachtet hatte, blieb ihr keine andere Wahl, als an das Zweite zu glauben.

»Hast du Lust, ›Lemon Tree‹ zu singen?«, fragte Nell zwei Tage später, während der Pause im Freizeitprogramm. »Meine Tante hat es mir beigebracht.«

Peggy kicherte. »Meine Mutter und Tara singen das Lied auch andauernd. Dazu spielen sie abwechselnd Gitarre. Das klingt wirklich toll.«

»Ich wette, Stevie singt es auch.« Nell gefiel es, den Namen auszusprechen: *Stevie*. »Sie hat mir ein Buch geschenkt, das sie selbst geschrieben hat. Und sie hat eine Tante, die sie dazu angespornt hat, Künstlerin zu werden.«

»Eine Zauberkünstlerin, die alle verhext.«

»Würde eine Hexe ›Lemon Tree‹ singen?«, fragte Nell neckend.

»Vielleicht verwandelt sie Kinder in Zitronen!«, erwiderte Peggy, ebenfalls im Scherz. Sie waren gerade aus dem Wasser gekommen und saßen auf Nells Handtuch, Peggys Handtuch hatten sie sich um die Schultern gewickelt.

Die Gruppe hatte im Kreis Platz genommen, so dass Laurel ihnen etwas über die Geschichte einiger der Cottages erzählen konnte, die annähernd hundert Jahre alt waren. Lange bevor sie erbaut wurden, pflegten die Eastern-Woodland-Indianer auf dem Felsenkap zu jagen und zu fischen, und später kamen die Künstler von Black Hall zum Malen hierher. »Lasst eurer Fantasie freien Lauf«, forderte sie die Kinder auf. »Betrachtet den Strand einmal mit anderen Augen.« Nell gefiel diese Aufgabe. Peggy und sie beschlossen, den Strand zu erkunden – und dabei würden sie, wie Nell wusste, auf den Spuren ihrer Mutter, ihrer Tante und Stevies wandeln. Sie hielten am Foley's Store, um die Schublade des Tisches im Cafeteria-Bereich nach Liebesbriefen zu durchforsten; sie wanderten zum Point, wo sie auf den Felsen saßen und beobachteten, wie jemand von einem Ruderboot aus angelte; und sie durchquerten mehr Grundstücke, als Nell zählen konnte, um verwunschene Gärten und verborgene Vogelbäder in Augenschein zu nehmen.

Ein paar Tage später lagen sie – ohne Handtücher – im Sand von Little Beach, einem weiteren geheimen Ort, den sie über einen Waldweg erreichten. Sie hatten das beste Meerglas gesammelt, das Nell jemals gefunden hatte, darunter zwei seltene blaue Stücke. Nell blickte zum Himmel empor und dachte an Tante Aidas Gemälde, das in Stevies Zimmer hing. Peggy erzählte ihr von der Schule in Black Hall, und sie erzählte Peggy, wie sie von Atlanta nach Boston umgezogen waren.

»Hast du daher diesen tollen Akzent?«, fragte Peggy.

»Ja. Ich bin aus den Südstaaten.«

»Und ich bin Neuengländerin.«

»Ich mag die Art, wie du redest. Du klingst wie meine Mutter. Sie war aus dem Norden. Mein Vater stammt auch daher.«

»Ähm, du musst es mir nicht sagen, aber … was ist mit ihr passiert?«

Die Frage hatte zur Folge, dass Nell sich mit einem Ruck aufsetzte. Ihr Brustkorb sank ein, hob und senkte sich schneller und schneller, ihre Schultern bildeten eine schützende Mulde um ihr Herz. Sie schüttelte den Kopf – sie brachte es einfach nicht fertig, darüber zu sprechen.

»Ich werde dir sagen, was mit meinem Dad passiert ist«, sagte Peggy und rappelte sich hoch, um sich neben sie zu setzen. »Es war schlimm. Ich erzähle es dir nur, damit du weißt, dass es nicht nur deine Mom ist … andere Eltern sterben auch.«

»Ich träume nachts davon«, flüsterte Nell. »Dass meine Mutter weg ist. Ich vermisse sie die ganze Zeit. Und ich denke, wenn sie spurlos verschwinden konnte, könnte mir das Gleiche passieren. Als hätte ich nie gelebt. Und das macht mir Angst einzuschlafen. Ich bringe meinen Vater dazu, mich in die Arme zu nehmen, bis ich so müde werde, dass ich meine Augen nicht mehr aufhalten kann. Ich denke, wenn er mich fest genug hält, kann ich nicht verschwinden.«

Sie spürte mit einem Mal wieder, wie es war, wenn ihre Mutter sie umarmte – wie sie ihr beim Haarebürsten mit leichter Hand über den Hinterkopf strich. Die Berührung war sanft, fast wie eine Sommerbrise. Ihr Vater gab sich die größte Mühe, aber seine Hand war so schwer …

»Ich habe meine Mutter dazu gebracht, mit mir zu der Brücke zu fahren, wo der Wagen meines Vaters …«

Nell riss die Augen auf. »Ein Autounfall?«

»Ähm, gewissermaßen.« Peggy errötete. »Er wurde … umgebracht. Sein Wagen stürzte in einen Fluss.«

»Meine Mutter hatte auch einen Autounfall.«

»Wirklich?« Peggy sperrte Mund und Nase auf.

»Sie überlebte ihn. Stell dir das vor … ich dachte, sie würde wieder gesund werden. Ich wünschte es mir so sehr …«

»Wie ist der Unfall passiert?«

Nell kauerte sich zusammen; die Arme um die Knie geschlungen, machte sie sich klein. Sie wollte nicht darüber reden. Aber irgendetwas an Peggy bewog sie, alles zu erzählen, Worte dafür zu finden, wie ihre Mutter gestorben war. Dieser Gefühlswandel verwirrte sie so sehr, dass sie keinen Ton herausbrachte. Peggy saß schweigend da, mit ausdrucksloser Miene, und wartete, bis Nell bereit war.

»Meine Tante und sie waren auf dem Heimweg. Meine Tante hatte Geburtstag. Sie war mit meiner Mom übers Wochenende verreist.« Sie schluckte. Die Worte kratzten in ihrem Hals, als besäßen sie Klauen. »Es war das erste Mal, dass meine Mutter und ich getrennt waren.«

»Überhaupt jemals?«

Nell nickte. »Meine Tante kam mit dem Flugzeug zu uns und besorgte einen Leihwagen, einen ganz besonderen, wegen des Geburtstags. Einen Sportwagen. Er sah schön aus und war rot … Sie fuhren nach St. Simons Island. Früher habe ich St. Simons Island geliebt … es war unser Lieblingsstrand in Georgia …«

»Und die beiden hatten einen Unfall?«

»Mmh-mh.«

»Bist du böse auf deine Tante, wenn du sie siehst?«

»Ich sehe sie nicht.«

»Weil du sie hasst wegen dem, was passiert ist?«

»Nein …« Nell ergriff eine Hand voll Sand und ließ ihn durch die Finger auf ihr Knie sickern. Die Körner verfingen sich in den feinen blonden Haaren, rieselten langsam an ihrer Haut hinab. Sie tat es wieder und wieder. Das Komische war nur, dass es sich anfühlte, als befände sich der Sand *in ihrer Kehle*. Als hätte sie so viel Sand verschluckt, dass ihr das Schlucken schwer fiel. »Ich liebe meine Tante.«

»Warum seht ihr euch dann nicht?«

»Mein Vater wird ihr niemals verzeihen. Das, was passiert

ist.« Die beiden Freundinnen schwiegen. Nell hielt die Meerglas-Stücke in der Hand, die sie gesammelt hatte, fuhr mit dem Daumen über die glatte Fläche.

Ihre Mutter hatte ihr einmal erzählt, dass es lange dauerte, bis Meerglas entstand. Man musste die Stücke zurückwerfen, die nicht formvollendet waren – zu scharf oder zu glänzend, von den Wellen noch nicht glatt genug geschliffen. Abermals die Augen schließend, dachte Nell an ihre Mutter, an ihre Tante und an Stevie. Sie fragte sich, ob die drei jemals an dieser Stelle gesessen hatten. Und ob das Meerglas bereits da gewesen war; vielleicht hatte eine von ihnen es in die Hand genommen und ins Meer zurückgeworfen, weil es noch nicht formvollendet war.

Schön, wenn es so gewesen wäre, dachte Nell. Sehr schön …

8. Kapitel

Die nächsten drei Morgen waren dunkel und klar, und jedes Mal, wenn Stevie die Brücke überquerte, um schwimmen zu gehen, blickte sie zur Strandpromenade hinüber, wo sie Jack warten sah. Tageslicht begann sich am Himmel auszubreiten, noch bevor die Sonne richtig aufging. Während Stevie schwamm – nun im Badeanzug –, sah sie die Sterne verblassen, so dass nur die hellsten Planeten übrig blieben. Sie besaßen einen faszinierenden Zauber, der zwischen Romantik und Erotik angesiedelt war. Stevie fühlte sich benommen, verwirrt. Als wüsste er um ihren Zustand und wollte sie nicht damit alleine lassen, pflegte Jack zu waren, bis sie heil dem Meer entstieg; dann drehte er sich um und kehrte nach Hause zurück.

Am vierten Morgen wachte sie früher auf als sonst. Die Luft war wieder schwül, dunstig und zum Schneiden dick. Sie hörte das Nebelhorn des Leuchtturms von Wickland Shoal in weiter Ferne. Sie stellte sich vor, dass Jack es ebenfalls vernahm. Seltsame Geheimnisse verbanden sie – sie hatten nur wenige Worte miteinander gewechselt, aber sie konnte es kaum erwarten, ihn wiederzusehen. Die Laken fühlten sich sinnlich auf ihrem Körper an, erinnerten sie an die federleichte Berührung des Meeres. Ihre Schenkel schmerzten, ihre Brustwarzen brannten. Die Empfindungen waren lustvoll, weckten den Wunsch in ihr, mit einem Mann zu schlafen, den sie kaum kannte.

An diesem Tag verzichtete sie darauf, schwimmen zu gehen.

Tilly lag auf dem Schreibpult, bereits hellwach, die grünen Augen glühend. Der Blick war anklagend, schien ihr Feigheit vorzuwerfen. »Ich weiß«, sagte Stevie. Sie stand auf, zog sich an und versagte es sich, aus dem Fenster zu schauen, um zu sehen, ob Jack auf der Strandpromenade war. Sie fütterte ihre Katze und den Vogel, doch statt an den Strand hinunterzugehen, stieg sie in ihr Auto und verließ Hubbard's Point.

Sie fuhr die Shore Road entlang, durch die Marsch und am Lovecraft-Naturschutzgebiet vorbei. Die Luft war drückend, schwül und verhangen. Silberreiher fischten in den flachen kleinen Buchten, bleiche Wächter, die ihre Köpfe hoben, als sie vorüberfuhr. Stevie stellte sich vor, dass die Vögel ihre Ankunft im Schloss meldeten, das mit seinem efeubewachsenen steinernen Turm und der verfallenden, mit Zinnen versehenen Brustwehr direkt über der Baumlinie sichtbar wurde. Sie fuhr unter dem steinernen Torbogen durch, drückte auf die Hupe, als sie das Pförtnerhaus aus Feldstein passierte, in dem Henry wohnte; dann ging es die steile Zufahrt hinauf – der glatte Asphalt ging in einen unbefestigten Sand- und Kiesweg über. Oben angekommen, roch sie Kaffee.

Es war erst sechs Uhr morgens, und Nebelschwaden hingen in den Kiefern. Stevie atmete tief ein, lauschte dem leisen Klang des Nebelhorns – Wickland Shoal. Das Schlossgelände, hoch droben auf dem Lovecraft Hill gelegen, blickte auf den Connecticut River und den Long Island Sound hinaus, und die Geräusche des Wassers trugen weit, als wäre es nicht Meilen, sondern nur einen Steinwurf entfernt.

Stevies Tante und Mentorin Aida Moore Von Lichen lebte und malte hier. Sie war neunundsiebzig und hätte für dreißig durchgehen können, denn sie besaß mehr Vitalität und Elan als die meisten Leute, die ein Viertel so alt waren wie sie. In Irland geboren, hatte sie sich als abstrakte Expressionistin einen Namen gemacht. Aus der Cedar-Tavern-Künstlergruppe in New York hervorgegangen, war sie als Malerin genauso bekannt wie ihr Bruder als Literat.

Tante Aida war Besitzerin des Schlosses – eine Torheit, von ihrem zweiten, bedeutend älteren Ehemann in den 1920er Jahren erbaut: Van von Lichen, Erbe eines mit Kugellagern erworbenen Vermögens und Shakespeare-Darsteller, der es in der Rolle des Jago und Falstaff zu Ruhm und größerer Bekanntheit gebracht hatte. Er war vor zwanzig Jahren verstorben, nachdem er den Großteil seines ehemals beträchtlichen Erbes durchgebracht hatte. Da Tante Aida der Wunsch nach Grandezza und in jedem Fall das Geld fehlte, das für den Unterhalt des Schlosses erforderlich gewesen wäre, hatte sie es zu einer von Fledermäusen und Mäusen geplagten Ruine verkommen lassen und sich in einen kleinen hölzernen Anbau ohne sanitäre Einrichtungen zurückgezogen. Sie bezog ihr Wasser aus einer alten weißen Pumpe mit schmiedeeisernen Schnörkelverzierungen. Als glühende Umweltschützerin liebte sie das einfache Leben. Im Sommer hielt sie sich in Black Hall, im Winter in den Everglades auf. Ihr Stiefsohn Henry, ein unlängst pensionierter Marineoffizier, verbrachte die Sommermonate im Pförtnerhaus des Schlosses.

»Hallo Lulu!«, rief Henry ihr zu, als sie den Rest des Hügels zu Fuß erklomm. Fünfzig und attraktiv wie ein Filmschauspieler, schien eine Schlossruine genau die richtige Kulisse für ihn zu sein.

»Hallo Commander!«

Er hatte ihr wegen ihrer dunklen Haare und ihres chaotischen Liebeslebens den Spitznamen Lulu gegeben, und weil sie Louise Brooks ähnelte, einem Hollywoodstar aus der Stummfilmära und Femme fatale. Sie nannte ihn Commander, weil das sein Rang gewesen war, als er aus dem aktiven Dienst in der Marine ausschied.

»Du bist früh auf den Beinen«, sagte er.

»Mir geht eine Menge im Kopf herum.«

Henry hob die Brauen. »Oh nein!« Sehr groß und kräftig gebaut, hatte er silberne Haare, sonnenhelle blaue Augen und eine von Wind und Wetter gerötete Haut, gegerbt durch annähernd dreißig Jahre auf der Brücke verschiedener Kriegsschiffe.

»Wieso?«

»Wer ist der Glückliche?«, fragte er.

»Ich bin nicht verliebt.«

»Lulu, du bist immer verliebt. Das ist eine Gottesgabe und ein Fluch zugleich.«

»Eher ein Fluch«, erwiderte sie mit einem gezwungenen Lachen. Sie wandte sich ab, um die Röte zu verbergen, die ihr in die Wangen gestiegen war.

Sie schlenderten zu einem runden Findling am Ende der mit Kiefern bewachsenen Wildnis hinüber, wie Tante Aida es nannte – ein Kiefern- und Zedernhain, der sich unendlich weit, bis zum Mount Lamentation erstreckte. Baufirmen, die das Land kaufen wollten, boten ihr immer wieder eine Menge Geld, aber sie schwor, lieber mittellos zu sterben, als deren Drängen nachzugeben.

Henry zündete eine Zigarette an und reichte sie Stevie. Sie blies drei perfekte Rauchkringel in die Luft, bevor sie ihm die Zigarette zurückgab.

»Du bringst die schlechten Gewohnheiten in mir zum Vorschein«, sagte sie.

»Jemand muss es ja tun, und außerdem hast du nur noch wenige. Seit du keinen Tropfen Alkohol mehr anrührst, habe ich meine Zechkumpanin verloren.« Sie lachten und teilten sich die Zigarette, sahen zu, wie sich der Nebel über der Flussmündung lichtete. Das Nebelhorn ertönte abermals, obwohl der Sund inzwischen klar sichtbar war, das Wasser, spiegelglatt und silberblau, war bereits mit Booten gesprenkelt, die weiß schäumendes, wie Krakellinien anmutendes Kielwasser nach sich zogen. Auf der gegenüberliegenden Seite des Sunds wirkte Orient Point wie ein Schmierfleck, den ein dicker Stift hinterlassen hatte.

»Du willst es mir nicht erzählen?«, fragte er.

Sie schüttelte den Kopf.

»Du hattest viel Pech, Mädel. Du hast immer viel gegeben und wenig zurückerhalten.«

Sie legte den Kopf zur Seite und sah ihn an. »Findest du? Es kommt mir vielmehr so vor, als hätte ich alle Menschen verletzt, die mir lieb und teuer waren.«

»Das auch.« Obwohl Henry nie geheiratet hatte, hatte es in seinem Leben eine langfristige Beziehung zu einer Frau in

Newport gegeben. Im letzten Jahr hatte sie ihm den Laufpass gegeben, und obwohl er sein Bestes tat, um nach außen hin dem Bild eines unerschütterlichen Seebären zu entsprechen, war sein Herz gebrochen. »Liebe ist das reinste Gift für alle Betroffenen.«

»Ausnahmen bestätigen die Regel.« Sie schloss die Augen und fragte sich, was sie damit meinte. Sie hatte die Hoffnung nie aufgegeben. Trotz aller Fehlgriffe und Fehlstarts war sie immer davon ausgegangen, irgendwann die große Liebe ihres Lebens zu finden, dauerhaft, gedeihend, wohltuend. Der Wunsch war so stark, dass ihre Augen sich mit Tränen füllten, und abermals dachte sie an ihren Freund auf der Strandpromenade.

»Gib nicht auf, du bist auf dem richtigen Kurs«, sagte er, in den Navy-Jargon verfallend. Die Worte waren seltsam tröstlich und entlockten Stevie ein Lächeln.

»Meinst du?«

Er nickte. »Ich bewundere dich.«

»Weil ich drei Scheidungen hinter mir habe?«

»Weil du drei Mal vor den *Traualtar* getreten bist. Du bist das tapferste Mädchen der Welt. Ich beneide dich um deinen Mumm. Doreen wollte immer nur eines, einen Ring am Finger, und ich war zu feige, ihr diesen Wunsch zu erfüllen.«

»Ach, Commander. Die Ehe ist keine Garantie … ich bin der beste Beweis.«

»Du bist eine Naturgewalt, das bist du. Ich habe auf Fregatten und Flugzeugträgern Stürme erlebt, die nicht einmal halb so viel Stärke hatten wie du.«

»Du solltest wieder aufs Meer hinausfahren.« Sie beobachtete den Schiffsverkehr unter ihnen, lauschte den Vögeln in den Bäumen ringsum.

»In all den Jahren an Bord der *Cushing* habe ich zwei Arten von Büchern gelesen. Shakespeare … wie du dir vorstellen kannst. Und die *Odyssee*.«

»Macht Sinn für einen Mann, der zur See fährt.«

»Weißt du, was du bist, Lulu? Eine neue Figur in der *Odyssee*.« Er suchte nach einem Namen. »Luocious. Eine Sirene, die auf den Klippen sitzt und die Männer anlockt … aber es ist immer dein Schiff, das zerschellt.«

Sie wandte den Blick ab, weil er den Nagel auf den Kopf getroffen hatte. »Ist Aida schon auf?« Sie küsste ihn auf die Wange, dann rappelte sie sich hoch.

»Natürlich«, sagte er. »Manchmal denke ich, dass sie niemals schläft.«

»Bis später, Henry.«

Er salutierte, als er ihr nachsah.

Die Tür war offen, und Stevie betrat das Haus. Aida malte bereits. Sie spannte ihre eigenen Leinwände, dieses Mal ein sechs mal sechs Meter großer Keilrahmen, fast so großflächig wie das Panoramafenster, das zur Nordseite hinausging. Stevie blieb in einiger Entfernung stehen und begutachtete das Werk, das neueste in der *Strandserie*: die obere Hälfte war hellgrau, die untere dunkelblau. Die Linie, an der sie zusammentrafen, glich einem Horizont.

»Wie geht es dir, Kind?«, fragte Aida, ohne sich umzudrehen.

»Ich brauche die Gesellschaft einer weisen Tante.«

Aida lachte. »Und da kommst du zu mir?«

Stevie umarmte sie. Ihre Tante war groß, wie ihr Vater. Sie trug ein rotes, nach hinten gebundenes Kopftuch über den kurzen lockigen weißen Haaren und einen Malerkittel über einem Overall aus Baumwolldrillich. Ihre Nägel waren kurz und rissig, mit Ölfarbe verschmiert.

»Kaffee steht auf dem Ofen.«

»Danke.« Stevie füllte den *Cushing*-Becher ihrer Tante nach – ein Tribut an das letzte Schiff, auf dem ihr Stiefsohn gedient hatte. Dann schenkte sie sich selbst ein. Die beiden Frauen nahmen an dem alten Kieferntisch Platz, tranken ihren Kaffee. Die Fenster des Cottage standen weit offen, und eine nach Salz und Kiefern duftende Brise wehte herein.

»Was führt dich so früh hierher?« fragte Aida.

»Ich versuche, mir über einige Dinge klar zu werden. Ich hatte letzte Woche zwei Besucher. Sie sind mir beide … unter die Haut gegangen.«

»Hmm«, sagte ihre Tante, das Gemälde musternd.

»Der eine war ein kleines Mädchen, Nell. Sie ist die Tochter einer lieben alten Freundin … Emma. Sie hat mir erzählt, dass Emma nicht mehr lebt.«

»Oh nein.« Aida sah Stevie an.

»Doch. Ich kann es kaum glauben – es kommt mir so vor, als wären wir gerade erst schwimmen gegangen, hätten im Sand gelegen und uns ein wunderbares Leben ausgemalt …«

»So jung … so früh«, murmelte Aida.

»Es ist schrecklich. Sie starb bei einem Autounfall – und die Dritte im Bunde, Emmas Schwägerin Madeleine, saß am Steuer.«

»Wie furchtbar für Madeleine!«

»Ich weiß. Ich mag es mir gar nicht erst vorstellen.«

Sie saßen eine Zeit lang schweigend da. Stevie betrachtete das neue Bild, die blassen Vierecke. Sollten sie Meer und Himmel oder Sand und Meer darstellen? Sie hatte keine Ahnung, und es war auch nicht wichtig: Es löste auch so das beruhigende Gefühl in ihr aus, am Strand zu sein.

»Emma hatte viel Glück im Leben«, sagte Stevie. »Ihre Tochter ist genau wie sie – klug und hübsch, neugierig auf das Leben. Sie wollte mich kennen lernen, weil ich die Freundin ihrer Mutter war; sie kam einfach den Hügel hinauf und stellte sich vor.«

»*Dazu* gehört Mut«, sagte Tante Aida, ohne eine Miene zu verziehen.

»Was meinst du damit?«

»Nun, da ist zum einen dieses *Schild*. Es jagt allen, die sich deinem Haus nähern wollen, eine Heidenangst ein. Aber das ist natürlich auch der Sinn der Sache, oder?«

Stevie antwortete nicht. Sie wusste, dass sie die Leute dadurch vertrieb – was ihrer Absicht entsprach. Dadurch bewahrte sie sich ihre Freiheit, schützte sich vor Fehlern, verhinderte, dass sie verletzt wurde oder andere verletzte. »Nun«, sagte sie schließlich. »Nell hat es geschafft, an dem Schild vorbeizukommen. Und ich habe sie und ihren Vater vergangene Woche zum Essen eingeladen.«

»Nett von dir.«

»Alles ging gut – außer gegen Ende des Abends, als ich erwähnte, dass ich Madeleine gerne wiedersehen würde, das kam überhaupt nicht gut an. Jack – Nells Vater – will nichts mit ihr zu tun haben. Und sie ist seine Schwester!«

Tante Aida legte den Kopf zur Seite, als würde sie das verstehen. Stevie starrte sie an.

»Sie ist seine Schwester – wie kann er sie einfach abschreiben, so mir nichts, dir nichts?«

»Du bist ein Einzelkind, Liebes.«

»Was hat denn das damit zu tun?«

Tante Aida holte tief Luft und blickte ihre Meerlandschaft an, als wollte sie Kraft daraus schöpfen, dann sah sie Stevie in die Augen. »Ich hatte mir immer gewünscht, deinen Eltern wäre noch ein weiteres Kind vergönnt gewesen. Ich war der Meinung, dass du Geschwister gebraucht hättest. Ich hätte dir die Erfahrung gegönnt, die Johnny und ich machen durften. Und deine Mutter. Dann hättest du die Geschichte verstanden, mit Madeleine und … wie war gleich der Name? Ach ja, Jack.«

»Ich habe aber keine Geschwister, deshalb sag du es mir, Tante Aida.«

Sie seufzte. »Geschwister sind das Allerwichtigste auf der Welt füreinander – solange sie klein sind. Für mich war es ›Die Welt, wie Johnny sie sah‹. Er war mein Ein und Alles. Wir gehörten zur selben Familie, wohnten im selben Haus, hörten dieselbe Musik … gingen jeden Tag gemeinsam zur Schule.«

»Jack war vier Jahre älter als Madeleine.«

»Johnny war drei Jahre älter als ich …«

Stevie hörte schweigend zu.

»Das Alter ist nicht so wichtig. Was zählt, ist das *Gefühl*. Man wächst auf in dem Wissen, dass man sich hundertprozentig aufeinander verlassen kann. Man würde den anderen um keinen Preis enttäuschen. Wenn einem also etwas Schlimmes widerfährt, stürzt man in einen bodenlosen Abgrund. Da kann es einfacher sein, einander aus dem Weg zu gehen, als über das Problem zu reden. Oder sich ihm zu *stellen*.«

Stevie erinnerte sich, wie zornig Jack geworden war, als sie die Sprache auf Madeleine gebracht hatte. Er wirkte völlig außer sich – nicht nur wütend, sondern verletzt, so kam es ihr im Nachhinein vor. Als ob ihm der Bruch mit seiner Schwester etwas genommen hätte.

»Gab es bei Dad und dir jemals etwas in dieser Art?«, fragte Stevie.

Ihre Tante antwortete nicht. Sie stand auf, holte die Kaffeekanne und füllte abermals ihre Becher. Dann nahm sie wieder Platz. »Du könntest Madeleine anrufen.«

»Genau.« Das Gespräch mit Tante Aida bestätigte den Gedanken, der ihr bereits gekommen war. »Das werde ich tun.«

»Gut.«

Sie verstummten erneut, tranken den heißen Kaffee. Stevie konnte den Blick nicht von dem Bild ihrer Tante abwenden. Es spiegelte so viel Offenheit und Freiheit wider – vermittelte ein Gefühl für die Größe des Meeres, des Himmels und des Strandes. Die Serie fing die wechselnden Farben und Stimmungen am Strand ein. Stevie war beunruhigt wegen ihrer allmorgendlichen Schwimmrunde; dass sie sich jedes Mal auf das wortlose Treffen mit dem Ehemann ihrer früheren Freundin freute, brachte sie aus dem Lot. Sie hatte so viele Fehler in der Liebe begangen – und sich in den letzten Jahren von der Welt abgeschottet. Sie dachte an das Schild auf ihrem Grundstück und an Henrys Worte über die Schiffe, die an den Klippen der Liebe zerschellten.

»Was ist los?«, fragte Tante Aida, die Stevie beobachtet hatte.

»Oh, ich war mit meinen Gedanken bei Henry. Er hatte mich gerade davor gewarnt, mich wieder zu verlieben.«

»Ein ausgezeichneter Ratgeber, wenn es um solche Dinge geht«, schnaubte ihre Tante.

»Ist Doreen nicht bereit, ihm eine zweite Chance zu geben?«

»Du meinst wohl die *einhundert*zweite Chance! Henry hat sich auf den sieben Weltmeeren herumgetrieben und immer damit gerechnet, dass sie brav zu Hause bleibt und auf ihn wartet. Nach seiner Pensionierung meinte er wohl, er könnte einfach bei ihr aufkreuzen und würde mit offenen Armen empfangen werden. Sie wollte eine feste Bindung und Henry, bei aller Liebe und allem Respekt, eine Zimmergenossin.«

»Er liebt sie«, gab Stevie zu bedenken.
»Wirklich? Oder braucht er nur eine Frau, die für ihn da ist, wenn es ihm gerade in den Kram passt? Ich pfeife in vieler Hinsicht auf Konventionen, aber ich bin der Meinung, er hätte sie heiraten sollen. Es macht mir Kummer, ihn so traurig zu sehen. Genauso wie es mir Kummer macht, *dich* so traurig zu sehen …«
Stevie blinzelte, wandte den Blick ab. »Mir geht es gut.«
»Kind, das stimmt doch nicht. Das sehe ich dir an. An einem so herrlichen Sommertag machst du dir Sorgen. Die Begegnung mit Nell und ihrem Vater hat dich aufgewühlt, und es geht dabei nicht nur um Madeleine, oder?«
Stevie schüttelte den Kopf. Manchmal bedurfte es zwischen ihnen keiner Worte. Tante Aida war nach dem Tod ihrer Mutter für sie da gewesen; niemand konnte den Platz ihrer Mutter einnehmen, aber ihre Tante hatte sie ohne Wenn und Aber geliebt und kannte sie durch und durch.
»Wir bilden uns gerne ein, die Liebe sei in der Lage, alle Probleme zu lösen. Aber oft ist das Gegenteil der Fall. Sie schafft Schwierigkeiten, die uns nicht einmal im Traum eingefallen wären.«
»Liebe? Ich kenne die beiden ja kaum …«
»Du hast deine Freundin Emma geliebt. Und die beiden sind ihre Familie. Ich glaube, die Begegnung mit ihnen hat dich bewogen, über dein eigenes Leben nachzudenken. Über eine eigene Familie …«
»Du bist meine Familie.«
»Ich liebe dich, Stevie, aber das ist nicht genug. Du verdienst, jemanden zu finden, mit dem du dein Leben wirklich teilen kannst. Mit dem du Kinder haben möchtest … ich hatte meine Jahre mit Van – und das Glück, Henry aufwachsen zu sehen. Ich wünschte, Van und mir wäre es vergönnt gewe-

sen, eigene Kinder zu haben, aber es sollte nicht sein. Henry ist wie ein leiblicher Sohn für mich.« Ihr Blick umwölkte sich. »Ich möchte nicht, dass du einsam bist.«
»Ich bin nicht einsam. Ich bin nur vorsichtig – ich habe keine Lust, wieder die gleichen Fehler zu machen. Ich habe dich … Tilly … meine Arbeit. Du weißt, dass unsere Malerei, unsere Kunst, Balsam für die Seele ist.«
»Das kannst du dir sagen, liebes Kind, wenn dein Leben an dir vorübergegangen ist und es nichts als Leinwände gibt, die davon zeugen.«
Stevie errötete. Sie starrte auf die Holzmaserung des Kieferntisches, erschüttert angesichts der Empfindungen, die sie tief in ihrem Inneren verspürte.
»Wann willst du Madeleine anrufen?«, fragte ihre Tante, behutsam das Thema wechselnd.
»Keine Ahnung. Vielleicht nach Jacks und Nells Abreise.«
»Zu dumm, dass du so lange warten musst. Ich habe das Gefühl, dass sie dringend eine Freundin braucht. Und du auch … Und, was vielleicht noch wichtiger ist, Nell braucht eine Tante.«
Die Worte hingen in der Luft. Stevie wartete, aber Tante Aida sagte nichts mehr. Die einzigen Geräusche, die sie vernahm, waren der Gesang der Vögel in den Bäumen und der Schlag ihres eigenen Herzens, der in ihren Ohren pochte.
Während der Heimfahrt erinnerte sich Stevie an einen sonnigen Tag – einen Nachmittag im Juli, in der Zeit des Vollmonds. Sie war mit ihren beiden Freundinnen den schmalen Saumpfad entlang zum Little Beach gegangen. Sie waren Teenager, bemüht, den forschenden Blicken der Erwachsenen zu entgehen. Sie hatten vor allem Jungen im Kopf. Alle drei waren verknallt – die Einzelheiten waren köstlich und

spannend. Sich zu verlieben war wie ein Fieber, das einen Sommer lang währte.

»Sie wollen uns«, sagte Emma.

»Und wir wollen sie«, meinte Madeleine.

»Ich habe mich mit Jon auf dem Point verabredet«, sagte Stevie. Sexuelles Begehren war neu für sie. Obwohl sie das Prickeln kannte, die Glut, die einem die Sinne raubte, wenn man sich vor Sehnsucht nach jemandem verzehrte, von dem Gedanken an ihn besessen war.

»Wann?«, erkundigte sich Madeleine.

»Um zwei«, erwiderte Stevie und Madeleine nickte, als wollte sie sagen, dass sie sich sputen müsse.

Doch Emma sah die Situation aus einer anderen Warte. Sie nahm ihre Freundinnen an der Hand und zog sie in den festen Sand, direkt unterhalb der Stelle an der Gezeitenlinie, wo das trockene Seegras wuchs.

»Die Nacht gehört ihnen und der Tag gehört *uns«*, erklärte sie.

»Aber …«, warf Stevie ein.

»Hör zu«, sagte Emma. »Nach Einbruch der Dunkelheit beginnt die Männerzeit. Sobald die Sonne untergeht, die Luft kühl wird und wir zu frieren beginnen, so dass sie ihre Arme um uns legen … wenn unsere nackten Füße eisig sind und ihre Küsse heiß …«

»Und sie uns zu einer Spazierfahrt im Auto einladen«, fügte Maddie hinzu. »Dabei hören wir Radio, und jede Melodie erinnert uns daran, was wir später tun werden.«

»Und weckt in uns den Wunsch zu heiraten«, sagte Stevie.

Maddie kicherte, während Emma sich vor Lachen bog. Stevie stand da, wurde rot und versuchte, eine gleichgültige Miene aufzusetzen – so zu tun, als hätten die beiden sie nicht eiskalt erwischt. Sie dachten, ihre Bemerkung sei ein Scherz

gewesen. Wie konnte sie ihren Freundinnen erklären, dass sie völlig ernst gemeint war? Möglich, dass es verrückt klang, aber das war wirklich ihr Wunsch.
»Ein guter Witz«, meinte Emma. »Du willst *Jon* heiraten?«
»Das habe ich nicht behauptet.« Stevie wusste, dass ihre Freundinnen der Ansicht waren, sie sei zu schüchtern, zu ernsthaft und nicht groß genug.
»Dann werde ich dich mal aufklären«, meinte Emma. »Die jüngere Cousine meiner Mutter besucht uns gerade. Sie ist erst zweiundzwanzig – hat gerade in Wellesley ihren Abschluss gemacht, und seither habe ich das Gefühl, als würde ich den Sommer in einem Sexualkunde-Seminar verbringen. Ich weiß Dinge, von denen ihr keinen blassen Schimmer habt. Wir müssen sehr vorsichtig sein, wenn wir *den Richtigen* finden wollen. Jemanden zu wählen, der ein Freund fürs Leben sein wird. Er sollte attraktiv sein, damit wir für immer und ewig den Wunsch haben, ihn zu küssen. Das ist an sich schon viel verlangt. Wenn wir diesen Supermann gefunden haben, tritt der Vierundzwanzig-Stunden-Plan in Kraft, Tag und Nacht, rund um die Uhr … aber bis dahin …«
»Gehören die Tage uns«, ergänzte Madeleine, die einen großen Bruder hatte und das Gleiche zu wissen schien. »Und die Vollmondnächte.«
»Nicht die Nächte«, widersprach Emma.
Stevie lächelte, doch insgeheim fühlte sie sich völlig verwirrt. Stimmte etwas nicht mit ihr? Ihre Freundinnen schienen für die Unwägbarkeiten der Verabredungen mit Jungen besser gerüstet zu sein. Es war kein Scherz, als sie erwähnt hatte, dass die Melodien im Radio Träume von der Ehe in ihr weckten. Sie sehnte sich danach, sich für immer geborgen zu fühlen, zu wissen, dass der Mann, den sie liebte, sie niemals ver-

lassen, sie niemals verletzen würde. Sie legte Wert darauf, Nägel mit Köpfen zu machen.

Emma lief zu dem hohen Gras, das zwischen Strand und Marsch wuchs. Sie kehrte mit einem langen weißen Stück Treibholz zurück, das von Salz und Sonne ausgebleicht war.

»Was willst du damit?«, fragte Stevie.

»Ich ziehe einen magischen Kreis. Rund um uns drei.«

Stevie und Maddie stellten sich eng zusammen, hielten sich an den Händen. Emma gesellte sich zu ihnen, streckte den Arm aus und zeichnete ein großes O in den Sand. Sie drehte sich wieder und wieder um die eigene Achse, so dass der Kreis tief und unverwüstlich war.

»Sieht aus wie die Sonne und der Mond«, meinte Stevie.

»Himmelskörper«, sagte Maddie.

»Genau«, sagte Emma. »Männer sind eine Sache, aber wahre Freunde stehen auf einem anderen Blatt. Lasst uns das niemals vergessen. Was immer auch geschehen mag. Wir dürfen einander nicht verlieren …«

Stevies Kehle war wie zugeschnürt. Sie hatte bereits den Drang verspürt, sich auszuklinken: Sie hatte lieber mit Jon beisammen sein wollen als mit ihren Freundinnen. Sie wünschte, die Sommer würden niemals enden und die Beachgirls immer an ihrer Seite sein.

Doch nichts ließ sich mit dem Gefühl vergleichen, in der Nacht von einem Jungen umarmt zu werden, der ihren Namen flüsterte. Warum konnten Emma und Maddie diese Lücke nicht füllen? Bestimmt war das möglich, wenn sie ihren ganzen Willen aufbot, sich genug Mühe gab … Während sich die Mädchen immer wieder drehten und Emmas Stock einen Kreis im heißen Sand beschrieb, schien es, als würde ein Schutzzauber gewirkt.

»Wir können uns nicht verlieren, wir werden uns nicht verlieren«, begann Maddie mit monotoner Stimme, sich auf den magischen Moment einstimmend.

»Kraft der Macht, die mir verliehen, kraft der Macht …«, fuhr Emma fort.

»Der Mittagssonne«, ergänzte Madeleine.

»Des Vollmonds und der Plejaden«, fügte Stevie hinzu.

»Erkläre ich hiermit, dass wir … einen Bund fürs Leben schließen«, vollendete Emma den Schwur.

Benommen ließen sie sich in den Sand sinken. Stevie fiel auf, dass Emma ausgesprochen hatte, was auf der Hand lag: Ihre Freundschaft war ein Bund fürs Leben. War es nicht immer so gewesen? Sie lagen auf dem Rücken und lachten, bis ihnen die Tränen kamen. Für Stevie, die auf dem Rücken in der Sonne lag, waren die Tränen, die über ihre Wangen liefen, unverfälschtes Gefühl und nur zur Hälfte eine Folge des haltlosen Gelächters.

Als sie aufstanden, liefen sie zum verborgensten Teil des Strandes, hinter den mächtigen Felsen, der einem großen weißen Hai glich. Emma war die Erste, die ihren Badeanzug auszog. Die anderen folgten ihrem Beispiel und stürzten sich nach ihr in die Fluten. Sie formten abermals einen Kreis, in unmittelbarer Nähe der Küste.

»Das sollten wir heute Nacht tun – nackt baden im Mondschein«, schlug Madeleine vor, Wasser tretend.

»Damit stößt du bei Stevie auf taube Ohren«, erwiderte Emma mit gespielter Traurigkeit.

Stevie schwieg – sie war der gleichen Ansicht wie Maddie.

»Der Tag gehört uns. Die Nacht gehört *ihnen*«, wiederholte Emma.

»Den Jungen«, sagte Maddie.

»Jon«, sagte Stevie.

»Es kommt darauf an, wie wir mit ihnen umgehen«, meinte

Emma. »Wir haben uns … doch selbst wenn wir nicht beisammen sind und nachts zum Himmel emporblicken, sollten wir uns bewusst machen, dass uns die Mondfee zublinzelt …«
»Die Mondfee?«, fragte Stevie begeistert.
»Ja«, antwortete Emma. »Der alte Mann im Mond ist müde geworden, und seine Zukunft war klar.«
»Das ist Frauensache«, sagte Stevie.
»Klar, was sonst«, meinte Maddie.
»Jetzt wisst ihr Bescheid«, sagte Emma, und lachend tauchten alle drei in die nächste Welle ein.

Stevie fuhr an diesem Julitag vom Schloss ihrer Tante nach Hause, fest entschlossen, Madeleine gleich am Nachmittag anzurufen. Doch dann fiel ihr etwas Besseres ein. Sie rief die Auskunft an, erhielt die Adresse von Madeleine Kilvert, die in der Benefit Street in Providence wohnte, und schickte ihr eine schriftliche Einladung. Als sie zur Post fuhr, um den Brief aufzugeben, zögerte sie einen Moment. Möglicherweise machte sie die Dinge nur noch schlimmer; sie war nicht ganz ehrlich gewesen, was die Hintergründe des Schreibens betraf …
Doch der Klang von Nells Stimme, die ihrer Tante nachweinte, und die Erinnerung an die drei Freundinnen am Strand waren zu viel für sie, und so tat sie das einzig Mögliche: Sie steckte den Umschlag in den Briefkasten und hoffte das Beste.

An einem Morgen, als Nell am Freizeitprogramm teilnahm, machte Jack einen Spaziergang zum Hügel. Er redete sich ein, der Anlass sei rein sachlich – hätte nichts zu tun mit den leidenschaftlichen Träumen, aus denen er schweißgebadet erwacht war, nach den wenigen Stunden Schlaf, die er letzte Woche bekommen hatte. Sein Besuch hätte nur den einen Grund: Stevie hatte eine ähnliche Kindheit wie Nell gehabt – und ihre Mutter ebenfalls in jungen Jahren verloren. Vielleicht konnte sie ihm einen Rat geben.

Er klopfte an die Tür, kam sich vor wie einer dieser Halbwüchsigen, die auf den Baum vor ihrem Fenster geklettert waren – sie hatten Angst, in ihre Welt einzudringen, wollten aber trotzdem wissen, was darin vor sich ging. Das Herz schlug ihm bis zum Hals. Sie kam barfuß in die Küche, trug Jeans und ein im Nacken gebundenes Top.

»Hallo«, sagte sie durch die Fliegengittertür.

»Ich hoffe, ich störe nicht. Malst du?«

»Ist schon in Ordnung – komm herein.« Sie hielt die Tür auf, und als er eintrat, rechnete er damit, dass sie ihm auf den Kopf zusagen würde, dass sie ihn im Morgengrauen am Strand gesehen hatte, aber sie schwieg. Beide taten, als sei nichts gewesen. Obwohl er nicht zum ersten Mal hier war, war die Situation für ihn völlig neu. Er war bemüht, einen ernsten Eindruck zu erwecken, um zu kaschieren, wie stark er sich zu ihr hingezogen fühlte. Außerdem war sein Anliegen *ernst* – er brauchte Hilfe für Nell. Er blieb in der Küche stehen.

»Alles in Ordnung?«, fragte sie.

»Alles bestens. Nein … von bestens kann keine Rede sein. Nell …«

»Tut mit Leid, was neulich passiert ist, als ihr hier wart. Ich wollte sie nicht aufregen.«

Er nickte. Die Erinnerung, wie unruhig Nell in den letzten Nächten gewesen war, überkam ihn. Er war erschöpft durch den Schlafmangel. »Sie steckt gerade in einer Krise.«

»Was heißt das?«

»Sie kann nicht einschlafen, weint viel. Wir haben – sie hat

– einen Therapeuten in Boston. Dr. Galford. Ein netter Mann; er wurde uns von der Psychiaterin empfohlen, bei der sie nach dem Tod ihrer Mutter in Atlanta in Behandlung war.«

»Das ist gut«, sagte Stevie. Ihre Augen leuchteten. Das Lächeln war so warm wie immer, aber nicht ganz so strahlend. Es weckte den Wunsch in Jack, sie in die Arme zu nehmen. Auch er hätte es schön gefunden, gehalten zu werden. *Das ist es*, dachte er. Ich brauchte einen Menschen, der die Arme um mich legt und mir sagt, dass ich meine Sache gut mache, dass ich nicht allzu viel verkehrt mache. Dieses Gefühl löste Stevies Lächeln in ihm aus. Aber er hatte sich schon früher von einem Lächeln hinreißen lassen – ohne zu ahnen, wohin es führte.

»Ob es gut ist, dass sie zu Dr. Galford geht? Oder, dass sie in Atlanta in Behandlung war? Ich weiß es nämlich nicht – hab keine Ahnung von so etwas. Ich war als Kind nie beim Therapeuten. Meine Schwester auch nicht. Dafür gab es – keinen Grund. Wir dachten, dass nur Problemkinder einen Klapsdoktor brauchen.«

»Ich war bei einem«, sagte Stevie.

»Tatsächlich?«

Sie nickte. Das Lächeln war von ihren Lippen verschwunden, aber es spiegelt sich noch in ihren Augen. Jack beugte sich vor. Er hätte sich gerne angelehnt, ihr gezeigt, wie sehr er sich wünschte, von ihr aufgefangen zu werden. Er war so müde … hatte sein Leben mit Emma völlig vermurkst. Das durfte kein zweites Mal passieren – nicht mit Nell. Er straffte sich und richtete sich auf.

»Nach dem Tod meiner Mutter. Ich ging jede Woche hin. Sie war meine Rettung.«

»Wirklich?«

»Wirklich«, erwiderte sie mit Nachdruck.
»Was hast du bei ihr gemacht? Wie hat sie ihr geholfen?«
»Wir haben gespielt. Sie hatte ein Puppenhaus, Spielsachen, Puppen. Ich saß an ihrem Tisch und zeichnete. Ich wusste es damals nicht, aber ich lernte, mein künstlerisches Talent zu entfalten, meiner Welt Sinn zu verleihen, indem ich Geschichten erzählte, zum Beispiel über … über Vögel. Vogelmütter und ihre Jungen …«
»Wie in deinen Büchern.«
»Ja. Es war leichter, über Wanderdrosseln zu schreiben, die aus dem Nest fallen, oder über Blauhäher, die wegfliegen und nicht zurückkehren, als über Menschen. Malt Dr. Galford mit Nell?«
»Ich weiß nicht. Wir haben uns darauf verständigt, dass alles, was in der Therapie geschieht, Sache der beiden ist.«
»Gut.« Stevies Lächeln kehrte zurück. »Mein Vater hat es genauso gehalten. Es war eine Sache zwischen Susan und mir. So hieß sie – Susan.«
»Ich wollte Nell einen unbeschwerten Sommer gönnen. Damit sie eine Zeit lang ein ganz normales Leben führen kann … und die herrlichen Ferientage am Strand nicht durch Sitzungen bei ihrem Therapeuten unterbrechen muss.«
»Vielleicht könnte sie die Ferien am Strand dann besser genießen. Wenn sie ihren Therapeuten aufsucht.«
Jack bewegte seine Hand auf der Frühstückstheke; seine Finger streiften Stevies. Sie zog ihre Hand abrupt weg, doch als er in ihre Augen sah, entdeckte er darin so viel Gefühl, dass er sie am liebsten in die Arme genommen hätte. Sie war erschüttert – vielleicht erinnerte sie sich an ihre eigene schmerzliche Kindheit. Er musste ihr sagen, wie sehr ihm das Gespräch mit ihr half. Doch ehe er den Mund aufmachen konnte, kam sie ihm zuvor.

»Ich habe gespürt, dass der Besuch Nell neulich Abend aus dem Gleichgewicht gebracht hat. Vielleicht liegt es daran, dass ich sie an Emma erinnere. Und ihre Mutter und ich befreundet waren … oder dass sie Zeit in diesem Haus verbracht hat. Und ich glaube, sie sehnt sich danach, Madeleine wiederzusehen, und hofft, dass sich dieser Wunsch durch mich erfüllt.«

»Das stimmt«, sagte Jack, der immer noch Nells Weinen hörte, das immer noch in seinen Ohren klang.

»Ich habe beschlossen, mich von Nell fern zu halten. Ich werde sie – oder dich – nicht wieder einladen. Das ist nicht persönlich gemeint …«

»Stevie.«

Sie wich zurück. Er sah, wie sie zitterte und ihr Lächeln erstarb. Das Gespräch schien sie bis ins Mark zu erschüttern – aber welcher Teil? War es Nell? Oder Emma? Oder dachte sie beim Anblick der dunklen Ringe unter seinen Augen und des Zweitagebarts, der dringend einer Rasur bedurfte, um wie viel besser es ihrem Vater gelungen war, die Familie zusammenzuhalten?

»Ich bin nur gekommen, weil ich deinen Rat brauchte«, sagte er. »Ich hätte dich nicht damit belästigen sollen.«

Sie trat auf ihn zu, nahm seine Hand. Die Berührung zerriss ihm das Herz.

»Du belästigst mich nicht«, flüsterte sie. »Es ist nur … ich fürchte, dass ich euch mehr schade als nutze. Im Moment zumindest. Irgendetwas scheint Nell an jenem Abend aufgewühlt zu haben. Und zu allem Überfluss habe ich Madeleine hierher eingeladen.«

»Wirklich?« Jacks erste Reaktion war Freude – gefolgt von einem Anflug von Panik, der schließlich die Oberhand gewann.

»Ja. Aber keine Bange – ich werde nichts überstürzen oder auf Teufel komm raus versuchen, Frieden zu stiften.«

»Obwohl du mit meiner Entscheidung nicht einverstanden bist?«

»Trotzdem. Ich halte dich für einen wunderbaren Vater. Und ich möchte dir keinesfalls ins Handwerk pfuschen. Ich werde mich zumindest bemühen, Ehrenwort. Aber wenn du mich schon um Rat fragst … warum bringst du Nell nicht wieder zu Dr. Galford?«

»Und dann?«

»Wartest du ab, ob es ihr besser geht. Und wenn ja …«

Können wir zurückkommen, dachte Jack. *Können Freunde sein* … Er blickte sich um: Madeleine würde Stevie besuchen. Was wäre, wenn er nachgab – und den Kontakt zwischen Nell und Maddie zuließ? Es würde beide glücklich machen. Doch der Gedanke, seiner Schwester zu begegnen, ihr in die Augen zu schauen, sie wieder in ihr Familienleben aufzunehmen … Das war zu viel.

»Was Nell durchmacht, ist furchtbar«, sagte Stevie mit gefestigter Stimme. »Das Schlimmste, was in der Welt eines Kindes geschehen kann. Die Mutter zu verlieren … Aber Nell ist stark, und sie hat dich. Du machst deine Sache prima.«

»Obwohl ich Maddie von ihr fern halte?«

Stevie musterte ihn, als sei sie noch unentschlossen, wie viel sie preisgeben sollte. »Ich verstehe deine Beweggründe nicht.« Sie konnte sein Verhalten nicht gutheißen – nicht einmal so tun als ob. Sie blickte ihm stumm in die Augen, als könnte sie ihn dazu bringen, klein beizugeben und seine Meinung zu ändern.

Dazu sah sich Jack außerstande.

Er ließ Stevies Hand nur widerwillig los, aber er wusste, dass ihm keine andere Wahl blieb. Sie standen nahe beieinander.

Er war völlig ausgelaugt, nahm kaum wahr, dass er einen Schritt zurücktrat, sich verabschiedete. Aber er klammerte sich an ihr Lächeln …

Unmittelbar nach seiner Rückkehr ließ er sich einen Termin für eine Notfall-Sitzung bei Dr. Galford geben. Ein kurzer Abstecher in seine Praxis außerhalb von Boston, nach den Sprechzeiten, damit der Doktor Nell in seinem Terminkalender unterbringen konnte. Jack saß im Warteraum, während seine Tochter im Sprechzimmer war, bei ihrem Psychiater. Ob sie wohl malte? Oder dachte sie sich eine Geschichte über ihre Mutter und ihre Tante aus, die sie beide in ein und demselben Jahr verloren hatte?

Jack hatte keine Ahnung. Er versuchte, nicht an seine Schwester zu denken, und daran, wie sehr Nell sie vermisste. Fuhr Maddie gerade nach Hubbard's Point? Oder war sie bereits da? Er klammerte sich an das Bild von Stevies Lächeln, an die Worte, die sie gesagt hatte: *Ich halte dich für einen wunderbaren Vater.*

Zweiter Teil

9. Kapitel

Madeleine Kilvert packte eine kleine Reisetasche für eine oder zwei Übernachtungen, vergewisserte sich, dass Amanda das Büro voll im Griff hatte, und verabschiedete sich mit einem Kuss von ihrem Mann. Sie fuhr die Einfahrt ihres alten Hauses hinab, die Benefit Street entlang und auf den Highway. Chris hatte nichts dagegen, dass sie ihn allein ließ – er war ein fantastischer Ehemann und für alles zu haben, was sie aufheiterte.

Stevies Einladung hatte sie anfangs in eine Hochstimmung versetzt wie schon lange nichts mehr. Sie hatte die Post geholt, hatte sämtliche Rechnungen und Kataloge durchgesehen. Da war ein weißer Umschlag mit einer vage vertrauten Handschrift – wo hatte sie die schon mal gesehen?

Der Poststempel – Black Hall, Connecticut – löste eine Lawine von Erinnerungen aus. Die Sommer in Hubbard's Point, eine Reihe gemieteter Cottages – in einem von ihnen hatte sie sich ein Zimmer mit ihrem Bruder teilen müssen –, die sichelförmige Bucht, die sich zwischen die felsigen Landspitzen schmiegte, die Tage des Faulenzens mit ihren beiden besten Freundinnen …

Stevie – die Post war von Stevie Moore.

Die Karte war verlockend kurz und ohne Umschweife:

Deine Anwesenheit
Ist erwünscht
Um den Vollmond
Zu feiern
Absage wäre bedauerlich …

Darunter befand sich eine Bleistiftzeichnung, eine Rückenansicht von drei jungen Mädchen, die auf einer Mole saßen, sich an den Händen hielten und den Vollmond betrachteten, der aus dem Meer aufstieg. Das Mondlicht schimmerte, bildete einen leuchtenden Pfad auf dem Wasser.

Auf einem Spruchband über den Köpfen der drei hieß es: BEACHGIRLS IM BANN DES MONDSCHEINS. Unter das Bild hatte Stevie Datum, Adresse und die Worte geschrieben: »Übernachtung einplanen!«

Madeleine hatte sich beeilt, Chris die Karte zu zeigen.

»Ein Original von Stevie Moore«, sagte sie.

»Deine berühmte Freundin. Ich habe viel von ihr gehört im Lauf der Jahre ... fantastische Zeichnung.«

»Sie stellt uns drei dar. Sie weiß nichts von Emma.«

»Wie hat sie deine Adresse herausgefunden?«

»Keine Ahnung.« Madeleine starrte die Einladung an.

Stevie war ihre wunderbare »Freundin, die abhanden gekommen war«. Früher hatten sie sich alle drei sehr nahe gestanden. Doch dann war Emma nach Chicago gezogen, und die Kilverts hatten aufgehört, die Sommermonate in einem gemieteten Ferienhaus in Hubbard's Point zu verbringen. Emma war bald Teil der Familie, hatte sich in Jack verliebt. Doch mit dem Wechsel aufs College hatten sie Stevie aus den Augen verloren. Sie hatte ihnen noch eine Weile geschrieben – Madeleine erkannte ihre Handschrift; sie erinnerte sich, dass Stevie in Georgetown studiert und dass sie Post von der RISD, der *Rhode Island School of Design*, erhalten hatte.

Madeleine war erschrocken, als Stevie ihr mitteilte, sie sei verheiratet. Alles kam so plötzlich – durchbrennen, Trauung durch den Friedensrichter, vollendete Tatsachen. Madeleine hatte Emma angerufen, und beide fanden das Ganze ziemlich merkwürdig – dass die Hochzeit so überstürzt stattgefunden und Stevie nicht daran gedacht hatte, sie einzuladen. Sie hatten sich erinnert, wie intensiv Stevies Beziehungen zu den Jungen am Strand gewesen waren – Emma pflegte ihr deswegen oft die Hölle heiß zu machen, aber Maddie war klar, dass es mit der abgrundtiefen Einsamkeit seit dem Tod ihrer Mutter zu tun gehabt haben musste.

Und danach ... wie war es weitergegangen? Madeleine hatte sich mit Chris verlobt, Jack hatte Emma geheiratet ... Hochzeiten, Familienfeste.

Plötzlich tauchten Stevies Bücher in den Buchläden auf. Sie machte offenbar Karriere. Madeleine las immer die Angaben über die Autorin am Ende des Buches. Auf diese Weise hielt sie sich über Stevies Leben auf dem Laufenden. In manchen Büchern wurde ein Ehemann erwähnt, in anderen nicht. In Anbetracht dessen, dass sich Stevie jedes Mal mit Haut und Haaren verliebte, stimmte Madeleine diese Entdeckung traurig. »Sie führt eben ein typisches Künstlerleben – unkonventionell und unbeständig«, hatte Emma befunden.

Einmal hatte Madeleine ein Buch von Stevie gekauft – ein Weihnachtsgeschenk für Nell, die damals fünf war. Während sie die I-95 entlangbrauste, versuchte Madeleine, sich an die Handlung zu erinnern; irgendetwas mit Schwänen ... zwei Männchen, die um ein Weibchen kämpften. Emma hatte einen flüchtigen Blick auf das Buch geworfen und gesagt: »Das ist typisch für Stevies Leben. Ein einziges Drama ...«

»Schwäne bekämpfen sich nun mal auf Leben und Tod«, hatte Madeleine erwidert. »Weißt du noch? In Hubbard's Point haben wir es doch gesehen.«

»Nicht wirklich«, sagte Emma, Nell auf ihrem Schoß. »Ich erinnere mich nicht, und mir missfällt der Gedanke, dass du-weißt-schon-wer Bücher liest, die von Gewalt handeln –

selbst wenn es um Schwäne geht! Arme Stevie – ich hoffe, sie kriegt doch noch die Kurve und wird glücklich.«

»Sie hatte es schwer«, entgegnete Madeleine. »Sie ist ohne Mutter aufgewachsen. Wahrscheinlich hat sie deshalb so früh geheiratet, noch im College. Ich wünschte, wir hätten den Kontakt zu ihr nicht verloren. Wir drei standen uns doch so nahe! Wie kann das Leben die Menschen dermaßen auseinander bringen?«

»Sie würde sich wahrscheinlich mit uns langweilen. Zwei glücklich verheiratete Frauen, kein Gefühlsaufruhr, keine Höllenqualen …«

»Sieht interessant aus«, hatte Jack gesagt und in dem Buch geblättert. »Und die Zeichnungen sind fantastisch.«

»Mag sein, aber nichts für unsere Tochter. Lieb von dir, dass du ihr das Buch schenken wolltest, Maddie – aber ich denke, ich werde es der Bibliothek stiften.«

»Wenn du meinst«, hatte Madeleine geantwortet. Sie erinnerte sich, dass sie Jack einen raschen Blick zugeworfen hatte – Emma kam nach ihrer Mutter und neigte dazu, das Leben von der romantischen Seite zu betrachten: alles sollte perfekt aussehen und, wenn möglich, perfekt *sein*.

Damals hatten Madeleine und Jack das Weihnachtsfest abwechselnd im Haus ihrer beiden Familien gefeiert. In jenem Jahr waren sie in Atlanta, in Emmas immergrüner, mit weißen Lichtern geschmückter Weihnachts-Fantasiewelt. Üppige Dekorationen, eine endlose Folge von Weihnachtsliedern, Kekse für die ganze Nachbarschaft, die größte Gans vom besten Metzger in der Peachtree Road.

Während des kurzen Blickwechsels, als Madeleine sich nach vorne lehnte, amüsierten sie und ihr Bruder sich insgeheim – sie liebten Emma und wären nie auf die Idee gekommen, Einspruch dagegen zu erheben, dass sie Nell das für ihren

Geschmack zu realistische, von Stevie Moore geschriebene Buch über Schwäne vorenthielt; das galt auch für viele andere Dinge.

Madeleine hatte es vermieden, sich mit der Realität der Ehe auseinander zu setzen, die ihr Bruder führte – er verbarg sie vor ihr. Und Emma hatte ihre Unzufriedenheit kaschiert und versucht, anderweitig Erfüllung zu finden.

Die Ironie war, dass Emmas Drang zur Perfektion sie nach ein paar Jahren dazu bewog, sich aktiv in der Kirche zu betätigen. Sie trat allen möglichen Ausschüssen bei, gehörte zu einem Kreis ehrenamtlicher Mitarbeiter, der sie vereinnahmte. Zu Madeleines Verblüffung war Emma zu der Schlussfolgerung gelangt, ihr bisheriges Leben sei frivol gewesen und eine drastische Kehrtwende sei unumgänglich. Als Nell sieben war, beschloss sie, keinen Weihnachtsschmuck mehr zu verwenden: Sie spendete das Geld, das sie sonst für Christbaum, Girlanden und Lichter ausgegeben hätte, für einen wohltätigen Zweck. Jack war entrüstet, weil Nell so enttäuscht reagierte. Madeleine erinnerte sich insgeheim an Emma, Stevie und die obdachlose Frau in New London; sie fragte sich, ob Emma vielleicht Sühne leistete für die zehn Dollar, die sie zurückbehalten hatte.

Oder war Emma wirklich daran gelegen, ein gutes Werk zu tun – ihre Arbeitskraft unentgeltlich dort zur Verfügung zu stellen, wo es zählte, einen eigenen Beitrag zu leisten, um die Welt ein wenig zu verändern? Sie hatte nicht wissen können, dass diese Wahl ihre Familie letztlich zerstören würde.

All das und mehr kam in Madeleines anfänglicher Reaktion auf Stevies Einladung zum Tragen: Besorgnis, Erinnerungen an eine glückliche Zeit, Aufregung, Neugierde und das Bedürfnis, sich jemandem zu offenbaren. Doch als sie nun in Richtung Süden fuhr, über die Grenze zwischen Rhode Island und Connecticut, und Hubbard's Point immer näher rückte, schwand ihre Zuversicht.

Stevies Zeichnung von den drei Mädchen … Stevie, Madeleine und Emma. *Beachgirls im Bann des Mondscheins.* Maddie musste daran denken, was Emma vor langer Zeit verkündet hatte: *Die Tage gehören uns, die Nächte ihnen …*

Emma. Während der Fahrt konnte Madeleine nicht umhin, immer wieder einen raschen Blick auf den leeren Beifahrersitz zu werfen. Sie vermisste ihre Schwägerin. Nach dem Unfall, als sie die Schulter- und Armverletzungen in der Rehabilitationsklinik auskurierte, war sie mit anderen Patienten zusammengekommen, genau wie sie Überlebende eines tragischen Unfalls. Eine Frau, die ihren rechten Arm verloren hatte, erzählte Madeleine von ihren Phantomschmerzen, die sie an ihrem Stumpf empfand.

»Manchmal sitze ich da und habe das Gefühl, dass mein rechter Arm juckt, und dann möchte ich kratzen. Das Jucken ist so real! Oder ich ertappe mich dabei, dass ich nach einem Stift greifen will – ich bin Rechtshänderin –, und bin verblüfft, weil das nicht geht. Das ist so, als hätte ich einen Phantomarm.«

Als Madeleine an Mystic Seaport vorbeifuhr, wusste sie, dass sie an dem »Phantom-Emma-Syndrom« litt. Sie konnte nicht fassen, dass sie nicht mehr da war – sie nicht auf der Fahrt begleitete, plauderte, den Sender im Radio wechselte, von Madeleines bevorzugten Rock Oldies zu erlesener klassischer Musik.

Und ein Syndrom führte zum nächsten. Nun litt Madeleine unter dem Phantom-Jack-Syndrom, dem Phantom-Nell-Syndrom. Sie vermisste ihren Bruder und ihre Nichte unsäglich. Das Gefühl verblasste nicht mit der Zeit, sondern wurde immer schlimmer.

Wie war sie überhaupt auf die Schnapsidee gekommen, nach Hubbard's Point zurückzukehren, wo Jack und Emma sich kennen gelernt hatten? Möglich, dass Stevie gerne an die drei halbwüchsigen Mädchen zurückdachte, aber für Madeleine hatten die lebhaftesten Erinnerungen an Hubbard's Point mit einer intakten Familie zu tun, die sich dort eingefunden hatte.
Wie sollte sie das einer Frau erklären, die ihre Ehemänner gewechselt hatte wie manche Leute ihre Schuhe? Stevie war mit Sicherheit auf ihre Art fantastisch, aber man konnte kaum erwarten, dass sie verstand, was Madeleine durchmachte. Sie musterte ihr Gesicht im Rückspiegel; das letzte Jahr, ein einziger Albtraum, hatte sichtbare Spuren hinterlassen. Sie hatte zugenommen und sich angewöhnt, mehr zu trinken, als ihr gut tat – um Dinge zu vergessen, deren Erinnerung sie nicht ertragen konnte.
Hoffentlich erstreckte sich Stevies Freigeistigkeit auch darauf, dass sie einem Drink nicht abgeneigt war. Sie hatte zwei Flaschen Champagner mitgebracht – Mumm Cordon Rouge. Sie mussten schließlich stilgerecht auf den Julimond anstoßen!
Die Betäubung, die sich dabei einstellte, war der einzige Fluchtweg, der ihr blieb.

Peggys Tante Tara besaß ein Tandem. Nach dem Freizeitprogramm und dem Mittagessen gingen die beiden zu ihr, um eine Fahrradtour zu unternehmen. Solange ihr Vater geschäftlich in Boston war, hatte Peggys Mutter Nell unter ihre Fittiche genommen; sie hielt sich ebenfalls bei Tara auf. Die beiden Frauen zeigten den Mädchen, wie das blaue zweisitzige Fahrrad funktionierte: Sie fuhren damit auf der verkehrsarmen Straße hinter dem Deich hin und her.

»Diejenige, die vorne sitzt, lenkt«, rief Tara. »Die andere, die hinten fährt, muss die Kontrolle vollständig abgeben.«

»Was die schwierigste Sache der Welt ist.« Peggys Mutter, die hinten saß, lachte. »Die Kontrolle abgeben …«

»Was?«, fragte Peggy. »Ich verstehe nur Bahnhof!«

Nell beobachtete die beiden Frauen und dachte an ihre Mutter und ihre Tante. Sie hatten sich ähnlich verhalten: Sie hatten gelacht, gescherzt und Dinge gesagt, die nur für sie Sinn ergaben. Erwachsene Frauen mit den Geheimnissen junger Mädchen. Seltsam war, dass Nell sich nicht ausgeschlossen fühlte, sondern sicher und geborgen, wenn sie hörte und sah, wie die beiden miteinander umgingen. Das gleiche Gefühl hatte sie jetzt, als sie zusah, wie die beiden Frauen lachten und ihren Spaß hatten.

Sie trugen die gleichen Strohhüte mit Gänseblümchen im Hutband. Mrs. McCabe trug ein T-Shirt der Black Hall High School und abgeschnittene Shorts, und Tara hatte ein schwarzes Shirt mit dem Aufdruck FBI in gelben Lettern über ihren Badeanzug gezogen. Tara fuhr mitten auf der Straße, scherte wiederholt nach links und nach rechts aus, als befänden sie sich auf einem Parcours mit unsichtbaren Hindernissen. Peggys Mutter hob die bloßen Füße von den Pedalen, streckte sie in die Luft. »Huiiiii!«, juchzte sie.

»Mom, es ist total peinlich, wie du dich benimmst«, sagte Peggy.

»Sie kann nicht anders.« Tara hielt mit dem leuchtend blauen Fahrrad vor den Mädchen an. »Ein hoffnungsloser Fall.«

»Du bist nur neidisch, weil ich so eine tolle Stimme habe«, konterte Mrs. McCabe.

»Huiiiii!«, rief Tara, noch lauter, obwohl sie angehalten hatten. »*Huiiiiiiii!*«

»Meine Güte, was für ein Schwachsinn, und das von euch beiden«, sagte Peggy, aber sie lachte. Nell versuchte es, aber sie musste daran denken, wie Tante Madeleine ihre Mutter mit ihrem perfekten Haushalt aufzuziehen pflegte – immer tipptopp, kein einziges Staubkörnchen, alles genau da, wo es hingehörte, ein Garten wie aus einem Magazin. Und noch etwas anderes erinnerte sie an zu Hause: die Gärten von Tara und Peggys Mutter, die ebenfalls hübsch und gepflegt aussahen.

»Nell ist es nicht peinlich, wie wir uns aufführen, oder?«, fragte Mrs. McCabe.

Nell schüttelte den Kopf. »Nein.«

»Danke, da bin ich aber froh«, sagte Tara. »Also, wer will lenken?«

»Ich«, erwiderte Peggy.

»Einverstanden, Nell?«, fragte Mrs. McCabe. »Du denkst vielleicht, es sei ein Kinderspiel, hinten zu sitzen, aber ich sage dir, das täuscht. Du hast Handgriffe, kannst aber nicht lenken.«

»Das ist schon in Ordnung«, meinte Nell.

Tara zeigte Peggy die Handbremse und vergewisserte sich, dass sich der Sattel in der richtigen Höhe befand, während Mrs. McCabe Nells Sattel einstellte und ihr hinaufhalf. Ihr Arm fühlte sich stark und sicher an, und eine Sekunde lang erinnerte sich Nell daran, was es bedeutete, eine Mutter zu haben.

Die Mädchen kurvten ein paar Mal auf der Straße hin und her, die zu Taras Haus führte, dann fuhren sie den Deich und die Strandpromenade entlang, um das Hafenbecken herum und die Straße hinauf, die an die Marsch grenzte. Sie passierten Foley's Store und nahmen die Abkürzung über den alten Friedhof, radelten an Nells Cottage vorbei in Richtung der Landzunge. Es war, als könnte Peggy Nells Gedanken lesen.

Peggy musste halb stehen, als sie den kleinen Hügel zu Stevies Sackgasse hinauffuhren; Nell trat mit aller Kraft in die Pedalen, um sie zu unterstützen. Hohe Bäume warfen ihre Schatten über den Asphalt, und eine frische Brise wehte vom Wasser herüber. Peggy deutete nach links und meinte, heute Nacht würde Vollmond sein und sie könnten sich vielleicht anschauen, wie er aufging.

Aber Nell blickte gespannt nach rechts, auf Stevies Haus. Es lag im Schatten von Eichen und Kiefern; in diesem Licht wirkten die weißen Schindeln blau. Sie fragte sich, ob es wohl genauso ausgesehen hatte, als ihre Mutter und Tante Madeleine ihre Freundin besuchten, als es *wirklich* blau war.

Sie dachte an das Krähenjunge und hätte gerne gewusst, ob es inzwischen fliegen konnte. Und ob Stevie jemals an sie dachte. Ob sie sich fragte, warum Nell nicht mehr zu Besuch kam.

Ihr Vater wollte nicht, dass sie Stevie besuchte, und Nell wusste, dass es nicht daran lag, weil ihr Vater befürchtete, sie könnte Stevie beim Schreiben stören. Nein, es lag daran, dass sie von ihren Gefühlen überwältigt worden war und mit der Erklärung, dass sie Tante Madeleine vermisste, die Katze aus dem Sack gelassen hatte. Nell wusste, dass die Entscheidung ihres Vaters, den Kontakt zu ihrer Tante abzubrechen, endgültig war und er verhindern wollte, dass Stevie die Dinge wieder aufrührte und noch schlimmer machte.

Bei dem Gedanken füllten sich ihre Augen mit Tränen. Hätte sich Peggy zufällig umgedreht, hätte sie behauptet, das sei der Wind oder sie habe Staub ins Auge bekommen. Sie fuhren bis zum Ende der Straße, dann kehrten sie um.

Als sie zum zweiten Mal am Haus vorbeikamen, sah Nell, dass das Schild immer noch an Ort und Stelle stand:

Sie biss sich auf die Lippe. Sie wollte nicht weg. Sie sehnte sich danach, den Hügel zu erklimmen, an Stevies Tür zu klopfen, Ginger Ale mit einer Scheibe Pfirsich zu trinken, Stevies und Tante Aidas Bilder anzuschauen und über ihre Mutter, Tante Maddie und alles Mögliche zu reden.

In ebendiesem Augenblick kam ihnen langsam ein Wagen entgegen. Der Fahrer schien nach einer Adresse Ausschau zu halten, denn er sah das Fahrrad nicht – Peggy musste zur Seite ausweichen, um einen Zusammenprall zu vermeiden. Die abrupte Bewegung bewirkte, dass Nells Magen flatterte.

»Verrückte Rhode-Island-Fahrer!«, schimpfte Peggy.

»Rhode Island?«

»Ja. Auf dem Nummernschild waren ein Segelboot und die Herkunft ›Ocean State‹ zu sehen.«

Nell antwortete nicht; sie dachte, wie sonderbar es war, dass ein Wagen aus Rhode Island gerade in dem Augenblick vor Stevies Haus vorbeifuhr, als sie in Tagträume von ihrer Tante versunken war. Tante Madeleine und Onkel Chris waren nach Rhode Island gezogen. Providence. Nell wusste es, weil ihre Tante ihr immer noch Postkarten schickte. Sie durfte nicht antworten, aber Tante Maddie gab die Hoffnung nicht auf.

Peggy lenkte das Rad in Richtung Hügel, der zum Strand führte.

»Mach dich bereit!«, rief sie Nell zu. »Glaubst du, wir schaffen den Abhang?«

»Ich hoffe.«

»Dann halte dich gut fest!«

»Mach ich.«

Sie fuhren schneller. Nell drehte sich halb um und spähte über ihre Schulter, um einen letzten Blick auf Stevies schattenblaues Haus zu werfen. Sie versuchte, das Auto aus Rhode Island zu entdeckten, aber Peggy fuhr zu schnell.

Wenn die Dinge nur anders lägen, dachte Nell. Wenn wir nur alle beisammen sein könnten.

Sie klammerte sich an die Griffe, mit denen sie nichts ausrichten konnte, und schloss die Augen, weil Peggy lenkte und es ohnehin keine Rolle spielte. Sie spürte den Wind, der durch ihr Haar strich, und wiederholte wieder und wieder ihren Wunsch.

10. Kapitel

Stevie hatte am Vorabend nach Einbruch der Dunkelheit einen Spaziergang gemacht. Barfuß war sie die Straße zu Jacks Haus entlanggegangen. Sie hatte hinter der Ligusterhecke gestanden, den Grillen gelauscht und den Salzgeruch des Windes gerochen. Er raschelte in den Blättern der Bäume.

Die Fenster des Cottage waren weit geöffnet. Stevie hätte Jack am liebsten gerufen, ihn gebeten, ihr die Tür zu öffnen, sie hereinzulassen. Sie hätte ihn gerne gefragt, wie Nells Besuch bei Dr. Galford verlaufen war. Sie trat einen Schritt auf die Hecke zu, doch dann hielt sie inne.

Die beiden saßen auf dem Sofa. Der goldene Schein einer Tischlampe fiel auf Nells braune Haare; Jacks Kopf war gebeugt, dicht an ihrem, und der beständige Klang seiner Stimme drang durch das geöffnete Fenster.

»›Die Feldmaus rannte auf den umgestürzten Baum zu und kroch in das Loch, als die Eule die Dunkelheit durchbrach und herabstieß, mit geöffneten Klauen …‹«

Stevie sah, wie sich Nell unter seinen Arm schmiegte, hörte Jacks Tonfall, als er aus ihrem Buch *Eulennacht* vorlas. Nell genoss sichtlich die Nähe ihres Vaters, und Jack musterte sie verstohlen, um sicherzugehen, dass sie nicht zu viel Angst hatte. Stevie stand wie angewurzelt hinter der Hecke im Garten. Sie wünschte sich mehr als alles in der Welt hineinzugehen. Doch dann machte sie kehrt und ging durch die laue Nacht nach Hause zurück.

Nun hielt sich Stevie abermals zurück und beobachtete, wie ein andersartiges Drama seinen Lauf nahm, das ebenfalls Nell betraf – sie stand an ihrem Küchenfenster, wartete auf Madeleines Ankunft und sah, wie ein Tandem vorbeifuhr. Genau in dem Moment kam ein beigefarbener Wagen langsam die Straße entlang; sie sah, wie das Rad am Ende der Sackgasse umdrehte und zurückfuhr, erkannte Nell und ihre Freundin, und dann hielt sie den Atem an, als Madeleine dem beigefarbenen Auto entstieg.

Ihr Herz klopfte wie verrückt; sie wartete darauf, dass Madeleine und Nell einander bemerkten. Doch nichts dergleichen geschah, und Stevie wusste nicht, ob sie erleichtert oder enttäuscht sein sollte. Sie öffnete die Tür und eilte den Hügel hinunter.

»Du bist es wirklich!«, rief sie.

»Ich kann es nicht glauben!«, entgegnete Madeleine.

Sie umarmten sich endlos. Stevie nahm Madeleine die Reisetasche ab, und Arm in Arm gingen sie die Steintreppe hinauf.

»Hier ist alles noch genau wie früher«, sagte Madeleine, sich umschauend. »Sobald ich die Eisenbahnüberführung passiert hatte, war mir, als würde ich an einen verwunschenen Ort gelangen, wie Brigadoon oder so.«

»In dem die Zeit stehen geblieben zu sein scheint.«

»Die Häuser sind noch genauso klein und malerisch wie früher, die Gärten sehen aus, als wären sie aus den ländlichen Regionen Irlands hierher verpflanzt worden, und die Kinder fahren mit ihren Rädern wie eh und je mitten auf der Straße, als würde sie ihnen gehören – genau wie wir früher! Ich hätte beinahe ein Tandem umgenietet!«

Stevie stockte der Atem, aber für Madeleine war das Thema beendet. Sie gingen ins Haus, und Madeleine machte einen Rundgang, wobei sie fortwährend ihr Entzücken kundtat.

»Oh mein Gott! Es ist alles noch genau wie früher! Ich sehe deinen Vater an seinem Schreibtisch dort drüben sitzen«, – sie deutete auf den Mahagonischreibtisch, ein wuchtiges Möbelstück mit Schubladen, das in einer Ecke des Wohnzimmers stand. »Wir mussten immer mucksmäuschenstill sein, wenn er arbeitete … und ich weiß noch, wie toll ich es fand, dass du einen Vater hattest, der Gedichte schrieb!«

Stevie lächelte. »Mir erging es genauso.«

»Ich fragte mich immer, warum er bei dieser herrlichen Aussicht seinen Schreibtisch so aufstellte, dass er auf die Wand blickte.« Sie deutete auf die Fenster, die auf den Felsenabhang, den Strand und die kleine saphirblaue Bucht tief unter ihnen hinaussahen. »Als ich ihn danach fragte, meinte er: ›Weil Poesie eine andere Sicht erfordert, eine, bei der man nach *innen* schaut.‹«

»Ich erinnere mich.«

»Gilt das auch für dich? Du hast es weit gebracht, Stevie. Ich bin immer so stolz, wenn ich deine Bücher sehe. Brauchst du ebenfalls die Innenschau?«

»Eher das Gegenteil«, lachte Stevie. »Komm mit nach oben – ich zeige dir dein Zimmer und mein Atelier!«
Sie gingen die Treppe hinauf. Stevie hatte Madeleine das Gästezimmer zugedacht, wo früher ihre Großmutter mütterlicherseits zu schlafen pflegte. Es ging nach Osten hinaus, und da das Haus auf einer Landspitze errichtet war, die in den Sund hineinragte, war auch auf dieser Seite des Hauses das blaue Meer durch die Bäume zu sehen. Als Nächstes betraten sie Stevies Zimmer.
»Das ist unglaublich!« Madeleine blickte sich im Raum um, einem Mittelding zwischen Schlafzimmer und Atelier. Er erstreckte sich über die gesamte Breite des Hauses, mit großen Panoramafenstern, die auf den Strand hinausgingen. Da das Haus so hoch gelegen war, fühlte man sich wie in einem Adlerhorst mit seinem unvergleichlichen Ausblick nach Südwesten, über den Sund. An einer Wand hing ein nüchtern wirkendes Gemälde, hypermodern und augenfällig. Ein schwarzer Vogel hockte auf einer Stange im Käfig. Bücherregale bedeckten die Zimmerwände. »Ich erinnere mich nicht, dass dein Zimmer schon damals so groß war, in unserer Jugend.«
»War es auch nicht. Als mein Vater gestorben war und ich beschloss, das Haus zu behalten, habe ich eine Wand herausreißen lassen und aus den beiden Räumen einen einzigen langen gemacht.«
»Hier malst du also …« Madeleine stand vor Stevies Staffelei, betrachtete die Bilder.
»Ja. Es gefällt mir, aus dem Bett zu steigen und sofort mit der Arbeit zu beginnen. Ich … ich lasse mich von meinen Träumen inspirieren.« Sie errötete. Während Madeleine das Bild von den beiden Kolibris mit den rubinroten Kehlen betrachtete, Gefährten, die Nektar aus den roten Blüten saugten,

fragte sie sich, was ihre Freundin wohl denken würde, wenn sie wüsste, dass sie neuerdings ständig von Jack träumte.

»Wunderschön«, sagte Madeleine. »Gehören sie zu deinem nächsten Buch?«

»Du hast es erraten.« Stevie musterte ihr Werk: leuchtend grüne Vögel, für sie ein Symbol der Hoffnung und Ausdauer. Sie dachte daran, wie sich die Geschichte verändert hatte, mit der sie Anfang des Sommers begonnen hatte. Zuerst war es um zwei Zugvögel und ihren langen Flug von Neuengland nach Costa Rica gegangen; nun war daraus ein Sommer im Leben eines Vogelpaares geworden, das ein Nest baute und ein Junges großzog – inspiriert von Stevies Träumen und der Begegnung mit Nell. Die einzige unveränderliche Größe in den beiden Geschichten war die blühende rote Klettertrompete, die so anziehend auf die winzigen Vögel wirkte und die ihnen Nahrung bot.

»Es ist eine große Ehre für mich, Zeuge bei der Entstehung eines Buches zu sein«, sagte Madeleine. »Wer hätte gedacht, dass sich meine alte Freundin zu einer berühmten Künstlerin mausert!«

»Danke für das Kompliment.«

»Die Bewohner von Hubbard's Point müssen sehr stolz sein.«

»Die Kinder aus der Nachbarschaft bezeichnen mich als Hexe.«

»Das soll doch wohl ein Scherz sein!«

»Ich bin die ortsansässige Exzentrikerin meiner Generation – genau wie die alte Hecate. Erinnerst du dich an sie?«

»Ja natürlich. Ist sie noch hier? Und Mrs. Lightfoot und Mrs. Mayhew – wohnen sie noch in ihren Cottages? Und was ist mit deiner Tante, lebt sie noch in diesem bizarren Schloss? Oh, und was ist aus all den schmucken Burschen geworden, in die wir damals verknallt waren? Ich brenne darauf zu erfahren, was sich in der Zwischenzeit getan hat. Strand und Jungen, das war damals alles, woran wir denken konnten.«

»Lass uns nach draußen gehen und Eistee trinken – ich werde dich haarklein ins Bild setzen.« Stevie ging vor Madeleine die Treppe hinunter, mit dem Anflug eines schlechten Gewissens. Sie hatte sich insgeheim ein Ziel gesetzt, von dem ihre Freundin nichts ahnte. Das Wiedersehen mit Madeleine erwies sich als unsäglich schmerzvoll – sie wirkte sehr verletzlich. Sie trug eine schwarze Jacke aus fließendem Material, obwohl es dafür viel zu heiß war, um die Pfunde zu verbergen, die sie zugelegt hatte. Madeleines Augen waren von Trauer überschattet – sie wusste nicht, dass Stevie den Grund dafür kannte.

Stevie öffnete die Seitentür, forderte Madeleine auf, in einem Teakholzstuhl unter dem ausladenden weißen Sonnenschirm Platz zu nehmen, und ging in die Küche, um ein Tablett herzurichten. Als sie auf die Terrasse zurückkehrte, legte Madeleine einen Finger an die Lippen und deutete auf die Klettertrompeten. Die Kolibris, die von den röhrenförmigen Blüten Besitz ergriffen hatten – vier an der Zahl –, flogen dort ein und aus.

Stevie schenkte Eistee ein und stellte Zuckerplätzchen auf den Tisch, dann saßen die beiden alten Freundin stumm da und beobachteten das Treiben der Vögel. Ihre grünen Federn schillerten im Sonnenschein, die Schwingen glichen einem flirrenden Farbklecks. Als sie schließlich davonflogen, brach Madeleine das Schweigen.

»Das hätte Emma gefallen.«

Stevie umklammerte ihr Glas, suchte nach Worten.

»Sie starb. Bei einem Autounfall, vor einem Jahr.«

»Das tut mir Leid.« Falls sich Madeleine wunderte, warum Stevie nicht aus allen Wolken fiel, ließ sie es sich nicht anmerken.

»Sie war mit meinem Bruder Jack verheiratet. Sie haben sich hier kennen gelernt, am Strand, wie du vielleicht weißt.« Sie blickte den Hügel hinab.

»Ja.« Stevie versuchte, tief durchzuatmen, stellte sich Jack und Nell vor, die gestern Abend allein auf dem Sofa gesessen hatten.

»Auf der hölzernen Strandpromenade, genauer gesagt.« Madeleine deutete auf den blauen Pavillon, der als Schattenspender über dem Plankenweg errichtet worden war. »Sie gingen miteinander, während beide noch in der Ausbildung waren. Jack studierte am MIT, wurde Ingenieur. Emma war in Wellesley. Nachdem sie den Abschluss gemacht hatte, heirateten sie und zogen nach Atlanta. Sie war nie berufstätig, aber immer zur Stelle, wenn es galt, unentgeltlich zu arbeiten. Wenn jemand kein Geld hatte, um Hilfskräfte zu bezahlen, musste er sich nur an Emma wenden.«

»Wirklich?« Stevie versuchte, sich Emma in dieser Rolle vorzustellen.

»Ich sagte oft im Scherz, sie habe ein soziales Gewissen entwickelt, um ihr Verhalten gegenüber der Frau mit dem Einkaufswagen in New London wieder gutzumachen … es stellte sich heraus, dass sie in ihrem Element war, wenn es galt, Spenden zu sammeln.«

»Das überrascht mich nicht«, sagte Stevie. »Ich erinnere mich an den Tag, als sie ihre erste Sammelaktion startete – sie musste diese jungen Burschen von der Küstenwache nur anlächeln! Als sie zurückkam, hatte sie die beiden Zehner in der Hand – und ein teuflisches Lächeln im Gesicht. Sie sagte,

es sei ›ein Kinderspiel‹ gewesen, und wir lachten uns kaputt.«
Sie lächelten beide, als sie daran dachten, wie Emma sämtliche Jungen um den Finger gewickelt hatte.
»Ich habe euch beide aus den Augen verloren«, sagte Stevie. »Damals, im Sommer, waren wir unzertrennlich, und ich wäre nie auf die Idee gekommen, dass der Kontakt zwischen uns jemals abbrechen könnte. Aber mein Leben wurde ziemlich verrückt …«
»Wir haben deinen Werdegang genau verfolgt. Du warst unsere berühmte Freundin. Ich erinnere mich, als Disney dein Buch über die Wanderdrosseln in der Obstplantage verfilmte.«
»Zuerst wollten sie hier in Connecticut drehen, aber dann entschieden sie sich für Bainbridge Island in Washington State.«
»Wir habe ihn angeschaut in der Hoffnung, dich vielleicht auf der Leinwand zu sehen.«
»Ich hatte eine Statistenrolle. Als Bienenzüchterin, mit einem Drahtkorb vor dem Gesicht. Wenn du geblinzelt hast, hättest du mich verpasst. Habt ihr beide den Film gesehen, Emma und du?«
»Emma nicht«, erwiderte Madeleine in einem Tonfall, der Stevie ein flaues Gefühl vermittelte. »Ich habe ihn mir mit Chris angeschaut, meinem Mann.«
»Ich wünschte, Emma wäre hier.«
Madeleine nickte. »Ich vermisse sie jeden Tag. Während der Fahrt von Providence kam es mir unglaublich vor, dass sie nicht bei mir war. Nur wir beide … das ist irgendwie verkehrt. Wir waren immer zu dritt.«
»Dort unten.« Stevie blickte zum Strand hinab. Er schien eine Welt für sich zu sein, mit all den glücklichen Menschen,

den Familien mit Kindern, den Freundinnen, deren Handtücher dicht nebeneinander lagen, den Decken und Sonnenschirmen, die den Sand bedeckten. Stevie betrachtete Madeleines bleiche Haut und ihre eigene, dachte daran, wie weit entfernt der Strand für zwei Mädchen schien, die dort mehr oder weniger gelebt hatten.

»Emma hätte es hier nicht lange ausgehalten, hätte nie in Straßenkleidung hier oben gesessen. Sie hätte bereits den Badeanzug an und wäre dabei, uns die Schultern mit Sonnenlotion einzuschmieren.«

»Vielleicht sollten wir ihrem Beispiel folgen …?«

»Vergiss es. Ich bin rundum glücklich auf deiner Terrasse und schaue zu, wie sich all diese spindeldürren Leute amüsieren.«

»Die Kalorien als Herausforderung betrachten.«

»Du hast gut reden. Was ist, kommen wir endlich zur Sache? Ist die Sonne im Sinken begriffen, und wir können uns einen genehmigen? Egal, irgendwo geht sie immer unter. Ich habe Champagner mitgebracht – und in den Kühlschrank gestellt, als ich gerade daran vorbeikam. Komm, wir lassen die Korken knallen und stoßen auf die guten alten Zeiten an.«

Stevie ging in die Küche und holte eine der Flaschen aus dem Kühlschrank. Sie schenkte ein Glas Ginger Ale für sich selbst ein, nahm einen hohen Sektkelch aus dem hinteren Teil des Regals und kehrte auf die Terrasse zurück.

»Die Gläser waren Hochzeitsgeschenke, die ich erst nach meiner zweiten Ehe eingeweiht habe.« Stevie stellte eine Sektflöte auf den Teakholztisch. »Genau hier, auf der Terrasse. Du sitzt an der Stelle, an der ich getraut wurde.«

»Du hast in deinem Elternhaus geheiratet – wie romantisch!«

»So kann man es auch sehen«, entgegnete Stevie düster. Sie entfernte die Folie und den Draht, dann öffnete sie fachkundig die Flasche, ohne dass der Korken knallte – nur ein leises Zischen war zu hören, wie sie es von Linus gelernt hatte. Sie schenkte ein.

»Was ist los? Du trinkst nicht mit?«

»Ich trinke mit. Nur keinen Champagner, weil ich auf diesem Gebiet eine Quote erreicht habe, die für den Rest meines Lebens reicht. Ginger Ale bekommt mir besser.«

»Alleine trinken macht keinen Spaß.« Madeleine runzelte die Stirn. Aber sie hob trotzdem das Glas. »Auf dich, Emma – wo immer du sein magst!«

»Auf die Beachgirls!«, sagte Stevie. Sie tranken. Madeleine leerte ihr Glas in einem Zug bis zur Hälfte. Stevie erinnerte sich daran, dass sie früher die gleiche Angewohnheit gehabt hatte; sie konnte die sofortige, wenn auch flüchtige Erleichterung nachvollziehen, die Madeleine in diesem Moment vermutlich empfand.

»Beachgirls.« Madeleine schien den Ausdruck faszinierend zu finden. »Weißt du noch? Wir waren eine eingeschworene Gemeinschaft, wie die Studentinnenverbindungen am College. Nur wir drei.«

»›Einmal Beachgirl, immer Beachgirl‹«, sagte Stevie. Sie blickte den Hügel hinab. Der Sand war schneeweiß und der Sund strahlend blau – als wäre das unbewegte Wasser der Bucht zwischen den Landspitzen ein Spiegel des Himmels. Sie sah, wie Madeleine ihr Glas nachfüllte.

»Trinken wir auf …« Madeleine verstummte. Sie starrte in die Ferne, als überlegte sie krampfhaft, welcher Toast als Nächstes angemessen sei. »Auf … was?«

Stevies Rücken prickelte, als sie stumm dasaß, obwohl ihr ein Trinkspruch schon auf der Zunge lag. *Der richtige Zeit-*

punkt ist noch nicht gekommen, ermahnte sie sich. *Warte*. So schwer es ihr auch fiel, sie hielt sich zurück. Madeleine brachte den nächsten Toast selbst aus. »Auf unser Wiedersehen!«

»Auf unser Wiedersehen«, murmelte Stevie.

Sie stießen miteinander an. Madeleine war glücklich mit ihrem Champagner und schien nicht zu bemerken, dass sich Stevies Blick immer wieder auf den Strand konzentrierte, auf ein Cottage hinter dem Deich an der Grenze zur silbergrünen Marschlandschaft. Auf ein Haus mit einem prachtvollen Garten und zwei Frauen mit Strohhüten – Bay McCabe und Tara O'Toole –, die mitten auf der Straße standen und zwei Mädchen auf einem Tandem in Empfang nahmen.

In Boston saß Jack in seinem Büro von Structural Associates, das sich im dreizehnten Stock befand, und sah den Flugzeugen zu, die auf dem Logan Airport jenseits des glitzernden blauen Hafens landeten. Francesca kam herein, schloss die Tür hinter sich. Sie sah elegant aus, trug ein modisches, perfekt sitzendes Prada-Kostüm und schwarze Riemchenschuhe mit hohen Absätzen. Ihre Haut war von der Sonne gebräunt, weil sie die beiden vergangenen Wochenenden Freunde in Nantucket besucht hatte. Sie lehnte sich an seinen Schreibtisch.

»Hallo Fremder.«

»Hallo Francesca.«

»Ich rekapituliere. Ich habe dir Postkarten aus Siasconset und – wenn ich das sagen darf – außerordentlich verführerische Fotos von mir an Bord der hundert Fuß langen Yacht geschickt, die dem Herzallerliebsten meiner Freundin gehört, dazu mehrere Aufforderungen an dich – und Nell –, die nächste Fähre zu nehmen und mich zu besuchen, aber du *ignorierst* mich.«

»Ich ignoriere dich nicht …«

»Den ganzen Sommer hast du dich rar gemacht. Du bist schon vor Monaten von Atlanta nach Boston umgezogen, aber seit Juni hast du dich kaum noch blicken lassen. Unserem Boss scheint es nichts auszumachen, dass du kaum noch in deinem Büro bist. Vielleicht ahnt er ja was.«

»Was sollte er denn ahnen?«

»Dass du die Firma verlässt.«

Jack starrte die Blaupausen auf seinem Schreibtisch an. Sie waren für sein neuestes Projekt, eine neue Brücke über einen Highway in New Hampshire. Francesca hatte sie gemeinsam mit ihm entworfen. Er erinnerte sich, wie überrascht er gewesen war, als sie ihn mitten auf der Baustelle geküsst hatte, die sie das erste Mal nach Beginn der Bauarbeiten besuchten. Er hatte ein schlechtes Gewissen. Nicht weil er die Firma verließ, und sie, sondern weil er dabei nicht das geringste Bedauern empfand.

»Wo hast du das gehört?«

»Ich habe es nicht gehört – aber ich habe Augen im Kopf. Ich habe bemerkt, dass du nie mehr da bist. Dass der Boss alle wichtigen Aufgaben Taylor überträgt. Und ich jedes Wochenende alleine bin. Obwohl ich dachte, dass wir diesen Sommer viel gemeinsam unternehmen würden.«

»Es liegt nicht an dir, Francesca.« Sein Blick fiel auf die Einkaufstüte vom Faneuil Hall Bookstore, in der sich zwei weitere Bücher von Stevie Moore befanden, für Nell. *Die rote Wanderdrossel und der Nordwind* und *Möweninsel.* Er war der Meinung, *Eulennacht* sei unübertroffen, aber er wollte alle Bücher kaufen. Er hob den Blick.

»Nein? Das fällt mir schwer zu glauben. Ich habe mit Ivan

Romanov telefoniert, und er wollte wissen, ob ich dich in Inverness besuche. Du hast es offenbar nicht einmal für nötig gehalten, es mir persönlich zu sagen.«

Jack starrte sie an. Es gab keine Entschuldigung, keine Rechtfertigung. Sie war eine wundervolle Frau, eine erstklassige Ingenieurin, eine großartige Kollegin. Er hatte hinter ihrem Rücken gekündigt und eine Stellung bei einem Kunden seines Unternehmens angenommen. »Es tut mir Leid; ich möchte nicht, dass du denkst, ich hätte dich ausgebootet.«

»Ausgebootet? Entschuldige, aber du bist ein Idiot. Ich hatte kein Interesse an dem Job – ich wusste, dass Ivan Headhunter beauftragen wollte, einen geeigneten Kandidaten zu finden, weil er den Job nämlich mir zur gleichen Zeit wie dir schmackhaft zu machen versuchte. Ich fühle mich nur – verraten. Wir sind Freunde, Jack. Ich hatte gedacht, wir könnten sogar mehr sein.«

»Es tut mir Leid.« Jack hätte gerne ihre Hand genommen, weil er ähnlich empfunden hatte. Wann hatten sich seine Gefühle geändert? *Als Nell sie kennen lernte,* da war es ihm bewusst geworden …

»Was war der Grund?«, fragte sie. »Dass man Privatleben und Arbeitsleben trennen sollte? Oder habe ich dich zu sehr bedrängt?«

»Du warst, du bist wunderbar. Ich sagte doch, es lag nicht an dir.«

»Woran denn?«

»An uns – an mir und Nell. Wir haben einen Hurrikan hinter uns. So empfinde ich es jedenfalls. Einen Sturm, der unser Haus bis auf die Grundfesten zerstört hat. Nichts scheint mehr sicher oder selbstverständlich zu sein. Es wäre nicht fair von mir, einen anderen Menschen in diesen Wirbelsturm hineinzuziehen.«

Sie verdrehte die Augen. »Schöne Metapher.«
»Das Beste, was ich zu bieten habe.«
»Dein Kind ist so traumatisiert, dass du keine neue Beziehung zu einer Frau eingehen kannst, und da entwurzelst du sie und schleppst sie von Amerika nach Schottland? Das leuchtet ein.«
Jack dachte an Stevie und was sie über den »Fluchttrieb« gesagt hatte. Sein Blick fiel abermals auf die Tüte.
»Meine Eltern waren geschieden«, sagte Francesca. »Nell ist ein großes Mädchen. Sie wird es überstehen, wenn es eine neue Frau in deinem Leben gibt. Glaube mir. Es besteht kein Grund, sie wie eine Glucke zu beschützen ...«
Jack spüre, wie ihm das Blut in den Adern gefror. Francescas Worte gingen ihm durch Mark und Bein. Er dachte an Emma und Madeleine, die im Krankenhaus gelandet waren, an die Lücke in seiner und Nells Familie. »Scheidung?«, antwortete er. »Wir haben uns nicht scheiden lassen. Nells Mutter ist tot. Mitten aus dem Leben gerissen, an einem herrlichen Tag in Georgia, auf dem Heimweg von einem Wochenende am Strand mit meiner Schwester.«
»Ich wollte nicht gefühllos sein. Ich verstehe ja, was du sagen willst. Aber das ist nicht der springende Punkt. Wenn ein Vater anfängt, sich wieder für andere Frauen zu interessieren, ist das für die Tochter in beiden Fällen das Gleiche – die Beziehung ist von vornherein zum Scheitern verurteilt.«
Jack schüttelte heftig den Kopf. Er wusste, dass ihm dieser Schlagabtausch die Trennung erleichterte – mehr als er es verdiente.
»Nein, du verstehst offenbar *nicht*. Nell steht an erster Stelle. Punkt. Sie hat ein Problem mit uns. Sie ist noch nicht so weit – zu verkraften, dass ich mich für andere Frauen interessieren könnte. Für dich. Es tut mir Leid, Francesca.«

Sie legte die Hand auf die Tür und sah Jack an. »Das sollte es auch.«
Etliche Bemerkungen gingen ihm durch den Kopf, aber er schwieg, überließ ihr das letzte Wort. Ihm fiel ein Stein vom Herzen, als sie hinausging und die Tür hinter sich schloss.
Er lehnte sich in seinem Stuhl zurück. Als er sich umsah, wurde ihm bewusst, dass er sich hier nie richtig heimisch gefühlt hatte. Er war mit der Hoffnung nach Boston gekommen, dem Kummer und der Einsamkeit von Atlanta zu entfliehen. Francesca hatte sich bemüht, eine gute Freundin zu sein, aber das reichte nicht. Er öffnete die Schreibtischschublade, nahm Nells und seinen Pass heraus.
Was würde sie von Schottland halten? Plötzlich wusste er nicht einmal mehr, was er sich überhaupt dabei gedacht hatte, als er diese Pläne schmiedete. Er erinnerte sich, wie er in Stevies Küche gestanden und ihr von Dr. Galford erzählt hatte. Nell hatte seither zwei Sitzungen bei ihm gehabt. Inzwischen schlief sie besser. Mussten sie sich einen neuen Therapeuten in Inverness suchen? Und mit wem konnte er reden, wenn er sich Nells Problemen nicht gewachsen fühlte?
Zu Anfang schien Schottland wie geschaffen für seine Tochter und ihn. Als Kind hatten seine Eltern dort mit ihm und Madeleine Urlaub gemacht. Sie hatten Maddie einen Tartan-Kilt gekauft. Aus bunt kariertem Wollstoff in gedämpften rot-grünen Farben, trug er vorne eine große silberne Anstecknadel in Form einer Distel – das Emblem Schottlands.
Sie waren in die Highlands im Nordwesten des Landes gefahren, hatten uralte Berge mit sanft gerundeten Konturen gesehen, die ans Meeresufer grenzten, und waren mit einer Fähre zur Isle of Harris gefahren, um Tweedstoffe zu kau-

fen. Dann waren sie aufs Festland zurückgekehrt und hatten sich in einem Hotel einquartiert, das auf einen Meeresarm hinausblickte. Ihr Vater hatte ein Fischerboot mit einem ortsansässigen Führer gemietet, der mit ihnen zum Lachsfang auf einen Fluss fuhr. Er erinnerte sich an den tief hängenden Nebelschleier, die grünen Hügel, den gewundenen Fluss, der in den Meeresarm mündete.

»Ich fange nichts. Ich werde nie etwas fangen«, hatte Maddie gejammert.

»Du musst Geduld haben«, hatte ihr Vater gesagt. Maddie hatte ihren Bruder angesehen, der eine Grimasse zog und die Schultern zuckte.

»Jack, wenn du einen Fisch fängst und ich nicht, bringe ich dich um.«

»Du wirst vor mir einen kriegen. Da möchte ich wetten.«

»Haust das Ungeheuer von Loch Ness hier?«, hatte Madeleine gefragt und Jack an der Hand gezupft. Sie war zehn und er vierzehn, und wenn es nach ihm gegangen wäre, dann wäre er lieber wieder in Hartford bei seinen Freunden gewesen.

»Nein«, hatte er geantwortet, um sie zu ärgern. »Hier gibt es ein viel schlimmeres Ungeheuer. Das Flussmonster.«

»Was ist denn das?«

»Es ist besser, wenn du es nicht weißt, glaube mir, Maddie.«

»Doch, doch! Ich möchte es aber unbedingt wissen!«

Ihr Vater und der einheimische Führer angelten ernsthaft, während Jack und Maddie ihre Ruten nur in der Hand hielten und schwatzten. Jack beschrieb das Flussmonster: lang und schleimig wie eine Schlange, eine weiße Schlange, die in der tiefsten unterirdischen Höhle des Flusses lebte. Es ernährte sich bevorzugt von Lachs, und wenn die Fische anbissen, konnte es jeden Moment hinter ihnen auftauchen –

um aus dem Wasser hochzuschnellen und sich Fisch und Fischer zu schnappen.

»Siehst du?«, meinte Jack. »Wir können von Glück sagen, dass wir nichts fangen.«

Madeleine hatte gelacht – sie hatte ihn durchschaut und gewusst, dass er sie lediglich aufmuntern wollte. Jack hoffte nun, bei Nell die gleiche Wirkung zu erzielen.

Er wollte sie nach Schottland mitnehmen, um Kummer und Sorgen zu verscheuchen. Er würde nie vergessen, wie glücklich Madeleine während der damaligen Urlaubsreise gewesen war. Sie liebte das Heidekraut, die Dudelsäcke und das klare braune Wasser der Bäche, die sich über das Torfmoos ergossen. Da Schottland seiner kleinen Schwester dermaßen gut getan hatte, würde der Aufenthalt vielleicht auch bei Nell ein Wunder wirken.

Es musste einfach so sein.

Er rollte die Blaupausen zusammen, steckte sie in die Röhre. Dann packte er Reiseunterlagen und Stevies Bücher in seinen Aktenkoffer und verließ das Büro. Er hoffte, dass er Francesca nicht über den Weg laufen würde, was ihm erspart blieb. Er verabschiedete sich von der Empfangssekretärin, stieg in den Fahrstuhl und eilte zu seinem Wagen. Nell war in guter Obhut, mit Peggy und ihrer Familie am Strand. Er wusste, dass sie ungeduldig auf seine Rückkehr wartete – sie hatte Angst, wenn er zu lange ausblieb.

Vor allem aber war er froh, dass er neue Bücher von Stevie Moore besorgt hatte, die er ihr vorlesen konnte. Er liebte *Eulennacht*, brachte es jedoch nicht übers Herz, das Buch von den Kaiserpinguinen wieder in die Hand zu nehmen. Es erinnerte ihn an das Gespräch, das er mit Stevie in ihrer Küche geführt hatte. Als er sich mit aller Macht zurückhalten musste …

Er hatte Nell das Pinguin-Buch immer wieder vorgelesen, an den Abenden vor den drei Tagen, als er in der Morgendämmerung zum Strand gegangen und Stevie heimlich beim Schwimmen beobachtet hatte.
Er vermisste diese Morgen, mehr als er für möglich gehalten hätte. Bei der Erinnerung an ihre Silhouette, die sich vor der aufgehenden Sonne abzeichnete, bekam er immer noch eine Gänsehaut. Er hatte zugeschaut, wie sie in das dunkle Wasser eintauchte, an die Oberfläche kam, um Luft zu holen, wie sie zum Felsen geschwommen war. Warum hatte er die Gelegenheit nicht einfach beim Schopf gepackt – und war ihr nachgeschwommen?
Sie musste ihn gesehen haben, doch als er neulich bei ihr gewesen war, hatte sie nichts davon erwähnt. Was mochte sie dabei empfunden haben? Wenn sie entrüstet oder wütend gewesen wäre, hätte sie ihn dann nicht darauf angesprochen?
Die Erinnerung war wie ein verborgenes Laster – niemand durfte davon erfahren: von der Tatsache, dass er sich nach jenen Morgen sehnte, als er Stevie nachspioniert hatte. Diese Sehnsucht war ihm unter die Haut gegangen, er spürte sie nicht nur in seinen Lenden, sondern in jeder Handbreit seines Körpers. Er redete sich ein, dass eine Beziehung für ihn nicht in Frage kam – Nell und er waren noch lange nicht so weit. Dass Nell Stevie mochte, stand auf einem ganz anderen Blatt. Und dass sie aus eigener Erfahrung wusste, was es hieß, die Mutter zu verlieren, fiel kaum ins Gewicht; oder dass sie ihn darin bestärkt hatte, mit Nell zu Dr. Galford zu fahren, weil sie dringend Hilfe brauchte. Sie hatte ihm in einer Krisensituation beigestanden, aber das zählte nicht wirklich.
Oder doch?

Nein, körperliches Begehren war ein Terrain, das ihm sicherer schien als jeder andere Beweggrund, der zu einer echten Beziehung führen konnte. Was er für Stevie empfand, war nun einmal Begehren.

Trotz der Tatsache, dass seine Tochter sie liebte.

Wenn Stevie nur nicht so verbohrt gewesen wäre, was Madeleine betraf – und seine Schwester zu allem Überfluss auch noch nach Hubbard's Point eingeladen hätte. Jack wurde mulmig bei der Überlegung, wann sie dort auftauchen könnte. Er würde sich heraushalten. Dieses Thema war ein für alle Mal erledigt. Seine Schwester war für ihn gestorben. Das kleine Mädchen, dem er so nahe gestanden hatte – in Schottland, in der Schule in Hartford, beim Tennisspielen am Strand –, gehörte der Vergangenheit an.

Nell konnte nicht verstehen, warum er keinen Wert darauf legte, Madeleine jemals wiederzusehen oder auch nur ein Wort mit ihr zu wechseln – und er betete, dass sie es niemals erfahren würde. Sollte es trotzdem geschehen, würde sie ihm dankbar sein, dass er den Kontakt so rigoros abgebrochen hatte.

Er stieg in seinen Wagen und fädelte sich in den Bostoner Verkehr ein, fuhr die lange Strecke zum Strand zurück.

Die Sehnsucht, die Fantasie und das Bild von Stevie, die aus dem Wasser stieg, während silberne Tropfen an ihrem schlanken geschmeidigen Körper hinabperlten, hatten ein Gutes: Sie hatten nichts mit Vernunft oder gesundem Menschenverstand zu tun.

11. Kapitel

Die erste Flasche Champagner war ein Genuss und ging runter wie Öl, so dass es Madeleine kaum erwarten konnte, die zweite zu öffnen. Obwohl es wenig Spaß machte, allein zu trinken – während Stevie die ganze Zeit bei ihrem Ginger Ale blieb. Madeleine tat, als bemerkte sie es nicht.

»Erzähl mir von dir«, sagte sie. »Lebst du eigentlich das ganze Jahr hier?«

»Nein. Die Wintermonate verbringe ich in New York City; ich komme erst Ende Mai her.«

»Das ist ein Vorteil, wenn man freischaffende Künstlerin ist – die Flexibilität. Ich arbeite an der Brown University, in der Programmentwicklung, genauer gesagt, bin ich für die Finanzmittelbeschaffung zuständig.«

»Providence ist eine wunderschöne Stadt. Ich habe dort studiert, an der RISD. Wo ich meinen ersten Mann kennen gelernt habe.«

Madeleine hatte schon überlegt, wie sie das Thema Ehemänner anschneiden sollte, und war froh, dass Stevie es selbst zur Sprache brachte. Sie trank einen Schluck Champagner.

»Kevin hatte Köpfchen und Talent. Wir verliebten uns gleich in der ersten Woche nach Beginn des Studiums ineinander. Er war ein ungeschliffener Diamant – ein Zauberkünstler der Linienführung. Er arbeitete mit den einfachsten Mitteln … minimalistisch … ohne Kinkerlitzchen. Die RISD-Absolventen sind teilweise sehr progressiv, avantgardistisch …«

»Die Ausstellung der Graduierten ist gewiss sensationell.«

Stevie nickte. »Kann man wohl sagen. Ungezügelt, brillant. Kevins Werke hatten allerdings einen beinahe klassischen

Anstrich. Er liebte Formen; er arbeitete gerne in Kohle auf Papier. Sein Meisterwerk erinnerte mich an Picasso. Kein Kubismus, aber Linien …«

»Und dann habt ihr geheiratet?«

»Ja, noch während der College-Zeit. Heimlich …«

»Ich erinnere mich, dass du schriebst, du würdest mir später alles haarklein erzählen. Danach habe ich nie wieder von dir gehört, wenn ich mich recht erinnere.«

Stevie seufzte. »Stimmt vermutlich. Ich war ständig auf der Suche …«

»Was für eine Suche?«

»Nach künstlerischer Inspiration und Liebe.«

Madeleine lachte. »Ich dachte, du hättest beides gefunden.«

Stevie schüttelte den Kopf. »Mir wurde beides in die Wiege gelegt. Wie den meisten Menschen, nehme ich an. Doch dann verbringen wir unser Leben damit, die Dinge komplizierter zu machen, als sie sind. Meine Eltern liebten mich sehr. Dadurch war ich – vielleicht nicht gerade verwöhnt –, aber ein für alle Mal geprägt. Ich hatte hohe Erwartungen. Ich dachte, das Leben müsste, *würde* immer so sein. Selbst nach dem Tod meiner Mutter war mein Vater …«

»Dein Ein und Alles. Ich weiß.«

»Genau. Er liebte mich über alle Maßen. Ich stand für ihn stets an erster Stelle, und er gab mir das Gefühl, alles erreichen zu können, was ich wollte. Er zog mich groß und brachte mir bei, unabhängig zu sein, an mich zu glauben, aber alles zu hinterfragen. Er sagte: ›Stevie, Maler betrachten das, was *ist*, was sie sehen können, und malen es. Dichter vertrauen niemals solchen Äußerlichkeiten. Sie lernen, einen Blick hinter die Fassade zu werfen und darauf zu vertrauen, was sie *nicht* sehen können.‹«

»Was sie nicht sehen können …«

»Kevin war nach außen hin ein attraktiver, brillanter Maler. Erst Jahre später, während unserer Ehe, warf ich einen Blick hinter die Fassade … und sah einen Mann, der mit sich selbst haderte und anderen den Erfolg neidete. Er war verbittert. Bei jeder Ausstellung eines Klassenkameraden ließ er boshafte Bemerkungen vom Stapel, dass er käuflich sei, sich dem Geschmack der Kunstsammler beuge. Er hasste sie. Und dann fing ich an, Kinderbücher zu schreiben …«

»Mit großem Erfolg.«

»Was zur Folge hatte, dass er auch mich zu hassen begann. Es war schwer, mit ihm zu leben.« Stevie sah mit angespanntem Blick aufs Meer hinaus. »Dann fand ich Tilly – eine New Yorker Straßenkatze, gerade erst zur Welt gekommen, in der schmalen Gasse hinter unserem Wohngebäude. Sie war mir ein großer Trost – mein Mann kapselte sich völlig ab, sprach kaum mit mir. Wir schliefen nicht mehr miteinander. Aber ich hatte Tilly.«

»Und ihre bedingungslose Liebe.«

»Du sagst es. Ständig gingen mir die Worte meines Vaters durch den Kopf … ich blickte immer noch nicht nach innen – hinter die Fassade. Ich wusste, wie glücklich mich die Liebe in meiner Kindheit gemacht hatte und dass die Liebe zu einer Katze nicht ausreichte, deshalb suchte ich so verbissen danach. Eines Tages besuchte ich eine Vorlesung in Woods Hole, und dort begegnete ich Linus.«

»Linus?«

»Mein zweiter Mann. Ich verließ Kevin seinetwegen. Kevin hing inzwischen an der Flasche. Keine Ahnung, ob er die Trennung überhaupt bemerkte.«

Madeleine nippte an ihrem Champagner. *Hing an der Flasche*, das traf auf sie nicht zu. Sie nahm abermals einen Schluck.

»Linus war Ornithologe. Gebürtiger Engländer, klug und interessant. Er hatte einen Sohn aus erster Ehe – es machte mir Spaß, Stiefmutter zu sein. Ich dachte, nun hätte ich mein Glück gefunden. Linus reiste oft, mit verschiedenen Vogelarten im Gepäck, die in England ein- oder von dort ausgeführt wurden; er kannte sämtliche Zollinspektoren – und schaffte es irgendwie, die Quarantäne zu umgehen, die bei Haustieren vorgeschrieben war. Er meinte, ich solle mir wegen Tilly keine Sorgen machen, die Inspektoren würden ein Auge zudrücken. Und so war es, wir brachten sie problemlos durch den Zoll.«

»Grund genug, den Mann zu lieben!«

Stevie lachte. »Genau. Wir lebten in Oxford, in einem Steinhaus gegenüber einer mittelalterlichen Kirche. Sein Sohn wohnte in London, aber er kam an den Wochenenden und in den Ferien zu Besuch. Ich hatte eine ungeheuer kreative Phase – ein Bild nach dem anderen entstand; außerdem verkaufte ich in der Zeit die Filmrechte für *Rote Wanderdrossel* … und wünschte mir ein Kind …«

»Wirklich? Ich auch …«

»Und, hast du Kinder?«

Madeleine schüttelte den Kopf. »Nein. Ich wurde nicht schwanger. Wir versuchten es jahrelang, ließen uns sogar auf zwei Runden künstliche Befruchtung ein. Fehlanzeige. Das war nicht weiter schlimm, denn ich hatte …« Sie verstummte, unfähig, das Wort »Nell« über die Lippen zu bringen. Stevie ließ ihr Zeit, aber Madeleine zuckte nur die Achseln und lächelte. »Ich hatte Chris.«

»Ich wurde schwanger«, sagte Stevie. Ihre Stimme klang gelassen, aber ihre Wangen färbten sich rosarot.

»Du hast ein Kind?«

»Nein. Ich hatte eine Fehlgeburt …«

»Oh, Stevie. Das tut mir Leid.«

Stevie schloss die Augen. »Ich hätte nie gedacht, wie furchtbar das sein kann. Wenn ich früher etwas über Frauen hörte, denen das widerfuhr, dachte ich: ›Was soll das Theater, dann probiert es eben weiter.‹ Oder: ›Das ist ein Fötus und kein richtiges Kind, das man verliert.‹ Aber das war ein Trugschluss. Es *ist* ein richtiges Kind.«

»In welchem Monat warst du?«

»Im dritten. Ich hatte es gerade meinem Vater und meiner Tante erzählt. Es war ein Mädchen.«

»Ein Mädchen …« Wie Nell. »Und dann?«

»Ich war völlig außer mir. Ich wollte ihr einen Namen geben, sie beerdigen. Linus weigerte sich. Er fand mein Verhalten lächerlich. Er betrachtete das Ganze rein wissenschaftlich, klinisch-nüchtern. Er meinte, ›es‹ sei vermutlich krank gewesen, oder schwach und dem Daseinkampf nicht gewachsen gewesen; und dann fing er an, mir den Darwinismus, die natürliche Auslese und das Überleben derjenigen ›Individuen‹ zu erklären, die der Umwelt am besten angepasst sind. Ich sagte ihm, *sie* hätte etwas Besseres verdient. Ich nannte sie Clare, nach meiner Mutter. Ich hielt eine private Trauerzeremonie für sie ab. Und dann verließ ich Linus.«

»Schlimm. Dass er nicht verstehen konnte, was du in diesem Augenblick gebraucht hättest.«

»Ja, das war wirklich schlimm.«

Sie saßen eine Weile schweigend da. Madeleine sann über den Schmerz nach, wie es war, ein Kind zu verlieren. Sie dachte an Nell und wusste, dass Stevie an Clare dachte.

»Und schlimm war auch, dass ich selbst nicht begriff, was ich gebraucht hätte. Ich war mir selbst fremd.«

»Was heißt das?«

»Emma zog mich früher oft auf – sie sagte, ich hätte ständig das Bedürfnis nach Nähe, nach Verbundenheit. Sie hatte Recht. Ich war überzeugt, dass ich einen Mann in meinem Leben brauchte, um mich gut zu fühlen. Die Erfahrungen mit Kevin und Linus belehrten mich eines Besseren. Ich hatte sie geheiratet, weil ich etwas von ihnen erwartete – brauchte –, was sie mir nicht geben konnten. Ich hatte die Ehe meiner Eltern als Maßstab genommen, sie waren mein Vorbild. Ein ideales Paar, die wirklich und wahrhaftig Seelengefährten waren, mit mir als einem Kind der Liebe … bei mir tickte die gute alte biologische Uhr, wenn du weißt, was ich meine.«

»Oh, nur zu gut.«

»Ich kehrte nach New York zurück – auf einem Frachter. Tilly und ich hatten eine eigene Kabine. Wir legten in Southampton ab. Als wir die Azoren erreichten …«

»Bist du von Bord gesprungen?«

»Nein. Ich hatte mich in den Kapitän verliebt.«

Madeleine lachte, und Stevie fiel ein. »Sag bloß …«

»Es war eine lange Seereise. Frachter sind keine Kreuzfahrtschiffe. Sie fahren nicht auf direktem Weg von einem Hafen zum nächsten. Sie gondeln eher von hier nach da, um die halbe Welt. Darüber vergehen Monate. Ich hatte beschlossen, eine Zeit lang auf See zu verbringen, um nachzudenken und mir über einige Dinge klar zu werden.«

»Vielleicht warst du ein bisschen zu lange auf See?«

»Ja. Mit zu viel Aquavit. Es war ein schwedisches Schiff, auf dem es jede Menge gegrillten Lachs, geräucherten Lachs, gepökelten Lachs und Lachsrogen gab … immer mit Aquavit bis zum Abwinken. Und jedes Mal, wenn wir aus einem Hafen ausliefen, war Champagner fällig – und wir steuerten viele Häfen an.«

»Hast du damals dem Alkohol abgeschworen?«

»Ja, aber nicht gleich. Ich war auf hoher See, wir steuerten die Azoren, Teneriffa, Kapstadt, Rio und Miami an, mit Unmengen von Wasser dazwischen und viel Zeit zum Nachdenken. Ich war zwei Mal geschieden, siebenunddreißig und einer Torschlusspanik nahe …«

»Du wolltest ein Kind.«

»Genau.«

»Also hast du den Kapitän geheiratet.«

»Wenigstens hat er die Trauung nicht selber vollzogen.« Stevie lachte leicht. »Die Aufgabe übernahm der erste Maat.«

»Wie einfallsreich.«

»Ja, gewissermaßen. Die Ehe war, zum Glück, nicht rechtsgültig. Als wir in Manhattan anlegten, wusste ich, dass ich Probleme hatte, und das nicht zu knapp. Mein Vater holte mich am Schiff ab und besorgte mir einen Anwalt, der die Annullierung durchgesetzt hätte – wenn die Ehe rechtskräftig gewesen wäre.«

»Wie hat der Kapitän reagiert?«

Stevie blickte zum Strand hinunter. »Er war aufgebracht. Doch in der kurzen Zeit, die ich nach unserem beidseitigen ›Ich will‹ mit ihm verbrachte, merkte ich, wie aggressiv er eigentlich immer war. Unter dem Einfluss des Aquavits hatte ich das mit einem leidenschaftlichen Temperament verwechselt. Mir ging erst ein Licht auf, als er Tilly einen Fußtritt verpasste.«

»Er hat deine Katze getreten?«

»Er wollte. Aber ich habe mich dazwischengeworfen, um sie zu schützen, und er hatte mich am Kinn erwischt.«

»Mistkerl.«

Stevie nickte seufzend. Madeleine drückte ihr mitfühlend die Hand. Sie saßen eine Weile schweigend da, und Madeleine war dankbar für ihr Leben mit Chris. Eine Seemöwe flog an der Terrasse vorbei, im Aufwind treibend, der vom Strand herüberwehte. Die Frauen sahen ihr nach, wie sie mühelos dahinglitt, ohne einen einzigen Flügelschlag. Tilly hockte drinnen, vor der Fliegengittertür, und verfolgte sie mit grimmigem Blick.

»Das war das letzte Mal.«

»Das letzte Mal was?«

»Dass ich heirate.«

»Woher willst du das wissen? Vielleicht begegnest du doch noch dem Mann deiner Träume. Jemandem wie Chris.«

»Erzähl mir von ihm.«

»Also, er ist intelligent, humorvoll, ein wunderbarer Freund … er hat eine eigene Versicherungsagentur und versteht etwas von seinem Geschäft. Seine Kunden liegen ihm aufrichtig am Herzen – er begleitet sie mit seinen Dienstleistungen durch alle wichtigen Lebensphasen. Hochzeit, Kauf eines Eigenheims, Ausbildung der Kinder, Pflege kranker Eltern, Tod … Er ist sehr engagiert.«

»Wie habt ihr euch kennen gelernt?«

»Jack hat bei ihm eine Versicherung abgeschlossen. Damals, als er Emma begegnet war. Die beiden waren so angetan von ihm, dass sie uns verkuppelt haben.«

»Das ist ein guter Weg – wenn man sich durch gemeinsame Bekannte kennen lernt, die einen kennen und lieben.«

»Ja, finde ich auch.« Madeleine saß reglos da, erstaunt, wie wohl sie sich dabei fühlte, an eine alte Freundschaft anzuknüpfen. Es hatte immer gut getan, mit Stevie zu reden. Sie erinnerte sich, dass Emma oft keine Zeit gehabt hatte, weil sie etwas mit ihrer Mutter unternahm oder Besorgungen machte, und Madeleine die Gelegenheit beim Schopf ergriffen hatte, Stevie für sich allein zu haben.

»Woran denkst du?«

»Oh, an Emma.«
»Es ist, als wäre sie noch am Leben. Ich spüre, dass sie jetzt bei uns ist.«
»Mir ist gerade eingefallen, wie willensstark sie war«, sagte Madeleine mit bebender Stimme. »Wenn sie sich etwas in den Kopf gesetzt hatte, bekam sie es auch.«
»Ja, sie wusste genau, was sie wollte.«
Emma hatte eine besitzergreifende Art gehabt – was Freunde und später Jack und Nell betraf. Wie konnte sie zu dem Entschluss gelangen, alles wegzuwerfen, was sie hatte? Der Gedanke weckte in Madeleine das Bedürfnis, ihr Glas nachzufüllen, doch Stevies Worte über ihre eigenen Alkoholprobleme bewirkten, dass sie sich zurückhielt.
»Was hältst du von einem Spaziergang?«, schlug Stevie nach einer Weile vor.
»Gerne; ich bin neugierig, was sich verändert hat und was beim Alten geblieben ist.« Madeleine war erleichtert, dass sie sich Bewegung verschaffen und sich von ihren düsteren Gedanken ablenken konnte.
Der Tag war klar, der Himmel blau und wolkenlos. Madeleine war froh, sich die Beine vertreten zu können. Das verhinderte, dass ihre Gedanken ständig um den Champagner kreisten. Während sie langsam die gewundenen schmalen Straßen von Hubbard's Point entlangschlenderten, hatte sie den Eindruck, als sei Stevie ungemein wachsam, als ob sie hoffte – oder fürchtete –, jemandem zu begegnen. Sie gingen am Tennisplatz vorbei zum Strandparkplatz.
»Hier habe ich oft Tennis gespielt«, sagte Madeleine.
»Wirklich? Ich kann mich nicht erinnern – wir waren doch immer am Strand.«
»Nicht mit Emma und dir. Mit meinem Bruder. Jack hatte große Geduld mit mir – obwohl ich vier Jahre jünger war als

er, machte es ihm nichts aus, sich hinzustellen und mir die Bälle zuzuspielen …«

Madeleine starrte die Grundlinie an und hätte geschworen, ihn wieder vor sich zu sehen – einen Meter achtzig groß, mit dunklen, nun ergrauenden Haaren, die immer ein wenig zu lang waren, weil er vergaß, zum Friseur zu gehen. Wie mochte er heute aussehen? Seit ihrer letzten Begegnung war ein ganzes Jahr vergangen. Ob er wohl noch die dunkle Sonnenbrille trug? Und inzwischen mehr graue Haare hatte? Ob er Kummerfalten bekommen hatte, so wie sie?

Die beiden Freundinnen überquerten den sandigen Parkplatz in Richtung Strandpromenade. Stevie streifte ihre Sandalen von den Füßen, und Madeleine folgte ihrem Beispiel. Sie gingen barfuß durch den Sand – der so heiß war, dass sie ins Wasser laufen mussten, um ihre Fußsohlen zu kühlen.

»Wenn ich Kinder im gleichen Alter sehe, muss ich immer an Emma und mich denken.« Stevie betrachtete die beiden Kleinkinder, die sich am Rande des Wassers vergnügten. »Hier lernten wir uns kennen, im Sommer.«

»Lange bevor ich euren Weg kreuzte.«

»Ja, aber wir standen uns nie so nahe wie zu der Zeit, als du dazukamst.«

»Erinnerst du dich, wie wir zum Little Beach gingen und Emma mit einem Stock den magischen Kreis zog?«

»Und wie wir uns ewige Treue gelobten …«

»Kraft der Macht, die mir der Vollmond verliehen …«

Ein Blick genügte, und sie wussten, was sie zu tun hatten: Wortlos brachen sie zum Little Beach auf. Der Weg war lang, und draußen war es heiß. Das Kleid klebte an Madeleines Körper, aber das war ihr egal. Sie fühlte sich wieder wie ein

junges Mädchen, machte eine Zeitreise zurück in die Vergangenheit. Stevie nahm ihre Hand, zog sie den steilen Teil des verborgenen Pfades hinauf.
Sie rannten durch den Wald – Madeleine erinnerte sich an jede Handbreit des Weges. Sie erkannte die alten Eichen und schwarzen Tupelobäume, die groß geworden waren seit ihrem letzten Besuch. Die Zweige in den Wipfeln waren miteinander verwoben, bildeten einen Baldachin. Sonne und Schatten sprenkelten den schmalen Saumpfad. Plötzlich tauchte vor ihnen der verborgene Strand auf, dessen weißer Sand in der Sonne leuchtete.
Die Freundinnen eilten an das andere Ende des Strandes, hinter den mächtigen Felsen, der einem großen weißen Hai glich; sie kamen zu einer zweiten kleinen Bucht, die noch weniger Menschen bekannt war … wo Emma den Kreis in den Sand gezeichnet hatte.
»Sie ist hier, bei uns«, sagte Stevie. »Spürst du es?«
»Ja«, erwiderte Madeleine. Der Strand war mit Treibholz übersät, glatt und glänzend wie Gebeine. Stevie bückte sich, hob einen langen Stock auf und reichte ihn Madeleine. Sie sprachen nicht, verschränkten die Hände miteinander. Während sie sich langsam um die eigene Achse drehten, versuchte Madeleine, einen Ring zu zeichnen.
»Kraft der Macht, verliehen vom Vollmond der heutigen Nacht …«
»Die Mondfee«, sagte Madeleine – sie fühlte sich benommen, als ihr mit einem Mal Emmas Worte aus der Vergangenheit wieder einfielen.
Sie ließ den Stock fallen und schloss die Augen. Sie sehnte sich nach der Magie, die sie damals empfunden hatte. Sie spürte, wie ihr Blut prickelte, wie es bis in die Haarspitzen kribbelte. Aber es waren nur die Hitze und der Wind. Die

Magie der Beachgirls war nicht mehr da … Emma war nicht mehr da …

»Ich kann nicht«, flüsterte sie.

Stevies Griff verstärkte sich. »Es tut mir Leid«, sagte sie. »Ich hätte dich nicht hierher bringen sollen.«

»Ich musste an Emma denken.« Madeleines Augen füllten sich mit Tränen. »Wie sehr sie den Strand geliebt hat. Dass sie hier sein sollte.«

»Sie *ist* hier. In der Liebe, die wir für sie empfinden.«

Madeleine schüttelte den Kopf, und die Tränen flossen. Sie konnte Stevie nicht beichten, was sie wirklich empfand – dass sich ihre lebenslange Liebe zu Emma in schwelenden Hass verkehrt hatte. Wegen dem, was sie Jack und Nell antun wollte …

»Sie ist nicht hier«, sagte Madeleine, bemüht, ihre Stimme unter Kontrolle zu halten. Am liebsten wäre sie schreiend davongerannt. Wenn sie sich nicht am Riemen riss, würde sie Stevie erzählen, was Emma ihr anvertraut hatte, jede Einzelheit, und von Jacks Miene, als Madeleine es ihm enthüllt hatte – einfach alles.

»Maddie …« Stevies Blick war besorgt.

Madeleine kniff die Augen zusammen. *Emma ist nicht hier*, sagte sie sich. Aber sie war es doch. Das Phantom-Schwägerinnen-Syndrom machte sich aufs Neue bemerkbar. Die Begegnung mit Stevie hatte es zum Vorschein gebracht, heftiger als jemals zuvor. Ihre ganze rechte Seite juckte. Es war, als hätte ihr rechter Arm das unbändige Verlangen, Emmas Schultern zu umfangen, sie festzuhalten, sie ins Nest zurückzuholen, in den Schoß der Familie, ins *Leben* – wohin sie gehörte.

»Lass uns zum großen Strand zurückkehren«, sagte Stevie sanft.

Madeleine nickte. Als sie gingen, blickte sie über die Schulter zurück: Der Kreis war noch da, im Sand, wo sie ihn gezeichnet hatte. Die Wellen brandeten ans Ufer, die Flut drang immer weiter vor. Bald würde der Ring verschwunden sein – genau wie der ursprüngliche, den Emma vor vielen Jahren gezeichnet hatte.

Glaubte sie immer noch an Magie?

Sie dachte an das brennende Verlangen, an den Wunsch, an irgendetwas zu glauben, eine Sehnsucht, die alle jungen Mädchen hatten. Die Beachgirls – Emma, Stevie und sie – hatten das Bedürfnis gehabt, sich mit den Symbolen von Sonne und Mond, mit Sand und Meer zu umgeben – um sich zu vergewissern, dass ihre heile Welt bis in alle Ewigkeit Bestand haben würde. Doch die Magie des Strandes hatte sich als Illusion entpuppt.

Wie töricht.

Als Stevie und Madeleine den Pfad hinuntergegangen und wieder am großen Strand angekommen waren, hatte Madeleine sämtliche Tränen und Spuren des »magischen« Kreises verscheucht. Sie brauchte unbedingt einen Schluck Champagner. Je schneller sie Stevie dazu bringen konnte, den Heimweg anzutreten, desto besser.

Doch als sie barfuß durch das Wasser wateten, löste sich bei jedem vertrauten Anblick ein wenig mehr von ihrer inneren Anspannung.

»Wenn ich Kinder in diesem Alter sehe, denke ich an …« Madeleine starrte ein kleines Mädchen an, ungefähr vier Jahre alt, das behutsam eine Sandburg festklopfte. Die Mutter half ihr, indem sie Muschelschalen als Dekoration hinzufügte. Madeleine dachte an Nell und musste den Blick abwenden.

»Woran denkst du, Maddie?«

Da Madeleine kein Wort über die Lippen brachte, tat sie, als hätte sie die Frage nicht gehört. Sie wanderten weiter durch den nassen Sand, spürten, wie die Wellen ihre Knöchel umspielten. Auch jetzt schwemmte das Wasser ihre Gefühle fort, schuf Raum für den Frieden eines Sommertages. Die Flut kam, und Madeleine stieß fast mit einem Jungen zusammen, der einer Welle auswich. Halt suchend ergriff sie Stevies Arm, riss sie um ein Haar mit zu Boden.

Lachend spritzte Stevie sie mit Wasser nass, worauf Madeleine sich umgehend rächte, indem sie mit einem schnellen Tritt in hohem Bogen eine silberne Fontäne aufwirbelte. Die Tropfen waren salzig und kühl, und sie kosteten das Vergnügen noch eine Weile aus, spielten und kicherten wie in ihrer Teenagerzeit. Stück für Stück wateten sie tiefer ins Wasser hinein – Stevie in Shorts und ärmellosem T-Shirt, Madeleine im langen Kleid, den Saum geschürzt.

»Lass uns schwimmen gehen«, sagte Stevie plötzlich mit glänzenden Augen, unter ihrem Pony hervorspähend.

»Wir sind angezogen.«

»Na und? Komm!«

»So was passt zu deiner unkonventionellen Tante! Oder zu einer Frau, die auf einem Frachter um die halbe Welt gereist ist – in voller Bekleidung ins Wasser gehen, in Portofino oder Positano oder … wo auch immer, an irgendeinem glamourösen Ort! Das bringe ich nicht fertig, nicht vor den Augen all dieser braven Vorstadtbürger.«

»Das hier ist ein Strand!«

»Und wir sind *in voller Montur*, meine Liebe!«

»Wir machen es wie Zelda – aus dem großen Gatsby – und genießen das Leben in vollen Zügen, denn es ist wie ein Brunnen, der nie versiegt!« Stevie tauchte mit einem Kopfsprung ins Wasser, und als sie wieder an die Oberfläche kam, war sie wieder das junge Mädchen, das Madeleine in Erinnerung hatte – eigenwillig, kreativ, ein bisschen verrückt, was sehr sexy wirkte, und lebenshungrig. Sie sah ihr nach, als sie zum Außenpier hinaus- und zurückschwamm, die schwarzen Haare glänzend wie das Fell einer Robbe.

»Hast du einen Badeanzug mitgebracht? Willst du zum Haus hinaufgehen und dich umziehen?«, fragte Stevie, Wasser tretend.

»Nein danke – ich besitze keinen mehr.«

Der Champagner und die Wiedersehensfreude hatten Madeleine vergessen lassen, dass sie wegen ihres Gewichts Hemmungen besaß. Doch nun nahm sie die gertenschlanken, muskulösen Beine und Arme ihrer Freundin, das schmale Gesicht und die hohen Wangenknochen wahr und trat zwei Schritte zurück, aus dem seichten Wasser hinaus.

»Lass dich nicht stören. Schwimm ruhig weiter«, forderte sie Stevie auf.

»Nicht ohne dich.« Stevie blinzelte, als sie aus dem Wasser stieg und den Kopf wie ein nasser Labrador schüttelte. Sie stellte sich neben Madeleine und ergriff ihren Arm. »Eins verspreche ich dir – ich werde es schaffen, dich bis zum Ende des Sommers noch einmal herzulocken, um mich zu besuchen *und* mit mir schwimmen zu gehen.«

»Dann *musst* du eine Hexe sein«, murmelte Madeleine lachend. »Weil ich dir eines sage – schmink dir das ab, du hast keine Chance. Nicht ohne einen mächtigen Fetisch oder schwarze Magie.« Sie schauderte in der Hitze, fühlte sich unwohl in ihrer Haut und Seele. Der Aufenthalt am Strand erinnerte sie an ihr letztes Beisammensein mit Emma. Plötzlich kam es ihr so vor, als sei der Spaziergang – die ganze Reise hierher – ein riesiger Fehler gewesen.

Stevie, tropfnass, schickte sich an, am Ufer entlangzugehen,

vorbei an all den Leuten, die ins Wasser gingen oder aus dem Wasser kamen, vorbei an den Frauen in ihren Liegestühlen, den Kindern, die Sandburgen bauten. Madeleine ergriff ihren Arm. »Würde es dir etwas ausmachen, wenn wir nach Hause zurückkehren? Es ist so idyllisch dort oben …«
»Natürlich nicht – gehen wir.« Stevie machte kehrt. Sie hoben ihre Sandalen auf und nahmen die Abkürzung – über die hölzerne Fußgängerbrücke, die den Bach überspannte, und die Steinstufen hinauf in den dichten Wald. Dann bogen sie nach links ein, auf einen schmalen Pfad, den Madeleine vergessen hatte – einen steinigen, verborgenen Trampelpfad durch das Gebüsch, der direkt zu Stevies Cottage führte. Sie blickte in das Geäst der Bäume empor, das sich über ihnen ausbreitete, den strahlend blauen Himmel mit glänzenden Blättern begrünend, und spürte einen Kloß im Hals.
Zu Hause angekommen, ging Stevie als Erstes unter die Außendusche. Sie bückte sich, um Käfer von einem Hortensienbusch zu klauben. »Für den Vogel«, sagte sie mit einem verschmitzten Lächeln.
»Aha.«
Madeleine spülte sich mit einem Gartenschlauch den Sand von den Füßen; dann ging Stevie nach oben, um sich umzuziehen und ihren Vogel zu füttern. Madeleines hatte Kopfschmerzen und Bauchweh. Der Aufenthalt am Strand hatte ihr zugesetzt. Sie nutzte die Gelegenheit, um ihre Seelentrösterin aus dem Kühlschrank zu holen: Flasche Nummer zwei.
Stevie betrat die Küche in dem Moment, als Madeleine den Champagner entkorkte.
»Ich hoffe, es stört dich nicht«, sagte sie. »Ich habe das Bedürfnis zu feiern. Ich finde es unfassbar, dass wir zusammen sind.«

»Es *ist* wirklich unfassbar.« Stevie strahlte, als hätte sie ein Geheimnis und könnte es kaum noch erwarten, es zu offenbaren. Madeleine war aufgefallen, dass sie auf dem Weg zum Strand hochgradig angespannt gewesen war. Vielleicht hing es damit zusammen. Stevie schenkte sich ein Glas Eistee ein, dann hoben sie ihre Gläser.

»Mal sehen. Wir haben auf die Beachgirls getrunken und auf unser Wiedersehen … worauf trinken wir jetzt?«, fragte Madeleine.

»Wie wäre es mit einem Beachgirl der neuen Generation …«, sagte Stevie ernst und sah in Madeleines Augen. »Ich wollte dir von ihr erzählen, als wir am Little Beach waren. Nachdem du den Kreis gezeichnet hattest …«

»Einer neuen Generation…?«

»Nell.«

Madeleine blinzelte ungläubig, als sie den Namen hörte. Stevie blickte sie stumm an. »Wovon redest du?«, fragte Madeleine verwundert.

»Ich habe sie kennen gelernt, Maddie. Sie ist hier – in Hubbard's Point, am Strand, mit deinem Bruder. Sie haben ein Ferienhaus in der Nähe des Tennisplatzes gemietet.«

12. Kapitel

Sie hätte Madeleine nicht damit überrumpeln sollen – Stevie sah den verwundeten Blick in ihren Augen, kaum dass die Worte heraus waren. Madeleine nahm die Sonnenbrille ab, schlug die Hände vor die Augen und schluchzte auf. Sie zitterte so am ganzen Körper, dass Stevie die Arme um sie legte. Nach ein paar Minuten lösten sie sich voneinander.

»Es tut mir Leid, dass ich dir einen Schrecken eingejagt habe«, sagte Stevie.
»Ich glaube nicht, dass es deine Schuld ist, ich bin nur erschrocken, weil mein Bruder und meine Nichte hier sind. Was machen sie ausgerechnet in Hubbard's Point?«
»Jack hat sich von seiner Firma nach Boston versetzen lassen ...«
Madeleine schüttelte den Kopf. »Es schmerzt, so etwas von dir zu hören. Statt von ihm selbst. Er ist hier in Neuengland und konnte mich nicht ein einziges Mal in Providence anrufen? Um es mir persönlich zu sagen?«
»Wie es scheint, hat er ...«, Stevie zögerte, »alle Hände voll zu tun.«
»Wegen Nell?« Madeleine holte geräuschvoll Luft. »Erzähl mir von ihr, Stevie. Ich habe sie seit fast einem Jahr nicht mehr gesehen.«
»Sie ist etwas ganz Besonderes.« Sie führte Madeleine ins Wohnzimmer, zu der kleinen Couch, auf der Jack und Nell gesessen hatten. Sie nahmen gemeinsam darauf Platz, so dass sich ihre Knie berührten, und Stevie begann zu erzählen. Sie schilderte ihre kurzen braunen Haare und die strahlenden grünen Augen, ihren wachen Verstand, ihr leichtes Lächeln. Sie sah, wie Madeleine auf jede Einzelheiten reagierte, eifrig darauf bedacht, mehr zu hören, obwohl es sie sichtbar schmerzte. Es war viel geschehen seit der letzten Begegnung mit ihrer Nichte; Stevie wünschte, sie könnte ihr den Schmerz ersparen, müsste ihrer Freundin nichts von dem Mädchen erzählen, das sie offensichtlich durch und durch kannte und liebte.
»Sie geht in Boston zur Schule?«
»Ja.«
Madeleine kniff die Augen zusammen. »Sie war ganz begeis-

tert von ihrer Schule in Atlanta und den Lehrern … ich mag gar nicht daran denken, wie es war, sie zu verlassen. Emma entschied sich für das Haus, in dem sie wohnten, weil es in dem Viertel eine hervorragende Schule gab. Nell lernte gerne, vom ersten Tag an.«

»Sie scheint blitzgescheit zu sein.«

»Stimmt. Sie besitzt eine rasche Auffassungsgabe, begreift schnell. Sie hat Emmas Neugierde und Ehrgeiz geerbt, und den messerscharfen Verstand ihres Vaters. Sie hatte einen Freund in Georgia, der ihr sehr nahe stand. Ich glaube, er hieß Tristan … Nell muss ihn schrecklich vermissen.«

Stevie hatte bemerkt, wie tief das Verlustgefühl bei Nell war, aber sie sagte: »Sie hat hier eine Freundin gefunden, Maddie, zumindest für den Sommer. Wenigstens ist sie nicht einsam. Ich habe Peggy und sie vorhin mit dem Rad am Strand herumkurven sehen.« Sie ließ unerwähnt, dass es sich um ein *Tandem* handelte, für den Fall, dass Madeleine sich erinnerte, es gesehen zu haben. Ihre Freundin war im Moment zutiefst erschüttert, ihre Hände zitterten, als sie sie verschränkte.

»Was hat sie sonst noch gesagt, Stevie? Hat sie …« Madeleine biss sich auf die Lippe, schien Angst zu haben weiterzusprechen. »Hat sie mich erwähnt?«

Stevie nickte. »Das hat sie, Maddie.«

»Rede schon. Was hat sie gesagt?«

»Sie vermisst dich.«

Madeleine sog scharf die Luft ein.

»Sie war oben, um den Vogel zu besuchen. Und als ich hinaufging, um nach ihr zu sehen, bat sie mich inständig, dich … ausfindig zu machen.«

»Mich?«

Stevie nickte. »Sie sah das Bild, das meine Tante gemalt hat. Sie kannte alle Geschichten von den Beachgirls, und wie nahe wir uns standen. Sie bat mich unter Tränen, dich anzurufen. Weil sie dich so sehr vermisst.«

Madeleine ließ die Worte einwirken, mit großen Augen, während Tränen ihre Wangen hinabrollten. Sie sah sich im Raum um, als hielte sie Ausschau nach Nell. Stevie wollte sie auf alles aufmerksam machen, was Nell gesehen hatte – sie hatte an diesem Platz gesessen, das Gemälde betrachtet, die Schneckenmuschel in Augenschein genommen.

»Mein Vater pflegte zu sagen: ›So nahe, und doch so weit entfernt.‹ So fühle ich mich gerade. Die Menschen, die ich am meisten liebe, sind zum Greifen nahe, praktisch in Sichtweite, aber ich kann sie nicht erreichen.«

»Das kannst du wohl.«

Madeleine schüttelte den Kopf. »Du kennst Jack nicht. Wenn er einen Entschluss gefasst hat, gibt es kein Zurück. Er hat mich ein für alle Mal abgeschrieben.«

»Du bist seine Schwester, Maddie«, erwiderte Stevie, sich an Tante Aidas Worte erinnernd.

»Ich weiß. Das macht die Sache nur schlimmer. Es bestärkt ihn noch in der Auffassung, im Recht zu sein. Er ist stur, Stevie. Wenn er sich etwas in den Kopf setzt, kann ihn nichts davon abbringen.«

»Er kann Nell nicht auf Dauer von dir fern halten. Du hättest dabei sein sollen: Sie möchte dich so gerne wiedersehen … Ich glaube, das war der wahre Grund, weshalb sie nach mir gesucht hat.«

»Ich denke, sie wollte die alte Freundin ihrer Mutter kennen lernen.«

»Nur zum Teil. Du hättest hören sollen, wie sie deinetwegen weinte. Jack musste sie auf die Arme nehmen und nach Hause tragen.«

Madeleine war bleich. Sie starrte das Champagnerglas in ihrer Hand an, trank aber nicht. Die Fenster waren weit geöffnet, und eine kühle Brise wehte durchs Haus, aber ihr Gesicht und ihr Hals waren mit einem feinen Schweißfilm bedeckt.

»Alles in Ordnung?«, fragte Stevie.

Madeleine nickte. Dann schüttelte sie den Kopf. »Nicht wirklich. Das alles geht über meine Kräfte. Stevie, auch wenn es mir schwer fällt, aber ich glaube, es ist besser, wenn ich nach Hause zurückfahre.«

»Du kannst jetzt nicht gehen!«

»Ich muss. Ich halte es nicht aus, hier zu sein und zu wissen, dass mein Bruder und Nell ein paar Häuser weiter wohnen – und ich sie nicht sehen darf.«

»Geh zu ihnen – ich begleite dich!«

Madeleine schüttelte den Kopf. »Das wäre nicht gut für Nell. Ich habe keine Ahnung, was Jack sagen oder tun würde, und ich möchte nicht, dass sie sich aufregt, weil sie eine Szene miterleben muss.«

»Das glaube ich nicht! Wenn sie dich sehen, wissen sie, wie sehr du sie liebst.«

»Glaubst du, ich hätte Jack das alles nicht längst gesagt?«

»Aber wenn du ihm Auge in Auge gegenüberstehen würdest …«

Stevie wartete mit angehaltenem Atem auf die Reaktion ihrer Freundin.

Madeleine spürte, wie Wut in ihr hochstieg. »Du hast keinen blassen Schimmer, Stevie. Unglaublich, dass du mich unter diesen Umständen hierher geholt hast – wir haben uns so angeregt unterhalten, und du hast mir so viel aus deinem Leben erzählt, aber diese kleine Sache hast du ausgelassen.«

»Nein, ich …«

Madeleine schüttelte den Kopf. »Ich will nichts mehr davon hören. Nur weil du Jack und Nell neulich zum Abendessen eingeladen hast, glaubst zu wissen, was sie durchgemacht haben, was wir durchgemacht haben. Aber du hast keine Ahnung. Du kennst nicht die ganze Geschichte. Und du hättest die Sache auf sich beruhen lassen sollen.«

»Nell bat mich darum!«

Madeleine war so außer sich, dass sie es nicht einmal ertrug, Nells Namen zu hören. Sie lief nach oben und holte ihre Reisetasche. Ihre Hände zitterten, aber nicht vom Champagner. Der Alkoholnebel hatte sich während des Strandspaziergangs verflüchtigt.

Als sie in die Küche zurückkehrte, stand Stevie an der Tür. Ihre Haare waren fast trocken, dunkel und glatt. Ihre veilchenblauen Augen waren besorgt und sie streckte beide Hände aus. Madeleines Wut war noch nicht verraucht, aber sie ergriff sie trotzdem. Die beiden alten Freundinnen standen da und sahen sich an.

»Ich hoffe, dass du irgendwann wiederkommst«, sagte Stevie.

»Es ist nicht mehr das Gleiche ohne Emma.«

»Nein, aber es kann trotzdem schön sein.«

Madeleine schüttelte den Kopf. »Wenn du Nell siehst, sage ihr, dass ich sie liebe.«

»Maddie – bitte, fahr hin und sage es ihr selbst.«

Madeleine antwortete nicht. Sie umarmte Stevie, murmelte etwas in der Art wie »Pass auf dich auf, wir bleiben in Verbindung«, und eilte zur Tür hinaus. Unten auf der Straße angekommen, blickte sie zum Haus hinauf. Stevie und Tilly waren am Fenster. Vögel zwitscherten in den Bäumen. Madeleine winkte zum Abschied. Ihre Kehle brannte, ein Schmerz, der scharf war wie ein Stück Treibholz.

Den Strand verlassen. Einer alten Freundin Lebewohl sagen. Das erinnerte sie mit Nachdruck an ihre Teenagerzeit, wenn sie Abschied nehmen mussten und ihnen ein weiterer langer Winter bevorstand, getrennt voneinander.

Fünf Jahre sind vergangen; fünf Sommer
mit der Länge
von fünf langen Wintern! Und wieder höre ich
Diese Wasser …

Wordworths Gedicht über *Tintern Abbey* – das sie damals zur Anleihe genommen hatten, kam Madeleine wieder in den Sinn, als sie nach Norden zurückfuhr, weg vom Strand, von ihrer langjährigen Freundin, ihrem Bruder und ihrer Nichte. Es war ein herrlicher, heißer Sommertag, und heute Abend würde Vollmond herrschen, doch Madeleine kam es vor, als befände sie sich im eisigen Griff des Winters.

Es ist nicht mehr das Gleiche ohne Emma, hatte Madeleine gesagt.

Stevie war so aufgewühlt nach Madeleines überstürzter Abreise und diesen Worten, dass sie erneut zu einem Strandspaziergang aufbrach. Was war am Little Beach geschehen, als sie Maddie das silberfarbene Stück Treibholz in die Hand gedrückt hatte? Sie hatte ausgesehen, als würde sie gleich in Ohnmacht fallen. Stevie fühlte sich so angespannt, dass sie sich dringend abreagieren musste. Während sie kräftig ausschritt, wünschte sie sich, sie würde Jack begegnen. Sie hätte ihn wachgerüttelt und ihm vor Augen geführt, wie großartig seine Schwester war. Was hatte Maddie gemeint, als sie sagte, Stevie habe nichts verstanden?

Sie wollte Nell sehen, ihr sagen, dass ihre Tante sie liebte.

Es ist nicht mehr das Gleiche ohne Emma.
Vom Strand aus glichen die Cottages auf dem Felsenriff Puppenhäusern, adrett, perfekt, wie ein Paradies auf Erden. Gärten und Blumenkästen an den Fenstern quollen über mit Petunien und Englischem Efeu. Auch Stevies Haus wirkte wie eine Bilderbuchidylle. Seemöwen erhoben sich in die Lüfte, dem azurblauen Himmel entgegen. Kinder spielten in den kleinen Wellen am Ufer, während die Mütter in Liegestühlen saßen und sich über die Geheimnisse des Lebens austauschten.
Stevie und Emma hatten früher ebenfalls zu diesen Kindern gehört. Ihre Mütter waren im Sommer 1959 beide schwanger gewesen, hatten am Strand von Hubbard's Point gesessen und sich darüber unterhalten, wie anders der nächste Sommer sein würde – und wie sehr sie sich freuten, dass ihre Kinder miteinander aufwuchsen. Stevie wurde im Oktober geboren. Emma kam im Dezember zur Welt.
Im darauffolgenden Juli sahen sich die beiden Mädchen zum ersten Mal. In badetauglicher Kleidung – die neun Monate alte Stevie in einem ärmellosen weiß-blauen Baumwollkleidchen, die sieben Monate alte Emma in einem rosa karierten Spielanzug – wurden sie behutsam in eine von Wellen umspülte, frisch ausgehobene Sandkuhle direkt unter der Gezeitenlinie gesetzt und von den Händen der Mütter im Gleichgewicht gehalten.
Stevie hätte geschworen, sich an die Begegnung erinnern zu können: an die sanfte Berührung der Wellenfront, den kühlen heranrollenden Meerschaum, die Festigkeit der mütterlichen Hand zwischen ihren Schulterblättern, an Emmas lange Wimpern, die ihre großen grünen Augen einrahmten, als sie ihre neue – und erste – Freundin ansah.
»Es war wie eine arrangierte Ehe, Emma«, hatte Stevie ein-

mal gesagt. »Unsere Mütter hatten alles genau geplant, in dem langen Winter nach unserer Geburt. Es war vorherbestimmt, dass wir uns gut verstehen, noch vor unserer ersten Begegnung. Wenn man darüber nachdenkt, blieb uns überhaupt keine andere Wahl.«

»Aber was wäre gewesen, wenn wir uns nicht so gut – oder gar nicht – verstanden hätten? Wenn wir alle beide auf den ersten Blick in Tränen ausgebrochen wären? Wenn wir das Wasser gehasst und angefangen hätten, uns mit Sand zu bewerfen? Wenn nur eine von uns den Strand geliebt hätte?«

»Das wäre nie passiert«, hatte Stevie zuversichtlich erwidert.

»Warum nicht?«

»Weil wir Beachgirls sind. Genau wie unsere Mütter vor uns …« War der Name damals zum ersten Mal gefallen? Ungeachtet dessen war Emma keine andere Wahl geblieben, als mitzuspielen – das Leben selbst hatte sie davon überzeugt –, denn Stevie und sie verbrachten während ihrer Kindheit jeden Sommer in Hubbard's Point an der Küstenlinie von Connecticut. Sie waren barfuß am Strand entlanggelaufen, hatten Krebse in der Marsch hinter dem großen blauen Haus gefangen, waren auf dem verborgenen Pfad zum Little Beach gewandert oder mit dem Fahrrad zu Foley's Store gefahren, um Süßigkeiten zu kaufen, hatten Wettschwimmen zum Floß veranstaltet – wo sie auf die Holzplanken geklettert waren, die warm von der Sonne waren, und hatten mit angehaltenem Atem auf die sanfte Rundung des Strandes zwischen den beiden felsigen Landspitzen geblickt, auf das kleine Stückchen Himmel auf Erden, das sie als ihr Zuhause bezeichneten.

Am Abend wirkte Hubbard's Point nicht minder verzaubert. Die Milchstraße bahnte sich einen weißen Weg durch den Himmel. Eichenblätter raschelten im Wind, der vom Meer herüberwehte, und Ende August nisteten Eulen in den Zweigen, deren geheimnisvolle Rufe die ganze Nacht erklangen. Stevie malte sie oft, die Vögel vom Point.

Sie zeichnete Karikaturen von ihnen, mit Botschaften an Emma über die Jungen, für die sie schwärmten. Emma versuchte ebenfalls zu malen, aber sie gab jedes Mal auf. Sie warf das zerknüllte Papier auf den Boden und meinte, sie mache sich nichts aus Kunst, weil sie eines Tages berühmt sein würde – als Model. Stevie glaubte ihr unbesehen. Emma war hübsch und kokett, und alle Jungen waren hinter ihr her.

Dann bezog Madeleine mit ihrer Familie ein Ferienhaus am Strand. Stevie und Emma lernten sie in der Schlange vor dem Good-Humor-Eiswagen kennen. Emma hatte nicht genug Geld dabei, um sich ein Schoko-Chips-Eis zu kaufen, und Madeleine streckte ihr den fehlenden Betrag vor. So war Maddie: immer freundlich, großzügig und versessen auf Eiscreme. Stevie und Emma bezogen sie umgehend in ihre Freundschaft ein.

An den Sonntagabenden gingen die Mädchen die Steintreppe hinunter, die von Stevies Elternhaus auf dem Point zum Strand führte, wo unter freiem Himmel Filme gezeigt wurden. Die Filme waren meistens alt – manche noch in Schwarzweiß. Einige waren leicht verdauliche Kost und lustig wie *Ein toller Käfer* oder *Alle lieben Pollyanna,* andere waren düster und schwer zu verstehen – mehr für die Eltern, fand Stevie, zum Beispiel *Wenn der Postmann zweimal klingelt*.

Doch was sich auf der Leinwand abspielte, interessierte die Mädchen eigentlich nicht besonders. Sie gruben eine Kuhle in den Sand, breiteten ihre Decke aus, sprühten sich gegenseitig die Füße mit Insektenschutzmittel ein, aßen Eis und warteten, dass es dunkel wurde und die Vorführung begann.

Die Kinofilme sorgten dafür, dass die Sommer vielschichtiger und die Mädchen reifer wurden. Stevie erinnerte sich noch an den Sommer, als sie fünfzehn waren und Jungen zum ersten Mal ernsthaft auf den Plan traten.

Der Kinofilm an besagtem Abend gehörte zur düsteren Eltern-Kategorie, mit ausschließlich erwachsenen Darstellern, die sich nach allen Regeln der Kunst küssten. Stevie saß neben Creighton Reid, Maddie neben dessen Bruder Hunter, und Emma kuschelte mit James Martell. Ihre Decken lagen nebeneinander. Stevie erinnerte sich, dass Maddie und sie sich mindestens in gleichem Maße für die Vorgänge auf Emmas Decke wie für die eigenen Erfahrungen interessierten. Stevie befürchtete, dass Creighton Reid sie vielleicht auf die gleiche Weise küssen wollte wie John Garfield seine Filmpartnerin Lana Turner, als sie plötzlich sah, wie James genau das mit Emma machte.

Es gelang ihr, Maddie auf sich aufmerksam zu machen und einen Kieselstein auf Emma zu werfen. Stevie deutete heftig auf die Strandpromenade, wo sich die drei Freundinnen fünf Minuten später trafen.

»Was war denn *das*?«, fragte Stevie.

»Hey – ihr habt schließlich auch Händchen gehalten!«, entgegnete Emma.

»Händchen halten! Das hat nichts zu bedeuten – aber du gehst aufs Ganze!«, sagte Maddie. »Genau wie mein Bruder und seine Freundin – schaut mal, wie die rangehen.« Jack und seine Freundin lagen auf einer Decke, so weit von der Leinwand entfernt, dass eigentlich nicht die Rede davon sein konnte, dass sie sich überhaupt den Film ansahen.

Emma lächelte nur – ein wenig durchtrieben, als wäre sie soeben bei etwas erwischt worden, was sie schon den ganzen Sommer getan hatte.

»Hat er dich bedrängt? Ich komme rüber, dann kriegt er eine Fuhre Sand von mir in die Augen, damit du abhauen kannst«, erbot sich Stevie.

»Lass das ja bleiben!«

»Du machst Witze – du wolltest das?«

»Ähm, wir verpassen den Film«, erklärte Maddie nüchtern. »Ich gehe jetzt auf meine Decke zurück.« Sie eilte davon.

»Es *gefällt* dir?«, wollte Stevie von Emma wissen. Sie fühlte sich hilflos, als sei sie auf dem besten Weg, ihre beiden Freundinnen an Jungen zu verlieren. Sie hatte das Bedürfnis, das Bild der Beachgirls, so wie es jetzt war, für immer zu bewahren – drei Mädchen, die das Leben und einander liebten.

»Du führst dich auf wie ein Baby«, sagte Emma.

Stevies Kinnlade fiel herunter, als hätte sie eine Ohrfeige erhalten.

Emma packte Stevie bei den Schultern und sah sie an. Ihre grünen Augen wirkten hart im schattigen Licht, und ungeduldig – als wäre sie bedeutend älter als Stevie. Weiche braune Locken umrahmten ihr gebräuntes Gesicht, zerzaust vom Abendwind, der vom Wasser herüberwehte. Die Stimmen im Film waren leise und eindringlich. Als James »Emma!« rief, hätte Stevie am liebsten ihre Hand ergriffen, rasch mit ihr den Sand durchquert und sie ins Wasser gezogen, um diesen Augenblick auszulöschen.

»Tut mir Leid«, sagte Emma, ihrem Blick standhaltend. »Du bist kein Baby mehr.«

»Ich weiß.«

»Es wäre nicht schlecht, wenn wir uns mit dem Gedanken anfreunden, Jungen zu küssen. Weil sie das ohnehin tun werden. Tu einfach, was sie wollen, dann macht es mehr Spaß.«

»Und was ist mit dem, was wir wollen?«

»Wir wollen *sie*. Oder?«

»Da bin ich mir nicht sicher.« Stevies Lippen zitterten bei dem Versuch, ein Lächeln anzudeuten; sie hatte den übermächtigen Wunsch, sich an eine Kindheit zu klammern, die sie liebte und die ihr zu entgleiten drohte.

»Doch, bist du wohl. Du weißt es nur noch nicht.«

»Und woher weißt *du* es?«

»Weil das der Lauf der Welt ist. Und diese Erfahrung trägt dazu bei, dass wir *uns* noch mehr zu schätzen wissen. Die Beachgirls, meine ich.«

Sie war erst fünfzehn. Stevie hatte keinen blassen Schimmer, was sie meinte oder woher ihre Lebensweisheit stammte, oder warum Emmas Augen so leuchteten, als sie diese zum Besten gab. Offenbar hatte sie nie zurückgeblickt. Im nächsten Jahr hatte sie einen anderen Freund, und dann kam Jack, und von da an war das Leben in geordneten Bahnen verlaufen.

Das ist der Lauf der Welt. Während Stevie ihren Weg fortsetzte, hörte sie wieder Emmas Worte. Die Wellen umspielten ihre Füße, als die Sonne zu sinken begann. Das Ende dieses Tages stimmte sie traurig. Sie wünschte, Madeleine wäre geblieben, um mit ihr gemeinsam zu beobachten, wie der Vollmond aufging.

Emma konnte den Mond nicht mehr aufgehen sehen, aber Madeleine und sie. Und Jack und Nell. Stevie hatte gehofft, dass sie diesem Ereignis alle gemeinsam beiwohnen würden.

Emma wäre im Geiste bei ihnen gewesen.

13. Kapitel

Die Vollmondnächte wurden in Hubbard's Point immer feierlich begangen. Familien fanden sich am Strand oder auf den Felsen ein und unterhielten sich leise, während sie warteten. Leute, die Häuser mit Meerblick besaßen, gaben eine Party. Einige wetteten, um welche Zeit sich der Mond am Horizont aus dem Meer erheben würde.

War die Nacht wolkenverhangen und der eigentliche Aufstieg des Mondes nicht sichtbar, erschien er plötzlich wie von Zauberhand am Himmel, leuchtend gelb, nachdem er den Nebel gelichtet hatte.

Doch in einer wolkenlosen Nacht wie dieser sah es ganz danach aus, als würde er aus dem Wasser auftauchen – ein kupferfarbener Himmelskörper, der lautlos von einem Element in ein anderes hinüberglitt. Er würde zunächst milchig schimmern, dann ein klares, strahlendes Weiß annehmen und zunehmend kleiner werden, wenn er am Firmament emporstieg und sein Licht das Wasser des Sunds erhellte. Die Leute würden gebannt zuschauen, stumm und sprachlos vor Staunen. Der Vollmond von Hubbard's Point war das Warten allemal wert.

Nell hatte vorgehabt, zusammen mit ihrem Dad zuzuschauen, doch dann lud Peggys Mutter die beiden zu einem Picknick ein, das ihre Gruppe vorher veranstaltete. Nell war überglücklich, als ihr Dad zusagte. Gegen sechs Uhr abends, lange vor Einbruch der Dunkelheit, gingen sie die Strandwege entlang zu Peggys Elternhaus. Es war ein altes Farmhaus, größer als die meisten Cottages am Strand, auf der anderen Seite der Marsch und dem Rest von Hubbard's Point gelegen.

»Wer ist sonst noch dort?«, wollte ihr Vater wissen, als sie in den schmalen Pfad einbogen, der durch das hohe Schilfgras führte.

»Peggy natürlich. Und ihr Bruder Billy, ihre Schwester Annie und ihre Stiefschwester Eliza. Das sind Teenager. Außerdem ihre Mom, die wirklich nett ist, und ihr Stiefvater, der Boote baut. Er ist auch nett. Und ihre Tante, die nicht ihre richtige Tante ist, mit Joe, ihrem Verlobten. Er ist beim FBI!«

»Wow!«

Nell lächelte stolz, weil sie hier schon so viele Leute kannte. Sie kamen zu den alten Holzplanken, die über den morastigen Boden gelegt waren, und Nell hielt beim Überqueren die Hand ihres Vaters. Er meinte vielleicht, er sei *ihr* eine Hilfe, aber in Wirklichkeit war es genau andersherum, sie half *ihm.* Peggy und sie benutzten diesen improvisierten Steg jeden Tag.

»Wer sonst noch?«, fragte er, als das Haus in Sicht kam.

»Wer sollte sonst noch kommen?«

»Keine Ahnung. Vielleicht deine Freundin Stevie?«

»Du hast mir doch gesagt, dass ich sie nicht mehr besuchen darf!« Nell drehte sich abrupt um. Sie starrte ihren Vater an, der den McCabe- und O'Toole-Clan, der sich um den Picknicktisch im Garten geschart hatte, mit den Augen abzusuchen schien.

»Um sie nicht zu stören«, sagte ihr Vater. »Aber ich bin sicher, dass sie hin und wieder ausgeht und Freunde besucht – es wäre ja möglich, dass sie ebenfalls eingeladen ist, um sich den Mondaufgang anzuschauen. Das ist alles.«

»Sie ist eine Einsiedlerin, Dad«, erwiderte Nell finster. »Sie geht nicht aus.«

»Schon gut. Beruhige dich, Nell.«

Nell funkelte ihn an. Sie waren am Lattenzaun angekommen, der das Anwesen umgab. Peggy entdeckte sie als Erste und winkte. Nells Vater öffnete das Tor, und Nell sah ihn an. Sie liebte ihn unsäglich, aber er verstand alles falsch. Wusste er nicht, dass Stevies Einladung zum Abendessen ein ganz außergewöhnliches Ereignis gewesen war? Sie ging nie unter Menschen. Sie hatte sie eingeladen, weil sie auf magische Weise miteinander verbunden waren – durch Nells Mutter und Tante Madeleine.

»Hallo Nell, hallo Mr. Kilvert!«, rief Peggy und lief ihnen entgegen.

»Hallo Peggy«, sagte Nells Vater und trat durch das Tor.

Nell stand reglos da, unfähig, einen Fuß vor den anderen zu setzen. Sie rührte sich auch dann nicht vom Fleck, als Peggys Mutter und ihr Stiefvater kamen, um sie zu begrüßen. Ihr Vater schüttelte beiden die Hand, wobei er Nell immer wieder einen raschen Blick zuwarf. Sie spürte die Aura, die sich manchmal bemerkbar machte – ein Gemisch aus Wut und Enttäuschung, weil ihre Mutter tot und ihre Tante aus ihrem Leben verschwunden war und weil ihr Vater nichts kapierte. Sie stellte sie sich wie eine große schwarze Wolke über ihrem Kopf vor.

Doch da sie den anderen nicht die Stimmung verderben wollte, schüttelte sie das Unbehagen ab. Sie lächelte Peggy und ihre Eltern starr an – ignorierte ihren Vater. Peggy nahm sie an die Hand, ging mit ihr zum Tisch. Nell war die Lust zu feiern vergangen, aber ihr blieb nichts anderes übrig, als mitzuspielen, so oder so.

Jack wusste, dass ihm wieder einmal ein Schnitzer unterlaufen war – dass er das Falsche gesagt hatte. Er war der Ansicht gewesen, es würde sie *freuen*, von Stevie zu sprechen. Stattdessen hatte sich Nell vor seinen Augen in ihr Schneckenhaus verkrochen, als hätte er gerade eine Todsünde begangen. Wenn er ehrlich war, wusste Jack im Grunde, dass seine Frage relativ wenig mit Nells Gefühlen zu tun hatte. Er hatte wissen wollen, ob Stevie an der Party teilnahm.

Peggys Familie war wunderbar und nahm sie mit offenen Armen auf. Ihre Mutter, Bay, nahm Jack umgehend unter ihre Fittiche, machte ihn mit dem Rest der Meute bekannt. Bay war ungefähr in seinem Alter, rothaarig und sommersprossig wie Peggy. Sie war frisch verheiratet mit Dan Connolly, und beide strahlten vor Glück. Jack lernte Tara O'Toole kennen, Bays beste Freundin, und ihren Verlobten Joe Holmes. Die Kinder – Annie, Eliza und Billy – kamen herbei und sagten Hallo. Jack war Billy bereits begegnet, bei dem Unfall mit der Leiter vor Stevies Haus. Billys Miene war besorgt, aber Jack verriet kein Sterbenswort.

»Schön, dass ich endlich alle kennen lerne«, sagte Jack.

»Wir freuen uns auch. Wir haben Ihre Tochter ins Herz geschlossen«, erklärte Tara.

»Sie ist etwas ganz Besonderes, ohne Frage.«

»Nell sagte, dass Sie in Hubbard's Point aufgewachsen sind«, sagte Bay.

»Mehr oder weniger. Meine Familie hatte während meiner Teenagerzeit hier im Sommer ein Ferienhaus gemietet. Den Rest des Jahres verbrachten wir in Hartford, und ich hatte schon einen Führerschein. Ich war nicht oft am Strand.«

»Das erklärt, warum wir Sie nicht von früher her kennen«, meinte Tara. »Bay und ich leben hier praktisch schon seit Ewigkeiten.«

»Meine Frau auch. Ich konnte mich schließlich lange genug von Hartford losreißen, um sie in Hubbard's Point kennen zu lernen, auf der Strandpromenade.«

»Nell hat uns von ihr erzählt. Es tut mir so Leid«, sagte Bay. Die anderen nickten, und Dan erklärte: »Wir wissen, wie schwer das ist.«

»Danke.« Jack blickte zu Nell hinüber, die in eine Unterhaltung mit Peggy vertieft war.

»Was möchten Sie trinken?«, fragte Bay und führte Jack zu einer Bar, die sich unter den Bäumen befand. Er entschied sich für ein Bier, Bay ebenso.

»Danke.« Er sah sich im Garten um, nahm die prachtvollen Rosen und Lilien wahr. »Ein herrliches Anwesen haben Sie.«

»Danke. Es ist ideal, um Kinder großzuziehen. Tara wohnt dort drüben ...« Sie zeigte auf ein weißes Haus auf der anderen Seite der Marsch. »Ich wüsste nicht, was ich ohne sie angefangen hätte. Es tut mir wirklich sehr Leid wegen Ihrer Frau ... ich weiß, wie Ihnen zumute ist, ich habe vor ein paar Jahren meinen Mann verloren.«

»Das tut mir Leid.«

»Wie kommt Nell zurecht?«

Jack sah zu ihr hinüber. Nell spielte Schubkarre auf der anderen Seite des Gartens, Peggy hielt von hinten ihre Beine hoch. Wie gewohnt war sie in Gesellschaft wie ausgewechselt, ließ keine Spur der Zurückgezogenheit erkennen, die sie zu Hause an den Tag legte.

»Im Moment scheint sie sich prächtig zu amüsieren«, sagte er.

»Versteht sich, unter Menschen ...«

»Wenn wir beide zusammen sind, steht das auf einem anderen Blatt. Sie wacht nachts auf – hat Albträume, falls sie überhaupt einschläft. Ich lese ihr vor, rubble ihr den Rücken, aber ...«

»Aber Sie können ihr nicht die Mutter zurückbringen, oder ersetzen.«

»Klingt so, als würden Sie das Problem gut kennen.«

Bay nickte. »Als Sean starb, waren alle am Boden zerstört. Manche mehr noch als andere – ich selbst eingeschlossen. Wir standen völlig neben uns.«

»Vor Kummer?«
»Und allem was sonst noch mit dem Verlust eines Menschen einhergeht. Sie kennen wahrscheinlich die fünf Phasen …«
»Ähm, ja.« Jack erinnerte sich an die Trauergruppe, die er auf Anraten seines Chefs probeweise besucht hatte. Dort war er mit Männern und Frauen zusammengetroffen, die verwitwet waren, mit Erwachsenen, deren Eltern unlängst verstorben waren, oder schlimmer noch, mit Eltern, die ein Kind verloren hatten. Die Trauerarbeit umfasste fünf Phasen: *Leugnen, Wut, Hadern, Niedergeschlagenheit, Akzeptanz.* »Nur zu gut.«
»Ich weiß, es klingt abgedroschen, aber die Zeit heilt alle Wunden.«
»Mein persönliches Motto lautet: ›Auch das geht vorüber.‹« Bay und er stießen mit ihren Bierflaschen an, lächelten sich zu.
»Dann wissen Sie ja, wie wichtig es ist, Hilfe und Unterstützung zu finden«, sagte sie. Als Jack nicht antwortete, lächelte sie. »Oh, ich vergaß, Sie sind ja ein Mann.«
»Was soll das heißen?«
»Nun, ob in guten oder schlechten Zeiten, Frauen sind darauf programmiert, sich mitzuteilen. Unser Überlebensinstinkt schließt das Wissen ein, dass man zum Telefon greifen und jemanden anrufen kann, wenn man Hilfe braucht. Das habe ich bei Tara gemacht – und nicht zu knapp. Danny, mein zweiter Mann, war ebenfalls verwitwet und meines Wissens bisher nicht in der Lage, auch nur einer Menschenseele sein Herz auszuschütten. Er konnte mir eine Schulter zum Anlehnen bieten, was er auch tat, aber wenn es um seine eigenen inneren Dämonen ging … ein hoffnungsloser Fall. Er wirkte auf mich wie der *Blechmann* aus dem Zauberer von Oz, als ich ihm begegnete – so erstarrt und eingerostet.«

Ihre Augen füllten sich mit Tränen, und Jack war zutiefst berührt. Er konnte sehen, wie sehr sie ihn liebte.
»Hat er nach einer ›Ölkanne‹ gefragt?«, scherzte Jack.
Bay lachte, trocknete ihre Augen. »Ach woher. Das wäre ja einer Bitte um Hilfe gleichgekommen! Und ich war durch Seans Tod arg mitgenommen und keineswegs erpicht darauf herauszufinden, wie ich mit ihm umgehen sollte. Aber schließlich fanden wir doch zueinander. Und halfen uns gegenseitig, die schwere Zeit durchzustehen …«
»Das freut mich für Sie.«
»Haben Sie Freunde? Geschwister?«
»Eine Schwester.«
»Wirklich? War Sie damals mit Ihnen hier?«
»Ja. Madeleine Kilvert.« Ihren Namen auszusprechen versetzte Jack einen Stich. Er sah Bay aufmerksam an, ob sie sich vielleicht an sie erinnerte.
»Der Name sagt mir nichts.«
»Maddie und Emma, meine Frau, waren eng befreundet. Und es gab noch eine dritte im Bunde. Stevie Moore.« Madeleines Namen über die Lippen zu bringen hatte ihn große Anstrengung gekostet, aber Stevies Namen auszusprechen war für ihn eine Tortur. Was ihn zutiefst beunruhigte.
»Oh, Stevie. Sie war schon immer eine Klasse für sich. Sie ist etwas jünger als Tara und ich, aber wir kannten uns natürlich vom Sehen. Und dann, als sie erwachsen war und diese wunderbaren Bücher schrieb … alle Kinder finden sie himmlisch.«
»Sie finden ihre Bücher himmlisch, aber ihr machen sie die Hölle heiß«, meinte Tara, die sich zu ihnen gesellte.
»Wegen der dummen Sprüche mit der Hexe?«
»Richtig. Wir befinden uns hier in einem kleinbürgerlichen Fantasieland. Die Mütter – Bay ausgenommen – neigen dazu,

eine allein stehende Frau mit Misstrauen zu beäugen. Das Hexendrama begann meiner Meinung nach, weil jemand nicht begreifen wollte, warum eine wunderbare Frau wie Stevie nicht unter der Haube bleiben kann.«

»Kann sie nicht?« Bay hob fragend die Augenbrauen. »Das klingt ganz so, als wolltest du dir ein Urteil anmaßen, ausgerechnet du!«

Tara kicherte. »Ausgerechnet von einer weiteren Femme fatale, meint sie. Nun, die Zeiten sind vorbei – Joe wird um die Weihnachtszeit eine ehrbare Frau aus mir machen. Wie auch immer, ich wollte jedenfalls sagen, dass die verheirateten Strandmatronen Stevie scheel anschauen, weil sie geschieden ist und sich um ihre eigenen Angelegenheiten kümmert. Und die Kinder und Jugendlichen schnappen das Geschwätz auf. In Wirklichkeit ist sie jedoch allein, weil sie nie jemanden gefunden hat, der ihr das Wasser reichen kann, der sie glücklich macht!«

»Sie hätte es verdient«, meinte Jack.

»Sie kennen sie?«

»Flüchtig. Sie scheint ein wunderbarer Mensch zu sein. Der Wert auf Privatsphäre legt.«

Die beiden Frauen lächelten. Bildete er sich das ein oder hatten sie ihn gerade in die Enge getrieben wie ein Fischadler seine Beute? »*So* großen Wert nun auch wieder nicht«, meinte Tara.

»Egal«, sagte Jack, sich an den letzten Besuch erinnernd und bemüht, eine unbeteiligte Mine aufzusetzen. Er hatte keine Lust, mit Bay und Tara zu diskutieren, zumal er ahnte, dass sie ihn verkuppeln wollten. »Ich denke, wir lassen das Thema lieber«, fügte er hinzu, damit sie gar nicht erst auf dumme Gedanken kamen.

»Typisch Mann«, meinte Bay mit liebevoller Nachsicht.

»Nicht wahr?«, pflichtete Tara ihr bei.

Genau in dem Moment rief Dan nach ihm, um zu fragen, wie er das Fleisch für seinen Burger wollte. Jack war froh, sich aus dem Staub machen und den Männern am Grill anschließen zu können. Joe und Dan unterhielten sich gerade über die Red Sox, ein Thema, in das sich Jack mühelos einklinken konnte. Baseball war ein Allheilmittel: Balsam für die Seele. Es ging hoch her, denn es galt, alle satt zu bekommen und rechtzeitig am Strand zu sein, bevor der Mond aufging. Jack freute sich, dass er den Mondaufgang mit diesen beiden großartigen Paaren und deren Kinderschar beobachten würde. Er hatte Nell, aber er würde jemand anderen vermissen. Emma natürlich.

Emma würde ihm fehlen. Das redete er sich zumindest ein, bis er es selbst glaubte. Alle gegenteiligen Empfindungen hatte er erfolgreich verdrängt. Manchmal gelangte er zu dem Schluss, dass er nicht gut genug für sie gewesen sei. Sie war in den letzten beiden Jahren die Selbstlosigkeit in Person geworden. Ihre ehrenamtliche Tätigkeit für die Kirche hatte sie von Grund auf verändert. Dem Priester war es gelungen, sie tief in ihrer Seele zu berühren und sie in einen Menschen zu verwandeln, der nur noch geben statt nehmen wollte. Welche ihrer gut betuchten Nachbarinnen, denen es wie ihr an nichts fehlte, würde freiwillig im Dixon Correctional Institute arbeiten? Dass sie so viel Zeit in der Strafanstalt verbrachte, zeigte einmal mehr, was für eine bewundernswerte Frau sie war. Die den Wunsch hatte, Menschen bei ihrem Lebenskampf zu helfen.

Denk nicht mehr daran, ermahnte sich Jack. Schau dir lieber den Mond an – sag dir einfach, dass du deine Frau vermisst, die Mutter deiner Tochter. Besinne dich darauf, wie du dich hier am Strand in sie verliebt hast. Deshalb bist du schließlich nach Hubbard's Point gekommen, um die Erinnerung aufleben zu lassen. Denk an Emma, wie sie *damals* war. Wie sehr ihr euch geliebt habt …

Die fünf Phasen der Trauer waren mehr als graue Theorie, wie er wusste. Sie waren Realität. Er hatte sie mit den einzelnen Schritten in einem Entwicklungsprojekt verglichen, die man sich erarbeiten musste: nach Plan, im Zeitrahmen und unter Berücksichtung des Budgets. Aber sie waren anders abgelaufen, als er dachte. Hatten überhaupt keinem Plan entsprochen, der sich praktisch umsetzen ließ. Er hatte sie im Hauruckverfahren hinter sich gebracht, und nun schien er, obwohl er es schon nicht mehr geglaubt hatte, am anderen Ende des Tunnels angekommen zu sein.

Er wusste es, weil er sich dabei ertappte, wie sein Blick immer wieder nach Osten schweifte, über die Marsch, am Strand vorbei, zur felsigen Landspitze hinüber. Die Häuser waren weit entfernt, aber er konnte Stevies Cottage über der Baumlinie erkennen. Plötzlich hörte er Peggy rufen, dass sie sich beeilen müssten – wenn sie den Vollmond nicht verpassen wollten.

Vollmondnächte waren für ihn immer ein Buch mit sieben Siegeln gewesen. Er war Ingenieur, an den Umgang mit absoluten Größen gewöhnt. Er zeichnete maßstabgetreue, detaillierte Pläne, und nach seinen Vorgaben wurden Brücken, Gebäude und Ölbohranlagen errichtet. Er bevorzugte – und erwartete – konkrete Ergebnisse. Die Gesetze der Physik waren unumstößlich, und das gefiel ihm.

Der Mond und die fünf Phasen der Trauerarbeit fielen in eine völlig andere Kategorie: Father Kearsage hätte sie »unergründliches Geheimnis« genannt. So hatte der Priester Emmas Verwandlung bezeichnet. Obwohl Jack zu dem Zeitpunkt blind vor Wut gewesen war, blieb der Ausdruck des

Priesters in seinem Gedächtnis haften. Als er festgestellt hatte, dass er nicht von Kearsage selbst stammte, sondern den Schriften eines Mönchs aus Kentucky entlehnt war, fand Jack sogar Gefallen daran. Zu den »unergründlichen Geheimnissen« gehörten für ihn die Gezeiten des Meeres, Liebeskummer, Gefängnismauern, spirituelle Befreiung, Lüge und Wahrheit, sich verlieben und der Umzug nach Schottland.

Stevie schloss er ebenfalls mit ein, irgendwie. Ihre Zeichnungen, ihr Anblick in dem weißen Morgenmantel, der schwarze Vogel, den sie mit Insekten aus ihrem Garten großzog, die liebevolle Zuwendung, die sie Nell entgegengebracht hatte – und ihm –, und die Empfindungen, die sie in ihm geweckt hatte, vor zwei Wochen in der Morgendämmerung, als er sie heimlich beim Schwimmen beobachtete. Als er sich nun vorstellte, wie das klare dunkle Wasser von ihrem nackten Körper abperlte, ging ihm mit einem Mal ein Licht auf: Ich will nicht nach Schottland ziehen.

Aber wie konnte er einen Rückzieher machen? Er saß in der Zwickmühle.

Unergründliche Geheimnisse, dachte er. Ein poetischer Name für das Ringen um Erkenntnis. Er hatte einen Vertrag unterzeichnet, Pläne gemacht. Die konnte er ändern – mit Sicherheit. Während des Abendessens mit seiner Tochter und seinen neuen Freunden hörte er aufmerksam zu und trug sein Scherflein zur Unterhaltung bei, lachte über Witze und schloss sich schließlich der Prozession an, die durch die Marsch und über den Damm zum Strand pilgerte.

Bekannte und Verwandte der beiden Familien versammelten sich an der Gezeitenlinie. Den Blick nach Osten gewandt, auf den spiegelglatten Sund, warteten sie mit unerschütterlicher Überzeugung auf das Wunder. Genau das ist erforderlich, dachte Jack, nicht mehr und nicht weniger. Die unerschütterliche Überzeugung, dass man den Tag durchsteht, den Sommer, den Mondaufgang. Die unerschütterliche Überzeugung, dass er mit dem Umzug nach Schottland die richtige Entscheidung getroffen hatte. Zweifelnd blickte er zu Nell hinüber.

Die Geheimnisse des Lebens. Nell stand neben ihm im Sand, schmiegte sich an ihn. Seine Tochter gehörte zu den drei unergründlichen Geheimnissen, die auf seiner Liste ganz oben standen, gemeinsam mit dem Vollmond.

Und Stevie Moore.

14. Kapitel

Das Schloss bot einen atemberaubenden Anblick, selbst zu den gewöhnlichsten Zeiten: an einem sonnigen Aprilmorgen oder an einem trübseligen Nachmittag im November, wenn alles grau in grau war. Doch in den Nächten, wenn die Himmelskörper in Bewegung waren, wenn der Mittsommermond aufgehen sollte und die Vorfreude groß war, wirkte das Schloss wie verzaubert.

Stevie fuhr den Hügel hinauf. Die Luft war lau, angefüllt mit dem Duft von Geißblatt und Kiefern. Als sie ihren Wagen abgestellt hatte und sich gerade zu Fuß auf den Weg zum Cottage ihrer Tante machen wollte, hörte sie, wie vom Schloss aus ihr Name gerufen wurde. Ihre Tante war im Turm, winkte ihr zu. Stevie nahm eine Taschenlampe aus dem Handschuhfach und erklomm den steilen Pfad.

Obwohl der Zahn der Zeit an ihm nagte, war das Schloss noch immer ein imposantes Bauwerk. Eichenbalken, schwere Bleiglasfenster, Steinböden. Stevie war schon als Kind gerne hier, als Tante Aida frisch verheiratet war. Sie hatte sich glücklich geschätzt, weil sie in einem echten Schloss spielen durfte. Heute Abend erging es ihr genauso, und sie wünschte sich, sie könnte Nell herbringen, um es ihr zu zeigen.

Die Wendeltreppe des Turms schraubte sich endlos in die Höhe; als sie hinaufstieg, schreckte sie die Fledermäuse in dem steinernen Durchgang auf, der beklemmend finster und moderig war. Am Ende angekommen, betrat sie das offene Obergeschoss mit der geschnitzten Balustrade, wo sie ihre Tante vorfand. Die frische Luft war eine Wohltat, und der Ausblick über die Baumwipfel bis hin zur Flussmündung und zum Sund hinunter war einzigartig.

»Hallo, wo steckt denn Henry?«, fragte sie.

»Er ist nach Newport gefahren, in der Hoffnung, mit Doreen reden zukönnen«, erwiderte Tante Aida.

»Ohne vorher anzurufen?«

»Den Versuch hat er wohl aufgegeben. Er wollte einfach bei ihr aufkreuzen und abwarten, was passiert.«

»Ganz schön mutig.«

»Ich hatte den Eindruck, trotz aller Gefechte auf See und in der Schlacht war ihm nie so mulmig zumute wie jetzt, bei dem Gedanken, Doreen für immer zu verlieren. Das Schlimmste ist, dass er sich das Ganze selbst zuzuschreiben hat, was er auch weiß.«

Stevie nickte. Sie kannte das Gefühl. Von ihren eigenen Wünschen und Ängsten angetrieben, hatte auch sie nichts als Unheil angerichtet – bei sich selbst und anderen. Vorhin war sie hin- und hergerissen gewesen. Einerseits wollte sie auf dem Point bleiben in der Hoffnung, Nell und Jack über den Weg zu laufen. Andererseits fürchtete sie, die Situation nur noch schlimmer zu machen.

Die beiden Frauen sahen nach Osten, in die Richtung, wo der Mond aufgehen würde. Die Sonne war inzwischen vollends untergegangen, und der Wald erwachte zum Leben, angefüllt mit den Geräuschen der Nacht: Grillen, Jäger, die auf der Suche nach Beute durch das Unterholz streiften, und der Ruf des Ziegenmelkers, der von den Lowcraft-Marschen herüberschallte.
Tante Aida trug statt der üblichen Malerkluft einen Hosenanzug aus schwarzer Seide im Mandarinstil, aber sie roch immer noch nach Terpentin und Ölfarbe. Stevie liebte diesen Geruch, den sie als tröstlich empfand.
»Und was ist mit dir?«, fragte Tante Aida nach ein paar Minuten. »Warum bist du bei mir statt bei deinen Freunden?«
»Freunde?«
Ihre Tante sah sie mit einem nachsichtigen Lächeln an; es besagte, dass sie Stevie durchschaut hatte, als sie mit Vorbedacht die Begriffsstutzige spielte. »Ich spreche von diesem Mann und seiner kleinen Tochter. Wie hießen die beiden gleich wieder?«
»Jack und Nell.«
»Ach ja. Und seine Schwester?«
»Madeleine. Sie war bei mir. Nach meinem letzten Besuch bei dir habe ich sie zur mir nach Hause eingeladen.«
»Eine gute Idee.«
»Schön wär's, aber da habe ich inzwischen meine Zweifel. Anfangs war alles in Butter. Bis ich ihr sagte, dass Jack und Nell die Ferien in Hubbard's Point verbringen, ein paar Häuser weiter. Sie war völlig außer sich und reiste überstürzt ab.«
»Das war bestimmt ein Schock für sie, mehr nicht. Sie wird in Ruhe darüber nachdenken und wiederkommen. Wirst schon sehen.«
Stevie dachte daran, wie Madeleine Hubbard's Point in ih-

rem Wagen verlassen hatte, ohne ein einziges Mal zurückzublicken, und war überzeugt, dass sich ihre Tante in diesem Punkt irrte.

»In weniger als drei Wochen habe ich es geschafft, eine ganze Familie vor den Kopf zu stoßen«, sagte Stevie. »Ich sollte es dabei bewenden lassen, weiterhin wie eine Einsiedlerin zu leben.«

»Ich bezweifle, dass Nell die Sache genauso sieht.«

»Nell?«

Aida nickte. »Sie war diejenige, die sie ins Rollen gebracht hat.«

»Als sie mich das erste Mal besuchte.«

»Und Klartext redete, indem sie dich und ihren Vater wissen ließ, dass sie ihre Tante braucht.« Aida lächelte. »Ich halte große Stücke auf eine Nichte, die ihre Tante liebt. Und umgekehrt.«

»Ich auch.« Stevie drückte ihre Hand und fragte sich, was sie mit Nell und ihrer Familie machen sollte.

Die beiden Frauen beugten sich vor, die Ellenbogen auf die steinerne Brustwehr gestützt, den Blick nach Osten gerichtet. Eine frische Brise zerzauste die Blätter im Umkreis, kühlte ihre Gesichter. Der Hügel neigte sich sanft und stetig dem Sund zu. Die kleine Stadt lag im Gewirr der Bäume verborgen. Stevie hörte ihre Tante seufzen und sah sie an.

»Was ist?«

»Diese Woche hat sich eine weitere Baufirma mit mir in Verbindung gesetzt. Der Bauunternehmer will hier ein Hotel mit Wellnessanlagen bauen, Eigentumswohnungen auf dem Hügel errichten und das Schloss zum Kongresszentrum umfunktionieren.«

»Ich hoffe, du hast ihm gesagt, dass er sich zum Teufel scheren soll.«

Ihre Tante zögerte, biss sich auf die Lippe. »Noch nicht.«
»Aber du wirst es doch tun – oder?«
»Die steuerliche Belastung ist auch so schon immens hoch, und jetzt hat der Schätzer vom Finanzamt auch noch angekündigt, dass er jemanden herschicken wird, der den derzeitigen Wert der Immobilie neu prüfen wird. Wie es heißt, haben sich Augusta Renwicks Steuern innerhalb eines Jahres verdoppelt! Ich kann es mir nicht leisten, das Schloss zu halten … Und sollten Jugendliche sich klammheimlich einschleichen und zu Schaden kommen, weil das baufällige Gemäuer einsturzgefährdet ist, dann Gnade mir Gott.«
Stevie war bestürzt. Zum ersten Mal schien ihre Tante das Angebot einer Baufirma ernsthaft in Erwägung zu ziehen. Der Ruf einer Eule ertönte tief im Geäst der Bäume. Sie hörten Flügelschläge, als sie davonflog.
»Wo sollen die Eulen hin, wenn du zulässt, dass hier Eigentumswohnungen entstehen?«
Ihre Tante versuchte zu lächeln. »Klingt ganz so, als hieße die Gewinnerin des nächsten Caldecott-Preises Stevie Moore. Mit ihrem neuen Bestseller *Heimatlose Eulen.«*
»Ich meine es ernst. Du kannst nicht zulassen, dass sie den Hügel zubauen. Tante Aida?«
»Ich sitze in der Klemme«, meinte ihre Tante nach einer Weile. »Weil ich es mir finanziell nicht leisten kann, auf das Angebot zu verzichten.«
»Es muss einen anderen Weg geben, Geld aufzutreiben. Vielleicht könnte man das Schloss einen oder zwei Tage pro Woche für das Publikum öffnen.«
Tante Aida lächelte bekümmert. »Warum sollte jemand den Wunsch haben, es zu besichtigen? Um die romantischen Torheiten meines heiß geliebten verstorbenen Mannes in Augenschein zu nehmen?«

»Seit wann glaubst du, dass Romantik eine Torheit ist?« Stevie umarmte sie. »Du bist doch die letzte große Romantikerin, Tante Aida. Deshalb hast du so lange an diesem Anwesen festgehalten. Henry und ich wissen, dass es einfacher für dich wäre, deine Zelte in Florida aufzuschlagen, aber du schaffst es nicht, das Schloss aufzugeben ... weil es dich an Onkel Van erinnert.«
»Stimmt«, flüsterte ihre Tante, eine Träne fortwischend. »Hier habe ich das Gefühl, dass er bei uns ist, auch jetzt. Falls es stimmt, dass der Geist eines Verstorbenen in der diesseitigen Welt erscheint, dann ist seiner hier.«
Stevies Herz war schwer; sie stellte sich vor, wie es sein mochte, wenn eine Frau das Alter ihrer Tante erreichte und bereit war, solche Opfer zu bringen, um dem Geist des geliebten Menschen nahe zu sein. »Du bist niemals einsam«, sagte sie.
»So ist es.«
Stevie nickte, betrachtete die Bäume.
»Auch du wirst jemanden finden«, sagte ihre Tante. »Und dich nie mehr einsam fühlen.«
Stevie schüttelte den Kopf. »Ich hatte meine Chance, und mehr als eine.«
»Das Lächeln einer Sommernacht.«
Stevie sah sie verständnislos an.
»Das war ein Film von Ingmar Bergman, der Sondheim zu seinem Musical *Eine kleine Nachtmusik* inspirierte.«
»Ach ja, aus dem Musical stammt der Song ›Send in the Clowns‹. Könnte die Geschichte meines Liebeslebens sein.«
Aida lachte. »Es geht um menschliche Schwächen und Ausrutscher. Vor denen ist niemand gefeit, mit Ausnahme der Ängstlichen, die kein Risiko eingehen, liebe Stevie. Diese

Erfahrungen zeigen uns, dass wir lebendig sind! Du stehst damit bei weitem nicht alleine da.«

»Mir sind mehr und schlimmere Fehler unterlaufen als den meisten anderen Menschen zusammen.«

Ihre Tante schüttelte den Kopf, lachte nicht mehr. »Du hast dich auf die Liebe eingelassen, mit Haut und Haaren. Du hast daran geglaubt, sie so sehr gebraucht, dass du *drei* Versuche unternommen hast, sie zu finden … In dem Musical sagt die Großherzogin, dass der Mond in einer Sommernacht dreimal lächelt … Stell dir heute Abend vor, ich sei die Großherzogin …«

»Ich hatte meine drei Versuche.«

»Nein, Liebes. Darum geht es nicht. Denk darüber nach, *jetzt,* heute Abend, und zwar *gründlich*. Zeit und Erfahrungen werden im Sommer anders gemessen, vor allem in Vollmondnächten.«

In diesem Augenblick stieg der Mond aus dem Meer, weit im Osten. Er tauchte langsam auf, eine riesige orangerote Scheibe, die über dem Horizont schwebte, kopfüber, als verstreue sie Gold ins Wasser. »Das erste Lächeln … siehst du?«, sagte Tante Aida, als der Mond groß und hell leuchtete, grinsend wie die Cheshire-Katze aus *Alice im Wunderland*.

Das Erstaunliche war, dass Stevie es sehen konnte.

Während sie schweigend zusahen, stieg der Mond langsam höher, wurde kleiner und blasser, bis er schneeweiß hoch droben am Himmel stand. Das Gesicht erschien in den Kratern und Stevie lachte laut auf.

»Was ist?«

»Mir fiel gerade etwas ein. Als wir jung waren, pflegten Emma, Madeleine und ich zu sagen, das sei das Gesicht der ›Mondfee‹. Siehst du es lachen?«

»Das zweite Lächeln.«

Stevie strahlte ebenfalls. Sie erinnerte sich an die Zeit, als sie fünfzehn war, in Gesellschaft ihrer Freundinnen, glücklich und lebenslustig, den Mond für sich beanspruchend.

»Wann kommt das dritte Lächeln?«, fragte Stevie. »Da du heute Abend die Großherzogin bist, musst du es wissen!«

»Du wirst es sehen, wenn du beherzt genug bist, an die richtige Tür zu klopfen.«

Stevie blickte ihre Tante an, einen Scherz auf den Lippen, doch dann stellte sie fest, dass Tante Aida völlig ernst war. Sie musterte Stevie mit durchdringendem Blick. Stevie hatte mit einem Mal ein flaues Gefühl. Ihrer Tante gingen wichtige Dinge durch den Kopf: der Ausverkauf ihres Hügels, ihrer Gehölze, der Lebensraum für die Vögel war. Eine Eule rief aus der Tiefe des Waldes, eine andere antwortete in unmittelbarer Nähe.

Als Stevie aufsah, entdeckte sie die Silhouette einer Ohreneule, die auf der Spitze des Turmes hockte. Das Gesicht wirkte unheimlich im Mondlicht, Augen und Schnabel leuchteten gelb. Ein Schauder rann Stevie über den Rücken, als die Eule wegflog, in die Bäume.

Als sie ihren Blick wieder dem Mond zuwandte, sah sie, dass dieser ein Netz über dem Wasser gesponnen hatte. Mondlicht, zart wie Glühfäden, leuchtete und tanzte auf den Wellen. Stevie stellte sich vor, dass dieses Netz alle Menschen verband, die sie jemals geliebt hatte. Tante Aida war ebenfalls in den Anblick versunken, und Stevie wusste, dass sie an Onkel Van dachte.

Stevies Herz hämmerte. *An die richtige Tür klopfen …* Sie dachte an Nell, die draußen vor der Tür gestanden hatte, auf der obersten Stufe mit zerschundenen Knien. Und wie sie die Einladung in die Fliegengittertür von Jacks und Nells Haus geklemmt hatte. Und wie Madeleine mit zwei Flaschen

Champagner den Hügel hinaufgekommen war. Der Mond fügte die Bilder zusammen, und plötzlich wusste sie, was zu tun war.
Sie wusste, wohin sie gehen musste, um an die Tür zu klopfen.

Nell war so müde, dass sie kaum noch die Augen offen halten konnte. Der Mond war vor den Augen aller aus dem Wasser aufgetaucht und in den Himmel emporgestiegen. Es hatte ihr gefallen, neben ihrem Dad zu sitzen und sich an ihn zu kuscheln, seine Wärme zu spüren, während der Abend kälter wurde. Und später hatte Peggy ihr die Hand gereicht und sie hochgezogen, zum »Tanz im Mondschein« mit Annie und Eliza. Die Wellen hatten die Musik beigesteuert, und die Mädchen hatten barfuß im Sand getanzt, bis die Eltern befanden, es sei an der Zeit, nach Hause zurückzukehren.
Die Familien machten sich gemeinsam auf den Heimweg, bis zum Deich. Er war sehr dick, bestand aus riesigen Felsen, schützte die Straße vor dem Meer. Peggy und ihre Familie hatten sich verabschiedet und mit Taschenlampen die Marsch durchquert.
Nell und ihr Vater gingen nun über den sandigen Parkplatz hinter dem Hafenbecken nach Hause. Nell hörte die Metallteile der Boote in der Dunkelheit leise ächzen und knarren, wenn sich das Wasser hob und senkte. Sie gähnte und stolperte, aber ihr Vater fing sie auf und stützte sie beim Gehen.
»Der Abend hat Spaß gemacht«, sagte sie.
»Finde ich auch.«
Nell war erschöpft von der frischen Luft, vom Herumlaufen und von der allgemeinen Aufregung, als sie beobachtet hatten, wie sich der riesige Mond aus dem Meer erhob. Sie hatte sich rundum wohl gefühlt in der Gesellschaft der vielen Menschen, die sich auf dem Sandstrand eingefunden hatten.

»Das war, als wären wir eine große Familie«, sagte sie, die Hand ihres Vaters umklammernd.
Er antwortete nicht. Sie spürte den Teer unter ihren Füßen, noch warm von der Sonne.
»Es hat mir gefallen. Ich finde es schön, wenn wir für uns alleine sind, nur wir beide. Aber ich mag es auch, wenn andere Leute um mich sind.«
»Nun, meistens sind wir ja für uns«, erwiderte er. »Wir reisen bald ab, in ein paar Wochen. Aber du kannst Peggy ja schreiben.«
»Aus Boston?«, fragte sie, unsicher, ob sie nach Massachusetts oder nach Hause, nach Georgia zurückkehren würden.
»Nicht aus Boston.« Seine Stimme klang merkwürdig – *zögernd,* dachte sie. Ungewöhnlich für ihren Vater.
»Fahren wir nach Atlanta zurück?«
»Nell, kennst du den Highland Fling?«
»Den was?«
»Das ist ein schottischer Tanz.«
»Schottisch? So mit Dudelsäcken?«
»Ja.«
»Ohhh.« Nell schauderte. »Tante Madeleine hat mir erzählt, dass sie als kleines Mädchen in Schottland war und überall Dudelsäcke zu hören bekam. Sie fand das toll, ich aber nicht.«
»Warum nicht?«
»Weil ich Dudelsäcke hasse. Wegen dem, der in der Kirche gespielt hat, bei Moms …« Sie weigerte sich, das Wort *Begräbnis* auszusprechen. Sie erinnerte sich an den Mann, den ihre Mutter aus dem Dixon kannte – dem Gefängnis, in dem sie ehrenamtlich tätig gewesen war, ein Wärter oder Polizist oder so –, er hatte neben dem Altar gestanden und »Amazing Grace« auf dem Dudelsack gespielt.

»Schottland hat wesentlich mehr zu bieten als Dudelsäcke.«

»Stimmt, aber wenn ich auch nur einen hören würde, wäre mir der ganze Aufenthalt verleidet. Sie sind grässlich. Ich hasse sie. Sprich nicht mehr davon, ja? Weil ich sonst wieder Albträume bekomme.«

»Aber Nell …«

»Psssst!« Sie hielt sich die Ohren zu.

Ihr Vater verstummte. Nell ergriff seine Hand, gähnte erneut. Obwohl sie todmüde war, wollte sie sichergehen, dass ihre Gedanken vor dem Schlafengehen nicht durch Vorstellungen wie Trauermusik und Gefängnis aufgewühlt wurden. Um sie zu verscheuchen, summte sie »Lemon Tree« vor sich hin und versuchte zu entscheiden, aus welchem Buch er ihr noch etwas vorlesen sollte.

Eulennacht oder *Sommer der Schwäne*? Oder vielleicht *Seeadler*? Am Cottage angekommen, schloss ihr Vater die Hintertür auf, und sie gingen hinein. Nell zog unverzüglich ihren Schlafanzug an. Sie wusste, dass sie sich eigentlich Gesicht und Füße waschen und die Zähne putzen sollte, aber sie wollte nur noch ins Bett und die Geschichte hören.

Sie hatte sich inzwischen für ein Buch entschieden – *Sommer der Schwäne* – und hängte gerade die Zahnbürste ins Gestell zurück, als sie ein Klopfen an der Haustür vernahm. Ihr wurde mulmig.

Ein Klopfen an der Haustür, vor allem nach Einbruch der Dunkelheit, verhieß nichts Gutes. Sie erinnerte sich an die Polizisten, die eines Abends zu ihnen nach Hause gekommen waren, um ihnen mitzuteilen, was mit ihrer Mutter passiert war. In ihrer Verwirrung hatte sie die Männer mit den Gefängniswärtern verwechselt, die sie vor diesem grässlichen Häftling warnen wollten, der ihre Mom angerufen hatte und entflohen war. Und sie erinnerte sich an das leise *Tap-Tap-*

Tap, sobald sie vermeintlich schlief und Francesca wieder einmal mit Papieren vor der Haustür stand, auf die ihr Vater »noch heute Abend« einen Blick werfen musste. Weil sonst die London Bridge eingestürzt wäre oder was?

Dem leisen Klopfen an der Tür nach zu urteilen, musste es Francesca sein.

»*Geh weg*«, murmelte sie in ihr Kissen.

Nur wenige Minuten verstrichen, dann hörte sie es ein zweites Mal klopfen – an ihrer Schlafzimmertür. »Nell?«, rief ihr Vater.

»Dad«, sagte sie, erschöpft und den Tränen nahe. »Bitte schick Francesca weg und sag ihr, dass wir nicht nach Boston zurückkehren! Und dann komm herein, weil ich meine Stevie-Geschichte brauche.«

»Francesca ist nicht da. Und du bist heute Abend ein richtiger Glückspilz. Du bekommst die Geschichte von Stevie höchstpersönlich zu hören.«

Nell setzte sich mit einem Ruck im Bett auf, blinzelte in den Lichtschein, der sich von der Flurlampe in ihr Zimmer ergoss, und entdeckte Stevie, die sie anlächelte und sich auf ihre Bettkante setzte, ohne ein Buch in den Händen, und zu erzählen begann.

15. Kapitel

Nell rutschte ein Stück, um Platz für Stevie zu machen. Jack drückte sich in der Nähe der Tür herum, als sei er unschlüssig, ob er bleiben oder gehen sollte. Stevie lächelte ihm aufmunternd zu, wartete. Er war groß, und seine breiten Schultern verdeckten das Flurlicht. Ihre Kehle war wie zugeschnürt, sie wünschte sich mehr als alles andere auf der Welt, er möge neben ihr Platz nehmen.

»Setz dich, Dad … du darfst mithören«, sagte Nell.

»Oh, ich glaube, Stevie ist deinetwegen hier, um dir eine Gutenachtgeschichte zu erzählen. Ich gehe so lange nach draußen …«

»Sie ist für euch beide«, erklärte Stevie.

Er kam näher, dann hielt er inne – als hätte er sich eines Besseren besonnen, als neben ihr auf dem Bett zu sitzen. Er ging hinaus und schleppte aus dem Zimmer nebenan einen Stuhl mit hoher Rückenlehne herbei. Auf dem Pergamentschirm der Nachttischlampe befand sich ein Schiffsruder, das Stevies Hände und den Skizzenblock in ein warmes orangefarbes Licht hüllte.

»Die Geschichte, die ich euch erzählen möchte, handelt von Lovecraft Hill«, begann sie. »Das ist ein verwunschenes Schloss, ein uraltes Gemäuer inmitten von Wiesen und Wäldern, mit Blick auf einen majestätischen Fluss, der genau an dieser Stelle ins Meer mündet. Efeu und andere Kletterpflanzen ranken sich an den Mauern des Schlosses empor …«

Während sie erzählte, zeichnete sie, gab die Bilder an Nell weiter.

»Lebt dort eine Prinzessin?«, fragte Nell.

»Nein. Das Schloss und das Land, auf dem es sich befindet, gehören der Natur. Aber es wird von einer weisen alten Tante gehütet.«

»Eine Tante«, flüsterte Nell. Stevie zeichnete eine Frau, eine Kreuzung aus Aida und Madeleine. Sie hörte, wie Nell nach Luft schnappte; sie hob den Blick, um zu schauen, wie Jack reagierte. Seine Augen funkelten, er sah sie an, schenkte ihrer Zeichnung keinerlei Beachtung.

»Das Schloss ist alt und verfällt zusehends.« Stevie fiel es schwer, ihren Blick von ihm zu lösen. »Durch die Sturmwinde bröckelt das Mauerwerk des Turms. Die Treppenstufen drohen einzubrechen. Fledermäuse nisten im Gebälk und Kletterpflanzen überwuchern die kupfernen Regenrinnen.« Mit wenigen Strichen skizzierte sie die verwunschene Ruine.

»Auf dem Abgang des Hügels wachsen Georgia-Kiefern, soweit das Auge reicht, die Vögeln und anderen Tieren Schatten und Schutz bieten. Finken, Drosseln, Singvögel und Rotkehlchen bauen dort ihre Nester aus Zweigen und Kiefernnadeln. Sie legen ihre Eier ab, ziehen ihre Jungen auf. Rotwild, Waschbären und Kaninchen sind dort ebenfalls beheimatet. Der tiefe Wald gewährt ihnen Schutz und Nahrung. Ein Sanktuarium, in dem sie überleben können, so dass sie nicht in den Lebensraum des Menschen eindringen müssen …«

Stevie zeichnete rasch eine Reihe von Bildern, die Rotwild beim Überqueren der verkehrsreichen Küstenstraße zeigten und wie es sich an Blumen und Sträuchern um ein Wohnhaus gütlich tat; sie zeichnete Waschbären, die über eine Mülltonne stolperten, und Kaninchen, die Besitz von einem Salatbeet ergriffen – Nell kicherte.

»Auf der anderen Seite des Schlosses und der Kiefernwälder befindet sich Old Oaks, der älteste Wald in Connecticut. Er ist dicht bewachsen und hoch. Tief im Innern findet man noch die ›Dawn Redwoods‹, Uralte-Mammutbäume, die auf eine Zeit zurückgehen, als das Land unbewohnt war. Eulen leben in diesem Teil des Waldes. Nachts hört man ihren schaurigen Ruf, und nur die mutigsten Menschen wagen sich in dieses Dickicht hinein, um ihm zu folgen.«

»Wie hört sich der Ruf an?«, flüsterte Nell, und Stevie ahmte den Vogelschrei nach, den Tante Aida ihr beigebracht hatte, als sie so alt wie Nell gewesen war.

»Hu-huu-hu-huu-huu-huu …«
Nell versuchte es ebenfalls, und schon beim ersten Mal gelang es ihr. Stevie zeichnete drei Frauen, die im dichten Wald standen: Stevie, die weise Tante und Nell. Nell strahlte.
Stevie fuhr fort, erzählte aus dem Stegreif und zeichnete dazu. Es war das erste Mal, dass sie sich für ein bestimmtes Kind, ein Mädchen aus Fleisch und Blut, eine Geschichte ausdachte. Es war ein unglaubliches Gefühl – nicht zuletzt deshalb, weil Jack sich vorbeugte, offenbar genauso interessiert wie Nell. Ihre Knie berührten sich, was Stevie wie einen Stromstoß empfand, der sie am ganzen Körper erzittern ließ.
Nell wurde müde, die Augen fielen ihr zu.
»Soll ich aufhören?«, fragte Stevie.
»Nein«, riefen beide Kilverts wie aus einem Munde.
»Der Grund und Boden, auf dem sich das Schloss befindet, gehört der Natur, aber andere haben ebenfalls ein Auge darauf geworfen«, fuhr Stevie fort. »Es steht zu befürchten, dass Männer mit Bulldozern anrücken, um die Bäume zu roden. Sie haben entdeckt, dass der herrliche Ausblick Gold wert ist, und wollen ihn zu Geld machen. Sie wollen das Rotwild-Refugium in eine Reihenhaussiedlung und das urwüchsige Schloss in eine geistlose Kongresshalle verwandeln.«
»Aber die weise Tante …«, murmelte Nell, bemüht, die Augen offen zu halten.
»Die weise Tante wird den Berghang beschützen«, sagte Stevie und zeichnete.
»Das wusste ich«, flüsterte Nell.
»Woher?«, ließ sich Jack vernehmen.
»Weil sie zu den guten Menschen gehört. Wie Tante Maddie. Und Stevies Tante Aida. Stimmt's, Stevie?«
»Genau.«

»Wenn die Sonne aufgeht, gehen die Eulen schlafen, und andere Geschöpfe des Waldes verlassen ihre Nistplätze und Erdlöcher. Singvögel zwitschern im Gebüsch, Kaninchen hoppeln durch das nasse Gras. Die Kolibris suchen die roten Blüten der Kletterpflanzen auf, die an den Mauern des Schlosses wachsen. Sie ernähren sich von dem Nektar, wobei ihre Schwingen sich so schnell bewegen, dass man sie nicht mit bloßem Auge erkennen kann, sondern nur einen verschwommenen Farbklecks wahrnimmt. Die Sommertage gehen in die Sommernächte über. Der Mond ist zunächst eine schmale Sichel, dann nimmt er den ganzen Monat lang zu, bis er voll gerundet ist und wie heute Abend aus dem Meer aufsteigt …«

Als sie das letzte Bild zeichnete, von einem Vollmond, der auf das Schloss und den Abhang des Hügels schien, war Nell eingeschlafen. Stevie ließ den Skizzenblock neben ihrem Bett liegen und folgte Jack ins Wohnzimmer. Seine Nähe ließ sie erschauern. Sie spürte die Luft, die sanft über ihre Haut strich, und wagte es nicht, ihn anzuschauen.

»Das macht sie sonst nie.« Er drehte sich um, sah Stevie an. »Ich meine, auf der Stelle einschlafen. Normalerweise muss ich ihr vorher drei oder vier Bücher vorlesen, den Rücken rubbeln und einen Blick in den Schrank werfen, um ihr zu versichern, dass sich dort niemand versteckt. Wie hast du das geschafft?«

»Ich habe gar nichts gemacht. Das ist der Vollmond. Er besitzt magische Kräfte, falls du es nicht wissen solltest. Er bringt jedes Kind zum Einschlafen, und sei es noch so aufgekratzt.«

»Nein, das war deine Geschichte. Die hat sie beruhigt … die Geschichte und der Klang deiner Stimme.«

»Ich habe oft an Nell gedacht – an euch beide. Seit … Warst du mit ihr bei Dr. Galford?«

»Ja. Es hat gut getan, mit dir darüber zu sprechen – es hat mir sehr geholfen.«

»Das freut mich.«

»Um noch einmal auf deine Geschichte zurückzukommen – gibt es dieses Refugium wirklich? Wie hieß es gleich wieder – Lovecraft Hill?«

»Ja, das gibt es wirklich.«

»Und wo?«

»Nur wenige Meilen von hier entfernt. Meine Tante lebt dort.«

Jacks Augen weiteten sich. Er strich sich die dunklen Haare aus dem Gesicht, blickte Stevie schweigend an, darauf wartend, dass sie weitersprach. Stevie sah ihn gebannt an. Sie nahm die Form seines Gesichtes wahr, die langen Haare, die ihm immer wieder in die Augen fielen. Als sie schwieg, fragte er: »Ist das eine wahre Geschichte?«

Stevie nickte, aus ihrer Trance gerissen. Der Vollmond hatte sich ihrer Sinne bemächtigt – das musste es sein. Die Mondfee erlaubte sich einen Scherz mit ihrem Herzen. Als sie in Jacks smaragdgrüne Augen blickte, fragte sie sich, ob sie jemals etwas Ähnliches empfunden hatte …

»Sie lebt in einem Schloss?«

»Nein, das musste sie schon vor Jahren verlassen.« Der Gedanke an Tante Aida und ihre Zwangslage verscheuchte den Zauber. »Die Kosten für den Unterhalt waren zu hoch. Sie ist in ein kleines Cottage gezogen, das sich auf dem Gelände befindet. Aber sie liebt das Schloss, hält sich oft darin auf. Um dem Geist ihres verstorbenen Mannes nahe zu sein, sagt sie. Sie ist Malerin, und ich könnte schwören, dass sie das Schloss braucht, um sich ihre Inspirationen zu holen. Den Winter verbringt sie auf den Florida Keys; im Mai oder Juni kommt sie hierher und malt den ganzen Sommer. Sie kennt jede Vogelart, jeden Eulenruf … die Vorstellung, was aus diesem Refugium werden könnte, ist für mich unerträglich.«

»Die Bulldozer sind auch real?«

»Realer als je zuvor«, erwiderte Stevie mutlos. »Die Baufirmen haben ihr eine Menge Geld für das Anwesen geboten, aber sie hat sie immer abblitzen lassen. Doch diesen Sommer … sie macht sich Sorgen wegen der Steuern und weil das Schloss immer mehr verfällt. Sie befürchtet, jemand könnte sich klammheimlich einschleichen und dort verletzt werden. Jetzt ist ein weiterer Interessent an sie herangetreten …«

»Und sie zieht das Angebot ernsthaft in Betracht?«

»Scheint so. Obwohl es ihr das Herz brechen würde, wenn sie verkaufen müsste. So viel ist sicher.«

»Sie könnte das Anwesen doch einer gemeinnützigen Organisation überschreiben, als Schenkung – und sich das Nießbrauchrecht vorbehalten. Oder einen Immobilien-Trust einrichten!«

Stevie war eine solche Möglichkeit nie in den Sinn gekommen und Tante Aida vermutlich auch nicht. Sie waren Künstler, durch und durch, ohne lange zu überlegen oder sich dafür zu interessieren, was es mit der Finanz- oder Immobilienwelt auf sich hatte.

»Ginge das denn?«

»Absolut. Ich habe an einem Projekt auf Mount Desert Island in Maine mitgearbeitet, bei dem die Grundstücksbesitzer ihr Land dem Nationalpark als Schenkung überlassen hatten. Die Steinbrücken an sämtlichen Wegen, auf denen früher Pferdekutschen unterwegs waren, mussten erneuert werden, entsprechend dem ursprünglichen Architekturstil.«

»Klingt fantastisch. Ich denke … wir sollten uns einen Fachmann suchen, der das Schloss gleichermaßen restauriert.«

»Ich würde es mir gerne mal anschauen.«
»Im Ernst? Danke!« Stevie hatte ein Bild vor Augen, wie Jack die Schlossruine wiederaufbaute, mit einem Naturkundezentrum, das allen Bewohnern von Black Hall zugänglich war.
»Tante Aida und ich könnten dort Malkurse geben«, sagte sie laut.
»Wie bitte?«
»Oh, ich bin mit meinen Gedanken schon weit voraus. Ich hatte gerade die verrückte Idee, das Schloss in ein Naturkundezentrum zu verwandeln … mit Ausstellungen über heimische Vögel, Bäume, Tiere … dort könnten meine Tante und ich verschiedene Kurse anbieten … um den Leuten ein Gefühl für die Schöpfung und die Inspiration zu vermitteln, die wir aus der Natur beziehen. Und etwas von dem zurückgeben, was wir im Überfluss haben, verstehst du?«
»Klingt fantastisch. Die weise Tante gibt es also wirklich?« Jack trat einen Schritt näher.
»Und ob.« Stevie spürte, wie sie errötete, als sie ihn ansah. Sie konnte sich nicht länger beherrschen, sondern musste mit der Sprache herausrücken – das Thema war für sie zu wichtig. »Genau wie Nells Tante.«
Er kniff die Augen zusammen, wandte den Blick ab.
»Ich habe deinen Vorschlag beherzigt und Madeleine angerufen«, sagte Stevie.
»Das dachte ich mir schon.« Seine Miene verhärtete sich. Er schloss die Augen, und Stevie ging der Gedanke durch den Kopf, dass er sie damit nicht ausgrenzen, sondern den Blick vielmehr auf ein Problem tief in seinem Inneren richten wollte.
»Jack, Hubbard's Point ist ein Teil deiner Lebensgeschichte, ob es dir passt oder nicht. Du hast Atlanta verlassen, weil

dich dort alles schmerzhaft an Emma erinnerte, aber du bist ausgerechnet *hierher* gekommen, wo du auf Schritt und Tritt mit der Vergangenheit konfrontiert wirst.«

»Scheint so …«

»Deine Familie verbrachte hier früher die Sommermonate. Mit dir und Maddie. Deshalb bist du hier. Weil du den Bruch zwischen dir und deiner Schwester nicht erträgst.«

Jack antwortete nicht. Er war so still, dass Stevie die Grillen zirpen und den Wind durch die Bäume streichen hörte.

»Wie geht es ihr?«, fragte er nach geraumer Zeit.

»Sie ist … traurig«, antwortete Stevie sanft.

»Meinetwegen?«

»Weil das Leben ihr hart zugesetzt hat. Weil sie nicht nur Emma, sondern auch Nell und dich verloren hat. Sie konnte es nicht ertragen, hier zu sein und zu wissen, dass du nur ein paar Schritte entfernt wohnst. Sie wurde wütend, weil ich ihr das verheimlicht hatte, und reiste ab.« Stevie sah Jack an. Er wirkte gequält und verschlossen, als peinigten ihn Gedanken, die über diese Unterhaltung hinausgingen. »Jetzt bist du vermutlich ebenfalls wütend auf mich«, fügte sie hinzu.

»Was soll ich deiner Meinung nach tun, Stevie?«

»Ihr verzeihen.«

»Das verstehst du nicht – glaube mir. Es geht nicht nur ums Verzeihen.«

»Worum dann? Warum kannst du nicht mit ihr reden?« Seine Worte und sein Gesichtsausdruck zerrissen ihr das Herz. Ihre Augen füllten sich mit Tränen, als sie sah, wie er litt. »Nell zuliebe? Und Maddie zuliebe … aber am allermeisten dir selbst zuliebe?«

Sie befürchtete, zu weit gegangen zu sein. Sie setzte ihn unter Druck – obwohl sie, wie er ganz richtig bemerkt hatte, nicht die ganze Geschichte kannte. Sie streckte die Hand aus, um sein Gesicht zu berühren. Sie wollte sich entschuldigen, wollte versuchen, den Schmerz wegzuwischen. Doch er packte ihre Hand – so heftig, dass sie nach Luft schnappte. Dann zog er sie in seine Arme und küsste sie. Sein Körper war hart und muskulös, sein Mund heiß. Sie stand auf den Zehenspitzen, während seine Arme sie umfingen, sie enger an sich zogen. Den Kopf in den Nacken gelegt, schlug ihr das Herz bis zum Halse, und ihr Blut geriet in Wallung.

Er führte sie zum Sofa. Sie nahmen gemeinsam darauf Platz, hielten sich an den Händen. Jack strich ihr die Ponyfransen aus der Stirn. Die Berührung fühlte sich an, als täte sich die Erde unter ihr auf. Sie hatte lange jede Zärtlichkeit entbehrt.

Sie versuchte, ihren Atem unter Kontrolle zu bringen. Sie hatte Schmetterlinge im Bauch, fühlte sich mit einem Mal befangen. Sie sahen sich in die Augen. Sein Blick war so direkt und von Begehren erfüllt, dass sie dahinschmolz, verging, von ihrem eigenen Feuer verzehrt. Ihre Gedanken überschlugen sich, warnten sie: *Mach Schluss damit, Stevie. Bis hierher und nicht weiter!*

Sie konnte beinahe hören, wie Henry sie neckte und Lulu nannte, *Luocious …* eine neue Sirene in der *Odyssee*, die mit ihrem Gesang die Männer anlockte, so dass ihr Schiff an den Felsen zerschellte. Er würde Jack raten, die Ohren zu verschließen und die Fahrt schleunigst fortzusetzen. Waren drei gescheiterte Ehen nicht genug? Doch Herz und Verstand drängte es in verschiedene Richtungen. Ihre Gedanken rasten: *Wer redet denn gleich von heiraten, um Himmels willen? Wir sitzen ja nur da und halten Händchen, küssen uns, was ist schon dabei …*

Aber diese Küsse hatten es in sich. Stevie legte den Kopf in den Nacken, spürte Jacks Mund auf ihren Lippen, auf der

Seite ihres Halses. Sie erbebte, war hin- und hergerissen zwischen dem Verlangen, er möge fortfahren, und dem Gefühl, dass er aufhören sollte. Ihre Gedanken spielten verrückt: Warum musste sie auch immer aufs Ganze gehen, konnte sich nie zurückhalten, war wie ein Fass ohne Boden, wenn es um Zuneigung und Zärtlichkeit ging. Sie wich zurück, um ihr Herz vor weiterem Schaden zu bewahren.

»Tut mir Leid«, sagte er. »Das war meine Schuld.«

»Nein, meine. Tut mit Leid.«

Die Entschuldigungen brachten sie aus dem Konzept. Stevie senkte den Kopf.

»Was geht da zwischen uns vor?«, fragte er, während sie sich immer noch umarmten.

»Ich könnte mir vorstellen …« Sie verstummte, weil sie plötzlich nur noch ein Bild vor Augen hatte: wie sie sich bei Sonnenaufgang am menschenleeren Strand trafen und küssten. Der Höhepunkt, in dem alle Träume dieses Sommers gipfelten …

Ihre Blicke hielten einander fest. Jack wartete gespannt auf ihre Antwort. Sie wollte ihn warnen, ihm sagen, dass sie nicht die Richtige für ihn war – dass er sich ein falsches Bild von ihr machte. Sie hatte genug Fehler begangen, wollte niemanden mehr verletzen. Sie dachte an Nell, die im Zimmer nebenan schlief, und an die Gefühle, die mit dem Verlust der Mutter einhergingen. Dieser Verlust hatte eine abgrundtiefe Sehnsucht hervorgebracht, die Stevie noch heute spürte.

Tatsächlich fühlte sie etwas völlig Neues, als sie in Jacks dunkle Augen blickte. Obwohl sie sich von ihm gelöst hatte, lag sein Arm noch immer um ihre Schultern. Seine Berührung war so romantisch und irgendwie erotisch, sie fühlte seine Fingerspitzen auf der bloßen Haut ihres linken Arms. Es fiel ihr schwer, still zu sitzen.

»Es ist besser, wenn ich jetzt gehe«, sagte sie.
»Du glaubst, dass es besser ist, aber du möchtest nicht.«
»Wie kommst du darauf?«
»Weil ich weiß, was *ich* empfinde … und ich denke, du empfindest das Gleiche.«
Er beugte sich zu ihr herab, und sie küssten sich abermals. Stevie schlang die Arme um seinen Hals. Er roch nach Salz, Schweiß und Zitrusfrüchten. Sie wäre gern mit ihm schwimmen gegangen. Ihr Körper sehnte sich danach, und sie schmiegte sich an ihn, leidenschaftlich und wortlos, während die Gedanken versiegten und Gefühle die Oberhand gewannen.
In dem Moment hörten sie, wie Nell sich in ihrem Bett herumwälzte.
Ein leises Geräusch, das sie zur Besinnung brachte. Stevie sprang auf. Schwankend und ein wenig unsicher auf den Beinen, trat sie einen Schritt zurück. Jack streckte die Hand aus, versuchte sie wieder an sich zu ziehen. Doch Stevie wollte vermeiden, dass Nell aufwachte und ihre neue Freundin dabei ertappte, wie sie ihren Vater küsste.
»Ich muss gehen«, flüsterte sie.
»Bitte – Stevie … ich muss mit dir reden.«
»Nicht heute Abend.« Sie fühlte sich benommen. »Bitte. Ich muss wirklich los.«
»Wann schauen wir uns das Schloss an?«
»Morgen? Übermorgen? Jederzeit; ich richte mich ganz nach dir.«
»Je früher, desto besser. Wir reisen in drei Wochen ab.«
»In drei Wochen?«
»Das war ein Punkt, über den ich mit dir reden wollte.« Er stand auf, ging zu ihr, berührte ihren Arm.
Sie nickte. Ihr Gesicht war heiß, und die Benommenheit

wuchs. Sie wusste, dass sie das Haus sofort verlassen musste, weil es ihr sonst nicht mehr gelingen würde. Sie zog ihren Arm zurück, sah ihm lächelnd in die Augen.

»Ich trete eine Stellung in Schottland an«, sagte er. Sie spürte, wie ihr Lächeln erlosch.

»Wann?«

»In drei Wochen.«

Stevie dachte an Nell, die weit entfernt leben würde. Sie dachte an Madeleine, die jede Chance auf eine Versöhnung verlor. Und sie dachte an Jack, und wie gering ihre Hoffnung war, sich in so kurzer Zeit über ihre Gefühle für ihn klar zu werden. Ihr Herz sank, dann gab sie sich innerlich einen Ruck.

»Was denkst du?«, fragte er.

»Tut mir Leid, dass du gehst. Wo so viel zu tun bleibt …«

»Das Schloss deiner Tante?«

Stevie lächelte betrübt. »Glaubst du?«

Er blinzelte. Dann schüttelte er den Kopf. »Das ist noch das Wenigste«, sagte er schließlich.

»Aha.« Sie dachte an die mit Efeu bewachsenen Mauern, die Kletterpflanzen, die sich ihren Weg durch den bröckelnden Mörtel bahnten, das Gestein, das sich lockerte und herabfiel, die überwucherten Pfade … Aber er hatte Recht, trotz alledem war die körperliche Arbeit bedeutend leichter als die emotionale. »Ich wünschte, ich wünschte …«, begann sie.

»Was, Stevie?«

»Ich wünschte, Nell hätte wieder so ein gutes Verhältnis zu ihrer Tante, wie ich zu meiner.«

Er wandte den Blick ab und räusperte sich, ignorierte ihre Worte. »Es ist besser, wenn wir uns das Schloss so bald wie möglich anschauen. Gleich morgen – gegen zwölf?«

»Zwölf Uhr wäre prima.«

»Eines wüsste ich gerne«, sagte er nach einer Weile, die Seite ihres Gesichts berührend.
»Was?« Ihre Haut prickelte.
»Ist das die einzige Reaktion auf meine Eröffnung, dass wir nach Schottland übersiedeln?«
»Die einzige, die ich laut auszusprechen wage«, erwiderte sie sanft. Dann drehte sie sich um und ging zur Tür, trat in die helle, vom Mond beschienene Nacht hinaus.

Jack sah ihr nach. Er musste sich zurückhalten, um ihr nicht zu folgen. Sein Herz klopfte. Stevie war fort, aber irgendetwas von ihr war geblieben – von ihrer Aura, ihrem Wesen. Die Atmosphäre im Raum schien vor Spannung zu knistern. Jack begriff nicht, wie ihm geschah, hatte dergleichen noch nie erlebt. Es hatte das Gefühl, vor Energie zu platzen – imstande zu sein, eine Strecke von zwanzig Meilen zu laufen. Er reckte und streckte sich, um einen Gang herunterzuschalten.
Er hätte am liebsten alles anders und vieles in seinem Leben ungeschehen gemacht. Er wusste, dass Stevie Recht hatte, was Nell betraf. Aber sie kannte nicht die ganze Geschichte. Es steckte mehr dahinter, als es auf den ersten Blick schien.
Die seltsame Energie, die ihn nach dem Gespräch mit ihr überkommen hatte, war noch da, und er griff, ohne lange zu überlegen, nach dem Telefon. Er rief die Auskunft an, wählte die Nummer, die ihm durchgesagt wurde.
Seine Hände zitterten, als er den Hörer ans Ohr hielt.
Es läutete und läutete. Er sah auf die Uhr: Vielleicht waren die beiden ausgegangen.
Doch dann nahm eine Frau ab, und er hörte ihre Stimme.
»Hallo?«, sagte seine Schwester.
Jack schwieg. Stumm hielt er den Hörer in der Hand, wollte

das Richtige sagen, das alles wieder gutmachte, alle Kränkungen und Verdächtigungen auslöschte. Er wollte nicht fortgehen, ohne auszuräumen, was zwischen ihnen stand.

»Hallo?«, rief sie abermals.

Jacks Gedanken überschlugen sich; er dachte an die letzte Begegnung, an die Wahrheit, die sie ihm mit ihrer Geschichte enthüllt hatte, und an die Wut, mit der er sich dagegen gesträubt hatte. Wenn er jetzt mit ihr sprach, würde er ihrer Version der Ereignisse die Tür zu seinem Leben öffnen, und das konnte er Nell nicht antun.

»Wer ist denn da?«, fragte Madeleine.

Jack war außerstande, zu antworten. Wortlos legte er auf.

16. Kapitel

Stevie holte sie Punkt zwölf ab, nach Nells Freizeitprogramm, und sie fuhren unter dem Eisenbahnviadukt durch auf die Shore Road. Nell rutschte vor lauter Aufregung auf dem Rücksitz hin und her, deutete auf Wahrzeichen, an denen sie vorüberkamen, und redete ohne Unterlass. Jacks Anspannung war noch größer. Nell hatte endlich einmal die ganze Nacht durchgeschlafen, während er kein Auge zugetan und an die Decke gestarrt hatte, bemüht, sich über seine Gefühle klar zu werden.

Sie hielten am Paradise Ice Cream, um zu Mittag zu essen; Stevie ließ sich eine zusätzliche Hummerrolle für ihre Tante einpacken. Sie trugen ihre Tabletts zu den Klapptischen hinter der weißen Eis- und Imbissbude, mit Blick auf die Marsch. Seemöwen umkreisten sie, auf der Lauer, ob jemand einen Brocken fallen ließ.

Strahlender Sonnenschein verwandelte Flüsse und Buchten in Spiegel. Er zauberte Lichtreflexe in Stevies ebenholzfarbenes Haar; kurz geschnitten, ließ es die anmutige Linie des Halses frei, den Jack am Vorabend geküsst hatte. Er hätte gerne die Hand ausgestreckt und ihr die Ponyfransen aus den veilchenblauen Augen gestrichen, ihre Wangen berührt, die so zart waren wie Porzellan.

Er hielt sich zurück, was ihm nicht leicht fiel. Vor allem, wenn sie ihm in die Augen sah, mit einem Blick, der ihm offenbarte, dass es ihr nicht anders erging.

Nach dem Essen fuhren sie weiter, immer auf der Hauptstraße entlang. Dann bogen sie in einen schmalen Weg ein, der wieder unter den Eisenbahnschienen hindurchführte, und kamen schließlich an eine Seitenstraße, die sich einen steilen Hügel hinaufwand. Kurz darauf endete der Asphalt und ging in eine Schotterpiste über, so dass die Fahrt holperig wurde. Nell wurde durchgerüttelt und schrie auf – ihre Albträume drehten sich um die Vorstellung von der letzten Autofahrt ihrer Mutter auf einer gottverlassenen Landstraße. Jack streckte den Arm über die Rückenlehne, nahm ihre Hand und versicherte ihr, dass ihnen nichts Schlimmes widerfahren könne.

»Wir sind gleich da.« Stevie spähte in den Rückspiegel. Nell war kreidebleich und umklammerte die Hand ihres Vaters. »Schau doch, Nell! Da ist schon das Pförtnerhaus!«

Sie trat auf die Bremse und drückte auf die Hupe. Ein Mann und eine rothaarige Frau lehnten sich zur Tür hinaus, um zu winken. Der Mann strahlte, hob die linke Hand der Frau hoch in die Luft und deutete darauf.

»Wer war das? Deine Tante Aida?«, fragte Nell.

»Nein.« Stevie strahlte. »Nicht zu fassen, aber das war Henry, ihr Stiefsohn, mit seiner Freundin Doreen.«

Plötzlich kam das Schloss in Sicht, und Nell hielt den Atem an. Sogar Jack verschlug es die Sprache. Es war imposant und bizarr, ein völlig unerwarteter Anblick in der lieblichen, ländlichen Idylle Connecticuts – es sah aus, als gehörte es in die Alpen, in den Schwarzwald, ein Märchenschloss, dem Größenwahn eines seiner Sinne nicht mehr mächtigen Landesfürsten entsprungen.

»Das ist das Schloss«, sagte Stevie stolz, als sie aus dem Wagen stiegen. »Und da kommt meine Tante!«

Eine hoch gewachsene elegante Frau in schwarzem Malerkittel und Jeans mit kunstvollen Rissen an den Knien, Samtslippern und einem Stirnband aus Goldlamé eilte aus dem kleinen Cottage neben dem Schloss herbei. Sie hatte eine hohe Stirn, die auf Intelligenz schließen ließ, und veilchenblaue Augen, mit Khol umrandet und durch blauen Lidschatten betont. Obwohl beträchtlich größer als Stevie, war die Ähnlichkeit verblüffend. Sie offenbarte sich in ihren Augen, ihrer stolzen Haltung und ihrer Schönheit.

»Das ist meine Tante, Aida Von Lichen«, sagte Stevie.

»Jack und Nell, richtig? Bitte nicht so förmlich, sagt einfach Aida zu mir und du. Wie wäre es mit einer Kleinigkeit zu Mittag?«

»Wir haben am Paradise angehalten und bereits gegessen.« Stevie reichte ihr die braune Tüte.

»Stevie hat dir eine Hummerrolle mitgebracht!«, sagte Nell.

»Sie ist die liebste, beste Nichte, die man sich als Tante nur wünschen kann«, meinte Aida. »Moment, ich lege sie nur in den Kühlschrank, für später.«

»Tante Aida, was war denn das, was da an Doreens Ringfinger funkelte?«, fragte Stevie, als Aida aus der Tür ihres Hauses trat.

»Ein Wunder – wirklich und wahrhaftig! Henry hat ihr einen

Heiratsantrag gemacht, und sie hat Ja gesagt. Die beiden sind endlich verlobt!«, sagte Aida herrisch, aber liebevoll, mit Tränen in den Augen. Sie legte genau den Tonfall an den Tag, den Jack von einer Schlossherrin erwartete, doch gepaart mit so viel Gefühl und Liebe, dass sie ihm auf Anhieb sympathisch war.

»Aha, deshalb hat er also auf ihre Hand gezeigt«, sagte Stevie.

»Ja … ich habe ihm den Verlobungsring geschenkt, den er ihr angesteckt hat, es war mein eigener.«

»Oh, Tante Aida.« Stevie umarmte sie. Jack beobachtete den Augenblick der Nähe zwischen Tante und Nichte; er erinnerte sich, was Stevie über den Geist ihres Onkels gesagt hatte, und spürte, dass Aidas Ring kostbarer war als sein irdischer Wert.

Aida hielt Stevies Ansturm stand, dann trat sie einen Schritt zurück. Ihr Augen-Make-up war verschmiert. Stevie wischte es von ihrer Wange. Der Gedanke an ihre lebenslange Beziehung, der Gedanke an Maddie und Nell, versetzte Jack einen Stich. Aida bestätigte mit einem Nicken, dass mit ihr alles in Ordnung war, und lachte leise.

»Jack und Nell, ihr müsst mich für eine verrückte alte Frau halten. Ich werde es euch erklären – Henry ist mein Stiefsohn, ehemals bei der US-Navy und seit kurzem im Ruhestand. Ich liebe ihn über alle Maßen, genauso, als wäre er mein leiblicher Sohn. Ein brillanter Offizier und Gentleman, aber leider ein absoluter Schwachkopf in Liebesdingen. Er war lange mit einer ganz reizenden Frau liiert – Doreen –, und er verließ sie …«

»Warum?«, fragte Nell.

»Er segelte davon. Wie alle Seeleute. Sie laufen einen Hafen an und gehen eine Zeit lang vor Anker, bevor sie wieder abdampfen. Henry bildete sich ein, Doreen würde immer für ihn da sein, auf ihn warten. Das tat sie auch – bis er in den Ruhestand ging. Er dachte, es würde so weitergehen wie bisher – er würde nach Newport fahren, wenn er Lust hatte, und mit offenen Armen empfangen werden. Sie zu heiraten war nicht geplant, wohlgemerkt. Er wollte kommen und gehen, wie es ihm passte.«

Jack hörte aufmerksam zu. Aidas Worte trafen ihn, völlig unverhofft. Plötzlich dachte er an seinen Pass, die Flugscheine und die Broschüren über die firmeneigenen Wohnungen in Inverness, die Schottenkaro-Stoffe und Dudelsäcke. Auch er suchte das Weite, was sonst. Lief davon, vor der schmerzvollen Vergangenheit, aber auch vor den aufkeimenden Gefühlen für Stevie. Er war keinen Deut besser als Henry.

»Sie gab ihm den Laufpass«, fuhr Aida fort. »Was meine uneingeschränkte Zustimmung fand. Zugegeben, die Ehe ist nicht für jedermann das A und O. Und alles andere als ein Allheilmittel. Aber sobald man weiß, dass man zusammengehört – was Henry im Hinblick auf Doreen schon vor gut zehn Besuchen in ihrem Hafen gemerkt haben muss –, ist man es sich selbst und dem Partner schuldig, die Beziehung zu legalisieren.«

»Die Frage, wann man heiraten oder es lassen sollte, kann einen Menschen zu Fall bringen«, sagte Stevie leise. Jack blickte sie an und sah, dass ihre Augen einen abwesenden, tragischen Ausdruck angenommen hatten.

»Lulu!«, rief Henry und stapfte den Hügel hinauf, Hand in Hand mit Doreen. Es folgten Umarmungen und Glückwünsche von allen Seiten, Stevie bewunderte den Ring, und dann stellten sich Jack und Nell vor.

»Die berühmte Nell«, sagte Henry.

»Ich bin berühmt?«, strahlte sie.
»Aber ja. Stevie hält viel von dir. Von dir und deinem Vater.« Er blickte Jack herausfordernd an – als hätte er ihm soeben den Fehdehandschuh vor die Füße geworfen.
»Sie hat Ihnen von mir erzählt?«, fragte Nell entzückt.
»Ach du meine Güte!«, sagte Aida. »Sie redet nur noch von dir. Wie mutig es von dir war, den Hügel zu ihrem Haus hinaufzusteigen, vorbei an diesem *grässlichen* Schild …«
»Betreten verboten!« Nell kicherte.
»Genau«, pflichtete Henry ihr bei. »Dieses Schild sollte ein neues Zuhause finden, auf einer netten Müllhalde.«
Jack sah, wie aufgeschlossen und glücklich seine Tochter in Gegenwart dieser Menschen war, die sie gerade erst kennen gelernt hatte, wie sehr sie nach deren Zuneigung dürstete. Das lag an Stevie. Nell hatte sie vereinnahmt – als eine Art Tantenersatz, als frühere Freundin ihrer Mutter. Seine Kehle war wie zugeschnürt. Er hatte vergessen, wie es war, eine große Familie zu haben. Seine Eltern, Tanten und Onkel waren tot; er hatte nur noch Madeleine.
Henry und Doreen hatten noch verschiedene Dinge zu erledigen – sie waren mit dem Priester von St. Mary's in Newport verabredet, wegen des Termins für die Trauung. Aida schlug den Weg zum Schloss ein, ging Stevie und ihren Besuchern voran. Stevie nahm Nell an die Hand, und Jack folgte ihnen.
»Warte mal, Stevie!«, hörte sie Henry plötzlich rufen.
Sie drehte sich um.
»Luocious war einmal.«
»Was soll das heißen?«
»Die *Odyssee* braucht keine weitere Sirene mehr. Und Stevie weiß, was sie tut. Das sehe ich. Bleib auf Kurs, ja?«
Stevie stand wie angewurzelt da. Ihre Reaktion und ihre

Haltung weckten in Jack den Wunsch, sie in die Arme zu nehmen – sie sah aus, als könnte sie einen sicheren Hafen gebrauchen. Doch dann erhellte ein Lächeln ihr Gesicht, sie nickte und winkte ihrem Stiefcousin zum Abschied zu, der zurückwinkte.

Jack wusste nicht, was der Wortwechsel bedeutete, der gerade zwischen den beiden stattgefunden hatte, aber eines war klar – Stevie und Henry waren ungeachtet der Natur ihrer Verwandtschaft eine Familie, die Anteil am Leben des anderen nahm, an jedem einzelnen Schritt. Er dachte an Maddie und empfand eine noch größere Leere als zuvor.

Sie standen an der Eingangtür des Schlosses. Ein Schwall kühler, moderiger Luft empfing sie. Jacks Herz klopfte, als er in die Dunkelheit spähte. Als Ingenieur war er begeistert angesichts der Möglichkeiten, die sich ihm hier boten. Nell erschauerte, ergriff seine und Stevies Hand. Gemeinsam traten sie ein, während Jacks Herz raste.

Er dachte nur noch an eines: *Ich muss irgendwie aus dem Vertrag heraus, ich pfeife auf Schottland.*

Nell hielt ihren Vater und Stevie an der Hand, war hingerissen von dem Schloss. Es war voller Magie. Die Wände aus dunklem Eichenholz waren mit geschnitzten Köpfen und Gesichtern geschmückt. Der Fußboden bestand aus quadratischen Schieferplatten, in die Wappenschilde und Wahlsprüche eingelassen waren. Tante Aida wies sie darauf hin und erklärte, das wären die Namen der Theater, in denen ihr Mann auf der Bühne gestanden hatte.

»Als Mitglied der Royal Shakespeare Company war er schon in jungen Jahren berühmt«, sagte sie. » Er wurde im gleichen Atemzug mit Gielgud, dem größten britischen Mimen des zwanzigsten Jahrhunderts, genannt. Er trat in Covent Garden auf, in der Rolle des Jago, von den Kritikern gefeiert. Und das will etwas heißen, schließlich hatte Sir Lawrence Olivier dort Heimvorteil als Shakespeare-Darsteller. Er spielte auch Prinz Hal – den zügellosen Trunkenbold, der später geläutert wurde und als König Heinrich der Fünfte den Thron bestieg – mit dem gleichen Erfolg. Und danach … erhielt das Leben Vorrang und interessierte ihn mehr als das Theater. Er war ein Bonvivant, wie er im Buche steht, mein Van. Mit zunehmendem Alter wurde er freilich gesetzter, wie Falstaff. Die Rolle war ihm auf den Leib geschrieben, meinem Herzallerliebsten.«

Nell verstand nicht alle Worte oder was sie bedeuteten, aber sie erkannte an Tante Aidas Stimme, dass sie Van geliebt hatte. Stevie beugte sich vor, um sie zu umarmen; offenbar wusste sie, dass es ihrer Tante schwer fiel, das Schloss zu betreten.

Ihre Schritte erzeugten einen Widerhall, als sie durch das Erdgeschoss gingen. Es bestand aus einer weitläufigen Eingangshalle mit einem riesigen schwarzen Kandelaber, an dem Spinnweben hingen, und einer langen hölzernen Tafel mit gefährlich aussehendem Schimmel. Nell klammerte sich an ihren Vater und Stevie. Ihr Vater redete, mit seiner Geschäftsstimme, nüchtern und distanziert.

Sie kannte diesen Tonfall vom Telefon, und im Büro. Dass ihm Francesca nicht *wirklich* gefiel, merkte man allein daran, dass er ihn auch in ihrer Gegenwart benutzte. Seine Stimme klang nie sanft und liebevoll, wenn sie da war.

Mit Nell hatte er noch nie in dieser Art gesprochen, und gegenüber ihrer Mutter nur ein einziges Mal, kurz bevor sie damals weggefahren war. Im Beisein von Stevie hatte sie diesen Ton auch noch nie gehört. Nicht einmal als er wütend war, wie an dem Abend in Stevies Haus, als es um Tante

Maddie ging. Da hatte er sich ihretwegen aufgeregt und seine Daddystimme benutzt, die Familienmitgliedern vorbehalten war – Tante Maddie zum Beispiel.

Jetzt erzählte er etwas über eine Schenkung von Schloss und Ländereien, kostenfrei erworbene Vermögensgegenstände, Steuerbegünstigung … lauter Sachen, von denen Nell nichts verstand. Aber sie erkannte auf den ersten Blick, dass Tante Aida und Stevie interessiert, ja sogar sehr zufrieden aussahen. Ihr Vater holte einen Block und ein Maßband heraus und machte sich Notizen. Er vermaß die Dicke der Wände, die Höhe der Decken.

Tante Aida wies ihn auf Dinge wie Trockenfäule und Termitenlöcher hin, und ihr Vater nahm sein Taschenmesser heraus und bohrte ein wenig in der Holzverschalung am Fußboden herum. Er murmelte etwas von einer Analyse, die durchgeführt werden müsse, um sich Gewissheit zu verschaffen, aber er habe keine Insekten oder Eier entdeckt. Tante Aida schien erleichtert.

Sie traten durch eine kleine Tür in der Mauer und fanden sich in einem dunklen engen Raum mit einer Wendeltreppe wieder. Er erinnerte Nell an ein Gefängnis. Ein kleines Buntglasfenster spendete nur schwaches Licht, und Tante Aida zog eine Taschenlampe aus ihrem Malerkittel, um ihnen zu leuchten. Nell fürchtete sich, weil sie die Hände der Erwachsenen loslassen musste, aber sie nahmen sie in die Mitte, als sie die Stufen emporstiegen, und Nell wusste, dass sie heil ankommen würde.

Stevie sagte etwas von einem »Naturkundezentrum« und Tante Aida meinte, »Hundertvierundsechzig Morgen Land würden ein herrliches Naturschutzgebiet abgeben«, und ihr Vater sagte: »Das Schloss ist unglaublich, es sollte in seiner ursprünglichen Form erhalten bleiben«, und Tante Aida rief:

»Vielen Dank für den Zuspruch! Die Baufirmen wollen alles umkrempeln und modernisieren, mit Kinos und Whirlpools!«

Als sie die vier hohen Stockwerke bis zur Spitze des Turmes erklommen hatten, war ihr, als träte sie aus dem Gefängnis in einen sonnenüberfluteten Garten hinaus. Der Turm bot einen Ausblick über das gesamte Tal, geradewegs bis zum silbern glänzenden Meer. Moos und Unkraut wucherten in den Spalten der Steine. Wahrscheinlich war der Samen von unten heraufgeweht worden, denn Wildblumen wuchsen aus den rissigen Mörtel, wiegten sich im Sommerwind.

Nell blinzelte im hellen Sommerlicht, blickte über die Wipfel der Bäume. Vögel hüpften von Ast zu Ast. Sie dachte an Stevies Geschichte über die Hügelketten mit den Georgia-Kiefern und knorrigen alten Eichen, über das Rotwild und die Kaninchen, die Singvögel und Eulen. Es war ein unerklärliches Wunder: Sie hatte eine Märchenwelt betreten, mitten im wirklichen Leben. Sie rechnete beinahe damit, dass vor ihren Augen ein weißer Hirsch oder ein Einhorn aus dem Wald hervorsprang.

Die Wälder erstreckten sich bis in endlose Ferne. Ihr Vater erklärte in ruhigem Ton, jedoch mit unverkennbarem Eifer, dass sie erhalten werden könnten, genau wie das Schloss. Tante Aida stellte eine Frage nach der anderen: Wie sollte sie genau vorgehen, an wen sollte sie sich wenden, welche Dokumente sollte sie unterschreiben?

Stevie löste sich aus der Gruppe der Erwachsenen, kam zu Nell herüber und ging neben ihr in die Hocke. Gemeinsam betrachteten sie die dichten Kiefernwälder, die hohen, uralten Eichen, das Gewirr der Kletterpflanzen mit den roten Blüten, die aus dem Gemäuer des Schlosses wuchsen und den ganzen Turm emporrankten, bis zur Brustwehr hinauf.

Plötzlich tauchten zwei winzige smaragdgrüne Kolibris auf, schienen in der Luft zu stehen und saugten Nektar aus den röhrenförmigen Blütenkelchen.

»Wie haben sie den weiten Weg in den Norden zurückgelegt?«, flüsterte Nell. Allein bei dem Anblick der Kolibris – die nicht größer als Libellen waren – wurden ihre Knie weich. Sie wankte ein wenig hin und her, dachte daran, was diese winzigen Vögel alles durchmachen mussten, um an den roten Nektar zu gelangen.

»Sie fliegen um die halbe Welt«, erklärte Stevie. »Sie sind kräftig und zielstrebig.«

»Sie sehen so klein aus.« Hier oben wehte ein kräftiger Wind, und sie hatte Angst, gegen die Steinwände des Schlosses gedrückt zu werden. »Was ist, wenn sie in einen Sturm geraten? Müssen sie dann sterben?«

»Keine Bange, ihnen kann nichts geschehen. Sie haben starke Flügel, die selbst dem größten Sturm trotzen.«

»Wie kommt es, dass nur ein Kolibri eine rote Kehle hat?« Nell hatte das Vogelpaar beobachtet und das schillernde grüne Gefieder bemerkt, die Flügel ein verschwommener Farbklecks, die langen Schnäbel in die Blüten getaucht.

»Das ist das Männchen. Sie haben eine rubinrote Kehle. Die Natur hat ihnen eine kräftigere Zeichnung verliehen, aber ich finde die Weibchen genauso hübsch – sie gefallen mir fast noch besser. Ihre Schönheit ist unaufdringlich und geheimnisvoll.«

»Warum hat die Natur das so eingerichtet?«

»Damit sich das Weibchen von dem Männchen angezogen fühlt. Und von ihm vor Raubtieren geschützt wird.«

Nells Augen füllten sich mit Tränen. Sie wusste nicht, was »Raubtiere« bedeutete. War es auf einer holperigen, mit Schlaglöchern übersäten Landstraße passiert? Hatte ihre

heiß geliebte Tante die falsche Abfahrt genommen und sich in der Dunkelheit verfahren? Waren die gleichen Monster gekommen, die sie mitten in der Nacht heimsuchten, jede Nacht, um sie daran zu erinnern, dass ihre Mutter tot war?
»Was ist, Nell?«, fragte Stevie mit fester Stimme, doch mit traurigem Blick.
»Ich vermisse sie, alle beide«, flüsterte Nell.
Stevie nahm sie in die Arme, hielt sie fest, und Nell spürte, dass sie an die Beachgirls dachte, an Nells Mutter und Tante.
»Ich weiß«, flüsterte sie. »Ich vermisse sie auch.«

Am Abend, als Nell eingeschlafen war, griff Jack zum Hörer und wählte die inzwischen beinahe vertraute Nummer. Sein Herz klopfte, aber nicht so schlimm wie beim ersten Anruf. Dieses Mal war er gerüstet – er würde sich melden, Hallo sagen, sich erkundigen, wie es Chris und ihr ging. Er würde ihr sagen, dass er von ihrem Besuch bei Stevie gehört hatte. Und dass Nell sie vermisste.
Beim dritten Läuten hob sie ab.
»Hallo?«
Jack schloss die Augen.
Sein Herz raste. Das war kein Sprint im Flachland, sondern eine Kletterpartie in den Bergen, zu steil für ihn. Wenn er mit ihr redete, sich auf eine Aussprache einließ, würde er seinen letzten Halt verlieren, die Scharade von der heilen Welt – seinen stählernen Panzer, der ihm geholfen hatte, das letzte Jahr durchzustehen. Er würde zugeben müssen, dass er inzwischen glaubte, was sie ihm über Kearsage erzählt hatte. Und Nell würde unter Umständen die Wahrheit herausfinden … Seine Hände waren schweißnass, so dass ihm der Hörer entglitt.

»Ich bin froh, dass du angerufen hast«, sagte sie mit brechender Stimme.
Woher wusste sie, dass er es war? Einfach so? Woher wusste sie es, selbst wenn sie eine Rufnummererkennung hatte, dass der Anruf aus dem gemieteten Ferienhaus kam?
»Ich vermisse dich.« Ihre Stimme klang tränenerstickt. »Ich wünschte, ich könnte die Zeit zurückdrehen und alles ungeschehen machen … ich vermisse meinen großen Bruder.«
Jacks Kehle war wie zugeschnürt, er brachte keinen Ton heraus. Er hörte sie leise schluchzen und wollte es nicht noch schlimmer machen. Leise, wortlos, legte er auf.

17. Kapitel

Madeleine wusste, dass es Jack gewesen war. Sie hatte eine Rufnummererkennung, und der Anruf kam aus Hubbard's Point, Connecticut; sie hatte außerdem im Telefonbuch nachgeschaut und festgestellt, dass es nicht Stevies Nummer war, also musste es seine sein. Sie saß im Arbeitszimmer ihres neoklassizistischen Hauses, trocknete sich die Augen und fror trotz der warmen Sommerluft, die durch das offene Fenster drang.
Chris steckte seinen Kopf zur Tür herein. Beim Anblick seiner strahlend blauen Augen und ergrauenden blonden Haare zwang sie sich zu einem Lächeln, bedeutete ihm mit einem Nicken, dass er sich um sie keine Sorgen machen musste. Seit sie von ihrem Besuch bei Stevie zurück war, sah er noch häufiger nach ihr als sonst. Seine Aufmerksamkeit erinnerte sie an seine Fürsorglichkeit in den Monaten nach dem Unfall, als sie sich in einem grauenhaften Zustand befunden hatte.

»Wer war das?«, fragte er.
»Da hatte sich jemand verwählt.«
»Ich dachte, ich hätte dich reden gehört …«
Wenigstens sagte er nicht »weinen«. »Ich bin eben ein höflicher Mensch.« Sie lächelte.
Chris kehrte beruhigt zu seinem Baseballspiel zurück, das im Fernsehen lief. Madeleine zitterte. Sie hasste es, ihren Mann zu belügen. Aber wenn sie ihm erzählt hätte, dass ihr Bruder angerufen hatte, würde er ausrasten und ihm die Meinung geigen. Was Madeleine gut nachfühlen konnte, weil es ihr bisweilen ähnlich erging.
Es war ihr unverständlich, dass er nach so langer Zeit immer noch nicht mit ihr reden wollte oder konnte. Sie übernahm die volle Verantwortung für den Unfall, weil sie am Steuer gesessen und Emma im Wagen mitgenommen hatte. Aber der Rest – Jack war unfähig, der Wahrheit ins Gesicht zu sehen, wollte nichts davon hören. Madeleine erinnerte sich – trotz des Demerol-Nebels an jenem ersten Tag im Krankenhaus, als sie zu sich kam und Jack an ihrem Bett vorfand –, wie sie ihm, und nur ihm, erzählt hatte, was sich wirklich zugetragen hatte. Er war zusammengebrochen – hatte immer wieder den Kopf geschüttelt und gebrüllt, als sei er von Sinnen, hatte mit der Faust auf die Wand eingeschlagen.
Die Krankenschwester war herbeigeeilt und hatte Jack aus dem Zimmer gescheucht, um seine Hand zu verbinden – während Madeleine wieder in einen von Schock und Qualen gepeinigten Tiefschlaf verfallen war. Chris hatte Tag und Nacht an ihrem Bett gesessen; Ärzte kamen und gingen. Sie nötigten sie, mit einem Psychiater zu sprechen. Die Polizei erschien, aber Chris überredete sie, zu einem späteren Zeitpunkt zurückzukommen, wenn Madeleine aufnahmebereiter wäre.

Sie konnte sich nur bruchstückhaft an den Unfall erinnern. Der Psychiater erklärte ihr, das sei eine »Reaktion auf das Trauma«. Die Worte waren wie Nadelstiche – brachten sie dem Trauma selbst zu nahe. Den Schreien, dem Aufprall, dem Blut.

Andere Dinge fielen ihr auf Anhieb ein, aus den Tagen und Stunden vorher. Sie erinnerte sich, dass sie Emma zu Hause abgeholt hatte; sie sah den weißen Zaun vor sich und den Pfirsichbaum im Vorgarten. Sie wusste noch, wie Nell ihre Hand gehalten und munter von der Schule und dem Aufsatz erzählt hatte, den sie über ein Pony namens Star schrieb. Und dass sie Jack zum Abschied geküsst und sich bedankt hatte, weil sie Emma für ein ganzes Wochenende entführen durfte.

Das Wochenende … an den Vormittagen hatten sie bei Kaffee und frisch gepresstem Orangensaft gefaulenzt, dann hatten sie in flottem Tempo einen Strandspaziergang gemacht, um etwas für ihre Kondition zu tun, hatten nach dem richtigen Platz für ihre Decken und Liegestühle gesucht, sich im heißen Sand niedergelassen und stundenlang miteinander geredet. Maddie erinnerte sich, dass sie Emma am ersten Tag in die Augen geblickt und lächelnd gesagt hatte: »So viele Strände, an denen wir gemeinsam waren!«

»Hubbard's Point ist lange her«, hatte Emma erwidert.

»Dort haben wir uns kennen gelernt. Ich erinnere mich noch genau an den Tag, als ich Stevie Moore und dir zum ersten Mal begegnete. Wir dachten, unsere Freundschaft würde ewig halten … wir waren unzertrennlich, weißt du noch?«

Emma schien keine Lust zu haben, in Erinnerungen zu schwelgen, aber Madeleine war nicht zu bremsen. »Erinnerst du dich an den kleinen englischen Zweisitzer, den sie von ihrem Vater geschenkt bekam … was war das gleich für eine

Marke? Ach ja richtig, ein Hillman! Ein richtig schnuckeliges Cabrio, ideal für den Strand. Sie fuhr mit uns zum Paradise Ice Cream, offen, weißt du noch?«
»Wir waren im Bikini und mussten uns zu dritt auf die beiden Vordersitze quetschen«, sagte Emma, unfähig, ein Lächeln zu unterdrücken. »Und wir aßen Waffeleis, während der Fahrt … alle Jungen machten Stielaugen. Jimmy Peterson wäre beinahe im Straßengraben gelandet, weißt du noch?«
Sie lachten, erinnerten sich an die Fahrten in dem meergrünen Hillman, an die geheimnisvolle Macht, die sie mit siebzehn besaßen. Madeleine hatte Emma angesehen und sich erinnert, dass sie *Sommer der Schwäne* für Nell gekauft hatte. Wie ablehnend Emma auf Stevies Buch reagiert hatte …
»Stevie war anfangs so schüchtern, was Jungen anging«, sagte Madeleine. »Vermutlich wuchs sie sehr behütet auf, weil sie doch mit ihrem Vater allein lebte.«
»Der Professor. Ich erinnere mich an seinen englischen Akzent … ich war ein bisschen in ihn verknallt.«
»Ich auch«, gestand Maddie.
»Stevie kann von Glück sagen«, sagte Emma mit überraschender Schärfe. »Sie hat Karriere gemacht und verdient ihren eigenen Lebensunterhalt, ist nicht auf einen Mann angewiesen, der sie versorgt. Sie hat ihre Schüchternheit gegenüber Jungen offenbar abgelegt, wenn man bedenkt, dass sie die Männer reihenweise geheiratet und abserviert hat, ganz nach Belieben.«
»Emma …«
»Tut mir Leid, Maddie. Aber ich muss dir etwas sagen, auch wenn du es nicht hören willst. Aber das ist der Grund, warum ich überhaupt mitgekommen bin. Ich muss mit jemandem reden …«

Sie hatten ihre mit Sonnenschutzmittel eingecremten Gesichter in die Sonne gehalten und die Wärme in vollen Zügen genossen, obwohl Maddie bei Emmas Worten eiskalt wurde. Sie hatte gewusst, dass ihre Schwägerin unglücklich war, aber nicht, in welchem Ausmaß. Ihr war aufgefallen, dass sie sich Jack mehr und mehr entfremdete, aber sie hatte keine Ahnung gehabt, dass es jemanden anderen gab. Nicht den leisesten Schimmer.

Der Strand, die Insel, das kleine Ferienhaus, die langen, zermürbenden Gespräche – sie waren unauslöschlich in Madeleines Gedächtnis eingebrannt. Sie erinnerte sich, dass Emmas Geständnis sie schockiert hatte – ja, schockiert, das war nicht übertrieben. Wie konnte sie es geheim halten? Vor ihrem eigenen Bruder? Während die Stunden vergingen, die Sonne ihre Haut liebkoste und die Wellen sanft auf den weißen Sand der Insel schwappten, hörte Madeleine schweigend zu, Ewigkeiten, wie ihr schien. Schauder rannen über ihre Haut …

Sie war Emmas beste Freundin. Aber sie war auch Jacks Schwester. Es war diese Bemerkung gewesen, die schließlich dazu geführt hatte, dass Emma durchdrehte während der Heimfahrt. Als sie am Schluss doch noch Stellung bezogen und Emma gesagt hatte, dass sie sich nicht länger heraushalten konnte, bei aller Liebe und allem Verständnis für ihre Entscheidungen, ihr Verhalten – sie sei schließlich Jacks Schwester.

Und Nells Tante.

Die Erwähnung von Nell war der Auslöser dafür, dass Emma sie geohrfeigt hatte. Am Ende des Wochenendes, als sie die Heimreise angetreten und noch einige Stunden Fahrt vor sich hatten. Die Stimmung war angespannt; Madeleine musste sich mehr als einmal zusammenreißen, um nicht den

Moralapostel herauszukehren. Emma war vermutlich nicht entgangen, dass sie mit wachsender Verärgerung, Missbilligung und Abscheu auf das Geständnis reagiert hatte. Und sich Sorgen machte, welche Auswirkungen es auf Jack und insbesondere auf Nell haben würde.

»Du solltest an deine Tochter denken«, hatte Madeleine schließlich gesagt, sehr verhalten, als sie durch die ländlichen Regionen Georgias fuhren, östlich von Atlanta – weil Emma ihr unbedingt zeigen wollte, wo Richard Kearsage geboren und aufgewachsen war.

»Wie kannst du es wagen! Sie ist alles, woran ich denke!«

»Das klingt aber nicht so.«

»Willst du behaupten, dass ich mich keinen Deut um sie schere, im Gegensatz zu dir? Vergiss nicht, sie ist *meine* Tochter!«, hatte Emma gesagt, und ehe sie sich versah, schoss ihre rechte Hand durch die Luft – klatschte auf Madeleines Wange, die am Steuer saß, völlig benommen und schockiert, mehr als jemals zuvor in ihrem ganzen Leben.

Als Jack später an Madeleines Bett gestanden hatte und sie ihm unter Tränen die ungeschminkte Wahrheit gesagt hatte, war sie davon ausgegangen, dass er ihr dankbar sein würde. Dankbar dafür, dass sie Partei für ihn und Nell ergriffen hatte – auch auf die Gefahr hin, Emma zu erzürnen, ihre Freundschaft zu verlieren.

Doch zu Madeleines Entsetzen hatte er das nicht so gesehen und offenbar ihr die Schuld an Emmas Verhalten gegeben. Vielleicht lag es auch nur an dem Schock und dem Gefühl der Scham, dass seine Schwester Bescheid wusste. Er war wie von Sinnen vor Kummer über den Verlust seiner Frau. Wenn er Madeleine Glauben geschenkt hätte, wäre er gezwungen gewesen, sein Bild von Emma gründlich zu überdenken.

In ihrem Haus in Providence starrte Madeleine das Telefon an und wünschte sich, es möge abermals läuten. Dass sich Verwandte entfremdeten, kam in den besten Familien vor. Solche Zerwürfnisse waren in der Regel völlig unnötig, gründeten oft auf Bagatellen. Sie war insgeheim überzeugt gewesen, dass die Betroffenen schrecklich unvernünftig oder selbstsüchtig waren, an ihren kleinlichen Familienfehden festhielten. Wahrscheinlich ging es dabei immer oder meistens um Geld – das Erbe oder das Elternhaus. Die Geschwister schienen sich nicht sehr nahe zu stehen, so fing es schon an. Sie schrieben sich gegenseitig ab, ohne das Gefühl zu haben, viel zu verlieren – und setzten ihr Leben nahtlos fort.

Wie einfältig sie doch gewesen war!

Ein noch größerer Schock war die Erkenntnis, dass die Entfremdung durchaus einseitig sein konnte. Es reichte, wenn ein Familienmitglied die Tür schloss, den Kontakt abbrach, zu der Schlussfolgerung gelangte, das Leben sei einfacher ohne die anderen. Die anderen hatten bei dieser Entscheidung kein Wörtchen mitzureden. Oder zumindest keine Chance, gehört zu werden …

Die Minuten vergingen, und Madeleine musste der Tatsache ins Auge sehen, dass er heute Abend nicht mehr anrufen würde. Sie spähte zum Fenster hinaus, wo der abnehmende Mond am Himmel schien. Ihre Augen füllten sich mit Tränen, als sie daran dachte, wie herrlich der Anblick in der Bucht von Hubbard's Point sein musste.

Sie dachte an den Ausblick von Stevies Haus; irgendwie wusste sie, dass ihre alte Freundin Jack zu diesen Anrufen veranlasst hatte. Sie konnte nicht sagen, wie oder warum, aber allem Anschein nach war es ihrer einstigen Beachgirl-Gefährtin gelungen, das Herz ihres Bruders zu erweichen und ein gutes Wort für sie einzulegen.

In die Betrachtung des Mondes versunken, stellte sie sich vor, wie sich sein Licht am Firmament einen Weg von Providence nach Hubbard's Point bahnte. Die Mondfee … Maddie blickte in ihr Gesicht und betete darum, wieder mit ihrem Bruder vereint zu sein … und mit Nell. Und Stevie.

Im Raum nebenan brach ein Freudengeschrei aus – die Red Sox haben einen Punkt erzielt, dachte sie, als Chris sie hereinrief, um sich die Wiederholung der Szene anzuschauen. Sie trocknete ihre Tränen, warf einen letzten Blick auf den Mond. Er schimmerte weiß am dunkelblauen Firmament; es war ein Bild, wie es Stevie gemalt hätte.

Wenn es nur möglich wäre, ein Bild zu malen, alle zu vereinen und damit die Vergangenheit ungeschehen zu machen, dachte sie, einen Kloß im Hals; wenn es nur so einfach wäre. Ihre Kehle brannte, doch statt in die Küche zu gehen, um sich ein Glas Wein zu holen, trank sie einen Schluck Diät-Cola. Der vierte Tage ohne Alkohol … ihr fiel wieder ein, wie Stevie ihren ersten Ehemann beschrieben hatte: *Er hing an der Flasche.* Die Worte waren ihr nicht mehr aus dem Kopf gegangen.

Sie rief Chris zu, dass sie gleich kommen würde, dann blätterte sie in ihrem Adressbuch. Sie fand die Nummer und wählte.

Der Anrufbeantworter schaltete sich ein, und sie hinterließ eine Nachricht.

»Stevie, hier ist Madeleine. Ich wollte mich bei dir bedanken. Das ist alles … vielen Dank. Richte den beiden alles Liebe aus, ja? Du weißt schon, wen ich meine. Ich melde mich bald wieder.«

Als sie auflegte, fühlte sie sich besser. Sie ging nach nebenan und setzte sich zu ihrem Mann auf die Armlehne, dankte ihrem Schöpfer insgeheim für das, was ihr unter dem eigenen Dach beschieden war.

Madeleines Nachricht hatte Stevie sehr gefreut und ihr irgendwie die Erlaubnis erteilt, ihr Herz noch weiter zu öffnen. Sie spürte die Nähe ihrer Beachgirl-Gefährtin, die sie anspornte. Am nächsten Morgen stand sie in aller Frühe auf, kochte Kaffee, füllte ihn in eine Thermoskanne und machte sich auf den Weg zu Jacks Haus. Nell schlief noch.

Die Vögel waren bereits putzmunter, zwitscherten in den Bäumen. Jack und sie setzten sich nach draußen, nahmen Seite an Seite auf einer Bank Platz. Jack lehnte sich gegen sie, als er Kaffee eingoss. Die Berührung löste ein Prickeln bei ihr aus, wie Nadelstiche, die unter die Haut gingen.

»Das war sehr nett von dir«, sagte er.

»Ich … ich muss immer daran denken – dass es nicht mehr lange dauert, bis ihr abreist.«

»Ich weiß. Ich mag gar nicht daran denken, sonst vergeht die Zeit noch schneller. Aber du hast Recht.«

»Was ist dort drüben mit Nells Therapie? Kann dir Dr. Galford einen Kollegen empfehlen?«

»Er streckt bereits seine Fühler aus. Das Seltsame ist, sie schläft neuerdings ganz hervorragend.«

»Seit sie ihre Besuche bei Dr. Galford wiederaufgenommen hat?«

»Ich denke, seit sie mehr Zeit mit dir verbringt«, erwiderte Jack leise.

Stevie lehnte sich an ihn, schmiegte ihr Gesicht an seinen Hals. Sie konnte nicht glauben, dass er das gesagt hatte. Aber sie war froh, wenn es so war.

»Wäre es dir recht, wenn ich morgen früh mit Nell schwimmen gehe? Ich muss heute noch ein Bild abliefern, und abends bin ich mit meiner Tante verabredet.«

»Sie wird sich freuen.« Jack berührte Stevies Handrücken, obwohl es helllichter Tag war und Nell jeden Augenblick aufwachen und aus dem Fenster schauen konnte …

Stevie wartete früh am nächsten Tag, bevor das Freizeitprogramm begann, an der Gezeitenlinie auf Nell. Sie hatten den Strand für sich alleine – alle anderen Bewohner von Hubbard's Point wachten gerade erst auf. Die Luft war frisch und klar, der Himmel wolkenlos. Der Sund war blau und spiegelglatt, und die einzigen Geräusche stammten von den Seemöwen, die mit lautem Geschrei über ihren Köpfen kreisten, und von einem einsamen Fischerboot, das aufs Meer hinausfuhr.

Nell trug einen roten Badeanzug, rannte wie ein geölter Blitz über die Strandpromenade, ein Handtuch über den Schultern, das wie ein Supergirl-Cape hinter ihr herflatterte. Sie sprang mit einem Riesensatz von den Holzplanken und landete im Sand, zu Stevies Füßen, übers ganze Gesicht strahlend.

»Mein Dad hat mir ausgerichtet, dass wir schwimmen gehen. Ich habe dich noch nie am Strand gesehen.«

»Ich trete heute ausnahmsweise mal bei Tageslicht in Erscheinung. Aber kein Sterbenswort zu den anderen, sonst ist mein Ruf als Hexe ruiniert.«

Nell lachte. »Dein Badeanzug gefällt mir.«

»Danke.« Stevie lächelte. Ihr Badeanzug war einer von vielen in der langen Abfolge schwarzer Badeanzüge – hauteng und glänzend, ohne Kinkerlitzchen. »Deiner gefällt mir auch.«

Da gerade Ebbe herrschte, gingen sie barfuß über den trockenen Seetang, der in der letzten Nacht von der Flut angeschwemmt worden war. Ihre Füße hinterließen weiche Eindrücke im harten Sand, außerhalb der Reichweite der Wellen. Die Sonne wärmte ihre Köpfe und Schultern, aber es war noch zu früh, um richtig heiß zu sein. Sie sammelten Mondsteine, Zwiebelmuscheln und Meerglas, bargen ihre Schätze in den gewölbten Händen.

»Ich wüsste gerne, wie es mit den Beachgirls anfing«, sagte Nell.

»Es fing genau hier an. Mit deiner Mutter und mir. Wir waren damals noch sehr klein, viel jünger als du.«

»Wie habt ihr euch kennen gelernt?«

»Unsere Mütter waren befreundet …«

»Wie Bay und Tara?«

»Richtig. Genau so. Unsere Mütter liebten den Sommer und den Strand, und als sie zur gleichen Zeit Töchter zur Welt brachten, konnten sie es kaum erwarten, uns miteinander bekannt zu machen.«

Nell lächelte, allem Anschein nach glücklich bei dem Gedanken. »Und was habt ihr gemeinsam unternommen?«

»Als wir noch *sehr* klein waren, ein Jahr oder zwei, gruben unsere Mütter tiefe Löcher in den Sand, genau hier, wo wir gehen. Sie legten Wälle aus Sand an, um uns vor den größten Wellen zu schützen, und sahen zu, wie sich die Kuhlen mit Wasser füllten, so dass wir unser eigenes privates Plantschbecken hatten.«

»Das hat meine Mutter auch gemacht«, sagte Nell sehnsüchtig. »Ich weiß noch, sie hat mich immer festgehalten, wenn Wellen kamen.«

»Sie muss dich sehr geliebt haben.«

»Ja, das hat sie.« Sie setzten ihren Spaziergang fort. Stevie spürte den Sog der Wellen und den Gezeitenwechsel, empfand eine unendliche Verbundenheit mit der Mutter dieses Mädchens, mit dem sie durch den Sand schlenderte.

Am Ende des Strandes angekommen, ließen sie ihre Handtücher fallen und liefen ins Wasser. Stevie tauchte mit einem Kopfsprung in die Wellen und schwamm ein paar Meter unter Wasser. Plötzlich entdeckte sie Nell neben sich, die grinste, wobei Blasen ihrem Mund entwichen.

Sie tauchten auf, lachend, und schnappten nach Luft.

»Wie weit kannst du eigentlich schwimmen?«, wollte Nell wissen.

»Bis Frankreich!«

»Im Ernst – wie weit? Bis zum Floß? Oder bis zu dem großen Felsen?«

»Bis zum Felsen.«

»Dann los!«

»Das ist eine Nummer zu groß für dich. Warte lieber, bis dein Vater mit dir hinausschwimmt.«

»Er wäre einverstanden, er vertraut dir! Bitte! Ich war schon mit Peggy und ihrer Mom dort. Also: Wer zuerst da ist!«

Sie schwammen los, quer durch die kleine Bucht, diagonal zum Ende des Strandes. Stevie legte absichtlich ein langsames Tempo vor, doch zu ihrem Erstaunen erwies sich Nell als geübte Schwimmerin. Ihre Arm- und Beinbewegungen waren kräftig und gleichmäßig, ein anmutiger Scherenschlag, bei dem kaum Wasser aufgewirbelt wurde. Der Strand, noch in morgendliche Stille gehüllt, erwachte allmählich zum Leben – einige wenige Leute hatten sich eingefunden, saßen auf der hölzernen Strandpromenade und blickten aufs Meer hinaus. Stevie liebte die frühen Morgenstunden, wenn sie die Bucht mehr oder weniger für sich allein hatte. Doch es machte noch mehr Spaß, sie mit Nell zu teilen.

Sie schwammen annähernd fünfzig Meter bis zu dem großen Felsen – der gerundet war wie der Rücken eines Wals, vorne ein wenig höher und hinten sanft zur Schwanzflosse abfiel.

Sie zogen sich hoch und stiegen vorsichtig über Seetang und Rankenfußkrebse, um sich auf dem sonnenwarmen Gestein auszuruhen. Kolonien blauschwarzer Miesmuscheln glänzten in der Sonne.

Stevie und Nell gingen in die Hocke und beobachteten, wie ein Elritzenschwarm an ihnen vorbeirauschte, gefolgt von einer Schwarm blauer Schnappbarsche, die es ebenso eilig hatten. Die Vögel kamen, Seemöwen und Meerschwalben kreisten und kreischten über ihren Köpfen, dann stürzten sie sich im Sturzflug auf die Fischschwärme. Sie sahen, wie die Fische im Zickzack schwammen, aufblitzendes Silber, dann tauchten sie unter und verschwanden.

»Das war Klasse!«, staunte Nell.

»Die Nahrungskette in Aktion.«

»Nahrungskette? Was ist das?«

»Nun, die Elritzen werden von den blauen Schnappbarschen gefressen, die wiederum den größeren Blaufischen als Nahrung dienen …«

»Und die werden von Blaufischen vertilgt, die so groß sind wie der Felsen, und die Seemöwen jagen alle!«

Stevie lachte und dachte, dass sie darüber ein Buch schreiben sollte. »Du bist Spitze, Nell Kilvert. Ich glaube, ich muss dich hier behalten, als Ideenlieferantin. Mir würde der Stoff für meine Bücher nie ausgeben, wenn du in der Nähe bist.«

»Wirklich?« Nell strahlte.

»Wirklich.«

Sie saßen schweigend da, bis ihre Badeanzüge in der Sonne getrocknet waren. Stevie warf einen raschen Blick auf Nells Füße. Sie hatten die gleiche Form wie Emmas – schmal, mit hohem Rist. Als sie Nells Gesicht betrachtete, erkannte sie darin Jacks Augen, seine gerade Nase, die hohen Wangenknochen. Ihr schwindelte. Wie überwältigend es für eine

Mutter sein musste, wenn das Kind die eigenen Füße geerbt hatte, aber ansonsten ein Ebenbild des geliebten Mannes war.

Ihre Gedanken kehrten zu Madeleines Nachricht und der Bitte zurück, »den beiden« Grüße auszurichten. Sie wollte Nell nicht aus dem Gleichgewicht bringen, indem sie die Gefühle für ihre Tante wieder aufwühlte. Deshalb saß sie auf dem Felsen und betrachtete Nells Füße, füllte ihren Blick mit Madeleines Liebe und hoffte, dass Nell es spüren konnte.

»Wollen wir zurück?«, fragte Nell.

»Wenn du startklar bist.«

Nell schüttelte den Kopf. Sie schirmte ihre Augen gegen die Sonne ab und suchte Stevies Blick. »Ich mag nicht fort.«

»Sonne ist etwas Herrliches, nicht wahr?«

Nell zuckte die Achseln. »Hmm.« Vermutlich dachte sie, Stevie habe sie missverstanden, was nicht der Fall war.

Stevie wusste, dass Nell Hubbard's Point meinte, diesen ganz besonderen Sommer. Sie wollte nie mehr fort vom Strand … Stevie erinnerte sich gut an das Gefühl.

Sie ließen sich ins Meer gleiten, stießen sich von einem seichten Schelf unter Wasser ab und begannen, zur Küste zurückzuschwimmen. Die Bucht vor ihnen glitzerte, als wäre sie mit Diamanten und Silber überzogen. Am Ufer angelangt, blickte Stevie den Strand entlang.

Ihre Fußabdrücke, paarweise nebeneinander, waren noch im Sand zu sehen. Doch die Flut setzte ein und die ersten silbernen Wellen begannen, sie zu verwischen.

Der Sand war fest und glatt, doch wenn die Wellen ihn überspülten, erschienen winzige Löcher mit blasigem Schaum auf der Oberfläche. Nell kniete sich hin und starrte sie an.

»Was ist das?«, fragte sie.

»Muscheln.«

»Können wir sie ausgraben?«
»Hier nicht. Der Sand ist zu hart und die Badegäste können jeden Moment auftauchen, um ihre Decken auszubreiten. Ich kenne eine bessere Stelle …«
»Nimmst du uns mit? Dad und mich?«
»Kein Problem. Wenn er möchte«, erwiderte Stevie zögernd.
»Ganz bestimmt.«
»Na gut. Wie wäre es gleich heute, am Spätnachmittag? Der Wasserstand wird um die Zeit gerade richtig sein. Falls dein Vater sich freinehmen kann … und wenn nicht, könnten wir beide alleine losziehen.«
»Er wird sich freinehmen«, erwiderte Nell zuversichtlich. »Er will bestimmt mitkommen. Er mag dich.«
»Meinst du?« Stevie errötete.
Nell nickte und warf ihr ein mutwilliges Lächeln zu.
Sie umarmten sich, dann lief Nell los, um Peggy beim Freizeitprogramm zu treffen. Stevie trat den Heimweg an. Während sie an der Gezeitenlinie entlangging, hielt sie den Blick unverwandt auf die Fußspuren gerichtet, die Nell und sie hinterlassen hatten. Jedes Mal verwischten die Wellen sie ein wenig mehr. Jeder Tag ging mit einem kleinen Verlust einher, dachte Stevie. Doch im Moment fiel das noch nicht so schwer ins Gewicht – denn am Nachmittag würden sie alle gemeinsam Muscheln suchen.

18. Kapitel

Sie gingen im Gänsemarsch die Straße entlang, sahen aus wie Abenteurer auf einer Expedition, trugen Rechen für die Muscheln und einen Eimer mit Löchern, die in den Boden und die Seiten gestanzt waren; Stevie rollte einen aufgeblasenen schwarzen Fahrradschlauch über den Asphalt, und Nell hüpfte aufgeregt voraus. Stevie hatte ihnen geraten, alte Laufschuhe anzuziehen, je älter, desto besser, wobei sie mit ihren den Vogel abschoss, wie Jack entdecken musste.

»Das war offenbar kein Scherz, als du ›alte‹ Laufschuhe sagtest«, meinte er und musterte ihre Füße. Sie trug ein Paar uralte rote Converse mit extrahohem Schaft, der abgeschnitten und an der Kante ausgefranst war. Die Gummisohlen lösten sich vom Segeltuch und quietschten beim Gehen.

»Vorsicht, nur keine Beleidigungen, das sind meine Muschelschuhe. Es hat Jahre gedauert, bis sie eingelaufen waren.«

»Das sieht man ihnen gar nicht an.«

»So, so. Und nun erzähle, was du über das Schloss herausgefunden hast.«

Jack hatte den Vormittag damit verbracht, jede Handbreit des Bauwerks unter die Lupe zu nehmen – er hatte alles genau vermessen, Proben entnommen, Gutachten verfasst. »Es ist in einem ziemlich schlimmen Zustand. Ich bin froh, dass deine Tante mit dir gesprochen hat. Noch ein paar harte Winter, und Decke und Fußböden wären nicht mehr zu retten gewesen. Doch wie es aussieht …«

»Lassen sich die Schäden beheben?«

»Mit entsprechenden Investitionen. Das wird nicht billig werden, Stevie. Deine Tante arbeitete gerade, als ich kam, und dann tauchten Henry und Doreen auf, deshalb bot sich keine Gelegenheit, sie zu fragen, wie es nun weitergehen soll. Verfügt sie über die Mittel für Sanierungsmaßnahmen in diesem Umfang?«

»Onkel Van liebte das Leben. So sehr, dass er ihr vermutlich mehr unbezahlte Rechnungen als Geld hinterließ. Aber sie ist als Malerin unglaublich gefragt und daher ganz gut situiert.«

»Sie wird einige Bilder verkaufen müssen, um das Startkapital für den Trust bereitzustellen und mit der Instandsetzung des Schlosses zu beginnen. Ich werde tun, was ich kann, um einige Ideen beizusteuern, aber die von ihr gegründete Stiftung wird einen Architekten und Bauexperten brauchen, am besten wäre jemand, der auf Steinmetzarbeiten spezialisiert ist; er wird die meiste Arbeit haben.«

»Dad – du bist auf Steinmetzarbeiten spezialisiert. Brücken, Brücken und nochmals Brücken, alle aus Stein«, sagte Nell, rückwärts hopsend.

»Ich weiß Nell, aber …«

»Er hätte große Lust dazu. Wirklich«, bekräftigte Nell. »Sonst wäre er nicht hingefahren, wo er doch Urlaub hat. Du solltest die Steinbrücken sehen, die er in Maine gebaut hat! Und in South Carolina, auf der Insel, wo die Wildpferde leben.«

»Dein Vater hat schon genug für uns getan«, sagte Stevie. »Meine Tante und ich sind dir sehr dankbar.«

Jack lächelte stumm, freute sich, dass sie zufrieden war. Er wusste, was Nell ausheckte: Sie versuchte ihn zu ködern, damit er blieb und an dem Schlossprojekt arbeitete. Die Aussicht war tatsächlich verlockend. Eine Herausforderung dieser Größenordnung hätte ihn gereizt, und die Vorstellung, die Magie dieses Ortes wieder aufleben zu lassen. Aber er hielt seine Zunge im Zaum; Nell war bereits dabei, die bevorstehende Abreise zu verdrängen. Als er unlängst Schottland erwähnte, hatte sie sich die Ohren zugehalten, wollte nichts mehr davon hören. Wenn es nach ihr ginge, würden sie Hubbard's Point nie mehr verlassen. An diesem Nachmittag war Jack durchaus bereit, die Augen vor der Realität zu verschließen, genau wie sie.

Sie gingen in östliche Richtung, die schattigen, kurvigen Straßen entlang, die zu einem nahezu verborgenen Strand unweit der Eisenbahnschienen führten. Jack erinnerte sich vage daran, als Halbwüchsiger hier gewesen zu sein – er war ein gutes Stück vom Hauptstrand entfernt, ein hervorragender Platz, um ein Feuer anzuzünden, Bier zu trinken und zu spüren, wie die Erde von den vorbeidonnernden Züge bebte.

Stevie hatte die Gezeiten perfekt berechnet: Es herrschte Ebbe. Die flache Sandbank glänzte im Licht des Spätnachmittags wie poliertes Mahagoni. Stevie schritt zügig voraus; Nell musste sich sputen, um Schritt zu halten, und Jack folgte. Die Laufschuhe platschten auf dem nassen Sand.

Es machte Jack nichts aus, die Nachhut zu bilden. Er konnte seinen Blick nicht von Stevie lösen. Ihre Haare waren hinten gleich lang geschnitten, enthüllten ihren Nackenansatz. Sie trug abgeschnittene Jeans und ein mit Farbklecksen verschmiertes schwarzes T-Shirt, das die Aufschrift TALKING HEADS trug. Die Ärmel waren sehr kurz, gaben die Oberseite ihrer Schultern frei, die muskulös und zart zugleich aussahen.

Die Sandbank ging in seichtes Wasser über. Sie wateten hinein, was das Vorwärtskommen verlangsamte. Stevie legte nun den Fahrradschlauch aufs Wasser, ließ ihn treiben. Sie befestigte eine Schnur daran, die sie Nell in die Hand drückte, damit sie ihn hinterherzog. Sie setzten den Weg fort.

Jack hatte den Morgen mit Stevies Tante verbracht. Sie hatte ihm etwas über Stevies Kindheit erzählt, dass sie ihre Mutter schon in jungen Jahren verloren hatte.

»Standen sie sich nahe?«, hatte Jack gefragt.

»Ja, sehr. Stevie war am Boden zerstört, als die Nachricht kam. Sie … riss sich vor lauter Kummer buchstäblich die

Haare aus. Als mein Bruder Johnny in ihr Zimmer kam, fand er ganze Haarbüschel auf dem Kopfkissen, in ihren Fäusten; er musste sie ihr mit Gewalt abnehmen. In der Nacht wurde sie farbenblind. Eine seltsame, traumatische Reaktion … sie war sehr künstlerisch veranlagt, hatte schon als kleines Kind gemalt; es war so, als ob ihre Psyche einfach beschlossen hatte, dem Leben jede Farbigkeit zu rauben, da es ohnehin nichts mehr zu bieten hatte.«

»Wie lange dauerte dieser Zustand an?«

»Sechs Monate. Johnny schleppte sie von einem Neurologen zum anderen, keiner wusste Rat. Sie hatten so etwas noch nie erlebt. Sie schlugen eine Therapie vor, manche sogar die Einweisung in eine Klinik. Johnny fand eine gute Ärztin für sie, aber er bestand natürlich darauf, dass sie ambulant behandelt wurde. Susan vollbrachte ein Wunder … sie trug beträchtlich zu Stevies Genesung bei. Mit einer Mischung aus Kunst- und Gesprächstherapie …«

Jack erinnerte sich, was Stevie über ihre Sitzungen bei Susan gesagt hatte; ihre Worte hatten ihm ein besseres Gefühl hinsichtlich Dr. Galfords vermittelt.

»Auf Susans Anregung hin kaufte Johnny Fingerfarben und ermutigte Stevie, damit zu malen. Das machte sie auch … obwohl sie die Farben nicht sehen konnte. Sie malte ausschließlich Vögel. Sie sagte …« Tante Aidas Stimme brach. »Dass sie sich wünschte, ihr würden Flügel wachsen, damit sie in den Himmel fliegen könne, zu ihrer Mutter.«

Der Anblick von Nell und Stevie erfüllte Jack einen Moment lang mit Verzweiflung – er wusste, dass sich das Leben mit einem Schlag ändern konnte. Doch als er die beiden vergnügt durchs Wasser waten sah, fühlte auch er sich glücklich – vor allem bei dem Gedanken, dass sich seine Tochter und Stevie so gut verstanden und Stevie genau wusste, was Nell durchmachte. Nach Emmas Tod hatte Jack beschlossen, alles für Nell zu tun, was nötig war. Sie sollte ihre Mutter in guter Erinnerung behalten, sie so lieben, wie Stevie ihre Mutter geliebt hatte. Doch ihr Andenken zu bewahren war mit einem hohen Preis verbunden. Er dachte an seine Schwester und ging langsamer, blieb ein Stück hinter den beiden zurück.

»Warum steht auf deinem T-Shirt ›Talking Heads‹?«, fragte Nell, das Wasser trug ihre Stimme zu ihm herüber.

»Das ist eine Band, die auf der gleichen Schule war wie ich.«

»Hast du sie gekannt?«

»Nein, die waren einige Klassen vor mir. Aber ich mag ihre Musik.«

»Was für eine Schule war das?«

»Die RISD. Rhode Island School of Design.«

»Wie kommt es, dass Maler und Musiker dieselbe Schule besuchen?«

Stevie lachte. »Kunst ist weder auf das eine noch auf das andere beschränkt. Sie ist weitläufiger, umfassender. Wichtig ist, dass man lernt, das zum Ausdruck zu bringen, was in einem steckt.«

»Wen würde schon interessieren, was in mir steckt?« Nell kicherte nervös.

»Die ganze Welt.«

»Das verstehe ich nicht.«

»Eines Tages schon.« Stevie strich über Nells Kopf, eine Geste, bei deren Anblick Jacks Herz schneller schlug. »Ich bin ziemlich sicher, dass in dir ebenfalls eine Künstlerin steckt.«

Nell lachte abermals. Der sandige Boden war plötzlich schleimig geworden, und sie blieben stehen. Stevie befestigte

den Eimer am Schlauch und drückte Jack und Nell die zwei Muschelrechen in die Hand. Sie hatten beide lange gebogene Eisenzinken und einen alten zersplitterten Holzgriff, der oft vom Salzwasser nass geworden und wieder getrocknet war.
»Also … ihr harkt mit den Rechen vorsichtig den Schlamm, bis ihr spürt, dass eine Muschel hängen geblieben ist … dann zieht ihr sie heraus und werft sie in den Eimer.«
»Wie spürt man das?«, wollte Nell wissen.
»Das ist schwer zu erklären. Aber ihr merkt es schon, wenn ihr etwas erwischt habt.«
»Und was benutzt du?«, fragte Jack, weil es keinen dritten Rechen gab.
Stevie hob strahlend einen triefenden roten Laufschuh aus dem Wasser. »Meine Füße!«
Sie legten los. Jack harkte den Sand, empfand dabei eine seltsame Befriedigung und Aufregung. Die Ungewissheit, wann ein Schatz im Rechen hängen blieb, hatte etwas für sich. Er dachte daran, wie ergebnisorientiert und professionell er sonst immer war. Wenn er Linien und Winkel, Pläne und Blaupausen zeichnete, wurden nach seinen Vorgaben Brücken gebaut, so sicher wie das Amen in der Kirche. Er war ein Mann, der Wert auf Gleichungen legte, die lösbar, und auf Formeln, die verlässlich waren. Er neigte zu hieb- und stichfesten Schlussfolgerungen.
Genau das war Schottland für ihn. Er war der Meinung gewesen, es sei am besten, bei Structural zu kündigen, seine Tochter einzupacken und die Wahrheit so weit wie möglich hinter sich zu lassen – um anderswo ein glückliches, normales Leben zu beginnen. Doch sie ging ihm nicht mehr aus dem Kopf – die Freude daran, etwas völlig ohne Grund zu tun und zuzuhören, wie sich Stevie und Nell über Kunst unterhielten.

»Ich hab eine!«, schrie Nell.

Jack und Stevie bückten sich, sahen zu, wie sie den Rechen hochzog. Grauer Schlick tropfte ins Wasser, als Nell die ganze Ausbeute in den Eimer fallen ließ, der im Schlauch aufgehängt war. Das Wasser floss durch die Löcher ab, der Schlamm verteilte sich, enthüllte eine hübsche große Cherrystone-Muschel.

»Gut gemacht!«, lobte Jack.

»Ein prachtvolles Exemplar.« Stevie hielt die Muschel bewundernd ans Licht.

»Was machen wir damit?«, fragte Nell.

»Wenn wir mehr fangen, können wir abends Muscheln essen«, schlug Jack vor. »Vielleicht hat Stevie Lust, sich uns anzuschließen.«

»Gerne.« Stevies Gesicht glühte, genau wie Nells.

Sie suchten weiter, während die Sonne unterzugehen begann. Sie hatten wohl eine ergiebige Stelle entdeckt, denn plötzlich wurden alle fündig. Stevie spürte sie mit den Füßen auf, schob sie durch den Schlamm nach oben und holte sie heraus. Das Licht war klar und grau, mit einem Hauch Purpur und Gold. Es lag über dem Wasser, mattsilbern und schimmernd wie geschmolzenes Zinn, verwandelte die Granitklippen von North und South Brother, der beiden Felseninseln im Südosten, in glühendes Orange.

Die Gezeiten wechselten, und die Flut setzte ein. Jack spürte, wie das Wasser von den Knien bis zu den Oberschenkeln stieg. Bei Stevie reichte es bis zur Taille, und Nell stand bis zur Brust im Wasser. Die beide lachten und tauchten wie auf Kommando unter. Als sie wieder hochkamen, mit nassen Haaren und triefenden Schultern, klebte das schwarze T-Shirt an Stevies Körper. Ihre Augen blitzten vergnügt, als sie ihm einen Blick zuwarf, und er rang sich ein Lächeln ab.

Sie war schön, strahlend, und Nell war von ihr hingerissen, aber sie war alles andere als eine ausgemachte Sache, und so zwang er sich, den Blick abzuwenden.

Sie gingen zu Stevies Haus. Da ihr Dad so groß war, waren seine Kleider nicht nass geworden. Deshalb ging er in die Küche, um die Muscheln zu putzen, während sich Nell und Stevie unter der Außendusche das Salz von der Haut spülten. Es machte Nell Spaß, draußen in der kühlen Luft zu stehen, den Geruch von Geißblatt und Sassafras in der Nase, während das heiße Wasser über ihren Kopf rann.
Sie wickelten sich in Handtücher ein und liefen barfuß den Hügel hinauf, in die Küche.
»Nicht hinschauen, Dad«, lachte Nell, und ihr Vater tat, als schlage er die Hände vor die Augen. Sie ging mit Stevie nach oben, weil ihre Kleider klatschnass waren. Stevie kramte in den Schubladen, um etwas Passendes zum Anziehen für sie zu finden.
»Wie wäre es damit?« Sie hielt eine dreiviertel lange Hose und ein Sweatshirt hoch.
»Schön.« Sie zog beides an. Das T-Shirt gefiel ihr, weil es weich war und nach Stevie roch. Stevie fand eine große Sicherheitsnadel und steckte den Bund der Hose fest, damit sie nicht herunterrutschte. Die Sonne war mittlerweile untergegangen, und der Vogel schlief in seinem Käfig. Nell ging zu ihm und betrachtete ihn, während Stevie sich ankleidete. Die Krähe sah einsam aus, hatte den Kopf unter ihrem Flügel verborgen. Der Anblick tat Nell in der Seele weh. Sie fragte sich, wo ihre Familie sein mochte.
Unten arbeiteten alle Hand in Hand, damit das Abendessen fertig wurde. Stevie zeigte Nell, wo die Sachen zum Tischdecken waren. Sie benutzte Stoffservietten, die etwas

ganz Besonderes zu sein schienen, und Tilly saß auf dem Tisch und sah zu, wie Nell sie an den richtigen Platz legte. Draußen in der Küche hackte ihr Vater Knoblauch und Schalotten. Er rief ihnen zu, dass ihm die Zwiebeln die Tränen in die Augen trieben, aber Nell und Stevie sahen, dass er dabei lachte. Das machte Nell überglücklich.

»Die Nudeln kochen, und Schalotten und Knoblauch habe ich in Olivenöl angeschwitzt«, sagte ihr Vater. »Was brauchen wir sonst noch für die Sauce?«

»Frische Kräuter«, sagte Stevie und ergriff beide an den Händen. Sie gingen nach draußen, zu dem kleinen Kräuterbeet neben dem Haus, während Tilly die Chance nutzte und wie der Blitz zwischen den Bäumen verschwand. »Die Kräutergärten von Hubbard's Point haben etwas Magisches«, sagte sie. »Beinahe jedes Haus hat einen.«

»Aber sie sind nicht so magisch wie deiner«, lachte Nells Vater. »Du weißt doch, was sich die Kinder über dich erzählen.«

»Dad!« Nell war entgeistert, dass er das Hexengerücht ausgerechnet jetzt aufs Tapet bringen musste.

»Ach Nell … es liegt ein Körnchen Wahrheit in dem, was die Kinder sagen«, erwiderte Stevie, die kniehoch inmitten der duftenden Kräutern stand. »Ich glaube an Magie.«

»Wirklich?« Nell trat neben sie. Der Duft von Rosmarin, Thymian, Minze und Kerbel, der sie umfing, machte sie beinahe benommen.

»Ja, ich glaube, wenn man sich etwas inständig wünscht, in der richtigen Weise, dann wird der Wunsch in Erfüllung gehen.«

»In der richtigen Weise?«

»Ja.« Stevie deutete auf die Kräuter, die gepflückt werden sollten.

»Aber wie?«
»Indem man sein Bestes tut, um den Wunsch zu verwirklichen. Und danach gibt man die Kontrolle ab und wartet.«
Nell griff blind nach den Kräutern; es war dunkel, und sie konnte nicht sehen, was sie erwischte. In dem Beet konnte es Mäuse, Spinnen oder Schlangen geben. Aber sie vertraute Stevie. Außerdem rochen die Kräuter gut, und die Nacht war wie verzaubert. Sie hielt Petersilie und Koriander in den Händen.
»Und an wen gibt man die Kontrolle ab?«, warf Jack ein.
Stevie schwieg. Nell auch; sie schloss die Augen. Sie erinnerte sich, wie es in Georgia gewesen war, wie traurig sie alles stimmte und wie sie sich von ganzem Herzen gewünscht hatte, dass ihr Vater und sie irgendwann wieder glücklich sein könnten. An jenem Wochenende hatte er ihr eröffnet, dass sie nach Boston ziehen würden, um ganz neu anzufangen. Dieser Schritt hatte irgendwie dazu geführt, dass sie im Sommer nach Hubbard's Point gekommen waren, wo sie Peggy kennen gelernt hatte … und Stevie. Immer noch mit geschlossenen Augen, wünschte sie sich nun, dass diese Zeit niemals zu Ende gehen möge.
In dem Moment hörten sie, wie Klänge vom Strand herüberwehten. Nell fürchtete sich – sie waren so sonderbar und unheimlich, wie Stimmen, die vom Himmel kamen.
»Was ist das?«, fragte sie.
»Das Strandkino«, antworteten ihr Vater und Stevie wie aus einem Munde.
»Könnten wir nicht hingehen?« sagte sie atemlos, von einem zum anderen blickend.
»Das Essen ist gleich fertig«, gab ihr Vater zu bedenken.
»Wenn wir uns beeilen …«, meinte Stevie.
»Einverstanden«, erwiderte ihr Vater.

Sie gingen ins Haus. Stevie gab die Kräuter in den Kupfertopf. Es dauerte ein paar Minuten, bis sich die Muscheln öffneten. Ihr Vater machte ihr vorsichtshalber einen Teller Nudeln mit Butter zurecht, und das war gut, denn Nell brachte keinen Bissen von den Muscheln herunter, die sie gerade ausgegraben hatte. Ihr Vater und Stevie verspeisten sie mit großem Appetit und meinten, es wären die Besten, die sie jemals gegessen hätten.

Nach dem Essen erledigten Stevie und ihr Vater schnell den Abwasch, während Nell durchs Obergeschoss hüpfte, beäugt von Tilly, die sie von einem Versteck auf der Kamineinfassung beobachtete. Nell fühlte sich wie zu Hause und wünschte sich, sie könnte immer wieder hierher zurückkehren. Plötzlich hielt sie inne.

Sie erinnerte sich, was Stevie im Kräutergarten gesagt hatte. Dass man sich etwas wünschen und sein Bestes tun müsste … und dann würde sich der Wunsch erfüllen.

Nell hatte sich gewünscht, dieser Tag möge niemals enden, und nun würden alle gemeinsam ins Strandkino gehen. Dass dieser Wunsch in Erfüllung gegangen war, verlieh ihr ein seltsames Gefühl der Macht. Den Glauben an ein Wunder hatte sie schon lange aufgegeben. Es war, als würde man mit dem Rechen den Schlamm durchkämmen und eine perfekte Muschel finden. Oder in einem stockfinsteren Garten blind die Hand ausstrecken und Kräuter fürs Abendessen zu fassen bekommen.

Vielleicht konnte Stevie *doch* zaubern…

Stevie konnte kaum glauben, auf was sie sich da eingelassen hatte. Obwohl ihr Haus am Strand lag und die von den Felsen widerhallenden Geräusche der Filmvorführungen, die im Sommer jeden Donnerstagabend stattfanden, bis zu ihr heraufdrangen, war sie seit ihrer Teenagerzeit nicht mehr im Strandkino gewesen. Sie hatte Nell zusätzlich in eine warme Strickjacke eingemummelt, genau wie sich selbst, und Jack ein altes Trinity-Sweatshirt von ihrem Vater gegeben. Der Zeichentrickfilm im Vorspann endete gerade, als die drei die Fußgängerbrücke überquerten.

Nell lief voraus, um einen guten Platz zu finden, an dem sie ihre Decke ausbreiten konnten. Der Projektor war auf der Strandpromenade aufgebaut und auf eine leicht gewellte Leinwand gerichtet, die von einem verwitterten Torpfosten herabzuhängen schien. Die Zuschauermenge war kunterbunt gemischt: Familien mit kleinen Kindern, Mädchen im Teenageralter, die von ihren Eltern Ausgang bekommen hatten, und junge Pärchen, erpicht darauf, die Dunkelheit und den rechtmäßigen Vorwand zu nutzen, miteinander auf einer Decke zu liegen.

Peggy war auch da, mit Bay, Dan, Tara und Annie. Billy machte mit seinen Kumpeln die Strandpromenade unsicher. Alle entdeckten Nell auf Anhieb und riefen ihr zu, dass sie ihre Decken zusammenrücken und Platz machen würden. Stevie bahnte sich einen Weg durch die Zuschauermenge zu der Stelle, wohl wissend, dass man ihre Anwesenheit registriert hatte. Nell hielt stolz ihre Hand, während Jack die Decke ausbreitete.

»Hallo, alle miteinander«, sagte Stevie.

»Hallo Stevie, hallo Jack.«

»Danke, dass ihr uns Platz gemacht habt«, sagte er. Die Nacht war dunkel, aber das Licht des Projektors auf der leeren Leinwand erhellte die Gesichter.

»Gern geschehen!« Bay strahlte übers ganze Gesicht, und Stevie hätte gerne gewusst, warum. Tara schien ihr in nichts nachzustehen. Peggy bedachte sie mit einem langen Blick, der verriet, dass sie auf der Hut war; Stevie lächelte, bemüht, ihre Angst vor der vermeintlichen Hexe zu zerstreuen.

»Wo steckt denn Joe?«, erkundigte sich Jack.

»Oh, er sorgt für mehr Sicherheit in der großen weiten Welt«, sagte Tara. »Während ich daheim im Strandkino hocke, vogelfrei und ungebunden.«

»Hüte deine Zunge, du bist schließlich verlobt«, warnte Bay lachend.

»Ich weiß. Die Liebe ist eine Himmelsmacht, die dieser schnöden, grausamen Welt den Stachel nimmt. Sieh dich vor, Stevie – sobald ich vor dem Traualtar stehe und mein Jawort gebe, wirst du offiziell in den Rang der Femme fatale von Hubbard's Point erhoben.«

»Ich werde diesen Ehrentitel mit Würde tragen«, erwiderte Stevie lachend.

In diesem Augenblick begann die Vorführung. Alles war noch genau wie früher, in Stevies Jugendzeit – der alte Projektor quietschte, die Filmspulen knarzten, der Ton versuchte gegen das Tosen der Wellen anzukämpfen, und das Bild wurde durch die Knitterfalten in der vom Wind gebeutelten Leinwand verzerrt. Mit anderen Worten, die Filmvorführung spottete jeder Beschreibung. Trotzdem freute sie sich unbändig, nach so langer Zeit wieder dabei zu sein.

Jack und Nell hatten eine Kuhle gegraben, den Sandhaufen festgeklopft, so dass er eine stabile Rückenlehne abgab, und die Decke ausgebreitet. Die drei nahmen Platz, Jack in der Mitte, damit Nell neben Peggy sitzen konnte. Der Film hieß *Tiger Bay,* und Stevie war absolut sicher, ihn schon mit Emma und Madeleine gesehen zu haben – vermutlich war es noch die gleiche uralte Kopie.

»Ich halte dich nicht dafür«, sagte Jack so leise zu Stevie, dass die anderen ihn nicht hören konnten.

»Wofür?«
»Für eine Femme fatale, eine leichtlebige Frau. Tara wollte dich nur aufziehen.«
Stevie sah ihn verdutzt an – weil er ihr zu Hilfe kam, sie verteidigte. »Danke. Aber sie hat nicht ganz Unrecht, ich bin das schon, gewissermaßen. Ungewollt.«
»Nein, das bist du nicht.« Er nahm ihre Hand, die unter der Decke lag, und verschränkte seine Finger mit ihren; Stevie erschauerte von Kopf bis Fuß. Niemand sah diese Geste, sie war ihr Geheimnis, erregend und gut gehütet.
»Trotzdem danke.« Der Wind, der vom Meer herüberwehte, wurde stärker, zerzauste ihre Haare. Er streckte die Hand aus, um sie ihr aus den Augen zu streichen, und ihre Blicke trafen sich. Ihr stockte der Atem, und sie musste sich zwingen, ihre Aufmerksamkeit auf die Leinwand zu richten. Der Film nahm mit viel Getöse seinen Lauf, zeigte Hayley Mills, die sich im Treppenhaus versteckte. Nell und Peggy fürchteten sich hinzuschauen, deshalb baten sie schon jetzt um Geld und liefen zum Good Humor Eiswagen.
»Den Teil kenne ich schon«, sagte Jack und wandte sich ihr zu. Er ließ ihre Hand los und legte den Arm um ihre Schultern. Sie fühlte sich wieder wie sechzehn – nein, noch aufgeregter als damals, bei ihren Kinobesuchen mit einem Jungen. Ihr Herz klopfte, sie spürte seinen Atem auf ihrer Wange.
»Ich auch.«
»Aber selbst wenn es anders wäre, würde ich mich viel lieber mir dir unterhalten.«
Sie nickte. *Ich auch*, flüsterte sie ihm lautlos und lächelnd zu. Er streifte ihre Wange mit seinen Lippen. Sie verfolgten wieder das Geschehen auf der Leinwand, doch plötzlich riss der Film. Die Zuschauer stöhnten auf, doch dann rief

jemand, dass der Schaden in wenigen Minuten behoben sein würde.

Trotz der Menschenmenge ringsum konnte Stevie nur an eines denken: Jack zu küssen. Sein Arm umschlang sie fester, ihre Hüften waren aneinander gepresst. Wären sie jünger gewesen, wäre Nell nicht dabei, hätten sie sich klammheimlich unter die Strandpromenade verzogen …

Der Gedanke brachte sie zum Lachen. »Woran denkst du?«, fragte er.

»Nur dass … einmal Femme fatale, immer …«

»Das sehe ich nicht so, Ehrenwort«, beteuerte er starrköpfig.

Stevie nickte. »Ich bin auch nicht mit dem Gedanken aufgewachsen: ›Ich möchte drei Mal heiraten, bevor ich vierzig bin.‹ Wahrhaftig nicht. Ich habe … mein Bestes getan, dass es klappt. Ich … verliebe mich leicht.«

»Wirklich?« Er grinste übers ganze Gesicht.

Sie versuchte zu lächeln. »Ich habe mich falsch ausgedrückt. Was ich sagen wollte, war … ich empfinde so viel für die Menschen, die ich … nun, liebe. Ich kann diese Gefühle nicht auf Kommando ein- und ausschalten. Und ich glaube an die Ehe, seit ich denken kann.«

Er nickte. »Deine Tante erzählte mir, deine Eltern hätten eine Bilderbuchehe geführt.«

»Stimmt.« Darüber zu sprechen fiel ihr unerwartet schwer. Mit einem Mal fühlte sie sich unbehaglich, weil sie sich von Jack umarmen ließ. Die Vergangenheit stieg drohend in ihrer Erinnerung auf, überflutete sie, und sie rückte unwillkürlich von ihm ab. »Sie lebten in ihrer eigenen Welt, waren sich selbst genug. Alles andere war zweitrangig … wie bei dir und Emma.«

Warum wandte er den Kopf ab? War das nicht die ganze Geschichte? Die große Liebe, die er für Emma empfunden hatte? Der Grund, warum er aus Atlanta weggezogen war? Hatte er nicht deshalb den Kontakt zu Maddie abgebrochen – weil sie etwas gegen seine Frau gesagt hatte?

»So war sie nicht«, sagte Jack.

»Wer?«

»Meine Ehe. Sie war alles andere als ideal«, sagte er ruhig. »Obwohl ich das dachte. Wirklich. Emma schien wunschlos glücklich zu sein. Sie blieb zu Hause bei Nell, dann übernahm sie eine ehrenamtliche Tätigkeit in unserer Kirchengemeinde. Die Kirche St. Francis Xavier ist sehr sozial engagiert – sie kümmern sich um die Insassen von Pflegeheimen, Obdachlosenasylen, Gefängnissen. Emma pflegte Strafgefangenen vorzulesen. Meine Schwester …«

Stevie wartete. Sein Gesicht war verzerrt. »Sie klärte mich auf. Ich hatte gespürt, dass etwas nicht stimmte, aber ich war zu verbohrt, um selbst draufzukommen. Maddie musste mir die Augen öffnen, nach Emmas Tod.«

»Oh Jack.«

»Ich würde dir gerne alles erzählen, aber ich weiß nicht, ob es klug wäre. Es ist unfassbar für mich, einen Menschen wie dich kennen zu lernen, zu sehen, wie sehr Nell dich mag. Und festzustellen, dass dir ihr Wohl am Herzen liegt. Ich habe das Gefühl, als könnte ich mit dir über alles reden …«

»Das kannst du.«

Er schüttelte energisch den Kopf. »Darüber nicht. Ich würde gerne, aber Nells wegen lieber nicht – sie ist doch noch ein Kind. Sie hat ihre Mutter sehr geliebt, und ich möchte, dass es so bleibt.«

»Natürlich. Du möchtest die Erinnerung an Emma bewahren.« Stevie drückte seine Hand. »Das verstehe ich. Aber du solltest dich jemandem anvertrauen, Jack. Es nagt an dir, hat jetzt schon einen wichtigen Teil deines Lebens zerstört ...«

»Was meinst du damit?«

»Madeleine. Es hat dich deiner Schwester entfremdet.«

Er starrte auf die Leinwand, als wünschte er, der Film möge endlich wieder beginnen und der Unterhaltung ein Ende setzen. Doch zugleich drückte er ihre Hand mit aller Kraft, und sie erwiderte den Druck.

»Was hat sie dir erzählt?«, fragte Stevie.

Der Film ging weiter, wurde mit Ach und Krach fortgesetzt, der Ton musste sich gegen den Ostwind behaupten. Stevie konnte den stürmischen Nordostwind schon immer vor seiner eigentlichen Ankunft spüren – er wurde zunehmend stärker, roch nach Meer. Sie nahm die Gischt auf ihrem Gesicht, das Salz in der Luft wahr.

»Maddie sagte, dass Emma uns verlassen wollte.« Jacks Stimme klang gebrochen – oder wurde sie nur von dem Film übertönt? Stevie sah forschend in seine dunklen Augen und verstärkte den Druck ihrer Hand.

»Euch verlassen?«

»Sie führte ein Doppelleben«, erwiderte er, ohne auf die Frage einzugehen. »Ein Doppelleben mit allem Drum und Dran, von dem ich nichts ahnte.«

»Aber ...«

»Nell darf nichts davon erfahren, niemals. Ich wünschte, mir wäre dieses Wissen erspart geblieben. Und Madeleine hätte geschwiegen.«

»Aber sie konnte doch nicht so tun als ob ...«

»Ich wünschte, sie hätte es getan«, sagte Jack verzweifelt. »Deshalb mein Entschluss, mit Nell nach Schottland überzusiedeln. So weit weg wie möglich – doch jetzt ...«

Stevie wartete mit angehaltenem Atem.

Jack schwieg, beugte sich vor, seine Lippen streiften ihre. Der Wind, der vom Meer herüberwehte, wurde immer stärker, übertönte den Film.

Nell kam zurück. Sie lieferte sich mit Peggy ein Wettrennen zur Decke, kuschelte sich auf die andere Seite ihres Vaters. Jack drückte Stevies Hand, dann wandte er Nell seine Aufmerksamkeit zu.

Der Rund-um-die-Uhr-Vater gewann die Oberhand. Er löste seine Hand aus Stevies, um Eiscreme aus dem Gesicht seiner Tochter zu wischen. Nell war gebannt von dem Film, von der sonderbaren Freundschaft zwischen Hayley Mills und dem Seemann. Sie schaute mit offenem Mund zu.

Am Ende des Films war die Hälfte der Kinder eingeschlafen. Nell war todmüde, aber noch wach. Sie legten die Decken zusammen, und Bay und Tara luden Stevie ein, sie bald zu besuchen. Sie bedankte sich und sagte zu.

Nell ging mit Peggy ein Stück voraus, machte schlaftrunken Pläne mit ihr für den nächsten Tag. Stevie nutzte die Gelegenheit, um Jacks Hand zu ergreifen. Sie wünschte sich, sie könnte ihm Kraft geben, den Mut, den er brauchte, um sich der Vergangenheit zu stellen.

»Ich sollte dir nicht sagen, worauf ich hoffe«, sagte sie.

»Aber ich möchte es hören.«

»Bleib hier«, flüsterte sie. »Geh nicht nach Schottland. Bleib.«

Er berührte ihre Wange, doch er schien seiner Stimme nicht zu trauen. Stevie wünschte beiden eine gute Nacht. Nell lief herbei, um sie zu umarmen. Und dann sah sie den Kilverts nach, wie sie über den Sandparkplatz zu ihrem Ferienhaus gingen, das dunkle Familiengeheimnis wie eine bedrohliche Gewitterwolke zwischen ihnen.

19. Kapitel

Madeleine bemühte sich, das Telefon nicht ständig anzustarren und darauf zu warten, dass es läutete.

Die wortlosen Anrufe ihres Bruders hatten ihr Hoffnung gemacht, mehr als alles andere im letzten Jahr. *Hoffnung*: Ihr war nicht einmal bewusst gewesen, dass es das war, was sie verspürte – den Hauch eines positiven Gefühls, verbunden mit dem Glauben, dem Gedanken, dass er vielleicht beim nächsten Mal den Mund aufmachen würde, dass sie die Beziehung zwischen ihnen vielleicht doch noch bereinigen konnten.

Doch dann hörten die Anrufe auf, und Madeleine fiel in ein schwarzes Loch, von dessen Existenz sie nichts geahnt hatte. Sie brachte kaum die Kraft auf, morgens aufzustehen. Sie musste sich selbst zu den kleinsten Verrichtungen zwingen. Beim Anblick einer Frau mit Emmas Haarfarbe brach sie in Tränen aus. Eines Nachmittags hörte sie während der Heimfahrt ein Lied im Radio, das sie an Jack erinnerte, und sie musste an den Straßenrand fahren, weil die Tränen ihr die Sicht raubten.

Chris machte sich Sorgen und versuchte sie zu überreden, professionelle Hilfe in Anspruch zu nehmen.

Obwohl sie nach dem Unfall bei einem Therapeuten gewesen war, hatten ihr die Gespräche kaum geholfen. Ganz im Gegenteil: Wenn sie auf den Unfall zu sprechen kamen, wurden die grauenvollen Erinnerungen wieder lebendig; statt ihren Emotionen freien Lauf zu lassen, schien es, als wären sie ihr unter die Haut gegangen, eingesperrt in Körper, Geist und Seele. Das Heilmittel ihres Arztes gegen die Qualen bestand darin, ihr Denexor zu verschreiben – wodurch ihre

Gefühle völlig ausgeschaltet wurden und sie den Eindruck gewann, sich selbst fremd zu werden. Deshalb hatte sie auf das Medikament verzichtet – *und* auf den Arzt.

Eines Abends hatte Chris einen Artikel von einer Psychologin entdeckt, die in Providence praktizierte und an der Brown lehrte. Ihr Name war Dr. Susanna Mallory, und sie war auf die Behandlung von Traumata spezialisiert. Die Veröffentlichung trug den Titel »Tote aufwecken«, und sie begann mit Berichten von Unfallopfern, die körperlich genesen waren, aber ein Leben auf Sparflamme führten, das sich mit einem permanenten Wartezustand vergleichen ließ. »Lebendig, aber im Winterschlaf«, hieß es an einer Stelle.

Er hatte den Artikel auf Madeleines Schreibtisch gelegt, mit der Notiz: *Diese Ärztin scheint eine andere Perspektive zu haben – vielleicht würde sie eher verstehen, was in dir vorgeht, was meinst du?* Seine liebevolle, sanfte Art war so anrührend, dass sich Madeleine beinahe darauf eingelassen hätte. Sie hatte nicht viel Vertrauen in diese so genannten Therapien für ihr Problem – wie sollte eine Ärztin die Beziehung zu Jack kitten? Doch sie beschloss, sich die Geschichte näher anzusehen – mehr Chris zuliebe als um ihrer selbst willen.

Chris war wie eine Ein-Mann-Klinik, voller Liebe, Fürsorge und mit einer nahezu unerschöpflichen Geduld. Es schien ihn nicht zu stören, dass sie bisweilen zu viel trank oder im Schlaf weinte oder dass sie ihre Arbeit nicht mehr bewältigte. Erst als sie sich nicht mehr aufraffen konnte, überhaupt einen Fuß vor die Tür zu setzen, und er sah, wie sehr sie litt, hatte er eingegriffen.

»Du bist doch sonst so gerne ausgegangen«, hatte er gesagt. »Ich weiß es. Aber seit geraumer Zeit hast du keine Lust mehr, essen zu gehen. Oder nach Newport oder Little Compton zu fahren … ganz zu schweigen vom Strand.«

»Mit Lust hat das nichts zu tun«, hatte sie ihn abzulenken versucht. »Ich bin nur müde.« Oder: »Ich habe Kopfschmerzen.« Oder, ihre persönliche Lieblingsausrede: »Mir machen die Wechseljahre zu schaffen. Ich leide unter Hitzewallungen und Knochenschwund.« »Das ist die Calcium-Phase«, hatte sie ihm mit einem zittrigen Lächeln erklärt. »Ich bin nicht mehr dieselbe wie früher …«

Er hatte mitgespielt, solange es ging – hatte ihr zugestanden, den Kampf auf ihre Weise zu führen, und begriffen, dass sie das letzte bisschen Kontrolle behalten wollte, das sie noch besaß – doch dann hatte er Klartext geredet. Das war rund einen Monat nach ihrem Besuch in Hubbard's Point und zwei Wochen nach Jacks letztem Anruf.

Manchmal wusste sie nicht mehr genau, was sie zu bestimmten Tageszeiten gemacht hatte. Sie fühlte sich zutiefst niedergeschlagen, wie gelähmt. Nachts, gefangen in ihren Horrorvisionen, durchlebte sie den Unfall wieder und wieder. Sie hörte Emma schreien. Und dauernd kam ihr der Gedanke, wie es wohl wäre, wenn sie auf die Brüstung der Newport Bridge klettern und springen würde …

Chris *nötigte* sie schließlich, Dr. Mallory anzurufen.

Die Praxis der Psychologin befand sich in Providence, in einem Backsteingebäude am Fox-Point-Ende der Benefit Street, mit Schwarzweiß-Fotos von Bergen und kahlen Bäumen an den Wänden. Sie war Mitte fünfzig, groß und schlank, mit fantastischen Haaren, einfühlsamen Augen und der ausgeprägten Gabe, aufmerksam zuhören zu können.

Madeleine redete. Als Geschäftsführerin wusste sie, wie wichtig es war, auf den Punkt zu kommen. Ohne Tränen oder erkennbare Gefühlsregung schilderte sie der Ärztin den Grund ihres Besuches: Sie fühlte sich innerlich wie erstarrt, antriebslos, zu was auch immer. Sie trauerte um ihre Schwägerin, die bei einem Autounfall ums Leben gekommen war. Madeleine hatte am Steuer gesessen. Ihre eigenen Verletzungen waren alles andere als lebensgefährlich gewesen. Eine Gehirnerschütterung und eine ausgerenkte Schulter.

Die Ärztin erkundigte sich nach den bisherigen Behandlungen und Therapiemaßnahmen.

Mehrere Operationen und eine Beschäftigungstherapie, berichtete Madeleine.

Die Ärztin sah sie an, schien auf etwas zu warten. Ihr Blick war beharrlich und freundlich, und trotz der unausgesprochenen Frage war Madeleines Kehle wie zugeschnürt, als drohte sie an ihren Tränen zu ersticken.

»Beschäftigungstherapie … Operationen«, sagte die Ärztin schließlich. »Die Verletzung muss ziemlich schwer gewesen sein.«

Madeleine hätte gerne gewusst, ob Chris ihr etwas erzählt hatte – dass ihr Arm beinahe abgetrennt worden war. Sie wollte die Geschichte nicht wieder aufwärmen – sie hatte mit dem anderen Therapeuten darüber gesprochen und war vor Kummer nahe daran gewesen, den Verstand zu verlieren. Denn wie konnte sie es wagen, wegen ihres Arms zu jammern – wo Emma bei dem Unfall ums Leben gekommen war?

Ihr Mann sei ihr eine wunderbare Stütze gewesen, erzählte sie der Ärztin. Ihr Bruder und sie hatten sich dagegen – entfremdet.

Dann spulte sie den Rest der Geschichte herunter, so leidenschaftslos wie möglich, bemüht, sachlich zu bleiben und zu zeigen, dass sie alles im Griff hatte, kompetent und geistig völlig klar war. Wo sie geboren war, wer ihre Eltern waren, ihr Bruder Jack … eine harmonische, sich nahe stehende, gut angepasste Familie. Sie skizzierte in groben Zügen ihren Gesundheitszustand – im Allgemeinen gut. Nicht viel körperliche Bewegung – sie hatte aufgehört, Tennis zu spielen, was ihr früher viel Spaß gemacht hatte.

»Hatten Sie ein enges Verhältnis zueinander, Ihr Bruder und Sie?«

Madeleine nickte. »Er ist vier Jahre älter als ich. Er brachte mich immer zur Schule. Ich durfte mit in den Goodwin Park, wenn er etwas mit seinen Freunden unternahm. Damals waren die Tennisplätze noch unbeleuchtet, aber wir spielten, bis es dämmerte – manchmal sogar noch nach Einbruch der Dunkelheit! Wir spielten nach Gehör – lauschten dem Ball. Und er nahm mich mit in die Stadt – manchmal fuhren wir schwarz mit dem Bus – hinten, auf der Stoßstange!« Sie lächelte, um der Ärztin zu zeigen, dass sie keine Angst gehabt hatte. Die Geschichte weckte eine nachhaltige Erinnerung – sie spürte wieder den Arm ihres Bruders, der sie umfing, als er sagte: »Dir kann nichts passieren, Maddie. Ich pass auf dich auf.«

Eine Antwort hatte sich erübrigt – es wäre ihr nie in den Sinn gekommen, dass sie im Beisein von Jack Schaden nehmen konnte. Die Erinnerung an die Liebe und das Vertrauen zu ihrem Bruder überwältigte sie, als sie Dr. Mallory diese Episode erzählte, und sie lächelte.

»Warum erzähle ich Ihnen das eigentlich?«, sagte sie. »Das hat doch gar nichts mit dem Grund meines Besuches zu tun.«

Die Ärztin lächelte.

»Unsere Familie verbrachte die Sommerferien an einem Strand namens Hubbard's Point. Wir hatten nicht viel Geld, aber unser Vater sparte, wollte uns all das bieten, was in seiner Macht stand. Damals waren wir schon Teenager, aber Jack war so nett, mich trotzdem überallhin mitzunehmen. Bis ich eigene Freunde fand – Emma und Stevie.« Sie hielt inne, sah die Ärztin an. »Doch vorher nahm er mich unter seine Fittiche. Wir kannten dort niemanden.«

»Aber ihr hattet einander.«

Sie nickte. »Er fuhr, sooft es ging, nach Hartford – er hatte dort eine Freundin. Aber wir spielten zusammen Tennis, oder er nahm mich zum Fischen mit. Oder wir schwammen um die Wette zum Floß. Eines Tages machten wir eine Radtour … erkundeten die Umgebung. Wir entdeckten einen alten Wasserturm, unweit der Eisenbahnschienen. Ich kletterte die Leiter hoch, um ihn zu beeindrucken …« Madeleine schloss die Augen, erinnerte sich. »Er befahl mir, auf der Stelle herunterzukommen, aber ich wollte ihm zeigen, dass ich es schaffen würde.«

Die Ärztin hörte aufmerksam zu.

»Es war eine morsche alte Leiter. Aus irgendeinem silbrigen Metall – brüchig und verrostet. Ich schaffte es bis zur obersten Sprosse – und machte den Fehler, nach unten zu schauen.«

»Sie waren weit oben?«

Madeleine nickte. »An die zehn Meter über dem Boden. Ich erstarrte zur Salzsäule.« Ihr Körper wirkte angespannt, und ihre Finger verkrampften sich, als hielte sie sich an einer Sprosse der Leiter fest. »Ich konnte mich nicht rühren – keinen einzigen Muskel mehr. Ich klammerte mich blindlings an die Leiter, war überzeugt, dass ich herunterfallen und den Sturz nicht überleben würde. Ich war wie gelähmt.«

»Und Ihr Bruder?«

Madeleine schluckte. Tränen traten in ihre Augen. Sie ließ die Erinnerungen wieder aufleben – die Hitze, die an dem

Tag herrschte, wie die Leiter schwankte, als Jack sie erklomm, die Todesangst, die sie empfunden hatte.

»›Halte durch, Maddie‹, rief er mir zu. ›Es wird alles gut – schau nur nicht nach unten. Ich halte dich.‹ Er war unter mir, und ich spürte, wie er meinen Knöchel packte. Ich bat ihn, mich loszulassen – ich wolle ihn nicht mit in die Tiefe reißen, wenn die Leiter umkippte.«

»Und? Ließ er los?«

Madeleine schüttelte den Kopf, ließ ihren Tränen freien Lauf.

»Nein. Er versicherte mir, dass ich nicht herunterfallen würde – dass ich stark sei und nur herunterklettern müsse, eine Hand nach der anderen. Er blieb bei mir … sprach mich praktisch nach unten … und ließ kein einziges Mal meinen Knöchel los. Wissen Sie, was ich glaube?«

»Was?«

»Er war fest entschlossen, mich festzuhalten, notfalls bis zum bitteren Ende, falls ich gestrauchelt wäre.«

»Sieht ganz so aus«, erwiderte die Ärztin leise.

Sie saß auf ihrem Sessel in dem kleinen Behandlungsraum Madeleine gegenüber, die leise vor sich hin schluchzte. Sie zog ein Papiertuch aus einer Schachtel auf dem Tisch neben ihr. Madeleines linker Fußknöchel kribbelte, als würden Jacks Finger ihn immer noch umklammern.

»Ich wuchs in dem Glauben auf, dass er mein Leben retten würde, wenn es in seiner Macht stand.«

Dr. Mallorys Augen waren warmherzig und betrübt – als könnte sie Madeleines Schmerz nachempfinden.

»Er hat Sie in Sicherheit gebracht, als Sie auf der Leiter standen und wie gelähmt waren.«

Madeleine nickte weinend.

Die Ärztin schwieg, und Madeleines Gedanken kamen langsam zum Stillstand, verwirrt wie ein Knäuel Garn. Sie hielt ein Papiertuch an die Nase, bemühte sich, den Tränen Einhalt zu gebieten. Als es ihr endlich gelang, sah sie, dass Dr. Mallory sie betrachtete.

»Sie sagten zu Beginn der Sitzung, dass Sie innerlich ›erstarrt‹ wären. Das klingt ähnlich wie ›gelähmt‹.«

»Genau so, wie ich mich auf der Leiter fühlte.« Madeleines Knöchel kribbelte erneut.

»Und dieses Mal ist Ihr Bruder …«

»Nicht zur Stelle, um mir zu helfen. Er *will* es nicht einmal.«

Dr. Mallory saß stumm da, ließ Madeleines Worte nachwirken. Madeleine drückte das zerknüllte Papiertuch gegen ihre Augen, versuchte erneut, der Tränen Herr zu werden. »Er denkt, dass ich seine Frau auf dem Gewissen habe«, flüsterte sie. »Und das stimmt.«

Die grauenvollen Worte hallten in ihren Ohren nach, aber die Ärztin sah sie freundlich an, verzog keine Miene.

»Ich wollte das nicht!«

»Ich weiß.«

»Warum will er mir nicht verzeihen? Wie kann ich weiterleben, oder warum sollte ich, wenn er mich so hasst … und denkt, ich hätte seine Frau auf dem Gewissen, Nells Mutter?« Madeleine wandte den Kopf ab, rang nach Luft. »Können Sie mir helfen? Damit mein Bruder mir verzeiht?«, fragte sie flehend.

Die Ärztin schwieg, dann beugte sie sich nach vorne, so dass ihre Knie Madeleines fast berührten. »Das kann ich Ihnen nicht versprechen«, sagte Dr. Mallory, deren einfühlsame haselnussbraune Augen feucht schimmerten. »Aber ich kann Ihnen helfen, sich selbst zu verzeihen.«

Ihre Worte waren zu viel für Madeleine, sie schloss die Augen und brach in hemmungsloses Schluchzen aus.

20. Kapitel

An den folgenden drei Vormittagen fuhr Jack zum Lovecraft Hill, sobald Nell bei ihrem Freizeitprogramm war. Er überredete Jim Mangan, einen Ingenieur aus der Bostoner Niederlassung seiner ehemaligen Firma, sich mit ihm auf der Baustelle zu treffen. Mit einem Grundstücksplan in der Hand, nahmen sie eine Ortsbegehung vor; Jim, ein amtlich zugelassener Vermessungsingenieur, fotografierte Gemarkungslinien und kennzeichnete Grundstücksgrenzen.

Während sie die Runde machten, dachte Jack an Stevie. »Geh nicht nach Schottland. Bleib hier«, hatte sie gesagt. Sein Patentrezept für den Umgang mit Kummer bestand darin, möglichst alle Brücken hinter sich abzubrechen und das Weite zu suchen. Das beste Beispiel war seine Schwester.

Aber Stevie hatte *Bleib* gesagt, eine Möglichkeit, die er ernsthaft in Betracht zu ziehen begann.

Tief im Wald fanden sie Spuren von Rotwild oder anderen Tieren. Sie entdeckten Höhlen, verborgen unter Felsvorsprüngen, Wasserläufe, einen Weiher, riesige uralte Mammutbäume. Jack machte sich beim Gehen Notizen. Der breiteste Fluss bedurfte einer Brücke, und Jack meinte, dass große naturbelassene Trittsteine im Wasser am besten wären.

»Danke, dass du hergekommen bist«, sagte er zu Jim.

»Gern geschehen. Ich war dir noch einen Gefallen schuldig, schließlich hast du mir bei dem Piscataqua-River-Projekt aus der Klemme geholfen. Schade, dass du die Firma verlässt. Francesca kocht, weil du sie übergangen oder umgangen hast, um Verbindung mit Ivan Romanov aufzunehmen.«

»Er hat eine Ausschreibung für die Position gemacht. Ich habe mich beworben.«

»Du kennst doch das Shakespeare-Zitat, dass die Hölle keinen größeren Zorn kennt als den einer verschmähten Frau, oder so.«

»Tut mir Leid, wenn sie es so aufgefasst hat.« Jack kam sich wie ein Verräter vor. Sich mit Jim über Francesca zu unterhalten – der, so nett er sonst auch sein mochte, etwas suchte, womit er zum Büroklatsch beitragen konnte – würdigte sie herab. Das hatte er nicht gewollt.

»›Männer sind Abschaum‹, pflegte mein Bruder zu sagen«, meinte Jim.

»Ich hoffe nicht. Ich habe schließlich eine Tochter.«

»Na ja. Wir schaffen es zumindest immer, im ungünstigsten Augenblick alles zu vermasseln. Meine Frau wird dich mit dem größten Vergnügen aufklären. Sie bewohnt unser Traumhaus, von mir entworfen und gebaut, während ich auf der Couch meines Bruders nächtigen muss.«

»Was hast du angestellt?« Ihre Schritte klangen laut, als sie durch Laub und Unterholz stapften.

»Ich habe mich *Online* verliebt. Janice hat mein Passwort geknackt und meine E-Mails gelesen.«

»So ein Pech.«

»Welcher Teil?«

»Alles, von A bis Z«, sagte Jack. E-Mails waren gefährlich. Seine Gedanken nahmen eine unverhoffte Wendung, kehrten nach Atlanta zurück, in die Zeit unmittelbar vor Emmas Tod. Zu dem Zeitpunkt war es ihm nicht bewusst gewesen, doch nun wurde ihm klar, dass ihn damals ein Gefühl der Rastlosigkeit ergriffen hatte – was nicht nur an ihr lag. Verheiratet zu sein war wie Schwimmen. Manchmal lief alles glatt, herrschte eitel Sonnenschein, doch dann geriet man plötzlich in eine kalte Strömung, die den Wunsch weckte auszusteigen, dem kalten Wasser zu entfliehen.

Während einer dieser kalten Strömungen hatte er angefangen, per E-Mail mit einer Kollegin aus der Niederlassung seiner Firma in Cleveland zu kommunizieren. Hatte er gespürt, was mit Emma los war? Sie engagierte sich mehr und mehr in der Kirche, war ehrenamtlich im Gefängnis tätig. Ein Umstand, der ihm nun gelegen kam – um seine eigene Heimlichtuerei zu rechtfertigen.
Die E-Mails waren anfangs völlig harmlos gewesen – es ging ausschließlich um ein Hängebrücken-Projekt in Cincinnati, an dem sie beide arbeiteten. Die Kollegin war schlagfertig und warmherzig. Jack fühlte sich vernachlässigt und unwillkommen. Die geschäftlichen E-Mails hatten zu einem Austausch auf privater Ebene geführt. Er erinnerte sich an Tage, wo er noch vor Morgengrauen aufgestanden war, nur um zu sehen, ob sie ihm während der Nacht eine Nachricht geschickt hatte.
»Lief da was zwischen euch?«, erkundigte sich Jack nun bei Jim, als sie über einen schmalen Bach sprangen. »Ich meine, mit deiner E-Mail-Flamme.«
»Ja. Deshalb bin ich ja rausgeflogen. Ich hatte es verdient.«
Wenigstens hatte Jack es bei den Mails belassen. Dennoch dachte er an jene Wochen zurück – in denen er sich von seiner eigenen Ehe distanziert hatte, verführt von der Online-Intimität mit einer Frau, die er kaum kannte. Dass er sich überhaupt daran erinnerte, verblüffte ihn; seit Emmas Tod hatte er sich große Mühe gegeben, seine Ehe zu verklären. Mit den Anrufen bei Madeleine, als er ihre Stimme hörte, hatte er die Büchse der Pandora geöffnet und Dinge ans Tageslicht befördert, mit denen er weder seine Erinnerungen belasten noch sich mit ihnen auseinander setzen wollte. Madeleine war nur der Überbringer der Hiobsbotschaft, dachte Jack. Den Verrat hatte Emma begangen.

»Das Internet ist Teufelswerk«, meinte Jim und trat über einen schmalen Bach. »Genau wie der männliche Verstand. Beides ist ein Kreuz, das ich tragen muss – aber jetzt, wo ich von meiner Frau getrennt lebe und du aus dem Rennen bist, lade ich Francesca vielleicht mal zum Essen ein.«

Jack antwortete nicht. Er hatte das Bedürfnis, Francesca vor Jim zu schützen, aber vermutlich konnte sie ganz gut auf sich selbst aufpassen. Er setzte seinen Weg mit Jim durch den Wald fort, verwundert über die Gedanken, die ihm durch den Kopf gingen. Andere Erinnerungen an seine Ehe tauchten auf. Zum Beispiel, wie selten Emma und er miteinander geschlafen hatten. Warum fiel ihm das ausgerechnet jetzt wieder ein? Wozu sollte das gut sein?

Jim und er vermaßen die westlichste Grenzlinie. Während Jim durch das Sichtgerät spähte, stapfte Jack raschelnd durch das Laub, hielt nach dem »mit einem ›X‹ markierten Granitfelsen« Ausschau. Während er den verborgenen Markierungspunkt suchte, förderte er tief verborgene Gefühle zutage. Er hatte den Grund für Emmas Urlaub mit Maddie nie wirklich vergessen, sondern nur schöngefärbt.

Madeleines Geburtstag war nicht der wahre Grund, sondern nur der Anlass für Emmas Wochenendreise gewesen. Sie hatten sich gestritten in der Woche, als sie mitzufahren beschloss. Er hatte immer mehr Zeit im Büro verbracht. Sie hatte das neue Haus eingerichtet, das sie bewohnten, doch nun fand sie es zu protzig, zu materialistisch – das sei ihr bei der Arbeit im Dixon-Gefängnis klar geworden.

»Die Gefangenen besitzen nichts«, hatte sie gesagt. »Sie sind gezwungen, ihren Blick nach innen zu richten – ihren inneren Reichtum zu entdecken. Viele sind in Armut aufgewachsen, wurden als Kind misshandelt.«

»Und wegen dieser Entbehrungen halten sie sich an der Gesellschaft schadlos?«

»Das verstehst du nicht.«

»Wenn ich recht verstehe, sitzen einige wegen Vergewaltigung und Mord hinter Schloss und Riegel.«

»Es ist zwecklos, von dir Unterstützung zu erwarten. Wenn es um meine Überzeugungen geht. Ich bin dort, weil ich den Menschen helfen möchte.«

»Ich unterstütze dich durchaus, Emma.« Er verbarg seine wahren, unausgesprochenen Gefühle hinter einer unbewegten Miene.

»Nein, das tust du nicht.« Sie schüttelte heftig den Kopf. »Du hast mich nur unterstützt, wenn es um ehrenamtliche Tätigkeiten in einer netten Umgebung ging – in der Kinderklinik oder in Pflegeheimen. Aber Dixon …«

»Ich mache mir Sorgen, verstehst du das nicht?«, brach es aus ihm heraus. »Das sind Häftlinge, mit denen du dort in Berührung kommst, die deine Spur bis nach Hause verfolgen könnten. Wie war das mit dem Typen, der sich deine Telefonnummer beschafft hatte? Was wäre, wenn jemand herausfindet, wo du wohnst, und was ist mit Nell? Ich will keinen von denen in unserer Nähe haben.«

»›Denen‹«, fauchte sie. »›Typen‹. Als wären sie *das Letzte.* Das sind Menschen wie alle anderen, die vom Schicksal benachteiligt wurden, viele von ihnen sind Analphabeten. Ich helfe Father Richard, ihnen Lesen und Schreiben beizubringen – ich habe eine sinnvolle Aufgabe, vielleicht zum ersten Mal in meinem Leben.«

»Nell großzuziehen ist in meinen Augen eine genauso sinnvolle Aufgabe.«

»Du bist so scheinheilig, Jack.«

»Hör mal, wenn dich ein verurteilter Schwerverbrecher zu

Hause anruft, bin ich natürlich zutiefst besorgt.« Er holte Luft. »Tut mir Leid, wenn ich den Eindruck erweckt habe, als wollte ich deine Arbeit herabsetzen. Das war nicht meine Absicht. Ich weiß, dass du dich sehr engagierst. Aber muss es ausgerechnet in einer Strafanstalt sein? Bevor Father Richard in die Gemeinde kam …«

»Ich weiß, was du sagen willst. Aber vorher dümpelte das Fürsorgeprogramm unserer Kirchengemeinde vor sich hin. Die Ehrenamtlichen wurden irgendwo hingeschickt, als netter Zeitvertreib, damit sie sich nicht überflüssig vorkamen.«

Krebskranken Kindern in der Onkologischen Station vorzulesen war ein netter Zeitvertreib? Jack hütete sich, seine Meinung laut zu äußern. Er behielt sie für sich, obwohl er zu explodieren drohte; er dachte daran, wie fasziniert Emma von den Horrorgeschichten war, die ihr die Häftlinge erzählten, über ihr erbarmungswürdiges Leben und die schlechte Behandlung, die ihnen widerfahren war.

Knapp sechs Monate vorher hatte sie beschlossen, die Badezimmerkacheln auszutauschen. Die »alten« – noch nicht einmal zwei Jahre alt – waren mexikanisch, mit Blumen, handgemalt. Marmorfliesen gefielen ihr mit einem Mal besser. Inzwischen waren solche Kinkerlitzchen nebensächlich. Sie legte einen Feuereifer an den Tag – zum ersten Mal, wie Jack bemerkte –, wenn es um ihre ehrenamtliche Tätigkeit ging.

Jack war alles recht, was sie glücklich machte. Doch innerlich hatten die Alarmglocken geläutet – er hatte gespürt, dass die Arbeit in der Strafanstalt ein Vorwand war, um ihm aus dem Weg zu gehen. Er hatte sogar den Gedanken erwogen, ob sie insgeheim für einen der Häftlinge schwärmte – vielleicht für den Typen, der bei ihnen zu Hause angerufen hatte. Jedes Mal wenn er reden oder mit ihr ausgehen wollte, war sie mit der Vorbereitung ihrer Leselektionen beschäftigt oder musste zu einem Treffen ihrer Ehrenamtlichen-Gruppe, um Möglichkeiten für nachhaltige Veränderungen im Dixon zu erörtern.

»Was stimmt nicht?«, hatte er sie eines Tages gefragt.

»Wir brauchen eine Bibliothek. Es gibt dort keine, keine richtige zumindest – nur ein paar Bücher, die von Angehörigen gespendet wurden.«

»Ich spreche nicht vom Dixon Correctional; ich möchte wissen, was mit uns beiden nicht stimmt.«

»Das solltest du besser wissen als ich. Du bist ständig im Büro. Und wenn nicht, hockst du vor dem Computer. Oder vor dem Fernseher.«

Sie hatte Recht – abgesehen davon, dass sie ihn damals schon belogen hatte, wenn Madeleines Geschichte stimmte. Doch wie konnte er ihr klar machen, dass er sich nur deshalb zurückzog, weil sie so aggressiv reagierte – oder schlimmer noch, völlig gleichgültig ihm gegenüber war? In der Zeit nach der Hochzeit war alles eitel Sonnenschein gewesen. Sie hatte ihn auf jeder Geschäftsreise begleitet. Sie hatten viel Spaß miteinander gehabt. Dann wurde Nell geboren.

Jack wäre nie in den Sinn gekommen, dass es einmal einen Menschen geben könnte, den er mehr lieben würde als Emma. Jemals. Doch dann war Nell auf die Welt gekommen, und von da an drehte sich alles nur noch um sie. Statt eifersüchtig auf die Zeit zu sein, die Emma mit dem Baby verbrachte, war er eifersüchtig gewesen, weil sie mehr Zeit mit Nell verbringen durfte als er.

Nell veränderte alles. Sie machte einen neuen Menschen aus ihm. Es kam ihm mit einem Mal so vor, als ob die Sonne heller, das Meer tiefer, die Farben kräftiger, der Mond weißer und die Pfirsiche süßer waren. Nell brachte ihn dazu, dass er nachts um zwei aufstand, um ihr die Flasche zu geben, dass es ihm nichts ausmachte, bespuckt zu werden, dass er morgens todmüde zur Arbeit fuhr und die Minuten bis zur Heimkehr zählte, die Kunstobjekte in seinem Büro gegen Buntstiftzeichnungen tauschte, sämtliche Veranstaltungen im Kindergarten besuchte und eine grüne Papiergirlande aufhängte, die sie für ihn aus ihren Handabdrücken gebastelt hatte.

Sie war der Grund, dass er Rollschuhlaufen, Karussellfahren, in die Vormittagsvorstellung von Disney-Zeichentrickfilmen, zum Eiscremestand, zur Pfirsichplantage, zu den Eltern-Lehrer-Treffen und in die Kirche ging. Er nahm sogar am Gottesdienst teil, weil Nell im Kinderchor sang.

Je enger das Verhältnis zu seiner Tochter wurde, desto mehr schien er sich von seiner Frau zu entfernen. Er liebte sie nicht weniger, aber ihm wurde bewusst, dass sich ihre Beziehung verändert hatte. Sie unterhielten sich noch miteinander, aber sie lachten nicht mehr so viel wie früher. Ständig galt es zu planen, Verpflichtungen nachzukommen. Sie zogen es beide vor, die Abende zu Hause bei Nell zu verbringen, deshalb erübrigte sich ein Babysitter; wenn sie hin und wieder miteinander ausgegangen wären, dann hätten sie ihre Ehe vielleicht retten können.

Jack arbeitete viel – er war ehrgeizig und auf Erfolg bedacht. Er legte Wert darauf, seine Familie gut zu versorgen und genug Geld zu sparen, um Nell auf ein College ihrer Wahl zu schicken. Emma blieb zu Hause, aber sie spielte mit dem Gedanken, ein Graduiertenstudium zu beginnen und sich zur Sozialarbeiterin ausbilden zu lassen.

Emma hatte sich früher nie besonders für die Kirche interessiert. Sie hatten sich oft im Scherz als »Zellularkatholiken« bezeichnet – tiefgläubig bis ins Mark, aber keine frommen Christen. Jack ging nicht jeden Sonntag in die Kirche, aber

Emma sorgte dafür, dass er sich wenigstens an den wichtigen Feiertagen in der St. Francis Xavier blicken ließ. Nell ging dort zur Erstkommunion und Mittwochnachmittags zum Katechismusunterricht.

Im Laufe der Zeit fiel Jack auf, dass Emma sich nach mehr zu sehnen schien. Die Arbeit in dem großen Haus erfüllte sie nicht – sie schien ihr fast peinlich zu sein. Sie begann, an Wochenendprogrammen der Kirche teilzunehmen – sie schlief während der Woche zu Hause, verbrachte aber die Samstage und Sonntage in spirituellen Workshops. Ihr Umgang änderte sich – ihr neuen Freundinnen stammten nicht mehr aus dem Country Club, sondern aus Kirchenkreisen. Selbst ihre Träume schienen sich zu wandeln. Jeder Wunsch, den er ihr erfüllt hatte, verkehrte sich mit einem Mal ins Gegenteil, wurde gegen ihn verwandt. Sie war hingerissen von Father Richard und dem Gedanken, dem Gemeinwohl zu dienen. Sie neigte zu Extremen – wollte den Randgruppen der Gesellschaft helfen, die es im Leben schwer gehabt hatten, den Gefängnisinsassen. Jack war die Tiefe, das unerschöpfliche Reservoir ihres Mitgefühls bisher entgangen. Er hatte sie offenbar vorschnell beurteilt – sie in eine Schublade gesteckt. Er hatte sie für eine Frau gehalten, die in mexikanischen Kacheln, einem Haus in der richtigen Nachbarschaft und ihrer Mutterrolle das höchste Glück auf Erden sah. Andere Aspekte ihrer Persönlichkeit waren ihm allem Anschein nach verborgen geblieben.

Als er darauf aufmerksam wurde, war sie bereits voll in ihrer ehrenamtlichen Tätigkeit aufgegangen. Die wenige Freizeit, die ihnen blieb, hatten sie mit allen möglichen Aktivitäten, nur nicht miteinander verbracht.

Jack dachte an die verhängnisvolle letzte Reise zurück, als Emma Madeleine begleitet hatte. Er wusste, dass seine

Schwester helfen wollte, die Ehe zu kitten – sie hatte mit Chris die Weihnachtstage bei ihnen verlebt und sich über Emmas kühle, distanzierte Art gewundert. Mitten während des Festessens hatte das Telefon geläutet – erst nach ihrem Tod hatte Jack erfahren, von wem der Anruf stammte. Emma nahm ab – während er den Truthahn tranchierte und auftrug – und kehrte erst an den Tisch zurück, als alle bereits bei dem Nachschlag waren. Ihre Augen waren rot und verquollen, und Nell hatte ihre Gabel aus der Hand gelegt und gefragt: »Warum hast du geweint, Mommy?«

Emma hatte etwas über eine Wimper im Auge gemurmelt …

Als Madeleine anrief, ungefähr einen Monat später, um Emma zu besagter Wochenendreise im Juni einzuladen, eine reine »Frauenrunde« anlässlich ihres Geburtstags, war Jack Feuer und Flamme gewesen. Wenn jemand Emma dazu bringen konnte, über ihre Probleme zu sprechen, dann Maddie. Er hatte einen Moment überlegt, ob er Maddie gleich am Telefon fragen sollte, was mit Emma los war – vielleicht hatte sie ihr ja etwas erzählt. Aber er ließ es bleiben.

Emma war nicht sicher, ob sie mitfahren sollte. Sie liebte St. Simon's Island und sehnte sich nach dem Strand – einer der Nachteile des Lebens in Atlanta war die lange Fahrt zur Atlantikküste. Aber sie zögerte, Nell allein zu lassen. Nicht Jack – Nell. Er drängte sie, ermutigte sie, Madeleine zu begleiten und sich zu amüsieren.

Nicht ganz selbstlos hatte er gedacht, dass sich der Aufenthalt am Meer vielleicht als Auszeit entpuppen würde, die ihr gut tat; vielleicht wäre sie danach wieder ganz die Alte. Würde ihn berühren, ihn begehren; würde aufhören, so zu tun, als schliefe sie, sobald er sich ihr näherte. In diesen Monaten nach Weihnachten hatte er begonnen, E-Mails mit Laurie in Cleveland auszutauschen; er war einsam in seinem eigenen

Haus und hasste sich dafür, wie sehr er sich über die Meldung »Sie haben Post« freute.

Und dann, in der Woche vor der Reise mit Maddie, hatten sie die größte Auseinandersetzung während ihrer ganzen Ehe – Auslöser war Dixon, und die Zeit, die sie in dem Gefängnis verbrachte. In Wirklichkeit ging es jedoch um ihre Beziehung, die nicht mehr liebevoll und partnerschaftlich war, sondern nur noch eine hasserfüllte Scharade – keiner von beiden schien glücklich, keiner von beiden fähig, sich zu ändern.

Jack setzte die Ortsbegehung mit Jim fort, entdeckte weitere Grenzmarkierungen und Pfosten. Er hatte seit langem nicht mehr so intensiv über sein Leben nachgedacht. Vögel flogen über ihnen, durch ihre Aktivitäten aus dem Gebüsch aufgescheucht. Jim rief ihm die Messwerte zu, Jack schrieb sie in sein Notizbuch. Licht und Schatten wechselten in den Lichtungen und Wäldern. Jack verlor sich in alten Erinnerungen.

Der Gedanke an den Unfall war noch immer eine Qual. Doch die Zeit unmittelbar danach war in seinem Gedächtnis haften geblieben – als Emma in der Klinik lag, bevor keine Hoffnung mehr auf Rettung bestand, als er neben ihrem Bett gekniet und gebetet hatte. Er hatte Gott angefleht, sie am Leben zu lassen, sie wieder gesund zu machen. Und als Gott ihn nicht erhört hatte, betete er um die Möglichkeit, Emmas Andenken zu bewahren, so wie er sie in Erinnerung behalten wollte – mit all der Liebe, die sie ihm am Anfang entgegengebracht hatte.

Vielleicht hatte er deshalb auf Anhieb einen so guten Draht zu Aida gehabt – hatte sie schon bei der ersten Begegnung ins Herz geschlossen. Weil sie das Andenken an die große Liebe bewahren wollte, die sie hier mit ihrem Mann erlebt

hatte. Jacks Herz zog sich krampfhaft zusammen. Er hörte, wie Jim ihm eine weitere Zahl zurief, und notierte sie. Seine Kehle brannte.
Weil er wusste, dass er alles in seiner Macht Stehende tun würde, um dieser Frau zu helfen, das Schloss und die Ländereien zu bewahren, die ihr Mann über alles geliebt hatte. Und weil er jeden Ort, an dem er mit Emma gelebt hatte, und die Lüge, zu der ihr gemeinsames Leben geworden war, so schnell und so weit wie möglich hinter sich lassen wollte.
Schottland war weit weg. Und Jack, des Weglaufens müde, wollte endlich zur Ruhe kommen.
Er hatte die nötigen Vorkehrungen getroffen, eine Arbeitserlaubnis erwirkt und sich verpflichtet, seine neue Stellung noch in diesem Monat anzutreten. Das Problem war, er wollte nicht mehr fort. Jede Nacht träumte er davon zu bleiben, träumte von Spaziergängen am Strand, von den warmen Wellen, die seine Füße umspülten, von alten beinahe unhörbaren Kinofilmen am Strand und einer schönen warmherzigen Frau, deren Hand er hielt. Einer Frau, die das Herz seiner Tochter gewonnen und sie aus ihrer Verzweiflung gerissen hatte.
Bleib, hatte Stevie gesagt.
Romanov rechnete fest mit ihm. Und Francesca und die Mitarbeiter von Structural fühlten sich durch seine Kündigung verraten, würden vermutlich schadenfroh sein, wenn er einen Rückzieher machte und wieder angekrochen käme.
Buße wurde einem Menschen oft ganz unverhofft auferlegt. Jack betrachtete das Dilemma, in dem er sich befand, als gerechte Strafe für die Fehler und Versäumnisse in seiner ersten Beziehung. Wäre Emma nicht so unglücklich mit ihm

gewesen, hätte sie keinen Anlass gesehen, eigene Wege zu gehen. Er dachte daran, was Madeleine ihm erzählt hatte, benommen von Medikamenten, einer Hysterie nahe.
Dass Emma sie während der Fahrt über die holperige Landstraße in einem Wutanfall geohrfeigt hatte, so dass sie die Kontrolle über den Wagen verlor. Jack hatte sich geweigert, ihr Glauben zu schenken, und wollte auch jetzt nichts davon hören. Er musste Emmas Andenken bewahren. Notfalls auch dann, wenn er sich dazu zwingen musste, Nell zuliebe.
Doch als er aus dem Wald heraustrat und Aida mit so viel Güte und Weisheit in den veilchenblauen Augen auf sich zukommen sah, dachte er unwillkürlich an Nells Tante; er fühlte sich hundeelend bei dem Gedanken, dass er sie vielleicht die ganze Zeit zum Sündenbock gemacht hatte.
»Hallo Jack.« Aida umarmte ihn zur Begrüßung. »Vielen Dank, dass Sie sich die Zeit genommen haben, herzukommen. Sie haben schließlich Urlaub … es ist unverzeihlich von mir, dass ich Sie vom Strand fern halte, und von Nell …«
»Zerbrechen Sie sich deswegen nicht den Kopf, Aida«, entgegnete er. »Ich werde tun, was ich kann, um dieses wundervolle Anwesen zu retten.«
»Ich bringe schon mal die Ausrüstung ins Auto«, meinte Jim. »Ich habe Karten für ein Spiel der Red Sox, heute Abend, und muss mich sputen. Pass auf dich auf, Jack. Hat mich gefreut, Sie kennen zu lernen«, sagte er zu Aida.
»Mich auch, Jim – und *vielen* Dank.« Sie reichte ihm zum Abschied die Hand. »Und was ist mit Ihnen? Darf ich Ihnen eine Tasse Tee anbieten?«, sagte sie, an Jack gewandt.
»Gerne, vielen Dank.« Er folgte ihr in das kleine Haus, das sie bewohnte.

Es war größtenteils ein Atelier; an der Wand hinter der Staffelei standen ein kleines Sofa und ein Tisch. Sie ging in den Hof hinaus, füllte einen Kupferkessel mit Wasser aus dem Brunnen und setzte ihn auf den schmalen Ofen. Sie nahmen auf Stühlen mit hohen Rückenlehnen Platz, an einem verkratzten, mit Pigmenten verschmierten Eichentisch. Ihre Hände waren zart, sahen aber aus, als könnten sie zupacken, in den Rillen der Knöchel und unter den Fingernägeln hatte sich Farbe abgesetzt, wie bei Stevie.

»Sie haben eine bezaubernde Tochter«, sagte sie und maß ihn mit Blicken.

»Danke. Finde ich auch.«

»Sie weiß offenbar genau, was sie will. Nicht zu fassen, dass sie sich auf eigene Faust auf die Suche nach Stevie gemacht hat – und fündig wurde. Ganz schön mutig, an ihre Tür zu klopfen.«

»Sie hatte sich die Knie aufgeschürft, ziemlich schlimm, kam mit Kratzern und Pflastern heim. Stevie hatte sie verarztet. Aber es hat mich sehr beeindruckt, dass Nell sich etwas so sehr in den Kopf gesetzt hatte, dass sie trotz ihres Sturzes daran festgehalten hat.«

»Was, glauben Sie, waren ihre Beweggründe?«, fragte Aida. Der Kessel pfiff, und sie goss heißes Wasser in zwei Becher.

Jack antwortete nicht. Die Frage hing in der Luft, dann driftete sie davon. Der Besuch hatte etwas Unwirkliches, glich einem Traum – vibrierend vor Leben, bedeutungsschwer oder völlig bedeutungslos. Er betrachtete die Schwarzweiß-Fotografien an der Wand, Aufnahmen von Aida als junge Frau – groß, schlank, glamourös. In Abendroben, Theaterkostümen, nackt …

»Die stammen von Van«, sagte sie. »Ein echtes Multitalent. Ein exzellenter Schauspieler, aber er hätte auch als Fotograf Karriere machen können. Das ist er …«

Jack folgte ihrem Blick zu einer Reihe von Fotos von einem großen, beleibten Mann mit kühner Nase, kräftigem Kinn und eindringlichen schwarzen Augen. Auf manchen im Kostüm des Jago oder Falstaff abgebildet, schien er sich in beiden Rollen gleichermaßen heimisch zu fühlen – dynamisch, ausdrucksstark, ein Idol, an das kein Sterblicher heranreichte. Die Ähnlichkeit mit Henry war unverkennbar; kein Wunder, dass der Sohn eines solchen Mannes Marineoffizier gewesen war, dachte Jack.

»Henrys Vater«, sagte Jack.

»Ja. Sie hatten eine innige Beziehung, taten sich aber schwer, es zu zeigen. Ich bin überzeugt, dass Henry in jeder Schlacht seinem Vater zuliebe kämpfte.«

»Er will heiraten?«

»Ja. Wurde ja auch Zeit. Die Ehe seiner Eltern war ziemlich schwierig – seine Mutter war verletzt und machte ihrem Sohn gegenüber nie einen Hehl daraus. Das war ihr gutes Recht, aber es schadete ihm. Er hatte Angst, einen Menschen zu lieben, ihn zu verletzen.«

Jack schloss die Augen, dachte daran, wie schmerzlich und verworren die meisten Beziehungen letztlich wurden.

»Er ist so …«, Aidas Augen waren mit einem Mal verhangen, »… so anders als Stevie in dieser Hinsicht – und trotzdem genau wie sie.«

»Was heißt das?«

»Wie ich bereits sagte, Stevies Eltern führten eine Bilderbuchehe. Was selten genug ist. Mein Bruder war ein Dichter, ruhig, sanft und verständnisvoll. Meine Schwägerin war Malerin und Kunsthistorikerin … Sie waren ›Seelengefährten‹, um diesen schrecklich abgenutzten Ausdruck zu gebrauchen. Und Stevies Vorbild. Sie glaubt fest an die große Liebe und sehnt sich nach einer harmonischen Beziehung, wie ihre Eltern sie hatten.«

»Vielleicht gibt es die nicht«, erwiderte Jack, erstaunt über die Bitterkeit, die er in seinem Inneren verspürte.

»Oh doch.«

»Sprechen Sie von Van und Ihnen?«

Sie nickte. »Es war nicht der erste Anlauf, für keinen von uns beiden. Jeder macht Fehler, verletzt andere. Das ist tragisch, das Leben aller Beteiligten wird dadurch in Mitleidenschaft gezogen. Aber es gibt sie, die große Liebe – sie ist real. Du findest sie irgendwann, oder sie findet dich … auch ohne dein Zutun.«

»Deshalb möchten Sie dieses Anwesen unbedingt erhalten, richtig? Um das Andenken an die Liebe zu bewahren, die Sie für Van empfunden haben.«

»Ja, und ich liebe ihn immer noch. Ich kann Ihnen gar nicht genug für Ihre Hilfe danken. Ich habe mich mit meinem Anwalt in Verbindung gesetzt, er wird alles für die Gründung eines Immobilientrusts vorbereiten. Im Oktober ist eine große Bilderausstellung geplant, die Erlöse fließen in voller Höhe als Startkapitel in den Trust. Er wird den Namen ›Van von Lichen Naturschutz- und Kunstzentrum‹ erhalten. Die Nachwuchskünstler von Black Hall werden hellauf begeistert sein. Van war ein bekannter Kunstmäzen und hat hier im Schloss so manche wilde Nacht mit den Impressionisten aus Connecticut verbracht.«

»Aber Ihre Stilrichtung ist das nicht, oder? Ich meine, der Impressionismus?« Es war Jack peinlich, nicht genug über Malerei zu wissen, um den Unterschied zu erkennen.

»Ich bitte Sie! Mein lieber Junge, ich bin schließlich *nicht von gestern,* sondern aufgeschlossen für neue Impulse. Obwohl es einige Jahrzehnte her ist, seit der abstrakte Expressionismus als Novum galt … aber egal …«

»Danke, Aida. Sobald mein Abschlussbericht fertig ist, schicke ich Ihnen alles zu, was ich an Unterlagen habe. Noch vor meiner Abreise nach Schottland.«

»Stevie erwähnte, dass Sie dorthin umsiedeln wollen. Ich muss gestehen … das finde ich sehr schade.«

»Oh, ich werde mich auf dem Laufenden halten, was Ihr Projekt betrifft, das geht auch von dort aus. Ihr Anwalt kann mich jederzeit anrufen, falls es noch Unklarheiten gibt, oder Ideen, über die er sprechen möchte …«

»Jack, das ist nicht der Grund. Er hat nichts mit dem Schloss oder dem Hügel zu tun.«

»Womit dann?«

Aida schwieg. Sie trank einen Schluck und musterte ihn mit ihren ausdrucksstarken, dunkel umrandeten Augen über den Rand ihres Bechers hinweg. Ihm war, als sei sie in der Lage, bis auf den Grund seines Herzens zu blicken.

»Es ist nicht sehr lange her, seit wir uns das erste Mal begegnet sind«, sagte sie nach einer Weile. »Trotzdem kommt es mir vor, als würden wir uns schon ewig kennen. Stevie hat mir ein wenig erzählt … es ist nur so ein Gefühl, das ich habe …«

»Ja? Bitte sprechen Sie weiter.«

»Ich denke, meine Nichte wird es bedauern, wenn Sie gehen. Nell ebenfalls, mit Sicherheit. Und … Sie auch.«

Jack hätte ihr am liebsten gesagt, dass sie keine Ahnung hatte, wie sehr. Er räusperte sich. »Die Entscheidung lässt sich nicht mehr rückgängig machen, ich habe einen Vertrag unterschrieben.«

»Das Gute an Verträgen ist, dass es immer eine Möglichkeit

gibt, aus ihnen herauszukommen. Mag sein, dass damit finanzielle Einbußen verbunden sind, aber man gewinnt dafür in Bereichen, die wirklich zählen.«

»Und welche wären das?«

»Jetzt machen Sie aber mal einen Punkt, Mr. Kilvert.« Aida zwinkerte ihm zu. »Sie wären nicht hier, um das Land zu vermessen und mein Schloss zu retten, wenn Sie das nicht genau wüssten.«

Jack trank seinen Tee aus und dachte an Stevies Geschichte von dem magischen Schloss und der weisen Tante. Er schwieg, weil er nicht laut aussprechen wollte, dass er es wusste, dass er es längst wusste.

21. Kapitel

Madeleine saß in ihrem Wagen, auf dem Parkplatz von Emerson Market, unmittelbar vor dem Eisenbahnviadukt, dem Eingangstor von Hubbard's Point. Sie war nervös, aber ihr Entschluss stand fest. Während sie wartete, waren zwei Züge an ihr vorbeigefahren: der eine nach New York, der andere nach Boston. Als sie und ihr Bruder klein waren, hatten sie die Züge gezählt.

Nach einer Weile entdeckte sie endlich, worauf sie gewartet hatte. Jacks Kombi kam die Shore Road entlang, fuhr unter der Brücke hindurch, in den Ort hinein. Madeleine hatte es vor zwei Tagen in einer Art Trockenübung herausgefunden. Sie war von Providence hergefahren und um die Cottages rund um den Tennisplatz gekurvt, wo ihr Bruder laut Stevie wohnte, in der Hoffnung, ihm zufällig zu begegnen. Doch als sie sah, wie Nell und er in den Wagen gestiegen und da-

vongebraust waren, hatte sie den Mut verloren und war zurück nach Hause gefahren.
Heute wollte sie einen zweiten Anlauf wagen und war beherzter als je zuvor. War Nell bei ihm? Madeleine verrenkte sich den Hals – nein, der Beifahrersitz war leer.
Ihr Herz klopfte so heftig, als hätte sie einen Marathonlauf hinter sich. Mit Sicherheit war ihr Gesicht feuerrot – ihre Lippen fühlten sich trocken an, und ihre Hände klebten am Lenkrad.
Sie hatte niemanden in ihren Plan eingeweiht – weder Chris noch Dr. Mallory oder Stevie. Ihre Therapie machte gute Fortschritte; schon nach wenigen Sitzungen war es ihr besser gegangen. Alles war klarer geworden – wenn Jack ihr nur eine Chance gäbe, dann könnte sie mit ihm reden. Wenn sie ihm von Angesicht zu Angesicht gegenübersaß, konnte sie darauf vertrauen, dass ihr die Liebe, die sie seit frühester Kindheit miteinander verband, schon die richtigen Worte eingab. Sie hatte Stevie absichtlich nicht von ihrem Vorhaben in Kenntnis gesetzt; obwohl sie wusste, dass Stevie ihren Wunsch nach einer Aussprache unterstützen würde, musste sie diesen Weg alleine gehen.
Als sie blitzschnell hinter Jacks Wagen auf die Fahrbahn ausscherte, hätte sie ihn um ein Haar von hinten gerammt. Sie musste ihre Fassung wiedergewinnen – sie hatte nicht damit gerechnet, dermaßen aufgewühlt zu sein. Sich in der Praxis ihrer Therapeutin den Kummer von der Seele zu reden war eine Sache. Dort hatte sie nichts zu befürchten – sie befand sich in einem geschützten Raum, fern von der Realität einer echten Konfrontation. Doch hier am Strand konnte alles Mögliche geschehen.
Jack sah in den Rückspiegel.
Ihre Blicken trafen sich.

Wie würde er reagieren? Madeleine umklammerte das Lenkrad und bog in die Einfahrt eines Strandhauses ein, direkt hinter ihrem Bruder.

Jack war unfähig, sich zu rühren. Er parkte den Wagen in der sandigen Einfahrt und blickte abermals in den Rückspiegel, geradewegs in die Augen seiner Schwester. Die Blaupausen und Pläne des Schlosses lagen auf dem Beifahrersitz. Er hatte an Aidas kluge Worte gedacht und an Stevies Bitte, er möge bleiben. Er hatte vorgehabt, schnurstracks zu Stevie zu gehen und ihr zu sagen, dass er Ivan Romanov gleich am nächsten Morgen anrufen wolle – Vertrag hin oder her, die Schottland-Pläne waren überholt. Eine weitere Rolle bei dieser Entscheidung spielte auch das Bedürfnis, sich mit seiner Schwester auszusöhnen.

Doch sie so unverhofft vor sich zu sehen war ein Schock. Benommen griff er nach der Türklinke, stieß die Tür auf. Madeleine war bereits ausgestiegen. Sie lehnte an ihrem Auto, die Hände krampfhaft verschränkt.

»Jack.« Ihre Augen füllten sich mit Tränen. »Bitte lauf nicht davon.«

»Das hatte ich nicht vor«, erwiderte er langsam.

Er blickte sie aufmerksam an. Seit ihrer letzten Begegnung war ein Jahr vergangen, doch die Narben waren unübersehbar: dunkelrot, vom Hals bis zur Schulter, unter dem Kleid weiterlaufend. Sie hatte zugenommen, und ihr Gesicht wirkte aufgedunsen. Ihre Haare waren gebürstet, mit Schildpattkämmen zurückgehalten, die Lippen geschminkt. Die Mühe, die sie sich mit ihrem Erscheinungsbild gegeben hatte, brach ihm das Herz. Sie sah so verletzlich aus, dass er ihren Anblick kaum ertragen konnte.

»Wie geht es dir?«, fragte er.

»Gut, von Tag zu Tag besser«, erwiderte sie tapfer. »Ich weiß, ich sehe schrecklich aus – das liegt an den Steroidhormonen, die ich nach der Operation verschrieben bekam, davon nimmt man zu. Ich finde es grässlich, dass du mich so dick siehst.«

»Maddie, du bist nicht …«

»Bitte.« Sie schüttelte den Kopf, als könnte sie keine weitere Unwahrheit zwischen ihnen ertragen. Jack schlug das Herz bis zum Hals. Er trat einen Schritt vor, wollte sie in die Arme nehmen. Aber sie schüttelte abermals den Kopf, so dass er abrupt innehielt, und barg das Gesicht in den Händen.

»Ich habe versucht, dich anzurufen«, sagte er.

»Ich wusste es«, schluchzte sie. »Ich *wusste,* dass du es warst. Warum hast du kein Wort gesagt?«

»Ich war mir nicht sicher, was ich sagen sollte, Maddie. Alles ist so kompliziert. Emmas Geständnis, ihr Verhalten … und dann der Unfall …«

»Ich habe sie auf dem Gewissen. Ich hätte ihr nie im Leben etwas zuleide getan, aber als sie mich ohrfeigte, verlor ich die Kontrolle über den Wagen …«

Jacks Magen verkrampfte sich. Er liebte seine Schwester, zweifelsohne, aber er ertrug es nicht, Einzelheiten über den Unfall zu hören. Emmas Beichte, ihre Gewalttätigkeit gegenüber Maddie – der Gedanke war zu viel für ihn, war unerträglich, selbst nach einem Jahr.

Sie verstummte, erstarrte, als sie den gequälten Ausdruck in seinem Gesicht sah.

»Ich möchte dir alles erklären«, sagte sie.

»Nicht jetzt. Das ist der falsche Weg.«

»Das ist der einzige Weg. Um dir begreiflich zu machen, dass es keine Absicht war, wenn ich alles zerstört habe.«

»Hör auf, Maddie.« Schweiß rann seinen Nacken hinab, er

fühlte sich elend. Es war vernünftiger, die Vergangenheit ruhen lassen. In diesem Sommer hatte er ein wenig Heilung gefunden – als er Stevie kennen lernte, Zeit mit ihr verbrachte, beobachten konnte, wie es Nell allmählich besser ging. Das Gespräch mit Aida hatte ihm geholfen, und zu sehen, wie sie mit ihrer eigenen Nichte umging. Auf Schritt und Tritt war er in Hubbard's Point auf gute Erinnerungen an Emma – und Maddie – gestoßen.

»Aber du musst mich anhören, Jack – du musst!«

»Ich kann nicht!«, brüllte er.

Die Stille, die eintrat, war ohrenbetäubend. Alle fröhlichen Aktivitäten in Hubbard's Point wurden auf einen Schlag unterbrochen – Tennisbälle und Basketbälle liefen ins Leere, Radios wurden leiser gedreht, die Leute verstummten. Hier brüllte niemand. Jacks Stimme gellte in seinen eigenen Ohren. Madeleine stand vor ihm, leichenblass und wie gelähmt.

»Tut mir Leid.«

»Ich gehe«, erwiderte sie mit bebender Stimme.

»Nein, Maddie …« Seine Hände zitterten. Er trat auf sie zu, aber sie stieg bereits ins Auto. Sie nestelte an ihrem Sitzgurt. Er hätte gerne die Hand nach ihr ausgestreckt. Aber er wagte nicht, sie zu berühren. Sie wirkte so verletzlich …

»Jack. Ich liebe dich.«

»Madeleine.« Ihre Blicke trafen sich, und er spürte, wie Tränen über seine Wangen liefen. Er konnte nichts darauf erwidern. Er liebte sie, aber er brachte es nicht über sich, die Worte auszusprechen. Wenn er an den Unfall dachte, war er manchmal so wütend auf sie, dass er sie am liebsten geschüttelt hätte. Doch zu anderen Zeiten richtete sich seine geballte Wut gegen Emma, die das Leben seiner Schwester aufs Spiel gesetzt hatte – hätte sie nicht in einer Krise ge-

steckt, wäre Madeleine nicht mir ihr weggefahren, entlang der verhängnisvollen Straße.
»Was?«, fragte sie.
»Fahr nicht.«
»Ich hätte nicht herkommen sollen.«
Der Anblick ihrer Augen brach Jack das Herz. »Maddie.« Er wünschte sich, dass es wieder so wie früher war, als die Liebe zu seiner Schwester die einfachste, selbstverständlichste Sache der Welt zu sein schien.
»Ich muss jetzt los«, sagte Maddie.
»Bitte nicht.«
»Richte Nell bitte aus, dass ich sie sehr lieb habe.«
Ihr Fenster war offen, ihre Hand lag auf dem Lenkrad. Jack wurde bewusst, dass er sie nicht einmal umarmt hatte. Er streckte die Hand durchs Fenster, seine Finger streiften ihre. Sie schüttelte den Kopf, unterdrückte ein Schluchzen.
»Sie liebt dich auch – du hast keine Ahnung wie sehr, Maddie«, sagte er. Aber sie ließ sich nicht aufhalten – wortlos fuhr sie davon.
Jack stand in der Einfahrt. Was war passiert? Warum hatte er alles verdorben? Das Verrückte war, dass seine Reaktion überhaupt keinen Sinn machte. Sie war nicht logisch – die Begegnung hatte zu früh stattgefunden, hatte ihn überrumpelt. Ein Jahr war vergangen, und trotzdem schmerzte ihn das Wiedersehen mit seiner Schwester so sehr, als sei der Unfall erst gestern geschehen. Maddie hatte Emma nicht auf dem Gewissen. Sie hatte lediglich das Bild zerstört, das er sich von Emma gemacht hatte.
Der Tod hatte ihm Emma genommen, aber sie war zu dem Zeitpunkt bereits entschlossen gewesen, ihn aus eigenem Antrieb zu verlassen. Die Begegnung mit Madeleine hatte ihm diese Erinnerung bewusst gemacht. Er musste sich über

verschiedene Dinge klar werden, einen Schlussstrich unter die Vergangenheit ziehen, wieder festen Boden unter den Füßen gewinnen, um sein Augenmerk darauf richten zu können, seiner kleinen Tochter Vater und Mutter zu sein. Er hatte es ihrer Mutter überlassen, sie großzuziehen, und was war dabei herausgekommen? Er konnte sich jetzt keine weiteren Fehler mehr leisten. Nell war zerbrechlich und brauchte ihn.

Alles geschieht aus einem bestimmten Grund – pflegten ihm die Nonnen in der Schule zu sagen. Es war eine Binsenweisheit, die immer dann zutraf, wenn einem Schlimmes widerfuhr: wenn man in der Schule versagte, aus der Mannschaft geworfen wurde, die Eltern verlor. Seltsam, dass ihm diese Worte ausgerechnet jetzt wieder einfielen, als er in seiner Einfahrt stand. Madeleines Besuch hatte ihm eines vor Augen geführt: Er liebte sie noch genauso wie früher. Aber er war einfach nicht dafür gerüstet, sich bestimmten Gegebenheiten zu stellen, die damit einhergingen – der Wahrheit über Emma und der Lüge, zu der ihr gemeinsames Leben geworden war.

Seine erste, instinktive Reaktion war richtig gewesen – fortzugehen, so schnell und so weit wie möglich.

Nell und Peggy trennten sich nach dem Schwimmtraining von den anderen, um Tandem zu fahren. Sie beherrschten diese Kunst inzwischen perfekt, und heute war Nell an der Reihe, vorne zu sitzen und zu lenken. Sie schlug unverzüglich den Weg in Richtung Landzunge ein.

»Ich weiß, wohin wir fahren«, rief Peggy ihr von hinten zu.

»Weißt du nicht!«

»Blaues Haus, Herz aus Stein …«

»Ihr Haus ist nicht mehr blau. Und abgesehen davon, im

Strandkino warst du doch ganz angetan von ihr, oder? Mir hat es Spaß gemacht.«

»Ich weiß.«

Da Peggy nicht wirklich widersprach, grinste Nell nur und fuhr hinter den Tennisplätzen entlang, bog um die Ecke in die schattige Straße ein, die sie zum Point führte. Als sie zu Stevies Haus gelangten, lehnten sie das Fahrrad unten an die Steinmauer. Nell nahm Peggy an der Hand, um ihr Mut zu machen. Sie erklommen die Stufen, gingen an dem Schild vorbei.

»Kannst du nicht lesen?«, flüsterte Peggy.

»Das betrifft mich nicht«, erwiderte Nell selbstbewusst.

Als sie zur Hintertür kamen, klopfte sie laut und wischte sich den Sand von den nackten Füßen. Peggy folgte ihrem Beispiel. Sie trugen Badeanzüge, die immer noch ziemlich feucht waren. Noch dazu waren sie voller Sand, weil die Wellen höher als sonst gewesen waren und den Meeresgrund aufgewühlt hatten. Nell überlegte stirnrunzelnd, dass es vielleicht besser gewesen wäre, sich vorher umzuziehen, als Stevie die Tür öffnete.

»Das ist aber eine Überraschung. Kommt herein!«

»Ähm, unsere Badeanzüge sind nass«, sagte Nell. »Und auch ein bisschen sandig. Tut mir Leid.«

»Quatsch. Beachgirls tragen immer nasse, sandige Badeanzüge. Ich freue mich über euren Besuch. Hallo Peggy.«

»Hallo.« Peggys Stimme war leiser, als Nell jemals zuvor gehört hatte.

»Wir kennen uns ja vom Strandkino. Wie geht es deiner Mom und Tara? Ist Joe unbeschadet zurückgekehrt?«

»Es geht ihnen gut, und Joe ist nichts passiert.« Peggy wagte es immerhin, den Blick zu heben. Sie sah sich verstohlen um. Vermutlich hielt sie nach Stevies schwarzem, spitzem Hexen-

hut, ihrem Umhang und dem Besenstiel Ausschau. Tilly hockte in der Ecke, unterzog die beiden einer strengen Musterung. Nell kicherte, bückte sich und streckte die Hand aus. Zum ersten Mal kam Tilly zu ihr, um sich an ihr zu reiben.
»Sie erkennt mich wieder! Sie hat mir neulich beim Tischdecken geholfen!«
»Sie freut sich, dass du da bist, wie man sieht. Rate mal, was ich gerade tun wollte.«
»Ein Bild für dein Buch malen?«, fragte Nell. Dann wandte sie sich voller Besitzerstolz an Peggy. »Sie hat ein Buch gemacht, nur für mich und meinen Dad. Über ein magisches Schloss, das es wirklich gibt; wir sind hingefahren. Mein Dad ist gerade dort, hilft Tante Aida, den Hügel vor den bösen Bulldozern zu retten.«
»Aha, da steckt er also.« Stevies Stimme klang ein wenig seltsam.
Nell nickte. »Er war jeden Tag dort. Er hat mir die Zeichnungen gezeigt, die er gemacht hat, damit das Schloss nicht noch mehr verfällt. Heute wollte er sich den Wald anschauen, um Brücken und Fußwege zu planen. Das ist sein Spezialgebiet – Brückenbauen.«
»Toll«, meinte Peggy.
Stevie lächelte, aber ihre Miene war ein wenig besorgt. Nell hatte ein ungutes Gefühl – als hätte sie etwas Falsches gesagt. Deshalb berührte sie Stevie am Ellenbogen und versuchte sie abzulenken: »Was wolltest du gerade tun?«
»Ebby das Fliegen beibringen. Kommt mit rauf.«
»Ebby?«, fragte Peggy, auf dem Weg durchs Haus.
»Der Vogel, den mir dein Bruder gebracht hat. Eine Krähe, schwarz wie Ebenholz; deshalb habe ich sie Ebony genannt. Spitzname Ebby.«
Peggy ließ ihren Blick durch den Raum schweifen, über die

bequemen alten Sitzmöbel aus Weidengeflecht, die verblichenen Kissen, die Häkelteppiche, die Körbe mit Muscheln und Steinen und die Gemälde an der Wand. Das Haus war farbenfroh und anheimelnd, meilenweit entfernt von einem Hexenhaus. Nell lachte über Peggys verdatterte Miene.

Oben in Stevies Atelier hatte der Vogel bereits erste Flugversuche unternommen: Die Käfigtür stand offen, und er saß oben auf dem Gehäuse. Nun flatterte er hoch und ließ sich hoch droben auf Tante Aidas riesigem Gemälde nieder. Dann hob er abermals ab, um auf einem Balken an der Decke zu landen.

»Hier malen Sie?«, fragte Peggy mit großen Augen.

»Ja.«

»Toll.«

»Schaut mal.« Stevie führte die Mädchen zu einem Seitenfenster mit Blick auf ihre Terrasse, wo die roten Blumen blühten. Als Nell nach unten blickte, entdeckte sie mehrere Kolibris und erinnerte sich an den Besuch bei Tante Aida. Die gemeinsame Erinnerung bewirkte, dass sie sich Stevie noch enger verbunden fühlte, und sie lehnte sich an sie. Aber Stevie deutete heute nicht auf die Kolibris.

»Da hinten, seht ihr?« Nell blickte angestrengt hinaus auf eine Zeder, die hinter der Terrasse aus blauem Feldstein wuchs. Mehrere Krähen verbargen sich in ihrem Geäst.

»Was machen die da?«, fragte Peggy. Sie wich einen Schritt zurück, als jagte ihr der Anblick der Vögel Angst ein.

»Ich glaube, sie warten auf Ebby«, sagte Stevie.

»Das ist ihre Familie!«, rief Nell atemlos.

»Wahrscheinlich hast du Recht, Nell«, meinte Stevie. »Die Krähe ist das Totemtier der Indianer; sie steht für schöpferische Kraft, spirituelle Stärke und Treue.«

»Woher weißt du das?«

»Vögel interessieren mich, ich studiere sie. Für die Bücher, die ich schreibe.«

Peggy zupfte Nell am Arm. »Vielleicht ist sie doch eine Hexe«, flüsterte sie lautlos.

Nell schüttelte unbeirrt den Kopf. Peggy und sie traten einen Schritt zurück, als Stevie das Fenster öffnete und das Fliegengitter entfernte. Eine frische Brise wehte herein, blähte die Vorhänge auf. Die Krähen blieben von dem Lärm unbeeindruckt – sie verharrten reglos im Geäst, warteten.

Ebby flog vom Dachsparren hoch und begann, im Raum zu kreisen, während die Mädchen mit angehaltenem Atem zusahen. Die kleine Krähe war beträchtlich gewachsen seit der Zeit, als Billy sie zu Stevie gebracht hatte – sie war kein weiches, flaumiges Baby mehr, sondern flügge. Nell ergriff instinktiv Stevies Hand.

Ebby landete auf der Fensterbank. Sie hob den Kopf, blickte zum Himmel empor. Die Krähen in der Zeder fingen an zu krächzen. Nell hatte eine Gänsehaut an den Armen. Sie dachte sie an ihre eigene Familie: an ihren Vater, Tante Madeleine und Onkel Chris, die auf sie warteten.

»Mach schon, sie warten auf dich«, flüsterte Stevie.

Plötzlich erhob sich Ebby in die Lüfte, mit schimmernden schwarzen Flügeln. Zunächst noch schwankend, flatterte sie nach unten, dann fing sie sich und stieg hoch, immer höher, bis zum Wipfel der Zeder. Die wartende Krähenschar sah sie kommen und setzte sich gleichzeitig in Bewegung – eine Wolke aus glänzenden schwarzen Schwingen, die Ebby nach Hause geleiteten.

Nell bemerkte, dass sie Stevies Hand losgelassen und die Fensterbank umklammert hatte, um den Krähen nachzusehen. Sie flogen über den Strand, in die Bäume hinter der

Marsch unweit des Hauses, in dem Peggy wohnte – wo Billy den kleinen Vogel gefunden hatte.
»Er ist jetzt bei seiner Familie«, sagte Nell.
»Das muss ich unbedingt Billy erzählen.« Peggys Augen glänzten.
Nell sah Stevie an. Ihr Haar war so schwarz wie der Rücken der Krähen. Sie hätte am liebsten die Hand ausgestreckt und es berührt, um zu sehen, ob sie dem weichen, glänzenden Gefieder glichen. Sie konnte sich gut vorstellen, dass Stevie zu ihrer Familie gehörte, ihre Krähen-Tante wäre. Oder ihre Mutter. Bei dem Gedanke war ihr nach Lachen und Weinen zugleich zumute.
»Wartest du auf mich, solange ich weg bin?«, fragte sie.
»So lange du willst«, versprach Stevie. »Du kannst jederzeit hierher zurückkommen.«
Nell legte den Kopf schief, verbarg ein Lächeln. Zurückkommen – aber von wo? Der Sommer war aufregend und kein Ende in Sicht: Daran wollte nicht einmal denken. Es spielte beinahe keine Rolle, solange sie nach Hubbard's Point zurückkehren konnte.
»Freust du dich auf Schottland?«, fragte Stevie.
Nell senkte den Kopf. Ihr Vater hatte Stevie offenbar von der langweiligen Reise erzählt, die er geplant hatte. »Nicht wirklich.«
»Im Ernst? Du freust dich nicht, in einem so schönen Land wie Schottland zu leben?«
»*Leben?* In Schottland? Dad hat es erwähnt, aber ich dachte, er meinte *besuchen*.«
»Nell – das ist so weit weg! Du darfst nicht in ein anderes Land ziehen!«, ließ sich Peggy vernehmen.
Stevie wurde rot. Sie atmete hörbar aus, ganz offensichtlich hatte sie das Falsche gesagt. Nell schnappte nach Luft. Das

konnte nicht wahr sein. Schottland lag auf der anderen Seite des Ozeans. Wie konnte sie von dort nach Hubbard's Point zurückkehren, zu Stevie? Und wie sollte ihre Tante sie finden – in einem fremden Land? Sie sollte wirklich in *Schottland* leben?

Jack befand sich immer noch in einem Schockzustand, fühlte sich wie betäubt, als Nell nach Hause kam. Er stand lächerlich lange in der Einfahrt, hoffte auf Maddies Rückkehr. Irgendwann ging eine Nachbarin an ihm vorüber. »Alles in Ordnung?«, fragte sie, als sie sah, dass er ins Leere starrte.

»Alles bestens«, erwiderte Jack.

Er war in den Garten hinter dem Haus gegangen und hatte sich auf die Bank unter dem Baum gesetzt. Stevie und er hatten hier gesessen, an dem Morgen, als sie mit Kaffee herübergekommen war. Ein Stunde verging, dann eine weitere. Er rührte sich nicht. Der Anblick seiner schluchzenden Schwester hatte ihn bis ins Mark erschüttert.

»Schottland?«, rief Nell und rannte um die Ecke, riss ihn jäh in die Wirklichkeit zurück. »Wir werden in Schottland *leben*?«

»Woher weißt du das?«, fragte er mit einem flauen Gefühl im Magen.

»Das sage ich dir nicht, weil du dann böse auf sie bist. Dad, ich will nicht in Schottland leben«, weinte sie.

Eine Frau, die ihren Hund ausführte, blieb stehen und blickte neugierig zu ihnen herüber.

»Komm ins Haus.« Jack sprang von der Bank hoch und eilte zur geöffneten Fliegengittertür. Nell trat ein, Sand rieselte bei jedem Schritt aus ihrem Badeanzug auf den Linoleumboden.

»Du hättest mich nicht einmal gefragt, was ich möchte?«

»Doch, mein Schatz. Doch. Ich habe nur versucht, die beste Entscheidung für uns beide zu treffen«, stammelte Jack. Er war immer noch aufgewühlt von Madeleines überraschendem Besuch, erschüttert über seine Reaktion, als er ihr gegenüberstand, unfähig, auch nur einen klaren Gedanken zu fassen.

»Ich will nicht weg. Ich will hier bleiben!«

Jack hatte am Morgen den gleichen Gedanken gehabt – nun erschien er ihm völlig abwegig. Alles hatte sich so wunderbar zusammengefügt, dort oben auf dem Schloss; und Stevies Bitte zu bleiben war ihm wie eine Herausforderung oder ein Versprechen vorgekommen, das er annehmen wollte. Doch nun …

»Was hast du gegen Atlanta, Dad? Oder gegen Boston?«

»Ich dachte, du magst Boston nicht.«

»Ich mag *Francesca* nicht. Das ist alles!«

»Wenn ich mich recht erinnere, hast du dich dort nicht besonders wohl gefühlt.«

»Aber die Schwanenboote waren schön, Dad. Und der Freedom Trail.«

Jacks Kopf begann zu schmerzen. Was hatten Sehenswürdigkeiten mit der Entscheidung zu tun, wo sich eine Familie häuslich niederließ? Abgesehen davon – hatten ihr die Schwanenboote *wirklich* gefallen? Er hatte eher den Eindruck gehabt, dass sie die Bootsfahrt langweilig fand, die er mit ihr unternommen hatte. Und beim Besuch der Old North Church war ihm, als hätte er eine Statue von Paul Revere im Schlepptau, als er die Kirchenstufen hinauf und den Mittelgang entlanggegangen war. Plötzlich bekam er einen Vorgeschmack, wie es sein würde, wenn er Loch Ness oder Inverness Castle mit ihr besichtigte. Was hatte er erwartet?

»Das Beste an Boston ist, dass es nicht weit von Hubbard's Point entfernt ist. Bitte, Dad … Arbeite wieder bei Structural, das wäre prima.«

»Das geht nicht, Nell. Ich habe gekündigt. Und mein neuer Chef in Schottland wartet darauf, dass ich anfange.« Der Gedanke traf ihn wie ein Keulenschlag.

»Nein!«, schluchzte sie.

»Nell.«

»Bitte, Dad. Bitte tu es nicht. Mit gefällt es hier.«

»Mir auch«, sagte er. Doch selbst in dem Moment, als er die Worte aussprach, wusste er: Liebe ist nicht immer imstande, alle Probleme zu lösen. Sonst wäre es ihm gelungen, eine harmonische Ehe mit Emma zu führen. Sonst wären Madeleine und er in der Lage gewesen, die Beziehung zwischen ihnen zu kitten. Liebe war zweifellos eine treibende Kraft – aber sie führte die Liebenden oft in entgegengesetzte Richtungen. Und in dem Augenblick war er absolut sicher, dass der Umzug nach Schottland die einzig richtige Entscheidung war, so schwer sie auch sein mochte. Sie versprach einen Neubeginn: Sie würden Zeit haben, wieder auf die Beine zu kommen, sie beide, Nell und er.

Ich muss jetzt los, hatte Madeleine gesagt.

Das galt auch für Jack. Es war töricht zu glauben, dass er nicht mehr wegzulaufen brauchte.

»Nell, Schatz«, sagte er und streckte die Arme nach ihr aus.

»Du bist gemein!« Sie zerrte an ihren Haaren. »Merkst du das nicht? Du bist richtig gemein zu mir, Dad! Zuerst verbietest du mir, Tante Madeleine zu sehen, und jetzt bringst du mich von Stevie weg. Und von Peggy! Ich will nicht nach Schottland. Ich will nicht, ich will nicht …«

Schluchzend rannte sie die Treppe hinauf. Ihr herzzerreißendes Weinen war durch die Fußbodendielen zu hören, und Jack saß unten in einem Sessel, und sein eigenes Herz drohte dabei zu zerspringen.

In dieser Nacht konnte Stevie nicht schlafen. Sie lag im Bett und lauschte den Wellen, die sich auftürmten und brachen, mit einer Wucht, die Nells Welt zum Einsturz brachte. Draußen auf hoher See braute sich ein Sturm zusammen, und der Wind wurde mit jeder Stunde stärker. Der Mond war im Abnehmen begriffen, war aber noch voller als ein Halbmond. Durch die hohen Wolken gefiltert, schien sein Licht die ganze Nacht in ihr Fenster, bis sie schließlich aufstand, ihren Badeanzug und ein Hemd anzog und zum Strand hinunterging.

Der Nachthimmel war dunkelblau, erhellt vom Schein des Mondes. Dünne Schleierwolken schoben sich vor ihn, verhüllten das Licht. Stevie ging bis ans Ende der Bucht, spürte den harten Sand unter ihren Füßen. Die Wellen schwappten ans Ufer und ins Meer zurück, umspülten ihre Knöchel. Hier hatte sie seit frühester Kindheit Liebe und Glück gefunden, in den Sommermonaten mit Emma … und später zu dritt, mit Madeleine.

Einmal Beachgirl, immer Beachgirl …

Was war schief gelaufen? Und warum hatte sie das Gefühl, beide enttäuscht zu haben – ihre zwei liebsten Freundinnen? Sie hatte versucht, Madeleine mit Emmas Familie auszusöhnen und Nell im Schoß der Gemeinde willkommen zu heißen. Ihr Herz war schwer; sie hätte Einsiedlerin bleiben sollen. Während sie kräftig ausschritt, wurde die Nacht immer dunkler und undurchdringlicher. Sie hörte die Brandung, sah den weiß gekräuselten Kamm der Wellen, im Mondlicht silbrig glänzend. Von Osten her wehte ein feuchter, salziger Wind, brannte auf ihren Wangen.

Unweit der Fußgängerbrücke ließ sie ihr Hemd auf den Sand fallen, stand im Badeanzug da. Sie hatte das dringende Bedürfnis, schwimmen zu gehen, sich vom Salzwasser tragen zu lassen – brauchte das Gefühl, *gehalten* zu werden, wenn auch nur vom Meer. Im Augenblick war Ebbe, das Wasser hatte sich weit zurückgezogen. Sie hatte seit jenem ersten Morgen, als Jack auf der hölzernen Strandpromenade gesessen und ihr zugesehen hatte, nicht mehr nackt gebadet. Sich daran erinnernd, drehte sie sich um – und entdeckte ihn.

Stevie erstarrte, dann ging sie auf ihn zu. Er kam ihr entgegen.

»Hallo«, sagte sie.

»Hallo.«

»Von allen Stränden an allen Meeren musstest du dir ausgerechnet meinen aussuchen.« Sie standen beisammen, ihre Zehen berührten sich, als sie aufblickte und versuchte, ihm in die Augen zu schauen. Die Haare fielen ihm ins Gesicht, das vom Mond überschattet war.

»Es tut mir Leid, dass ich Nell von Schottland erzählt habe. Ich dachte, sie wüsste es.«

»Ich hatte schon mehrmals versucht, das Thema zur Sprache zu bringen. Aber sie ist stur, wenn es um Dinge geht, die sie nicht hören will. Zerbrich dir deswegen nicht den Kopf. Sie hätte es sowieso erfahren.«

»Alles in Ordnung mit ihr?«

Er nickte. »Ich hoffe. Es hat die halbe Nacht gedauert, aber schließlich hat sie sich in den Schlaf geweint. Ich – mir ist die Decke auf den Kopf gefallen. Ich musste mir die Beine vertreten. Wolltest du schwimmen gehen?«

»Ja.«

»Ich auch. Dann los.«

Er ließ sein Hemd neben ihres fallen, dann tauchten sie mit

einem Kopfsprung in die nächste Welle. Die Nachtluft war so kühl, dass sich das Wasser warm anfühlte. Stevie schwamm mit kräftigen schnellen Zügen zum Floß hinaus. Sie spürte den nahenden Gezeitenwechsel – den Widerstand der Flut, den sie überwinden musste. Der Mond stand tief am Himmel, sein Licht pflügte eine breite goldene Schneise in das schwarze steigende Wasser. Sie hörte Jack ganz in der Nähe schwimmen, erhaschte einen Blick auf seinen glänzenden Rücken.

Ihre Lungen brannten, aber es tat gut, sich körperlich zu verausgaben. Sie hatte das Gefühl, dass er das Gleiche im Sinn hatte. Ihre Muskeln streckten sich, als sie schneller schwamm, um ihn einzuholen. Jack ließ sich auf das Spiel ein, schwamm mit ihr um die Wette zum Floß. Sie hievten sich aus dem Wasser, lachten. Sie schüttelte ihr nasses Haar und setzte sich neben ihn.

»Hat deine Mutter dir nicht gesagt, dass man nach Einbruch der Dunkelheit nicht mehr schwimmen gehen sollte?«, fragte er.

»Das gehörte zu den wenigen Dingen, die sie ausgelassen hatte. Sie liebte den Strand und wusste, dass Schwimmen im Mondschein, vor allem mit einem Freund und vor dem Sturm, zu den Höhepunkten im Leben zählt.«

»Aber du konntest nicht wissen, dass du heute Nacht einem Freund begegnen würdest. Oder doch?«

»Nein. Du aber auch nicht.«

»Ich hoffte, dir zu begegnen.«

»Früher bin ich immer im Morgengrauen geschwommen, falls ich dich daran erinnern darf. Wie spät ist es?«

»Ungefähr halb fünf, nehme ich an. Ich hatte es irgendwie im Gefühl. Obwohl ich es nicht erklären kann. Vielleicht liegt es daran, dass ich dir etwas Wichtiges zu sagen habe.«

»Was?«
»Madeleine war hier.«
»Jack!«
»Es hat gut getan, sie wiederzusehen«, sagte er, aber seine Augen waren schmerzerfüllt. Ihre Kehle war wie zugeschnürt, als sie sah, wie er den Kopf schüttelte.
»Was ist, Jack?«
»Nell und ich reisen ab.«
Sie drehte sich langsam zu ihm um, ihr Magen verkrampfte sich.
»Jetzt, wo sie Bescheid weiß, wird der Abschied umso schwerer für sie, je länger wir bleiben. Sie mag dich … sehr sogar. Und diesen Ort auch. Ich habe eine Riesendummheit begangen – doch ich kann sie nicht ungeschehen machen.«
»Aber das Wiedersehen mit Maddie – du sagtest, es habe dir gut getan.«
»Die Situation ist zu schwierig, Stevie. Sie geht über unsere Kräfte – das gilt für uns beide. Sie fuhr weg, ohne dass es zu einer Aussprache kam – sie konnte genauso wenig damit umgehen wie ich. Der Riss in unserer Familie ist zu groß, er lässt sich nicht mehr kitten, von niemandem.«
»Das muss nicht alles auf einmal geschehen.«
»Ich wollte bleiben. Wirklich. Du kannst dir nicht vorstellen, wie sehr. Als du an dem Abend, nach dem Strandkino sagtest … *bleib*. Seither höre ich ständig deine Stimme. Und ich dachte – dachte ernsthaft darüber nach –, was wäre, wenn wir blieben? Ich habe es versucht, ich habe es mir so sehr gewünscht.«
»Und warum kannst du nicht?«
»Ich habe einen Vertrag unterschrieben. Ich habe unseren Flug umgebucht – wir verlassen Hubbard's Point morgen

früh und fliegen noch an diesem Wochenende nach Schottland.«

»Das kannst du nicht machen.«

»Mir bleibt keine andere Wahl.«

Sie dachte an Madeleine und die vielen Dinge, die unerledigt geblieben waren. Es musste doch einen Weg geben, die beiden zu versöhnen, bevor Jack abreiste – falls es wirklich keine andere Möglichkeit gab. »Maddie liebt dich«, sagte sie. »Und ich weiß, dass du sie auch liebst.«

»Das bezweifelt keiner. Aber es gibt da eine Sache, die du nicht verstehst. Und ich kann jetzt nicht darüber reden. Möglicherweise nie. Sie lässt sich leichter verdrängen, wenn ich weit weg bin … von ihr und allen, die Emma kannten.«

»Aber denk doch an Nell«, flüsterte sie gegen den Wind, der sie frösteln ließ. »Du trennst sie von den Menschen, die sie lieben.«

»Stevie, ich tue es *für* Nell. Ich bin ihr Vater – ich muss in erster Linie *ihr* Wohl im Auge haben. Du weißt, wie sehr ich mir wünsche, es wäre anders, oder?«

Sie nickte, aber er ließ ihr keine Chance zu antworten. Er riss sie in seine Arme, küsste sie mit einer alles verzehrenden Leidenschaft. Sein Mund war heiß, seine Haut salzig und nass. Sie küssten sich, während Stevie unzählige Gedanken durch den Kopf wirbelten und sie gegen die Tränen ankämpfte. Sie hielten einander umschlungen, ihre Körper wärmten sich gegenseitig in der kühlen Luft, bis Stevie aufgab und den Tränen freien Lauf ließ – sie war ohnehin mit Salzwasser bedeckt. Einander umarmend, ließen sie sich auf die Holzplanken sinken, spürten, wie das Floß unter ihnen sanft auf den Wellen schaukelte.

Stevie umklammerte seine Arme, ihre Haut prickelte von seiner Berührung, die Bewegung des Meeres wirkte beruhigend. Warum musste er fort? Die Frage ging ihr nicht aus dem Kopf, und sie fühlte, wie die Anspannung zurückkehrte. Aber er hielt sie unbeirrt in den Armen. Der Wind wurde stärker, übertönte die Worte, die er ihr zu sagen versuchte. Sie befanden sich auf einem Schiff, weit entfernt vom Land, weit entfernt von allen Problemen, redete sie sich ein. Der Vollmond hatte sie in seinen Bann gezogen, damals, als sie ihn über dem Schlossturm aufgehen sah, und er hatte sie hier zusammengeführt, auf diesem Floß in der Bucht.

Der Wind kühlte ihre Haut, als sie sich ihrer Badesachen entledigten. Das lohfarbene Licht schimmerte auf Jacks Körper, den muskulösen Schultern, Armen und Schenkeln, als er sich über sie beugte. Auch Stevie war stark, ihre Haut blass von der Arbeit im Atelier. Sie konnte nicht warten, wölbte sich ihm entgegen, um seinen Hals zu küssen, schmeckte das Salz, stöhnte, als er in sie eindrang. Die vom Wind aufgepeitschten Wellen bewegten sich unter ihr, und er stieß über ihr, und sie hatte das Bedürfnis, ihn nie wieder loslassen zu wollen.

Ihr Herz hämmerte, ihr Inneres pulsierte; Jack flüsterte ihr etwas ins Ohr, aber sie konnte seine Worte kaum hören. Sie umklammerte seinen Rücken, hielt sich mit aller Kraft an ihm fest. Ihre Blicke trafen sich, und die Wahrheit war unverkennbar. Sie hatten beide ihre Gründe, sie nicht laut auszusprechen, aber in einer mondhellen Nacht bei Seewind und einsetzender Flut gab es kein Versteckspielen mehr.

»Ich habe mich in dich verliebt«, flüsterte sie mit kaum hörbarer Stimme.

»Und ich habe mich in dich verliebt«, flüsterte er zurück.

Sie spürte ihn im Wind und in den Gezeiten, würde ihn jedes Mal spüren, wenn sie schwimmen ging, spürte ihn hier und jetzt, in ihr, während seine Arme sie umfingen, sie hielten, sie nur hielten.

Irgendwann, während sie miteinander schliefen, ging der Mond unter. Sie waren allein in der Dunkelheit, auf einem Floß, das fünfzig Meter vom Strand entfernt verankert war. Wellen brandeten gegen die Felsen und das Floß, geheimnisvolle Töne stiegen aus der Tiefe empor. Stevie dachte daran, dass Henry sie Luocious genannt hatte, die Sirene mit dem unheilvollen Gesang, und ihre Augen füllen sich abermals mit Tränen. Sie erinnerte sich, dass er gesagt hatte: »Es ist immer dein Boot, dass Schiffbruch erleidet.«

Jack blickte sie an, aber es war zu dunkel, um die Tränen zu entdecken. Sie hielt ihn in sich, so lange es ging. Sie dachte an alle Fehlgriffe, die ihr in der Liebe unterlaufen waren, und wusste, dass dies keiner war.

Eng umschlungen schliefen sie ein. Als sie aufwachte, wurde der Himmel im Osten hell – die Sonne ging auf. Stevie betrachtete Jacks Gesicht – lange dunkle Wimpern auf schmalen Wangen, Augen, die unter den Lidern flatterten, lebendig im Traum. Würde er nach seiner Abreise von ihr träumen?

Sie weckte ihn mit einem Kuss.

»Die Sonne geht auf«, sagte sie.

Er blickte missmutig nach Osten, als wollte er sie unter den Horizont zurückschicken.

»Du musst nach Hause, zu Nell.«

»Ich weiß.«

Sie zogen ihre Badesachen an, dann umarmten sie sich. Jack hielt ihre Hand, sah sie fragend an, als er sich anschickte, ins Wasser zu springen.

»Geh nur. Ich bleibe noch.«

»Es ist windig – die Wellen werden immer höher. Bitte, Stevie.«

»Nein. Ich brauche noch ein wenig Zeit … mach dir keine Sorgen um mich.«
Er hielt lange Zeit ihre Hände. Sie betrachtete sein wechselndes Mienenspiel, die Sorgenfalten auf seiner Stirn. Wenn sie sich nur früher kennen gelernt hätten, oder später, oder auf andere Weise; wenn sie beide weniger Altlasten gehabt hätten. Die Wellen schwappten gegen das Floß, und Stevie dachte: *Wenn nur, wenn nur* …
»Ich bringe es nicht über mich, dich allein zu lassen«, sagte er.
»Bitte.« Ihre Kehle war wie zugeschnürt, und dieses Mal gab es keine Dunkelheit, die ihre Tränen verbarg.
»Stevie?«
»Bitte …«, sagte sie erneut. Er nickte. Er küsste sie ein letztes Mal, dann tauchte er mit einem Kopfsprung ins Wasser. Sie blickte ihm nach, als er zur Küste zurückschwamm, sich weiter und weiter entfernte. Tränen strömten über ihre Wangen, als er aus dem Wasser stieg und sein Hemd aufhob. Er drehte sich um und hob kurz die Hand, winkte, ein endgültiges Lebewohl; dann drehte er sich um und stapfte davon, zu seiner schlafenden Tochter, zu einer anderen Felsenküste am anderen Ende des Ozeans, seiner Zukunft entgegen.
Stevie setzte sich auf das Floß und sah ihm nach, bis er ihren Blicken entschwand.

22. Kapitel

Nell konnte nicht glauben, dass dies kein böser Traum war. Die Koffer waren gepackt, ihr Vater fegte den Küchenfußboden, die Mineralwasserdosen und Wasserflaschen waren fein säuberlich neben der Tür aufgestapelt, bereit für den Müllcontainer, und die Dame von der Immobilienfirma stand da und sagte: »Ich hoffe, Sie kommen nächstes Jahr wieder.«

»Dann werde ich mich gerne wieder an Sie wenden«, meinte ihr Vater, den Kehrbesen in der Hand.

»Sie haben bis zum Ende des Monats bezahlt«, sagte die Immobilienlady. Sie war braun gebrannt und hübsch, mit lockigen braunen Haaren und einem pinkfarbenen geblümten Kleid. »Tut mir Leid, dass ich Ihnen das Geld nicht zurückerstatten kann, aber leider habe ich für diesen Sommer keine anderen Mieter.«

»Ist schon in Ordnung«, erwiderte ihr Vater. Er fegte weiter. Das war ein Wink mit dem Zaunpfahl, aber die Immobilienlady kapierte es nicht.

»War das Cottage nicht nach Ihrem Geschmack? Oder hat Ihnen Hubbard's Point nicht gefallen?«

»Es hat uns *sehr* gefallen«, warf Nell ein, die in ihrem gelben Sommerkleid in der Ecke gestanden hatte, die Arme über der Brust verschränkt, und zum ersten Mal seit Wochen, seit sie hierher gekommen waren, schick angezogen war.

»Aber …?«

»Eine Änderung unserer Pläne«, antwortete ihr Vater. Dann lehnte er sich auf seinen Besen und fügte, als sei ihm klar geworden, wie kurz angebunden und ruppig seine Worte klangen, hinzu: »Rein beruflicher Natur.«

»Das ist gemein!«, fiel Nell ein.

»Nell …«

»Das ist einfach unfair! Ich möchte nicht weg. Du fliegst nach Schottland, und ich bleibe hier. Die Miete für das Haus ist bezahlt, Dad.«

Ihr Vater warf der Immobilienlady ein notdürftiges Lächeln

zu, die halb entgeistert und halb sensationslustig den Schlagabtausch im Vater-Tochter-Duell verfolgte. »Ich glaube nicht, dass Mrs. Crosby das für eine gut Idee halten würde.«

»Nein, wohl eher nicht. Und abgesehen davon, willst du deinen Daddy nicht lieber nach Schottland begleiten? Das ist doch toll!«

»Genauso toll, wie sich die Augen von Seemöwen aushacken zu lassen«, murmelte Nell mit zusammengebissenen Zähnen.

»Schottland ist herrlich!«, meinte die Dame, und Nell erkannte an ihrem Ton, dass sie darauf aus war, ihrem Vater zu gefallen. »Heidekraut, Lochs und Schlösser … und Schottenkaro- und Tweedstoffe zu Spottpreisen. Nicht zu vergessen den Scotch für deinen Vater …« Sie lachte.

»Dad«, sagte Nell, die begriffsstutzige Mrs. Crosby und ihre Koketterie ignorierend. »Wir haben hier auch ein Schloss. Ich komme nicht mit. Ich bleibe bei Stevie.«

»Nell …«

»Sie erlaubt es mir bestimmt! Ich wette, sie freut sich sogar. Ich könnte ihr beim Malen helfen. Und ihr Ratschläge geben, was Kinder gerne lesen. Sie hat gesagt, ich hätte ihr *viele Anregungen* für die Geschichte mit den Kolibris gegeben … ich könnte ihr noch mehr helfen, *massenhaft.*«

»Wir werden Stevie nicht mit unserem Problem behelligen.«

»Stevie Moore?« Mrs. Crosby zog die Augenbrauen hoch.

»Sie ist eine Freundin von uns«, erklärte Nell.

Mrs. Crosby schien es einen Moment lang die Sprache verschlagen zu haben. Und Nell wusste, dass sie den Augenblick nutzen musste, um zu verschwinden, bevor sie in Tränen ausbrach.

»Ich gehe jetzt mich verabschieden, Dad.«

»Wir fahren um zwei. Um Punkt zwei. Hast du verstanden, Nell?«
Sie zog schweigend ihre Nase kraus und nickte – er war ihr Dad, und sie hatte ihm zu gehorchen, aber es stand nirgendwo geschrieben, dass sie sich über seine Anordnungen *freuen* musste. Dann rannte sie nach draußen. Sie streifte die Schuhe im Garten ab, genoss das Gefühl des heißen Teers unter ihren bloßen Füßen.
Der salzige Wind blies durch ihre braunen Haare und brannte in ihren grünen Augen. Wie ein Tribut an ihre düstere Stimmung war der Tag bewölkt, kündigte Regen an. Ein Sturm peitschte das Meer, trieb hohe Wellen vor sich her, bis an den Strand. Sie blieb auf der Strandpromenade stehen, stemmte sich dem Ostwind entgegen.
Er hielt sie auf. Er blies so kräftig, dass er sie jedes Mal ein Stück zurückschob, wie stark sie sich auch nach vorne lehnte. Sie schluckte den Wind, schmeckte das Meer. Sie blickte am Strand umher, bemüht, sich jede Einzelheit einzuprägen. Die bunten Sonnenschirme und Stranddecken waren verschwunden. Einige Unverwüstliche hatten sich in ihren Liegestühlen eingemummt, versuchten zu lesen, während die Buchseiten flatterten. Ein paar Jugendliche hatten sich in die Wellen gestürzt – Nell erkannte Billy McCabe und seine Freunde, und Eliza und Annie. Sie musterte die Gruppe, auf der Suche nach Peggy – bis ihr klar wurde, dass sie zu Hause war und auf Nell wartete.
Sie verließ den Strand, lief zu dem schmalen Weg durch die Marsch. Nur zwanzig Meter vom Strand entfernt ließ der Wind nach. Hier war es geschützt, ruhig und wärmer. Ihre nackten Füße patschten durch den Schlick. Es herrschte Flut, der Bach floss über die Ufer. Sie spähte in das schlammige Wasser, sah Schwimmkrabben, die sich an das Spartinagras

klammerten. Ihre Scheren blitzen azurblau im trüben Sonnenlicht auf, und sie schienen zu tanzen, bewegt von der Strömung des fließenden Gewässers.

Als sie an die Brücke kam, die aus Holzplanken bestand, dachte sie an ihren Vater. Er verdiente mit dem Bau von Brücken seinen Lebensunterhalt. Er nahm sie nach Schottland mit, wo er auch welche errichten würde. In der ganzen Welt würde man die Brücken ihres Vaters bewundern können, doch wozu sollten sie gut sein, wenn er sie selber nicht benutzte – um sie zu überqueren und zu den Menschen zu gelangen, die ihn liebten?

Nell balancierte auf dem verwitterten silbrigen Holz, Schritt für Schritt, dachte an die Menschen auf der anderen Seite, zu denen sie gelangen wollte: Peggy, Stevie, ihre Tante. Ihr Vater würde, wenn er könnte, eine riesige Brücke quer über den Atlantischen Ozean bauen, um zu flüchten.

Nell rannte zu Peggys Haus und klopfte an die Tür. Peggys Mutter und Tara warteten drinnen, beide mit betrübter Miene. Peggy saß auf einem hochbeinigen Hocker an der Frühstückstheke und konnte sich nicht einmal aufraffen, den Kopf in ihre Richtung zu drehen, um ihre Freundin zu begrüßen. Die beiden Frauen umfingen Nell gleichzeitig, so dass sie in ihrer Umarmung verschwand; sie wünschte, sie könnte sich darin verstecken und bleiben.

»Wir werden dich vermissen«, sagte Peggys Mutter.

»Am liebsten würden wir dich entführen und bei uns behalten«, meinte Tara. »Aber mein Verlobter bekäme Ärger mit seinen Vorgesetzten beim FBI.«

»Ich würde auch keine Anzeige erstatten«, erklärte Nell hoffnungsvoll.

Die Frauen lachten, küssten sie auf den Scheitel. Dann wandte sie sich Peggy zu, deren Augen rot waren. Nell hatte das

Gefühl, als läge ihr ein schwerer Stein im Magen. Keine von beiden war in der Lage zu sprechen. Nell deutete stumm auf die Tür, und Peggy folgte ihr achselzuckend. Ein rascher Blick auf die Küchenuhr sagte ihr, dass es viertel nach eins war. Noch fünfundvierzig Minuten, dann lief die Gnadenfrist ab.

Die Mädchen stiegen auf das blaue Rad, Peggy saß vorne. Sie schlug den Weg durch die Marsch ein, dann bog sie in die Einbahnstraße hinter dem Deich ab. Der Wind wehte ihnen die Haare in Augen und Mund, aber das war Nell egal. Er war warm und kräftig, eine tropische Gewitterfront; sie zog von den Inseln herauf, die der Küste von Georgia wie eine natürliche Barriere vorgelagert waren und ihr so gut gefielen. Sie hätte schwören können, dass sie Mangroven, bartflechtenartige Tillandsien und Wildpferde roch.

Sie traten in die Pedalen, und ohne das sie sich vorher darüber abgesprochen hatten, lenkte Peggy das Tandem in Richtung Point. Bei Flut schwappte Wasser aus dem Hafenbecken und einem Stück Marschland auf den Parkplatz, so dass sie durch Meerwasser fuhren und dabei Elritzen aufscheuchten. Dann strampelten sie den Hügel hinter dem Tennisplatz hinauf und waren auf dem Point.

Als sie an Stevies Haus gelangten, hielt Peggy an.

»Woher wusstest du, dass ich hierher wollte?«, fragte Nell.

»Ich bin deine Freundin.«

Nell nickte, der Stein in ihrem Magen wurde immer schwerer. Sie gingen zu Fuß den Hügel hinauf, und als sie an die Stelle kamen, wo das Schild stand – war es verschwunden! Wo früher der Pfosten gewesen war, befand sich nun ein Loch im Boden. Vielleicht hatten die halbwüchsigen Jungen es gestohlen. Sie eilte den Hügel hinauf, um an die Tür zu klop-

fen, aber Stevie stand schon auf der Schwelle und wartete – wie bei Nells erstem Besuch.
»Dein Schild ist verschwunden!«, sagte sie.
Stevie nickte. »Ich weiß. Ich habe es entfernt.«
»Du warst das? Warum?«
Stevie lächelte. Ihre Augen, die durch die dunklen Ponyfransen lugten, blickten ernst, aber ihr Lächeln war beruhigend und warm, hinterließ einen unauslöschlichen Eindruck in Nells Herz. »Das zu erklären würde zu lange dauern, und ich möchte die Zeit nutzen, um über dich zu sprechen«, sagte Stevie.
»Wo ist Tilly?« Nell blickte sich suchend um. Doch dann sah sie, dass die Katze an Stevies Seite war – sich an ihr Bein drückte –, als wüsste sie, dass Stevie heute Schutz brauchte.
»Kommt herein«, sagte Stevie, und sie gingen ins Wohnzimmer. Von hier aus konnten sie den Strand mit den mächtigen Wellen sehen, die ans Ufer brandeten. Sie glichen den gewaltigen Wassermassen auf hoher See und nicht den sanften, für den Long Island Sound typischen Wellen, die Nell den ganzen Sommer beobachtet hatte. Vielleicht hatte sich das Wetter ihrer Stimmung angepasst.
Nell und Peggy nahmen auf dem kleinen Sofa Platz, Stevie und Tilly setzten sich in den Sessel aus Weidengeflecht. Stevie hatte selbst gebackene Zuckerplätzchen auf den Tisch gestellt, in einem Porzellanteller mit Blumenmuster, aber niemand brachte einen Bissen hinunter.
»Tara hat gemeint, wir sollten Nell entführen, und ich finde, das ist eine gute Idee«, sagte Peggy, den Tränen nahe.
»Daran hatte ich auch schon gedacht«, meinte Stevie. »Aber ich glaube …«
Nell blinzelte, lauschte andächtig Stevies Worten.

»Ich glaube, ihr Vater weiß schon, was das Beste für sie ist. Seine Pläne klingen gut. Und …«

»Und was?«, fragte Nell, von diesem Teil der Antwort nicht im Geringsten überzeugt.

»Und wir beide werden dir jede Menge Briefe schreiben – stimmt's, Peggy?«

Peggy nickte, die roten Haare hüpften in ihre tränenüberströmten Augen. »Meine Mom hat schon Luftpost-Briefmarken für mich besorgt. Sie sind teurer als die anderen. Aber sie hat versprochen, mir so viele zu kaufen, wie ich brauche.«

»Ich erinnere mich daran …«, begann Stevie, doch dann biss sie sich auf die Lippe. Sie versuchte das, was ihr um ein Haar herausgerutscht wäre, aus ihren Gedanken zu verdrängen, indem sie ihre Aufmerksamkeit auf Tilly konzentrierte, die neben ihr auf der Armlehne saß. »Tilly, Tilly – willst du auch an Nell schreiben?«

»Woran erinnerst du dich?«, hakte Nell nach. Sie beugte sich vor und sah Stevie gespannt an, wartete auf Antwort.

»Ich erinnere mich, dass es mir ähnlich erging, wenn deine Mutter und deine Tante am Ende des Sommers wegfuhren. Der Abschied war schlimm für uns. Wir sagten uns nicht nur einmal, sondern mehrmals Lebewohl, weil wir noch etwas Wichtiges vergessen hatten, und dann mussten unsere Eltern noch einmal umkehren, damit wir es loswerden konnten.«

»Was hattet ihr denn vergessen?«

»Uns noch einmal gegenseitig an bestimmte Dinge zu erinnern. Zum Beispiel: ›Wisst ihr noch, wie wir zum Rocky Neck gerudert sind und Picknick gemacht haben?‹ Oder: ›Erinnert ihr euch, wie wir den anderen Kindern am Strand weisgemacht haben, dass der Eiscrememann Krebse braucht, als Köder? Und wie die Kinder dann Schlange standen, um ihm Krebse zu verkaufen, was er sich überhaupt nicht erklären konnte!‹«

»Das hätten wir auch versuchen sollen!« Peggy lachte schniefend.

»Solche Streiche haben sich meine Mom und meine Tante ausgedacht?«

Stevie nickte. »Wir drei – in dem Sommer, als wir uns kennen lernten und noch jung genug waren, um ungeschoren davonzukommen. Später hatten die Dinge, die wir uns unbedingt noch sagen mussten, mehr mit Jungen zu tun.«

»Oh, wie küssen im Kino?«, erkundigte sich Peggy.

»Ja, so in etwa.«

»Abartig«, meinte Peggy.

Stevie lächelte ein wenig traurig, als wüsste sie Dinge, von denen die beiden Mädchen keine Ahnung hatten. Nell schauderte – als wäre der Wind mit einem Mal kalt geworden, was aber nicht der Fall war. Sie blickte aus dem Fenster, sah die Krähen im Sumach auf Stevies Hügel.

»Ist das …?«

»Ebbys Familie«, sagte Stevie. »Wahrscheinlich hält sie mich für ihre Tante oder so. Siehst du sie? Dort drüben …«

Nell presste ihr Gesicht gegen die Fensterscheibe. Richtig, dort hockte die junge Krähe – kleiner als die anderen, aber mit glänzendem Gefieder und hoch erhobenem Haupt. Sie dachte daran, wie wichtig die Familie war, so wichtig, dass eine kleine Krähe ihrer menschlichen Adoptivtante die Treue hielt.

»Eines wollte ich noch sagen.«

Nell drehte sich um, sah Stevie an.

»Euch beiden«, fuhr Stevie fort. »Ich wünschte, ich wäre … mit meinen beiden Freundinnen in Verbindung geblieben.«

»Mit meiner Mom und meiner Tante?«

Stevie nickte. »Wir standen uns sehr nahe. Und hatten uns geschworen, dass uns nichts trennen würde. Aber das Leben nimmt uns voll in Anspruch, wenn wir erwachsen werden, und bevor man sich versieht, vergisst man, wie man früher war, wie herrlich die Sommertage mit den allerallerbesten Freundinnen waren … bevor man aufhörte, einander zu schreiben.«

»Niemals!«, gelobte Peggy inbrünstig. »Meine Mutter und Tara haben nie aufgehört …«

»Sie sind klug, und sie hatten Glück«, sagte Stevie.

Nell schwieg, ballte die Fäuste. Sie wusste, wie es war, wenn etwas aufhörte. Wenn man jemanden so sehr liebte, dass man jedes Jahr Thanksgiving und Weihnachten miteinander verbrachte, jeden Sonntag anrief, sich an Geburtstage und Jahrestage erinnerte – und mit einem Schlag war alles *aus und vorbei.* »Wenn es mir schon mit euch beiden, meinen Freundinnen so ergeht«, sagte Nell mit belegter Stimme. »Wie schlimm muss es dann sein, den Kontakt zur Schwester zu verlieren? Wie kann ein Mensch aufhören, mit seiner eigenen Schwester zu reden?«

»Ich würde es nicht übers Herz bringen, kein Wort mehr mit Annie zu wechseln«, warf Peggy ein.

Stevie saß stumm da, sah Nell mit ernstem Blick an. Sie wusste offensichtlich Bescheid, spielte auf ihre Tante Maddie an. Sie erinnerte sich an die Szene oben in ihrem Atelier, vor ein paar Wochen, als ihr Vater sie in Tränen aufgelöst nach Hause tragen musste. Ihr war nun ähnlich zumute, aber sie hielt die Tränen zurück.

»Ich habe keine Geschwister, Nell«, sagte Stevie. »Aber ich habe meiner Tante Aida die gleiche Frage gestellt.«

»Was meinte sie dazu?«

»Sie sagte, dass sie es versteht … weil Geschwister miteinander aufgewachsen sind und sich sehr nahe stehen, und dann ist der Schmerz bei einem solchen Bruch noch größer. Deshalb sieht man bisweilen keinen anderen Ausweg, als davonzulaufen und sich zu verstecken.«

»Aber er zwingt mich, mich ebenfalls zu verstecken.« Nell spürte, wie die Tränen liefen. »Mich vor ihr zu verstecken, und vor dir. Ich will nicht nach Schottland.«

»Ich weiß.« Stevie öffnete die Arme, und es war Nell völlig egal, dass Peggy dabei war und sah, dass sie sich wie ein Baby benahm: Sie warf sich in Stevies Arme und weinte ohne Unterlass. Sie weinte so lange, bis ihre Tränen versiegt waren. Sie spürte, wie Tillys Barthaare ihr Gesicht kitzelten, spürte Stevies warmen Atem auf ihrem Haar. Sie hätte am liebsten so verharrt.

Schließlich löste Stevie behutsam ihren rechten Arm und ergriff eine Mappe – sie erinnerte Nell an die Mappen ihres Vaters, in denen er seine Konstruktionszeichnungen verwahrte. Doch diese war aus herrlichem roten Leder und klein, passte genau unter Nells Arm.

»Die ist für dich«, sagte Stevie.

Nell blinzelte die Tränen weg, dann löste sie das rot gerippte Seidenband, das die Mappe zusammenhielt. Sie öffnete sie und blickte auf mehrere lose Blätter; sie sahen aus wie die Seiten aus Stevies Büchern, die sie in diesem Sommer durch so manche schlaflose Nacht gebracht hatten.

»Was ist das?«, fragte Peggy.

»*Roter Nektar*«, flüsterte Nell. »Stevies Kolibri-Buch, habe ich Recht?«

»Richtig. Das ist der erste Satz der Korrekturfahnen. Sie gehören dir.«

Nell sah bunte Zeichnungen, von einem Kolibripärchen, draußen in Hubbard's Point, mit dem sichelförmigen Strand, der blauen kleinen Bucht und dem schwimmenden Floß im Hintergrund … auf einer anderen Seite saugte ein weiteres Kolibripaar Nektar aus den roten Blüten, die sich an den morschen Mauern von Tante Aidas Schloss hinaufrankten.

Atemlos blätterte sie die Seiten um, sah die Vögel hoch über der Erde dahinfliegen, Ozeane überquerend. Und dann kehrten sie nach Black Hall zurück … Stevie hatte die Kolibris im Flug gezeichnet, direkt über zwei Mädchen, die auf einem blauen Tandem saßen – die eine mit braunen, die andere mit roten Haaren.

»Das sind Peggy und ich!«, rief Nell, und Peggy schnappte nach Luft.

Da waren auch Zeichnungen vom Schloss, von dem Vogelpaar, das von seinem Flug zurückkehrte, um zuzuschauen, wie Tante Aida ein weiteres Gemälde mit Strand und Meer malte … und von Kletterpflanzen, die das graue Gestein überwucherten, mit leuchtend roten, trompetenförmigen Blüten … und von Nells Vater, der mit ihr hoch droben auf dem Turm stand, mit seinem Teleskopmeter aus Messing.

»Von uns allen gibt es Zeichnungen!«, sagte Nell. »Außer von dir … wo bist du, Stevie?«

»Oh, ich wache über euch, male, was ich sehe.«

»Schau mal, Nell.« Peggy hob eine Seite ohne Bilder auf, die auf den Boden geflattert war. »Da steht eine Widmung.«

Nell las laut vor: »Für Nell, ein Mädchen mit dem Herzen eines Kolibris.«

Sie drückte das Buch an ihre Brust, unfähig, auch nur ein Wort über die Lippen zu bringen. Das Herz eines Kolibris … schöne, starke, mutige Vögel, die so hoch und so weit flogen … Sie wollte sich bedanken, wollte Stevie fragen, warum das Buch ausgerechnet ihr gewidmet war. Sie hatte Millionen Fragen, aber sie gerieten alle durcheinander. Plötzlich hörte Tilly ein

Geräusch, das sie in Alarmbereitschaft versetzte, sie sprang vom Sessel und suchte unter dem Sofa Deckung.

Es klopfte an der Tür. Genau in dem Moment blickte Nell auf Stevies Uhr und sah, dass es schon nach zwei war. Stevie begleitete sie in die Küche hinaus, eine Hand auf ihrer Schulter.

Nells Vater stand auf der Schwelle.

»Woher wusstest du, dass ich hier bin?«, fragte Nell.

»Du wolltest dich doch verabschieden.«

»Möchtest du hereinkommen?«, fragte Stevie durch die Fliegengittertür. Ihr Blick erinnerte Nell an den Wind, der draußen wehte – warm, salzig, aufgewühlt. Aber ihr Vater schüttelte nur den Kopf.

»Wir müssen los.«

»Er hasst Abschiede«, erklärte Nell.

»Das habe ich schon gemerkt«, sagte Stevie sanft.

Die Umarmungen, die nun folgten, würde Nell niemals vergessen. Sie hielt und wiegte Peggy, als würde sie mit ihr tanzen. Peggy plapperte drauflos, dass sie jeden Tag schreiben würde, und Nell versprach das Gleiche. Dann kam Stevie an die Reihe. Nell streckte die Arme aus, und Stevie beugte sich zu ihr herab. Sie hielten sich umfangen, eine Ewigkeit, wie es schien, und Nell wünschte, es würde niemals aufhören. Sie hatte einen Kloß im Hals und wusste, dass er für immer bleiben würde. Ihre Wangen waren nass vor Tränen – genau wie Stevies.

»Danke für das Buch«, sagte Nell.

»Ich muss mich bedanken. Für *alles.* Für die Inspiration.«

»Ich habe dich inspiriert?«

»Mehr als du denkst.«

»Wenn du mit Tante Maddie sprichst, erzähl ihr von dem Buch, ja? Ich möchte, dass sie es weiß«, bat Nell.

»Mach ich. Das verspreche ich dir …«
»Grüß Tante Aida von mir.«
»Natürlich.«
»Ich will nicht weg.« Nell klammerte sich an Stevies Hand. Sie dachte, wenn sie sich an ihr festhielt, würde Stevie verhindern, dass sie fortmussten … dass ihr Vater und sie abreisten …
Stevie ging in die Hocke, bis sie sich auf Augenhöhe mit Nell befand. Ihre dunklen Augen waren veilchenblau, ruhig, tiefgründig und erfüllt mit einer solchen Herzlichkeit und Liebe, dass Nell bei dem Gedanken, sie verlassen zu müssen, vom Kopf bis zu den Zehen erschauerte.
»Nell«, sagte Stevie. »Du … du *musst* gehen.«
»Nein«, flüsterte Nell. Konnte Stevie nicht wenigstens so tun, als würde sie darum kämpfen, sie dazubehalten, ihrem Vater zeigen, wie sehr auch sie sich wünschte, sie würden nicht abreisen?
»Du musst, wegen des Auftrags«, flüsterte Stevie.
»Weswegen?«
»Du musst eine wichtige Aufgabe erfüllen. Im Auftrag der Beachgirls.«
»Der Beachgirls … was für ein Auftrag?« Nell spürte, wie es bis in ihre Haarspitzen kribbelte, als wäre soeben ein frischer Wind durch die Küche geweht.
»Nun, wir möchten, dass du die schottischen Strände in Augenschein nimmst. Um herauszufinden, wie sie beschaffen sind.«
»Ich weiß schon jetzt, dass sie nicht halb so gut sind wie in Hubbard's Point.«
»Mag sein, aber du bist voreingenommen – vielleicht sind sie gar nicht so schlecht. Oder sogar noch besser.«
»Mit Sicherheit nicht!«, flüsterte Nell hitzig.

»Vielleicht geht es gar nicht um die Frage, ob sie ›besser‹ sind. Du sollst sie dir nur anschauen und berichten, was du dort vorfindest.«

»Zum Beispiel?«

»Zum Beispiel welche Muschelarten es dort gibt. Und ob der Sand weiß oder rosa ist … fein oder grobkörnig … ob dort das gleiche Seegras wie hier wächst …« Nell schloss die Augen, stellte sich das saftige braune Seegras in den Felsentümpeln von Hubbard's Point vor, die langen Ranken des Riementangs, der nach einem Sturm an die Gezeitenlinie des Strandes geschwemmt wurde, an die winzigen Uferschnecken, die sich daran festsaugten, mit bloßem Auge kaum erkennbar. Sie spürte, wie sie allein bei dem Gedanken vor Kummer zerfloss, das Seegras von Hubbard's Point verlassen zu müssen …

»Wichtig ist auch, wie das Meerglas aussieht«, fügte Peggy hinzu. »Und ob es hölzerne Strandpromenaden, Freilichtkinos und Stellen gibt, wo man Krebse fangen kann – stimmt's, Stevie?«

»Stimmt. Das sind genau die Dinge, die wir von dir wissen wollen.«

»Aber warum?« Nell riss die Augen auf.

»Vielleicht besuchen wir dich ja in Schottland, oder, Stevie?« Peggy konnte ihre Tränen nicht länger zurückhalten.

Nell beobachtete den Blick, den Stevie ihrem Vater zuwarf. Sie kannte die Geheimsprache der Eltern – Erwachsene wollten den Kindern keine trügerischen Hoffnungen oder Versprechen machen, die sie nicht halten konnten.

»Das kann ich dir jetzt noch nicht sagen. Aber darum geht es auch nicht. Wir wollen es einfach wissen, Nell. Wir müssen wissen, wie sich der Sand unter den Zehen anfühlt … wie das Salzwasser schmeckt, wenn man schwimmen geht … und wie das Sonnenlicht aussieht, wenn es sich in den Buchten spiegelt … und wie hell die Sterne über dem Meer leuchten – das ist wichtig. Aus einem einzigen Grund – weil wir Beachgirls sind. Das ist alles.«

»Ein guter Grund«, flüsterte Peggy.

»Es wird Zeit«, sagte Stevie und drückte Nells Hand ein wenig fester. Tränen liefen über ihr Gesicht, und plötzlich wusste Nell, dass Stevie sich diesen Auftrag ausgedacht hatte – um ihr der Abschied zu erleichtern. Ihre Gefühle sträubten sich. Wir sollte sie diese Trennung überstehen?

Ihr Vater hatte stumm vor der Tür gestanden. Sie hatte gedacht, dass er nur auf sie warten würde, ihr beim Verabschieden zuschaute, doch als sie sich umdrehte, sah er Stevie an. Sein Blick war eindringlich und rätselhaft; er bewirkte, dass ihr mit einem Mal ein Schauder über den Rücken lief – ohne dass sie wusste, warum. Sie hatte diesen Blick seit langem nicht mehr gesehen – vielleicht nicht einmal zu Lebzeiten ihrer Mutter. Oder sie war damals einfach zu klein gewesen, um ihn zu bemerken. Oder hatte sich ringsum glücklich und geborgen gefühlt. Der Blick, mit dem er Stevie betrachtete, war wie ein Zauber, erfüllte Nell mit dem unbändigen Verlangen nach einem Zuhause. Dieser flammende Blick verriet ihr, dass er in Wirklichkeit gar nicht wegwollte.

»Du hast dein Schild entfernt«, sagte ihr Vater mit diesem Blick, der immer eindringlicher wurde.

»Stimmt.«

»Warum?«

Sie antwortete nicht. Nell ergriff Peggys Hand. Sie traten beiseite, neben den Herd, hielten sich fest, als wollten sie sich nie mehr loslassen.

»Du musst dir was wünschen, dreimal; wünsch dir, dass Stevie uns zurückzaubern kann, von dort, wo er hinmuss ...«, flüsterte Nell.

»Ich wünsche es mir«, sagte Peggy, die Augen fest geschlossen.

»Ich auch.« Nell spürte den Zauber des Sommers, der Kolibris und der Beachgirls, wie Goldstaub, der aufgewirbelt wurde und sie mitten ins Herzen traf.

Dann öffnete sich die Fliegengittertür, und Nell spürte, wie die Hand ihres Vaters ihren Kopf berührte. Stevie schob sie zur Tür hinaus, die Mappe in der Hand. Nell hörte Peggy leise schluchzen und ihren Vater flüstern: »Komm, Nell.«

Und dann hörte sie – zwei Menschen, die sich über ihren Kopf hinweg küssten, stumm und schnell. Und dann hörte sie ihren Vater abermals sagen: »Komm jetzt, Nell.«

Und dann brachte niemand mehr einen Ton heraus, nicht einmal um ein letztes Mal Lebewohl zu sagen.

Und dann flogen Nell und ihr Vater nach Schottland.

Dritter Teil

23. Kapitel

Stevie versuchte zu malen. Sie versuchte, im Garten zu arbeiten. Nichts schien ihr von der Hand zu gehen. Es war Mitte August, ihre bevorzugte Jahreszeit, doch sie nahm es kaum wahr. Sie stand nicht mehr vor dem Morgengrauen auf. Sie blieb im Bett, so lange es ging, zog sich die Decke über den Kopf, um das Licht auszusperren und weiterzuschlafen – damit die Tage schneller vorübergingen, ihr nicht endlos vorkamen. Seltsamerweise fühlte sie sich trotzdem zutiefst erschöpft: Sie schlief niemals tief und fest, war aber auch nicht richtig wach.

»Du hast eine ausgewachsene Depression, mein Kind«, sagte Tante Aida eines Tages, als Stevie bei ihr anrief, um sich zu entschuldigen, weil sie einen Termin beim Anwalt verpasst hatte, bei dem es um die Gründung eines Stiftungsausschusses ging.

»Meinst du? Ich habe noch nie unter Depressionen gelitten. Das passt gar nicht zu mir!«

»Mag sein. Aber was du beschreibst, sind die klassischen Symptome. Genauso antriebslos habe ich mich nach Vans Tod gefühlt.«

»Das wird schon wieder«, meinte Stevie.

»Kind, du bist Künstlerin, und obendrein Irin. Damit ist automatisch ein gewisses Maß an Weltschmerz verbunden, aber sobald auch noch die Liebe ins Spiel kommt … oje!«

»Liebe?«

»Wir müssen uns doch nichts vormachen, oder? Bei allem was wir gemeinsam durchgemacht haben. Ich spreche von Jack und Nell. Du trauerst ihnen nach.«

»Ich denke an mein bisheriges Leben, an all die Fehler, die ich gemacht habe.« Stevies Augen füllten sich mit Tränen. »Jetzt bekomme ich die Quittung. Henry hat mich immer Lulu genannt und gemeint, ich sei eine Sirene, die mit ihrem betörenden Gesang Männer anlockt, so dass ihr Boot auf den Klippen zerschellt, wobei sie selbst immer wieder Schiffbruch erleidet. Tante Aida, ich habe mir wirklich gewünscht, dieses Boot würde die Fahrt durch die klippenreichen Gewässer heil überstehen«, sagte sie mit erstickter Stimme, ein Schluchzen unterdrückend.

»Ich weiß, Stevie.«

Stevie schloss die Augen. Sonnenlicht glitzerte auf dem Wasser der Bucht, erfüllte den Strand mit strahlend weißem, gleißendem Licht. Sie konnte nicht hinsehen.

»Du leidest unter dem, was der Heilige Johannes vom Kreuz als ›Finsternis der Seele‹ bezeichnen würde«, meinte Tante Aida. »Steh es durch, Kind. Versuche, deine Gefühle anzunehmen, und mach dir bewusst, dass du etwas Einmaliges erleben durftest. Vertraue darauf, dass es ein Morgen gibt.«

Stevie schwankte, ergriffen von einer Welle der Verzweiflung. Finsternis … an so einem herrlichen Sommertag. Sie liebte ihre Tante und vertraute ihrem Urteil zu sehr, um ihren Ratschlag in Frage zu stellen. Aber sie konnte sich nicht vorstellen, dass ihre Gefühle sich jemals ändern würden. Die Farben des Sommers wirkten gedämpft, grau in grau, wie damals, als sie nach dem Tod ihrer Mutter farbenblind geworden war. Endlich, nach vielen Irrwegen, hatte sie die große Liebe ihres Lebens gefunden, hatte das Glück an ihre Tür geklopft … und nun war es für immer entschwunden.

Tante Aida bedachte sie mit einem gälischen Segen, dann legte Stevie den Hörer auf und kroch ins Bett zurück. Tilly lag neben ihr, an ihr rechtes Bein geschmiegt, alle viere von sich gestreckt. Stevie tätschelte sie sanft. Die Katze war schon so lange bei ihr – sie hatte einiges durchgemacht. Stevie dachte über die Worte ihrer Tante nach … die Gefühle annehmen. Sie blickte zu ihrer Staffelei hinüber, auf der anderen Seite des Raumes – und das leere Papier. Sie wusste, dass die Arbeit sie ablenken würde, aber sie konnte sich nicht dazu aufraffen. Ihr Herz war einfach zu schwer.

Sie hatte inzwischen sechs Ansichtskarten von Nell erhalten – eine von Inverness Castle, auf der es hieß »Das Schloss ist ganz hübsch, aber nicht halb so wundervoll wie Tante Aidas!« – und eine von Loch Ness. Der Rest stammte von den Orkney Inseln, wo ihr Vater sie auf eine Geschäftsreise mitgenommen hatte, und Nell lieferte gewissenhaft ihren Bericht über Sand, Seetang und Muscheln ab.

Letzte Woche hatte sie ein Lebenszeichen von Jack erhalten.

Wir sind dabei, uns einzuleben, gewissermaßen, schrieb er. *Wie geht es Aida, und wie weit ist die Gründung ihrer Stiftung gediehen? Was meine Arbeit angeht, so musste ich sofort loslegen – Brücken als Bindeglied zwischen den Raffinerien und verschiedenen Vorposten auf den Orkneys entwerfen, die vor allem von Leuten bewohnt werden, die mit der Ölförderung in der Nordsee befasst sind. Nell hat mir vor Augen geführt, was sie von meiner Tätigkeit hält, indem sie aus der Zeitung ein Foto von Enten ausgeschnitten hat, die durch die Ölverschmutzung verendet waren – ausgerechnet in der Stadt, der meine erste Brücke zugute kommen soll. Die armen Vögel waren mit einer schwarzen Ölschicht bedeckt, und Nell zeichnete eine Blase über ihren Köpfen, in der geschrieben stand: ›Stevie, dein nächstes Buch solltest du darüber schreiben, wie das Öl die Enten umbringt!‹ Neun Jahre alt, und schon eine Umweltaktivistin. Sie vermisst dich.*

Stevies Blick hatte sich umgehend auf das Foto konzentriert – das dem Brief beigefügt war. Sie hatte viel zu viele Aufnahmen wie diese gesehen – Wasservögel, das Gefieder geteert vom ausgelaufenen Öl, unfähig zu fliegen oder zu entkommen, manchmal im Wasser gefangen, bis sie ertranken. Als Kind hatten solche Bilder sie traurig gestimmt, jetzt lösten sie Wut in ihr aus.

Früher hatte sie sich in Arbeit gestürzt, die ihr half, Krisen in ihrem Leben zu überwinden. Jede Scheidung war schmerzvoll gewesen, aber sie hatte sie überstanden, indem sie Bücher schrieb – und sich aufs Neue verliebte. Selbst in der Trennungsphase war sie von einer urwüchsigen, geballten Energie erfüllt – die sie an die Staffelei trieb. Früher hatte sie nie unter Depressionen gelitten – warum also jetzt?

Draußen vor dem Fenster schien das Licht von Hubbard's Point zu explodieren, reflektiert vom Wasser und vom weißen Sand. Die Blumen im Garten hinter dem Haus nahmen das Licht auf, gaben es wieder ab. Das Licht von Hubbard's Point war einmalig – besonders von Stevies Haus auf dem Hügel aus. Es war, als hätten ihre Eltern bei der Wahl des Anwesens gewusst, dass ihre Tochter einmal Malerin werden würde.

In den vielen Sommern, die sie hier verbracht hatte, war das ungebändigte Licht immer ein Ansporn gewesen, Krisen durchzustehen – doch heute kehrte sie sich von ihm ab, wandte dem Fenster den Rücken zu. Sie schaffte es nicht, gegen die alles verzehrende Dunkelheit in ihrem Inneren anzukämpfen – selbst der strahlende Sonnenschein vermochte sie nicht zu durchdringen.

Als das Telefon klingelte, hätte sie beinahe nicht abgehoben. Sie hatte keine Lust zu reden, wer es auch war. Tilly lag reglos da, träge und uninteressiert. Stevie ließ es klingeln – fünf Mal, sechs Mal – bevor sie den Hörer abnahm.

»Ja bitte?«

Sie hätte schwören können, den Atlantischen Ozean in der Leitung rauschen zu hören, eine Ankündigung, aus welcher Ferne der Anruf kam … dann erfolgte eine kurze Pause, und gleich darauf rief eine aufgeregte, überschwängliche Stimme: »Stevie! *Ich* bin's!«

»Nell!« Stevie setzte sich mit einem Ruck im Bett auf.

»Hast du meine Postkarten bekommen?«

»Ja – ich habe mich unsäglich darüber gefreut.«

»Ich war auf Strandpatrouille … ich nutze jede Gelegenheit, mit meinem Dad einen Strand nach dem anderen zu besichtigen. Strände gibt es hier massenweise.«

»Kann ich mir vorstellen, Schottland hat schließlich eine lange Küstenlinie.«

»Warst du mit meinem Bericht zufrieden, über die merkwürdigen Muscheln und das Seegras?«

»Ja, ausgezeichnet recherchiert, Miss Kilvert.«

Nell kicherte, ein vertrauter Klang, der Stevie durch Mark und Bein ging, bis ins Herz hinein.

»Auf der Isle of Harris gibt es angeblich rosafarbenen Sand und Palmen – dort fahren wir als Nächstes hin. Nicht wegen der Arbeit, sondern zum Vergnügen, übers Wochenende.«

Nells Stimme klang so aufgeregt, dass Stevies Herz sank. *Reiß dich zusammen*, schalt sie sich.

»Mein Vater schuftet sich zu Tode«, fuhr Nell fort. »Er sitzt nur noch an seinem Zeichentisch und arbeitet! Ich muss ihn sogar daran erinnern zu essen. Ein Albtraum.«

Stevie lächelte über den Ausdruck. »Und was ist mit dir?«, fragte sie dann. »Hast du dir schon deine neue Schule angeschaut? Deine Lehrerin kennen gelernt?«

»Ja – schon. Dad ist andauernd unterwegs, deshalb hat er eine Privatlehrerin eingestellt, die Hausaufgaben mit mir macht. Sie ist nett. Miss Robertson. Ich habe ihr dein Buch gezeigt.«

»Wirklich?«

»Sie hat die Widmung angeschaut und gesagt, dass wir wirklich gute Freunde sein müssten.«

»Sind wir doch auch. Vielleicht kannst du ihr von den Kolibris erzählen, den echten …«

»Mach ich«, sagte Nell. »Du fehlst mir.«

»Oh, du fehlst mir auch, Nell.«

Sie verstummten. Stevie fragte sich, ob Jack neben ihr stand.

»Ich wünschte, ich wäre wieder in Hubbard's Point«, sagte Nell.

»Den Strand wird es immer geben, Nell. Er ist auch dann noch da, wenn du zurückkommst.« Stevies Augen füllten sich mit Tränen.

»Ich weiß.«

»Vergiss nicht, mir weiterhin deine Beachgirl-Berichte zu schicken. Sie sind fantastisch.«

»Ich verspreche es. Sind sie wirklich wichtig?«

»Und ob«, versicherte Stevie. Wieder trat Schweigen ein, zog sich hin, dann verabschiedete sich Nell leise und legte auf.

Stevie ließ sich auf das Kopfkissen sinken, den Hörer in der Hand. Das Freizeichen klang in ihren Ohren. Wenn sie die Augen schloss, konnte sie Nell beinahe vor sich sehen: die grünen Augen, die kurzen braunen Haare, das breite Lächeln. Und Jack, wie er hinter Nell den Hügel hinaufstapfte, auf dem Weg zu ihr. Sie glaubte, die Stimmen der beiden zu hören …

Aber es war nur das Freizeichen. Seltsam war, dass sie sich nach dem Anruf noch einsamer fühlte. Sie dachte an die

Worte ihrer Tante: *Nimm die Gefühle an, solange sie währen.* Sie kamen ihr fast unerträglich vor.

Tilly lag reglos da, traumverloren. Stevie schloss die Augen, versuchte den Klang von Nells Stimme zu bewahren, die sie gerade erst vernommen hatte, und wie Jacks klang, die sie vor Wochen das letzte Mal gehört hatte. Doch die Stimmen waren bereits verklungen …

Jack steckte mitten in dem üblichen Trubel, der mit einem Umzug in ein fremdes Land verbunden war, musste dafür sorgen, dass Nell sich einlebte und er sich in seine neue Tätigkeit einarbeitete. Die Relocation-Abteilung von IR – die Konstruktionsfirma war nach ihrem Gründer Ivan Romanov benannt – hatte für Jack und Nell ein Haus am Stadtrand von Inverness gefunden, im Schatten der Western Highlands. Es war ein altes Pfarrhaus aus dem siebzehnten Jahrhundert, erbaut aus Flusssteinen.

Nells erster Eindruck hatte sich in ihr Gedächtnis eingebrannt – sie war übermüdet gewesen vom Flug, hungrig, weil ihr das Essen im Flugzeug nicht geschmeckt hatte, und griesgrämig, weil der Wecker ihrer Armbanduhr läutete, den sie genau auf drei Uhr Nachmittags gestellt hatte – eine tägliche Erinnerung an die Zeit, als sie von Stevie und Peggy Abschied nehmen musste.

Sie waren aus dem Flughafen-Taxi gestiegen und hatten auf dem Gehsteig vor dem kahlen imposanten grauen Herrenhaus gestanden. Obwohl im georgianischen Stil errichtet und elegant im Entwurf, besaß es den Charakter einer Behörde oder Anstalt.

»Was soll denn das sein?«, fragte Nell leise.

»Unser Haus.«

Miss Dancy Diarmud, ihre Ansprechpartnerin aus der Relocation-Abteilung von IR, öffnete ihnen die Tür. Sie war ungefähr fünfunddreißig, sehr hübsch und trug ein kirschrotes Wollkostüm. Sie begrüßte sie mit einem strahlenden Lächeln.

»Willkommen in Schottland, Mr. Kilvert.« Sie reichte beiden zur Begrüßung die Hand.

»Jack«, sagte er. »Und das ist Nell.«

Dancy lächelte und ging voran, um ihnen das Erdgeschoss zu zeigen – Wohnzimmer, Esszimmer, Salon, Kapelle, Küche, Speisekammer und ein so genanntes »Blumenzimmer« – die Frau des Pfarrers hatte hier Kränze gebunden oder Gestecke für Beerdigungen gefertigt. Nell warf Jack einen finsteren Blick zu. Obwohl es viele Räume gab, waren sie vom Ausmaß klein, mit niedrigen Decken. Es gab eine steile Treppe im vorderen Teil des Hauses, die von einer engen Diele in den ersten Stock führte, und eine Wendeltreppe im hinteren Teil, dem so genannten »Stiegenhaus«, wie Dancy erklärte, das die Küche mit dem oberen Stockwerk verband.

Sie zeigte ihnen die Schlafzimmer – sechs insgesamt. Alle Häuser, die vermietet werden, glichen sich wie ein Ei dem anderen, dachte Jack. Wie teuer die Sofas, Betten oder Bilder an den Wänden auch sein mochten, sie wirkten seelenlos – als wäre ihnen von vornherein kein langes Leben beschieden. Wegwerfeinrichtungen, wie eine Affäre für eine Nacht. Er dachte schweren Herzens an Stevies Haus, das voller Leben war, in dem jede Handbreit ihre Persönlichkeit widerspiegelte.

Jack war bemüht, sich in seinen neuen Arbeitsbereich zu integrieren. Die IR hatte eine Reihe von Cocktailpartys geplant, um ihn Kollegen und Kunden vorzustellen – Führungskräften aus der Ölbranche, die in London, Moskau und Houston tätig waren.

Das Arbeitsvolumen war groß – er musste auf die Orkney Inseln fahren, um die Baustellen für seine Brücken zu inspizieren – Steinbrücken, die nicht nur den ästhetischen Ansprüchen der Inselbewohner, sondern auch den technischen Anforderungen genügen sollten, robust genug für den Raffinerie-Verkehr, der im Moment noch den Fährschiffen oblag. Zum Glück herrschte kein Mangel an ausgefallenen Stränden, die Nell in Augenschein nehmen konnte.

Die Kette der siebzig Inseln erstreckte sich vom nördlichsten Punkt des schottischen Festlandes nach Norden. Nach einem kurzen Flug von Inverness landeten sie auf Ladapool, einer der siebzehn bewohnten Inseln. Die Landschaft war urwüchsig und geheimnisvoll, nichts als Meer und Himmel und Kultstätten mit Hügelgräbern aus grauer Vorzeit und Steinkreisen; sie erinnerten ihn an die Schottlandreise, die er mit seiner Familie unternommen hatte, und wie fasziniert Madeleine von der Macht und Magie der riesigen Steinkreise gewesen war.

Leider befanden sich in unmittelbarer Nachbarschaft der sehenswertesten Buchten die Brooks Ölraffinerien, Tanker, die unweit der Küste vor Anker lagen und darauf warteten, gelöscht zu werden, Versorgungsschiffe, die das Hafenbecken verstopften, und Parkplätze, auf denen es vor Schwertransportern nur so wimmelte. Jack konnte nicht umhin, an das Foto zu denken, das Nell aus der Zeitung ausgeschnitten hatte … und das Buch, das Stevie ihrer Meinung nach über die Folgen der Ölverschmutzung für die Vögel schreiben sollte.

Nell begleitete ihn auf den Geschäftsreisen. Während er auf Achse war, mit seinen Kollegen fachsimpelte und die

Bauplätze in Augenschein nahm, machte sie mit Miss Robertson Hausaufgaben. In den Pausen lief sie am Straßenrand entlang zum Strand – ein weitläufiger Strand mit grobkörnigem Sand in einer spiegelglatten, geschützten Bucht. Die Form erinnerte Jack an Hubbard's Point – eine Halbmond-Bucht, von Landzungen umfangen. Er konnte die Stelle sehen, an der eigentlich ein Floß sein sollte, das Floß, auf dem Stevie und er sich geliebt hatten …

Er zwang sich, seine Aufmerksamkeit wieder auf die anderen IR-Ingenieure zu richten, während Nell Muscheln sammelte. Als sie fertig war, gesellte sie sich zu ihm – mit angestrengtem, ernstem Blick.

»Was ist passiert?«

»Nichts.«

»Du siehst beunruhigt aus.«

»Ich denke nur nach. Versuche, mir alles einzuprägen, was ich am Strand gesehen habe. Für den Bericht an die Beachgirls.«

»Ach so.« Jack holte ein kleines Notizbuch und einen Füllfederhalter aus seiner Tasche. Er musste ihr nicht eigens erklären, was ihm dieser Füllfederhalter bedeutete – er war ein Geschenk seiner Schwester zum College-Abschluss.

»Was soll ich damit?«

»Notizen machen. Damit du nicht vergisst, was du den Beachgirls vielleicht mitteilen möchtest.«

Sie bedankte sich mit einem feierlichen Nicken. Dann lief sie zum Strand zurück, während seine Kollegen das Gespräch über die Brücke wieder aufnahmen.

»Mmmm«, meinte Victor Buchanan, ein altgedienter IR-Ingenieur. Er war groß, beleibt und rotwangig, mit struppigen grauen Haaren. Er gehörte zu Ivan Romanovs Spit-

zenkräften – und hatte dafür gestimmt, Jack einzustellen.
»Bringen Sie Ihre Tochter immer mit zur Baustelle?«
»Ja.«
»Wie wäre es mit einer guten Kinderfrau?«
»Wir haben eine Privatlehrerin. Außerdem möchte ich Nell in meiner Nähe haben.«
Victor und die beiden anderen – Leo Derr, ein junger Engländer, der wie aus dem Ei gepellt aussah, und April Maguiere, eine blitzgescheite Amerikanerin – lachten; April hatte am MIT studiert und sich bei Structural die Sporen verdient, genau wie Jack. Er hatte schon oft mit ihr zusammengearbeitet – sie hatte maßgeblich dazu beigetragen, die Einstellungsgespräche mit Romanov zu arrangieren. Das Lachen klang gutmütig; deshalb lächelte Jack.
»Sie stört mich nicht bei der Arbeit!«, betonte er nochmals, als sie an der Straße in Ladapool standen.
»Wir hatten dabei eher dein gesellschaftliches Leben im Sinn!«, meinte April.
»Sie ist das A und O meines gesellschaftlichen Lebens.« Jack lächelte trocken.
»Du verpasst was«, meinte Victor. »Heute Abend machen wir das Golden Peat unsicher – dort kann man den Scotch aus allen Destillerien im Umkreis probieren. Single Malt Whisky ... nichts für Weicheier!«
Jack zuckte die Achseln, versuchte, eine enttäuschte Miene aufzusetzen. In Wirklichkeit legte er Wert darauf, seine Freizeit so oft wie möglich mit Nell zu verbringen, ihre Bedürfnisse in den Mittelpunkt zu stellen. Seit der Ankunft in Schottland war sie ziemlich labil. Sie litt erneut unter Albträumen – Dr. Galford hatte ihm den Namen eines Kollegen in Inverness genannt, und er wusste, dass er unbedingt dort anrufen musste. Inzwischen trauerte Nell nicht nur um

Emma – sondern auch um Stevie, Peggy und Madeleine. Eine Krise, die sich durch seine Entscheidung noch zugespitzt hatte.

»Das mit der Kinderbetreuung wird sich garantiert ändern, noch vor dem nächsten Monat«, sagte April leise, als die anderen abermals einen Blick auf die Pläne warfen. Jack wunderte sich über das Funkeln in ihren Augen.

»Wieso?«

»Weil wir noch ein neues Teammitglied bekommen.«

Jack waren Gerüchte zu Ohren gekommen, dass Ivan die Leitung dieses Projekts höchstpersönlich zu übernehmen gedachte. Die Brooks Oil Company war einer seiner größten Kunden, und er wollte sichergehen, dass die Brücke fristgerecht und im Rahmen des Budgets errichtet würde.

»Ivan?«

April machte eine wegwerfende Handbewegung und lachte. »Ivan doch nicht! Dann hätten wir alle so viel zu tun, dass an einen Abstecher ins Golden Peat nicht zu denken wäre. Nein, es ist eine ›Gastarbeiterin‹, genau wie du früher bei IR … ein Teil des Projekts wird deiner alten Firma übertragen, die als Subunternehmer tätig sein wird.«

»Structural?«

April nickte und lächelte verschmitzt, als hätte sie den neuesten Firmenklatsch gehört. »Genau. Francesca kommt an Bord.«

Als sie an die Arbeit zurückkehrten, warf er einen raschen Blick zu Nell hinüber, die den Strand durchkämmte. Sie las Muscheln und Kieselsteine auf, verwahrte sie in der gewölbten Hand. Gelegentlich verstaute sie den Fund in ihrer Tasche und setzte sich hin, um Notizen zu machen, aufmerksam und konzentriert.

Sie nahm Stevies Auftrag offenbar sehr ernst. Madeleine war

ähnlich gewesen in dem Alter, als sie an anderen schottischen Küsten entlanggewandert war, auf der Suche nach Eindrücken, die sie ihren Freundinnen mitteilen konnte. Er hatte oft gesehen, wie sie an einem Schreibtisch im Hotel saß und mit Feuereifer Postkarten schrieb.

Er hatte sie manchmal beneidet – ihm war bewusst geworden, dass er nie Freunde gehabt hatte, die es ihm wert gewesen wären, seine Ferienaktivitäten zu unterbrechen, um sich hinzusetzen und irgendetwas zu Papier zu bringen. Maddie schon … und Nell tat nun das Gleiche, in der gleichen Körperhaltung wie damals ihre Tante, geradezu unheimlich. Und noch seltsamer war, dass sie beide ein und derselben Frau schrieben: Stevie.

Er betrachtete seine Nell, die sich über das Notizbuch beugte und eifrig schrieb. Berichtete sie von dem steinigen Strand, den dunkelgrauen Wolken, der eisigen Salzluft, dem harschen Wind, der vom Meer herüberwehte? Dabei befanden sie sich an der Westseite einer Landenge, die zwei Teile einer schmalen Insel bis zur Hälfte des Archipels miteinander verband. In östlicher Richtung konnte er die Nordsee ausmachen. Doch im Westen sah er den Atlantik – der geradewegs nach Nordamerika führte.

Hubbard's Point war irgendwo am anderen Ende, dachte Jack. Falls Stevie an ihrem Strand spazieren ging, hätten sie einander beinahe sehen können. Aber nur beinahe.

Wenn es nicht die dreitausend Meilen Ozean zwischen ihnen gegeben hätte.

Er blickte Nell abermals an, fragte sich, was sie wohl schrieb. Würde Stevie die Gedanken seiner Tochter der Dritten im Beachgirl-Bund anvertrauen?

Würde sie Nells Karten an Madeleine weiterleiten?

Was tust du eigentlich hier?, fragte er sich, nicht zum ersten, sondern mindestens zum hundertsten Mal seit seiner Ankunft in Schottland. Die Begegnung mit Stevie hatte sein ganzes Leben verändert: Er war aus seinen eingefahrenen Geleisen ausgebrochenen, aus dem selbst erschaffenen Teufelskreis aus Flucht, Hass und Verstecken – vor seiner Schwester, vor der Tragödie.

Vor der Wahrheit.

Der Wind blies Jack in die Augen, so dass sie brannten und nass wurden. Er drehte sich um, kehrte zu seinen Kollegen zurück, zu der vergleichsweise leichten Aufgabe, eine Brücke mit vier Fahrbahnen zu bauen, als Ersatz für den alten Fuhrweg, der bei Flut oft unter Wasser stand.

24. Kapitel

Nell beendete ihre Hausaufgaben, dann lief sie zum Strand hinunter, um sich auf ein Stück Treibholz zu setzen. Ihr Vater und die anderen Ingenieure versuchten eine Brücke zu konstruieren, die für die Inselbewohner schön genug war und praktisch genug für die Ölgesellschaft, damit der Lastverkehr zur Raffinerie und zurück reibungslos verlief. Ihr Vater meinte, dass sie seiner Arbeit keine Beachtung schenkte, doch das war ein Irrtum. Die Brücken, die er baute, interessierten sie sogar sehr. Alles was er tat, interessierte sie.

Ihr Notizbuch füllte sich allmählich mit Eintragungen aller Art. Sie machte sich Notizen über das kalte Wasser, das silberfarbene Treibholz, die geriffelten Wellhornschnecken und die winzigen Muschelschalen. Sie zog die Schuhe aus, um die Wassertemperatur zu prüfen, und schrieb: *kalt!* Als Vögel über ihr dahinflogen, schirmte sie die Augen vor der

Sonne ab und merkte sich ihre Formen. Dann versuchte sie, die Silhouetten nachzuzeichnen.

Diese Bucht war, wie alle anderen, die ihr Vater und sie auf den Inseln zu Gesicht bekommen hatten, mit großen glatten Steinen und kleinen Kieselsteinen bedeckt. Einige waren schwarz und sahen verschrumpelt aus – wie Walnüsse. Als sie einen aufhob, waren ihre Finger voller Schmiere. Sie wusch sich die Hände, aber der Belag wurde nur noch klebriger.

Ihr Vater hatte sich mit Mr. Buchanan und Mrs. Maguire unterhalten. Als Nell zu ihm gelaufen war, um ihm ihre Hände zu zeigen, hatte Mr. Buchanan eine Grimasse gezogen und die Augen verdreht. »Die Kehrseite dieses speziellen Projekts«, hatte er gesagt und Nell sein Taschentuch angeboten. Nell war verwirrt, vor allem als Mrs. Maguire ihn aufforderte, das hübsche Leinentaschentuch wieder einzustecken und ein kleines, in Folie eingewickeltes quadratisches Päckchen hervorzog. »Du wirst dir davon einen Vorrat anlegen müssen, wenn sie häufiger am Strand umherstreift«, hatte sie zu Nells Vater gesagt.

Ihr Vater nahm das Päckchen, riss es auf und wischte Nells Finger sauber. Als sich ihre Blicke trafen, lächelte er beschwichtigend.

»Was war das?«, fragte Nell.

»Öl«, erwiderte Mr. Buchanan. »Brooks hat zwar Reinigungstechniken entwickelt, die dem neuesten Stand entsprechen, aber es gibt immer das eine oder andere Problem, das durch das Sicherheitsnetz fällt.«

»Öl? Wie das, in dem die Vögel verendet sind?« Nell sah ihren Vater mit zusammengekniffenen Augen an. Er nickte, aber mit einem Ausdruck, der ihr sagte, dass es besser war, das Thema auf sich beruhen zu lassen. Die Erwachsenen unterhielten sich daraufhin über Wissenschaftler, die Vögel mit einer Spezialseife wuschen, so dass sie unbeschadet davonfliegen konnten, doch Nell sah die mit Schmiere bedeckten schwarzen Vogelleichen auf dem Zeitungsfoto vor sich und wusste, dass die Geschichte nur dazu dienen sollte, das schlechte Gewissen zu beruhigen.

Nell fühlte sich hundeelend. Wieso glaubten sie, eine Spezialseife sei ausreichend, um den Schaden zu beheben? Ihre Finger rochen immer noch nach Benzin. Tränen traten in ihre Augen, als sie daran dachte, dass die Vögel einen so ekelhaften Schmierfilm auf ihrem Gefieder hatten.

Sie warf einen letzten Blick über die Schulter und machte sich auf den Weg zum Strand. Kühles klares Sonnenlicht glitzerte auf dem Wasser der kleinen Bucht. Über den steinigen Strand zu gehen war schwer, doch sie bahnte sich langsam ihren Weg, suchte den Boden vor ihren Füßen nach Muschelschalen ab. Weiter vorn entdeckte sie eine Schar Seemöwen, die an etwas pickten, was ans Ufer gespült worden war. Als Nell sich näherte, stoben die Vögel auseinander und flogen davon – ihre anklagenden Schreie gellten in ihren Ohren.

Die Beute, an der sie sich gütlich getan hatten, war tot, lag leblos auf den Felsen. Als sie näher kam, sah sie, dass es eine Ente war, mit Teer verklebt und einer klaffenden Wunde an der Seite, gerade erst von den Möwen gerissen. In der Bucht entdeckte sie Enten mit ähnlicher Zeichnung. Die Entenfamilie, dachte sie, sich an Ebby erinnernd – und wie die Krähenschar sich vor Stevies Haus versammelt hatte. Ohne auch nur zu überlegen, sprang sie auf und fuchtelte wild mit den Armen, um die Enten zu vertreiben.

»Weg mit euch!«, schrie sie. »Weg mit euch … fliegt!«

Sie sollten sich in Sicherheit bringen, statt in eine Öllache zu geraten wie die Ente, die tot zu ihren Füßen lag. Sie sah, wie sie über die Oberfläche des Wassers tänzelten, zum Flug ansetzend mit ihren Schwimmflossen die Wellen peitschten, und malte sich aus, sie könnte sich mit ihnen in die Lüfte erheben, weit fortfliegen – an einen Ort der Geborgenheit, der Liebe … nach Hubbard's Point. Wenn sie Schottland verließ, würde ihr Vater keine andere Wahl haben, als ihr zu folgen … würde er verstehen, wie groß ihr Bedürfnis war, nach Hause zurückzukehren, nach Amerika, in ihr richtiges Leben.

»Mir geht es genau wie dir«, sagte sie schluchzend, an den toten Vogel gewandt. Sie fühlte sich, als hätte sie einen Teerklumpen verschluckt, an dem sie zu ersticken drohte, als wären ihre Schwingen gebrochen, verklebt von einer tödlichen Substanz. Wie damals in Georgia, gleich nach dem Tod ihrer Mutter, als ihr das Leben völlig unwirklich vorgekommen war, als sie das Gefühl hatte, nicht mehr zu den Lebenden zu gehören.

Dieses Gefühl war geblieben, bis sie nach Hubbard's Point kam, bis sie Stevie kennen lernte. Seltsamerweise hatte ihr Vater das Gleiche empfunden, dessen war sie sicher … Ihr Vater durfte nichts davon erfahren, aber seit dem Abschied von Stevie und Hubbard's Point hatten sich ihre Albträume verändert.

Dieses Mal war es nicht ihre Mutter, die tot war: Es war ihr Vater. Er hatte sich von allem gelöst, was er liebte – von seiner Heimat, seiner Schwester, seinen Erinnerungen. Sogar von Stevie, in Nells Träumen. Als er sie verließ, hatte er etwas aufgegeben, das ihn wieder lebendig gemacht hatte …

Sie sah den Strand entlang – ihr Vater stand immer noch mit seinen Kollegen zusammen, behielt sie dabei jedoch im Auge.

Er konnte sich gewiss nicht vorstellen, wie grauenhaft sie sich beim Anblick des toten, vom Öl geschwärzten Vogels fühlte. Plötzlich wurde ihre Aufmerksamkeit von verschiedenen Gegenständen gefesselt, die sich in einem Büschel Seetang verfangen hatten. Es war ein zerfetztes Stück Fischernetz, ebenfalls mit einem öligen Schmierfilm überzogen. Ein Knäuel Riementang, eine kleine Muschelkolonie, von irgendeinem Felsen gerissen, nur noch durch ihre silbernen Fäden zusammengehalten. Und eine Flasche …

Nell hob sie auf. Es war eine durchsichtige Plastikflasche, die früher Sprudel enthalten hatte. Das Etikett war fast abgerubbelt, aber sie kannte die Marke. Eine amerikanische … vielleicht hatte die Flasche den Ozean durchquert, getrieben von den Strömungen …

Mit einem Mal kam Nell eine Idee. Sie öffnete den Schraubverschluss, wischte sich die Hände an den Jeans ab, holte ihr Notizbuch hervor und schraubte die Kappe vom Füllfederhalter ihres Vaters. Die Möwen kreisten über ihr. Sie ignorierend, machte sich Nell ans Werk.

»Stevie, wir brauchen dich«, schrieb sie. »Mein Dad und ich. Wir brauchen dich …«

Sie riss das Blatt heraus, rollte es zusammen und schob es vorsichtig in den Flaschenhals. Sie glaubte nicht wirklich, dass ihre Flaschenpost in Hubbard's Point ankommen würde – oder es ihr auch nur gelang, die Bucht zu verlassen. Es hätte schon einiger Wunder bedurft, um den weiten Weg von Schottland zu Stevie zurückzulegen.

Aber sie dachte an den Abschied von Peggy, als sie sich mit aller ihnen zu Gebote stehenden Macht etwas gewünscht hatten … Eine Flaschenpost war im Grunde nichts weiter als ein Wunsch … ein Wunsch, der aus der Luft gegriffen war oder im Herzen eines Mädchens wurzelte, aufgeschrieben und dem Meer überantwortet. Es ist nur ein Wunsch, sagte sich Nell. *Nur ein Wunsch.*

Nur ein Wunsch … doch wenn er in Erfüllung ginge, würde sie mit ihrem Vater nach Hubbard's Point zurückkehren; ihr Vater würde Tante Aidas Schloss restaurieren; Stevie würde wieder Einzug in ihr Leben halten, und Tante Madeleine, dafür würde Stevie schon sorgen …

»Es ist nur ein Wunsch«, flüsterte Nell laut.

Doch ihr Herz klopfte wie verrückt, was ihr verriet, dass sich der Wunsch bereits in eine Hoffnung zu verwandeln begann und der Verwirklichung somit einen Schritt näher rückte. Stevie, als Nicht-Hexe, würde das verstehen, genau wie Tilly. Nell holte tief Luft und warf die Plastikflasche in hohem Bogen ins Meer. Die Sonne blendete sie, so dass sie nicht gleich erkennen konnte, wo sie landete.

Dort war sie – ihre Augen abschirmend, entdeckte sie die Flasche, die weit draußen, wo die Vögel geschwommen waren, auf und ab hüpfte. Nahm sie Kurs auf Amerika oder zurück zum Strand? Nell verfolgte ihren Weg lange Zeit, mit klopfendem Herzen. Sie schien aufs offene Meer hinauszutreiben … sie sah, wie sie kleiner und kleiner wurde.

Die Schreie der Seemöwen wurden lauter, um sie von ihrer erbeuteten Ente zu vertreiben. Entschlossen hob sie in dem grobkörnigen Sand oberhalb der Gezeitenlinie mit bloßen Händen eine Grube aus, so tief ihre Arme reichten. Dann holte sie den Vogel, fühlte, wie ihr Herz schwer wurde, als sie ihn in das Loch legte. Sie rieb ihre teerbedeckten Hände mit Sand ab, um sie zu säubern. Das Begräbnis des Vogels führte ihr wieder vor Augen, dass alles Gute und Schöne vergänglich war. Ihre Mutter. Die Lebensfreude ihres Vaters, ihr eigenes Herz.

Und sie konnte nichts dagegen tun.

Außer einer Flaschenpost, sich etwas inständig zu wünschen und Stevie um Hilfe zu bitten.

Nells Wunsch flog wie ein Pfeil davon.
Stevie wachte mit einem Ruck aus ihrem Traum auf. In diesem Traum war der Raum in gleißendes Licht getaucht, so dass sie kaum etwas erkennen konnte. Plötzlich sah sie einen schwarzen Vogel, der in einem Käfig saß und sang. Stevie wusste mit einer Klarheit, die rätselhafte Vorgänge in Träumen oft annehmen, dass sie ihn freilassen musste. Als sie die Käfigtür öffnete, flog er hinaus. Er landete auf dem Fensterbrett, redete wie ein Papagei. Er sagte: »Wenn du mich gehen lässt, siehst du mich unter Umständen niemals wieder. Doch das hängt von dir ab … weil auch du Flügel hast. Du kannst mich suchen und um mich kämpfen.« Und dann war er davongeflogen.
Stevie hatte die Augen aufgeschlagen. Sie konnte den Traum nicht genau deuten; auf solche Dinge verstand sie sich nicht besonders gut. Aber er hatte ihr eine Kraft gegeben, an der sie festhalten wollte. Der schwarze Vogel, der Käfig, der Abschied … Der Traum war weder bedrückend noch hoffnungslos, sondern spornte sie vielmehr an, aufzustehen und schwimmen zu gehen.
Die Sonne stand bereits über den Wipfeln der Bäume, doch der Morgen war kühl, wie oft im September. Sie tauchte mit einem Kopfsprung ins Wasser, schwamm zum Floß hinaus. Dort ruhte sie sich aus, legte ihre Hand auf die Planken – wo sie mit Jack gelegen hatte. Die Erinnerung kehrte zurück. Sie schloss die Augen, meinte seine Arme zu spüren, die sie umfingen. Als junge Frau war das ihr größter Wunsch gewesen: einen Menschen zu haben, der sie hielt und nie mehr losließ, der zu ihr gehörte wie ihr eigener Atem.

Natürlich war eine solche Liebe unrealistisch, konnte niemals von Dauer sein. Das hatte sie sich selbst drei Mal bewiesen. Doch die Sehnsucht blieb, als hätte das Kind in Stevie, noch nicht im Besitz der Sprache, ihr Herz in Besitz genommen und eine Nähe verlangt, die sie nur von ihren Eltern kannte.

Doch inzwischen war sie erwachsen. Sie hatte sich wieder verliebt und sah keinen Sinn darin, sich vorzumachen, dass es nichts bedeutete. Das tat es sehr wohl. Sie war verzweifelt gewesen, weil die beiden auf und davon geflogen waren und sie nichts weiter tun konnte, als sie ziehen zu lassen. Der Traum begleitete sie noch immer, wühlte sie auf.

Als sie zum Strand zurückkehrte, den Hügel erklomm und sich in der Außendusche das Salz von der Haut spülte, fühlte sie sich wie neugeboren. Der Duft der Spätsommerrosen erfüllte die Luft. Sie trocknete sich ab, lief barfuß ins Haus. Sie füllte Tillys Napf und nahm sich nicht einmal die Zeit, Kaffee zu kochen, sondern eilte in ihr Atelier hinauf.

Als sie den Raum betrat, war ihr, als kehrte sie in ihren Traum zurück: Der Raum war von gleißendem Sonnenlicht erfüllt. Das Licht von Hubbard's Point – ungetrübt, leuchtend, strahlend, glänzend, flimmernd, funkelnd, flammend, glühend – umgab sie mit blendender Helligkeit, als sie sich ihrer Staffelei näherte.

Sie hatte Nells Postkarten in ihrem Nachtschränkchen verwahrt. Nun holte sie jede einzelne heraus, heftete sie mit Reißzwecken an die Wand neben der Staffelei. Karten von Inverness Castle und Loch Ness, ein Papageientaucher auf den Orkney Inseln, flache Hügel rings um einen Meeresarm, ein Robbenbaby auf einem Felsen in Ladapool, eine Gänseschar, deren Umrisse sich vor einem orangefarbenen Sonnenuntergang über einer Bucht in den Western Highlands

abzeichnete – und das Zeitungsfoto aus Jacks Brief, mit dem im Öl verendeten Wasservogel.
Stevie stand an ihrer Staffelei, kleidete sich an. Sie zog Jeans und das Trinity-College-Sweatshirt an, das Jack im Strandkino getragen hatte. Tilly lag auf den zerknüllten weißen Bettlaken, aalte sich in der Sonne, ließ sie nicht aus den Augen. Während sie die Bildergalerie der Postkarten betrachtete, spürte sie, wie die Idee zu einem neuen Buch Gestalt anzunehmen begann – und nicht nur das.
Sie merkte mit einem Mal, dass ihr Haus lichtdurchflutet war. Sie sah sich selbst – ihr ganzes Leben lang gefangen in einem Teufelskreis, oft leiderfüllt, fortwährend auf der Suche nach Liebe, die ihr das Gefühl vermitteln sollte, nichts mehr zu entbehren … Erst jetzt, heute Morgen, war ihr endlich klar geworden, dass diese Suche zu dem Licht in ihrem Inneren führte. Wo sie *nichts entbehrte*; sie hatte ihr Haus, ihre Malerei, ihre Geschichten und ihre Träume. Sie hatte Jack und Nell gehen lassen, weil sie gehen mussten. Doch auch sie hatte Flügel.
Sie dachte an ihren Traum und wusste, dass er es wert war, dafür zu kämpfen, wert, ihm nachzujagen. Während sie die Farben mischte, warf sie einen Blick auf das Foto mit den verendeten, ölverschmierten Enten, das Jack ihr geschickt hatte. Darüber Nells Worte, schwach sichtbar. Stevie hatte bereits einen Titel für das nächste Buch im Sinn: *Der Tag, an dem das Meer schwarz wurde.*
Sie dachte an den schwarzen Vogel in ihrem Traum, an die mit Rohöl verschmierten bedauernswerten Kreaturen auf den Zeitungsfotos. Sie dachte an alle Seevögel, die sie zeichnen konnte: Dreizehenmöwen, Schwarze Seetaucher, Papageientaucher, Tordalken, Sturmschwalben, Nordische Sturmtaucher, Stockenten, Krickenten, Pfeifenten, Schellenten,

Austernfischer, Brachvögel, Wasserläufer, Schmarotzerraubmöwen, Tölpel, Mittelsägen, Eiderenten und Eistaucher.
Doch da sich Nell ein Buch über Enten wünschte, entschied sich Stevie für Stockenten. In einem Vogelkundebuch las sie etwas über ihren Lebensraum nach – sie waren tatsächlich im schottischen Hochland beheimatet. Und dann skizzierte sie, mit raschen Pinselstrichen, ein Wasservogelpärchen. Die Geschichte nahm in ihrem Kopf bereits Gestalt an. Sie sollte in Schottland spielen – auf einer kleinen Insel in der Mitte der Orkneys. Sie stellte sich das klare Licht im Norden vor, das Polarlicht, das dunkle Meer, in dem sich beides spiegelte. Sie sah die Stockenten vor sich – die grünen schillernden Nackenfedern. Und ein Mädchen, das am Strand entlangging …
Das war alles, was Stevie einfiel, für den Augenblick. Die Geschichte würde sich mit jedem Pinselstrich und Nells Postkarten weiterentwickeln. Sie tauchte den Pinsel ins Wasser, machte sich ans Werk.

25. Kapitel

Madeleines Arbeit mit Dr. Mallory war mühselig, erhellend, erschöpfend und aufschlussreich. Sie war vierundvierzig Jahre alt und hatte das Gefühl, sich zum ersten Mal richtig kennen zu lernen. Sie war im emotionalen Labyrinth des Unfalls stecken geblieben, durchlebte das Grauen wieder und wieder in Albträumen und Rückblenden. Die Begegnung mit Jack hatte etwas in ihrem Inneren aufgebrochen, ihr Stärke und Hoffnung verliehen und den Wunsch geweckt, schnell wieder gesund zu werden.

Behutsam machte Dr. Mallory sie mit dem Gedanken vertraut, dass sie an PTSD litt – einer posttraumatischen Stressreaktion. Die Symptome waren paradox: Sie wurde von Erinnerungen und Empfindungen beherrscht, die den Unfall betrafen, doch gleichzeitig versuchte sie, alles zu verdrängen, was damit zusammenhing. Beide Zustände waren für sie gleichermaßen real.

»Ich kann meinen Körper nicht mehr spüren«, sagte Madeleine eines Tages leise und gestand, dass sie seit Monaten nicht mehr mit Chris geschlafen hatte.

»Erzählen Sie«, forderte die Ärztin sie auf.

»Ich bin einfach nicht mehr da. Es gibt Tage, an denen ich nur eines spüre, meine Narbe – und den pulsierenden Schmerz. Als wäre das der einzige Teil meines Körpers, der noch existiert. Ich liebe meinen Mann, aber ich ertrage es nicht, wenn er mich berührt.« Sie wünschte, sie könnte beschreiben, wie betäubt und verstört sie sich in solchen Situationen fühlte.

Sie hatte so viele Fehltage im Brown Development Office, dass ihr Chef vorgeschlagen hatte, sie solle unbezahlten Urlaub nehmen – wenn sie ihre Stelle nicht verlieren wollte. Also nahm sie Urlaub.

Nach mehreren Gesprächen, in denen es Madeleine nicht gelang, auf ihre Erinnerungen zuzugreifen – und da es ohnehin zu schmerzvoll war, den Unfallhergang zu schildern –, hatte Dr. Mallory eine EMDR-Kurzzeittherapie vorgeschlagen. Diese Behandlungsmethode schien so einfach zu sein, dass Madeleine nicht an ihren Erfolg glauben mochte.

Aber sie wusste, wie sehr sich ihr Leben seit dem Unfall verändert hatte. Sie hatte sich in ihr Schneckenhaus zurückgezogen, wie eine Einsiedlerin. Chris war geduldig, aber er wollte seine alte Madeleine wiederhaben – genau wie sie selbst. Sie vermisste ihr altes Ich.

Sie saß auf dem Sofa im Sprechzimmer, Dr. Mallory nahm ihr gegenüber auf einem Stuhl Platz. Das Licht war gedämpft. Die Ärztin hielt ihre Hand hoch, zwei Finger ausgestreckt, und forderte Madeleine auf, sich darauf zu konzentrieren. Dann begann Dr. Mallory, ihre Hand rasch zu bewegen, hin und her, während Madeleine den Blick auf ihre Finger heftete.

Diese schnelle Augenbewegung war eine Nachahmung der REM-Schlafphase. Die Ärztin erinnerte Madeleine daran, gleichmäßig zu atmen, auf die Empfindungen in ihrem Körper zu achten. Madeleine registrierte beinahe sofort Schmerzen in der Schulter, Stiche an der Seite ihres Kopfes und Brennen in der Brust und ein Gefühl, als würde Sand durch ihren Rumpf rinnen. Die Symptome wurden immer stärker, schließlich ließen sie nach; Madeleine fühlte sich völlig ausgelaugt – und dann, mit einem Mal, wie neugeboren.

Nach der ersten Sitzung fühlte sie sich so energiegeladen und lebendig wie seit langem nicht mehr. Beim zweiten Mal verspürte sie die gleichen rätselhaften Stiche und grauenvollen Schmerzen, doch diese Sitzung endete mit einem Tränenbad und der Erinnerung, wie sie Emma mit einem Arm umfangen hatte, während ihr anderer Arm nur noch an einem Faden hing.

Dr. Mallory erklärte ihr, dass traumatische Erfahrungen in den Körperzellen und tiefsten Regionen des Gehirns gespeichert werden – in den primitiven Sphären, jenseits des Denkens und Verstehens.

EMDR öffnete diese verschlossenen Regionen und ermöglichte Madeleine, diese Erinnerungen ins Bewusstsein zurückzuholen – und dabei neue Erkenntnisse über ihre traumatischen Erfahrungen zu gewinnen. Wie es in dem Zeitungsartikel von Dr. Mallory hieß, besaß der Mensch – genau wie Tiere – stark ausgeprägte Flucht- oder Abwehrreaktionen. Die Zellen waren darauf programmiert, instinktiv zu reagieren – wegzulaufen, zu kämpfen oder zur Salzsäule zu erstarren, wenn Gefahr für Leib oder Leben drohte.

Waren solche Abwehrreaktionen blockiert – Madeleine war nicht in der Lage gewesen, den von ihr verursachten Unfall zu verhindern oder Emmas Leben zu retten –, wurde die Erinnerung in jeder einzelnen Zelle des Nervensystems gespeichert, sozusagen unter Verschluss gehalten. Madeleine hatte seither ständig das Gefühl gehabt, in der Falle zu sitzen, wie gelähmt in einem Zustand der physiologischen Bereitschaft verharren zu müssen, um gegen den Unfall, der sich vor mehr als einem Jahr ereignet hatte, anzukämpfen oder zu fliehen – unfähig, ihr Leben in den Griff zu bekommen.

Die Sitzungen förderten grauenvolle Erinnerungen zutage – an das Blut, die Schmerzen, Emmas Schreie. Sie setzten aufgestaute Wut frei – auf die Rettungsmannschaft, die so lange gebraucht hatte, um Emma aus den Trümmern zu befreien, während sie Unmengen Blut verlor, und auf Emma selbst, die Madeleine ihr Geheimnis gebeichtet und es ihr dann überlassen hatte, damit fertig zu werden.

»Ich bekomme die Schuld für ihr Fehlverhalten«, sagte Madeleine aufgebracht. »Sie hat es mir überlassen, meinem Bruder die Wahrheit zu sagen, und nun macht er mich dafür verantwortlich – als hätte ich ihm die Suppe eingebrockt.«

»Und, was empfinden Sie dabei?«, fragte Dr. Mallory wieder einmal.

»Ich bin wütend … auf ihn, weil er mich zum Sündenbock macht … und mich von Nell fern hält – es ist mehr als ein Jahr her, seit ich sie zuletzt gesehen habe! Sie ist jetzt in

Schottland. Sie muss ein ganzes Stück gewachsen sein, ist schon eine ganze Klasse weiter in der Schule, ich habe weder ihren Geburtstag noch Weihnachten mit ihr verbracht … ich weiß nicht, welche Musik sie inzwischen mag … welche Bücher sie liest … wer ihre Freunde sind, denen ich niemals begegnen werde …«

»Niemals?«

»Ich bin zu ihm gefahren. Wir konnten nicht einmal miteinander reden.«

»Das war zumindest ein Anfang.« Die Augen der Ärztin leuchteten auf, als hätte sie eine gute Neuigkeit erfahren. »Ein erster Schritt, um die Probleme aufzuarbeiten.«

»Die ich nicht verschuldet habe.«

»Richtig.«

»Ich möchte Emma aber nicht die Schuld in die Schuhe schieben …«

»Das müssen Sie auch nicht«, erwiderte Dr. Mallory sanft. »Das Wichtigste ist Verständnis statt Schuldzuweisungen – nicht mehr und nicht weniger.«

»Aber mein Bruder …«

»Sie können seine Gefühle nicht verändern, wohl aber Ihre eigene Reaktion auf seine Worte und sein Verhalten. Das liegt allein in Ihrer Macht, Madeleine. Lassen Sie sich nur von Ihren eigenen Gefühlen leiten, nicht von seinen.«

»Aber stimmt es nicht auch – dass es nur einer einzigen Person bedarf, um eine Familie auseinander zu bringen?«

Die Ärztin neigte ihren Kopf zur Seite und schien zu lächeln. »Schon, aber es bedarf auch nur einer einzigen Person, um die Hand auszustrecken und der Entfremdung ein Ende zu setzen. Und den ersten Schritt auf diesem Weg haben Sie bereits getan.«

Diese Aussage war so einleuchtend, schlicht und unverfälscht, dass Madeleine nicht umhinkonnte, das Lächeln zum ersten Mal zu erwidern.

Stevies neues Buch machte rasante Fortschritte. Die Geschichte von den Stockenten, die in einer unberührten, von Ölverschmutzung bedrohten Umwelt lebten, ging ihr zügig von der Hand – Engagement und Gefühl, zwei unerlässliche Bestandteile, waren vorhanden. Sie hatte einige Fehlstarts hinter sich – sollte es um eine spektakuläre Katastrophe gehen wie bei der *Exxon Valdez* oder von der allmählichen Zerstörung der Natur durch eine Reihe kleinerer, weniger schlagzeilenträchtiger Umweltsünden handeln? Im Gespräch mit ihrer Lektorin entschied sie sich für Letzteres. Ihre Leser liebten die Natur und hatten trotz ihrer jungen Jahre immer mit großem Interesse ihren Umgang mit schwierigen Gegebenheiten wie dem Balanceakt zwischen Menschen und störanfälligen Ökosystemen verfolgt.

Und so malte sie eine Reihe von Seiten mit Buchten und Gezeitentümpeln, Stockenten, einem Mädchen, das den Strand absuchte, und einer Ölraffinerie im Hintergrund. Nell und die Enten fand sie auf Anhieb gelungen, doch die Kulisse ließ zu wünschen übrig. Die Landschaft sah aus wie Hubbard's Point. Und in den Gezeitentümpeln tummelten sich Krebse, Aale, Seesterne und Miesmuscheln, wie in Hubbard's Point.

Daher schrieb sie Nell Mitte September einen Brief, in dem es hieß: »Jetzt brauche ich deinen Beachgirl-Bericht aber *sehr dringend*! Ich habe nämlich deinen Rat beherzigt und mit einem neuen Buch begonnen, *Der Tag, an dem das Meer schwarz wurde*; der Zeitungsausschnitt, den du deinem Vater gegeben hast, hat mich dazu inspiriert. Deine Recherche war mir eine große Hilfe, und ich brauche schnellstens weitere Informationen, so genau wie möglich ... Was für Arten von Muscheln, Küstenvögeln, Seetang usw. gibt es dort?«

Eines Nachmittags, ungefähr eine Woche nachdem sie den Brief abgeschickt hatte, fuhr sie zu Tante Aida, um zu sehen, wie es dort voranging. Ihre Tante malte wie besessen an ihrem letzten Bild der *Beach Serie,* da die Ausstellung bereits im Oktober stattfinden sollte. Eine Aida mit Dollarzeichen in den Augen war ein seltener Anblick. Ein Subunternehmen hatte die Instandsetzungskosten für das Schloss mit rund hunderttausend Dollar beziffert, und sie hatte sich ausgerechnet, dass sie ungefähr die Hälfte der Summe selbst aufbringen konnte, wenn sie jedes Bild verkaufte.

»Ich hätte nie gedacht, dass du mal des Geldes wegen malen würdest.« Stevie lächelte, als sie ihrer Tante bei der Arbeit zusah. Draußen auf dem Schlossgelände standen dicht an dicht Pick-ups, Lieferwagen von Elektrikern und Glasern und ein riesiger Baggerlader. Das Stakkato von Elektrowerkzeugen erfüllte die Luft. Aida lächelte grimmig.

»Dann lass dich eines Besseren belehren! Wenn es gilt, Vans Traum zu bewahren, ist mir beinahe jedes Mittel recht.«

»Wirklich?«

»Ja. Ich *muss* dieses Anwesen als Naturschutzgebiet erhalten, in seinem Namen. Damit auch die junge Generation die Möglichkeit hat, die Schönheit der Küstenregion von Connecticut kennen zu lernen, die er so liebte. Ich fürchte nur, dass mir dafür das nötige Kleingeld fehlt.«

»Was meint dein Anwalt?«

»Die Stiftung steht – wir können anfangen, Spenden zu sammeln. Aber ich habe nicht die leiseste Ahnung, wie – ich kann nur eines, malen. Er meint, wir brauchen jemanden vom Fach, der etwas von gemeinnützigen Organisationen versteht und Kontakte zu Leuten mit Geld knüpft, die bereit sind, für einen guten Zweck etwas springen zu lassen.«

»Genau das, was Künstler hassen.«

Aida nickte, konzentrierte sich auf ihre Leinwand – 1,35 Meter mal 1,35 Meter groß, die gleichen Ausmaße wie alle ihre Bilder –, bestehend aus breiten Farbbändern, die Meer, Sand und Himmel andeuteten. In dieser Hinsicht war alles wie gehabt. Doch die Technik ihrer Tante hatte sich geändert: Sie trug eine dünne, durchscheinende Farbschicht über der anderen auf, so dass sich die Farben auf der Leinwand statt auf der Palette mischten.

»Was ist denn das?« Stevie beobachtete, wie sie Gelb über Blau auftrug – Sonnenlicht auf dem Wasser –, wodurch ein geheimnisvolles Grün entstand.

»Die Farben werden in den Augen des Betrachters statt auf der Leinwand gemischt.«

»Hast du früher auch schon mit dieser Technik gearbeitet?«

»Noch nie.« Sie kniff die Augen zusammen. »Das ist das erste Mal. Der Effekt hat mich umgehauen. Eine Innovation, die selbst mir die Sprache verschlägt …«

»Aber warum? Wieso – ausgerechnet jetzt? Wo du …«

»Deine Bilder verramschst? Für schnöden Mammon malst?«

Aida lachte. »Mein liebes Kind, gerade du solltest wissen, dass es so etwas nicht gibt! Motivation ist ein Geschenk des Himmels, in welcher Form auch immer. Wenn sie dein Talent fördert, umso besser. In meinem Fall ist Liebe die Kraft, die mich treibt – die Liebe zu Van. Und bei dir die Liebe zu …«

Stevie betrachtete stumm die schlichte Komposition ihrer Tante, die zarten schimmernden Farbbänder, während die Motorsägen kreischten.

»Du hast Nell einen Brief geschickt, wie ich hörte.«

»Was für einen meinst du?«
»Den mit der Bitte um Informationen über die Vogelarten an der schottischen Küste. Für dein neues Buch. Jack sagte, sie sei deswegen ganz aus dem Häuschen.«
Stevie hörte mit klopfendem Herzen zu, während sie darüber nachdachte, dass Jack und Aida miteinander telefoniert hatten.
»Dir ist schon klar, warum du ausgerechnet Schottland als Schauplatz gewählt hast, oder?«
Stevie konnte nicht antworten.
»Weil du wusstest, dass du nach Schottland musst. Um vor Ort zu recherchieren. Du warst ja auch am Südpol, auf dem Packeis, um Material für das Buch über die Kaiserpinguine zu sammeln.«
»Ich war mit Linus in der Antarktis. Meine Recherchen vor Ort haben sich immer als Materialsammlung für das Reisetagebuch der gescheiterten Ehen entpuppt.«
»Liebes Kind, warum gehst du so hart mit dir ins Gericht?«
»Die Liebe ist ein hartes Brot.« Der Gedanke, nach Schottland zu fliegen und Nell Hoffnung zu machen, die dann enttäuscht wurde, weil es mit Jack und ihr nicht klappte, war zu niederschmetternd, um ihn ernsthaft in Betracht zu ziehen.
»Nein«, entgegnete Aida ruhig. »Sie ist die einfachste Sache der Welt. Kompliziert wird sie nur durch die Zweifel und Ängste und Erwartungen, mit denen wir sie Schicht für Schicht überlagern. Schau dir Henry und Doreen an.«
»Ich weiß.« Stevie hatte die Hochzeitseinladung erhalten – die Trauung war am kommenden Samstag in Newport, wo sie sich kennen gelernt hatten, wo sich Henrys Offiziersanwärter-Schule befand und wo sie leben würden.
»Henry hat die Situation mit so vielen Ängsten befrachtet, dass er Doreen um ein Haar verloren hätte. Weißt du, in den

Wochen, die er in meinem Gästehaus verbrachte, hatten wir einige lange gute Gespräche. Es brach mir fast das Herz, meinen Stiefsohn, ein gestandenes Mannsbild von mehr als fünfzig Jahren und hochdekorierten Fregattenkapitän, mit Tränen in den Augen an meinem Tisch sitzen zu sehen … als er erkannte, dass er Gefahr lief, Doreen zu verlieren, nur weil er so ein Angsthase war.«

»Ich würde nie auf die Idee kommen, Henry als Feigling zu bezeichnen«, entgegnete Stevie, sich den Commander in Uniform vorstellend.

»Er war einer, nur hat es niemand bemerkt.«

Stevie dachte an ihre eigenen Ängste – wenn einer feige war, dann sie. Sie zog es vor, sie als Selbstschutzmechanismen zu betrachten, aber das war in Wirklichkeit ein und dasselbe. Oder sie redete sich ein, dass es ihr nur um das Wohl von Jack und Nell ging. Sie hatte so viele Fehler begangen, dass sie ihnen ihr chaotisches Leben nicht zumuten wollte.

»Du meinst also, Liebe sei kein hartes Brot«, griff Stevie die Worte ihrer Tante auf.

»Nein. Sie wächst und gedeiht auch ohne dein Zutun, wenn du es zulässt. Den Beweis werden wir am Samstag sehen, wenn Henry und Doreen in der St. Mary's Church den Bund fürs Leben schließen. Liebe kann Berge versetzen, wenn du an sie glaubst.«

»Wie dein Vorhaben mit Onkel Vans Schloss«, sagte Stevie, während der Lärm des Baggerlasters, der Erdmassen transportierte, und die Zurufe der Männer, die hoch oben das Dach des Turmes neu deckten, durch das Cottage hallten.

»Ja, dazu braucht man Liebe«, meinte Aida. »Und, so Gott will, die Hilfe eines wirklich guten Spendensammlers, der etwas von seinem Handwerk versteht.«

26. Kapitel

Das Ladapool-Team war bestens vorbereitet, versuchte, die eigenen Vorgaben noch zu übertreffen und das Projekt so früh wie möglich unter die Fittiche der Bauunternehmen zu bringen. Sie waren im Highlands Inn einquartiert, einem Gasthof, in dem hauptsächlich Geschäftsleute und Angehörige von Firmen abstiegen, die in der Dienstleistungsbranche tätig und im Auftrag der Ölindustrie auf den Orkneys waren.

Jack und Nell hatten eine Suite im vierten Stock, mit Blick auf das Gelände. Jack merkte, dass er sich in einer seelischen Krise befand, weil er die Landschaft vor seinem Fenster – die spiegelglatten Buchten, die Felseninseln, die Berge in der Ferne – als »Gelände« betrachtete. Nell war irgendwo dort draußen, machte Hausaufgaben; Miss Robertson kam jede Woche für ein paar Tage her.

In ihrer Freizeit vertiefte sie sich in die Nachschlagewerke, die er ihr geschenkt hatte, und verglich die gefundenen Muscheln, Federn, Krustentiere und Eierschalen mit den darin enthaltenen Namen und Beschreibungen. Sie schrieb Stevie, sobald sie etwas Neues entdeckt hatte – also jeden Tag.

Auf dem Schreibtisch standen zwei Einladungen, die mit der Post gekommen waren – beide von Aida. Die eine war für die Eröffnung ihrer Kunstausstellung – eine Hochglanzkarte, die ein transparentes, meditatives Bild aus den *Beach Series* zeigte. Die andere war für die Hochzeit ihres Stiefsohnes Henry, die am kommenden Samstag in Newport, Rhode Island, stattfand.

»Ich möchte hingehen, Dad«, verkündete Nell eines Morgens nach dem Frühstück. Sie saß am Schreibtisch neben

dem Fenster und zeichnete ein Bild von den Enten, die sie bei Sonnenaufgang gesehen hatte.
»Wohin?«
»Zur Hochzeit.«
»Nell, die Einladung ist eine reine Höflichkeitsgeste.«
»Nein, das ist nicht wahr. Sie würden sich wirklich freuen, wenn wir kommen.«
»Nell – wir kennen Henry kaum. Es handelt sich höchstwahrscheinlich um eine Feier im engsten Familienkreis, und die Einladung soll uns nur von dem bevorstehenden Ereignis in Kenntnis setzen.«
»Das würde Tante Aida nie tun. Einladungen aussprechen und hoffen, dass wir nicht kommen. Aber ein Geschenk schicken.«
»So habe ich das nicht gemeint – das Problem ist nur, dass wir uns in Schottland befinden, dreitausend Meilen entfernt.«
»Wir könnten doch in ein Flugzeug steigen, oder?«
»Nell, niemand erwartet, dass wir nur wegen der Hochzeit nach Hause fliegen.«
»Du hast es gesagt, Dad.« Nell sprang auf. »Du hast ›nach Hause‹ gesagt.«
»Ich meinte …«
»Unser Zuhause ist in Amerika – nicht hier. Ich vermisse es so sehr! Ich vermisse Peggy und den Strand, und Tante Aida, und Tilly – und Stevie!«
»Ich weiß …«
»Und jetzt ist Francesca auch noch hier. Ausgerechnet in unserem Hotel, im Zimmer gegenüber!«
»Wir müssen nicht ständig mit ihr zusammenhocken.«
»Du schon. Bei der Arbeit. Sie ist ein Störenfried, überall muss sie dabei sein!«

»Ist ja gut, Nell.« Jack versuchte sie zu beruhigen, bevor sich die Aufregung zu einem hysterischen Anfall auswuchs. Er streckte die Arme aus, um sie an sich zu ziehen, doch sie wich zurück. Sie griff nach der Einladung und drückte sie an die Brust.

»Wir sind eingeladen – und ich möchte hingehen.«

»Es ist zu weit. Du weißt, unter welchem Druck ich stehe, um dieses Projekt termingerecht abzuschließen. Anschließend können wir uns gerne noch einmal über eine Heimreise unterhalten. An Thanksgiving, oder Weihnachten. Oder vielleicht schon zu Aidas Ausstellung im Oktober …«

»Das ist etwas anderes.« Nells Stimme zitterte. »Da kann jeder hingehen. Henrys Hochzeit ist etwas Besonderes. Sie findet im Familienkreis statt, wie du sagtest. Und ich wünsche mir eine Familie, Dad!«

»Du hast doch mich.«

»Aber ich möchte eine große Familie. Du nicht? Früher waren wir eine. Ich hatte dich und Mommy, Tante Maddie und Onkel Chris … und Stevie. Aber jetzt sind alle aus unserem Leben verschwunden!«

»Nell …« Er streckte abermals die Arme nach ihr aus, doch sie lief zum Fenster, lehnte den Kopf an die Glasscheibe und schluchzte. Jack ging zu ihr, mit zitternden Händen. Sie wirkte so verletzt, dass er nicht einmal wagte, ihre Schultern zu berühren.

»Ich verschwinde nicht«, sagte er.

»Woher soll ich das wissen? Du gehst doch immer weg, sobald es schön wird. Wir hatten ein richtiges Zuhause in Hubbard's Point und hätten länger bleiben können … es hat so viel Spaß gemacht, mit Stevie Muscheln zu suchen und ins Strandkino zu gehen … wir waren richtig glücklich …«

»Ich weiß«, sagte er, verblüfft, dass sie damit den Nagel auf den Kopf getroffen hatte.

»Und was ist mit meiner Tante? Sie liebt mich, und dich, und du redest nicht einmal mehr mit ihr! Was wäre, wenn ich dir das antun würde, Dad? Wenn ich vor lauter Wut kein Wort mehr mit dir reden würde?«

»Nell, du bist meine Tochter.«

»Sie ist deine Schwester! So machst du es mit den Menschen, die dich am meisten lieben – du verlässt sie einfach.«

»Ich würde dich niemals verlassen, nie im Leben …«

Nell schüttelte schluchzend den Kopf. »Das sagst du *jetzt*. Aber was ist, wenn ich einen Fehler mache, der dich in Rage bringt –, hasst du mich dann genauso wie Tante Maddie?«

»Ich könnte dich *niemals* hassen. Und sie hasse ich auch nicht – ich liebe sie.« Die Worte klangen in ihm nach, und ihm wurde bewusst, dass sie der Wahrheit entsprachen; er sah seine Schwester vor sich, wie sie neben ihrem Wagen in der Einfahrt des Hauses in Hubbard's Point stand – nur drei Meter trennten sie voneinander, eine Entfernung, die genauso schwer zu überbrücken war wie eine Schlucht.

Er starrte Nells Hinterkopf an. Sie drehte sich nicht um, nicht einmal dann, als er ihr Haar berührte.

Das Telefon läutete. April hatte Nell durch die Wand weinen hören.

»Als Mutter gebe ich dir einen Tipp«, meinte sie. »Videofilme wirken manchmal Wunder, wenn man jemanden bestechen will.«

»Die Phase haben wir hinter uns.« Jack runzelte die Stirn und betrachtete Nell, die am Fenster stand, von lautlosem unterdrückten Schluchzen geschüttelt.

Sie in diesem Zustand allein zu lassen war ihm ein Gräuel,

aber ihm blieb keine andere Wahl. April, Victor und die anderen Ingenieure waren bereits bei der Arbeit. Sie vermaßen die Grenzlinien oder beobachteten, wie die Geologen weitere Gesteinsproben nahmen und Ozeanografen die mittlere Höhe über dem Meeresspiegel bei Ebbe errechneten. Jack ging zum Ufer hinunter, um sich auf einen Felsen zu setzen, seine Daten zusammenzufassen und seine Fassung wiederzugewinnen. Gleich nach der Arbeit würde er die Telefonnummer heraussuchen, die Dr. Galford ihm gegeben hatte.

Francesca, die ihn dort entdeckte, stapfte durch den Sand. Sie fluchte, und Jack hob den Blick. Sie trug hohe schwarze Stiefel, deren Absätze einsanken. Sie sah ihn mit einem trockenen Lächeln an. Es war die erste Begegnung auf privater Ebene seit ihrer Ankunft am Vortag.

»Ich hätte nicht übel Lust, dich ›Benedict‹ zu nennen, obwohl, Benedict Arnold ist ein Waisenknabe neben dir, du Deserteur.«

»Du weißt doch, wenn sich eine so einmalige Chance bietet, muss man zugreifen, sonst entgeht sie einem.« Die Worte hallten in seinen Ohren nach, allerdings in einem ganz anderen Zusammenhang.

»Ivan wollte dich unbedingt haben, keine Frage. Ihm gefiel dein Projekt in Maine. Vielleicht dachte er, du würdest dich an dieser felsigen Hinterwäldlerküste heimischer fühlen.«

Jack grinste, musterte ihre Stiefel. Francesca fühlte sich auf dem Großstadtpflaster wohler, bei einem Bummel entlang der Newbury Street in Boston, mit wippenden Haaren und Passanten, die ihr nachsahen.

»Schon gut, schon gut.« Sie lachte. »Für mich ist das hier Notstandsgebiet. Mein Gott, wo bekommt man hier einen anständigen *latte?*«

»Du wirst mit Tee vorlieb nehmen müssen.« Jack dachte an den Tee, den Stevie und Aida ihm vorgesetzt hatten …

Francesca verdrehte die Augen. Sie trat näher und sorgte dafür, dass ihre Hand wie zufällig Jacks Wange streifte. Ihre Blicke trafen sich – ihre Haare waren lang, dunkelblond, wippten vor ihrem Gesicht auf und ab, betonten ihren verführerischen Anblick.

»Ist dir aufgefallen, dass sich die Situation geändert hat – abgesehen davon, dass du auf die andere Seite des Ozeans gezogen bist?«

»Welche Situation?«

»Jack, wir arbeiten nicht mehr im selben Unternehmen. Damit sind die alten … Hindernisse ausgeräumt.«

Jack sah in ihre flammenden Augen – gekonnt zurechtgemacht, wie der Rest ihres Gesichts. Ihre Lippen waren voll, kaum merklich mit Farbe betont. Jack dachte an Stevie, die er sich geschminkt nicht vorstellen konnte, und wandte den Blick ab.

»Es gibt verschiedene Arten von Hindernissen«, sagte er.

»Keine, die wirklich ins Gewicht fallen. Wir hatten eine gute Arbeitsbeziehung … und es könnte mehr daraus werden. Das sieht hier jeder – warum, glaubst du, hat uns April wohl gegenüberliegende Zimmer gegeben?«

April hatte es gewiss gut gemeint, dachte Jack. Aber sie hatte keine Ahnung, was mit ihm los war.

»Romantisches Fleckchen Erde«, fuhr Francesca fort. »Wenn man über den Mangel an Zivilisation hinwegsieht. Ich meine, abgesehen von der Tatsache, dass der Latte Macchiato für die eingefleischten Teetrinker in diesem Kaff eine Bedrohung darstellt. Wie es heißt, haben sie wenigstens das Nordlicht zu bieten … wir könnten ja später einen Spaziergang machen, am Abend.«

»Du vergisst eine Kleinigkeit – Nell.«
»Ich wette, Nell würde sich lieber die Zeit mit Videospielen vertreiben. Oder ihre Stevie-Moore-Bücher lesen …«
Jack hatte ein mulmiges Gefühl, wenn er nur ihren Namen hörte.
»Nell macht Recherchen für sie, für ihr neues Buch. Über die hiesige Vogelwelt. Und in welchem Ausmaß sie von der Ölverschmutzung bedroht sind.«
»Das soll doch wohl ein Scherz sein, oder?«
»Nein. Keineswegs. Nell ist oben, schreibt gerade an sie.«
»Über die Ölverschmutzung?«
Jack deutete auf die Gezeitenlinie, wo schwarze ölige Teerklumpen mit dem Seetang angeschwemmt worden waren. Francesca blickte hinüber, dann wandte sie hastig den Blick ab.
»Pass auf, dass Ivan solche Äußerungen nicht zu Ohren kommen. Er würde es als Versuch betrachten, die Beziehung zu untergraben, die er mit Brooks aufzubauen versucht. Umweltschutz ist gut und schön, aber lass die Finger von Aktivitäten, die sich auf seine Bilanzen auswirken.«
»Manche Dinge sind wichtiger als Bilanzen.«
Francesca lachte. »Und das aus dem Munde eines Mannes, der seinen Job an den Nagel gehängt hat, um eine Spitzenposition bei IR anzunehmen – obwohl er wusste, dass der Bau von Ölraffinerien in Schottland zum Kerngeschäft der Firma gehört. Findest du das nicht ein bisschen scheinheilig?«
Jack empfand die Worte wie Nadelstiche – er dachte daran, was Nell gesagt hatte. Sein Blick fiel auf eine Vogelschar, die in der Bucht schwamm. Ihre Silhouetten zeichneten sich in der hellen Sonne ab, die schräg im Norden stand und die Szenerie mit Licht überflutete. Licht kann sowohl enthüllen

als auch verschleiern, dachte er – wer weiß schon, was sich unter der Oberfläche abspielt?

»Keine Ahnung. Vielleicht«, erwiderte er.

»Dann kündige, und ich übernehme deine Stellung.«

Jack antwortete nicht, beobachtete stumm die Vögel. Er drehte sich um und blickte zum Hotel hinüber. Die Sonne schien auf die Fenster an der Vorderseite des Hauses, und als er die Stockwerke von unten nach oben abzählte, entdeckte er Nell, die immer noch im Zimmer war und am Fenster stand, ihn mit Francesca beobachtete.

»Schau.« Francesca deutete auf die Wasserlachen am Ufer, die bei Eintritt der Ebbe zurückgeblieben waren. »Der Strand wird nicht nur vom Öl verschmutzt. Es gibt auch andere Arten von Müll. Holzstücke …«

»Das nennt man Treibholz.«

Sie zuckte die Achseln. »Von mir aus. Dann eben dekorativer Müll. Aber was ist mit den Styroporbechern, der Colaflasche da hinten?«

»Der Müll stammt vermutlich von unserer Mannschaft, die da oben auf der Straße steht.« Jack watete ins Wasser, um die Flasche aus dem Seetang zu klauben. Er ließ den Müll achtlos auf den Sand fallen, neben den Felsen, auf dem er gesessen hatte.

»Schau doch! Eine Flaschenpost!«, schrie Francesca mit einem Mal.

Jack beugte sich hinunter. Tatsächlich: In der Flasche befand sich ein zusammengerolltes, liniertes Blatt Papier.

»Wir müssen sie sofort lesen!«, sagte Francesca.

Jack schraubte den Verschluss auf, stellte die Flasche auf den Kopf und klopfte mit der Hand gegen die Öffnung. Das zusammengerollte Blatt Papier rutschte heraus. Er las die Nachricht, während Francesca zusah.

»Was steht drin? Na sag schon! Stammt die Flaschenpost von einem schiffbrüchigen Seemann, der auf Rettung wartet?«
Jack wollte oder konnte nicht antworten. Francesca hatte zur Hälfte Recht – die Nachricht stammte in der Tat von jemandem, der auf Rettung wartete. Seine Hände zitterten, als er das Blatt zusammenfaltete und in seine Brusttasche steckte. Francesca erhob Einspruch, verlangte es zu sehen, aber er achtete nicht darauf.
Er sah zum Fenster seines Hotelzimmers hinüber. Die Sonne war grell, aber er konnte trotzdem sehen, wie sich Nell an das Fensterglas lehnte, die Hände an der großen Scheibe emporgestreckt. Er wusste, dass sie weinte, auch wenn er ihr Gesicht nicht klar erkennen konnte. Er wusste es, weil er ihre Flaschenpost gelesen hatte und ihm ebenfalls nach Weinen zumute war.

Stevie saugte alles in sich auf wie ein Schwamm – jedes Wort, das ihre Tante sagte, die ungewohnte Geschäftigkeit, die auf dem Lovecraft Hill herrschte, den neuen Malstil ihrer Tante, der an ein Wunder grenzte, und ihre Ansichten über die Angst. Sie rief sich das Gespräch wieder in Erinnerung wie einen kostbaren Schatz, während sie zu entscheiden versuchte, was sie jetzt tun sollte. Das Septemberlicht ergoss sich in ihr Atelier, heller als je zuvor. Eine Idee nach der anderen ging ihr durch den Kopf – ein endloser Reigen, so dass sie weder schlafen noch still sitzen konnte. In manchen Augenblicken, wenn sie fürchtete, Jack und Nell nie wieder zu sehen, war sie von Verzweiflung erfüllt. Doch dann begann sie zu arbeiten, eingehüllt in das goldene Licht des Strandes, und spürte, wie ein tiefer Friede in ihr Herz einzog.
Am nächsten Morgen, Stevie war gerade vom Schwimmen

heimgekommen, läutete das Telefon. In ein Handtuch gewickelt und in der Herbstluft zitternd, rannte sie los, um abzuheben.
»Hallo?«
»Hallo Stevie – ich bin's.«
»Maddie!«
»Wir geht es dir?«
»Gut – und dir?«
»Mit jedem Tag besser. Vor allem seit ich deine Nachricht erhalten habe, dass du nach Rhode Island kommst.«
Stevie hatte darauf verzichtet, sie anzurufen. Ihre Gefühle für die Mitglieder der Kilvert-Familie waren immer noch ein wunder Punkt. Sie konnte nachempfinden, wie schwierig die Begegnung zwischen Jack und Maddie gewesen sein musste, aber sie schien der Auslöser für seine Entscheidung gewesen zu sein, in Schottland ein neues Leben anzufangen. Nicht dass sie Maddie auch nur im Geringsten die Schuld daran gab – aber sie vermisste Jack und Nell sehr.
»Es ist eine Hochzeit im engsten Familienkreis, an diesem Samstag«, erklärte Stevie. »Ich werde Freitag und Samstag in Newport übernachten und dachte, vielleicht hast du Lust rüberzukommen; wir könnten Freitagabend miteinander essen gehen oder uns Sonntag zum Brunch treffen.«
»Wir wäre es mit Freitag – ich muss dir so viel erzählen, und je früher, desto besser ... Aber veranstalten die zwei keine Generalprobe, Abendessen eingeschlossen, bei der deine Anwesenheit erforderlich ist?«
»Sie hatten die letzten fünfzehn Jahre Gelegenheit zum Proben.« In Stevies Stimme schwang die Zuneigung mit, die sie für Henry empfand. »Nein, alles soll ganz zwanglos ablaufen. Ich habe keinerlei Verpflichtungen. Wo treffen wir uns? In einem Restaurant am Strand?«

»Dachte ich auch. Newport selbst hat nichts dergleichen zu bieten, aber in der Nähe des Memorial Boulevard gibt es ein nettes Lokal, am Easton's Beach. Es heißt Lilly Jane's, direkt an der Strandpromenade. Dort bringen sie den besten Fisch in der ganzen Stadt auf den Tisch, frisch gefangen, und der Limonenkuchen mit Pistazien ist ein Gedicht.«
»Solange wir gemeinsam einen Strandspaziergang im Sand machen können.«
»Können wir.«
»Und die Wellen hören …«
Sie wusste, trotz allem, was geschehen war, dass der Strand ein Allheilmittel war, auf das sie sich verlassen konnte.
»So gesehen, wen interessiert schon das Essen?«, sagte Maddie.
»Genau«, erwiderte Stevie leise. »Das Wichtigste ist, dich wiederzusehen. Das ist das Einzige, was zählt.«

27. Kapitel

Newport hatte auch im September nichts von seiner Geschäftigkeit verloren. Boote rüsteten sich, im Süden zu überwintern, lagen Seite an Seite im Hafenbecken oder schaukelten an den Liegeplätzen, die weißen Rümpfe im Sonnenlicht schimmernd. Die Hotels im Hafen waren ausgebucht mit Touristen, die noch ein weiteres Wochenende unter freiem Himmel verbringen, einen letzten Samstagabend unter dem sommerlichen Sternenzelt speisen wollten.
Tante Aida hatte eine Reihe benachbarter Zimmer im Maplehurst Manor reservieren lassen, einem alten viktorianischen Herrenhaus am Fuße der Dresser Street. Es besaß breite ele-

gante Veranden, zahlreiche Schornsteine und zehn altehrwürdige chinesische Ahornbäume, die dem Garten Schatten spendeten, einem Kapitän zur See huldigend, der Handel mit China betrieben hatte und das Haus im neunzehnten Jahrhundert erbaute.
Hinter dem aus blauen Schindeln errichteten Landgasthof begann der Cliff Walk, ein zehn Meilen langer, spektakulärer Fußweg hoch über dem Meer, der Newports Klippen und Herrenhäuser säumte. Easton's Beach erstreckte sich in einer sanften Biegung zur Linken, mit silbern schimmerndem Sand und langen Wellen, die vom Ozean anbrandeten und weiße Schaumkronen trugen. In Schaukelstühlen auf der vorderen Veranda sitzend, lauschten Stevie und Henry dem beruhigenden Rhythmus der Wellen und leisteten sich gegenseitig Gesellschaft. Laut Aida hatte Henry in der vergangenen Nacht kein Auge zugetan und sich mehrmals erbrochen.
»Geht es dir besser?« Stevie musterte ihn mit einem halb belustigten, halb besorgten Blick.
»Ja, Lulu. Vielen Dank für die Nachfrage. Keine Ahnung, was ich mir eingefangen habe.«
»Vielleicht ein paar Bourbon zu viel?«
»Haha. Sehr witzig. Mein Junggesellenabschied war nur dem Namen nach einer – Seeleute im Ruhestand, seit langem unter der Haube, die Hälfte ständiger Gast bei den Anonymen Alkoholikern. Wir waren im Offizierskasino und versuchten, in Erinnerungen an die wilden Zeiten in Phuket und Hongkong zu schwelgen, aber das Gespräch drehte sich bald nur noch um Enkelkinder und den Nervenkitzel, die Hypothek fürs Eigenheim abzuzahlen. Ein Trauerspiel.«
»Und wieso geht es dir dann so schlecht?«
Henry schaukelte leicht mit seinem Stuhl. Seine Augen, die aufs Meer hinausblickten, waren düster, seine Wangen von

Wind und Wetter gegerbt. Dieser Mann hatte als Fregattenkapitän ein Kriegsschiff befehligt und einen Matrosen aus den mit Haien verseuchten Gewässern des Persischen Golfs gerettet, der nach einer Schlägerei bewusstlos über Bord gegangen war. Stevie liebte ihn, als wäre er ihr eigener Bruder.

»Also gut, aber sag es niemandem weiter, ja?«

»Versprochen.«

»Ich bin ein alter Seebär, habe viele Meere befahren. Das weißt du.«

»Ja, sicher.«

»Aber eines weißt du nicht: Jedes Mal, wenn das Schiff auslief, von wo auch immer, und den Hafen durchquerte, an den kleinen Booten vorbei … fühlte mich in meinem Element.«

»Commander van Lichen.«

»Du sagst es. Doch kaum kamen wir zu den Tiefseebojen …«

»Den was?«

»Bojen, die den Übergang zum offenen Meer markieren. Dort wird die See rau, und die Schiffe schaukeln und schlingern.«

»Aha.«

»Wie gesagt, kaum waren wir an den Tiefseebojen angelangt – wurde ich seekrank, und wie! Stell dir das vor, so etwas muss ausgerechnet mir passieren! Ich war Berufsoffizier. Als Angehöriger der Navy hat man seetauglich zu sein. Was macht das für einen Eindruck, wenn ich auf meinem eigenen Schiff flachliege oder über der Kloschüssel hänge.«

»Das ist doch kein Weltuntergang.« Stevie lächelte.

»Für mich schon, Lulu. Peinliche Sache. Die Seekrankheit war keine langfristige Angelegenheit – dauerte nicht bis zum Einlaufen im nächsten Hafen an. Sie überkam mich wie ein Taifun, ich brachte es hinter mich, und dann ging es wieder. Trotzdem gilt an Bord ein eisernes Gesetz – Offiziere werden nicht seekrank. Ich war Befehlshaber des Schiffes. Die Mannschaft hörte auf mein Kommando. Wenn meine Männer gesehen hätten, wie ich den Fischen opfere, sobald es zur Sache geht, wäre meine Autorität beim Teufel gewesen. Also musste ich dafür sorgen, dass niemand Wind davon bekam. Mehr als zwanzig Jahre lang, und keiner hat etwas gemerkt.«

»Ich glaube, das ist typisch Mann, Henry. So unerschrocken und diszipliniert in allen Lebenslagen zu sein. Was hättest du gemacht, wenn dich irgendein unseliger Matrose erwischt hätte?«

»Ich wäre gezwungen gewesen, ihn umzubringen«, erwiderte Henry, ohne zu lächeln.

»Mein Gott, und ich frage dich seelenruhig, warum es dir letzte Nacht so schlecht ging! Besteht die Gefahr, dass ich abgemurkst werde?«

»Keine Bange, Lulu! Wir haben doch keine Geheimnisse mehr voreinander. Wir sind zwei alte Weggefährten – haben so manches gemeinsam durchgestanden. Dir kann ich es ja sagen – letzte Nacht habe ich mich so elend wie nie zuvor in meinem Leben gefühlt, als wäre ich seekrank, und dabei war ich nicht mal auf einem Schiff. Meine Knie waren weich wie Gummi, und mir war speiübel.«

»Was hast du denn erwartet?«

»Häh?«

»Du bist an den Tiefseebojen angelangt«, erklärte Stevie mit dem sicheren Wissen eines Veteranen. »Die Tiefseebojen der Liebe. Du heiratest morgen.«

»Alle Wetter! Du meinst, das ist der Grund?«

»Was sonst. Jede Zelle deines Körpers weiß, dass sich jetzt alles ändern wird. Du nimmst Kurs aufs offene Meer, mein Lieber.«

»Du hast das schon hinter dir. Drei Mal.«
Stevie zuckte zusammen. »Erinnere mich nicht daran«, lag ihr auf der Zunge, aber sie schwieg. Ja, sie hatte drei Ehen hinter sich. Während sie mit Henry auf der Veranda saß, konnte sie seine Aufregung, seine Vorfreude, aber auch seine Ängste nachempfinden. Heute war der Vorabend seiner Hochzeit. Sie schloss die Augen, erinnerte sich, wie es ihr an diesen Abenden gegangen war: Sie hatte immer fest daran geglaubt, dass der Weg, der vor ihr lag, der richtige war. Hatte sie sich geirrt – nur weil er nicht zum erhofften Ziel führte? Nicht einmal jetzt war sie sich sicher.
»Was meinst du dazu?«, fragte Henry.
Stevie griff zwischen die beiden Schaukelstühle, nahm seine Hand und drückte sie. »Dass deine Angst real ist … und nicht ganz unbegründet.«
»Mist. Aber trotzdem danke, Lulu.«
Sie hielt seine Hand ein wenig fester. »Dass sie da ist, hat seinen Grund, Henry. Du bist seekrank geworden, weil sich dein Instinkt zu Wort gemeldet hat, dein Körper dir etwas sagen wollte. Bevor du ein hochdekorierter Marinekommandant wurdest, warst du ein Mensch wie jeder andere, ein Mann, ein kleiner Junge. Mit einem gesunden Selbsterhaltungstrieb, der sich tief in unserem Inneren, hinter der Fassade des Heldenmuts verbirgt … Du hast gespürt, dass die Wellen größer wurden, und dich instinktiv dagegen gewehrt, verschlungen zu werden.«
»Willst du damit sagen, dass die Ehe uns mit Haut und Haaren verschlingt?«
Stevie legte den Kopf zur Seite, dachte nach. Doch seltsamerweise wurden ihre Erinnerungen an die Vergangenheit von ihren Gefühlen für Jack und Nell verdrängt. »In gewisser Weise schon«, sagte sie. »Sie vereinnahmt dich, durch

deine Sehnsucht, deine Anteilnahme, deine Liebe … So nahe du dich deinem Partner auch fühlen magst, du sehnst dich immer nach mehr Nähe. Wenigstens war das bei mir der Fall. Plötzlich sind die Wünsche und Bedürfnisse eines anderen Menschen das Wichtigste auf der Welt … und wenn du nicht aufpasst, vergisst du dabei deine eigenen.«

»Was wäre, wenn sich herausstellt, dass es bei mir genau umgekehrt ist? Wenn ich mich als ausgemachter, unbelehrbarer Egoist entpuppe, der nur noch vor dem Fernseher hockt, um Football anzuschauen, und den Hochzeitstag vergisst?«

»Das wird Doreen schon zu verhindern wissen.« Stevie lächelte. »Sie kennt dich in- und auswendig.«

»Ich mache mir Sorgen wegen gestern Nacht. Weil ich mich so hundeelend gefühlt habe. Vielleicht war das ein Zeichen, dass ich nicht für die Ehe tauge und – wie du sagtest – mein Körper mir das klar machen wollte! Es kommt doch vor, dass der Körper nicht mitspielt, wenn er zum Beispiel nach einer Transplantation das Spenderherz abstößt. Sozusagen meutert.«

»Keine Bange, das ist wie der erste Tag auf See. Die Seekrankheit dauert nicht lange an, da muss man durch. Du gerätst ein bisschen in Panik, doch dann denkst du daran, dass du ein Seebär bist, dein Schiff heil durch so manchen Wirbelsturm gebracht hast und nach deiner Rückkehr viel erzählen kannst. Die Angst dauert nur einem Moment – wenn du sie überwunden hast, liegt eine fantastische Reise vor dir.«

»Ich hätte Doreen beinahe verloren.«

Stevie nickte. Seine Augen spiegelten Bedauern und Melancholie wider, aber auch Erleichterung.

»Aber nur beinahe. Genau genommen hast du sie gefunden.«

»Das wünsche ich dir auch, Lulu. Ich glaube, du hast auch endlich gefunden, was du …«

Stevie hob abwehrend die Hand. Es schmerzte zu sehr, über Jack zu reden. Sie wusste, dass Tante Aida ihm eine Einladung geschickt hatte – mitsamt einer ganzen Flut von Informationen über das Schlossprojekt, die Gründung der Stiftung und den Baubericht. Natürlich kam er nicht – wie sie von Aida wusste, die seine Absage als herbe Enttäuschung empfand, so dass Stevie am Ende *sie* trösten musste.

»Es ist deine Hochzeit«, sagte Stevie und tätschelte Henrys Arm. »Hier geht es nur um dich! Ich freue mich so für dich.«

»Ohne dich hätte ich das nicht geschafft«, meinte er.

»Das hört man gerne, aber du täuschst dich. Dafür hätte Doreen schon gesorgt. Also, bis dann … ich muss mich noch umziehen. Ich treffe mich dort unten mit meiner Freundin zum Essen – in einer Stunde.« Sie stand auf, zeigte auf den Strandpavillon. Die ersten Gäste fanden sich bereits auf der Terrasse ein.

»Viel Spaß. Aida sagte, deine Freundin sei die Schwester von …«

»Ja, aber in erster Linie ist sie meine Freundin. Eine meiner besten, ältesten Freundinnen«, unterbrach ihn Stevie hastig.

»Auch das ist Liebe«, sagte Henry, und Stevie musste lächeln.

»Du bist wirklich wie umgewandelt. Ein neugeborener Kommandant.«

»Du hast dich auch verändert. Keine Spur mehr von Luocious, der Sirene, die Männer anlockt.«

»Das würde ich nicht behaupten.« Stevie sah nach Osten, aufs Meer hinaus, während sie den Arm um Henrys Hals schlang und ihn auf den Scheitel küsste. Ihr Blick war in Richtung Schottland gewandt; seltsam, dass wieder einmal ihr Boot zerschellt war, an den schottischen Klippen, auf einer Insel, die sie nie besucht hatte.

An der Küste, wo ihr Herz war. Stevie verbarg ihre Augen, damit Henry nicht sah, dass sie sich mit Tränen füllten.

»Halt die Ohren steif«, sagte er, ihre Hand haltend.

»Aye-aye, Käpt'n.«

Madeleine und Stevie wurde der beste Tisch im Lilly Jane's zugewiesen, am Rande der Terrasse. Die Wellen brachen sich am Strand zu ihren Füßen, und eine leichte Brise besprühte ihre Gesichter mit einer salzigen Gischt. Die Bedienung reichte ihnen die Karte mit einer Auswahl an Cocktails, die mehrere Seiten füllten und so eingängige Namen wie »Weißer-Hai-Martini« und »Sex am Easton's Beach« trugen.

»Lilly wird enttäuscht sein, aber ich nehme Mineralwasser.«

»Ich auch.« Maddie bemerkte den überraschten Ausdruck in Stevies Augen. »Ich, ähm, trinke keinen Alkohol mehr.«

»Wirklich?«

»Ja. Als ich bei dir in Hubbard's Point war, hatte ich ein wenig die Kontrolle verloren. Eigentlich das ganze letzte Jahr.« Die Bedienung brachte eine große blaue Flasche Mineralwasser, und sie prosteten sich zu.

»Schmeckt gut.« Stevie lächelte.

»Finde ich auch.« Sie überflogen die Gerichte und bestellten beide gegrillten Thunfisch. Eine Band spielte Reggae in der Bar. Maddie fühlte sich rundum entspannt und wohl am Strand, in Gesellschaft ihrer langjährigen Freundin. Sie unterhielten sich allgemein über den Sommer, umgingen vorsichtig alle heiklen Themen. Stevie erzählte von ihren Bildern und der bevorstehenden Hochzeit ihres Stiefcousins,

Madeleine von Chris, der angefangen hatte, Klavierstunden zu nehmen. Sie genossen das Essen, lauschten der Musik und den Wellen. Die Sonne ging unter, tauchte das Meer in einen goldenen und violetten Schein. Zwei junge Frauen saßen am Nachbartisch, die eine bestellte »Sex on the Beach«. Madeleine verspürte einen Stich, erinnerte sich an Emma.

»Emma hat den gleichen bestellt, in unserem letzten gemeinsamen Urlaub«, erzählte sie. »Sie meinte: ›Erinnerst du dich an die Zeit, als Sex am Strand eine Lebensphilosophie und kein Cocktail war?‹«

»Typisch Emma.«

»Sie lachte und erklärte, wir hätten alle im selben Sommer unsere Unschuld am Strand von Hubbard's Point verloren – mit siebzehn.«

Stevie neigte den Kopf. »Ich war schon achtzehn. Und es passierte mit Kevin, meinem Ehemann Nummer eins, im College.«

»Und ich war einundzwanzig. Ein anständiges katholisches Mädchen – ich habe gewartet, bis ich wenigstens verlobt war. Geheiratet habe ich ihn allerdings nicht.«

»Ich frage mich, wie Emma auf die Idee kam …«

»Wie mit der Kreis-Zeremonie bei Vollmond – ihr gefiel der Gedanke, dass wir ein Leben lang miteinander verbunden bleiben würden. An der Hüfte zusammengewachsen … wenn schon nicht in Wirklichkeit, so doch zumindest in der Legende von den Beachgirls«, sagte Madeleine, als die Bedienung kam, um abzuräumen. Sie bestellten Kaffee und eine Portion Crème brûlée, die sie sich teilten. Die Musik wurde lauter, und der Wind frischte auf.

»Ist das nicht merkwürdig, dass wir drei als Teenager nie auf die Idee gekommen sind, Newport unsicher zu machen?«, sagte Madeleine. »Das war doch gar nicht weit weg … aber andererseits, warum hätten wir den Wunsch haben sollen, Hubbard's Point zu verlassen?«

»Das sagt …« Stevie verstummte.

»Sprich weiter – was wolltest du sagen?«

»Das sagt Nell auch immer. Sie klingt genau wie ihre Tante.«

»Hast du noch Kontakt zu ihr?«

»Ja, oft sogar.« Stevie erzählte von ihrem neuen Buch *Der Tag, an dem das Meer schwarz wurde* und dass Nell ihr regelmäßig Informationen über die Küsten der schottischen Orkney Inseln zuschickte. Ihre Stirn war gerunzelt, als hätte sie Angst, Madeleine könne sich aufregen, wenn sie von dem Briefwechsel erfuhr.

»Das freut mich. Wenigstens hat sie Kontakt mit einer von uns beiden; das braucht ein Kind, das keine Mutter mehr hat.«

»Sie braucht dich.«

Madeleine nickte. »Ich glaube auch.«

»Jack hat mir in groben Zügen erzählt, was zwischen euch passiert ist. Nach Emmas Tod.«

Madeleine nickte. Sie holte tief Luft, spürte die kühle Seeluft auf ihrer Haut. Sie saß kerzengerade da, blickte ihrer Freundin in die Augen.

»Er denkt, die Wahrheit über Emma würde alles zerstören. Deshalb meint er, er müsste das Geheimnis hüten, wie eine Büchse der Pandora unserer Familie.«

Stevie strich sich die Haare aus den Augen, trank einen Schluck Kaffee. Madeleine wusste, dass die Frage kommen würde – und fühlte sich beinahe gerüstet.

»Was für eine *Wahrheit*?«, fragte Stevie schließlich.

»Sie hatte vor, einen Schlussstrich zu ziehen.«

Stevie runzelte die Stirn, strich sich abermals das Haar aus dem Gesicht. »Ich weiß, aber trotzdem verstehe ich es nicht ganz – sein Bedürfnis, davonzulaufen und Nell zu schützen. Es ist traurig, aber Paare trennen sich nun mal – Ehen scheitern.«

»Es ging nicht nur um die Ehe. Emma wollte sich von allem trennen. Von ihrem alten Leben. Und von Nell.«

»Das hätte sie doch nie über Herz gebracht …«

»Das sagte ich auch, davon war ich fest überzeugt.« Madeleine dachte an die Fahrt zurück, an all die Stunden am Strand, als sie zugehört hatte, wie Emma mit der Wahrheit herausrückte, ihre Gefühle offenbarte.

»Sie wird eine vorübergehende Trennung gemeint haben – eine Woche, oder vielleicht einen Monat –, du sagtest, sie habe Nell vor eurem gemeinsamen Urlaub auch nicht eine Nacht alleine gelassen.«

»Von vorübergehend kann keine Rede sein.« Madeleines Kopf begann zu hämmern.

»Jack sagte, sie hätte ein Doppelleben geführt.«

Madeleine nickte. »So ist es.«

»Hatte sie eine Affäre?«

»Mehr oder weniger.«

»Wie kann man ›mehr oder weniger‹ eine Affäre haben?«

»Sie hatten nicht miteinander geschlafen.«

»Aha. Wer war der Mann?«

»Ihr Priester.«

Stevie starrte sie sprachlos an.

»Ich weiß es«, meinte Madeleine, als sie den Zweifel in Stevies Augen sah. »Father Richard Kearsage. Er war neu in der Gemeinde – versuchte, seine Schäfchen aktiv in seine Arbeit einzubinden. Er habe ihr die Augen geöffnet, sagte sie, ihr Interesse für die Notwendigkeit gesellschaftlicher Veränderungen geweckt. Er rief ein Alphabetisierungsprogramm im nahe gelegenen Gefängnis ins Leben, und Emma behauptete, die Zusammenarbeit mit ihm habe ihr Leben – und ihr Weltbild – völlig umgekrempelt.«

»Und was hatte das mit ihrer Absicht zu tun, Jack zu verlassen?«

»Die beiden verliebten sich ineinander.«

Stevie blickte aufs Meer hinaus. Die Sonne war inzwischen untergegangen, die Wellen hatten silberne Kämme, als sie heranrollten.

»Wie konnte er eine Familie zerstören, als Priester?«

»Emma meinte, Priester wären auch nur Menschen. Mit den gleichen Sehnsüchten wie alle anderen Männer. Es machte ihr offenbar mehr zu schaffen, dass er ihretwegen die Kirche verlassen wollte, als ihre Familie seinetwegen zu verlassen.«

»Wie konnte sie nur?«

»Sie war bis über beide Ohren verknallt, Stevie.«

»Das geht einfach nicht in meinen Kopf. Dass sich eine verheiratete Frau in einen anderen verliebt, finde ich nicht gerade berauschend, kann aber passieren. Dein Bruder ist ein wunderbarer Mensch, aber nehmen wir an, sie hat es bei ihm nicht mehr ausgehalten, aus welchem Grund auch immer. Doch was war mit Nell?«

Diese Fragen und Stevies Vehemenz weckten bei Madeleine Erinnerungen an ihre eigene Reaktion und die Rückfahrt nach Atlanta. Ihre Hände begannen zu zittern, und sie verschränkte sie im Schoß.

»Das wollte ich auch von ihr wissen. Ich war fassungslos – konnte es einfach nicht glauben, dass sie auch nur in Betracht zog, Nell im Stich zu lassen. Offensichtlich war sie ihm irgendwie hörig. Sie meinte, niemand habe ihr jemals so viel Verständnis entgegengebracht wie er. Er liebe und akzeptiere sie mit allen Fehlern, ihren Verletzungen und den Dingen, die sie an sich selbst hasse.«

»Moment mal – er ist Seelsorger. Das ist schließlich seine Aufgabe! Woher wusste er überhaupt von ihren ›Verletzungen‹? Vermutlich wandte sie sich in ihrer Not an ihn. Das kenne ich aus eigener Erfahrung. Nach meiner Fehlgeburt ging ich oft in die Kirche, um mich auszuweinen. Dort gab es einen Priester, der sehr nett war. Er saß eine ganze Stunde bei mir, hörte mir zu. Ich erzählte ihm die intimsten Einzelheiten aus meinem Leben – aber das war alles!«

Madeleine nickte. »Jack und sie hatten Probleme miteinander. Sie vertraute sich Father Richard an, und er gewann sie für sein Projekt. Sie sagte, ihre Welt sei mit einem Mal wieder lebendig geworden. Ihre Augen glänzten dabei, und sie sah aus … als würde sie schweben. Was paradox war, denn sie gehörte zu den Menschen, die mit beiden Beinen fest auf dem Boden stehen. Es kam mir so vor, als hätte sie um Erleuchtung gebetet und sei von Gott erhört worden. Father Richard und sie hatten eine Mission.«

»Und welche?«

»Den Menschen, die in Armut leben, Lesen und Schreiben beizubringen – aber nicht in Georgia. Es kann nicht in der Nähe von Atlanta gewesen sein, denn wenn er sein Priesteramt niedergelegt hätte, dann hätte die Gemeinde ihn gnadenlos angeprangert.«

»Und das mit Recht! Verführt eine verheiratete Frau, verdreht ihr so den Kopf, dass sie ihre Familie verlassen will! Ich bin katholisch erzogen worden – wie wir alle. Wir wissen, dass es gute und schlechte Priester gibt. Tut mir Leid, aber dieser Kerl ist das Letzte.«

Madeleine ließ Stevie toben. Es tat gut, eine Gleichgesinnte zu haben. Wenn Emma nur noch leben würde, dachte sie. Stevie und ich würden uns das Maul zerreißen, den Moralapostel spielen, uns wie Hyänen aufführen; dann würden wir sie kidnappen, ihr die Flausen austreiben und sie davon überzeugen, dass es besser ist, nach Hause zurückzukehren.

»Jack hatte keine Ahnung?«, fragte Stevie.

»Er wusste, dass etwas nicht stimmte. Emma sagte, er habe sie sogar ermutigt, Father Richard aufzusuchen. Wahrscheinlich hoffte er, der Priester könnte dazu beitragen, ihre Ehe zu retten.«

»Stattdessen hat er einen Vertrauensbruch begangen.«

»Ja – ganz meine Meinung. Emmas nicht, die hat ihn verteidigt.«

»Klar. Hätte ich auch getan. Die Liebe ist wie ein Zauber. Man gerät in ihren Bann, und schon ist man hoffnungslos verloren. Ich kann ein Lied davon singen – ich habe in diesem Zustand mehr Fehler gemacht, als man sich vorstellen kann. Aber ich hatte wenigstens kein Kind, das darunter leiden musste.«

»Das ist genau der Punkt, der mich zur Verzweiflung getrieben hat. Der Gedanke an Nell …« Sie wollte Stevie von den letzten Minuten im Auto erzählen, als sie von der Straße abgekommen war. Doch stattdessen holte sie weiter aus, um Zeit zu schinden.

»Wir saßen also am Strand von St. Simons Island, wie so oft. Emma hatte an allem etwas auszusetzen – die Insel war ihr zu feudal, und unsere Badeanzüge fand sie zu teuer. Sie begann, mir einen Vortrag über die Armut in den ländlichen Regionen Georgias zu halten – sie erklärte, Father Richard habe ihr die Augen für soziale Missstände geöffnet, die sie nie zuvor bemerkt oder bedacht hatte. Familien, die nicht wissen, wie sie über die Runden kommen sollen. Mütter, die kämpfen müssen, um ihre Kinder satt zu bekommen. Die Überbelegung in den Strafanstalten, die Unmenschlichkeit, mit der die Insassen behandelt werden.«

»Das sind wichtige Themen, die uns alle angehen.«
»Ich weiß. Trotzdem war ich überrascht und – zunächst – erfreut über Emmas Engagement. Sie war verwöhnt, das Beste war immer gerade gut genug für sie, auch wenn Jack das nie zugegeben hätte – sie musste immer das protzigste Auto in der Nachbarschaft fahren, Mitglied in den exklusivsten Clubs sein. Von den Schattenseiten des Lebens wollte sie nichts wissen – wir durften Nell nicht einmal deine Bücher vorlesen, weil sie in ihren Augen zu realistisch waren.«
»Ich weiß.«
»Emma betrachtete ihren Diamantring, der in der Sonne funkelte, und meinte: ›Menschen sterben in Diamantminen, damit reiche Frauen wie wir solche Klunker tragen können.‹ Ich warf ein, dass Diamanten ein Symbol der Liebe sind – der Liebe unserer beiden Männer, Jack und Chris. Aber sie meinte: ›Wahre Liebe braucht keinen Schmuck als Beweis.‹ Als sie das sagte, wusste ich, dass etwas im Busch war. Denn früher hatte sie Geburtstage oder Weihnachtsfeste immer nach dem Wert des Schmucks beurteilt, den Jack ihr schenkte.«
»Klingt, als hätte sie eine Verwandlung durchgemacht.«
»Du sagst es. Und zuerst fand ich das sehr erfreulich.«
»Aber dann …«
»Sie erzählte mir, dass Father Richard und sie nicht miteinander schliefen. Es war bei Küssen und Umarmungen geblieben, beide wollten warten, bis feststand, wie es weitergehen sollte. Er hatte sie um eine Auszeit gebeten, um ›in sich zu gehen‹, zu beten, Erleuchtung zu finden. Er fuhr in die Berge, in denen er aufgewachsen war, ganz allein, für … ich weiß nicht wie lange, aus ihrem Mund klang es wie vierzig Tage in der Wüste. Danach kehrte er zurück und erklärte, er

habe beschlossen, seinen Priesterberuf an den Nagel zu hängen, um mit ihr zusammenzuleben.«

»Blieb nur noch eines, sie musste ihren Ehemann abservieren.«

»Richtig.«

»Und Nell.«

»Der Gedanke brachte mich schier um den Verstand, Stevie. Wir fuhren nach Hause.«

»Am Tag des Unfalls?«

Madeleine nickte. Sie hörte die Wellen gegen das Ufer branden. Es fiel ihr schwer, die schrecklichen Erinnerungen wieder aufleben zu lassen. Aber sie musste sie loswerden, es war ihr wichtig, dass ihre Freundin sie verstand. Stevie hatte Emma gekannt und geliebt; und allem Anschein nach bedeuteten ihr Nell und Jack sehr viel.

»Ich werde dir erzählen, wie es passiert ist.« Madeleines Stimme brach. »Weil ich dich liebe und dir vertraue. Und ich brauche eine Verbündete.«

»Eine Verbündete?«

»Die mir dabei hilft herauszufinden, wie ich die Beziehung zu meinem Bruder kitten kann. Und ihm zu helfen, seine eigenen Wunden zu heilen. Er ist zutiefst verletzt.«

»Ich weiß.« Stevie ergriff ihre Hand. Ihre Augen waren mitfühlend und ihr Blick fest. Madeleine ließ die Hand liegen, spürte den Druck von Stevies Fingern.

»Wir fuhren nach Atlanta zurück. Emma wollte mir unbedingt zeigen, wo Richard aufgewachsen war. Eine Kleinstadt auf dem Lande, in den Hügeln von Georgia. Sehr arm … Emma sagte, er habe sie dorthin mitgenommen, damit sie sich selbst ein Bild von den Wurzeln der Armut, den sozialen Missständen, machen könnte. Einige seiner ehemaligen Nachbarn waren als Schwerverbrecher im Gefängnis gelandet. Sein eigener Vater hatte hinter Gittern gesessen, nur weil er einen Scheck gefälscht hatte, und war in der Haft ums Leben gekommen – erstochen von einem Mithäftling. Richard sagte, seine Familie habe viel erlitten und deshalb betrachte er es als seine Aufgabe zu helfen.«

»Deshalb wurde er Priester?«

Madeleine nickte. »Die Familie muss sehr stolz auf ihn gewesen sein. Er erhielt ein Stipendium von der Loyola University. Danach wurde er ordiniert. Anschließend absolvierte er ein Graduiertenstudium in Georgetown, nahm an einem Programm für Frieden und Gerechtigkeit teil. Emma meinte, er habe sich mit Leib und Seele dem Kampf für soziale Gerechtigkeit verschrieben.«

Stevie starrte die Flamme der Kerze an und schien zu zittern.

»Was ist?«

»Oh, ich erinnere mich an die Worte meines Vaters. Als ich klein war … und mich im Schilf versteckte, um den Flussuferläufern beim Nestbau zuzuschauen. Oder wenn ich an eiskalten Abenden draußen ausharrte, um einen Blick auf die Eule zu erhaschen, die aus dem Wald hinausflog … Er meinte, mein leidenschaftliches Interesse für die Vogelwelt lasse darauf schließen, dass ich alles im Leben mit Leidenschaft angehen würde. Ich besäße ein inneres Feuer …«

»Was ich nur bestätigen kann.«

»Er sagte, ich müsse lernen, damit umzugehen. Ich hatte keine Ahnung, was er meinte. Er erklärte mir, das Studium der irischen Literatur habe ihn gelehrt, dass Leidenschaft nicht nur eine belebende, sondern auch eine zerstörerische Wirkung haben kann. Er beneidete mich um diese Gabe, aber ihretwegen machte er sich auch Sorgen um mich …« Sie verstummte, immer noch in die Flamme starrend, als sähe sie darin ihre eigenen Dämonen. »Vielleicht wurde Richard von dem gleichen inneren Feuer verzehrt.«

»Mag sein. Aber *ich* habe Emma auf dem Gewissen.«

»Sag das nicht.« Stevie hob den Blick.

»Es stimmt aber. Ich war es, die gegen einen Baum fuhr.«

»Sprich dich aus, Maddie. Wenn du kannst.«

Madeleine nickte. Sie holte tief Luft, dachte an die Sitzungen mit Dr. Mallory, an die Wellen des Entsetzens und Grauens, die Besitz von ihrem Körper ergriffen und endlich verlassen hatten.

»Emma sagte, Richard und sie hätten eine Mission zu erfüllen. Nell sei bei Jack besser aufgehoben. Wenn sie alt genug wäre, würde sie das verstehen. Wir fuhren diese Schotterpiste entlang, in der Mitte von Nirgendwo … vorbei an Häusern mit Wellblechdächern und Wänden aus Teerpappe … mit Schrottautos und ausrangierten Kühlschränken im Hof …«

»Und an dem Haus, in dem Richard in Armut aufgewachsen war«, murmelte Stevie.

Madeleine nickte. »Ich saß am Steuer, wie betäubt, das alles kam mir gespenstisch vor – wieso sah Emma das nicht? Ich sagte: ›Du liebst einen Mann, der von seiner traumatischen Kindheit verfolgt wird, bis heute, Tag für Tag.‹ Ich wollte ihr die Augen öffnen, ihr klar machen, was sie Nell antun würde und dass es die wichtigste Aufgabe der Welt war, für ihre Tochter da zu sein.«

»Sie konnte es nicht sehen. Sie war blind vor Liebe.«

»Ja, das war sie wohl. Deshalb wies ich sie darauf hin, dass sie einen wichtigen Teil ihrer eigenen Persönlichkeit verlieren würde, wenn sie Nell verließ. Den Teil, der auf Vertrauen, Liebe, Glauben gründete … Ich sagte, Richard und sie wollten zwar Gutes tun und die Welt retten, aber dabei würden sie das Leben eines kleinen, wunderbaren, vertrauensvollen Mädchens zerstören.«

Stevies Augen füllten sich mit Tränen, auch Madeleine war den Tränen nahe, und beide dachten schweigend an Nells Kummer und den Bruch in ihrer Familie, und wie alles damit angefangen hatte, dass Emma sich verliebte. Stevie musste die Augen schließen, um nicht in Schluchzen auszubrechen.

»Emma war wütend auf mich. Sie sagte, dass Richard und sie deswegen gebetet hatten, jeden Tag … und es könne keine Rede davon sein, ihre Tochter zu verlassen – sie würde nur eine Weile fortgehen … Nell würde das schon verstehen. Sie könne zu Besuch kommen – sie strebe ein gemeinsames Sorgerecht an, und Jack werde ihr dabei gewiss keine Steine in den Weg legen.«

»Vielleicht kannte sie Jack doch nicht so gut, wie sie dachte.«

»Ganz meine Meinung. Ich drehte mich zu ihr um und sagte, Jack werde ihr die Hölle heiß machen. Und ich stünde ganz auf seiner Seite – dass ich im Scheidungsprozess für ihn aussagen würde. Dass sie selbstsüchtig sei, Nell einfach so abzuschieben. Und wenn sie das täte, verdiene sie die Liebe ihrer Tochter nicht.«

»Nell abschieben«, flüsterte Stevie entrüstet und starrte auf das dunkle Wasser.

»Sie drehte durch. Vermutlich hatte sie gedacht, wir beide befänden uns in dieser Hinsicht auf einer Wellenlänge – sie hatte mein Schweigen missverstanden, meine Versuche zu begreifen, was in ihr vorging, als stillschweigendes Einverständnis gedeutet. Sie hatte gehofft, in mir eine Verbündete gefunden zu haben.«

»Du hast nur versucht zuzuhören.«

»Ja. Aber damit war es vorbei – sie meinte, sie wolle es Jack und Nell noch am gleichen Abend sagen. Und am nächsten

Tag ausziehen. Ich sagte, ich würde meinem Bruder helfen, das alleinige Sorgerecht zu bekommen, und dass sie sich Unterhaltszahlungen abschminken könnte. Sie erwiderte, das Geld stünde ihr nach all den Ehejahren zu und sie brauche die finanzielle Unterstützung für das Projekt, das sie mit Richard plane.«

»Das ist lächerlich.«

»Ich weiß. Ich war so wütend, dass ich wohl Gas gegeben haben muss. Wir fuhren ziemlich schnell ... Sie brüllte mich an, ich sei nur Nells Tante und hätte kein Recht, mich einzumischen ... sie tat so, als ginge es nur um Nell, aber der Stein des Anstoßes war in Wirklichkeit die Angst, den Anspruch auf Unterhaltszahlungen zu verlieren. Sie sagte: ›Bildest du dir ein, dass sie dir mehr am Herzen liegt als mir? Sie ist meine Tochter!‹ Und dann schlug sie mich, mit voller Kraft ...«

»Oh Maddie.« Stevie ergriff ihre Hand.

»Mitten ins Gesicht – ich sah Sterne.« Madeleine schloss die Augen, spürte noch immer das Brennen, das Emmas Hand auf ihrer Wange und ihrem Auge hinterlassen hatte. »Das Nächste, woran ich mich erinnere, ist, dass der Wagen auf dem Kopf stand – wir waren gegen einen Baum geprallt und hatten uns überschlagen. Mein Arm ...«

Stevie drückte ihre Hand. Madeleine spürte den flammenden Schmerz in ihrer Schulter, als sei sie in Stücke geschnitten worden, als sei der Arm mit einem heißen Messer abgetrennt worden. Sie zitterte, doch dann wurde sie ruhiger, als sie in Stevies Augen blickte.

»Mein Arm hing nur noch an einem Faden. Blut quoll heraus – die Arterie war durchtrennt. Emma lag da, war gegen meinen Körper gerutscht. Ihre Augen waren geöffnet ... sie versuchte zu sprechen, Blut gurgelte in ihrer Kehle.« Madeleine begann zu weinen. »Ich wollte ihr helfen, sie retten.«

»Es war nicht deine Schuld, Maddie.«

»Sie sah mich einfach nur an – sie wollte unbedingt leben! Ich sah die Panik in ihren Augen. ›Sag ihm, es tut mir Leid‹, stammelte sie immer wieder …« Madeleine schluchzte.

»Wem, wem solltest du das sagen?«

»Ich weiß nicht, wen sie meinte, ich weiß es einfach nicht! Sollte ich Jack sagen, dass es ihr Leid tat, was sie vorhatte? Oder sollte ich Richard sagen, dass ihr der Unfall Leid tat, weil er seine Pläne durchkreuzte?«

»Oh Maddie …«

»Und dann verlor ich die Besinnung. Als ich aufwachte, lag ich im Krankenhaus. Jack war bei mir … Chris war auf dem Weg. Ich hatte starke Medikamente bekommen und drei Operationen hinter mir, um meinen Arm zu retten – aber ich konnte nur an Emma denken. Ich wollte wissen, ob alles in Ordnung mit ihr war. Und ich musste Jack von der Krise erzählen, in der sie sich befand – damit er Emma aufhalten, sie zurückgewinnen konnte. Er musste verhindern, dass Father Richard sie besuchte. Ich dachte, wenn er Bescheid weiß, kann er der ganzen Sache einen Riegel vorschieben. Er wird alles tun, um die Ehe zu retten, und Emma daran hindern, Nell zu verlassen.«

»Du musstest ihm reinen Wein einschenken.«

»Meinst du? Meinst du das wirklich? Was habe ich denn letztlich dadurch erreicht? Emma hat den Unfall nicht überlebt! Ich hätte ihr Geheimnis für mich behalten und meine Familie retten können!«, schluchzte Madeleine.

»Madeleine – es hätte dich innerlich zerrissen. Du konntest nicht wissen, dass Emma sterben würde … du wolltest doch nur helfen.«

»Aber ich hätte warten sollen – bis der erste Schrecken wegen des Unfalls überwunden war. Er weigerte sich, mir zu glauben. Er meinte, ich hätte mir das Ganze ausgedacht. Er war krank vor Sorge um Emma, hatte Angst, sie zu verlieren. Er konnte es nicht ertragen, sie in diesem schrecklichen Licht zu sehen – drauf und dran, Nell und ihn zu verlassen.«

»Er hatte einen Schock.«

»Ein Schock, der mehr als ein Jahr andauert. Der ihn von Atlanta nach Boston und nach Schottland trieb – ständig auf der Flucht, vor mir!«

»Nicht von dir. Von seinem eigenen Schmerz.«

»Hätte ich Emmas Geschichte nur für mich behalten. Dann wäre Jack nicht gezwungen gewesen, sich damit auseinander zu setzen, sie ständig mit sich herumzutragen.«

»Es war die Wahrheit«, warf Stevie ein. »Seine Wahrheit und Nells – nicht nur Emmas. Maddie, du hast aus Liebe gehandelt! Aus Liebe zu deinem Bruder!«

Madeleine beugte den Kopf, von Schluchzen geschüttelt. Das Rauschen ihres Blutes, das sie in ihrem Kopf verspürte, vermischte sich mit dem Tosen der Wellen, die gegen den Strand anbrandeten. Die Flut setzte ein, das Wasser überspülte den Sand, stieg immer höher. Die Reggae-Band spielte beschwingte, heitere Melodien. Die Klänge vermischten sich, wurden immer lauter, so dass Madeleine kaum noch ihr eigenes Wort verstehen konnte.

»Aus Liebe zu deinem idiotischen Bruder«, ertönte eine Stimme.

Keinen halben Meter vom Tisch entfernt stand Jack, ebenfalls mit Tränen in den Augen.

»Du hier!« Stevie schnappte nach Luft.

Madeleine sprang auf und stürzte sich in seine Arme. Sie konnte nicht fassen, dass Jack da war, dass er leibhaftig vor ihr stand. Er hielt sie, wiegte sie. »Es tut mir so Leid, Maddie. Es war alles meine Schuld.« Es war die Stimme, mit der sie aufgewachsen war, die Stimme ihres großen Bruders, bei der ihr das Herz zersprang und noch mehr Tränen flossen, dieses Mal vor Erleichterung.

»Jack.«

»Ach Maddie. Ich wollte mit Nell in Schottland neu anfangen, weil dir das Land so gut gefiel. Aber ohne dich können wir weder dort noch anderswo leben.«

Madeleine küsste ihn auf die Wange, brachte kein Wort heraus. Sie löste sich von ihm, nahm auf ihrem Stuhl Platz und schloss eine Sekunde lang die Augen. In dem Moment hörte sie abermals seine Stimme.

»Und nicht ohne dich, Stevie. Es hat einfach keinen Zweck.«

Als Madeleine den Blick hob, sah sie, dass sich Stevie und Jack selbstvergessen küssten, eng umschlungen, die Haare vom Wind zerzaust. Die Wellen brachen sich am Strand, eine nach der anderen, der stetigste Klang der Welt. Madeleine lauschte, spürte, dass ihr Herz heftiger ging als der Wellenschlag, und wusste, dass ihr Bruder endgültig nach Hause zurückgekehrt war.

28. Kapitel

Obwohl der Gasthof ausgebucht war, fand Tante Aida eine Möglichkeit, alle unterzubringen. Da keine Rede davon sein konnte, dass Madeleine am Abend der Versöhnung mit ihrem Bruder nach Providence zurückfuhr, rief sie Chris an und teilte ihm mit, dass sie über Nacht bleiben würde – und dass er am nächsten Tag im Sonntagsstaat zu Henrys Hochzeit erscheinen müsse. Sie wurde gemeinsam mit Nell in Stevies Zimmer einquartiert – einem Salon im ersten Stock, mit zwei Betten und einer viktorianischen Chaiselongue. Henry trat Jack sein Zimmer ab.

»Ich möchte Sie aber nicht vertreiben«, sagte Jack.

»Ich übernachte bei Doreen«, meinte Henry. »Ich hätte mich ohnehin heimlich zu ihr geschlichen. Kommt gar nicht in Frage, von jetzt an auch nur eine einzige Nacht ohne sie zu verbringen.«

»Klingt nach einer sehr guten Idee.«

Stevie hob bei Jacks Worten den Blick und sah, dass er sie dabei direkt ansah. Er lächelte, doch als sie sein Lächeln erwiderte, lief ihr ein Schauder über den Rücken. Madeleines Geschichte ging ihr nicht mehr aus dem Kopf, die freudige Überraschung angesichts des Wiedersehens mit Jack und Nell hatte sie nur zeitweilig verdrängt.

Nell hatte im Flugzeug geschlafen, war nun hellwach und brannte darauf aufzubrechen. Sie klammerte sich an die Hand ihrer Tante. Stevie sah die Freude der beiden – und bei Jack. Aida saß im Hintergrund, lächelte mit kaum verhohlener Zufriedenheit, als wüsste sie, dass Liebe – alle Spielarten der Liebe – in der Luft lag und sie ihr Scherflein dazu beigetragen hatte, sie herbeizuführen.

»Warst du überrascht, uns zu sehen?«, fragte Nell und sah zu Maddie auf.

»Mehr als jemals zuvor in meinem Leben.«

Stevie betrachtete Madeleine. Sie war seit ihrer letzten Begegnung mit Nell merklich gealtert. Sie hatte einen Krieg der besonderen Art hinter sich – sichtbar an den Fältchen um ihre Augen, der grauen Strähne im braunen Haar und dem Kummerspeck auf den Hüften. Aber nie hatte sie ihre Freundin schöner gesehen; sie war eine altgediente Kämpferin, die überlebt hatte, dank der Liebe und dem Glauben.

»Und was ist mit dir, Stevie?«
»Ich auch. Ich kann immer noch nicht glauben, dass ihr wirklich hier seid.«
»Wie kam das denn?«, wollte Tante Aida wissen
»Ich habe eine Flaschenpost an Stevie geschickt«, erwiderte Nell lachend. »Aber Dad hat sie gefunden.«
»Ist das wahr?«, fragte Stevie.
»Ja«, bestätigte Jack.
Stevie fragte sich, wie die Nachricht gelautet haben mochte. Ob Nell wirklich gedacht hatte, dass es der Flaschenpost gelungen wäre, den atlantischen Ozean zu durchqueren, Stürmen, Strömungen und Gezeiten zu trotzen? Doch dann dachte sie an die Vögel, die sie malte, den Mut und die Zähigkeit der Kolibris, die nicht größer waren als eine Blüte und von einem Kontinent zum anderen flogen – und gelangte zu der Schlussfolgerung: Keine Frage! Nell hatte fest damit gerechnet, dass die Nachricht ihren Bestimmungsort erreichte.
Und sie war beim Empfänger angekommen, in Gestalt von Jack und Nell selbst.
»Ganz meine Nell«, sagte Madeleine.
»Man könnte sagen, sie hat alle Hebel in Bewegung gesetzt, damit sie ihr Ziel erreicht«, meinte Jack.
Alle waren müde, und die Nacht war kurz. Henry küsste Stevie und Aida und verabschiedete sich. Jack, der am Fuß der Treppe stand, gab Nell und seiner Schwester einen Gutenachtkuss. Stevie sah, dass Nell und Madeleine vor Glück überschäumten, und beschloss deshalb, den beiden ein paar Minuten Zeit für sich allein zu geben.
»Ich komme gleich nach«, sagte sie.
»Gut.« Madeleine warf ihr einen seligen Blick zu.
Als alle anderen nach oben gegangen waren, wandte sich Stevie zu Jack. Sie waren allein, die Lobby war menschen-

leer, der Nachtportier hatte um neun Feierabend gemacht. Die Beleuchtung war warm – Lampen mit pfirsichfarbenen Fransenschirmen, Wandleuchter aus Messing und das Mondlicht verbreiteten eine sanften Schein.

»Lass uns einen Spaziergang machen«, schlug Jack vor.

»Klingt gut.« Stevie war immer noch aufgewühlt von Madeleines Geschichte und dem unerwarteten Wiedersehen mit Jack und Nell. Sie brauchte einen klaren Kopf und ein Herz, das wieder in normalem Rhythmus schlug.

Sie traten zur Tür hinaus, überquerten die breite grüne Rasenfläche. Ein robuster Zaun umgrenzte das Anwesen, und sie öffneten das Tor, hinter dem der Cliff Walk begann. In Mondlicht getaucht, wirkte die von Wellen geriffelte Bucht wie unbearbeitetes Silber. Sie waren weniger als fünf Schritte gegangen, als Jack Stevies Hand ergriff.

»Warum bist du wirklich gekommen?«, fragte Stevie.

»Wegen Nells Botschaft.«

»Was stand drin?«

»Ich werde es dir sagen. Aber nicht jetzt.« Er schloss sie in seine Arme, presste sie an sich, küsste sie. Es war ein Kuss, der kein Ende nehmen wollte. Sein Mund war heiß, erfüllte sie mit Leidenschaft. Ihre Hände umfingen seinen Arm – sie musste seine Haut spüren. Sein Körper, hart und muskulös, weckte in ihr die Sehnsucht, sich die ganze Nacht an ihn zu schmiegen.

Als es ihnen endlich gelang, sich voneinander zu lösen, setzten sie den Weg schweigend fort, die mondhelle Bucht zu ihrer Linken. Die Flut hatte eingesetzt, die Wellen krachten gegen die Felsen unter ihnen. Stevie verspürte einen Schwindel, der nichts mit den steilen Klippen zu tun hatte. Jack hielt ihre Hand, aber sie hatte das Gefühl, als würde sie in die Tiefe stürzen, und rang nach Luft.

»Alles in Ordnung?«
»Ja.« Mit einem Mal kam es ihr vor, als hätte sie im Sturz ihre Flügel ausgebreitet, glitte über die Bucht. Sie hatte schon immer Vögel für ihre Arbeit studiert – Anatomie, Spannweite der Schwingen, Auftrieb in der Luft –, und nun war ihr, als wäre sie einer von ihnen. Ein Gefühl, ganz anders als sonst, wenn sie sich verliebt hatte – wenn sie meinte, sich zurückhalten zu müssen, und wusste, dass sie sich nach mehr sehnte als der andere zu geben vermochte. Mit dem Heimflug von Schottland war ihr Jack mehr als auf halbem Weg entgegengekommen.
»Du lächelst«, sagte er. »Ich spüre es, obwohl es dunkel ist.«
»Ich dachte gerade ans Fliegen.«
»Was ist damit?«
»Du kannst dir nicht vorstellen, wie oft ich daran gedacht habe, nach Schottland zu fliegen, um für mein Buch zu recherchieren.«
»Glaubst du, daran hätte Nell nicht gedacht?«
»Hat sie?«
»Und glaubst du, ich hätte nichts von ihrem Plan gewusst, als ich ihr alles schenkte, was man zum Malen braucht, damit sie dir ihre Zeichnungen schicken konnte?«
»Aber was hat das alles zu bedeuten?« Sie musste es wissen. »Warum bist du hier? Und warum schreibe ich ein Buch, das drüben in Schottland spielt?«
»Das hat mit Entfernung zu tun«, erwiderte er ernst, als wäre diese Feststellung tiefgründig statt offenkundig. Mit einem Mal erkannte sie, dass sie beides zugleich war.
»Spielt sie eine Rolle bei dem … was mit Emma geschah? Maddie hat mir die Geschichte erzählt.«
»Von dem Unfall?«

»Eigentlich mehr, was vor dem Unfall passierte. Die Sache mit Father Kearsage.«

»Kaum zu glauben – aber sie wandte sich an ihn, weil sie Hilfe suchte – eine Art Eheberatung, nehme ich an. Es fällt mir schwer, daran zu denken, welche Rolle ich bei der ganzen Sache gespielt habe. Sie erzählte mir immer, meine Kommunikationsfähigkeit lasse zu wünschen übrig – wir sollten professionelle Hilfe in Anspruch nehmen. Ich war stets der Meinung, dass Paare, die eine Eheberatung brauchen, nur einen Schritt von der Trennung entfernt sind.«

»Wollte sie, dass ihr Father Kearsage gemeinsam aufsucht?

»Anfangs schon. Aber es klappte nicht – Geschäftsreisen, Brücken bauen, überall im Nordosten. Ich dachte, sobald es etwas ruhiger zugeht, habe ich mehr Zeit für sie. Dann ist alles wieder im Lot. So in der Art, weißt du?«

Stevie nickte; sie dachte daran, dass auch sie sich an alte Gewohnheiten geklammert und die wirklichen Probleme in ihren Ehen ignoriert hatte, bis es zu spät war.

»Dann machte er ihr die ehrenamtliche Mitarbeit bei dem Projekt schmackhaft, das er ins Leben gerufen hatte. Sie war Feuer und Flamme – meinte, sie habe endlich eine Aufgabe, die sie erfülle.«

»Emma war schon immer sehr enthusiastisch«, sagte Stevie. »Ich kann mir gut vorstellen, wie sie darauf ansprang.«

»Ich war verletzt. Gekränkt … ich dachte, sie hätte bereits eine erfüllende Aufgabe – als meine Frau und Nells Mutter.«

»Das war auch sicher so«, erwiderte Stevie ruhig. »Aber sie war auch eine eigenständige Persönlichkeit. Und dieses Potenzial wollte sie wohl unbedingt entfalten.«

»Das hat Father Kearsage ihr abgenommen. Er hat sie dermaßen eingebunden in die Welt …«

»Das war ihre eigene Entscheidung. Und kein Verdienst, den er für sich beanspruchen kann.«

»Er hat es aber trotzdem versucht«, sagte Jack.

»Was soll das heißen? Hast du mit ihm darüber geredet?«

»Geredet? Nicht nur das. Ich bin ihm an die Gurgel gegangen – hätte ihn beinahe umgebracht.«

Stevie ging schweigend neben ihm, hörte zu, als er sich ihr anvertraute.

»Er nahm an ihrer Beerdigung teil. Ich sah ihn, aber ich stand immer noch unter Schock, unfähig, Madeleine zu glauben, also verlor ich kein Wort darüber. Er hielt die Trauerfeier nicht ab – sondern saß in einer der hinteren Bänke. Er starrte mich an, als ich die Kirche verließ. Ich hätte ihn am liebsten hinausgeworfen – einen Priester, mitten im Gotteshaus, in vollem Ornat.«

»Warum hast du es nicht getan?«

»Nell.«

»Natürlich, sie ging ja neben dir.« Stevie erinnerte sich noch genau daran, wie sie als Kind gemeinsam mit ihrem Vater die Kirche verlassen hatte, als die Trauerfeier für ihre Mutter zu Ende war.

»Ja. Das musste warten. Die nächsten Wochen waren angefüllt mit … mein Gott, du kannst es dir nicht vorstellen. Ich musste dafür sorgen, dass Nell die schlimme Zeit überstand. Sie überreden, wieder zur Schule zu gehen, sie abholen, für sie da sein, wenn sie weinte. All das.«

»Ich weiß …«, murmelte Stevie.

»Madeleine war im Krankenhaus, ihr Arm wurde mehrmals operiert. Chris wohnte in der Zeit bei uns, aber sobald sie transportfähig war, brachte er sie nach Hause. Es hieß, Kearsage habe die Gemeinde verlassen. Dann hörte ich, er habe sein Priesteramt niedergelegt. Ich war froh. Wenn er von der

Bildfläche verschwand, konnte ich alles verdrängen, was mit Emma zu tun hatte.«

»So funktioniert das aber nicht.«

Jack schüttelte den Kopf. »Eines Tages kam ich von der Arbeit heim, und da saß er im Wagen vor meinem Haus, wartete auf mich.«

»Wieso das?«

»Er sagte, er müsse wegen Emma mit mir sprechen, er habe sie geliebt. Er litt unter Schuldgefühlen, weil er sie übers Wochenende mit Madeleine ›weggeschickt‹ hatte. Sie hätte eigentlich nicht mitfahren wollen. Sie wollte mir sagen, dass sie mich verlässt, und sich anschließend mit ihm treffen.«

»Wieso hat er dir das erzählt?«

»Er faselte etwas von ›Erleuchtung‹. Er wollte sein Gewissen erleichtern – und Nell kennen lernen, weil sie Emmas Ebenbild war.«

»Oh Gott.«

»Ich rastete aus. Ich sagte ihm, er sei ein pathetischer, selbstverliebter Narr. Es genüge ihm wohl nicht, meine Familie zu zerstören und meiner Tochter die Mutter zu nehmen – er besäße auch noch die Unverschämtheit, bei uns zu Hause aufzutauchen, um Nell kennen zu lernen. Ich … ich schlug ihn nieder. Ich war blind vor Wut. Ich weiß nur noch, dass ich ihm die Faust ins Gesicht knallte und ihn windelweich prügelte.«

»Er hat es herausgefordert.« Unter ihren Füßen knirschte der Kies, Wellen brachen sich an den Felsen.

»Ich war ziemlich erschrocken«, sagte Jack. »Nicht weil er Priester war, sondern weil ich nicht geahnt hatte, dass ich zu derart blinder Gewalt fähig war. Ich riet ihm, sich schleunigst zu verziehen und mir nie wieder unter die Augen zu kommen. Ich kann von Glück sagen, dass er nicht die Polizei eingeschaltet und Anzeige gegen mich erstattet hat. Am nächsten Tag fädelte ich meine Versetzung nach Boston ein. Das war kein Problem – Structural ist in dieser Hinsicht sehr flexibel. Und da die meisten Projekte meine Anwesenheit in Neuengland erforderten, machte der Umzug Sinn.«

»Und was war mit Maddie?«, fragte Stevie ruhig. »Warum musstet du den Kontakt zu ihr abbrechen, zumal Kearsage ihre Behauptungen bestätigt hatte?«

Sie gingen eine Weile schweigend nebeneinander her. Die Herrenhäuser zu ihrer Rechten wurden immer größer; Marmorpaläste im italienischen Stil, die Ziegeldächer im Mondschein blutrot leuchtend. Stevie spürte, dass Jack mit der Antwort rang. Sie ergriff seine Hand.

»Ich brach den Kontakt ab, weil sie mich zu sehr liebte«, sagte er, als er seiner Stimme wieder mächtig war. »Sie kannte die ganze Geschichte und hielt uneingeschränkt zu mir. Ich konnte es nicht ertragen, dass sie auf Emma wütend war, meinetwegen. Ich wollte nichts mehr von der ganzen Sache hören oder sehen. Die Folgen wären verheerend gewesen, wenn Nell die Wahrheit herausgefunden hätte, und das konnte ich nicht riskieren. Sie ist ein kluges Mädchen – hat eine rasche Auffassungsgabe, wie du weißt. Sie hätte binnen zwei Sekunden gespürt, dass Madeleine mit Emma fertig war. Ich wollte, dass sie ihre Mutter in guter Erinnerung behält.«

»Ich glaube, du hast beide unterschätzt.«

Jack schwieg, als sie sich Marble House näherten und den Tunnel unter dem Chinesischen Teehaus von Mrs. Vander Gilt betraten. Hier drinnen war es stockdunkel. Sie mussten vorsichtig einen Schritt vor den anderen setzen, hielten sich dabei an der Hand.

»Madeleine hätte niemals etwas getan, was Nell verletzt hätte – sie akzeptiert ihre Liebe zu Emma ohne Wenn und Aber. Doch selbst wenn es anders wäre, hätte nichts, aber auch gar nichts, Nells Gefühle für ihre Mutter ändern können.«

»Woher weißt du das?«

»Erinnerst du dich, wie Nell und ich uns kennen gelernt haben? Sie war auf der Suche nach einer Frau, die in einem blauen Haus lebte. Denn in einem solchen Haus wohnte damals die Freundin ihrer Mutter. Die Suche galt in Wirklichkeit nicht mir …«

»Sie vermisste ihre Mutter.«

»Ja.«

»So mag es angefangen haben«, meinte Jack. »Aber dann hat sie dich ins Herz geschlossen.«

»Das beruht auf Gegenseitigkeit.«

Sie tauchten aus dem Tunnel auf, traten ins Mondlicht hinaus, das sie beinahe blendete. Während sie ihren Weg fortsetzten, dachte Stevie daran, dass jeder Mensch seinen eigenen Weg zum Licht finden musste. Sie brauchten unterschiedlich lange dazu, und es hatte keinen Zweck, sie zur Eile zu drängen. Sie hatte mit aller Gewalt versucht, Jack und seine Schwester zu versöhnen – aber er hatte seinen eigenen Weg in seinem eigenen Tempo finden müssen.

»Woran denkst du?«, fragte er.

»Dass ich mich im Moment sehr erwachsen fühle. Das Leben spielt uns oft übel mit; das ist nicht fair, und wir haben nicht darum gebeten. Aber sobald wir aufhören, mit unserem Schicksal zu hadern, erkennen wir, dass wir an solchen Herausforderungen wachsen.«

»Das Leben prägt uns.«

»Ja. Schritt für Schritt, mit jeder Erfahrung.«

»Wie hat es dich geprägt?«, fragte er.

Sie musste nachdenken. Sie blieben stehen, lehnten sich an

eine Mauer und blickten auf das unendlich weite silberne Meer hinaus, das sich bis nach Schottland erstreckte. »Es hat mich zu einer Frau gemacht, die Selbstvertrauen hat. Die mehr und mehr ihr eigenes Herz erkennt. Und die Menschen, die ihr nahe stehen, über alles liebt. Was ist mit dir?«

»Ich wurde zu einem Mann, der schnellstmöglich das Weite suchte, wenn er sich irgendwo zu Hause fühlte. Und der sich nun auf dem Rückweg befindet.«

Stevie schlang die Arme um seinen Hals und küsste ihn lange und innig. Er presste sie an sich, ihre Herzen schlugen im gleichen Takt. Dieser Einklang war der geheimnisvollen Chemie der Liebe zu verdanken, die trotz der Ferne Veränderungen bewirkt hatte. Ihre Ängste waren verschwunden. Seine Ängste verflüchtigten sich.

Liebe verändert die Dinge, dachte er. Nell hatte sich auf die Suche nach ihr begeben, und für zwei Familien hatte sich das Leben grundlegend geändert. Lange Zeit hatte Stevie bei den Vögeln – den kleinsten Geschöpfe – nach Lektionen gesucht, die es wert waren, gelernt, gemalt und weitergegeben zu werden. Warum sollte ein Kind, das jüngste Mitglied im Club der Beachgirls, sich nicht als Klügste von allen erweisen?

»Gehen wir zum Gasthof zurück?«, fragte er.

»Ja.«

»Henry übernachtet bei Doreen. Ich habe sturmfreie Bu de …«

»Das muss Gedankenübertragung gewesen sein.«

»Wir haben aber nicht die ganze Nacht.« Sein Mund war heiß an ihrem Hals. »Nell wird oben auf dich warten.«

»Lass mich nur machen«, flüsterte sie und spürte abermals einen Schauer über ihren Rücken laufen. Sie kehrten um, blickten aufs Meer hinaus. Als sie zum Tunnel gelangten, erschien er ihnen nicht mehr so dunkel wie zuvor. Stevie dachte, um wie viel leichter der Weg war, wenn man wusste, dass er wieder ins Licht zurück führte. Und um wie viel leichter es war, Vertrauen zu haben, wenn im Dunkeln jemand ihre Hand hielt, und sie wusste, dass er sie nie wieder loslassen würde.

Und sie nicht die seine.

Als sie den Gasthof erreichten, war es fast Mitternacht. Alle Fenster im ersten Stock waren dunkel; vielleicht war Nell eingeschlafen. Nur auf der Veranda und in der Lobby brannte noch Licht. Jack und Stevie schlüpften ins Haus, schlichen auf leisen Sohlen nach oben und lachten, als die Stufen unter ihren Füßen knarrten.

Stevie ging in ihr Zimmer, um nach Nell zu sehen. Jack wartete, an die Tür seines Zimmers gelehnt, am anderen Ende des Ganges. Lächelnd kehrte sie zu ihm zurück. Schatten huschten über ihr Gesicht, verliehen den zarten Wangenknochen, den strengen Konturen ihrer Haare eine weiche Note.

»Sie schläft. Alle beide.«

»Gut.« Jack öffnete seine Tür. »Dann kriegen sie nicht mit, dass du weg bist.«

Er nahm sie in die Arme, hielt sie stumm für eine Weile. Sie wiegten einander sanft, und er dachte daran, dass er Schottland verlassen hatte, nur um diese Chance zu erhalten. Weißes Mondlicht fiel durch die Fenster, erhellte den Raum. Er trat einen Schritt zurück, um Stevies Gesicht zu betrachten.

Er strich ihr die Ponyfransen aus der Stirn, so dass er in ihre Augen blicken konnte. Sie waren veilchenblau, geheimnisvoll, strahlten eine Wärme aus, die ihm das Herz zerriss. Das Gefühl machte ihm Angst. Sein Herz war in den vergangenen Jahren heftigen Stürmen ausgesetzt gewesen, auch wenn er es nie zugegeben hätte. Er hatte seine Frau in die Arme des Priesters getrieben. Aber wie konnte das geschehen, er hatte sie früher doch so sehr geliebt? Warum hatte er zugelassen, dass sie ihm entglitt?

»Es wird alles gut«, flüsterte Stevie.

»Woher weißt du das?«

»Ich spüre es. Du nicht?«

»Ich spüre viel zu viel – das macht mir Sorgen.«

Sie lachte. Er küsste sie. Sie war klein und zierlich – ihr Kopf reichte ihm nur bis zur Mitte der Brust. Er hatte gedacht, dass sie sich zerbrechlich anfühlen würde, aber das war ein Trugschluss gewesen. Sie war stark, sinnlich, biegsam und geschmeidig. Er küsste sie mit einem alles verzehrenden Verlangen.

Sie gingen zum Bett, sanken darauf nieder. Er knöpfte ihre Bluse auf, küsste ihre Schlüsselbeine und spürte ihren Herzschlag; dann ließ er seine Hand über ihre Rippen gleiten, sah, wie ihre Brustwarzen hart und dunkel wurden, umschloss sie mit seinen Lippen.

Sie stöhnte vor Verlangen. Er begehrte sie – begehrte sie seit dem ersten Morgen, als er gesehen hatte, wie sie in die Wellen eintauchte, als sie sich alleine wähnte. Vielleicht war es dieses Bild, dieses Eintauchen in das Alleinsein, das ihn am meisten berührt und zu ihr hingezogen hatte, ihm sagte, dass er herausfinden musste, ob sie ihm die Antworten geben konnte, nach denen er suchte.

Sie knöpfte seine Jeans auf und lachte verlegen, weil es ihr nicht mit einer Hand gelang. Er half ihr, während sie sich ansahen, und er spürte, wie groß sein Verlangen nach ihr war. Nicht nur nach ihrem Körper, der so vollkommen und sinnlich war, dass ihn schwindelte, sondern nach jedem Teil ihres Selbst, den verborgenen Aspekten, oder was immer ihm die Gewissheit einflößte, dass sie genauso einsam gewesen war wie er – trotz anderer Ehen, anderer Männer, trotz Emma, trotz aller Geschichten, Dramen und Tragödien in ihrer beider Leben –, dass irgendetwas zwei Menschen zusammengeführt hatte, allein in diesem Raum, um gemeinsam ein neues Kapitel zu beginnen.

Ihre Hand war klein, entflammte jede Stelle, an der sie ihn berührte. Sie schob ihm die Boxershorts über die Hüften hinunter, und er spürte, dass sein Verlangen übermächtig wurde. Er umfasste ihre Hüften, streifte den Slip über ihre Beine. Das letzte Mal hatten sie sich auf einem Floß geliebt, wie Schiffbrüchige, die nicht wussten, wie sie gemeinsam ans rettende Ufer gelangen sollten. Doch nun waren sie hier, an Land.

Sie war feucht. Er drang in sie ein, ihre Beine um seine Hüften geschlungen. Sein Herz klopfte zum Zerspringen. Sie klammerte sich an seinen Rücken, hob den Kopf, um seine Lippen zu küssen. Er hatte sich nie einem Menschen so nahe gefühlt, so körperlich eins, nie zuvor, solange er sich erinnern konnte, aber er war keines Gedankens mehr fähig, sondern verschmolz mit ihr: Einander ebenbürtig ließen sie sich treiben, hier und jetzt, hier und jetzt …

Er spürte, wie sie sich an ihn presste, wie sie sich ihm entgegenwölbte, ihr Rücken gespannt wie ein Bogen. Sie kamen zur gleichen Zeit, betraten eine neue Welt. Das Mondlicht flimmerte, vom Meer reflektiert, ihre Augen leuchtend unter den dichten schwarzen Wimpern.

»Darauf möchte ich nie mehr verzichten«, sagte er und strich ihr zärtlich die feuchten Ponyfransen aus der Stirn.

»Glaubst du, das wäre möglich, selbst wenn wir es versuchten?«

»Was meinst du damit?«
»Das, was uns verbindet, ist stärker als wir. Wir haben beide mit allen Mitteln versucht, dieses Gebiet zu meiden, es gar nicht erst zu betreten.«
»Wie auf deinem Schild. Betreten verboten.«
»So eins hattest du auch. Es war sogar größer als meins. Eine riesige Anschlagtafel – in Neon. Ich konnte sie aus weiter Entfernung leuchten sehen, von Schottland bis hierher.«
»Ich habe viele Dinge in meinen Leben vermasselt.«
»Ich auch.«
»Ich kenne alle deine Bücher. Ich habe sie Nell vorgelesen, jeden Abend. Sie sind wunderbar. Aber sie haben mich wahnsinnig gemacht. Jedes einzelne. Weil selbst die gottverdammten Vögel ihr Leben besser im Griff haben als ich.«
»Mir geht es ebenso. Meine Figuren wissen viel mehr als ich. Selbst die Vögel. Was mir sagt, da ich die Bücher ja eigenhändig geschrieben habe, dass ich vermutlich mehr weiß, als ich denke.«
»Das ergibt Sinn. Bei mir scheint es ähnlich zu sein. Wenn man davon ausgeht, dass ich jetzt hier bin – statt dreitausend Meilen entfernt.«
»Wir schleppen eine Menge Louis Vuitton mit uns herum, wie Tante Aida sagen würde.«
Jack schüttelte den Kopf, wusste nicht, was sie damit meinte.
»Gepäck, Altlasten«, erklärte sie.
»Ja. Das kann man wohl sagen.«
»Doch wir haben auch noch etwas anderes, was meiner Meinung nach schwerer wiegt.«
»Und was ist das?«, fragte er, wollte, musste es wissen.
»Wir haben uns. Und Nell.«
Damit war alles gesagt, zumindest für den Augenblick. Und um sich zu lieben, bedurfte es keiner Worte.

29. Kapitel

Die Hochzeit fand in St. Mary's, in der Spring Street, statt. Der imposante Kirchturm aus der Epoche der Neogotik ragte über der kleinen Stadt am Meer auf. Rote Klettertrompeten strebten neben dem Eingangsportal empor, als wollten auch sie die Botschaft von Hoffnung und Freude verkünden.

John F. Kennedy und Jacqueline Bouvier hatten sich am 12. September 1953 in dieser Kirche das Jawort gegeben. Doreen Donnelly war hier getauft, zur Erstkommunion gegangen und gefirmt worden, und hier hatte sie ihren Eltern das letzte Geleit gegeben.

Henry war das reinste Nervenbündel.

»Ich werde die ganze Feier verpatzen, Lulu«, sagte er zu Stevie, als sie draußen auf der Treppe standen. Sie hatte das Gasthaus früher verlassen, gemeinsam mit Nell, um Henry seelischen Beistand zu leisten, während Aida Doreen beim Ankleiden half. »Du weißt, wie viel es ihr bedeutet, in dieser Kirche zu heiraten? Sie hat ihr ganzes Leben lang von diesem Augenblick geträumt. Doreen und Jackie Kennedy, in derselben Kirche getraut. Ich habe Angst, dass ich wie ein Idiot zu heulen beginne, wenn ich sie mit Schleier und Brautstrauß vor mir sehe.«

Nell kicherte.

»Was ist daran so komisch, junge Dame?«

»Nur dass man jemandem, der eine weiße Uniform trägt … nicht zutrauen würde, dass er heult.«

»Du bist ein Bräutigam, wie er im Buche steht, Commander«, ermutigte ihn Stevie. Sie fühlte sich unsäglich beschwingt und glücklich – zumal sie wusste, dass sich Jack im

Gasthof mit Madeleine aussprach und sich gleich zu ihr gesellen würde. Sie hatten fast die ganze Nacht miteinander verbracht, bis kurz vor Morgengrauen. Sie hatten sich noch einmal geliebt, und dann war Stevie in ihr Zimmer geschlichen, um so zu tun, als sei sie auf dem Sofa eingeschlafen.

»Was sind das für Bänder an deiner Uniform?«, fragte Nell.

»Oh, nur ein paar Erinnerungen an das Leben in der Marine«, erwiderte er.

»Er ist ein hochdekorierter Marineoffizier«, erklärte Stevie und legte den Arm um Nell. »Er ist mit seinem Schlachtschiff kreuz und quer durch die Welt gefahren und hat gekämpft.«

»Deine Sichtweise entbehrt nicht einer gewissen Ironie«, brummte Henry mit hochgezogener Augenbraue. »Du solltest das näher erläutern.«

»Was ist das?« Nell stellte sich auf die Zehenspitzen und zeigte auf einen der Orden.

Stevie wusste es nicht und wartete, dass Henry Nell aufklärte. Er ließ sich Zeit und errötete – ein ungewohnter Anblick. Dann erwiderte er: »Das ist das Purple-Heart.«

»Wofür bekommt man das?«

»Das bekommt man, wenn man im Krieg verwundet wurde.«

Stevie sah ihn erschrocken an. »Verwundet?«, fragte sie, schlagartig ernüchtert.

»Es passierte vor Bahrain, im letzten Krieg. Ein Schrapnell hat mich erwischt.«

»Du bist in die Schusslinie geraten? Warum weiß ich nichts davon?«

»Ich habe Aida nichts gesagt, um sie nicht unnötig aufzuregen. Der Gedanke, dass ich dort im Einsatz war, war für sie schon schwer genug. Abgesehen davon war es nichts Ernstes.«

»Seit wann ist es nichts Ernstes, wenn man von einem Schrapnell getroffen wird?«
»Wenn zur gleichen Zeit Kameraden ihr Leben verlieren.«
Stevie verstummte, überlegte fieberhaft, wie sie verhindern konnte, dass die Unterhaltung eine unheilvolle Wende nahm. Sie sah Nell an, deren Blick Henry fixierte. Sie trat näher, dicht an ihn heran.
»Deine Freunde sind gestorben?«
»Ja.«
»Und du warst nur verletzt, so dass du meintest, das sei nicht weiter schlimm?«
Er nickte.
»Wie bei meiner Mutter und meiner Tante. Meine Tante wusste nicht, wie sie weiterleben sollte … nach dem Tod meiner Mutter. Und wir wussten es auch nicht – mein Vater und ich. Alle litten, aber wir hatten das Gefühl, dass es uns nicht zustand, uns zu beklagen … oder ein großes Getue darum zu machen. Weil meine Mutter …«
»Weil alles andere im Vergleich zum Tod deiner Mutter nicht ins Gewicht fiel«, ergänzte Henry.
Nell nickte. Stevie beobachtete die beiden, zwei von den Menschen, die sie auf der Welt am meisten liebte – den von Wind und Wetter gegerbten Marineoffizier und das neunjährige Mädchen, die auf den Kirchenstufen standen.
»Aber es fällt ins Gewicht. Jemanden zu vermissen, den man liebt, gehört mit zum Schlimmsten, was einem Menschen widerfahren kann«, warf Stevie ein.
Plötzlich sah sie, wie Henry die Spange des Purple-Hearts öffnete. Er bückte sich und heftete es an Nells Kleid.
»Du schenkst es mir? Warum?«
»Weil du es verdient hast. Du bist ein tapferer Seemann, Nell Kilvert.«

»Danke.« Sie berührte das Ehrenabzeichen.
»Ich wünschte, ich hätte noch einen, um ihn dir zu verleihen«, sagte Henry und blickte Stevie mit gerunzelter Stirn an.
»Mir?«
Er nickte. »All die Schiffbrüche, die du erlitten hast, Luocious. Du verdienst das Purple-Heart, weil du alle überlebt hast.«
Sie lachte und blickte den Kirchturm hinauf, blinzelnd, um die Tränen zu verdrängen, die ihr plötzlich in die Augen stiegen. Er hatte Recht, in vielerlei Hinsicht. Ihr Herz hatte schwere Verletzungen davongetragen, sie hatte sich von der Welt abgeschottet. Sie hatte sich in ihrem geliebten Cottage verbarrikadiert, gemalt und Liebesgeschichten über Vögel geschrieben. Bis die Kilverts ihren Weg kreuzten.
»Aber wenn ich es mir recht überlege, brauchst du kein Verwundetenabzeichen. Weil sich dein Herz in erstklassiger Verfassung zu befinden scheint«, meinte Henry.
»Da muss ich dir Recht geben.« Sie stellte sich neben Nell.
»Dann pass heute gut auf. Ich weiß, dass du mehrmals vor den Traualtar getreten bist, aber Doreen und ich werden dir jetzt zeigen, wie man es richtig macht. Du kennst doch das alte Sprichwort: Gut Ding will Weile haben.«
»Redest du von dir oder von mir?«
»Von uns beiden, meine Süße«, sagte Henry. »Du musst zugeben, dass wir bisher eine Höllenfahrt erlebt haben. Es ist an der Zeit, dass wir ruhige Gewässer ansteuern, in einem sicheren Hafen vor Anker gehen.«

Jack und Madeleine hatten zugesehen, wie alle anderen den Gasthof in ihren Autos verließen.
Die Kirche war zu Fuß nur zwanzig Minuten entfernt, an der Bellevue Avenue vorbei und den Memorial Boulevard

entlang. Sie gingen zügig, wollten nicht zu spät kommen. Es war ein herrlicher Tag, wolkenlos und strahlend. Jack dachte an andere Septembertage, an denen er seine Schwester begleitet hatte – zur Schule, zum Goodwin Park, zum Tennisplatz. Die Erinnerung an diese Zeiten wurde mit jedem Schritt klarer.

»Wie kommt es …«, begann er, genau in dem Moment, als sie sagte: »Wie kommt es, dass du hier bist …«

Sie lachten. »Du zuerst«, meinte Madeleine.

»Also gut. Wie kommt es, dass du hier warst, mit Stevie beim Essen, als Nell und ich ankamen?«

»Ich hab da so meine Theorie. Aber sag mir zuerst, was du glaubst.«

Er schüttelte den Kopf. »Ich weiß es nicht. Ich hatte das dringende Bedürfnis, euch beide wiederzusehen. Mit Henrys Hochzeit hatte ich einen Vorwand, an diesem Wochenende herzufliegen – Nell hätte mir sonst die Hölle heiß gemacht. Im Gasthof eröffnete uns Aida, dass Stevie unten am Strand sei, beim Essen. Sie zeigte mir das Restaurant unter dem Cliff Walk, und ich ging hin.«

»Und da waren wir.«

Jack nickte. »Alle beide.«

»Als ich dein Gesicht sah, dachte ich: ›Er hasst mich und wird auf dem Absatz kehrtmachen.‹« Ihre Stimme brach.

»Ich hasse dich nicht, Madeleine … ganz im Gegenteil …«

»Es kam mir aber so vor. Und einen Großteil des vergangenen Jahres habe ich mich selbst gehasst.«

»Warum?«

»Du bist mein großer Bruder. Ich wusste, dass ich eine furchtbare Schuld auf mich geladen hatte, mein Verhalten unverzeihlich war, wenn nicht einmal du mir verzeihen konntest.«

»Könnte es nicht sein, dass ich ein Narr war und einen Riesenfehler begangen habe?«
»Du bist mein großer Bruder«, wiederholte sie; ihre Worte waren so schlicht und unbeirrt, dass sie Jack durch und durch gingen.
»Mir gingen immer wieder dieselben Gedanken im Kopf herum – ich hätte Emma nicht auf den Wochenendausflug mitnehmen sollen, ich hätte Jack nichts sagen sollen, niemand hätte davon erfahren müssen … ich wusste nicht, ob du den Kontakt zu mir abgebrochen hast, weil Emma mich in ihr Geheimnis eingeweiht hatte … oder weil ich schuld an ihrem Tod bin.«
»Das war mir selbst nicht klar«, gestand Jack. Der Weg den Hügel hinauf wurde steiler. Madeleine wirkte angespannt. Sie war immer mitfühlend und emotional gewesen; sie besaß ein großes Herz. Und sie hatte ihren großen Bruder immer bewundert. Das spürte er nun und verlangsamte seinen Schritt.
»Ich wollte nur helfen«, sagte Madeleine. »Und schau dir an, was dabei herausgekommen ist …«
»Du hast geholfen, Maddie. Du wusstest, dass Emma unglücklich war, und wolltest ihr die Gelegenheit geben, sich auszusprechen.«
»Ich bin mit ihr an den Strand gegangen. Weil sie dort immer am glücklichsten war. Ich dachte, wenn wir im Sand sitzen, schwimmen, am Strand spazieren gehen, mit den Füßen im Salzwasser … ich dachte, der Aufenthalt am Meer würde bewirken, dass sie wieder einen klaren Kopf bekommt und erkennt, dass sie nur dich liebt.«
»Das wäre meine Aufgabe gewesen.«
»Das ist keine Entschuldigung für ihr Verhalten«, sagte Madeleine.

»Ich weiß nicht. Vielleicht doch.«

»Es gibt keine Entschuldigung. Weil du etwas Wichtiges vergisst – Nell.«

Auf dem Gipfel des Hügels angekommen, herrschte starker Verkehr in beiden Richtungen. Eine kühle Brise wehte vom Hafen herauf. Der Gehsteig war gesprenkelt vom Schatten hoher Bäume. Jack warf Maddie einen verstohlenen Blick zu und sah, dass ihr Atem schneller ging. Er spürte ihre Liebe – zu ihm, zu Emma, aber vor allem zu Nell. Er hätte gerne alles ungeschehen gemacht, wenn es in seiner Macht gestanden wäre.

»Ich vergesse Nell nicht«, sagte er.

»Emma wollte euch verlassen ...«

»Weißt du was? Das hätte sie nicht gemacht.«

Madeleines Augen weiteten sich.

»Das hat sie dir vielleicht erzählt. Hat sich von dem Gedanken mitreißen lassen. Aber Emma hätte Nell niemals im Stich lassen können – um keinen Preis der Welt. Das weiß ich, Maddie. Und du auch.«

»Ich dachte, du hättest mich ein für alle Mal abgeschrieben«, sagte Maddie. Eine steife Brise wehte, raschelte in den Blättern über ihren Köpfen. Dem Kalender nach war es noch Sommer, aber der Herbst stand bereits vor der Tür. Jack konnte ihre Stimme bei dem Wind und dem Verkehr kaum hören, deshalb trat er einen Schritt näher und ergriff ihre Hand.

»Das hätte ich nie getan. Du bist meine Schwester.«

Sie gingen schweigend weiter, über die Kuppe des Hügels hinweg. Jack dachte an all die Spaziergänge, die sie gemeinsam unternommen hatten. Als sie zum Beispiel ihre erste schlechte Note in einer Schulaufgabe bekommen hatte. Und als sie auf dem Pausenhof gestolpert und hingefallen war, vor den Augen der ganzen Klasse. Und an den Tag, an dem ihr

Kätzchen gestorben war. Oder an den Morgen, als sie zur Kirche gegangen waren, zum Begräbnis ihrer Mutter.

»Ich bin jedenfalls froh, dass du wieder da bist. Wer oder was auch immer dich dazu bewogen haben mag. War es …«

Er wartete.

»War es Stevie?«

»Stevie hat die Entscheidung beschleunigt. Aber sie kam von alleine.«

»Stevie liebt Nell aufrichtig. Und ich glaube …«

Jacks Herz klopfte zum Zerspringen. »Was glaubst du?«

»Dich liebt sie auch.«

»Klingt einleuchtend. Wenn man bedenkt, dass dieses Gefühl auf Gegenseitigkeit beruht.«

»Was machst du dann in Schottland?«

»Mir ausrechnen, wie schnell ich wieder hier sein kann.«

»Hier?«

Er nickte. »Ich habe bei IR gekündigt. Structural kann mich nicht wieder einstellen – in dem Vertrag, den ich unterschrieben habe, gibt es eine Klausel, die Abwerbung verbietet. Also habe ich erst mal Zeit und dachte, ich übernehme die Bauleitung bei Aidas Schlossprojekt.«

»Wunderbar, Jack. Stevie sagte, dass ihre Tante dir jetzt schon ewig dankbar ist.«

»Die Sache hat nur einen Haken. Bauen ist teuer. Auch wenn ich meine Dienste unentgeltlich zur Verfügung stelle, muss die Stiftung eine Möglichkeit finden, die ganze Sache zu finanzieren.«

Madeleine sah ihn mit blitzenden Augen an und grinste.

»Allerdings kenne ich da jemanden, der sich hervorragend aufs Spendensammeln versteht«, sagte Jack. »Sie arbeitet ständig an solchen Entwicklungsprojekten, sie ist ein richtiger Fuchs.«

»Das trifft sich gut, die Universität hat mir nämlich gerade unbezahlten Urlaub gegeben.«
»Du wärst also verfügbar?«
»Kommt darauf an, wer fragt. Für meinen Bruder allemal.«
»Dann frage ich dich.«
»Dann allemal!«
Der Kirchturm von St. Mary's kam in Sicht. Er zeichnete sich dunkel und anmutig vor dem strahlend blauen Himmel von Newport ab. Jack betrachtete das hoch aufragende Bauwerk, das himmelwärts strebte. Der Kirchturm glich einem Pfeil, der ihm den Weg wies. In Richtung Wolken, seinen Träumen entgegen. Er sah darin eine Botschaft von Emma – die ihm sagte, dass sie über Nell wachen und immer da sein würde, wenn ihre Tochter sie brauchte. Jack wusste es, so klar, als hätte sie es ihm ins Ohr geflüstert.

Auf dem Gehsteig vor St. Mary's war es Stevie und Nell gelungen, Henry zu beruhigen. Der Duft der Klettertrompeten und spät blühenden Petunien wehte zu ihnen herüber – eine Aromatherapie für den nervösen Bräutigam. Wenn es an der Zeit war, würde er hineingehen, neben dem Altar Aufstellung nehmen und auf seine zukünftige Frau warten. Die ersten Autos trafen ein, mit Doreen, ihrer verheirateten Brautführerin und ihrer Brautjungfer. Tante Aida fuhr gleich darauf vor.
Nun war die Zeit gekommen. Orgelmusik von Bach erklang durch die Kirchentüren. Wo waren Jack und Madeleine? Nell wurde unruhig. Sie lief auf dem Gehsteig hin und her, verrenkte sich den Hals. Stevie versuchte, sie abzulenken, sprach mit ihr über das, was sie bereits für *Der Tag, als das Meer schwarz wurde* erarbeitet hatte. Aber Nell konnte sich nicht konzentrieren.

Wahrscheinlich befürchtete sie, dass Jack und Madeleine in einen Streit geraten waren, sich gegenseitig Vorhaltungen gemacht oder ihre Wut am anderen ausgelassen hatten. Nell wurde mit jeder Minute blasser. Sie rang die Hände und kaute auf den Lippen, bis sie blutig waren.

»Mach dir keine Sorgen, es ist alles in Ordnung«, sagte Stevie sanft.

»Woher weißt du das?«

»Ich weiß es einfach. Es ist an der Zeit.«

»Aber was macht dich so sicher?«, fragte Nell so heftig, dass Stevie erschrocken innehielt. Sie wollte ganz sicher sein, bevor sie antwortete.

Sie dachte an ihr eigenes Leben. Sie war eine Einsiedlerin gewesen, hatte sich auf Tilly, die ihr Gesellschaft leistete, und ihre Arbeit konzentriert. Sie hatte ihre ganze Liebe, Leidenschaft und Lebensfreude auf die Vögel gerichtet, die sie zeichnete, auf die Geschichten, die sie schrieb. Das »Betreten verboten«-Schild hatte so lange an ihrer Treppe, in ihrem Garten gestanden, dass sich Kletterpflanzen um den Pfosten rankten. Es war ein Teil ihres Hauses gewesen, wie die Eingangstür, Tillys Bett, ihre Staffelei.

Doch eines Tages – wie der Blitz aus heiterem Himmel – war Stevie bereit gewesen, etwas zu ändern, das Schild zu entfernen. Sie hätte diese Entscheidung nicht eher treffen können – keinen einzigen Tag, keine einzige Minute früher.

»Kennst du dich mit Tulpen aus?«

»Das sind hübsche Blumen«, sagte Nell.

»Richtig. Und sie wachsen aus Zwiebeln.«

»Ich weiß. Ich habe meiner Mutter geholfen, sie in unserem Garten zu pflanzen.«

»Dann weißt du auch, dass sie im Herbst gesetzt werden. Man gräbt ein tiefes Loch, legt die Tulpenzwiebeln hinein, füllt die Erde wieder auf und drückt sie fest. Sie befinden sich tief unten in der Erde, ruhen den ganzen Winter. Es schneit, und der Boden gefriert, vom fallenden Laub bedeckt. Die Zugvögel haben sich alle auf den Weg nach Süden begeben.«

»Die Kolibris …«

»Die Kolibris sind in weiter Ferne, wo es warm ist und die Sonne scheint. In dem Garten, wo die Tulpenzwiebeln gepflanzt wurden, ist es eisig. Der Himmel ist grau, und man könnte meinen, der Schnee oder eiskalte Regen würde nie mehr aufhören.«

»Der Winter dauert ewig«, flüsterte Nell.

»Aber eines vergessen wir: Es hat nur den Anschein, als würde der Winter ewig dauern. Denn genau in dem Moment, wenn uns entfallen ist, dass wir die Tulpenzwiebeln gepflanzt haben, tauchen eines Tages die ersten Knospen auf. Sie bahnen sich ihren Weg durch die Erde, die noch vor wenigen Wochen gefroren war.«

Nell nickte, hörte aufmerksam zu.

»Genauso ist es bei deinem Vater und deiner Tante.«

Doch als die Orgelmusik von Bach lauter wurde und Doreen und Aida sich anschickten, die Kirche zu betreten, wurde es Stevie mulmig zumute. Was war, wenn sie sich irrte? Wenn Jacks Wut oder Madeleines Schmerz zu tief verwurzelt waren?

Und genau in diesem Augenblick sah Stevie die beiden um die Ecke biegen und die Spring Street entlangeilen. Als sie am Fuß der Treppe ankamen, war die Hochzeitsgesellschaft endlich zum Einzug in die Kirche bereit.

Madeleine küsste Nell auf den Scheitel, schenkte Stevie ein strahlendes Lächeln und legte Jacks Hand in die ihrer Freundin.

ben, zu dem man gehörte, große Entfernungen zu überwinden, nicht aufzugeben, sondern immer wieder von vorne anzufangen. Eine Klettertrompetenpflanze hatte sich am Sockel des steinernen Engels auf dem Grab ihrer Mutter emporgerankt und Kolibris angelockt, die ihr Gesellschaft leisteten. Stevie erinnerte sich, dass Emma ihr geraten hatte, darüber zu schreiben.

»Danke«, flüsterte Stevie.

»Warum bedankst du dich bei den Kolibris?«, fragte Nell.

Stevie sah Jack an. Er lächelte, als würde er die Antwort bereits kennen.

»Das erzähle ich dir nach der Trauung«, versprach Stevie.

Sie reichten sich die Hände – alle drei. Nell ging in der Mitte, umklammerte sie, so fest sie konnte, als wollte sie ihre Familie für den Rest des Lebens zusammenhalten. Jack warf Stevie über Nells Kopf einen Blick zu, als er das schwere Kirchenportal öffnete.

Dann gingen die drei hinein.